16	3	2	13
5	10	11	8
9	6	7	12
4	15	14	1

CLÁSSICOS DO CONTO RUSSO

Apresentação de Arlete Cavaliere

Tradução de Boris Schnaiderman, Paulo Bezerra, Tatiana Belinky, Irineu Franco Perpetuo, Priscila Marques, Noé Oliveira Policarpo Polli, Denise Sales, Renata Esteves, Arlete Cavaliere e Nivaldo dos Santos

Edição de bolso

editora■34

EDITORA 34

Editora 34 Ltda.
R. Hungria, 592 Jardim Europa CEP 01455-000
São Paulo - SP Brasil Tel/Fax (11) 3811-6777 www.editora34.com.br

Copyright © Editora 34 Ltda., 2015
Apresentação © Arlete Cavaliere, 2015

A FOTOCÓPIA DE QUALQUER FOLHA DESTE LIVRO É ILEGAL e configura
uma apropriação indevida dos direitos intelectuais e patrimoniais do autor.

Edição conforme o Acordo Ortográfico da Língua Portuguesa.

Capa, projeto gráfico e editoração eletrônica:
Bracher & Malta Produção Gráfica

Revisão:
Raquel Toledo, Alberto Martins,
Cecília Rosas, Lucas Simone, Danilo Hora

1ª Edição - 2015, 2ª Edição - 2017, 3ª Edição - 2019 (2ª Reimpressão - 2023)

CIP - Brasil. Catalogação-na-Fonte
(Sindicato Nacional dos Editores de Livros, RJ, Brasil)

C664c   Clássicos do conto russo / apresentação de
Arlete Cavaliere; tradução de Boris Schnaiderman,
Paulo Bezerra, Tatiana Belinky, Irineu Franco Perpetuo,
Priscila Marques, Noé Oliveira Policarpo Polli,
Denise Sales, Renata Esteves, Arlete Cavaliere e
Nivaldo dos Santos — São Paulo: Editora 34, 2019
(3ª Edição).
536 p.

ISBN 978-85-7326-609-2

1. Conto russo - Séculos XIX e XX.
I. Cavaliere, Arlete. II. Título.

CDD - 891.7

Sumário

Apresentação, *Arlete Cavaliere* 7

Aleksandr Púchkin (1799-1837) 27
   O chefe da estação 29
   O tiro 45

Nikolai Gógol (1809-1852) 61
   Diário de um louco 63
   O nariz 94

Ivan Turguêniev (1818-1883) 129
   O cão 131
   Um barulho! 153

Fiódor Dostoiévski (1821-1881) 171
   Mujique Marei 173
   O Grande Inquisidor 181

Lev Tolstói (1828-1910) 211
   De quanta terra precisa um homem? 213
   Senhor e servo 232

Nikolai Leskov (1831-1895) 295
   O espírito da senhora Genlis 297
   Alexandrita 317

Anton Tchekhov (1860-1904) 337
   Brincadeira 339
   Um caso clínico 345

Maksim Górki (1868-1936) 361
   Vinte e seis e uma 363
   Sobre o primeiro amor 382

Ivan Búnin (1870-1953) 425
   Um senhor de São Francisco 427
   Respiração suave 454

Leonid Andrêiev (1871-1919) 463
   O repouso 465
   O retorno 474

Mikhail Bulgákov (1891-1940) 483
   A coroa vermelha 485
   Cenas de Moscou 493

Isaac Bábel (1894-1940) 505
   Como se fazia em Odessa 507
   O despertar 520

Sobre os tradutores 531

A ALMA DA LITERATURA RUSSA

Arlete Cavaliere

Em 1834, o poeta Aleksandr Púchkin (1799-1837), considerado o pai da literatura russa moderna e fundador da genuína cultura russa do Século de Ouro,[1] escreveu:

> "A Rússia esteve alheia à Europa por muito tempo. Depois de receber a luz do cristianismo de Bizâncio, ela não participou nem das revoluções políticas, nem da atividade intelectual do mundo católico romano. O grande período do Renascimento não a influenciou de nenhuma maneira; a cavalaria não inspirou arroubos castos em nossos antepassados e os abalos benéficos produzidos pelas cruzadas não se refletiram nas terras do norte entorpecido... Um grande destino estava determinado para a Rússia... Suas planícies sem fim absorveram a força dos mongóis e detiveram sua invasão bem na fronteira da Europa [...]. Poupado pela surpreendente sagacidade dos tártaros, o clero, sozinho — no decorrer de dois séculos sombrios — alimentou as pálidas centelhas da cultura bizantina. No silêncio dos mosteiros, os monges seguiam adiante,

---

[1] Século de Ouro é a denominação dada ao período mais fértil da literatura russa, que coincide, *grosso modo*, com o século XIX.

Apresentação

sem interrupção, com suas crônicas. Mas a vida interior do povo escravizado não se desenvolveu. Os tártaros não eram como os mouros. Ao conquistar a Rússia, não a presentearam nem com a álgebra, nem com Aristóteles."[2]

Essas palavras de Púchkin assinalam algumas das circunstâncias históricas que marcam a especificidade do universo cultural russo. De fato, é preciso imaginar a Rússia algumas centenas de anos antes. Durante os séculos IX e X, é uma vasta planície ao leste da Europa, com florestas intermináveis banhadas por uma grande quantidade de rios que se unem e formam largas vias fluviais em direção ao mar Negro, ao sul, ao Báltico e ao mar Branco, ao norte, ao Cáspio, a leste. Tribos heterogêneas se espalham por esse imenso território, fixando-se ao longo dos rios. São eslavos orientais, khazares turcos, ugro-fineses. Mas já houvera nessas gélidas paragens, em tempos ainda mais remotos, uma ocupação contínua por tribos nômades e seminômades: citas, sármatas, godos, hunos. Umas após outras percorriam as planuras das estepes e se avizinhavam dos imensos rios. Navegáveis em grande parte, esses rios constituíam vias naturais de comunicação entre as povoações: um convite à vida errante e, mais tarde, às rotas comerciais.

A lenda que nos chegou por meio dos escritos de monges, cronistas e historiadores da Idade Média, conta que uma comunidade eslava da região correspondente à atual cidade de Nóvgorod teria "convidado" um chefe guerreiro da Escandinávia, um

---

[2] Extraído de "Da insignificância da literatura russa" (1834), em *Antologia do pensamento crítico russo (1802-1901)*, São Paulo, Editora 34, 2013, pp. 49-55, tradução de Cecília Rosas.

varegue[3] de nome Riúrik, para organizarem juntos a defesa de seus domínios contra os povos vizinhos e restaurarem, enfim, a ordem nas terras eslavas, que se situavam entre importantes vias de acesso à região de Bizâncio: "Venham e nos governem, a nossa terra é vasta e fértil, mas nos falta organização". Frase legendária e emblemática para a fundação do Estado russo e que soa como uma espécie de profecia dos tempos futuros.

O ano 862 corresponde, assim, segundo as crônicas antigas, à data do surgimento da Rus, primeira denominação de um grande reino, cuja capital Kíev, junto ao rio Dniepr, surgiria ao sul na confluência da estratégica via entre os varegues e os gregos, isto é, entre a Escandinávia e Bizâncio.

Há hoje materiais e estudos suficientes que comprovam que Kíev foi apenas uma etapa em uma longa série de formações de Estados que culminariam na Rússia, e que já existiam relações entre os povos que viviam junto ao Dniepr e os habitantes das regiões do Danúbio, do norte germânico e do Império Romano do Oriente. A evolução cultural desse primeiro centro promissor recebe novo impulso com a fusão dos eslavos com os varegues e o intercâmbio comercial e cultural bem-sucedido com Bizâncio.

O principal fator que impulsionou o reino de Kíev a tornar-se uma potência europeia foi a cristianização da Rus, na sua forma bizantina. A esse respeito, mais uma lenda nos chega dos escritos da Rússia antiga para explicar a "escolha" da fé grega (isto é, de Bizâncio): ela teria ocorrido no ano de 988 pelo grão-príncipe Vladímir, que convocara os representantes de quatro

---

[3] Varegues, também chamados de variagues, varângios ou varanges, é a denominação atribuída pelos gregos e eslavos aos vikings, especialmente aos que direcionaram suas expedições para Constantinopla ou para o mar Cáspio. São tradicionalmente considerados os fundadores da Rus.

Apresentação

religiões (grega, latina, judaica e muçulmana) para explicarem as diferenças entre seus cultos. Posteriormente, o patriarca de Constantinopla apresentou a beleza da sua liturgia a um emissário do príncipe russo, que teria relatado a Vladímir: "Não sabia se estava no céu ou na terra, pois não há nada com tal magnificência e beleza. Era o paraíso! Ali Deus está presente entre os homens".

Essa revelação, espécie de pedra fundamental da criação da cultura russa, delineia um dos seus traços característicos e permanece ainda hoje como uma das chaves para a compreensão do pensamento e da literatura russa ao longo dos séculos: a beleza considerada como critério de verdade de um pensamento. Há na lenda uma visão de mundo, em que o vínculo entre a estética e o sagrado parece indissolúvel: a beleza não é simplesmente bela, a beleza é um critério de verdade, e constitui o critério de verdade mais profundo e mais essencial.

É muito compreensível que, quando a Europa e a América tomaram contato com a vastidão da cultura russa, por meio de textos representativos de pensadores e escritores do Século de Ouro (vários dos quais podem ser encontrados aqui, na sequência desta apresentação), tenham atribuído o fenômeno a uma irrupção espontânea e inesperada de uma geração de gênios que eclodia de uma Rússia bárbara e despótica, sem herança literária e cultural.

É bem verdade que, como lembra Púchkin, as extensas dimensões continentais do território russo entre a Europa e a Ásia, o isolamento geográfico em relação ao Ocidente, as adversidades extremas do clima nórdico — além de fatores históricos determinantes e, no mínimo, paradoxais como, por exemplo, a cristianização ortodoxa oriental seguida, poucos séculos depois, por uma longa e persistente invasão mongólica de quase trezentos anos, sem contar a eclosão de uma revolução do proletariado nas primeiras décadas do século XX, numa sociedade em que as estruturas permaneciam quase "feudais" e o capitalismo incipiente —, todas essas vicissitudes imprimiram à cultura desse país um caráter até certo ponto "enigmático", ao mesmo tempo contundente e profundo, capaz de promover um abalo tempestuoso e contínuo no movimento das ideias, da literatura e das artes ocidentais nos últimos séculos. O fluxo mundial do pensamento filosófico, religioso, literário e artístico, e também social e político, recebeu (e continua a receber) de um povo considerado imperscrutável (há até pelo menos um século atrás) uma "ideia", uma arte, uma literatura... uma "alma".

Como captar nos contos e novelas enfeixados nesse volume uma "alma russa"? Na paisagem descortinada nessas narrativas? Na brancura aterradora das vastas planícies geladas durante meses a fio, nas *datchas* espalhadas no meio do deserto gélido no inverno e tórrido no breve verão, ou nas fileiras intermináveis de pinheiros e bétulas? Porque na Rússia toda paisagem parece possuir uma alma. Por detrás das imagens da terra russa, tão belamente descritas em verso e prosa por tantos de seus escritores, parece se esconder uma existência longínqua e impenetrável, uma beleza por vezes melancólica, uma dimensão espiritual sem contorno, sem limites, indefinida, infinita. Beleza plácida, uniforme, regular, silenciosa, sem acidentes geográficos, fazendo voar longe o pensamento no espaço interminável rumo ao encontro com o desconhecido e o absoluto insubmissos ao tempo. A eternidade parece se desprender da imensidão de bosques, campos e rios. Seria a "alma russa" essa vibração interior que irrompe da natureza sem outro fim senão o de abrir-se ao infinito?

O pintor paisagista russo Isaac Levitan (1860-1900), contemporâneo e amigo de Anton Tchekhov, registrou também em palavras sua sábia sensibilidade diante da contemplação da pai-

Apresentação

sagem russa: "O que pode haver de mais trágico do que perceber a beleza infinita daquilo que nos rodeia, mas não poder exprimir essa forte sensação, e compreender, assim, a nossa impotência?".

Poéticas e comoventes descrições dos campos russos e também da natureza simples e tocante do homem da província são uma das marcas distintivas, por exemplo, da prosa de Ivan Turguêniev (1818-1883). Com um narrar elegante e preciso, cuja harmonia nos remete a Púchkin, esse escritor, considerado um "clássico" por excelência do realismo russo, dedicou páginas e páginas ao seu fascínio pela beleza das paisagens de seu país. O enlevo diante da atmosfera campesina emoldura muitas criações literárias de Turguêniev e se faz presente mesmo em textos mais curtos, como se verifica naqueles incluídos nesta coletânea. No conto "Um barulho!", logo após algumas páginas iniciais, o leitor será convidado a seguir viagem com o narrador pelos campos da província:

> "Só que não consegui dormir; não por estar cansado da caça, nem pela inquietação ter liquidado o meu sono, mas devido à extrema beleza dos lugares que percorríamos. Tratava-se de prados alagadiços vastos, amplos, cheios de grama, com inúmeras pocinhas, laguinhos, regatos, enseadas com salgueirais e vimeiros em suas extremidades, lugares autenticamente russos, amados pelos russos, similares àqueles percorridos pelos heróis de nossas antigas canções de gesta quando iam atirar em cisnes brancos e patos cinza. O caminho estreito se enroscava como uma fita amarela, os cavalos corriam ligeiros, e eu não conseguia pregar os olhos de deleite! Tudo isso flutuava de modo suave e harmonioso à benévola luz da lua."

Já em "Senhor e servo", de Lev Tolstói (1828-1910), também integrante desta antologia, o arrebatamento dos heróis perante a natureza será movido, desta feita, pela violência e o furor da nevasca que fustiga os campos percorridos e altera o curso da fábula narrada, intensificando o rumo dos acontecimentos. Não são poucos, aliás, os sucessos e personagens da literatura russa (e também da própria história da Rússia) a assistirem reviravoltas inesperadas em seus destinos, assolados pelas intempéries do longo inverno russo.

Há certamente em todos os textos deste volume um universo a captar, um surpreendente imaginário a percorrer, um espaço desmesurado (físico, espiritual, social e estético) a descobrir e a contemplar, mas também um mundo cerrado, denso e espesso a penetrar: uma "alma russa" a decifrar...

A qualidade estética dos contos e novelas selecionados não pode ser explicitada por um simples traçado linear e historiográfico da literatura russa de viés cronológico, sociológico ou político. Trata-se nessa amostragem, como se verá, de uma sondagem mais ampla, multifacetada e multiforme, mas que encerra o mesmo eixo do movimento de uma identidade cultural, a mesma amálgama complexa de referências históricas e culturais conformada por uma consciência nacional construída durante séculos. Esses "gênios" da literatura russa provêm, assim, da maturação de raízes profundas e de uma vasta genealogia artística e literária, produto (e não simplesmente a soma) de etapas de um desenvolvimento cultural único e inigualável, que permaneceu desconhecido do mundo ocidental por longo tempo.

O que de fato parece se revelar no conjunto deste livro é uma espécie de recenseamento da memória literária russa em um ciclo determinado de tempo e de espaço, como experiência orgânica e criativa de uma coletividade de escritores russos de primei-

Apresentação 13

ra grandeza. Mas como captar por meio desse *corpus* o conceito de identidade russa? Quais elementos conformariam um *usus* da vida russa representada por essa literatura? A paisagem? A língua? O território? A província? A cidade? O pensamento? A religião? Afinal, que memória coletiva poderia congregar os elementos constitutivos e mitificados na consciência russa?

Esses textos parecem perscrutar tudo aquilo que é passível de uma reconstrução do funcionamento da memória literária russa, elaborada e construída de modo consciente ou de forma espontânea no imaginário coletivo. Eis aqui o nervo sensível ativado, talvez de modo subliminar, pelos contos e novelas aqui reunidos, na tentativa de auscultar o tecido de uma cultura que ainda hoje resiste à compreensão.

Um dos eixos que determinam a dinâmica da literatura e da cultura russa como um todo, e que recrudesce no século XIX, tempo de Púchkin, Gógol, Tolstói, Dostoiévski e de outros escritores representativos do Século de Ouro, constitui o aspecto tenso e dicotômico de uma mentalidade cultural duplicada.

De um lado, se impõe a expressão vigorosa da cultura popular pautada pela tradição da linguagem falada e do folclore com seu espírito pagão imaginativo, impresso nas crenças, nos provérbios e ditos populares. Não resta dúvida que a literatura de Nikolai Gógol (1809-1852) representa uma das mais expressivas reinvenções literárias do estilo vibrante e colorido da cultura e do falar popular, mas não nos esqueçamos de suas reverberações em outros escritores importantes como Nikolai Leskov (1831-1895) e Mikhail Bulgákov (1891-1940), para nos atermos a dois exemplos que integram a presente coletânea. Mesmo Isaac Bábel (1894-1940), em sua exploração do falar popular de matiz judaico com expressões em língua russa, muitas vezes traduzidas do ídiche, guarda, em certo sentido, aquele mesmo fluxo do narrar gogoliano com seus jogos de palavras inesperados, trocadilhos, e uma "gesticulação sonora", conforme bem formulou, a respeito de "O capote" de Gógol, o teórico do formalismo russo Boris Eikhenbaum.

De outra parte, se contrapõe a cultura da *intelligentsia* russa, que tece um combate sem precedentes contra as injustiças e desigualdades sociais da nação, que busca "servir ao povo", se aproximar dos camponeses, que sonha em se unir a eles em uma simbiose ideal — como mostram de modo exemplar, mas de formas diferentes, a vida e a obra de Lev Tolstói e de Maksim Górki (1868-1936), ambos no registro da vida miserável de camponeses e desclassificados sociais —, mas que engendra também um embate ferrenho, por vezes violento, com o poder autocrático da Rússia tsarista, até sucumbir na desilusão das esperanças perdidas durante a Rússia soviética e o terror vermelho (como expressam a literatura e o destino trágico de Bábel, por exemplo). Depois do Século de Ouro e da Era de Prata,[4] a *intelligentsia* russa enfrentaria a sua época de ferro no século XX.

Essa "alma russa" duplicada, cindida entre o apelo do arcaico e as revoluções modernas, entre o passado das trevas e o futuro messiânico e radiante, tantas vezes imaginado e planificado por certa parcela da *intelligentsia*, e mesmo do povo russo (inclusive durante a Revolução Russa de 1917), conforma um outro paradoxo bipolar. De um lado, o Ocidente, cujo imaginário matricial se prende ao século XVIII e ao tsar reformador Pedro, o Grande, com a fundação da capital São Petersburgo de cultura europeizada e elitista, e, do outro, o Oriente, a antiga capital

---

[4] Por Era de Prata entende-se o período da literatura russa que vai, aproximadamente, de 1890 a 1910, e que sucedeu ao Século de Ouro.

Moscou, que sucedeu a Kíev: a Moscou conservadora e autocrática dos primeiros tsares e a sua população deseducada, cujas crenças e manifestações culturais se transmitiram graças apenas à tradição oral.

As reformas de Pedro, o Grande, teriam desviado a Rússia de seu caminho genuíno, forçando o país a um modelo estrangeiro? Teria sido aberta para sempre uma fenda na cultura russa a instituir uma classe superior ocidentalizada contra a massa de camponeses inculta? Esse fosso entre dois universos culturais em ativa e dinâmica oposição constitui um dos elementos fundantes e indissociáveis dessa espécie de hipertrofia da "alma russa".

A oposição entre tradição e modernidade aparece ao longo de todo o desenvolvimento da literatura russa e, em particular, durante o século XIX. Aparece na obra ficcional de vários prosadores um questionamento do mito da modernidade russa. Suas narrativas (algumas delas aqui incluídas são uma prova cabal) parecem problematizar o caráter dual da capital São Petersburgo e do seu impacto na vida, na psicologia, no imaginário e na identidade cultural do homem russo comum. Ante a instauração de uma pretensa modernidade, apenas na aparência ocidentalizada, muitos dos heróis se defrontam com um Estado autocrático, absolutista e com todas as formas de autoritarismo. As três décadas do reinado de Nicolau I (de 1825 a 1855), época em que ocorre a gestação da grande prosa russa, proclamavam a autocracia, a religião ortodoxa, a superioridade da nobreza, a obediência muda das classes inferiores e o modelo patriarcal como bases sólidas do Estado. Se Pedro, o Grande, tinha aterrorizado o país para abrir uma janela para o Ocidente e um caminho para o progresso e o desenvolvimento russos, Nicolau I reprimiu e brutalizou para fechar essa janela. Um perseguia seus compatriotas para fazê-los avançar, o outro para contê-los.

Ora, é sobre esse sistema de dualidade estrutural e de bipolaridade complementar que se constrói a história do pensamento e da literatura russa. O histórico embate ideológico do século XIX entre ocidentalistas e eslavófilos, ainda tão atuante na Rússia contemporânea, provém, assim, de camadas profundas assentadas pelos mecanismos mesmos de estruturação da sua história e da sua cultura.

A gênese, portanto, da prosa de ficção russa enreda-se em meio aos filamentos da tessitura dessa bipolaridade estrutural. Sabemos que Púchkin ao ler *Almas mortas*, de seu amigo Gógol, teria declarado: "Como é triste a nossa Rússia". E Ivan Búnin (1870-1953), o renomado escritor que recebeu o Prêmio Nobel de Literatura em 1933, contemporâneo de Tolstói e de Tchekhov, e que se exilou em Paris em 1920, temendo o fim trágico de tantos de seus colegas escritores e intelectuais na Rússia soviética, também confidenciara: "A vida real era extremamente pobre. Minha juventude se desenvolveu em uma época em que a nobreza estava em vias de se abismar em uma grande miséria material, em um processo que um europeu jamais poderia compreender, ele que, por natureza, está tão afastado da fascinação russa por toda forma de autodestruição". Seria a vida breve e turbulenta da jovem ginasiana Ólia Meschérskaia, heroína do conto "Respiração suave" de Búnin, uma metáfora penetrante das declarações do autor?

Já se disse que a prosa de ficção russa é imensa e complexa como a Rússia. E também que a resistência ao poder, o exercício do combate intelectual, a dissidência política e ideológica continuada, o discurso metafórico de dissimulação diante da censura tornaram o verbo literário russo, em especial o da prosa, inflado e caudaloso. Um narrar do excesso e da desmedida. A concisão e a brevidade não seriam, portanto, a marca essencial do *ges-*

tus literário russo, e mesmo do gosto nacional. O poeta Joseph Brodsky (1940-1996) definiu com precisão: "Nós somos uma nação do verbo abundante, nós somos homens epítetos como os adjetivos circunstanciais, como as orações subordinadas".

Não se faz necessária nenhuma comprovação teórica para essa assertiva. Basta ler o índice desta antologia para se lembrar de nomes de escritores russos prolíferos e de romances emblemáticos dos séculos XIX e XX: *Guerra e paz, Anna Kariênina, Crime e castigo, Os irmãos Karamázov, Pais e filhos, A mãe, O mestre e Margarida, O exército de cavalaria...* a lista seria interminável.

Neste sentido, pode parecer no mínimo surpreendente a existência de uma vasta produção de contos e novelas curtas ao longo da história da literatura russa. E mais curioso ainda é considerar o poeta Aleksandr Púchkin, mestre da poesia russa moderna, como um dos primeiros prosadores russos, cuja concisão e brevidade destoam da ficção russa do século XIX. Veja-se em "O chefe da estação" e "O tiro", introdução expressiva a este volume, o prenúncio de que a contística e a novelística russas alçariam voos até então inimagináveis. Há em Púchkin, que se dedicou à prosa apenas no último período de sua breve vida, um narrador de humor e ironia finos, um contista lúdico e elíptico, estilista elegante, mas de cuja concisão desponta uma análise sagaz e aguda da realidade russa de seu tempo.

Seu amigo, Nikolai Gógol, o idolatrou como o verdadeiro criador da Rússia literária e aceitou de bom grado os temas de enredos sugeridos por Púchkin para seu romance *Almas mortas* e a peça de teatro *O inspetor geral*. Certamente, Gógol captou em Púchkin não apenas elementos de comicidade audaciosa e de crítica mordaz à sociedade, mas também o fantástico e o maravilhoso, com que ambos impregnaram suas narrativas para construir intrigas e heróis enredados nas tramas diabólicas da "capital setentrional de nosso vasto império".

"A dama de espadas" de Púchkin, por exemplo, bem poderia integrar o conjunto das assim chamadas *Novelas petersburguesas* de Gógol. Esses textos parecem aludir ao caráter sinistro, estranho, absurdo e espectral que adquirira a vida russa e sua capital-símbolo durante o regime de Nicolau I, um dos mais autocráticos governantes da Rússia tsarista.

Mas Gógol foi além e mais fundo na obsessão pelo inusitado e pelo grotesco: em sua maneira peculiar de "ver" o mundo e as coisas surge uma acumulação absurda de detalhes que fazem da realidade um aglomerado de elementos contraditórios, mas que a revelam em sua mais profunda essência, tornando esse caos fantástico e desconexo a sua mais fiel expressão. O fantástico, buscado nas primeiras criações literárias gogolianas nas lendas e no folclore de sua Ucrânia natal, brota em sua fase petersburguesa da realidade cotidiana e urbana da capital do império, como bem ilustram aqui as novelas "O nariz" e "Diário de um louco".

Leskov e Bulgákov traçam uma espécie de linha de continuidade gogoliana e, dentre os herdeiros literários de Gógol, foram inovadores notáveis do gênero conto, e só poderiam ter "saído do *Capote* de Gógol", como declarou Dostoiévski a propósito de sua geração literária. A fábula e os diálogos matizados pelo cômico e pelo absurdo, o tratamento inovador da linguagem narrativa e a expressividade verbal estruturam relatos inspirados na vida cotidiana russa, marcados por um forte viés satírico mesclado a elementos do fantástico. "Cenas de Moscou", de Bulgákov, e "O espírito da senhora Genlis", de Leskov, guardam em comum o humor, a sátira e o relato inusitado, procedimentos essenciais não apenas da prosa gogoliana, mas também de certa li-

Apresentação

teratura do pós-modernismo russo permeada pelo insólito e pelo grotesco, transpassados por uma aguda derrisão paródica.

Mas é certo que nenhum contista russo pode ofuscar o brilho de Anton Tchekhov (1860-1904), sobretudo no quesito concisão. Ele cultivou essa heterodoxia russa da brevidade discursiva de forma magistral e se transformou em um dos escritores de maior repercussão no mundo das letras e da arte teatral. Essa "dissidência" estilística tchekhoviana fundou as bases da prosa moderna e contemporânea, ao subverter a estrutura tradicional da narrativa de ficção do século XIX: "contra todas as chamadas regras da arte, gosto de começar em *forte* e terminar em *pianissimo*", chegou a declarar.

Os contos de Tchekhov que integram esse volume ("Brincadeira" e "Um caso clínico") representam, talvez, a síntese da poética narrativa do autor: com fatos banais e incidentes corriqueiros é possível entrever toda a transformação de uma vida passada a limpo. Porque para Tchekhov a arte deve representar "a vida tal como ela é na realidade": fragmentária, sem relações imediatas de causa e efeito, sem respostas definitivas aos conflitos e predisposta ao inesperado e ao inexplicável.

Tchekhov nunca escreveu romance e, embora a crítica à sociedade e aos seus valores, um corrosivo ceticismo e um profundo pessimismo de *fin de siècle*, fossem temas básicos da literatura russa a inspirar tanto anarquistas quanto niilistas e socialistas, o escritor sempre declarou ser ostensivamente apolítico. Nunca aparecem em seus textos, como ocorre muitas vezes na literatura de Górki (com quem, aliás, Tchekhov manteve intensa epistolografia), sistemas organizados de pensamento e de ação política, pois ele se recusava ao engajamento político da arte: "Grandes escritores e artistas só devem tomar parte na política na medida em que tenham necessidade de se defender dos políticos. Há já bastante promotores públicos e policiais para que seu número seja aumentado".

Contra o fluxo da história literária russa se insurgiria Tchekhov para impulsionar o surgimento ulterior de novas formas do narrar e desestabilizar o sólido programa literário precedente, cuja estética estava erigida sobre sistemas densos de valores éticos, ideológicos e existenciais, que caracterizavam boa parte da ficção russa oitocentista.

Diante da pluralidade temática, estilística e formal desse conjunto de pequenas obras-primas do conto russo, resta ainda uma reflexão incontornável: embora cada uma dessas manifestações literárias apresente, de um modo ou de outro, uma simbiose com todo o contexto histórico e cultural russo que lhes serve de pano de fundo (e daí sua inserção nos grandes embates ideológicos e literários, que expressam o pensamento de uma época), cada escritor parece transcender e inovar a linguagem do gênero. Como sugerir um único cânone, uma tendência literária ou um estilo de época capaz de abarcar a originalidade e os "desvios" de percurso da ficção russa? A insubordinação a um determinado sistema artístico pode ser considerada própria ao gênero do romance, do conto ou da novela, mas em se tratando da ficção russa, não raras vezes nos defrontamos ao mesmo tempo com o apogeu e a superação do gênero.

No entanto, a mesma ambição parece animar esses textos, o mesmo vigor impulsiona a exploração dos imensos territórios do pensamento, da filosofia, da psicologia e do fazer literário: dizer uma verdade — ou *a* verdade — sobre a Rússia e sobre o ser humano. Uma angustiante inquietação filosófica, a esbarrar no agudo e dialético contraponto entre o nacional e o universal. Trata-se, aqui, de mais uma baliza dicotômica, que norteia a "missão" da literatura e da arte russas e que chega ao paroxismo na

Apresentação

literatura de Fiódor Dostoiévski (1821-1881), outro gigante (em companhia talvez apenas de Tolstói) da prosa de ficção russa e da literatura mundial.

Vasta e contundente exploração metafísica do homem, sondagem abismal do irracional e da inquietude espiritual do "ser russo", a obra monumental de Dostoiévski surpreende pela amplitude das questões existenciais, filosóficas e religiosas, que atormentam muitos de seus heróis e que continuam a impactar o leitor contemporâneo pelo seu conteúdo universal em busca de uma verdade frequentemente de cunho escatológico e profético.

A parábola de "O Grande Inquisidor" que entrelaça a conversa entre os dois irmãos Karamázov, Aliócha e Ivan, não constitui simplesmente um procedimento estético de matiz fantástico-alegórico, muito além, aliás, do realismo europeu oitocentista. O relato do retorno de Cristo à Terra e de sua prisão pelo Santo Ofício em razão de sua mensagem libertária concentra e formula a suma essência dos embates espirituais mais candentes da história cultural russa e, quiçá, da humanidade. Encontra-se nesse capítulo de *Os irmãos Karamázov* uma espécie de "poema" narrativo, cuja autonomia estética e de sentido (daí a oportuna publicação nesta coletânea) se projeta para além do romance, a refratar toda a obra de Dostoiévski no seio do pensamento cultural russo. De fato, em "O Grande Inquisidor" está a Rússia inteira.

Grotesco e sublime, pecado e santidade, crueldade e benevolência, sagrado e profano, expiação e salvação, alucinação e realidade, sanidade e loucura, indivíduo e coletividade, céu e terra, Deus e o diabo, conformam as antinomias culturais do imaginário russo, responsáveis pelas tensões e contradições dos heróis dostoievskianos, e igualmente pelas ambivalências da mentalidade cultural e social da Rússia.

Nessa mesma linhagem dostoievskiana de perscrutação dos embates da condição humana, porém sem a mesma potência, insere-se a literatura de Leonid Andrêiev (1871-1919), fortemente tingida com as tonalidades metafísicas da desesperança pessimista, que se segue à Revolução de 1905: sexo, terror, desvario, loucura, sonho e sedução mórbida pela morte (estes últimos elementos bem representados pelos contos aqui presentes) são traços do desarranjo do ser, já anunciado no final do século XIX pelo Simbolismo e pela Era de Prata da literatura russa, e que, em certa medida, retornam sob novo enfoque na prosa russa contemporânea, contextualizados agora pelos abalos da Rússia no final do século XX e início do XXI.

Em um belo ensaio intitulado "Mémoire russe, oubli russe",[5] Georges Nivat, um dos mais renomados eslavistas europeus da atualidade, notou com propriedade que o caráter dúplice da cultura russa, presente em suas oposições binárias, constitui o seu maior enigma, especialmente ao olhar ocidental, e que o debate ocidentalista-eslavófilo vem expresso desde sempre em cada russo: essa espécie de Janus bifronte cultural (duas faces a olhar uma para frente e outra para trás), que faz com que o europeu e o eslavo da estepe coexistam em um mesmo ser individual, social ou cultural. Essa "diglossia" seria, segundo o estudioso, uma das chaves do "ser russo": entre cultura europeia e cultura local, pagã, asiática; entre língua vernácula e língua sagrada (o eslavo eclesiástico da Igreja russa), entre a antiga e a nova capital, Moscou e São Petersburgo, a Rússia deve viver sempre "em duplo", ou melhor, "em cisma".

---

[5] Georges Nivat, "Mémoire russe, oubli russe", em *Les sites de la mémoire russe*, Paris, Fayard, 2007.

Apresentação

Esse paradoxo russo permanece inalterado. Neste início do século XXI, depois da derrocada do comunismo e do caos dos anos 1990, a Rússia segue em busca de sua "ideia nacional": aderir ao Ocidente e à europeização ou americanização (institucional ou cultural) — ou resistir a ele e ser capaz de seguir seu próprio e complexo caminho histórico, ainda que conformado pela descontinuidade e pela fragmentação, sem qualquer coerência ou determinismos causais? É desse terreno movediço ambivalente que se nutrem "a ideia russa" e a "alma russa": hesitação entre negação e afirmação nacional, mas unificada e erigida sobre esse mesmo caráter dúplice, dividido e contraditório de sua história, de seu pensamento e de sua arte.

Certamente, como profetiza Nivat, não haverá resposta ao enigma e nenhuma esfinge nos dará a chave porque sem esse enigma a Rússia não existiria. O Ocidente talvez procure alguma coisa na Rússia que ela não possui e, por outro lado, ele se recusa a ver nela aquilo que ela tem e que é justamente aquilo que a torna única.

Talvez a asserção definitiva de Dmitri Likhatchóv, um dos maiores historiadores da literatura e da cultura russa, venha nos esclarecer: "Nenhum país no mundo está cercado de tantos mitos contraditórios sobre sua história e sua cultura como a Rússia, e nenhum povo no mundo foi avaliado de formas tão diferentes quanto o povo russo".[6]

Quem sabe o leitor desta antologia venha a entender por quê.

---

[6] "Mífy o Rossíi: stárie i novie" ["Mitos sobre a Rússia: velhos e novos"], em *Razdúmia o Rossíi* [*Reflexões sobre a Rússia*], São Petersburgo, Logos, 2001, p. 51.

CLÁSSICOS DO CONTO RUSSO

As notas dos tradutores estão assinaladas com (N. do T.); as notas das edições russas, com (N. da E.); as notas dos autores, com (N. do A.).

Aleksandr Púchkin

Considerado o maior poeta russo de todos os tempos e o iniciador da literatura russa moderna, Aleksandr Serguêievitch Púchkin nasceu em Moscou, em 1799. Filho de aristocratas, recebeu a melhor educação que sua época podia lhe oferecer e aos treze anos escreveu seus primeiros versos. Em 1820 publicou o poema épico *Ruslan e Liudmila*, em que expressava seu nacionalismo, e nesse mesmo ano foi banido de Petersburgo — onde há algum tempo vivia intensamente a vida boêmia da cidade — em virtude de alguns escritos políticos de tendência liberal.

Exilado no Cáucaso, interessou-se pela realidade dos camponeses locais, bem como pelas formas de expressão populares. Foi nessa época que escreveu os primeiros capítulos de sua obra mais importante, o romance em versos *Ievguêni Oniéguin*, concluído em 1830 e publicado em 1833. A partir de 1826, o tsar Nicolau I permite que Púchkin volte a viver na capital. Uma nova fase tem início na vida e na obra do poeta. Casa-se com a bela Natália Gontcharova em 1831 e com ela passa a frequentar a corte, tornando-se amigo do tsar. Em relação à literatura, agora se dedica menos à poesia e mais à prosa, escrevendo obras-primas como a novela "A dama de espadas", o romance *A filha do capitão* e os *Contos de Biélkin*. Nos seus últimos anos, assume posições políticas conservadoras, bastante diversas daquelas dos primeiros anos da juventude.

Púchkin dedicou-se a diversos gêneros literários e em todos eles promoveu transformações radicais. Com uma personalidade alegre, apaixonada e sarcástica, e um estilo vigoroso e transparente, influenciou decisivamente não apenas os seus contemporâneos, mas todas as gerações posteriores de literatos russos. Gógol, a quem Púchkin havia sugerido o tema de *Almas mortas*, diria, na ocasião de seu falecimento: "Não posso expressar a centésima parte da minha dor. Toda alegria de minha vida, minha alegria suprema desapareceu com ele". Púchkin morreu em 1837, dias após ser ferido em um duelo, aos 37 anos.

Os dois contos aqui reproduzidos, "O chefe da estação" e "O tiro", integram o volume *Contos de Biélkin* (ou *Novelas do falecido Ivan Pietróvitch Biélkin*), publicado em 1831, em que Púchkin se oculta atrás de três heterônimos: o editor do volume, um amigo de Biélkin e o suposto autor. "O chefe da estação" é considerado um dos textos precursores da chamada Escola Natural russa, antes mesmo de "O capote", de Gógol. Já "O tiro" reproduz uma passagem da biografia do próprio Púchkin, quando participou de um duelo em 1822, quinze anos antes do incidente que provocaria sua morte.

O CHEFE DA ESTAÇÃO

> *O registrador colegial,*[1]
> *Ditador da estação de posta.*
>
> Príncipe Viázemski[2]

Quem não maldisse um dia os chefes de estação, quem não brigou com eles? Quem, num momento de furor, não lhes exigiu o livro fatal, para inscrever nele a sua inútil queixa contra a prepotência, a brutalidade e a incúria? Quem não os considera monstros da espécie humana, idênticos aos falecidos subamanuenses[3] ou pelo menos aos bandoleiros de Múrom? Sejamos, todavia, justos e procuremos colocar-nos na sua posição, e talvez os consideremos então com muito maior condescendência. O que é um chefe de estação? Um verdadeiro mártir de décima-quarta classe, defendido pelo seu título unicamente contra agressões corporais, e assim mesmo nem sempre[4] (confio-me a consciência dos meus

---

[1] Um dos postos da hierarquia burocrática da época. (N. do T.)

[2] Piotr A. Viázemski (1792-1878). Na epígrafe, Púchkin modificou ligeiramente os seus versos. (N. do T.)

[3] Categoria inferior de funcionários (*pod'iátchi*) que existiu na Rússia nos séculos XVI e XVII. (N. do T.)

[4] Conforme nota à edição russa editada pela Academia de Ciências da

leitores). Em que consiste o emprego desse ditador, como o chama em tom de mofa o príncipe Viázemski? Não é um verdadeiro trabalho forçado? Não há sossego de dia nem de noite. O viajante descarrega sobre o chefe de estação toda a irritação acumulada durante a viagem aborrecida. O tempo esteve insuportável, a estrada ruim, o cocheiro teimoso, os cavalos recusaram-se a puxar o carro, e a culpa é do chefe de estação. Entrando na sua pobre morada, o itinerante olha para ele como para um inimigo; ainda bem se o chefe consegue livrar-se logo do hóspede não convidado, mas, se acontece não haver cavalos?... Meu Deus! Que insultos, que ameaças se descarregam sobre a sua cabeça! Com chuva e umidade, é forçado a correr ao relento; em plena tempestade, com o frio de fim de ano, vai para a saleta de entrada, a fim de descansar ao menos por um instante dos gritos e empurrões do passageiro irritado. Chega um general; o trêmulo chefe de estação entrega-lhe as duas últimas troicas entre as quais a da posta. O general parte sem dizer obrigado. Cinco minutos depois: tilintar de guizos!... e um estafeta oficial lhe atira sobre a mesa o seu salvo-conduto!... Compenetremo-nos bem disso tudo, e em lugar de indignação, o nosso coração ficará repleto de uma compaixão sincera. Mais algumas palavras: durante vinte anos seguidos, percorri a Rússia em todos os sentidos; conheço quase todas as estradas e algumas gerações de cocheiros; são raros os chefes de estação que eu não conheça de vista ou com quem não tivesse relações; espero editar em breve este acervo curioso das minhas observações de estrada; por enquanto, direi somente que a classe

---

União Soviética, um regulamento de 1808 proibia ofensas aos chefes de estação (definidos como funcionários de décima-quarta classe), quando no exercício do cargo. (N. do T.)

dos chefes de estação foi apresentada à opinião pública sob o aspecto mais falso. Esses tão caluniados funcionários são, de modo geral, gente pacífica, serviçal por natureza, propensa à sociabilidade, modesta em suas pretensões e honrarias e não demasiado gananciosa. Das suas conversas (que são indevidamente desdenhadas pelos senhores viajantes), pode-se extrair muito de curioso e instrutivo. Quanto a mim, confesso que prefiro a sua palestra às falas de algum funcionário de sexta classe, viajando a serviço.

Pode-se adivinhar facilmente que tenho amigos entre a digna categoria dos chefes de estação. Com efeito, a memória de um deles me é preciosa. As circunstâncias nos aproximaram um dia, e é sobre ele que pretendo cavaquear agora com os meus amáveis leitores.

Aconteceu-me, em maio de 1816, atravessar a província de... por uma estrada atualmente abandonada. Tinha então um posto modesto, estava viajando em carro de posta e pagava o aluguel de dois cavalos.[5] Em virtude disso, os chefes de estação não faziam cerimônia comigo, e frequentemente eu tomava à viva força aquilo que a meu ver cabia-me de direito. Sendo jovem e impulsivo, indignava-me com a baixeza e covardia do chefe, se este entregava a troica que fora preparada para mim, a fim de ser atrelada à carruagem de algum funcionário de categoria. Por muito tempo, igualmente, não pude habituar-me a que o servo criterioso passasse por mim sem me servir, num banquete em casa do governador. Atualmente, ambos estes fatos me parecem enqua-

---

[5] Viajando a serviço, os funcionários eram autorizados a alugar um número de cavalos correspondente à importância do cargo. (N. do T.)

O chefe da estação

drados na ordem das coisas. Realmente, o que seria de nós, se em vez da regra cômoda para todos: *o título respeita o título*, se introduzisse em uso uma outra, por exemplo: *a inteligência respeita a inteligência*? Que discussões não surgiriam! E por quem começariam os criados a servir a comida? Mas eu volto à minha história.

Fazia calor. A três verstas[6] da estação de..., começou a chuviscar, e logo depois uma chuva torrencial me encharcou até o último fio de roupa. Chegando à estação, o meu primeiro cuidado foi mudar as vestes o quanto antes, e o segundo pedir chá. "Eh, Dúnia[7] — gritou o chefe da estação. — Põe o samovar e vai buscar nata." A essas palavras, uma menina de uns quatorze anos saiu de trás de um tabique e correu para o vestíbulo. A sua beleza me surpreendeu. "É tua filha?" — perguntei ao chefe. "Sim, filha — respondeu ele, com um ar de amor-próprio satisfeito —, e tão sensata, tão esperta, igualzinha à falecida mãe." Nesse ponto, ele se pôs a copiar o meu salvo-conduto, enquanto eu me ocupava em examinar os quadrinhos que enfeitavam a sua modesta, mas asseada habitação. Eles representavam a história do filho pródigo. No primeiro, um velho respeitável, de gorro e roupão, deixa partir um jovem inquieto, que aceita apressadamente a sua bênção e um saco de dinheiro. No seguinte, representa-se com traços vivos o comportamento dissoluto do jovem: está sentado à mesa, rodeado de falsos amigos e mulheres desavergonhadas. Adiante, o jovem que malbaratou todo o seu dinheiro, está esfarrapado e de tricórnio, pastando porcos e repartindo com eles a refeição; em seu rosto, estão representados o arrependimento e

---

[6] Versta: medida russa equivalente a 1,067 quilômetros. (N. do T.)

[7] Diminutivo de Avdótia. (N. do T.)

profunda tristeza. Finalmente, representa-se o seu regresso à casa paterna; o bom velho corre ao seu encontro, usando o mesmo gorro e o mesmo roupão; o filho pródigo está ajoelhado, em perspectiva, vê-se um cozinheiro matando um vitelo gordo, enquanto o irmão mais velho interroga os criados sobre o motivo de tal alegria. Debaixo de cada quadrinho, li razoáveis versos alemães. Tudo isto se conservou até hoje em minha memória, juntamente com os vasos de balsamina, o leito com uma cortina vistosa e os demais objetos que me rodeavam então. Vejo como se fosse agora o próprio dono da casa, um cinquentão vigoroso e animado, e a sua longa sobrecasaca verde, com três medalhas sobre fitas desbotadas.

Ainda não acabara de pagar o meu velho cocheiro, quando Dúnia voltou com o samovar. A pequena faceira notou ao segundo olhar a impressão que me causara; baixou os grandes olhos azuis; pus-me a conversar com ela, que me respondia sem qualquer timidez, como uma moça que já conhece a sociedade. Ofereci ao pai um copo de ponche; passei a Dúnia uma xícara de chá, e ficamos cavaqueando os três, como se nos conhecêssemos há séculos.

Os cavalos já estavam há muito preparados, mas eu ainda não queria despedir-me do chefe da estação e de sua filha. Finalmente me despedi; o pai desejou-me boa viagem, e a filha me acompanhou até a telega. Detive-me no vestíbulo e pedi licença de beijá-la; Dúnia concordou... Posso contar muitos beijos em minha vida

Desde que tenho tal ocupação,

porém nenhum outro me deixou lembrança tão duradoura e agradável.

Decorreram alguns anos, e as circunstâncias me levaram àquela mesma estrada, às mesmas paragens. Lembrei-me da filha do velho chefe de estação e me alegrei com o pensamento de que tornaria a vê-la. Mas, pensei, talvez o velho já tenha sido substituído; Dúnia já está provavelmente casada. A ideia da morte de um ou de outra também me passou pela mente, e eu me aproximava da estação de... com um triste pressentimento.

Os cavalos detiveram-se junto à casinha da posta. Entrando na sala, reconheci imediatamente os quadrinhos que representavam a história do filho pródigo; a mesa e a cama estavam nos primitivos lugares, mas não havia mais flores nas janelas, e tudo em volta denotava decrepitude e relaxamento. O chefe da estação dormia debaixo de um *tulup*; acordou com a minha chegada, soergueu-se... Era de fato Samson Vírin. Mas, como estava envelhecido! Enquanto se preparava para copiar o meu salvo-conduto, fiquei olhando para as suas cãs, para as fundas rugas do rosto há muito não barbeado, para as costas arqueadas, e não podia deixar de me surpreender como três ou quatro anos puderam transformar um homem bem disposto num velho débil. "Não me reconheces? — perguntei-lhe. — Somos velhos conhecidos." "É possível — respondeu com ar carrancudo —, a estrada é grande e muitos passageiros já passaram por aqui." — "A tua Dúnia vai bem de saúde?" — prossegui. O velho franziu o sobrecenho. "Deus sabe" — respondeu. — "Quer dizer que está casada?" — perguntei. O velho fingiu não ter ouvido a pergunta, e continuou a ler em murmúrio o meu salvo-conduto. Parei com as indagações e mandei preparar o chá. A curiosidade começava a incomodar-me, e eu tinha esperança de que o ponche desatasse a língua do meu velho conhecido.

Não me enganara: o velho não recusou o copo que lhe ofereci. Notei que o rum atenuava o seu ar sombrio. Com o segundo copo, tornou-se loquaz; lembrou-se, ou fingiu lembrar-se de mim, e eu ouvi dele um relato que me interessou e comoveu profundamente.

"Então o senhor conheceu a minha Dúnia? — começou ele.

— Mas quem não a conheceu? Ah, Dúnia, Dúnia! Que moça que ela era! Cada um que passasse, sempre a elogiava, ninguém lhe fazia uma censura. As senhoras a presenteavam, esta com um lencinho, aquela com uns brincos. Os senhores de passagem paravam de propósito, como se fosse para jantar ou cear, mas na realidade somente para olhá-la por mais tempo. Muitas vezes, um senhor importante, por mais zangado que estivesse, calava-se diante dela e passava a falar bondosamente comigo. Acredita, senhor? Portadores de mensagens e estafetas oficiais conversavam com ela meia hora. A casa mantinha-se graças aos seus cuidados: arrumar, cozinhar, dava conta de tudo. E eu, velho tonto, não cessava de olhá-la e de me alegrar. Não amava eu a minha Dúnia? Não mimava a minha filha? Não tinha ela vida boa? Mas não se evita o que está predestinado." Nesse ponto, começou a contar-me pormenores do infortúnio. Três anos atrás, numa noite de inverno, quando ele estava marcando as pautas de um livro novo e a filha costurando um vestido atrás do tabique, chegou uma troica e entrou na sala, exigindo cavalos, um viajante enrolado num xale, de chapéu circassiano e capote militar. Os cavalos estavam todos fora. Ouvindo esta notícia, o viajante levantou a voz e a chibata, mas Dúnia, que estava habituada a tais cenas, veio correndo de trás do tabique e dirigiu-se afavelmente ao recém-chegado, perguntando-lhe se queria comer alguma coisa. O aparecimento de Dúnia produziu o efeito habitual. Passou a fúria do viajante; ele concordou em esperar os cavalos e encomendou a ceia. Tirando o chapéu molhado e felpudo, desemaranhando o xale e arrancando fora o capote, o viajante apareceu como um

O chefe da estação

jovem e esbelto hussardo, de bigodinho negro. Instalou-se em casa do chefe e pôs-se a conversar alegremente com ele e com a filha, serviram a ceia. Nesse ínterim, chegaram os cavalos e o chefe ordenou que fossem imediatamente atrelados, mesmo sem ração, à *kibitka*[8] do militar; mas, entrando novamente em casa, encontrou o jovem estendido sobre um banco, quase desmaiado; sentira-se mal, doía-lhe a cabeça, era impossível partir... O que fazer?! O chefe da estação cedeu-lhe a cama e combinou-se que, se o doente não se sentisse melhor, mandar-se-ia chamar, na manhã seguinte, um médico em S...

No dia seguinte, o hussardo sentiu-se pior. O seu criado foi a cavalo à cidade, para trazer o médico. Dúnia amarrou-lhe à cabeça um lenço molhado em vinagre e sentou-se com a costura junto ao seu leito. Em presença do chefe da estação, o doente gemia e quase não dizia palavra, mas tomou duas xícaras de café e, gemendo sempre, encomendou o jantar. Dúnia não se afastava dele. A cada instante, ele pedia de beber e a moça dava-lhe uma caneca de limonada preparada por ela. O doente molhava os lábios e cada vez, ao devolver a caneca, apertava com a sua mão fraca, em sinal de gratidão, a mão de Dúnia. O médico chegou à hora do jantar. Segurou o pulso do doente, conversou com ele em alemão, e declarou em russo que o enfermo precisava unicamente de sossego e que uns dois dias depois poderia prosseguir viagem. O hussardo pagou-lhe vinte e cinco rublos pela consulta e convidou-o para jantar; o outro concordou; ambos comeram com muito apetite, tomaram uma garrafa de vinho e despediram-se muito satisfeitos um com o outro.

Passado mais um dia, o hussardo se reanimou de todo. Es-

---

[8] Espécie de carro coberto. (N. do T.)

tava extraordinariamente alegre e gracejava sem cessar, ora com Dúnia, ora com o chefe da estação; assobiava canções, conversava com os viajantes, copiava os seus salvo-condutos no livro da posta, e fez com que o bondoso chefe se afeiçoasse a ele a tal ponto que na manhã do terceiro dia lamentava precisar despedir--se do seu amável inquilino. Era domingo; Dúnia preparava-se para a missa. Trouxeram a *kibitka* do hussardo. Ele despediu-se do chefe da estação, depois de recompensá-lo generosamente pela casa e pela comida, despediu-se também de Dúnia, e se propôs a levá-la até a igreja, que ficava na extremidade da aldeia. Dúnia permanecia perplexa... "Do que é que tens medo? — disse-lhe o pai. — Sua Alta Nobreza não é um lobo e não vai te devorar. Vai com ele até a igreja." Dúnia sentou-se na *kibitka* ao lado do hussardo, o criado pulou para a boleia, o cocheiro assobiou e os cavalos partiram a galope.

O pobre chefe não compreendia como pudera ele mesmo permitir à sua Dúnia ir com o hussardo, como ficara cego a tal ponto, e o que se fizera naquele instante da sua razão. Não passara nem meia hora, e o coração começou a molestá-lo e a inquietação apoderou-se dele com tal intensidade que não se conteve e foi à missa. Aproximando-se da igreja, viu que o povo já se espalhava, mas Dúnia não estava nas proximidades do muro exterior, nem no adro. Entrou apressadamente na igreja: o sacerdote estava saindo do altar; o sacristão apagava as velas, duas velhinhas ainda permaneciam rezando num canto; mas Dúnia não estava na igreja. O pobre pai a muito custo se decidiu a perguntar ao sacristão se ela estivera na missa. O outro respondeu--lhe negativamente. O chefe da estação foi para casa, nem morto nem vivo. Ficara-lhe uma única esperança: talvez Dúnia, com a leviandade própria da idade, tivesse resolvido dar um passeio até a estação seguinte, onde vivia a sua madrinha. Esperava com in-

O chefe da estação

quietação torturante o regresso da troica em que a deixara ir. O cocheiro não voltava. Finalmente, chegou ao anoitecer, sozinho e embriagado, com a notícia terrível: "Dúnia partiu daquela estação com o hussardo, para mais longe".

O velho não pôde suportar o infortúnio; no mesmo instante, deitou-se em sua cama, que fora ocupada na véspera pelo jovem embusteiro. Agora, analisando todas as circunstâncias, adivinhava que a doença fora fingida. O coitado caiu com uma febre alta; levaram-no para S..., e, em seu lugar, designaram temporariamente um outro. Foi tratado pelo mesmo médico que fora visitar o hussardo. Ele afiançou ao chefe de estação que o jovem estivera com perfeita saúde, e que ainda naquele dia ele suspeitara da malévola intenção do rapaz, mas que se calara por temor à sua chibata. Quer o alemão dissesse a verdade, quer apenas pretendesse vangloriar-se da sua sagacidade, não consolou um pouco sequer, com isto, o pobre doente. Mal se restabeleceu, este pediu ao chefe dos Correios de S... uma licença de dois meses, e sem comunicar a pessoa alguma a sua intenção, partiu a pé, à procura da filha. Pelo salvo-conduto que ele copiara, sabia que o Capitão Mínski estava viajando de Smolénsk para Petersburgo. O cocheiro que o levara disse que Dúnia chorava em todo o percurso, embora parecesse viajar por sua livre vontade. "Talvez — pensava o chefe de estação — eu traga para casa a minha ovelhinha desgarrada." Com este pensamento, chegou a Petersburgo, onde se alojou no regimento Ismáilovski, em casa de um subtenente reformado, seu velho companheiro de serviço, e começou as buscas. Em breve, soube que o Capitão Mínski estava em Petersburgo e que morava na hospedaria de Diemutov. Decidiu-se a procurá-lo.

De manhã cedo, chegou ao vestíbulo do seu apartamento, e pediu comunicar a Sua Alta Nobreza que um velho soldado queria vê-lo. O lacaio militar, engraxando uma bota sobre uma forma, declarou-lhe que o patrão estava dormindo, e que antes das onze não recebia ninguém. O chefe de estação retirou-se e voltou na hora marcada. Mínski em pessoa apareceu diante dele, de roupão e quepe vermelho. "O que queres, irmão?" — perguntou ele. O coração do velho estremeceu, lágrimas marejaram-lhe os olhos, e, com voz trêmula, disse apenas: "Vossa Alta Nobreza!... Faça-me uma graça divina!...". Mínski lançou-lhe um rápido olhar, ficou vermelho, tomou-o pelo braço, levou-o para o escritório, fechando a porta atrás de si. "Vossa Alta Nobreza! — prosseguiu o velho. — Águas passadas não movem moinhos: devolva-me ao menos a minha pobre Dúnia. O senhor já se divertiu bastante com ela; não a desgrace sem motivo." — "O que está feito, não se volta atrás — disse o jovem, extremamente confuso. — Sou culpado diante de ti, e estou satisfeito de te pedir perdão, mas não penses que eu possa abandonar Dúnia; ela será feliz, dou-te a minha palavra de honra. Para que precisas dela? Dúnia gosta de mim e está desacostumada da sua primitiva condição. Nem tu nem ela poderá esquecer o que aconteceu." Em seguida, enfiou-lhe algo na manga, abriu a porta e o chefe de estação se viu na rua, sem saber como.

Permaneceu muito tempo imóvel, finalmente viu sob a aba da manga um rolo de papéis; retirou-os e desenrolou diante de si algumas notas amassadas de cinco e dez rublos. Lágrimas novamente lhe apareceram nos olhos — lágrimas de indignação! Comprimiu os papéis numa bolinha, jogou-os ao chão, amassou-os com o tacão e caminhou... Depois de alguns passos, parou, pensou um pouco... e voltou... mas as notas não estavam mais ali. Vendo-o, um jovem bem-vestido correu para um carro de praça, sentou-se apressadamente e gritou: "Corre!". O chefe de estação não o perseguiu. Resolveu ir para casa, para a sua estação de posta, mas antes disso queria ver ao menos uma vez mais a sua pobre Dúnia. Por isso, voltou uns dois dias depois à casa de Mínski; mas o lacaio militar disse-lhe severo que o patrão não recebia ninguém, empurrou-o com o peito para fora do vestíbulo e bateu-lhe com a porta no nariz. O chefe de estação permaneceu algum tempo ali e se retirou.

No mesmo dia, à noitinha, caminhava ele pela Litiéinaia, depois de ouvir missa na Igreja de Todos os Aflitos. De repente, passou na sua frente uma caleça elegante, a toda velocidade, e ele reconheceu Mínski. A caleça parou diante de uma casa de três andares, junto à escadaria de pedra, e o hussardo subiu correndo para o patamar. Um pensamento oportuno acudiu à mente do chefe de estação. Voltou e, chegando perto do cocheiro, perguntou: "De quem é esse cavalo, irmão? Não será de Mínski?". — "Exatamente — respondeu o cocheiro. — Mas o que tens com isso?" — "O seguinte: o teu patrão mandou-me levar um bilhetinho à casa da sua Dúnia, mas eu esqueci onde ela mora." "É aqui, no segundo andar. Chegaste tarde com o teu bilhete, irmão; agora, ele mesmo está lá." — "Não faz mal — replicou o chefe de estação, o coração num movimento indefinível. — Obrigado pela informação, saberei fazer o que se deve." Dito isso, subiu a escada.

A porta estava fechada; tocou a campainha; decorreram alguns segundos de uma espera angustiosa para ele. A chave reboou na fechadura, e abriu-se a porta. "É aqui que mora Avdótia Samsônovna?" — perguntou ele. "Aqui — respondeu a jovem criada. — Mas para que precisas dela?" Ele entrou na sala sem responder. "Não pode, não pode! — gritou-lhe a criada. — Avdótia Samsônovna está com visitas." Mas ele caminhou em frente, sem a ouvir. Os dois primeiros quartos estavam às escuras, o terceiro iluminado. Acercou-se da porta aberta e se deteve. No quarto admiravelmente decorado, Mínski estava sentado, pensativo. Trajada com todo o luxo da moda, Dúnia sentava-se no braço da sua poltrona, como uma amazona em sua sela inglesa. Olhava para Mínski enternecida, enrolando os negros cachos dele nos seus dedos faiscantes. Pobre chefe de estação! Nunca a filha lhe parecera tão linda; extasiava-se com ela sem querer. "Quem está aí?" — perguntou ela sem erguer a cabeça. Ele permanecia calado. Não recebendo resposta, Dúnia levantou a cabeça... e caiu com um grito sobre o tapete. Mínski correu assustado para levantá-la, e de repente, vendo no umbral o velho, deixou Dúnia e acercou-se dele trêmulo de raiva. "O que queres? — disse, apertando com força os dentes. — Por que te esgueiras sempre atrás de mim, como um salteador? Será que me queres apunhalar? Vai embora!" — e agarrando com mão forte o velho pela gola, empurrou-o para a escada.

Este foi para a casa em que se hospedara. O amigo aconselhou-o a apresentar queixa às autoridades; mas ele pensou um pouco e resolveu desistir de tudo. Dois dias depois, voltava de Petersburgo para a estação de posta, onde retomou o serviço. "Já é o terceiro ano — concluiu ele — que eu vivo sem Dúnia, e não ouço dela qualquer notícia. Deus sabe se está viva ou se morreu. Tudo acontece. Não é a primeira nem a última a ser seduzida por um maroto de passagem, e abandonada pouco depois. Em Petersburgo, há muitas dessas mocinhas tolas, que hoje andam de cetim e veludo, e amanhã, quando menos se espera, vão varrer a rua com a ralé dos botequins. Quando penso, às vezes, que Dúnia pode ter caído assim, incorro em pecado sem querer e desejo a sua morte..."

Tal foi o relato do meu amigo, o velho chefe de estação, relato frequentemente interrompido por lágrimas, que ele enxugava de modo pitoresco, com a aba da sobrecasaca, a exemplo do

O chefe da estação   41

esforçado Tieriêntitch, na linda balada de Dmítriev.[9] Essas lágrimas foram em parte provocadas pelo ponche, do qual ele ingerira cinco copos, no decorrer da narração; mas, de qualquer modo, elas me comoveram profundamente. Despedindo-me dele, durante muito tempo não pude esquecer o velho, nem deixar de pensar na pobre Dúnia...

Passando recentemente pelo lugarejo de..., lembrei-me do meu amigo; soube que a estação de posta chefiada por ele já fora extinta. Ninguém pôde dar-me resposta satisfatória à pergunta se estava vivo o velho chefe. Decidi visitar os lugares meus conhecidos, aluguei uns cavalos e dirigi-me à vila de N.

Foi no outono. Nuvens cinzentas cobriam o céu; um vento frio soprava dos campos ceifados, carregando folhas vermelhas e amarelas das árvores. Cheguei à vila ao pôr do sol, e parei junto à casa da antiga estação de posta. Uma mulher gorda saiu para o vestíbulo (onde outrora a pobre Dúnia me beijara) e respondeu às minhas perguntas que o velho chefe da estação morrera um ano atrás, que em sua casa instalara-se um cervejeiro, e que ela era a esposa deste. Lamentei aquela viagem inútil e o gasto vão de sete rublos. "Do que foi que ele morreu?" — perguntei à mulher. "De tanto beber, paizinho" — respondeu-me. "E onde foi enterrado?" — "Fora da vila, junto à patroa dele." — "Alguém me poderia levar até o seu túmulo?" — "Como não? Eh, Vanka![10] Chega de amolar o gato. Leva o patrão ao cemitério e mostra a ele o túmulo do chefe."

---

[9] "Caricatura", de I. I. Dmítriev (1760-1837). (N. do T.)

[10] Diminutivo de Ivan. (N. do T.)

A essas palavras um menino esfarrapado, ruivo e zarolho, correu ao meu encontro e me conduziu imediatamente para fora da vila.

— Você conheceu o defunto? — perguntei-lhe pelo caminho.

— Como não? Foi ele que me ensinou a recortar flautinhas. Às vezes (que a terra lhe seja leve!), vinha do botequim e nós atrás dele: "Vovozinho, vovozinho, avelãs!" — e ele nos dava avelãs. Gastava muito tempo com a gente.

— E os viajantes que passam, lembram-se dele?

— Agora, pouca gente passa por aqui; às vezes, vem o delegado, mas ele não se preocupa muito com defuntos. No verão, esteve por aqui uma senhora, que perguntou pelo velho e foi ao túmulo dele.

— Que senhora? — perguntei curioso.

— Uma senhora linda — respondeu o moleque. — Veio numa carruagem de seis cavalos, com três pequenos senhorezinhos e mais a ama de leite, e ainda um cachorro preto; e quando disseram a ela que o velho morreu, chorou e disse às crianças: "Fiquem quietos, que eu vou ao cemitério". Eu me ofereci para levá-la. Mas a senhora disse: "Eu conheço o caminho". E me deu cinco copeques de prata... que senhora bondosa!...

Chegamos ao cemitério, um lugar nu, sem muro ou cerca, coberto de cruzes de madeira, sem nenhuma árvore de sombra. Em toda a minha vida, nunca vi um cemitério tão triste.

— Aqui é o túmulo do velho chefe da estação — disse-me o menino, pulando para um monte de areia, em que estava cravada uma cruz negra, com uma imagem de cobre.

— E a senhora veio cá? — perguntei.

— Veio — respondeu Vanka. — Fiquei olhando para ela de longe. Ela se deitou aqui e passou muito tempo assim. Depois a senhora foi para a aldeia, chamou o pope,[11] deu dinheiro a ele, e me deixou cinco copeques de prata... que senhora simpática!

Dei também cinco copeques ao menino e não lamentei mais a viagem, nem os sete rublos que eu gastara.

Tradução de Boris Schnaiderman

---

[11] Sacerdote da Igreja russa. (N. do T.)

O TIRO

> *E atiramos um no outro.*
>
> Baratínski[1]
>
> *Jurei abatê-lo segundo as leis do duelo*
> *(ele ainda me deve esse tiro).*
>
> *Noite no bivaque*[2]

I

Estacionávamos no lugarejo de... É sabido o modo de vida de um oficial de linha. De manhã, instrução geral, equitação; janta-se em casa do comandante do regimento ou na taverna do judeu; de noite, ponche e cartas. Em... não havia uma casa em que se recebessem oficiais, ou sequer uma moça casadoura — reuníamo-nos em casa um do outro, onde não víamos nada além dos nossos próprios uniformes.

Um único civil pertencia ao nosso grupo. Tinha perto de trinta e cinco anos e, por isso, nós o considerávamos um velho. A experiência da vida proporcionava-lhe muitas vantagens sobre nós outros; e além disso, o seu habitual ar carrancudo, o gênio

---

[1] Ievguêni A. Baratínski (1800-1844), poeta russo. (N. do T.)

[2] Novela de Aleksandr Biestujev (1797-1837). (N. do T.)

difícil e a linguagem violenta exerciam forte influência sobre os nossos jovens espíritos. Algo de misterioso cercava o seu destino; parecia russo, mas usava nome estrangeiro. Servira outrora como hussardo, e até com êxito; ninguém sabia o que o obrigara a reformar-se e vir residir no lugarejo pobre, onde vivia ao mesmo tempo modestamente e com dissipação; andava invariavelmente a pé e usava uma sobrecasaca negra, puída, mas tinha sempre a mesa posta para todos os oficiais do nosso regimento. É verdade que o jantar consistia em dois ou três pratos, preparados por um ex-soldado, mas, ao mesmo tempo, o champanhe se vertia a jorros. Ninguém conhecia as suas posses ou rendimentos, e ninguém se atrevia a perguntar-lhe isto. Tinha livros, na maioria sobre temas de guerra e romances. Emprestava-os de bom grado, sem jamais os pedir de volta; em compensação, nunca devolvia ao dono um livro tomado de empréstimo. O seu principal exercício consistia em tiro de pistola. As paredes do seu quarto estavam crivadas de balas, cobertas de furos como favos de mel. Uma preciosa coleção de pistolas constituía o único luxo da pobre casinha de taipa que habitava. Era incrível a perfeição que atingira, e se ele se tivesse proposto derrubar com um tiro uma pera colocada sobre o quepe de qualquer de nós, ninguém do nosso regimento trepidaria em oferecer a cabeça para tal demonstração. Frequentemente se falava de duelos; Sílvio (vou chamá-lo assim) nunca se intrometia na conversa. Quando alguém lhe perguntava se tomara parte em algum encontro, respondia secamente que sim, mas não entrava em pormenores, e era evidente que tais perguntas lhe eram desagradáveis. Supúnhamos que lhe pesasse na consciência alguma vítima infeliz da sua terrível arte. Aliás, não nos ocorria sequer suspeitar nele algo semelhante a temor. Há pessoas cujo simples aspecto afasta suspeitas dessa ordem. Uma ocorrência casual deixou-nos, porém, a todos estupefatos.

De uma feita, jantávamos uns dez oficiais, em casa de Sílvio. Bebíamos como de costume, isto é, muitíssimo; depois do jantar, começamos a pedir-lhe que bancasse numa partida. Ficou muito tempo se recusando, pois não jogava quase nunca; finalmente, mandou trazer o baralho, espalhou sobre a mesa meio cento de *tchervôntzi*[3] e sentou-se para bancar. Rodeamo-lo e o jogo começou. Sílvio tinha o hábito de manter absoluto silêncio durante as partidas, nunca discutia nem se explicava. Se acontecia a um jogador enganar-se na conta, ele imediatamente pagava o excesso ou anotava a diferença a favor de si mesmo. Já conhecíamos este seu costume, e não o impedíamos de agir à sua maneira; mas estava conosco um oficial transferido recentemente para a unidade. Jogando distraidamente, este declarou um ponto a mais para o oponente. Sílvio apanhou o giz e alterou a conta, como de costume. Pensando que o dono da casa se tivesse enganado, o oficial lançou-se em explicações. Sílvio continuou a dar cartas em silêncio. Perdendo a paciência, o oficial tomou o apagador e anulou o que lhe parecia anotado sem razão. Sílvio pegou o giz e tornou a anotar o número. Excitado pelo vinho, pelo jogo e pelo riso dos companheiros, o outro considerou-se profundamente ofendido, e agarrando, num acesso de furor, um castiçal de cobre que estava sobre a mesa, atirou-o contra Sílvio, que mal teve tempo de se desviar do golpe. Ficamos perplexos. Sílvio ergueu-se, pálido de raiva, e disse, os olhos cintilando: "Queira sair, meu senhor, e agradeça a Deus que isso tenha acontecido em minha casa".

Não duvidamos das consequências, e já considerávamos o nosso novo colega um cadáver. O oficial saiu, dizendo que estava

---

[3] Plural de *tchervônietz*, moeda de dez rublos. (N. do T.)

disposto a responder à ofensa da maneira que aprouvesse ao senhor banqueiro. O jogo continuou mais alguns minutos; sentindo, porém, que o dono da casa tinha mais em que pensar, fomos saindo um a um, e nos dirigimos para os nossos alojamentos, comentando a próxima baixa.

No dia seguinte, no picadeiro, perguntávamos um ao outro se o pobre tenente ainda estava vivo, quando ele apareceu em pessoa; fizemos-lhe a mesma pergunta. Respondeu-nos que ainda não tivera qualquer notícia de Sílvio. Isto nos surpreendeu. Fomos à casa de Sílvio e encontramo-lo no pátio, acertando uma bala em cima da outra, num ás pregado ao portão. Recebeu-nos como de costume, sem dizer palavra sobre a ocorrência da véspera. Passaram-se três dias, e o tenente ainda vivia. Perguntávamos surpreendidos: será possível que Sílvio não lute? Mas Sílvio realmente não provocou um duelo. Contentou-se com uma explicação muito ligeira e fez as pazes.

Isto chegou a prejudicá-lo extraordinariamente na opinião dos moços. Gente moça desculpa menos que tudo a falta de coragem e vê geralmente nesta última o suprassumo da dignidade humana, bem como a escusa para os vícios mais diversos. No entanto, aos poucos, tudo foi esquecido, e Sílvio tornou a exercer a primitiva influência.

Somente eu não conseguia reaproximar-me dele. Dotado de uma imaginação romântica, estivera antes disso, num grau maior que os demais, ligado a esse homem, cuja vida era um enigma e que me parecia herói de alguma novela misteriosa. Ele gostava de mim; pelo menos, eu era o único em cuja companhia ele deixava a habitual linguagem ríspida e sarcástica, para falar sobre diferentes assuntos, de modo simples e extremamente agradável. Mas, depois daquela infeliz noitada, a ideia de que a sua honra tinha sido manchada e, por sua própria vontade, não fora desagravada, essa ideia não me deixava e impedia-me de tratá-lo como antes, envergonhava-me de olhar para ele. Sílvio era muito inteligente e experimentado para não o perceber e não adivinhar o motivo da minha atitude. Parece que isto o entristecia; pelo menos, notei nele umas duas vezes um desejo de se explicar comigo; mas eu evitava essas oportunidades, e Sílvio afastou-se de mim. Depois disso, eu só me encontrava com ele na presença de colegas, e as nossas conversas francas tiveram fim.

Os distraídos habitantes da capital não têm a menor ideia sobre muitas emoções tão conhecidas dos habitantes de aldeias ou cidadezinhas do interior, como por exemplo, a espera do dia do correio: às terças e sextas, a casa das ordens do regimento ficava repleta de oficiais. Uns esperavam dinheiro, outros cartas ou jornais. Geralmente, os envelopes eram abertos ali mesmo, as notícias comunicavam-se aos companheiros, e a casa das ordens apresentava o mais animado dos quadros. Sílvio recebia cartas endereçadas para o nosso regimento e costumava estar ali nessas ocasiões. Certa vez, entregaram-lhe um envelope, cujo lacre ele arrancou, com uma expressão de impaciência extrema. Enquanto lia rapidamente a carta, os seus olhos faiscavam. Os oficiais, ocupados com as suas próprias cartas, não perceberam nada. "Senhores — disse-lhes Sílvio —, as circunstâncias obrigam-me a ausentar-me imediatamente; partirei esta noite mesmo; espero que não se recusem a jantar comigo pela última vez. Espero o senhor também — prosseguiu, dirigindo-se a mim —, espero-o sem falta." Dito isso, saiu precipitadamente; quanto a nós, combinada a reunião em casa de Sílvio, dispersamo-nos.

Cheguei à sua casa à hora marcada, e encontrei lá quase todo o regimento. As suas coisas já estavam prontas para a mudança, restavam apenas as paredes nuas, picotadas de balas. Sentamo-nos à mesa; o dono da casa estava muito bem-humorado

O tiro

e, em pouco tempo, a sua alegre disposição comunicou-se a todos; rolhas espoucavam a cada momento, a bebida espumava sem cessar, e nós nos aplicávamos em desejar ao que partia uma boa viagem e todas as felicidades possíveis. Era noite alta quando nos erguemos da mesa. Na hora de apanhar os quepes, Sílvio, ao despedir-se de todos, tomou-me o braço e me deteve no momento em que me preparava para sair. "Preciso falar contigo" — disse em voz baixa. Fiquei.

Os convidados se foram; ficamos a sós, sentamo-nos frente a frente e acendemos em silêncio os nossos cachimbos. Sílvio estava preocupado; não lhe ficara um vestígio sequer da sua alegria convulsiva. Uma palidez soturna, os olhos cintilantes e a fumaça densa, que lhe saía da boca, davam-lhe um ar verdadeiramente diabólico. Decorreram alguns instantes, e Sílvio rompeu o silêncio.

— É possível que não nos vejamos nunca mais — disse-me ele. — Antes da separação, quero explicar-me contigo. Podes ter notado que eu respeito pouco a opinião alheia. Mas eu gosto de ti e sinto que seria aflitivo para mim deixar em teu espírito uma impressão injusta.

Fez uma pausa e começou a encher o cachimbo; eu me mantinha calado, os olhos baixos.

— Estranhaste — prosseguiu ele — que eu não tivesse exigido satisfações desse bêbado estouvado que é R... Deve convir comigo que, tendo eu o direito de escolher a arma, a vida dele estava em minhas mãos e a minha quase segura; poderia atribuir a minha moderação exclusivamente à generosidade, mas não quero mentir. Se eu pudesse castigar R... sem arriscar a vida, não lhe teria perdoado aquilo de modo algum.

Olhei estupefato para Sílvio. Tal confissão deixou-me completamente confuso. Ele prosseguiu.

— Exatamente: eu não tenho o direito de me arriscar a morrer. Seis anos atrás, recebi uma bofetada, e meu inimigo ainda está vivo.

Minha curiosidade ficou fortemente espicaçada.

— Não lutaste com ele? — perguntei. — As circunstâncias naturalmente os separaram.

— Lutei com ele — respondeu Sílvio — e eis a relíquia do nosso duelo.

Levantou-se e tirou de uma caixa de papelão um chapéu vermelho, com um pompom dourado e um galão (aquilo que os franceses chamam *bonnet de police*); colocou sobre a cabeça: estava traspassado a um *vierchók*[4] da testa.

— Sabes — prosseguiu Sílvio — que eu servi no regimento hussardo de... Já conheces o meu gênio: estou acostumado a ser o primeiro em tudo, e, quando moço, isso constituía verdadeira paixão. No nosso tempo, a turbulência estava em moda, e eu era o maior turbulento do exército. Nós nos vangloriávamos da bebedeira, e eu bebia mais que o glorioso Burtzóv, cantado por Denís Davidov.[5] Os duelos sucediam-se em nosso regimento; em todos eles, eu era testemunha ou participante. Os companheiros adoravam-me, e os comandantes do regimento, frequentemente substituídos, consideravam-me um mal necessário.

Eu me deliciava calma (ou, melhor, inquietamente) com a minha glória, quando veio para a nossa unidade um jovem de uma família rica e ilustre (não quero dizer o seu nome). Eu nunca encontrara tamanho felizardo! Imagine a mocidade, a inteligência, a beleza, a mais desenfreada alegria, o maior desprendi-

---

[4] Medida russa correspondente a 4,4 cm. (N. do T.)

[5] D. V. Davidov (1784-1839), general hussardo e poeta. (N. do T.)

O tiro

mento e coragem, um nome famoso, o dinheiro, cuja conta não conhecia, e que nunca acabava, e imagine que papel devia desempenhar em nosso meio. A minha primazia perigou. Encantado com a minha fama, começou a procurar a minha amizade; mas eu o recebi com frieza, e ele afastou-se de mim, sem lamentá-lo nem um pouco. Passei a odiá-lo. Os seus êxitos no regimento e com as mulheres deixavam-me completamente desesperado. Comecei a procurar um pretexto de briga; ele respondia aos meus epigramas com outros, que me pareciam sempre mais originais e espirituosos que os meus, e que eram naturalmente muito mais alegres; ele estava gracejando, enquanto eu expressava o meu rancor. Afinal, certa vez, num baile em casa de um senhor de terras polaco, vendo-o objeto da atenção de todas as senhoras e, sobretudo, da própria dona da casa, com quem eu mantinha ligação amorosa, disse-lhe ao ouvido alguma grosseria baixa. Ele ficou vermelho e me deu uma bofetada. Corremos a apanhar os sabres; havia senhoras desmaiando; fomos apartados e, naquela madrugada mesmo, dirigimo-nos para o local do duelo.

Isto foi ao amanhecer. Fiquei no lugar marcado, com os meus três padrinhos. Esperava o meu opositor com uma impaciência indescritível. Um sol de primavera já se levantara, e começava a fazer calor. Eu o vi de longe. Vinha a pé, a túnica pendurada no sabre, acompanhado de um padrinho. Fomos ao seu encontro. Ele se aproximava, segurando o quepe cheio de cerejas. Os padrinhos mediram doze passos. Eu devia atirar primeiro; mas o rancor tumultuava em mim com tal intensidade que eu não confiava mais na firmeza da minha mão, e, para me dar tempo de esfriar, cedi o primeiro tiro; o meu adversário não concordou. Resolveu-se tirar a sorte: o primeiro tiro coube a ele, eterno favorito da fortuna. Fez pontaria e traspassou o meu quepe. Era a minha vez. A vida dele finalmente em minhas mãos; olhei-o com avidez, procurando surpreender uma sombra de inquietação ao menos... Ele estava sob a mira da minha pistola, escolhendo dentro do quepe cerejas maduras e cuspindo fora os caroços, que chegavam até onde eu estava. A sua indiferença me enfureceu. O que adianta, pensei, privá-lo da vida, se ele não lhe dá nenhum valor? Um pensamento perverso perpassou-me na mente. Baixei a pistola.

"Ao que parece, o senhor tem agora mais que fazer do que pensar na morte — disse eu. — Está fazendo uma refeição e não quero estorvá-lo." — "O senhor não me estorva em nada — replicou ele. — Queira atirar, ou, melhor, faça como quiser; tem direito a um tiro, e eu estarei sempre à sua disposição." Dirigi-me aos padrinhos, declarando que não pretendia mais atirar naquele dia, e assim terminou o duelo.

Fui reformado e vim para este lugarejo. Desde então, não passou um dia sequer em que eu não pensasse na vingança. E eis que chegou a minha hora...

Tirou do bolso e deu-me para ler a carta que recebera naquela manhã. Alguém (devia ser o seu procurador) escrevia-lhe de Moscou que *determinado indivíduo* estava para contrair matrimônio legítimo com uma jovem encantadora.

— O senhor adivinha naturalmente — disse Sílvio — quem é esse *determinado indivíduo*. Vou a Moscou. Veremos se ele aceitará a morte antes do casamento com a mesma indiferença com que a esperou com as suas cerejas!

Dito isso, Sílvio levantou-se, atirou ao chão o quepe e pôs-se a andar pelo quarto, como um tigre na jaula. Eu o escutava imóvel, inquietavam-me sentimentos estranhos e contraditórios.

O criado entrou, dizendo que os cavalos estavam prontos. Sílvio apertou-me com força a mão; beijamo-nos. Sentou-se na pequena telega onde estavam duas malas, uma das quais com as pistolas, a outra com a bagagem. Despedimo-nos mais uma vez, e os cavalos partiram a galope.

II

Passaram alguns anos e certas circunstâncias de família obrigaram-me a instalar-me numa pobre aldeola do distrito de N... Ocupando-me com as coisas domésticas, eu não cessava de suspirar baixinho pela minha vida anterior, bulhenta e sem cuidados. O mais difícil para mim era passar as noites de primavera e inverno em absoluta solidão. Até o jantar, eu ainda conseguia gastar o tempo, conversando com o estároste da aldeola, percorrendo os campos ou visitando estabelecimentos novos; mas, apenas começava a escurecer, eu não sabia o que fazer de mim. Decorei os poucos livros que encontrei debaixo dos armários e na despensa. A despenseira Kirílovna repetiu para mim todos os contos que podia lembrar; as canções das mulheres da aldeia deixavam-me angustiado. Ataquei a *nalivka*,[6] ainda sem açúcar, mas ela me dava dor de cabeça; e ainda confesso que tive medo de me tornar borracho por desgosto, isto é, o borracho mais borracho, conforme inúmeros exemplos que vi em nosso distrito. Não tinha vizinhos próximos, a não ser dois ou três desses bêbados, cuja palestra consistia principalmente em soluços e suspiros. A solidão era mais suportável.

A quatro verstas,[7] ficava a rica propriedade da condessa B..., mas nela vivia somente o administrador; a condessa visitara a

---

[6] Licor caseiro, geralmente de ginja. (N. do T.)

[7] Versta: medida russa equivalente a 1,067 quilômetros. (N. do T.)

propriedade apenas uma vez, no primeiro ano de casada, e assim mesmo passara ali um mês, não mais. No entanto, na segunda primavera de meu isolamento, espalhou-se o boato de que a condessa e o marido viriam passar o verão em sua aldeia. E realmente chegaram nos primeiros dias de junho.

A chegada de um vizinho rico marca época na vida dos habitantes de uma aldeia. Os proprietários e os seus servos comentam a notícia uns dois meses antes e até três anos depois. Quanto a mim, confesso que a vinda de uma vizinha jovem e encantadora causou-me grande emoção; eu ardia em impaciência de vê-la e, por isto, no primeiro domingo da sua chegada, fui depois do jantar à aldeia de..., a fim de me recomendar a Suas Altezas, como vizinho próximo e servidor fidelíssimo.

O lacaio fez-me entrar no gabinete do conde e foi anunciar a minha chegada. O amplo gabinete estava mobiliado com muito luxo; junto às paredes, havia armários de livros, com um busto de bronze em cima de cada; um largo espelho estava suspenso sobre a lareira de mármore; o chão era forrado com pano verde e coberto de tapetes. Tendo perdido em meu pobre vilarejo o hábito do luxo, e havendo passado muito tempo sem ver riquezas alheias, fiquei intimidado e esperei o conde com certo tremor, como um solicitante provinciano espera a saída do ministro. Abriu-se a porta e entrou um homem de uns trinta e dois anos, com uma bela aparência. O conde aproximou-se de mim, com ar franco e amistoso; esforçava-me por criar ânimo, e comecei a recomendar-me, porém ele me deteve. Sentamo-nos. A conversa, fluente e amável, dissipou logo a minha timidez, que se tornara selvagem; eu já estava começando a voltar à disposição de ânimo habitual, quando de repente entrou a condessa, e a timidez tomou conta de mim, ainda mais intensa. Realmente, era uma linda mulher. O conde me apresentou; eu queria parecer desemba-

O tiro

raçado, mas quanto mais me esforçava por adquirir um ar de naturalidade, mais encabulado me sentia. Para me dar tempo de voltar a mim e habituar-me aos novos conhecidos, eles começaram a conversar entre si, tratando-me como um bom vizinho e sem qualquer cerimônia. No entretanto, pus-me a andar pelo gabinete, examinando livros e quadros. Não sou entendedor de quadros, mas um deles atraiu-me a atenção. Representava uma vista da Suíça; o que me surpreendeu, no entanto, não foi a beleza da pintura, e sim o fato de ter sido o quadro traspassado com duas balas, cravadas uma em cima da outra.

— Eis um bom tiro — disse eu, dirigindo-me ao conde.

— Sim — respondeu ele —, um tiro admirável. E o senhor, atira bem?

— Regular — respondi, alegrando-me com o fato de que a conversa tinha finalmente por objeto um assunto que eu conhecia. — A trinta passos, não deixarei de acertar numa carta de baralho, isto com uma pistola conhecida, é claro.

— Realmente? — disse a condessa, com uma expressão de grande interesse. — E tu, meu bem, acertarias numa carta, a trinta passos?

— Algum dia — respondeu o conde — vamos experimentar. Em meu tempo, atirava regularmente; mas há quatro anos não seguro uma pistola.

— Oh! — observei. — Neste caso, aposto a cabeça em como Vossa Alteza não vai acertar numa carta, nem a vinte passos: o tiro de pistola requer exercícios diários. Isto eu sei por experiência própria. Em nosso regimento, eu era considerado um dos primeiros atiradores. Certa vez, aconteceu-me passar um mês inteiro sem segurar uma pistola, pois as minhas estavam em conserto; pois bem, o que pensa Vossa Alteza? Na primeira vez em que atirei falhei quatro vezes seguidas, fazendo pontaria sobre uma garrafa, a vinte e cinco passos. Tínhamos um capitão espirituoso e brincalhão; ele me disse: "É que, irmão, não te atreves a maltratar a garrafa". Não, Vossa Alteza, não se pode desprezar o exercício, senão se acaba perdendo de uma vez o hábito. O melhor atirador que me aconteceu encontrar, dava pelo menos três tiros antes do jantar. Era um hábito consagrado, como um cálice de vodca.

O conde e a condessa estavam satisfeitos porque eu me desembaraçara.

— E como atirava ele? — perguntou-me o conde.

— Eis como, Vossa Alteza: via às vezes uma mosca pousada na parede... A senhora está rindo, condessa? Juro por Deus que é verdade. Acontecia-lhe ver a mosca, e logo gritava: "Kuzka,[8] minha pistola!". Kuzka levava para ele a pistola armada. E — bumba — a mosca ficava pregada na parede!

— É espantoso! — disse o conde. — E como se chamava ele?

— Sílvio, Vossa Alteza.

— Sílvio! — exclamou o conde, erguendo-se de um pulo. — O senhor conheceu Sílvio?

— Como não o conhecer, Alteza? Fomos amigos, ele era recebido em nosso regimento como irmão e companheiro; mas há cinco anos já que não tenho dele qualquer notícia. Quer dizer que Vossa Alteza o conheceu também?

— Conheci, e muito bem. Ele não lhe contou acaso... mas não; não creio; não lhe contou uma ocorrência muito estranha?

— Não será, Alteza, aquela bofetada que ele recebeu no baile, de não sei que maroto?

---

[8] Diminutivo de Kuzmá. (N. do T.)

O tiro

— E ele não disse ao senhor o nome desse maroto?

— Não, Vossa Alteza, não disse... Ah, Vossa Alteza! — prossegui, adivinhando a verdade. — Perdão... eu não sabia... Não foi o senhor?...

— Eu mesmo — respondeu o conde, com expressão muito aborrecida —, e o quadro traspassado com bala é uma relíquia do nosso último encontro...

— Ah, querido — disse a condessa —, pelo amor de Deus, não contes a história, que eu me assusto só de ouvi-la.

— Não — replicou o conde —, vou contar tudo; ele sabe como eu ofendi o seu amigo, que saiba também de que modo Sílvio se vingou de mim.

O conde me ofereceu uma poltrona e eu ouvi com o mais vivo interesse o seguinte relato.

"Casei-me há cinco anos. Passei o primeiro mês, *the honeymoon*, aqui nesta aldeia. Devo a esta casa os melhores momentos da minha vida e uma das recordações mais penosas.

Uma vez, passeávamos os dois a cavalo, à noitinha; o animal em que ia minha mulher começou a mostrar-se caprichoso; ela se assustou, deu-me as rédeas e caminhou para casa; fui na frente. No pátio, vi uma telega de estrada; disseram-me que em meu gabinete estava um homem que não quisera dar o nome e dissera apenas que precisava falar comigo. Entrei nesta mesma sala e vi no escuro um homem coberto de poeira e de barba crescida; estava aqui, em pé junto à lareira. Aproximei-me dele, procurando lembrar-me das suas feições. 'Não me reconheces, conde?' — perguntou ele, a voz trêmula. 'Sílvio!' — gritei, e confesso que senti os meus cabelos de repente se eriçarem. 'Exatamente — prosseguiu ele —, tenho direito a um tiro; vim para descarregar a minha pistola; estás pronto?' A pistola saía-lhe de um bolso lateral. Medi doze passos, e me coloquei naquele canto, pedindo-lhe que atirasse o mais depressa possível, enquanto minha mulher não voltava. Ele se demorou. Pediu luz. Trouxeram velas. Tranquei a porta, disse que ninguém entrasse e lhe pedi novamente para atirar. Ele tirou a pistola e fez pontaria... Eu contava os segundos... pensava nela... Decorreram uns instantes terríveis! Sílvio baixou o braço. 'Lamento — disse ele — que a pistola não esteja carregada com caroços de cereja... a bala é pesada. Tenho a impressão de que isso não é um duelo, mas um homicídio; não estou acostumado a fazer pontaria sobre um homem inerme. Vamos começar de novo; tiremos a sorte, para ver quem deve atirar primeiro.' A cabeça ia-me em roda... Parece que protestei... Finalmente, armamos mais uma pistola; enrolamos dois papeizinhos. Ele os colocou no quepe atravessado outrora pela minha bala; tirei mais uma vez o primeiro número. 'Tens uma sorte infernal, conde' — disse-me com um sorriso que nunca hei de esquecer. Não compreendo o que se passava comigo, e de que modo ele me forçou a isso... mas eu atirei e acertei nesse quadro. (O conde apontou com o dedo o quadro traspassado a bala; tinha o rosto em fogo; a condessa estava mais pálida que seu lenço. Não pude evitar uma exclamação.)

Atirei — prosseguiu o conde — e, graças a Deus, falhei; então Sílvio... (nesse momento, ele tinha um aspecto realmente terrível) começou a fazer pontaria em mim. De repente, a porta se abriu. Macha entrou correndo e se atirou chorando ao meu pescoço. A presença dela me devolveu o ânimo. 'Querida — disse-lhe eu —, não estás vendo que é uma brincadeira? Como te assustaste! Vai tomar um copo d'água e volta para cá; vou apresentar-te um velho amigo e companheiro.'

Macha não se convenceu. 'Diga-me se o meu marido está contando a verdade — perguntou, dirigindo-se ao terrível Sílvio. — É verdade que estão brincando?' — 'Ele está sempre brincan-

O tiro

do, condessa — respondeu ele. — Certa vez, ele me deu uma bofetada por brincadeira, atravessou-me com uma bala este quepe, também por brincadeira, atirou ainda agora e não acertou em mim, sempre por brincadeira; agora me deu também na telha de brincar um pouco...' Dito isso, quis fazer pontaria em mim... na presença dela! Macha atirou-se aos seus pés. 'Levanta-te, Macha, que vergonha! — gritei furioso. — E o senhor não vai deixar de escarnecer essa pobre mulher? Atira ou não?' — 'Não atiro — respondeu Sílvio. — Estou satisfeito; vi o teu estado de confusão, o teu medo; obriguei-te a atirar em mim, isso me basta. Vais lembrar-te de mim. Entrego-te à tua consciência.' Ia já saindo, mas de repente parou no umbral da porta, olhou para o quadro que eu traspassara com uma bala, atirou nele quase sem mirar e sumiu. Minha mulher estava desmaiada; os meus homens não se atreveram a detê-lo, e olhavam-no horrorizados; saiu para o patamar da escada, chamou o cocheiro e foi-se, antes que eu tivesse tempo de vir a mim."

O conde se calou. Desse modo, conheci o final do romance, cujo princípio me deixara outrora tão impressionado. Nunca mais me encontrei com o seu herói. Dizem que, durante a revolta de Alexandre Ipsilânti, Sílvio chefiava um destacamento de heteristas[9] e que perto de Skuliâni[10] foi morto em combate.

Tradução de Boris Schnaiderman

---

[9] De *Philiké Hetairia*, sociedade secreta que visava a Independência grega. (N. do T.)

[10] Local da batalha entre gregos e turcos em 17 de junho de 1821. (N. do T.)

Nikolai Gógol

Nikolai Vassílievitch Gógol nasceu em 1º de abril de 1809, na província de Poltava, atual Ucrânia. Era filho de Vassíli Afanássievitch e Maria Ivánovna Gógol-Ianóvski. A infância do futuro escritor e dramaturgo transcorreu numa atmosfera mesclada de arte e misticismo. Sua mãe possuía grande fervor religioso; seu pai, um pequeno proprietário de terras, era apaixonado por literatura e teatro. Entre 1818 e 1821, Gógol estudou numa escola de Poltava, e depois no ginásio de Niêjin.

Em 1829, mudou-se para São Petersburgo. Nesse mesmo ano, publicou o poema *Hanz Küchelgarten*, que foi mal recebido pela crítica. No ano seguinte, entretanto, o autor obteve seu primeiro êxito literário com o conto "A noite de São João", baseado numa lenda popular ucraniana. O sucesso da obra serviu de estímulo a Gógol, e no biênio 1831-32 foram publicados, em dois volumes, os *Serões numa granja perto de Dikanka*, coletânea de contos igualmente inspirados no folclore de sua terra natal. Em 1835, foram publicadas mais duas coletâneas de narrativas: *Arabescos* e *Mírgorod*. Desta última fazia parte a novela *Tarás Bulba*. O ano seguinte foi marcado pela estreia de *O inspetor geral*, a mais famosa peça teatral de Gógol.

Ainda em 1836, o escritor viajou pela Suíça, França e Itália. Em Paris, recebeu a notícia da morte do poeta e amigo Púchkin, fato que o deixou profundamente abalado. Em Roma, trabalhou com afinco na composição de *Almas mortas*, e em 1841 retornou à Rússia. A primeira parte de *Almas mortas* foi publicada em maio de 1842, ano em que o autor organizou a primeira edição de suas obras completas em quatro volumes. No terceiro volume encontrava-se o conto "O capote", que exerceria influência sobre muitos escritores russos das gerações posteriores.

No ano de 1845, em meio à grave crise espiritual que o atormentaria até o fim da vida, Gógol queimou a primeira versão da segunda parte de *Almas mortas*, cuja redação ele retomaria entre 1848-49. Mas no início de 1852 adoeceu gravemente, sofrendo constantes delírios; na noite de 11 para 12 de fevereiro, queimou o manuscrito da segunda versão da segunda parte de *Almas mortas* juntamente com outros papéis — e, menos de um mês depois, no dia 4 de março, faleceu.

Os dois contos reproduzidos nesta antologia, "Diário de um louco" (1835) e "O nariz" (1836), são considerados, ao lado de "O capote", as obras-primas de Gógol no gênero da narrativa curta. "Diário de um louco", talvez o único conto do autor narrado em primeira pessoa, traz a história de um pequeno funcionário público que vai progressivamente enlouquecendo durante o reinado do tsar Nicolau I, período de grande repressão na Rússia. "O nariz", inspirado na obra de E. T. A. Hoffmann, é uma sátira aos costumes da época, precursora do realismo mágico na literatura.

DIÁRIO DE UM LOUCO

Outubro, dia 3

Hoje aconteceu um incidente fora do comum. Levantei-me bastante tarde e, quando Mavra me trouxe as botas escovadas, perguntei as horas. Ouvindo que já passava muito das dez, tratei de me vestir o mais depressa possível. Confesso que não iria de jeito nenhum ao departamento se soubesse de antemão a cara azeda que o nosso chefe do departamento iria fazer. Há muito tempo ele vem me dizendo: "O que é que você tem, meu rapaz? Sua cabeça é uma eterna barafunda. Ora parece um possesso de tão agitado, ora embaralha as coisas de tal modo que nem satanás entende, escreve títulos com minúsculas, não põe data nem número". Garça maldita! O que ele tem mesmo é inveja de mim porque eu fico no gabinete do diretor limpando as penas para Sua Exa. Numa palavra, eu não iria ao departamento não fosse a esperança de ver o tesoureiro e, se calhasse, pedir àquele judeu um valezinho por conta dos meus vencimentos. Eis uma figura difícil! Para ele soltar algum dinheiro um mês adiantado é um verdadeiro deus nos acuda, é mais fácil chegar o dia do Juízo. Pode pedir, pode se arrebentar, pode esticar de necessidade que esse diabo grisalho não dá. Mas em casa até a cozinheira lhe bate na cara. Todo mundo sabe disso. Não entendo qual é a vantagem de servir no departamento. Não tem nenhum recurso. Já na administração provincial, nas câmaras cíveis e na casa da moeda a coisa é bem diferente: lá você vê um sujeito metido num canto e escrevendo. Um fraque bem ruinzinho, um focinho desses que dão até engulhos, mas em compensação que casa de campo ele aluga para morar! Que ninguém se meta a lhe servir em xícara de porcelana dourada: "Isso — costuma dizer — é presente para doutor", porque o que ele quer mesmo é um par de trotões ou uma caleche, ou um casaco de pele de castor de uns trezentos rublos. É de aparência tão suave, fala com tanta delicadeza: "Empresta a tesourinha para consertar uma peninha?", mas depena de tal modo o requerente que o deixa só de cueca. É verdade que, em contrapartida, a nossa repartição é nobre, em todos os cantos há uma limpeza que a administração provincial nunca viu: mesas de mogno e todos os chefes tratados por *vós*. E reconheço mesmo: não fosse a nobreza do serviço, eu já teria deixado o departamento há muito tempo.

Vesti meu velho capote e apanhei o guarda-chuva, porque chovia torrencialmente. Não havia ninguém na rua; apenas mulheres enfiadas em suas imensas saias, comerciantes russos sob guarda-chuvas e cocheiros que passavam diante dos meus olhos. De gente nobre, só um nosso irmão funcionário passava a passos arrastados. Encontrei-o num cruzamento de ruas. Assim que o vi, disse cá com meus botões: "Ah, não, meu caro, não é para o departamento que estás indo, estás é apressando o passo atrás daquela que vai ali na frente e olhando para as perninhas dela". Que finório é o nosso irmão funcionário! Palavra que não perde para nenhum oficial: é só passar um rabo de saia que vai logo agarrando. Estava ainda com esse pensamento na cabeça quando vi uma carruagem se aproximar da loja ao lado da qual eu passava. Reconheci-a imediatamente: era a carruagem do nosso diretor. Mas ele não precisava ir à loja, e pensei: "Na certa é a filha dele". Encostei-me na parede. O criado abriu a portinhola, e ela saiu da carruagem voando como um pássaro. Que olhares, que visão fugaz deixou de seus olhos e das sobrancelhas... Ah, meu Deus! estou perdido, totalmente perdido. E por que ela inventa de sair num tempo tão chuvoso?! Agora me digam se as mulheres não sentem enorme paixão por todos esses trapos. Ela não me reconheceu, e eu mesmo procurei esconder-me ao máximo porque estava com um capote cheio de manchas e, além disso, de corte fora de moda. A moda de hoje é casaco de golas longas, e eu estava com um curto e de gola curta; além do mais, o tecido não era nada fosco. A cadelinha dela, que não conseguiu passar pela porta a tempo, ficou na rua. Eu conheço essa cadelinha: chama-se Medji. Eu mal havia passado um minuto ali quando de repente ouvi uma vozinha fina: "Olá, Medji!". Vejam só que coisa: de quem será essa voz? Olhei ao redor e vi duas mulheres que passavam sob um guarda-chuva: uma velha, a outra bem mocinha. Mas elas já haviam passado, e no entanto tornei a ouvir ao meu lado: "Estás em falta, Medji!". Que diabo é isso! Vi Medji se cheirando com uma cachorrinha que vinha atrás das mulheres. "Sim senhor! — disse eu cá comigo — mas chega; será que estou bêbado? No entanto, tenho a impressão de que isso me acontece raramente." — "Não, Fidèle, não é o que pensas" — e vi com meus próprios olhos Medji pronunciando essas palavras —, "eu estive au! au! Eu estive au, au, au! muito doente."

Ah, essa cadelinha! Confesso que fiquei muito surpreso ao vê-la falando como gente. Mas depois de compreender bem tudo isso, não me surpreendi mais. Em realidade, no mundo já houve uma infinidade de exemplos semelhantes. Dizem que na Inglaterra um peixe emergiu e pronunciou duas palavras numa língua tão estranha que há três anos os sábios vêm procurando defini-la sem nenhum sucesso. Li ainda nos jornais que duas vacas foram ao mercado e pediram uma libra de chá. Mas reconheço que fiquei bem mais surpreso quando Medji disse: "Eu te escrevi, Fidèle; mas Polkan na certa não entregou a minha carta!". Macacos me mordam! Nunca na vida ouvi dizer que cachorro escrevesse. Escrever corretamente é coisa que só um nobre sabe. É claro que às vezes alguns empregados dos escritórios comerciais, e até servos, escrevinham; mas sua escrita é quase mecânica: sem vírgulas, pontos ou estilo.

Isso me deixou surpreso. Confesso que desde algum tempo venho ouvindo e vendo coisas que ninguém jamais viu nem ouviu. "Deixe estar — disse a mim mesmo —, que vou sair atrás dessa cadelinha para saber quem é e o que pensa." Abri meu guarda-chuva e saí atrás das duas damas. Passamos para a rua Garókhovaia, viramos para a Mieschánskaia, de onde tomamos o rumo da Stoliárnaia e finalmente da ponte Kokúchkin e paramos diante de um grande prédio. "Esse prédio eu conheço — disse a mim mesmo. — É a casa de Zvierkov." Veja só que máquina! Quanta gente mora nela: quantas cozinheiras, quantos polacos. Enquanto isso, nossos irmãos funcionários vivem como cães, uns em cima dos outros. Aí mora também um amigo meu, um bom trombeteiro. As mulheres foram para o quinto andar. "Está bem — pensei —, não vou lá agora mas reparo o lugar, e não vou perder a primeira oportunidade que tiver."

Outubro, dia 4

Hoje é quarta-feira e por isso estive no gabinete do nosso chefe. Cheguei propositadamente mais cedo, e mãos à obra: consertei todas as penas. Nosso diretor deve ser uma pessoa muito inteligente: todo o seu gabinete está cheio de armários com livros. Li os títulos de alguns: erudição total, uma erudição com a qual nosso irmão funcionário não pode nem sonhar. Tudo escrito em francês ou alemão. A gente olha para o rosto dele: fu, quanta imponência seu olhar irradia! Nunca o ouvi pronunciar uma palavra supérflua. Só quando a gente lhe entrega algo para assinar é que ele pergunta: "Como está lá fora?" — "Úmido, Excelência!". Eh, não é páreo para o nosso irmão! Um homem de Estado. Mas percebo que ele gosta particularmente de mim. Ah se a filha também... ah, velhaco!... Mas não tem nada não, nada, cala-te boca! Li o *Ptchôlka*.[1] Eta gentinha boba, esses franceses! O que será que querem? Juro que pegaria todos eles e daria uma surra de chicote! Lá mesmo li uma interessante descrição de um baile, feita por um fazendeiro de Kursk. Os fazendeiros de Kursk escrevem bem. Depois dessa leitura percebi que já era meio-dia e meia e o nosso chefe ainda não deixara o leito. Mas por volta de uma e meia aconteceu algo que nenhuma pena é capaz de descrever. A porta se abriu, e eu, pensando que fosse o diretor, saltei da cadeira com os papéis: mas era ela, ela mesma! Santo Deus, que maneira de vestir! trajava um vestido branco, como um cisne: puxa, e que suntuosidade! E que olhar! um sol! juro que era um sol! Fez reverência e perguntou: "Papá não esteve aqui?".

Ai, ai, ai, que voz! Uma canarinha, palavra, uma canarinha! "Excelência — quis eu dizer —, não desejais que me executem, e se já quereis me executar fazei-o com vossa mão de filha de general." Mas que diabo, a língua não se mexeu e eu disse apenas: "Absolutamente". Ela olhou para mim, para os livros e deixou cair o lenço. Eu me precipitei e escorreguei no maldito do piso e por pouco não quebrei o nariz, mas consegui me equilibrar e apa-

---

[1] Trata-se do jornal *Siévernaia Ptchelá*, muito difundido na época. (N. da E.)

nhei o lenço. Santo Deus, que lenço! da cambraia mais fina, muito delicado — cheirava a âmbar genuíno, exalava uma fragrância generalícia. Ela agradeceu e sorriu levemente, de modo que seus lábios doces quase não se moveram, e depois saiu. Eu ainda permaneci uma hora, até que de repente apareceu um criado e disse: "Vá para casa, Akcenti Ivánovitch, o senhor já saiu". Não suporto a criadagem: estão sempre recostados na sala da frente e não se dão nem ao trabalho de mover a cabeça. Isso ainda não é nada: uma vez uma dessas bestas teve a ousadia de me receber sem se levantar e ainda me ofereceu um cigarrinho. Será que você, lacaio tolo, sabe que eu sou um funcionário, que eu sou de origem nobre? Mesmo assim, apanhei o chapéu e vesti eu mesmo o capote, porque esses senhores nunca me atendem, e saí. Em casa, passei a maior parte do tempo deitado na cama. Depois copiei uns versinhos muito bons:

Sem ver meu bem por uma horinha
Pensei que havia um ano não a visse
Será que poderei viver? — eu disse
Odiando esta vida minha.

Devem ser de Púchkin.[2] À noitinha, envolvi-me no capote, saí e fui para a entrada da casa de Sua Excelência, e ali esperei muito tempo para ver se ela não sairia para tomar a carruagem e então eu daria mais uma olhadinha nela — mas nada, não saiu.

---

[2] Popríschin atribui a Púchkin versos de N. P. Nikoliov, poeta do século XVIII. (N. da E.)

Novembro, dia 6

O chefe da seção estava furioso. Quando cheguei ao departamento ele me chamou ao seu gabinete c começou: "Diga-me uma coisa, o que é que você anda fazendo?" — "Como assim? Eu não ando fazendo nada" — respondi. — "Ora, vamos, reflita direitinho! Você já passa dos quarenta, já está na hora de criar juízo. O que você imagina que é? Pensa que não estou a par de todas as suas gracinhas? Que anda arrastando a asa para a filha do diretor? Pense só quem é! Ora, veja se se enxerga, pense só quem é! você não é nada, é um joão-ninguém! Que não tem onde cair morto! Pelo menos olhe-se no espelho, veja se com essa cara você pode pensar em tal coisa!" Diabos, ele tem cara de frasquinho de farmácia, tem na cabeça um topete feito de um tufinho de cabelos presos por uma roseta de fita, mantém a fronte erguida e pensa que só ele pode fazer tudo o que quer. Entendo, entendo perfeitamente por que ele fica tão furioso comigo. É inveja; na certa já notou os sinais de benevolência endereçados preferencialmente a mim. Pois bem, estou escarrando para ele! Grande coisa um conselheiro de Corte![3] pendura uma corrente de ouro no relógio, encomenda botinas de trinta rublos... o diabo que o carregue! Eu por acaso sou filho de algum *rasnotchínietz*,[4] alfaiate ou sargento? Eu sou um nobre. Então, eu também posso subir de posto. Ainda tenho quarenta e dois anos — estou na idade em que o serviço de verdade apenas começa. Espere um pouco, meu

---

[3] Categoria civil de sétima classe na Rússia tsarista. (N. do T.)

[4] Intelectual não pertencente à nobreza russa. O termo surgiu em decorrência de certa diferenciação verificada em fins do século XVIII e começo do XIX no seio da intelectualidade nobre, com o surgimento de uma camada de letrados mais próxima do povo. (N. do T.)

caro! eu também chegarei a coronel e, se Deus quiser, até a algo mais. Eu também ganharei reputação e ainda maior do que a sua. Meteu na cabeça que além de você não há mais ninguém decente? Deixe eu botar um fraque da moda feito por Rutchov,[5] pôr uma gravata com um laço igual ao da sua... e então você não vai chegar aos meus pés. Mas não tenho recursos — eis o mal.

Novembro, dia 8

Fui ao teatro. Estava passando *Filatka*,[6] o bobo russo. Ri muito. Representaram ainda um *vaudeville* com versos divertidos. Satirizava funcionários, especialmente um registrador de colégio;[7] o estilo era tão livre que não sei como a censura deixou passar. Falavam dos comerciantes, dizendo francamente que eles enganam o povo, que seus filhotes provocam escândalos e fazem de tudo para obter um título de nobreza. Tinha ainda uma quadra muito engraçada sobre os jornalistas: dizia que eles gostam de injuriar a todos e que o autor pedia a proteção do público. São muito engraçadas as peças dos autores de hoje. Gosto de ir ao teatro. É só aparecerem alguns trocados no meu bolso que não resisto e vou. Mas na nossa confraria de funcionários ainda há suínos: não há nada que faça o mujique ir ao teatro, a não ser que lhe deem a entrada de graça. Uma atriz cantou mui-

---

[5] Alfaiate de grande fama na época. (N. da E.)

[6] Peça de P. I. Grigóriev, de 1833, que apresenta um quadro da vida popular russa. (N. da E.)

[7] O grau mais baixo da categoria civil no serviço público russo até 1917. (N. do T.)

to bem. Lembrei-me dela... ah, velhaco!... não é nada, nada...
cala-te, boca.

Novembro, dia 9

Às oito horas saí para o departamento. O chefe da seção fez
uma cara de quem parecia não notar a minha chegada. De minha
parte, eu também fiz de conta que nada havia acontecido entre
nós. Conferi os papéis. Saí às quatro horas. Passei ao lado da casa do diretor, mas não vi ninguém. Depois do almoço passei a
maior parte do tempo estirado na cama.

Novembro, dia 11

Hoje estive no gabinete do nosso diretor, consertei vinte e
três penas para ele, e para ela, isto é, para Sua Excelência consertei quatro penas. O nosso diretor fica satisfeito quando há bas-
tantes penas. Ah! que cabeça deve ter! Está sempre calado, mas
acho que examina todas as coisas na cabeça. Gostaria de saber
em que ele pensa mais, o que trama naquela cabeça. Gostaria de
ver mais de perto a vida desses senhores, todos esses ardis e coisas da Corte, como passam o tempo, o que fazem no seu meio
— eis o que gostaria de saber! Várias vezes pensei em entabular
uma conversa com Sua Exa., só que, diabos, a língua se nega a
obedecer: só consegue dizer que lá fora está fazendo calor ou frio,
e não sai mais nadinha de nada. Gostaria de dar uma olhadinha
na sala de visitas, onde só vez por outra se vê a porta aberta, e
ainda num quarto que fica depois da sala de visitas. Eta riqueza
de decoração! Que espelho e porcelanas! Gostaria de dar uma

olhadinha lá naquela metade onde fica ela, Sua Exa., eis onde eu gostaria! Olhar o toucador, ver todos aqueles potinhos, frasquinhos, aquelas flores sobre as quais dá até medo respirar, o vestido dela todo estendido, parecendo mais com o ar do que com um vestido. Gostaria de dar uma olhada nos aposentos... eu acho que é lá que estão as verdadeiras maravilhas, eu acho que é lá que existe aquele paraíso que não há nem no céu. Ver o banquinho onde ela bota o pezinho quando se levanta da cama, vê-la enfiando no pezinho aquela meiazinha branca como a neve... ai! ai! ai! nada mal, nada mal... cala-te, boca.

Mas hoje foi como se uma luz me tivesse iluminado: lembrei-me daquela conversa entre as duas cadelinhas que ouvi na avenida Niévski. "Isso é bom — pensei cá comigo. — Agora vou ficar sabendo de tudo. Preciso me apoderar da correspondência dessas cadelas ordinárias. Nela certamente encontrarei alguma coisa." Confesso que uma vez chamei Medji e lhe disse: "Escuta aqui, Medji, agora estamos a sós; se quiseres posso fechar a porta, de sorte que ninguém verá nada: conta-me tudo o que sabes sobre a senhorita, como ela é e como vive. Juro que não vou revelar nada a ninguém". Mas a esperta da cadela meteu o rabo entre as pernas, contraiu-se toda e saiu devagarzinho pela porta como se nada tivesse ouvido. Desde muito tempo eu desconfiava que o cão é bem mais inteligente do que o homem; estava até certo de que ele era capaz de falar, que apenas calava por certa teimosia. O cão é um político extraordinário; percebe tudo, todos os passos do homem. Não, custe o que custar, amanhã vou mesmo à casa de Zvierkov, interrogo Fidèle e, caso consiga, apanho todas as cartas que Medji lhe escreveu.

Novembro, dia 12

Às duas da tarde saí com o propósito de ver Fidèle sem falta e interrogá-la. Não suporto repolho: seu cheiro se espalha por todas as vendas da rua Mieschánskaia, e as casas soltam um bafo tão infernal que tive de tapar o nariz e correr a toda velocidade. Ademais, os infames dos artesãos soltam uma quantidade tão grande de fumaça e fuligem das suas oficinas que se torna completamente impossível para um nobre passear por essas bandas. Quando cheguei ao sexto andar e toquei a campainha, saiu uma mocinha nada feia, com sardas miúdas no rosto. Reconheci-a. Era aquela que acompanhava a velha. Ela corou um pouquinho, e fui logo percebendo a coisa; ah, minha cara, estás querendo um namorado. "O que o senhor deseja?" — perguntou-me. — "Preciso falar com a sua cadelinha." A mocinha era tola! logo desconfiei de que era tola. Enquanto isso a cadelinha correu aos latidos em minha direção; quis agarrá-la, mas a infame por pouco não me mordeu o nariz. Mas eu avistei a sua cestinha num canto da parede. Ah, é disso mesmo que estou precisando! Cheguei-me a ela, abri na palha um buraco do tamanho de uma caixa e, experimentando uma satisfação fora do comum, retirei um pequeno maço de papeizinhos. Ao ver o que eu fazia, a nojenta da cadela primeiro me mordeu a barriga da perna e depois, quando farejou que eu tinha me apoderado dos papéis, começou a ganir e me fazer carícias, mas eu lhe disse: "Não adianta, queridinha, adeus!" e fui logo correndo. Acho que a mocinha pensou que eu fosse um louco, porque ficou terrivelmente amedrontada. Ao chegar em casa quis logo pôr mãos à obra e tentar decifrar as cartas, porque à luz de vela minha visão é meio precária. Mas Mavra inventou de lavar o chão. Essas *tchukhonkas*[8] patetas são sempre importunas de tão limpas. Por isso saí a caminhar um pouco e ponderar sobre o ocorrido. Até que enfim agora tomarei conhecimento de todas as coisas, dos intentos, dos motivos, enfim ficarei a par de tudo. Essas cartas vão me revelar tudo. Os cães são um povo inteligente, conhecem todos os laços políticos e por isso tudo certamente estará nas cartas: o retrato e todos os assuntos relacionados com esse homem. Haverá ainda alguma coisa sobre aquela que... nada disso, cala-te, boca! Ao anoitecer cheguei em casa. Passei a maior parte do tempo estirado na cama.

Novembro, dia 13

Pois bem, vamos dar uma olhada: a escrita é bastante legível. No entanto, a caligrafia não deixa de ter alguma coisa de canino. Leiamos:

> *Minha querida Fidèle. Não há jeito de eu me acostumar com o teu nome pequeno-burguês. Será que não podiam ter arranjado um nome melhor para ti? Fidèle, Rosa — que tom vulgar! mas deixemos isso para lá. Estou muito contente por termos resolvido nos corresponder.*

A escrita é muito correta. A pontuação e algumas letras antigas estão no seu devido lugar. É... com esse primor não escreve

---

[8] *Tchukhonkas*: termo depreciativo para se referir às mulheres finlandesas. (N. do T.)

nem o nosso chefe de seção, embora ele viva dizendo que estudou numa universidade sabe-se lá de onde. Continuemos a leitura:

Eu acho que dividir opiniões, sentimentos e impressões com outras pessoas é a maior felicidade do mundo.

Hum! Essa ideia foi tirada de uma obra traduzida do alemão. O título me escapa.

Digo isso por experiência, embora não conheça o mundo além da porta da nossa casa. Será que não gozo a minha vida? A minha senhorita, a quem o papá trata por Sófia, é louca por mim.

Ai, ai!... não é nada, não é nada. Cala-te, boca.

O papá também me acaricia com muita frequência. Eu tomo chá e café com creme de leite. Ah, ma chère, *devo te dizer que não vejo nenhum prazer nos ossos grandes e roídos que o nosso Polkan come na cozinha. Os únicos ossos bons são os ossos das aves, e mesmo assim quando ninguém ainda chupou seu tutano. É muito bom misturar vários molhos, mas sem alcaparras e verdura; mas eu não conheço nada pior que o costume de dar aos cães as bolinhas de miolo de pão. Qualquer indivíduo que esteja à mesa, que andou metendo as mãos em tudo quanto é porcaria, começa a amassar o pão com essas mesmas mãos, chama a gente e nos mete entre os dentes uma bola de pão. Re-*

Diário de um louco

cusar é meio indelicado e por isso a gente come: com
nojo, mas come...

Historinha dos diabos! Que absurdo! Como se não tivessem melhor assunto para tratar. Vejamos a outra página. Talvez tenha algo mais interessante.

É de muito bom grado que me disponho a te in-
formar sobre tudo o que acontece aqui em casa. Eu já
te falei alguma coisa sobre a figura principal a quem
Sófia chama de papá. É um homem muito estranho.

Ah, até que enfim! Eu bem sabia que eles tinham opinião política sobre todas as coisas. Vejamos o que é esse papá:

... um homem muito estranho. Passa a maior parte do
tempo calado. Fala muito raramente; mas há uma se-
mana não parava de falar sozinho: "Vou ou não vou
receber?". E punha a mão em um papel, estendia a
outra vazia e dizia: "Vou ou não vou receber?". Uma
vez se dirigiu até a mim e perguntou: "O que achas,
Medji, vou ou não vou receber?". Não consegui enten-
der nada de nada nada, cheirei-lhe as botas e saí. Uma
semana depois, ma chère, o papá chegou muito con-
tente. Passou a manhã inteira recebendo visitas de cer-
tos senhores uniformizados, que o felicitavam por al-
guma coisa. Almoçou com uma alegria que eu nunca
tinha visto, contou piadas, depois do almoço ergueu-
-me no colo e disse: "Olha o que eu tenho, Medji". Vi
uma fita qualquer. Dei uma cheirada, mas francamen-

te não senti cheiro nenhum; por fim dei uma lambidinha: era um pouco salgada.

Hum! Acho que essa cachorrinha está exagerando demais... para não ser castigada! Ah! então ele é ambicioso! Preciso levar isso em conta.

Adeus, ma chère*! Estou com muita pressa etc... etc... Amanhã termino a carta. Olá! Estou novamente contigo. Hoje a minha senhorita Sófia...*

Ah! Vamos ver o que há com Sófia. Ah, que velhacaria! Mas não é nada não... continuemos.

... a minha senhorita Sófia esteve hoje no maior dos alvoroços. Ia a um baile e eu fiquei contente porque na ausência dela podia te escrever. Minha Sófia sempre morre de alegria quando vai a bailes, embora quase sempre se zangue enquanto se veste. Eu, ma chère, *não consigo entender de modo algum como se pode ter prazer em ir a um baile. Sófia chega dos bailes às seis da manhã, e, por sua aparência pálida e delgada, eu quase sempre percebo que lá não deram de comer à pobrezinha. Confesso que eu nunca poderia viver assim. Se não me dessem molho de perdiz ou cozido de asas de galinha assada... não sei o que seria de mim. Gosto ainda de molho de trevo. Mas cenoura, nabo ou alcachofra, isso nunca vai ser gostoso.*

Estilo extremamente desigual. Logo se vê que não foi gente que escreveu. Começa como manda o figurino, mas termina em cachorrada. Vejamos mais uma cartinha. Esta é meio longa. Hum! Está sem data.

Ah, minha querida, como eu sinto aproximar-se a primavera! Meu coração bate como se estivesse sempre esperando alguma coisa. Há um eterno ruído em meus ouvidos. Por isso passo alguns minutos à escuta junto à porta, de pata levantada. Confesso-te que tenho muitos cortejadores. Frequentemente eu os observo sentada na soleira da janela. Ai, se tu soubesses que horrorosos há entre eles! Há um cão de guarda muito patudo, terrivelmente tolo, tem a tolice estampada na cara; anda pela rua todo posudo, imaginando-se uma figura ilustríssima e pensando que todo mundo tem o olhar fixo nele. Não é nada disso. Não prestei nenhuma atenção nele, como se não o tivesse notado. Mas que dogue medonho para diante de minha janela! Se ele se erguesse nas patas traseiras, o que o grosseirão certamente não sabe mesmo fazer, ficaria um palmo mais alto que o papá de minha Sófia, que também é bastante alto e gordo. Esse pateta deve ser um tremendo descarado. Rosnei para ele, mas ele nem ligou. Tivesse pelo menos franzido a testa! Botou a língua de fora, levantou as enormes orelhas e ficou olhando para a janela — um mujique! Será possível que tu, ma chère, *penses que meu coração é indiferente a todos os galanteios? — ah, não!... Se tu visses um cavalheiro chamado Trezor, que pula o muro da casa vizinha! Ah,* ma chère, *que focinho!*

Arre, com os diabos!... Quanta bobagem!... Como é possível encher cartas com essas besteiras? Gente é o que me interessa! Quero ver gente; exijo alimento, aquele capaz de saciar e deliciar a minha alma: mas em vez disso me vêm essas bobagens... Pulemos uma página; quem sabe não virá outra melhor...

... Sófia cosia alguma coisa sentada ao lado de uma pequena mesa. Eu olhava a rua pela janela, porque gosto de observar as pessoas que passam. De repente entrou o criado e disse: "Tieplov" — "Peça que entre", gritou Sófia e correu a me abraçar: "Ah, Medji, Medji, Medji! Se tu soubesses de quem se trata: um cadete, moreno, e que olhos! Negros e límpidos como o fogo!". E Sófia correu para o seu quarto. Um minuto depois entrou o jovem cadete, de costeletas negras: chegou-se ao espelho, ajeitou os cabelos e examinou a sala. Rosnei e me sentei no meu lugar. Sófia apareceu logo em seguida e fez uma alegre reverência diante do rapapé dele; e eu, como se nada estivesse vendo, continuei a olhar a rua pela janela; no entanto inclinei um pouco a cabeça para um lado e procurei escutar o que eles conversavam. Ah, ma chère, *que conversa mais absurda! Falavam de uma senhora que ao dançar tinha feito uma figura em vez de outra; de um tal de Bobov, que com os folhos no peitilho da camisa ficara parecido a uma cegonha e por pouco não levara um tombo; de que uma tal Lídina, que imaginava ter olhos azuis quando na realidade tinha olhos verdes — e assim por diante. E pensei comigo mesma: já imaginou se fôssemos comparar o cadete com Trezor? Céus! Que diferença! Em primeiro lugar, o cadete tem a cara com-*

Diário de um louco

*pletamente lisa e larga, rodeada por costeletas, como
se ele tivesse envolvido um lenço preto nela; Trezor,
ao contrário, tem um focinho delicado e uma mecha
branca bem na testa. Nem se pode comparar a cintura
de Trezor à do cadete. E os olhos, as maneiras — nenhuma semelhança. Oh, que diferença! Não sei o que
ela pôde ver nesse cadete. Por que será que anda tão
fascinada?...*

A mim me parece que alguma coisa aí não bate. Não é possível que um cadete possa deixá-la tão encantada. Vejamos mais
um pouco:

*Acho que se esse cadete estiver agradando, logo
chegará o momento em que até aquele funcionário que
fica no gabinete do papá vai agradar. Ah, ma chère, se
tu soubesses que horroroso! Uma verdadeira tartaruga
encasacada...*

Que funcionário será esse?...

*Ele tem um sobrenome estranhíssimo. Está sem-
pre sentado, consertando penas. Os cabelos da cabeça
se parecem muito com feno. O papá sempre o manda
aos lugares no lugar do criado...*

Tenho a impressão de que essa cadelinha reles está aludindo
a mim. Que história é essa de que meus cabelos são parecidos
com feno?

Sófia não consegue conter o riso quando olha para ele.

Estás mentindo, cadelinha maldita. Que língua vil! Como se eu não soubesse que isso é inveja. Como se eu não soubesse de onde vêm esses mexericos. São coisas do chefe da seção. Ora, ele me jurou ódio figadal, e aí está — me prejudicando aqui, me prejudicando ali, não para de prejudicar. Porém vejamos mais uma carta. Nela a coisa talvez se desvende por si mesma.

Ma chère Fidèle. Desculpa por ter ficado tanto tempo sem escrever. Andei tomada de um completo êxtase. Um escritor teve plena razão quando disse que o amor é a segunda existência. Ademais temos atualmente grandes mudanças em casa. Agora o cadete vem aqui todos os dias. Sófia está loucamente apaixonada. O papá está muito contente. Cheguei inclusive a ouvir do nosso Gregório, o faxineiro que está quase sempre falando sozinho, que o casamento é para breve; porque papá quer porque quer ver Sófia casada com um general, um cadete ou um coronel militar.[9]

Diabos! não dá para ler mais... É sempre um cadete ou um general. Tudo o que há de melhor no mundo fica sempre para um cadete ou um general. Você encontra uma pobre riqueza, acha que está ao alcance de suas mãos, mas aí aparece um cadete ou um general e leva tudo. Diabos! Quisera eu ser um general, não para ganhar a mão dela ou outras coisas. Não; gostaria de ser

---

[9] Aqui se usa o termo "coronel militar" para distingui-lo dos títulos militares usados no serviço público russo. (N. do T.)

Diário de um louco

um general somente para vê-los metidos em embrulhadas e fazendo essas brincadeiras e sutilezas da Corte para depois dizer-lhes que estou escarrando para os dois. O diabo que os carregue! Dá nojo! Peguei as cartas da cadelinha tola e rasguei-as em pedacinhos.

Dezembro, dia 3

Não pode ser. É conversa fiada! Não vai haver casamento! E daí que ele seja um cadete? E daí? Isso é só um mérito, não algo visível que se possa apalpar. O fato de ser cadete não vai lhe acrescentar um terceiro olho na cara. Ora, o nariz dele não é de ouro, é igual ao meu e ao de todo mundo; com o nariz ele cheira, não come; espirra, não tosse. Eu já procurei várias vezes entender a razão dessas diferenças. Por que eu sou conselheiro titular e por que diabo sou conselheiro titular? Vai ver que eu sou um conde ou um general, apenas parecendo conselheiro titular! Talvez eu mesmo não saiba quem sou. Ora, quantos exemplos nos dá a história! Uma pessoa modesta, já não digo um nobre, mas simplesmente alguém da baixa classe média ou até um camponês, e de repente se descobre que se trata de um alto dignatário e às vezes até de um soberano. Se do meio dos mujiques saem às vezes figuras desse tipo, que dizer então do meio nobre? E se, por exemplo, eu apareço de repente em uniforme de general: dragona no ombro direito, dragona no ombro esquerdo, uma fita azul sobre o ombro — hein? aí eu quero ver a cara da minha beldade! O que dirá o papá, nosso diretor! Oh, esse é um grande ambicioso! Um maçom, um rematado maçom, embora finja ser isso, ser aquilo, mas eu logo percebi que era maçom: se ele dá a mão a alguém, estira apenas dois dedos. Eu por acaso não posso ser agora mesmo promovido a governador-geral, intendente ou a outro título qualquer? Eu só queria saber uma coisa: por que eu sou conselheiro titular? Por que logo conselheiro titular?

Dezembro, dia 5

Passei toda a manhã de hoje lendo jornais. Coisas estranhas estão acontecendo na Espanha.[10] Nem cheguei a entendê-las direito. Escrevem que o trono está vago e os mandatários, em dificuldades para escolher o herdeiro, o que está provocando revoltas. Isso me parece estranho demais. Como é que o trono pode estar vago? Dizem que uma certa dona deve subir ao trono. Uma dona não pode subir ao trono. De jeito nenhum. Quem deve ocupar o trono é o rei. É, mas dizem que está faltando rei. — É impossível que não haja rei. O Estado não pode passar sem o rei. O rei existe, só que está incógnito em algum lugar. É bem provável que ele esteja lá mesmo, mas alguns motivos familiares ou temores diante de potências vizinhas — a França e outros países — o obriguem a esconder-se; ou talvez haja outros motivos.

---

[10] Trata-se dos acontecimentos que se sucederam após a morte de Fernando VII, em 29 de setembro de 1833. Subiu ao trono a sua filha Isabel II, de três anos de idade. Dom Carlos, irmão do rei, chefe do partido reacionário dos carlistas, contestou o direito de Isabel ao trono e se proclamou pretendente. Começou a guerra civil entre carlistas e liberais. Esperava-se intervenção da Inglaterra e da França nos assuntos espanhóis, mas ambas as partes se abstiveram. (N. da E.)

Dezembro, dia 8

Eu já estava quase querendo ir ao departamento, mas diversos motivos e reflexões me retiveram. Não havia como tirar da cabeça as notícias da Espanha. Como é que uma dona pode chegar a ser rainha? Isso não vai ser permitido. A Inglaterra, em primeiro lugar, não vai permitir. Além disso, há os problemas políticos de toda a Europa: o imperador da Áustria, o nosso soberano... Confesso que esses acontecimentos me deixaram tão arrasado e transtornado que passei o dia todo sem conseguir me ocupar decididamente de nada. Mavra me observou que durante o almoço eu estive distraído demais. E de fato; parece que na distração joguei dois pratos ao chão e estes se espatifaram. Depois do almoço fui às colinas.[11] Nada de instrutivo. Passei a maior parte do tempo deitado na cama, matutando sobre os problemas da Espanha.

Ano 2000, 43 de abril

Hoje é o dia da mais grandiosa festa! A Espanha tem rei. Ele foi encontrado. Este rei sou eu. E só hoje é que vim a saber. Confesso que me senti como se de repente um raio me houvesse iluminado. Não entendo como pude pensar e imaginar-me conselheiro titular. Como pôde me ocorrer essa ideia extravagante? Ainda bem que até hoje não deu na telha de ninguém me internar num manicômio. Agora tudo se abre diante de mim. Agora eu vejo tudo como na palma da minha mão. O que havia antes não

---

[11] Trata-se das colinas de neve para a prática do esqui. (N. da E.)

entendo, antes tudo me parecia mais ou menos nebuloso. E tudo isso, acho eu, acontece porque as pessoas imaginam que o cérebro humano está situado na cabeça; nada disso: o vento é quem o traz das bandas do mar Cáspio. De início anunciei a Mavra quem sou eu. Quando ela soube que se encontrava diante do rei de Espanha, sacudiu os braços e por pouco não morreu de medo. Ela, coitada, nunca tinha visto o rei de Espanha. Mas eu procurei acalmá-la e tentei, com palavras afáveis, assegurar-lhe a minha benevolência e dizer que não sentia nenhuma raiva pelo fato de ela às vezes me limpar mal as botas. É uma gente ignorante. Não podemos lhe falar de matérias elevadas. Ela teve medo porque acreditava que todos os reis de Espanha fossem semelhantes a Filipe II.[12] Mas eu lhe expliquei que entre mim e Filipe não há qualquer semelhança e que eu não tenho nenhum capuchinho... Não fui ao departamento. Que fique com o diabo! Não, meus caros, agora vocês não me pegam mais; não vou mais copiar os seus papéis nojentos!

Martubro, dia 86
Entre o dia e a noite

Hoje apareceu o nosso administrador dizendo que fosse ao departamento, porque já fazia mais de três semanas que eu não ia ao meu emprego. Fui ao departamento a fim de pregar uma peça. O chefe da seção pensava que eu fosse lhe fazer reverência, pedir desculpas; mas olhei para ele com indiferença, não com muita ira nem com muita benevolência, e me sentei no meu lugar

---

[12] Filipe II (1527-1598), rei de Espanha, famoso por sua ferocidade. (N. da E.)

como se não estivesse vendo ninguém. Fiquei olhando para toda a canalha da chancelaria e pensando: "O que aconteceria se vocês soubessem quem está aqui... Céus! seria um deus nos acuda, e o próprio chefe da seção começaria a me fazer reverência até a cintura da mesma forma que atualmente o faz diante do diretor". Colocaram uns papéis na minha mesa para que eu fizesse um extrato. Mas eu não movi um dedo. Passados alguns minutos começou o corre-corre. Disseram que o diretor estava chegando. Muitos funcionários correram aos encontrões a fim de aparecerem diante dele. Mas eu nem me mexi. Quando ele passou pela nossa seção todos abotoaram os seus fraques; mas eu não dei a mínima atenção. Qual diretor! Eu, me levantar diante dele — nunca! Que diretor é ele? É uma rolha, e não um diretor. Uma rolha comum, uma simples rolha e nada mais. Dessas de tampar garrafa. O que achei mais engraçado foi quando me trouxeram um papel para assinar. Pensavam que eu ia assinar bem embaixo da folha: fulano de tal, chefe de seção, não era? Mas eu peguei e, no lugar mais importante, em que assina o diretor do departamento, assinei: "Fernando VIII". Era preciso ver o silêncio reverente que reinou; mas eu apenas fiz sinal com a mão, dizendo: "Não quero nenhum sinal de vassalagem!" — e saí. E fui direto à casa do diretor. Ele não estava. O criado tentou impedir minha entrada, mas eu lhe disse uma que ele desanimou. Fui direto ao banheiro. Ela estava diante do espelho, deu um salto e recuou. Eu, entretanto, não lhe disse que era o rei de Espanha. Disse apenas que ela tinha pela frente uma felicidade que nem podia imaginar e que, apesar das intrigas dos inimigos, nós iríamos viver juntos. Não tive vontade de dizer mais nada e saí. Oh, a mulher — que criatura pérfida! Só agora pude entender o que é a mulher. Até hoje ninguém sabia por quem ela está apaixonada: eu fui o primeiro a descobri-lo. A mulher está apaixonada pelo diabo.

Não estou brincando. Os físicos escrevem bobagens, dizendo que é isso, que é aquilo — mas ela só gosta do diabo. Vejam-na olhando de luneta do camarote de primeira classe. Vocês pensam que ela está olhando para aquele gorducho com a estrela no peito! Nada disso; está olhando para o diabo que está atrás dele. Olhem, agora ele se escondeu na estrela do gorducho. Vejam-no fazendo de lá sinal com o dedo para ela! E ela vai se casar com ele. Vai. Olhem para todos esses aqui, pais de funcionários, todos esses que andam se desfazendo em bajulações a torto e a direito e fazendo das tripas coração para chegar à Corte dizendo que são patriotas, mais isso, mais aquilo: o que eles querem é renda, renda é o que querem esses patriotas! Por dinheiro vendem o pai, a mãe, Deus... esses ambiciosos, judas! Toda essa ambição e mais ambição vem de uma pequena bolha que têm debaixo da língua com um vermezinho do tamanho da cabeça de um alfinete, tudo feito por um certo barbeiro que mora na rua Garókhovaia. Não me lembro como se chama; mas se sabe de fonte fidedigna que ele e uma parteira querem percorrer o mundo afora difundindo o maometismo, e por isso andam dizendo que a maioria do povo francês já professa a religião de Maomé.

Nenhuma data
O dia não tinha data

Andei incógnito pela avenida Niévski. Passava o soberano imperador. Toda a cidade tirou o chapéu e eu também; no entanto, não dei nenhum sinal de que sou o rei de Espanha. Achei inconveniente declarar-me ali, na presença de todos, porque o meu augusto colega certamente perguntaria por que o rei de Espanha até agora não se havia apresentado à Corte. De fato, preciso antes me apresentar à Corte. Só me detive pelo fato de até hoje eu ainda não possuir traje real. Se arranjasse ao menos algum manto. Tive vontade de encomendá-lo a um alfaiate, mas são todos uns rematados asnos, e além disso são totalmente relaxados com o trabalho, meteram-se em negociatas e passam a maior parte do tempo calçando as ruas com pedras. Resolvi fazer um manto do meu uniforme novo, que vesti apenas duas vezes. Mas, para evitar que esses canalhas possam estragá-lo, resolvi eu mesmo costurá-lo e fechei bem a porta para que ninguém visse. Cortei-o todo à tesoura porque era preciso refazê-lo por completo e deixar o pano todo com o formato de caudinhas de arminho.

Do dia não me lembro. Mês também não havia.
Havia o diabo sabe o quê

O manto está inteiramente pronto e costurado. Mavra deu um grito quando eu o vesti. No entanto ainda não ouso apresentar-me à Corte. Até agora não chegou a deputação da Espanha. Sem deputados não é conveniente. Minha dignidade seria nula. Aguardo a chegada deles a qualquer momento.

Dia 1º

Sinto-me apreensivo com a extrema lentidão dos deputados. Certos motivos poderiam retê-los. Será a França? Aliás, ela é a potência que mais cria empecilhos. Fui ao correio me informar se não haviam chegado os deputados espanhóis. Mas o diretor dos correios é tolo ao extremo, não sabe de nada: não, disse, aqui não há nenhum deputado espanhol, mas se o senhor quiser escrever alguma carta, nós despacharemos de acordo com o curso oficial. — Diabos! Carta para quê? Carta é absurdo. Carta é coisa de farmacêuticos...

Madri, 30 de fevereiro

Eis-me, pois, na Espanha, e isso aconteceu com tanta rapidez que quase não me dei conta. Hoje pela manhã apareceram-me os deputados espanhóis e tomei a carruagem com eles. Pareceu-me estranha a velocidade incomum. Viajamos com tanta rapidez que em meia hora chegamos à fronteira espanhola. Aliás, todas as estradas da Europa são atualmente de ferro, e os navios andam a uma velocidade extraordinária. País esquisito essa Espanha: quando entramos na primeira sala, vi uma infinidade de pessoas de cabeças raspadas. Mas percebi que deviam ser dominicanos ou capuchinhos, porque eles raspam a cabeça. Pareceram-me demasiadamente esquisitos os modos do chanceler do Estado, que me conduziu pela mão; empurrou-me para dentro de um pequeno quarto e disse: "Fica aí sentado e, se disseres que és o rei Fernando, eu acabo com essa tua vontade". Mas eu, sabendo que isso não passava de uma tentação, respondi negativamente, pelo que o chanceler me bateu duas vezes com o bastão nas costas, e doeu tanto que quase cheguei a gritar, porém me contive quando me lembrei de que se tratava de um costume da cavalaria aplicado a pessoas que assumem altos postos, porque até hoje os costumes da cavalaria ainda vigoram na Espanha. Depois que fiquei só resolvi me dedicar a assuntos de Estado. Descobri que a China e a Espanha são exatamente o mesmo território e só por ignorância são considerados Estados diferentes. Aconselho a todos que escrevam num papel a palavra Espanha para verem como vai aparecer China. Mas fiquei muito amargurado com o que vai acontecer amanhã. Amanhã, às sete da manhã, acontecerá um fenômeno esquisito: a Terra pousará na Lua. Até o famoso químico inglês Wellington escreveu sobre isso. Confesso que senti o coração aflito quando imaginei a suavidade incomum e a fragilidade da Lua. Ora, a Lua costuma ser feita em Hamburgo; e muito malfeita. Surpreende-me que a Inglaterra não dê atenção a isso. É um tanoeiro manco que a faz, e logo se vê que o idiota não tem nenhuma noção do que seja a Lua. Botou uma corda alcatroada com uma porção de óleo de baixa qualidade, e por isso lá está ela, pairando medonha sobre toda a Terra, fazendo as pessoas taparem o nariz. E por ser a Lua uma bola tão macia é que lá as pessoas não encontram meio de viver e só narizes vivem atualmente. É por isso que nós mesmos não podemos ver os nossos narizes, pois todos eles estão na Lua. E quando imaginei que a Terra é uma matéria pesada e que, pousando na Lua, poderia esmagar os nossos narizes, senti-me presa de tamanha intranquilidade que, depois de calçar meias e sapatos, saí às pressas para a sala do conselho de Estado a fim de ordenar que a polícia impedisse a Terra de pousar na Lua. Os capuchinhos, que encontrei em grande número na sala do conselho de Estado, são pessoas muito inteligentes, e quando eu disse: "Senhores, salvemos a Lua, porque a Terra quer pousar sobre ela", todos começaram no mesmo instante a pôr em execução a minha vontade real; muitos deles subiram pelas paredes a fim de pegar a Lua com a mão; mas nesse momento entrou o grande chanceler. Ao vê-lo, todos correram. Eu, como rei, fiquei só. Mas, para a minha surpresa, o chanceler me golpeou com o bastão e me obrigou a ir para o quarto. São muito poderosos os costumes populares na Espanha!

Janeiro do mesmo ano,
que veio depois de fevereiro

Até hoje não consigo entender que espécie de país é a Espanha. Os costumes populares e as etiquetas da Corte são absolutamente singulares. Não entendo, não entendo, não entendo decididamente nada. Hoje me rasparam a cabeça, embora eu gritasse com todas as forças que não queria ser monge. Mas não consigo nem me lembrar do que aconteceu comigo quando começaram a pingar água gelada na minha cabeça. Inferno como esse eu nunca tinha experimentado. Eu estava a ponto de ter um ataque de fúria, de sorte que a muito custo conseguiram me conter. Não entendo patavina o que significa esse terrível costume. É um costume tolo, absurdo! Para mim é inconcebível a imprudência dos reis que até agora não acabaram com ele. Julgo todas as probabilidades e fico matutando: será que caí nas mãos da Inquisição e aquele que tomei por chanceler não é o Grande Inquisidor em pessoa? Só que continuo a não entender como pôde o rei sujeitar-se à Inquisição. Isso, é verdade, podia acontecer com a França e principalmente com Polignac.[13] Oh, esse Polignac é um finório! Jurou que iria me prejudicar até a morte. E eis que não para de me perseguir; mas eu sei, meu caro, que você é manipulado pelos ingleses. Os ingleses são grandes políticos. Andam sempre com suas artimanhas. Todo o mundo sabe que quando a Inglaterra cheira rapé a França espirra.

---

[13] Jules Armand Polignac (1780-1847), político reacionário francês, ministro de Carlos X, deposto pela revolução de 1830. (N. da E.)

Dia 25

Hoje o Grande Inquisidor veio ao meu quarto. Porém, ao ouvir os seus passos ainda de longe, eu me escondi debaixo duma cadeira. Vendo que eu não estava, ele começou a me chamar. Primeiro gritou: "Poprischin!" — e eu calado. Depois: "Akcenti Ivánov! conselheiro titular! Fidalgo!" — e eu sempre calado. "Fernando VIII, rei de Espanha!" — Eu quis botar a cabeça de fora, mas pensei: "Ah, não, meu caro, não vais me engazopar! Eu te conheço: vais querer jogar novamente água fria na minha cabeça". Mas ele me viu e me tirou a pauladas de debaixo da cadeira. O maldito do bastão dói demais. Mas tudo isso me foi compensado pela descoberta que fiz: fiquei sabendo que todo galo tem uma Espanha escondida debaixo das penas. No entanto o Grande Inquisidor deixou meu quarto enfurecido e ameaçando me castigar. Mas eu desprezei totalmente a sua fúria impotente, porque sabia que ele age como uma máquina, como um instrumento dos ingleses.

Di 34 a, Ms oan' oɹıǝɹǝʌǝℲ 349

Não, não tenho mais forças para suportar. Deus! o que eles estão fazendo comigo?! Estão despejando água gelada na minha cabeça! Não dão atenção, não me veem, não me ouvem. Que mal eu lhes fiz? Por que me maltratam? O que querem do pobre de mim? O que lhes posso dar? Eu não tenho nada. Estou sem forças, não posso suportar todos os sofrimentos, minha cabeça arde e tudo diante de mim está rodando. Me salvem! me levem! me tragam uma carruagem com uma troica de cavalos velozes como um turbilhão! Senta-te, meu cocheiro, tilinta, minha sineta, empinem, cavalos, e me levem deste mundo! Em frente, em frente, para que não se veja nada, nada. Eis o céu cobrindo-se de nuvens vaporosas à minha frente: uma estrelinha cintilando ao longe; a floresta passando com as árvores negras e com a Lua; a neblina plúmbea se estendendo no chão; uma corda de um instrumento soando na neblina; de um lado, o mar, do outro, a Itália; lá estão as isbás russas à vista. Será a minha casa que azula ao longe? Será minha mãe aquela que está sentada junto à janela? Mãezinha, salva o teu pobre orfãozinho! Deixa cair-lhe uma lágrima na cabeça doente! Olha como eles o maltratam! Estreita em teus braços o teu pobre filhinho! o mundo não é para ele! perseguem-no!

— Mãezinha! tem pena de teu filhinho doente!... Sabiam que o bei argelino tem um galo bem debaixo do nariz?

Tradução de Paulo Bezerra

O NARIZ

I

No dia 25 de março houve em Petersburgo um incidente inusitadamente estranho. O barbeiro Ivan Yákovlievitch, que mora na avenida Voznessiênski (seu sobrenome desapareceu, e até na tabuleta onde aparece um cidadão com as faces cheias de sabão e a inscrição "e também se sangra" não se lê mais nada); o barbeiro Ivan Yákovlievitch acordou bem cedo e sentiu o cheiro de pão quente. Soerguendo-se um pouco na cama, viu que sua mulher, dama de bastante respeito, grande apreciadora de café, tirava do forno o pão que acabava de assar.

— Prascóvia Óssipovna, hoje não vou tomar café — disse Ivan Yákovlievitch —, em vez disto quero um pãozinho quente com cebola.

(Isto é, Ivan Yákovlievitch queria era ambas as coisas, mas sabia ser completamente impossível exigir duas coisas ao mesmo tempo, pois Prascóvia Óssipovna não gostava nada desses caprichos.) "Que o imbecil coma pão, para mim é até melhor — pensou a esposa de si para si —, sobrará mais uma porção de café." E atirou um pão sobre a mesa.

Por questão de decoro, Ivan Yákovlievitch pôs um fraque por cima da camisa e, sentando-se à mesa, descascou duas cebolas, polvilhou-as de sal, pegou uma faca e, com ar imponente, começou a cortar o pão. Cortou o pão ao meio, olhou o miolo e, para a sua surpresa, notou uma coisa esbranquiçada. Ivan Yákovlievitch cutucou cuidadosamente a coisa com a ponta da faca e apalpou-a. "É dura! — disse para si mesmo —, o que será?"

Enfiou o dedo e puxou — um nariz!... Ivan Yákovlievitch ficou boquiaberto; pôs-se a esfregar os olhos e apalpou a coisa: um nariz, um nariz de verdade! E ainda parecia ser de algum conhecido. O pavor estampou-se em seu rosto. Mas esse pavor não era nada diante da fúria que tomou conta de sua esposa.

— De onde você arrancou esse nariz, seu animal? — gritou ela furiosa. — Vigarista! beberrão! Eu mesma vou te denunciar à polícia. Bandido! Já ouvi de três pessoas que, quando você está barbeando, mexe tanto nos narizes que a custo eles ficam no lugar.

Mas Ivan Yákovlievitch estava mais morto do que vivo. Sabia que aquele nariz não era de outra pessoa senão do assessor de colegiado Kovaliov, que ele barbeava todas as quartas e domingos.

— Espere, Prascóvia Óssipovna! Vou envolvê-lo num trapo e colocá-lo naquele canto: que fique algum tempo lá; depois eu o levarei.

— Não quero nem ouvir falar nisso! E eu vou deixar que um nariz amputado fique no meu quarto?... Socarrão de uma figa! Seu patife, depravado; a única coisa que sabe fazer é passar a navalha no afiador, mas logo chegará o dia em que não será mais capaz de cumprir sua obrigação. E eu que responda à polícia por você, é?... Porcalhão, toupeira estúpida! Fora com ele daqui! fora! Leve-o para onde quiser! Que não fique nem cheiro dele aqui!

Ivan Yákovlievitch parecia arrasado. Tentava, tentava pensar — e não sabia o que pensar. "O diabo sabe como isso aconteceu — disse finalmente, coçando a orelha. — Se ontem cheguei em casa bêbado é coisa que não posso dizer com certeza. Tudo indica que essa ocorrência deve ser impossível: porque pão é uma coisa que se assa, mas nariz é algo bem diferente. Não consigo atinar patavina!..." Ivan Yákovlievitch calou-se. A ideia de que a polícia iria encontrar o nariz em sua casa e acusá-lo o fazia perder completamente a cabeça. Já vislumbrava diante de si aquela gola purpúrea, com o belo ornamento de prata, a espada... e tremia todo. Por fim apanhou sua roupa de baixo e as botas, jogou toda essa porcaria em cima do corpo e, acompanhado por duras admoestações de sua esposa, embrulhou o nariz num trapo e saiu para a rua.

Queria metê-lo em algum lugar: enfiá-lo no buraco que havia no frade ao lado do portão ou deixá-lo cair como que acidentalmente, e depois virar em um beco. Mas por azar deu de cara com um conhecido, que foi logo perguntando: "Aonde vai?", ou "Quem resolveu barbear tão cedo?", de sorte que não houve jeito de Ivan Yákovlievitch encontrar o momento propício. Noutra ocasião ele já o havia deixado cair, mas um guarda-cancela fez sinal de longe com a sua alabarda, acrescentando: "Apanha! Deixaste cair alguma coisa!". E Ivan Yákovlievitch teve de apanhar o nariz e escondê-lo no bolso. O desespero se apoderou dele, ainda mais porque o número de pessoas na rua se multiplicava sem cessar à medida que se abriam lojas e armazéns.

Ele resolveu tomar a direção da ponte Isakiêvski: quem sabe não conseguiria atirar o nariz no rio Nievá?...

Bem, devo algumas desculpas por até agora não ter dito nada sobre Ivan Yákovlievitch, homem respeitável sob muitos aspectos.

Como todo artesão russo que se preza, era um tremendo beberrão. E embora barbeasse queixos alheios todos os dias, o seu estava sempre por barbear. Seu fraque (Ivan Yákovlievitch nunca andava de sobrecasaca) era malhado, ou melhor, preto, mas cheio de manchas redondas mescladas de marrom, amarelo e cinza; a gola brilhava; no lugar dos três botões havia apenas fiapos pendurados. Ivan Yákovlievitch era um grande cínico, e quando barbeava o assessor Kovaliov e este sempre lhe dizia: "Tuas mãos estão sempre fedendo, Ivan Yákovlievitch!", respondia com uma pergunta: "E por que elas haveriam de feder?" — "Não sei, meu caro, sei apenas que fedem" — dizia o assessor de colegiado — e Ivan Yákovlievitch, depois de cheirar tabaco, dava-lhe um castigo, besuntando-lhe de espuma o pescoço, o nariz, as orelhas, o queixo, em suma, tudo que lhe dava na telha.

Esse respeitável cidadão já se encontrava na ponte Isakiêvski. Primeiro olhou em volta; depois se debruçou no parapeito como se pretendesse sondar se debaixo da ponte havia muitos peixes nadando, e às escondidas jogou fora o trapo com o nariz. Sentiu-se como quem acaba de se livrar de um fardo de umas dez arrobas. Ivan Yákovlievitch até deu um risinho. Em vez de ir barbear os queixos dos funcionários, dirigiu-se para um recinto onde havia um letreiro que dizia "Comida e chá", a fim de pedir um copo de ponche, mas de repente notou na outra extremidade da ponte um guarda de bairro de fisionomia nobre, de largas costeletas, chapéu triangular e espada. E ficou estupefato: enquanto isso, o guarda lhe fazia sinal com o dedo, dizendo:

— Venha cá, meu caro!

Conhecedor das formalidades, Ivan Yákovlievitch tirou o boné ainda à distância e, aproximando-se com presteza, disse:

— Desejo saúde, Sua Excelência![1]

---

[1] *Blagoródie*, no original, termo usado na velha Rússia como título

— Não, meu caro, nada de Excelência; vá me dizendo o que fazia em pé ali na ponte.

— Juro, senhor, juro que estava indo barbear e apenas fiquei olhando se o rio estava correndo bem.

— Mentira, mentira! Não vai escapar assim. Tenha a bondade de responder.

— Posso barbear sua Senhoria duas e até três vezes por semana sem nenhuma objeção.

— Não, meu caro, isso é tolice. Três barbeiros me fazem a barba e ainda acham isso uma grande honra. Agora vá me dizendo: o que fazia ali parado?

Ivan Yákovlievitch empalideceu... Mas neste ponto uma névoa encobre completamente o ocorrido e não se sabe absolutamente nada do que aconteceu depois.

II

O assessor de colegiado Kovaliov acordou bastante cedo e fez um "brr..." com os lábios como sempre fazia ao acordar, embora ele mesmo não pudesse entender por que motivo. Kovaliov espreguiçou-se, ordenou que lhe trouxessem um pequeno espelho que estava em pé sobre a mesa. Queria ver uma espinha que lhe aparecera no nariz na noite da véspera; mas, para sua imensa surpresa, viu que o lugar onde antes havia um nariz estava inteiramente plano! Assustado, Kovaliov ordenou que lhe trouxessem água e limpou os olhos com uma toalha: de fato, estava faltando o nariz! Começou a apalpar-se para se certificar: não estaria dor-

---

conferido a oficiais e funcionários públicos equivalentes — palavra que não encontra semelhante entre nós. (N. do T.)

mindo? parece que não. O assessor de colegiado Kovaliov saltou da cama, sacudiu-se: nada de nariz!... Ordenou imediatamente que lhe trouxessem a roupa e saiu voando direto para a casa do chefe de polícia.

Mas enquanto isso é preciso dizer alguma coisa sobre Kovaliov, para que o leitor veja de que espécie era esse assessor de colegiado. Os assessores de colegiado que recebem esse título mediante atestado de conhecimento de forma alguma podem ser comparados aos assessores de colegiado que se faziam no Cáucaso. Trata-se de dois tipos muito especiais. Os que são assessores de colegiado por conhecimento... Mas a Rússia é um país tão esquisito que, se alguma coisa é dita sobre um assessor de colegiado, todos os outros, de Riga a Kamtchatka, tomam-na forçosamente para si. O mesmo é válido para todos os títulos e categorias. Kovaliov era um assessor de colegiado do tipo caucasiano.[2] Assumira esse título havia apenas dois anos e por isso não podia esquecê-lo por um só minuto; e, para se dar mais ares de nobreza e autoridade, nunca se denominava assessor de colegiado, mas sempre major. "Escuta, minha cara — dizia sempre que encontrava na rua uma mulher que vendia peitilhos —, vem à minha casa; meu apartamento fica na rua Sadóvaia. É só perguntar: é aqui que mora o Major Kovaliov? — e qualquer um te mostrará." Se encontrava algum rostinho bonito, dava-lhe além do mais uma indicação secreta, acrescentando: "Pergunta, meu amorzinho, onde fica o apartamento do Major Kovaliov". — Por

---

[2] O assessor de colegiado era uma categoria funcional de oitava classe, equivalente à patente de major na classificação militar. Graças às arbitrariedades da administração do Cáucaso, essa patente podia ser facilmente adquirida. (N. da E.)

isso mesmo vamos nos antecipar e chamar de *major* esse assessor de colegiado.

O Major Kovaliov tinha o costume de caminhar todos os dias pela avenida Niévski. O colarinho de sua camisa sempre estava extremamente limpo e engomado. Suas costeletas eram daquelas que ainda hoje podem ser vistas nos agrimensores dos distritos e províncias, nos arquitetos e nos médicos de regimento, assim como nos responsáveis por diferentes funções policiais e, de modo geral, em todos os homens que têm as faces gordas e rosadas e são ótimos jogadores de bóston: essas costeletas passam pelo meio das faces e vão direitinho ao nariz. O Major Kovaliov usava na corrente do relógio uma infinidade de sinetes de cornalina, uns com brasões e outros em que estava gravado: quarta-feira, quinta, segunda etc. O Major Kovaliov viera a Petersburgo por necessidade, isto é, viera procurar um posto à altura do seu título: se tivesse sorte, o posto de vice-governador, senão, o de executor[3] em algum departamento de renome. O Major Kovaliov podia até casar, mas só se a noiva tivesse duzentos mil rublos de dote. Por isso o próprio leitor já pode imaginar o estado em que ficou esse major ao ver que no lugar daquele nariz bastante razoável e mediano havia uma estúpida superfície plana e lisa.

Para completar o azar, não havia um só fiacre na rua e ele tinha de ir a pé, envolvido no seu capote e cobrindo o rosto com um lenço para fingir que estava sangrando. "Vai ver que é impressão minha: não é possível que esse nariz tenha desaparecido sem mais nem menos." E entrou numa confeitaria a fim de se

---

[3] Responsável pelo andamento dos assuntos administrativos e pela vigilância da ordem externa em repartições da Rússia tsarista. (N. do T.)

olhar no espelho. Por sorte não havia ninguém; uns rapazinhos varriam a sala e arrumavam as cadeiras: alguns, de olhos sonolentos, levavam bolinhos quentes em bandejas; jornais da véspera, manchados de café, se espalhavam sobre mesas e cadeiras. "Graças a Deus não há ninguém — disse ele —, agora eu posso dar uma olhada." Chegou timidamente ao espelho e se olhou. "Só o diabo sabe que porcaria é essa! — disse ele, cuspindo... — Se houvesse ao menos alguma coisa no lugar do nariz, mas não há nada!..."

Mordendo os lábios agastado, saiu da confeitaria e, contrariando os seus hábitos, resolveu não olhar nem sorrir para ninguém. De repente parou como que petrificado à entrada de um prédio; uma coisa inexplicável acontecia diante de seus olhos: uma carruagem parou à entrada; as portas se abriram; um senhor saltou, encurvando-se, e correu escada acima. Qual não foi o horror e ao mesmo tempo a surpresa de Kovaliov ao reconhecer naquele senhor o seu próprio nariz! Diante desse espetáculo incomum, tudo pareceu girar diante de seus olhos; sentia que a muito custo conseguia se manter em pé; mesmo tremendo todo, como alguém atacado de febre, resolveu esperar de qualquer jeito que o nariz regressasse para a carruagem. Dois minutos depois, o nariz realmente reapareceu. Vestia um uniforme costurado com linha dourada, uma grande gola alta; usava calças de camurça e uma espada do lado. Pelo seu chapéu de penacho podia-se concluir que ele integrava a categoria dos conselheiros de Estado. Tudo indicava que fazia alguma visita. Olhou para ambos os lados, gritou ao cocheiro: "Vamos!", tomou o fiacre e partiu.

O pobre Kovaliov por pouco não enlouqueceu. Não sabia nem o que pensar de tão estranha ocorrência. De fato, como era possível que um nariz que ainda ontem fazia parte do seu rosto, e que não podia andar nem viajar, estivesse agora de uniforme? Correu atrás do fiacre que, por sorte, não se distanciara muito e parara em frente à catedral de Kazan.

Ele correu para a catedral, abriu caminho em meio a uma fila de velhas mendigas, que tinham os rostos enfaixados por trapos com dois furos para os olhos e das quais tanto zombara antes, e entrou na igreja. Havia ali poucos devotos; todos estavam em pé na entrada. Kovaliov se sentia tão transtornado que não tinha condições de rezar e procurava com os olhos aquele cidadão por todos os cantos. Finalmente pôde vê-lo postado à parte. O nariz escondia inteiramente seu rosto na grande gola alta e rezava com a maior devoção.

"Como hei de me aproximar dele? — pensava Kovaliov. — Tudo, o uniforme, o chapéu, tudo mostra que ele é conselheiro de Estado. O diabo sabe como fazê-lo!"

Começou a pigarrear junto dele; mas nem por um minuto o nariz abandonou seu estado de devoção e limitou-se a reverências.

— Meu caro senhor... — disse Kovaliov, obrigando-se interiormente a animar-se —, meu caro senhor...

— O que o senhor deseja? — perguntou o nariz, virando-se para ele.

— Acho estranho, meu caro senhor... parece-me... o senhor deve conhecer o seu lugar. De repente eu o encontro, e onde? — na igreja. O senhor há de convir que...

— Desculpe-me, mas não consigo atinar no que está dizendo... Explique-se.

"Como é que eu vou explicar?" — pensou Kovaliov e, recobrando o ânimo, começou:

— Claro, eu... aliás eu sou major. Convenha que não me fica bem andar sem nariz. Uma dessas vendedoras de laranjas descascadas da ponte Voskresênski pode passar sem nariz; mas, tendo em vista receber... ademais, sendo conhecido de muitas senhoras — Tchekhtiriova, mulher do conselheiro de Estado, e outras... O senhor mesmo pode julgar... não sei, meu caro senhor... (Aqui o major Kovaliov deu de ombros.) Imagine o senhor... se julgarmos essa questão de acordo com as normas do dever e da honra... o senhor mesmo pode entender...

— Não entendo decididamente nada — respondeu o nariz. — Explique-se com mais clareza.

— Meu caro senhor... — Kovaliov falou com senso de dignidade — não sei como interpretar as suas palavras... Aqui tudo parece evidente... Ou o senhor quer... Ora, o senhor é o meu próprio nariz!

O nariz olhou para o major e franziu ligeiramente as sobrancelhas.

— O senhor está enganado, meu caro senhor. Eu tenho existência própria. E ademais não pode haver nenhuma ligação estreita entre nós. A julgar pelos botões do seu uniforme, o senhor deve ser funcionário do Senado, ou quando mais não seja, da Justiça. Quanto a mim, meu trabalho é científico.

Dito isso, o nariz deu as costas e continuou a rezar.

Kovaliov ficou inteiramente confuso, sem saber o que fazer e nem mesmo o que pensar. Nesse instante ouviu-se o agradável fru-fru de um vestido de mulher; uma senhora idosa chegava coberta de rendas, acompanhada de uma jovem esbelta com um vestido branco que sobressaía graciosamente em sua elegante cintura, e um chapéu cor de palha leve como um doce. Um criado alto, de longas costeletas e uma gola com várias camadas de pregas, parou atrás delas e abriu a tabaqueira.

Kovaliov chegou-se mais perto, levantou o colarinho de cambraia do seu peitilho, ajeitou os sinetes pendurados em sua

O nariz

corrente de ouro e, sorrindo para os lados, voltou a atenção para a suave dama que, qual uma flor primaveril, inclinara-se levemente e levava à fronte sua mãozinha branca com os dedos semitransparentes. O sorriso abriu-se ainda mais no rosto de Kovaliov quando ele viu sob aquele chapéu um queixinho redondo de uma brancura viva e uma parte das faces tingida pela cor da primeira rosa da primavera. Mas de repente ele recuou como se tivesse se queimado. Lembrou-se de que no lugar do seu nariz não havia absolutamente nada, e as lágrimas lhe brotaram dos olhos. Voltou-se a fim de dizer na cara daquele senhor de uniforme que ele apenas bancava o conselheiro de Estado, mas era um patife e canalha e não passava do nariz dele... Mas o nariz já não estava lá: conseguira escapulir, provavelmente para fazer mais alguma visita.

Isto levou Kovaliov ao desespero. Ele voltou e parou cerca de um minuto sob a colunata, olhando cuidadosamente para todos os lados para ver se o nariz não aparecia. Lembrava-se muito bem de que o nariz andava com um chapéu de penacho e um uniforme com fios dourados; mas não havia reparado o capote que usava, nem a cor da sua caleche, nem os cavalos, nem mesmo se ele levava consigo algum criado e que tipo de libré este usava. Além disso, eram tantas carruagens, num vaivém tão veloz, que Kovaliov tinha dificuldade até mesmo de fixá-las; e, mesmo que conseguisse discernir alguma delas, não teria nenhum meio de fazê-la parar. O dia estava belo e ensolarado. Gente na Niévski era mato; uma florida cachoeira de mulheres espalhava-se por toda a calçada, da Politsêiski à Anítchkin. Eis ali o conselheiro de Corte, que Kovaliov conhece e chama de tenente-coronel, sobretudo na presença de estranhos. Eis também Yaríjkin, chefe de seção no Senado, grande amigo, que sempre perde no jogo de bóston quando trapaceiam com a vaza. Eis outro major, com título de assessor adquirido no Cáucaso, acenando e chamando Kovaliov...

— Ah, com os diabos! — disse Kovaliov. — Ei, cocheiro, leve-me diretamente à casa do chefe de polícia!

Kovaliov tomou uma caleche e não parou de gritar para o cocheiro: "Vamos, acelere isso ao máximo!".

— O chefe de polícia está? — foi logo perguntando ao entrar no saguão.

— Não senhor — respondeu o porteiro —, acabou de sair.

— Essa é boa!

— Pois é — acrescentou o porteiro —, não faz muito, mas saiu. Se o senhor tivesse chegado um minutinho antes talvez o tivesse encontrado.

Sem tirar o lenço do rosto, Kovaliov tomou a caleche e gritou com uma voz desesperada: "Vamos!".

— Para onde? — perguntou o cocheiro.

— Em frente!

— Em frente, como? Ali há uma curva: para a direita ou para a esquerda?

Essa pergunta deteve Kovaliov e o obrigou a pensar mais uma vez. Em sua situação devia procurar antes de tudo a Superintendência do Decoro,[4] não porque essa organização fosse diretamente ligada à polícia, mas porque as suas ordens podiam tramitar muito mais rápido que em outras instâncias; pedir satisfação ao chefe da repartição da qual o nariz se proclamara funcionário seria uma insensatez, porque das próprias respostas do

---

[4] Departamento policial que dirigia alguns assuntos judiciais. Instituídas no governo de Catarina II, as Superintendências do Decoro foram fechadas por Paulo I e reabertas para Moscou e Petersburgo pelo imperador Alexandre I. (N. da E.)

O nariz

nariz já se podia ver que para esse indivíduo não havia nada de sagrado, que neste caso ele podia mentir como mentira ao afirmar que nunca tinha visto Kovaliov. Portanto, Kovaliov já estava a ponto de ordenar ao cocheiro que tomasse o rumo da Superintendência do Decoro quando novamente lhe ocorreu a ideia de que aquele patife e canalha, que no primeiro encontro já se comportara de modo tão descarado, podia aproveitar comodamente a ocasião para dar um jeito de escapar da cidade — e então todas as buscas seriam inúteis ou poderiam continuar, não quisesse Deus, por todo o mês. Finalmente teve uma ideia que pareceu cair do céu.

Resolveu ir direto à seção de publicidade de um jornal e publicar antecipadamente um anúncio com uma descrição minuciosa de todas as características do nariz, para que qualquer pessoa que o encontrasse pudesse levá-lo imediatamente até ele ou pelo menos indicar o local em que se encontrava. Tomando essa decisão, ordenou ao cocheiro que rumasse para a seção de publicidade e, durante todo o percurso, não cessou de lhe bater com o punho nas costas, dizendo: "Depressa, canalha! depressa, patife!".
— "Eh, senhor! — dizia o cocheiro e balançava a cabeça, açoitando com as rédeas o seu cavalo de pelos tão longos como os de um cão felpudo. A caleche finalmente parou, e Kovaliov correu ofegante a uma pequena sala de recepção, onde um funcionário de cabelos grisalhos, com uma pena na boca, de óculos e metido num velho fraque, contava moedas de cobre sentado a uma mesa.
— Quem recebe anúncios aqui? — gritou Kovaliov. — Ah, bom dia!
— Meus respeitos — disse o funcionário grisalho, levantando por um instante o olhar e tornando a baixá-lo sobre o monte de moedas...

— Desejo publicar...

— Faça o favor de esperar um pouco — disse o funcionário, escrevendo números num papel com a mão direita e com os dedos da esquerda deslizando duas contas no ábaco. Um criado com galões na libré e uma aparência de egresso de casa de aristocratas estava ao lado da mesa com um anúncio na mão e achou conveniente mostrar sua condição social: "Acredite, senhor, o cãozinho não vale oito *grivens*, isto é, por ele eu não daria nem oito *groches*;[5] mas a condessa gosta dele, juro que gosta — então, quem o encontrar vai ganhar cem rublos! Para ser franco, como estamos sendo aqui em nossa conversa, os gostos das pessoas são de todo diferentes: se você é um caçador, arranje um perdigueiro ou um poodle: não tenha pena de pagar quinhentos rublos, pague até mil, contanto que o cão seja bom".

O respeitável funcionário ouvia isso com um ar imponente e ao mesmo tempo calculava o número de letras de um anúncio que lhe haviam trazido. Ao seu redor havia um grande número de velhas, balconistas de lojas e porteiros com anúncios. Um dos anúncios oferecia um cocheiro abstêmio; outro, uma caleche pouco usada, trazida de Paris em 1814; o mesmo anúncio oferecia uma criada de dezenove anos, lavadeira experiente e apta para outros trabalhos; vendia-se uma caleche resistente, apenas sem uma mola; um cavalo jovem de dezessete anos, com manchas cinzentas e muito fogoso; sementes de rábano e de nabo, trazidas recentemente de Londres; uma casa de campo com todas as benfeitorias: dois boxes para cavalos e um terreno próprio para cultivar um belo jardim de bétulas ou abetos; no mesmo anúncio

---

[5] *Griven* e *groch*: respectivamente, moeda de dez e de dois copeques na antiga Rússia. (N. do T.)

havia ainda a oferta de solas de calçados usadas, cujos compradores deveriam comparecer ao leilão que se realizava todos os dias, das oito da manhã às três da tarde. A sala que comportava toda essa gente era pequena, e o ar que ali se respirava, extremamente pesado. Mas o assessor de colegiado Kovaliov não podia sentir o cheiro, pois tinha o rosto coberto por um lenço e além disso seu nariz andava só Deus sabe onde.

— Meu caro senhor, permita-me pedir-lhe... Preciso muito — disse finalmente com ansiedade.

— Só um minuto! Dois rublos e quarenta e três copeques! Só um minuto! Um rublo e sessenta e quatro copeques! — dizia o senhor grisalho, encostando os anúncios nos olhos das velhas e dos porteiros. — O que o senhor deseja? — perguntou finalmente, dirigindo-se a Kovaliov.

— Eu peço... — falou Kovaliov — houve um ato de vigarice ou velhacaria, até agora não consigo entender. Peço apenas que publique um anúncio dizendo que aquele que me trouxer esse canalha será bem recompensado.

— O senhor quer ter a bondade de dizer seu nome?

— Não, para que meu nome? Não posso dizê-lo. Tenho muitos conhecidos: Tchekhtiriova, mulher do conselheiro de Estado, Palagueia Grigórievna Podtótchina, mulher de um oficial do estado-maior... De repente podem ficar sabendo, Deus me livre! O senhor pode escrever simplesmente: um assessor de colegiado ou, melhor ainda, pessoa com patente de major.

— E o fugitivo, era vosso servo?

— Qual servo qual nada! Fosse isso a vigarice ainda não seria tão grande! Quem fugiu de mim foi meu... nariz...

— Hum! Que nome estranho! E foi grande a quantia que esse senhor Narízov lhe roubou?

— Nariz... não, não é isso que o senhor está pensando! Nariz, bem, foi o meu próprio nariz que desapareceu não se sabe onde. O diabo achou de fazer uma brincadeira comigo!

— Mas de que jeito ele desapareceu? Não consigo entender muito bem.

— Bem, eu não posso lhe dizer de que jeito; o pior é que ele anda pela cidade dizendo-se conselheiro de Estado. É por isso que lhe peço que publique o anúncio para que a pessoa que o agarrar me possa trazê-lo o mais rápido possível. Imagine o senhor mesmo como eu poderia passar sem uma parte tão visível do corpo. Não é o mesmo que ficar sem um dedo mínimo do pé, que sempre trago metido na botina e ninguém notaria a sua falta. Às quintas-feiras frequento casa de Tchekchtiriova, mulher de um conselheiro de Estado; também a de Palagueia Grigórievna Podtótchina, mulher de um oficial superior, que tem uma filha muito bonitinha, também são muito bons amigos; agora o senhor mesmo pode imaginar a minha atual situação... Agora não posso aparecer em casa delas.

O empregado caiu em profunda meditação, o que significava comprimir fortemente os lábios.

— Não, não posso pôr um anúncio como esse no jornal — disse finalmente depois de uma longa pausa.

— Como? Por quê?

— Por nada. O jornal pode perder a reputação. Se qualquer um se meter a escrever, dizendo que foi abandonado pelo nariz, então... E mesmo assim já andam dizendo que se publicam muitos absurdos e falsos rumores.

— Mas o que é que há de absurdo no meu caso? Acho que não há nada disso.

— O senhor pode achar que não. Mas ainda na semana passada houve um caso igualzinho a esse. Apareceu um funcionário na mesma situação que o senhor, trazendo um anúncio que

O nariz

custou dois rublos e setenta e três copeques para dizer apenas que tinha desaparecido um poodle de pelo negro. Até aqui parece não haver nada de extraordinário. E saiu uma pasquinada: o tal do poodle era o tesoureiro não me lembro de que repartição.

— Mas acontece que eu não estou publicando anúncio de poodle, e sim do meu próprio nariz: logo, é quase a mesma coisa que falar de mim mesmo.

— Não, esse anúncio eu não posso publicar de jeito nenhum.

— Mas se o meu nariz realmente desapareceu!

— Se desapareceu, é assunto para um médico. Dizem que há pessoas capazes de colocar qualquer tipo de nariz. Mas, como estou percebendo, o senhor deve ser um homem de gênio alegre e gosta de fazer brincadeiras em sociedade.

— Juro por tudo quanto é sagrado! Bem, já que a coisa chegou a esse ponto, eu lhe mostrarei.

— Por que se preocupar? — continuou o empregado, cheirando tabaco. — Aliás, se não for incômodo — acrescentou com ar de curiosidade —, gostaria de ver.

O assessor de colegiado tirou o lenço do rosto.

— Realmente, uma coisa demasiado estranha! — disse o empregado — O lugar está completamente plano, como uma broa que acaba de ser assada. É, incrivelmente plano!

— E então, ainda vai discutir? O senhor mesmo está vendo que não pode deixar de publicar. Eu lhe ficarei muitíssimo grato e bastante satisfeito por este caso me haver proporcionado o prazer de conhecê-lo...

Como se vê, desta vez o major resolveu cometer uma pequena torpeza.

— É claro, publicar é coisa simples — disse o funcionário —, só que não consigo prever nenhuma vantagem para o senhor.

Se é que o senhor realmente deseja, então mande algum mestre da pena descrever isso como uma obra rara da natureza e publicar em artigo na *Siévernaia Ptchelá*[6] (aqui ele tornou a cheirar tabaco) para proveito da juventude (aqui ele limpou o nariz), ou apenas para a curiosidade pública.

O assessor de colegiado ficou completamente desesperado. Correu os olhos de cima a baixo por um jornal, parando na seção dos anúncios de teatro; já estava a ponto de esboçar um sorriso ao ver o nome de uma atriz muito bonitinha e sua mão já se metia no bolso para ver se encontrava uma nota de três rublos para o ingresso — porque Kovaliov achava que os oficiais superiores deviam sentar-se em poltronas —, mas a lembrança do nariz estragou tudo!

Parecia que o próprio funcionário estava comovido com a difícil situação de Kovaliov. Desejando aliviar um pouco a amargura do assessor, achou conveniente externar em algumas palavras a sua solidariedade:

— Palavra que lamento profundamente que uma anedota como essa tenha acontecido com o senhor. O senhor não gostaria de cheirar um tabaquinho? Serve para desfazer as dores de cabeça e as situações aflitivas; é bom até para hemorróidas.

Dito isto, o funcionário estendeu a tabaqueira a Kovaliov, expondo com bastante agilidade por baixo dela sua tampa com o retrato de uma mulher de chapéu. Essa atitude impensada fez Kovaliov perder a paciência.

— Não entendo como o senhor acha motivo para brincadeira — disse ele, irritado —, por acaso não está vendo que estou

---

[6] Jornal político e literário russo editado em Petersburgo entre 1825 e 1864. Publicava matérias sobre os mais diversos assuntos. (N. do T.)

O nariz

exatamente sem aquilo com que se pode cheirar? Ao diabo com seu tabaco! Agora não posso nem olhar para ele, e não só para o seu detestável tabaco Beriózki, mas até mesmo para o próprio rapé, se o senhor me trouxesse.

Tendo pronunciado essas palavras, saiu profundamente aborrecido e rumou para a casa do comissário de polícia, um excepcional apreciador de açúcar. A antessala de sua casa, que era também sala de jantar, estava cheia de pãezinhos de açúcar, presenteados por comerciantes como prova de amizade. Nesse momento a cozinheira tirava as botas do comissário de polícia; a espada e toda a armadura militar já se achavam tranquilamente penduradas pelos cantos, o seu filho de três anos já tocava o temível chapéu tricórnio, e ele, depois de uma vida de guerras e combates, preparava-se para sentir o gosto da paz.

Kovaliov entrou no momento em que o comissário se espreguiçava e grasnava, dizendo: "Ah, vou tirar uma bela soneca de duas horinhas!". Por isso dava para prever que a chegada do assessor de colegiado era totalmente inoportuna. Ainda que na ocasião Kovaliov tivesse lhe trazido algumas libras de chá e um corte de tecido, não sei se teria sido alvo de uma acolhida das mais alegres. O comissário era grande incentivador de todos os tipos de arte e manufatura, mas preferia acima de tudo dinheiro em papel. "É uma coisa — dizia sempre —, não, não há coisa melhor do que essa: não pede comida, ocupa pouco espaço, sempre cabe no bolso; se você deixar cair — não se quebra."

O comissário recebeu Kovaliov com bastante frieza, dizendo que depois do almoço não era hora de fazer investigação e que a própria natureza havia determinado um pouco de descanso depois que a pessoa enchia a pança (pelo que o assessor de colegiado podia perceber, o comissário não ignorava as máximas dos sábios da Antiguidade), que ninguém ia arrancar o nariz de um homem de bem e que no mundo havia toda espécie de majores que não tinham nem a roupa de baixo decente e andavam enfiados em tudo quanto era lugar indecente.

Foram coisas ditas sem rodeios, na cara! É preciso salientar que Kovaliov era uma pessoa extremamente melindrosa. Era capaz de perdoar tudo o que se dissesse a seu respeito, porém jamais perdoava quando se tratava de patente ou título. Admitia inclusive que nas peças de teatro se deixasse passar tudo o que se referisse aos oficiais subalternos, porém, não se devia jamais atacar os oficiais superiores. A recepção do comissário o deixou tão confuso que ele falou com senso de dignidade pessoal, abrindo um pouco os braços:

— Confesso que, depois de observações tão ofensivas de vossa parte, nada tenho a acrescentar — e saiu.

Chegou em casa mal sentindo as pernas. Já estava escuro. Depois de todas essas buscas frustradas, o apartamento lhe parecia triste ou repugnante. Ao entrar na antessala, viu o criado Ivan reclinado no sofá de couro manchado, atirando cusparadas no teto e acertando com bastante sucesso no mesmo lugar. Essa indiferença deixou-o furioso; bateu com o chapéu na testa do criado, acrescentando

— Seu porco, estás sempre fazendo besteiras!

Ivan saltou repentinamente do seu lugar e correu a toda pressa para lhe tirar o capote.

Entrando em seu quarto cansado e triste, o major deixou-se cair numa poltrona e, depois de alguns suspiros, disse finalmente:

"Meu Deus! Meu Deus! Por que tanta infelicidade? Estivesse eu sem um braço ou sem uma perna — tudo estaria melhor; estivesse eu sem orelhas — seria horrível, porém suportável, mas um homem sem nariz só o diabo sabe o que é: nem ave, nem cidadão; um troço que se pode pegar e atirar pela janela! Tivesse ficado sem ele na guerra ou num duelo, ou se eu mesmo tivesse sido a causa, mas não, perdi-o sem quê nem para quê, em vão, a troco de nada!... Não, não pode ser — acrescentou ele depois de uma breve meditação. É incrível que o nariz tenha desaparecido; de jeito nenhum pode ser possível. A verdade é que ou estou sonhando ou tendo visões; talvez eu tenha cometido um erro e, ao invés de beber água, bebi aquela vodca que passo no rosto depois de fazer a barba. O idiota do Ivan não bebeu, e quem acabou bebendo mesmo fui eu." E, para realmente se certificar de que não estava bêbado, o major se golpeou com tanta força que chegou a gritar. Essa dor lhe assegurou por completo que não estava sonhando, mas vivendo e agindo. Chegou-se lentamente ao espelho e semicerrou inicialmente os olhos, pensando que, quem sabe, o nariz por acaso aparecesse em seu lugar; porém recuou no mesmo instante, dizendo: "Que cara detestável!".

De fato, não dava para entender. Se tivesse desaparecido um botão, uma colher de prata, um relógio ou algo semelhante, ainda vá lá; mas desaparecer logo aquilo, e ainda por cima em sua própria casa!... Ponderando todas as circunstâncias, o Major Kovaliov quase chegou mais perto da verdade ao admitir que a culpada de tudo isso não era senão a mulher do oficial superior, Podtótchina Grigórievna, que queria vê-lo casado com sua filha. Ele mesmo gostava de cortejá-la, porém evitava o desfecho do assunto. Quando, porém, a mulher do oficial lhe anunciou sem rodeios que queria lhe dar sua filha em casamento, ele foi saindo de fininho com seus cumprimentos, alegando que ainda estava jovem e que precisava servir mais uns cinco anos, quando então completaria quarenta e dois anos. E era por isso que a mulher do oficial superior resolvera deformá-lo para se vingar, contratando para isso algumas feiticeiras, pois de maneira nenhuma era possível supor que o nariz tivesse sido amputado: ninguém entrava em seu quarto, o barbeiro Ivan Pietróvitch o barbeara na quarta--feira e durante toda a quarta-feira e inclusive na quinta o nariz estivera inteiro — disso ele se lembrava e compreendia muito bem; ademais, teria sentido dor e não havia dúvida de que o ferimento não poderia ter cicatrizado com tanta rapidez e ficado liso como uma broa. Ele urdia um plano: levar formalmente a mulher do oficial à justiça ou ir pessoalmente à sua casa e desmascará-la. Suas reflexões foram interrompidas pela luz que penetrou por todas as fendas das portas, dando conta de que Ivan já havia acendido a vela na sala da frente. Logo apareceu o próprio Ivan, trazendo consigo a vela e iluminando todo o quarto. O primeiro movimento de Kovaliov foi pegar o lenço e cobrir o lugar em que até a véspera ainda houvera um nariz, para evitar que aquele bobo ficasse boquiaberto ao ver tamanha esquisitice no rosto do senhor.

Antes que conseguisse sair para o seu cubículo, Ivan ouviu na antessala uma voz desconhecida perguntar: "É aqui que mora o assessor de colegiado Kovaliov?".

— Pode entrar. O Major Kovaliov está aqui — disse Kovaliov, precipitando-se e abrindo a porta.

Entrou um funcionário de polícia de bela aparência, de costeletas nem muito claras nem escuras, bastante bochechudo, aquele mesmo que no começo da história se encontrava no extremo da ponte Isakiêvski.

— Foi o senhor que se dignou a perder o nariz?

— Eu mesmo.

— Ele foi encontrado.

— O que é que o senhor está dizendo? — gritou o Major Kovaliov. A alegria o fez perder a fala. Fitava, com os olhos bem abertos, o guarda postado à sua frente, seus lábios grossos e suas bochechas, sobre os quais cintilava vivamente a luz trêmula da vela. — De que maneira?

— Um caso estranho: foi apanhado já quase viajando. Já estava tomando a diligência e querendo partir para Riga. Desde muito tempo seu passaporte estava pronto e em nome de um funcionário. E o estranho é que inicialmente eu o tomei por um senhor. Mas por sorte eu estava de óculos e no mesmo instante percebi que era um nariz. Acontece que eu sou míope; se o senhor estiver à minha frente noto apenas que o senhor tem rosto, mas não percebo barba, nariz, nada. Minha sogra, isto é, a mãe da minha mulher, também não enxerga nada.

Kovaliov estava que não cabia em si.

— Onde está ele? Onde? Vou procurá-lo agora mesmo.

— Não se preocupe. Sabendo que o senhor precisava dele, eu o trouxe comigo. E o estranho é que o principal culpado de tudo isso é o vigarista do barbeiro da rua Voznessiênski, que neste momento está na delegacia de polícia. Há muito tempo eu vinha desconfiando de que ele era um bêbado e ladrão, e anteontem ele roubou de um armarinho uma dúzia de botões. O nariz do senhor está exatamente como era. — Aqui o policial meteu a mão no bolso e tirou o nariz embrulhado num papel.

— É ele! — gritou Kovaliov — ele mesmo! Tome uma xícara de chá comigo hoje.

— Para mim seria um grande prazer, mas não posso de modo algum: daqui eu devo ir ao reformatório... A carestia aumentou muito para todos os gêneros alimentícios... Comigo moram minha sogra, isto é, a mãe da minha mulher, e meus filhos; o mais velho, sobretudo, é muito promissor: é um garoto muito inteligente, mas não tenho nenhum recurso para educá-lo.

Kovaliov adivinhou logo e tirou da gaveta uma nota vermelha, metendo-a na mão do guarda, que, depois de uns rapapés, saiu, e quase no mesmo instante Kovaliov já o ouvia dando uma bronca num mujique tolo que justo nesse momento entrava no bulevar com sua carroça.

Depois da saída do guarda, o assessor de colegiado permaneceu alguns minutos num estado indefinido e só depois de alguns minutos conseguiu perceber e atinar alguma coisa: a inesperada alegria o fez cair nessa ausência. Tomou o nariz encontrado cuidadosamente nas duas mãos fechadas em concha e tornou a examiná-lo com atenção.

"Então é ele, ele mesmo! — dizia o major Kovaliov. — Aqui está a espinha que ontem apareceu no lado esquerdo." O major quase riu de alegria.

Mas no mundo não há nada duradouro, e por isso a alegria no minuto seguinte já não é tão viva como no primeiro; no terceiro minuto ela se torna ainda mais fraca, e por fim se funde imperceptivelmente com o estado habitual da alma, como o círculo formado na água pela queda de uma pedra acaba se fundindo com a superfície plana. Kovaliov começou a refletir e percebeu que a coisa ainda não chegara ao fim: o nariz fora encontrado, mas ainda era necessário grudá-lo, colocá-lo no seu lugar.

"E se ele não aderir?"

Diante dessa pergunta feita a si mesmo, o major empalideceu.

Sentindo um pavor inexplicável, atirou-se sobre a mesa e puxou o espelho em sua direção para evitar que o nariz acabasse ficando torto. Suas mãos tremiam. Colocou-o com cuidado e prudência no antigo lugar. Oh, que horror! O nariz não aderia!... Levou-o à boca, aqueceu-o levemente com seu hálito e tornou a levá-lo ao lugar plano situado entre as faces; mas não havia jeito de o nariz grudar.

"Ah, vamos lá! Encaixa, imbecil" — dizia Kovaliov ao na-

O nariz

riz. Mas o nariz parecia de madeira e caía na mesa fazendo um ruído tão estranho que parecia uma rolha. O rosto do major torceu-se convulsivamente. "Será que ele não vai aderir?" — dizia ele assustado. E por mais que tentasse fixá-lo em seu devido lugar, seu empenho continuava inútil.

Gritou para Ivan e mandou que ele fosse chamar o médico que morava no melhor apartamento do mesmo prédio, na sobreloja. Esse médico era um homem de boa aparência, usava belas costeletas lustrosas, tinha uma mulher jovem e sadia, comia maçãs frescas ao amanhecer e mantinha a boca numa limpeza incomum, gargarejava por quase uma hora pela manhã e escovava os dentes com cinco diferentes tipos de escova. O médico compareceu no mesmo instante. Depois de perguntar se fazia tempo que se dera a desgraça, ele ergueu o queixo de Kovaliov e lhe deu com o dedo médio um piparote no lugar onde antes existia o nariz, de sorte que o major teve de voltar a cabeça para trás com tanta força que bateu com a nuca na parede. O médico disse que aquilo não era nada e, tendo lhe sugerido que se afastasse um pouco da parede, ordenou que ele voltasse a cabeça inicialmente para a direita e, apalpando o lugar em que antes havia o nariz, disse: "Hum!". Depois ordenou que ele voltasse a cabeça para a esquerda, disse "Hum", e concluiu com mais um piparote com o dedo médio, de sorte que o major Kovaliov sacudiu bruscamente a cabeça, como um cavalo a quem se olham os dentes. Feito esse teste, o médico meneou a cabeça, dizendo:

— Não, não dá. É melhor que o senhor fique assim mesmo, porque pode provocar coisa ainda pior. É claro que é possível colocá-lo; talvez eu até pudesse colocá-lo agora mesmo no seu rosto, mas asseguro que isso seria pior para o senhor.

— Ah, essa é boa! E como é que vou ficar sem nariz? Pior do que está é que não pode ficar. Só o diabo sabe! Como é que eu vou aparecer em algum lugar com essa deformidade? Sou um homem de boas relações: hoje mesmo devo ir a festas em duas casas. Tenho muitos conhecidos: Tchekhtiriova, a mulher do conselheiro de Estado, Podtótchina, a mulher de um oficial superior... se bem que depois da atitude dela em relação a esse caso de agora não tenho nada a tratar com ela que não seja caso de polícia. Faça-me um obséquio — Kovaliov falou com voz suplicante —, será que não há um meio? Dê um jeito de colocá-lo! mesmo que não fique bom, mas que pelo menos ele encaixe; em caso de perigo, posso até escorá-lo levemente com a mão. Por isso não vou nem dançar para não danificá-lo com algum movimento imprudente. Quanto a tudo o que se refere à gratificação por suas visitas, pode estar certo de que, até onde minhas posses permitirem...

— Pode acreditar — disse o médico com voz nem alta nem baixa, porém extremamente afável e magnética —, pode acreditar que eu nunca medico por interesse. Isto contraria os meus princípios e a minha arte. É verdade que eu cobro pelas visitas, mas só e unicamente para não ofender o paciente com minha recusa. Eu, evidentemente, poderia colocar o seu nariz no lugar; porém lhe asseguro por minha honra, se é que o senhor não acredita mesmo na minha palavra, que isso lhe seria muito pior. É melhor deixar a coisa à mercê da própria natureza. Lave mais amiúde o lugar com água fria e eu lhe garanto que, mesmo sem nariz, o senhor será tão sadio como se o tivesse. Quanto ao nariz, aconselho metê-lo num frasco com álcool ou, o que é melhor ainda, botar duas colheres de sopa de vodca bem forte e vinagre aquecido — e então o senhor pode conseguir um bom dinheiro por ele. Eu mesmo posso comprá-lo, desde que o senhor não peça muito.

— Não, não! não o venderei por nada deste mundo! — gritou desesperado o Major Kovaliov. — Até prefiro que o diabo o carregue.

— Desculpe! — disse o médico em tom de despedida — eu queria lhe ser útil. O que se há de fazer! Pelo menos o senhor percebeu o meu empenho.

Dito isto, o médico deixou o quarto com ar de nobreza. Kovaliov nem chegou a notar-lhe o rosto; em seu profundo estado de insensibilidade, via apenas as mangas da camisa branca e limpa como a neve apontando sob as mangas do fraque preto.

No dia seguinte, antes de apresentar queixa, resolveu escrever à viúva do oficial superior, para saber se ela não estaria disposta a lhe entregar sem luta aquilo que era devido. A carta tinha o seguinte teor:

Minha cara senhora Aleksandra Grigórievna!

Não consigo entender a estranha atitude de vossa parte. Podeis estar certa de que, agindo dessa maneira, nada ganhareis nem me forçareis em absoluto a desposar a vossa filha. Acreditai que a história do meu nariz é do meu total conhecimento, assim como o fato de não ser outra pessoa senão vós mesma a principal artífice. Sua inesperada separação do devido lugar, a fuga e o mascaramento, ora usando o disfarce de um certo funcionário ou finalmente em sua verdadeira face não são mais que o resultado das feitiçarias praticadas por vós ou por aqueles que, à vossa semelhança, exercem esse nobre ofício. De minha parte, considero meu dever levar ao vosso conhecimento que se o nariz a que me refiro não voltar hoje mesmo ao seu devido lugar, serei forçado a recorrer à proteção e ao abrigo da lei.

Mantendo, de resto, os meus protestos de absoluto respeito, tenho a honra de ser vosso humilde servo.

Platon Kovaliov

Em resposta, recebeu este bilhete:

Meu caro senhor Platon Kuzmitch!

Fiquei extremamente surpresa com a vossa carta. Confesso-vos com toda franqueza que em hipótese alguma eu esperava tal coisa e muito menos as injustas censuras que me dirigis. Previno-vos que nunca recebi em minha casa o funcionário ao qual vos referis, nem disfarçado, nem com sua verdadeira face. É bem verdade que recebi Filipp Ivánovitch Potantchikov em minha casa. E embora ele realmente pretendesse a mão de minha filha e fosse um homem de comportamento sensato e de grande erudição, eu jamais lhe dei qualquer esperança. Vós ainda vos referis a um certo nariz. Se quereis dizer com isso que eu tenha pretendido deixá-lo de nariz comprido, isto é, negado formalmente o vosso pedido, fico surpresa que sejais vós mesmo a dizer tal coisa, pois, até onde sabeis, sempre fui de opinião totalmente oposta, e se agora resolveis pedir oficialmente a mão da minha filha, estou disposta a satisfazer imediatamente o vosso pedido, pois isto sempre foi objeto do meu mais ardente desejo, e por nutrir tal esperança fico sempre ao vosso dispor.

Aleksandra Podtótchina

O nariz

"Não — dizia Kovaliov ao ler a carta. — Ela não tem nenhuma culpa. Não pode ser! Uma pessoa culpada de crime não poderia ter escrito uma carta como esta." O assessor de colegiado entendia do riscado, porque várias vezes havia sido encarregado de realizar perícias quando ainda vivia no Cáucaso. "De que modo, por que cargas-d'água isso foi acontecer? Só o diabo sabe!" — disse finalmente tomado de desânimo.

Enquanto isso, os rumores acerca desse acontecimento inusitado varriam a capital e, como é de praxe, sem que faltassem aqueles acréscimos especiais. Naquele momento todas as mentes andavam predispostas justamente para o insólito: ainda eram bem recentes as experiências com magnetismo que haviam dominado toda a cidade.[7] Ademais, a história das cadeiras que dançavam pela rua Koniúchennaia ainda era bem recente, não sendo por isso de admirar que logo se começasse a dizer que o nariz do assessor Kovaliov passeava pela avenida Niévski às três da tarde em ponto. Era enorme o número de curiosos que afluía todos os dias ao local. Alguém disse que o nariz se encontrava na loja Junker;[8] e ao longo da Junker juntou-se uma multidão tão grande e o empurra-empurra foi tal que se fez necessária a intervenção da polícia. Um especulador de aspecto respeitável e longas costeletas, que à entrada dos teatros vendia uma variedade de doces secos, fez especialmente magníficos e sólidos bancos de madeira, nos quais os curiosos podiam subir pagando cada um oitenta copeques de aluguel. Um emérito coronel deixou de propósito sua casa mais cedo e com grande dificuldade abriu caminho

---

[7] Gógol faz referência à prática do magnetismo com animais, muito comentada pela imprensa em 1832. (N. da E.)

[8] Loja da moda na avenida Niévski. (N. da E.)

por entre a multidão; porém, para sua grande indignação, em vez do nariz viu na vitrine da loja um simples casaco de flanela e uma litogravura em que aparecia uma jovem ajeitando as meias, enquanto um almofadinha de barbicha e colete a espreitava por trás de uma árvore — já fazia mais de dez anos que o quadro se encontrava naquele mesmo lugar. Afastando-se, ele disse com ar aborrecido: "Como é possível desnortear o povo com rumores tão tolos e inverossímeis?". Depois correram rumores de que não era na Niévski, mas no jardim Tavrítcheski que passeava o nariz do Major Kovaliov, de que ele já estaria lá desde muito tempo; que quando Hozrev-Mirza[9] ainda morava por ali, ficara muito surpreso com aquela esquisita brincadeira da natureza. Alguns estudantes da Academia de Cirurgia marcharam para lá. Uma senhora nobre e respeitável pediu em carta especial ao vigia do jardim que mostrasse aos filhos dela aquele fenômeno raro e, se possível, com uma explicação judiciosa e edificante para os jovens.

Todos esses acontecimentos deixaram por demais contentes todos os tipos mundanos, assíduos frequentadores de reuniões, que gostavam de divertir as damas, cujos motivos para rir estavam esgotados àquela altura. O sumo descontentamento atingia uma pequena parcela de pessoas respeitáveis e bem-intencionadas. Um senhor disse indignado que não entendia como em nosso século ilustrado podiam-se difundir invenções tão absurdas e que estava surpreso com o descaso do governo pelo fato. Como se vê, esse cidadão era daqueles que gostariam de meter o governo em tudo, inclusive em suas brigas diárias com a mulher. Em

---

[9] Príncipe persa que chefiou a delegação diplomática que chegou à Rússia em agosto de 1829, por motivo do assassinato, na Pérsia, de A. S. Griboiêdov, embaixador russo. Hozrev-Mirza foi recebido solenemente em Petersburgo e hospedado no Palácio Tarvrítcheski. (N. do T.)

O nariz

seguida... bem, aqui a história torna a mergulhar na nebulosidade, e ignora-se decididamente o que aconteceu depois.

III

Cometem-se verdadeiras bobagens pelo mundo afora. E às vezes sem nada de verossímil: de repente o mesmo nariz que andou viajando com o título de conselheiro de Estado e deu tanto o que falar pela cidade inventa de reaparecer no seu lugar, isto é, justamente entre as faces do Major Kovaliov, e como se nada tivesse acontecido. Isso ocorreu já no dia 7 de abril. Despertando e olhando-se casualmente no espelho, o major vê: o nariz! aperta-o com a mão — o nariz mesmo! "Eh, eh!" — exclama Kovaliov e, movido pela alegria, quase desandou a sapatear descalço por todo o quarto, mas a chegada de Ivan o atrapalhou. Mandou trazer água imediatamente para se banhar e, ao banhar-se, tornou a olhar-se no espelho: o nariz! Ao enxugar-se com a toalha, tornou a se olhar no espelho: o nariz!

— Ivan, dá uma olhadinha aqui; parece que estou com uma espinha no nariz — disse, e enquanto isso pensava: "Vai ser uma desgraça se Ivan disser: nada disso, senhor: além de não ter nenhuma espinha, nem nariz o senhor tem!".

Mas Ivan disse:

— Não, não tem espinha nenhuma: o nariz está limpo!

"Que bom, que beleza!" — disse consigo o major e estalou os dedos. Nesse momento o barbeiro Ivan Yákovlievitch espiou pela porta; mas com aquele medo de um gato que acaba de ser castigado pelo roubo do toucinho.

— Vá logo dizendo: estás com as mãos limpas? — gritou ainda de longe Kovaliov.

— Estou.

— Mentira!

— Juro que estão limpas, senhor.

— Veja lá!

Kovaliov sentou-se. Ivan Yákovlievitch o cobriu com uma toalha e, com a ajuda de um pincel, transformou num instante toda a sua barba e parte das faces num creme semelhante àquele que se serve em festas de aniversário nas casas dos comerciantes. "Você, hein!" — disse lá com seus botões Ivan Yákovlievitch, olhando para o nariz, e depois virou a cabeça para o lado oposto e o fitou de perfil. — "Ei-lo! Palavra que, só de pensar..." — continuou e observou demoradamente o nariz. Por fim levantou dois dedos com suavidade, com todo o cuidado que se pode imaginar, a fim de segurar a ponta do nariz. Porque esse era o sistema de Ivan Yákovlievitch.

— Ai, ai, ai! cuidado! — gritou Kovaliov.

Ivan Yákovlievitch ficou de braços cruzados, pasmou e desconcertou-se como nunca tinha se desconcertado. Finalmente começou a coçá-lo debaixo do queixo com a navalha e, embora sentisse dificuldade e não lhe fosse nada fácil barbear um cliente sem se apoiar na parte cheiradora do corpo, mesmo assim deu um jeito de acomodar o seu rugoso polegar na face e na gengiva inferior de Kovaliov, vencendo por fim todos os obstáculos e conseguindo barbeá-lo.

Já de barba feita, Kovaliov apressou-se em vestir-se, tomou um fiacre e rumou direto para a confeitaria. Ao entrar, foi logo gritando: "Rapazinho, uma xícara de chocolate!" — e no mesmo instante foi até o espelho: o nariz está aqui. Voltou-se alegre e, apertando um pouco os olhos, observou com ar satírico dois militares, um dos quais tinha o nariz igualzinho a um botão de colete. Depois foi ao escritório do departamento, onde vinha plei-

O nariz

teando um lugar de vice-governador ou, caso fracassasse, de executor. Ao passar pela sala de recepção olhou-se no espelho: o nariz está aqui. Em seguida foi visitar outro assessor de colegiado ou major, grande zombador, a cujas picuinhas frequentemente respondia: "Logo você, eu o conheço, é um língua viperina!". Enquanto caminhava, pensou: "Se o major não explodir de rir ao me ver será um sinal evidente de que tudo está no seu devido lugar". Mas isso lhe era irrelevante. "Está bem, está bem, puxa vida!" — pensou consigo o Major Kovaliov. Encontrou Podtótchina, mulher do oficial superior, acompanhada da filha, cumprimentou-as com reverência e foi recebido com alegres exclamações, logo, não faltava nada em seu rosto. Conversou longamente com elas e, tirando deliberadamente do bolso a tabaqueira, demorou muito para encher diante delas ambos os portões do seu nariz, dizendo de si para si: "Veja só, mulher, cérebro de galinha! Apesar de tudo, não vou me casar com a sua filha. Simplesmente *par amour*[10] — tenha a santa paciência!". Desde então o Major Kovaliov andou pela avenida Niévski, pelos teatros e por toda parte como se nada tivesse acontecido. E o nariz, também como se nada tivesse acontecido, manteve-se em seu rosto, sem dar nem sequer a impressão de que andara se ausentando. E depois o Major Kovaliov foi visto eternamente de bom humor, sorridente, perseguindo decididamente todas as mulheres bonitas e inclusive parando certa vez diante de uma barraca no Gostíni Dvor[11] e comprando fita para alguma medalha, não se sabe por que motivo, pois ele mesmo não era cavaleiro de nenhuma ordem.

---

[10] Em francês, no original russo. (N. do T.)

[11] Grande centro comercial de São Petersburgo na época de Gógol. (N. do T.)

Eis a história que aconteceu na capital do norte do nosso vasto Estado! Hoje, pela simples percepção de seu conjunto vemos que nela há muito de inverossímil. Já sem falar que é realmente estranha a separação sobrenatural do nariz e a sua aparição em diferentes lugares sob o disfarce de conselheiro de Estado — como Kovaliov não percebeu que não podia anunciar na imprensa o desaparecimento de um nariz? Não estou falando no sentido de achar cara a publicação do anúncio: isso seria absurdo e nada tenho a ver com gente ambiciosa. Mas isso é indecente, esquisito, ruim! E depois — como o nariz achou de aparecer no pão assado e com o próprio Ivan Yákovlievitch?... não, isso de maneira nenhuma eu consigo entender, decididamente não entendo! Porém o que é mais estranho, o que é mais incompreensível é como os autores podem escolher semelhantes temas. Confesso que isso é simplesmente inconcebível, é de fato... não, não, absolutamente não entendo. Em primeiro lugar, isso não traz decididamente nenhum proveito à pátria; em segundo... em segundo lugar também não há nenhum proveito. Simplesmente não entendo o que isso...

Entretanto, apesar de tudo, embora, é claro, se possa admitir isso, aquilo e aquilo outro, pode-se até... ora bolas, onde é que não acontecem absurdos? — E mesmo assim é só pensar um pouco para ver que, palavra, em tudo isso há alguma coisa. Digam o que disserem, mas histórias semelhantes acontecem pelo mundo; raramente, mas acontecem.

Tradução de Paulo Bezerra

O nariz

Ivan Turguêniev

Ivan Serguêievitch Turguêniev nasceu em 28 de outubro de 1818, em Oriol. De família aristocrática, viveu até os nove anos na propriedade dos pais, e em seguida estudou em Moscou e São Petersburgo. Perdeu o pai na adolescência; com a mãe, quase sempre descrita como despótica, manteve uma relação difícil por toda a vida. Em 1838, mudou-se para a Alemanha com o objetivo de continuar os estudos, e publicou seu primeiro poema na revista *Sovremiênnik* [O Contemporâneo].

Em Berlim, estudou filosofia, letras clássicas e história; além disso, participou dos círculos filosóficos de estudantes russos, aproximando-se nessa época de Bakúnin. Em 1843, passou a frequentar o círculo do grande crítico Bielínski, cujas ideias a respeito da literatura exerceram profunda influência sobre as obras do jovem escritor: pouco depois, ele começaria a publicar contos inspirados pela estética da Escola Natural. Alguns anos mais tarde, estes textos foram reunidos no volume *Memórias de um caçador* (1852), que alcançou fama internacional e ganhou traduções para diversas línguas, além de causar grande impacto na discussão sobre a libertação dos servos.

Ainda em 1843, Turguêniev conheceu a cantora de ópera Pauline Viardot, casada com o diretor de teatro Louis Viardot. Manteve com ela uma longa relação que duraria até o fim da vida, e também travou amizade com seu marido; mais tarde, mudou-se para a casa dos Viardot em Paris e lá criou a filha, fruto de um relacionamento com uma camponesa. Durante sua permanência na França, tornou-se amigo de escritores como Flaubert, Zola e Daudet.

Turguêniev viveu a maior parte da vida na Europa, mas continuou publicando e participando ativamente da vida cultural e política da Rússia. Nos anos 1850 escreveu diversas obras em prosa, entre elas "Mumu" (1852), *Fausto* (1856), *Ássia* (1858) e *Ninho de fidalgos* (1859). Seu primeiro romance, *Rúdin* (1856), retrata um intelectual idealista e eloquente, porém incapaz de transformar suas próprias ideias em ação. O protagonista encarnava a geração do autor, que, depois de estudar fora, voltava para a Rússia cheia de energia, mas via-se paralisada pelo ambiente político da época de Nicolau I.

Em 1860 escreveu a novela *Primeiro amor*, baseada em um episódio autobiográfico. Dois anos depois publicou *Pais e filhos* (1862), romance considerado um dos clássicos da literatura mundial. Seu protagonista, Bazárov, tornou-se representante do "novo homem" dos anos 1860. Abalado pela polêmica que a obra suscitou na Rússia — acusada de incitar o niilismo —, o autor se estabeleceu definitivamente na França e começou a publicar cada vez menos. Faleceu na cidade de Bougival, próxima a Paris, em 1883, aos 64 anos de idade.

Os contos presentes neste volume pertencem à última fase da produção de Turguêniev. Em "O cão", de 1866, o autor resgata a tradição russa do conto oral, num relato que combina com grande habilidade o real e o fantástico. "Um barulho!", de 1874, foi adicionado posteriormente pelo autor às *Memórias de um caçador*, e narra um episódio em que o protagonista, acompanhado apenas de seu cocheiro, se vê ameaçado por um grupo de desconhecidos.

O cão

— ... Mas se admitirmos a possibilidade do sobrenatural, a possibilidade de ele se imiscuir na vida real, então me permitam perguntar, qual é o papel que, depois disso, deve representar o senso comum? — exclamou Anton Stepánitch, cruzando os braços sobre o estômago.

Anton Stepánitch tinha o cargo de conselheiro civil, servia num certo departamento de nome complicado e, falando pausadamente, empertigado, com voz grave, gozava de respeito generalizado. Isto por ter ganho, recentemente, uma comenda de São Estanislau — tendo sido "enfeitado com um estanislauzinho", como diziam os invejosos.

— Muito bem observado — comentou Skvorêvitch.

— E ninguém irá discutir isto — acrescentou Kinarêvitch.

— Eu também concordo — ecoou do seu canto o dono da casa, sr. Finoplêntov.

— Pois confesso que eu não posso concordar, porque comigo próprio aconteceu algo sobrenatural — ponderou um homem de meia estatura e meia-idade, barrigudinho e calvo, que permanecera até então calado, atrás da estufa.

Os olhares de todos os presentes voltaram-se para ele, curiosos e perplexos, e fez-se silêncio.

Esse homem era um pequeno proprietário rural de Kaluga, recém-chegado a São Petersburgo. Em outros tempos ele servira

O cão 131

com os hussardos, depois reformou-se e instalou-se na aldeia. As recentes mudanças na economia reduziram os seus proventos, e ele se transferiu para a capital, à procura de um lugarzinho para se acomodar. Não possuía qualificações, nem tinha relacionamentos úteis de qualquer espécie. Mas depositava fortes esperanças na sua própria sorte, e ela não o traiu. Alguns dias depois, ele conseguiu um emprego público, como supervisor de lojas — um posto lucrativo e até honroso, que não exigia talentos especiais. Essas lojas só existiam hipoteticamente e, até então, não se sabia exatamente com o que preenchê-las...

Anton Stepánitch foi o primeiro a quebrar o espanto geral.

— Como assim, meu caro!? — começou ele. — O senhor afirma seriamente que lhe aconteceu algo de sobrenatural?... Quero dizer, algo incompatível com as leis da natureza?

— Afirmo, sim — retrucou o "meu caro", cujo nome verdadeiro era Porfíri Kapitónitch.

— Incompatível com as leis da natureza! — repetiu Anton Stepánitch, a quem, aparentemente, esta frase agradara.

— Sim, exatamente, exatamente como o senhor houve por bem afirmar.

— Isto é espantoso! O que acham, cavalheiros? — Anton Stepánitch tentou emprestar às suas feições uma expressão irônica, mas não conseguiu, ou, por outra, conseguiu uma expressão como se o conselheiro tivesse sentido um cheiro ruim. — Não tentaria o senhor, meu caro — continuou ele, dirigindo-se ao fazendeiro de Kaluga —, explicitar-nos as minúcias de tão curioso acontecimento?

— Pois não, isto é possível! — respondeu o interrogado, e colocando-se com desembaraço no meio do recinto, começou assim:

"Eu possuo, cavalheiros, como decerto é do seu conhecimento, mas também pode ser que não seja, uma pequena propriedade no distrito de Koszel. Antes eu auferia dela algum provento, mas agora, evidentemente, não dá para dela esperar nada além de dores de cabeça. Porém, deixemos de lado a política. Pois bem, nessa propriedade existe uma chácara pequenina: uma horta, uma pequena lagoa com uns peixinhos, algumas edificações, e também, claro, uma pequena ala para o meu próprio corpo pecaminoso... Coisa de solteirão. Então, certa feita, uns seis anos atrás, voltei para casa bastante tarde, depois de um jogo de baralho em casa de um vizinho — e fui logo me despindo, me deitando e apagando a vela. E imaginem só, cavalheiros: nem bem acabei de soprar a vela, teve início uma estranha atividade debaixo da minha cama! Será uma ratazana? — pensei. Não, ratazana não é: isto aqui arranha, se mexe, se coça... e, por fim, começou a sacudir as orelhas! Claro, trata-se de um cachorro. Mas de onde surgira um cachorro? Eu não tinha nenhum. Quem sabe, penso, é algum cão perdido que veio parar aqui. Chamei o meu criado Filka. O criado entrou com uma vela.

— O que é isto, ó Filka, que desordem é esta? Um cachorro se enfiou debaixo da minha cama!

— Que cachorro? — diz ele.

— E eu lá sei!? — digo eu. — Isto é assunto teu, não deixar que incomodem teu patrão.

O meu Filka se agachou, começou a procurar com a vela embaixo da cama.

— Mas aqui não tem cachorro nenhum.

Eu me abaixei também, e de fato não havia cachorro nenhum ali. Que coisa é esta? Levantei os olhos para Filka, e ele estava sorrindo.

— Bobalhão — eu lhe digo —, por que arreganhas os den-

O cão

tes? Decerto quando abriste a porta, o cachorro escapuliu para o vestíbulo. E tu, boquiaberto, não percebeste nada, porque estás sempre dormindo. Não estarás imaginando que eu estou embriagado?

Ele tentou responder, mas eu o enxotei, me enrosquei na cama e naquela noite não ouvi mais nada.

Mas na noite seguinte — imaginem só! — repetiu-se a mesma coisa. Assim que apaguei a vela, aquilo recomeçou a arranhar, a sacudir as orelhas. Tornei a chamar o Filka, ele tornou a espiar debaixo da cama — e de novo, nada! Mandei-o embora, soprei a vela e — ó diacho! — o cachorro está lá de volta. E é certo que é um cachorro: ouve-se muito bem como ele respira, como raspa o pelo com os dentes, procurando pulgas... Bem nítido!

— Filka — digo eu —, entra aqui sem vela.

Ele entrou.

— Então — digo eu —, estás ouvindo?

— Estou — diz ele.

Não posso vê-lo, mas sinto que o rapaz se amedrontou.

— Como é que entendes isto? — perguntei.

— E como é que devo entender, Porfíri Kapitónitch? É uma assombração!

— Cala a boca — digo eu —, ó sujeito aparvalhado, com a tua assombração!

Mas nossas vozes, de ambos, pareciam vozes de passarinho, e tremíamos os dois como de febre, naquela escuridão. Acendi a vela: nem cachorro nem barulho nenhum, só nós dois, o Filka e eu, brancos como argila. Assim, a vela ficou acesa no quarto a noite inteira. E digo-lhes, cavalheiros, acreditem ou não, mas o fato é que desde aquela noite, e durante seis semanas, a mesma história se repetiu comigo.

Por fim, eu até me acostumei e comecei a apagar a vela, porque durmo mal com a luz acesa. Ele que se mexa, pois mal este tal cachorro não me faz."

— Pelo que estou vendo, o senhor não é dos mais medrosos — interrompeu Anton Stepánitch com um riso meio desdenhoso, meio condescendente. — Logo se vê o hussardo!

— Do senhor eu certamente não teria medo — pronunciou Porfíri Kapitónitch, e por um momento pareceu realmente um hussardo. — Mas ouçam a continuação:

"Chegou para visitar-me um vizinho, aquele mesmo com quem eu jogava baralho. Almoçou comigo com o que Deus mandou, pagou-me uns cinquenta rublos pela visita, e logo lá fora já era noite, hora de se despedir.

— Fica aqui — digo eu —, pernoita comigo, Vassíli Vassílitch. Amanhã, se Deus quiser, terás a tua revanche.

Meu Vassíli Vassílitch pensou, pensou e resolveu ficar. Mandei colocar uma cama para ele no meu próprio quarto, junto comigo.

Bem, fomos deitar, fumamos um pouco, conversamos alguma coisa, mais sobre o sexo feminino, como é costume entre solteiros. Rimos um pouco, é claro. Olhei e vejo que Vassíli Vassílitch apagou a vela, e virou-se de costas para mim — isto é, *Chlafenzivôl*.[1] Esperei um pouco e também apaguei a minha vela. E imaginem, nem tive tempo de pensar "que tipo de coisa virá agora?", quando o meu amiguinho começou a se mexer debaixo da cama. E como não bastasse isto, eis que ele sai de onde estava, debaixo da cama, atravessa o quarto batendo com as unhas no assoalho, sacode as orelhas, e de repente dá um esbarrão na cadeira bem ao lado da cama de Vassíli Vassílitch!

---

[1] Do alemão *Schlafen Sie wohl*: "Durma bem". (N. da T.)

O cão

— Porfíri Kapitónitch — diz aquele, com uma voz assim, indiferente —, eu nem sabia que você arranjou um cachorro. Como é que ele é? É um cão de caça?

— Eu — retruco-lhe — não tenho cachorro nenhum e nunca tive, mas vamos, acende a vela e verás sozinho.

— Mas isto não é um cachorro?

— Não.

Vassíli Vassílitch voltou-se na cama.

— Você está brincando, diacho?

— Não estou brincando, não.

E ouço como ele risca um fósforo, outro, enquanto aquele, o tal, não sossega, coça o lombo. A luzinha se acendeu... e fim! Nem sinal do dito! Vassíli Vassílitch olha para mim, e eu também olho para ele.

— Mas que espécie de truque é este? — diz ele.

— Pois — digo eu — isto aqui é um truque tal, que se você puser de um lado o próprio Sócrates e do outro Frederico, o Grande, nem eles vão entender nada.

E ali mesmo contei-lhe tudo com todas as minúcias. Que pulo que deu o meu Vassíli Vassílitch! Como escaldado! Não conseguiu acertar com os pés nas botas.

— Os meus cavalos! — grita. — Meus cavalos!

Tentei persuadi-lo, mas qual o quê! Ele só se agitava e gritava.

— Não fico aqui nem mais um minuto! Você agora é um homem marcado! Meus cavalos!...

Mas consegui dissuadi-lo. Só que a cama dele foi levada para outro quarto, e lâmpadas noturnas ficaram acesas por toda parte.

De manhã, ao chá, se acalmou e começou a me dar conselhos:

— Tu, Porfíri Kapitónitch, deverias te afastar de casa por alguns dias. Quem sabe essa abominação te largaria.

E é preciso que lhes diga: esse meu vizinho era homem de vasta inteligência! Engabelou a própria sogra, cá entre nós. E olhem que não é pouca coisa, amansar a sogra, certo? Entretanto, ele partiu um tanto ressabiado: tornei a castigá-lo numa centena de rublos. Ele até ralhou comigo, falou que eu era mal-agradecido, insensível... Mas que culpa tenho eu, se tenho sorte no jogo? Já o conselho dele, este eu tomei em consideração: me mandei para a cidade no mesmo dia, e fui para a estalagem de um velhote conhecido, da seita dos dissidentes. Era um velhote respeitável, embora um tanto taciturno em virtude da solidão: toda a família dele já tinha morrido. Só que ele não gostava do fumo e sentia um asco forte por cães; parecia que, a deixar um cachorro entrar no seu quarto, ele preferia se rasgar em dois!

— Porque — dizia ele —, como é possível!? Aqui dentro, na minha parede, onde a própria Nossa Senhora se digna figurar, como pode um cão sarnento mostrar suas fuças imundas no mesmo recinto?

Claro, era um homem de poucas luzes! De resto sou da opinião de que cada qual deve se ater à sapiência que lhe foi dada!"

— Mas o senhor, pelo que estou vendo, é um grande filósofo — tornou a interrompê-lo Anton Stepánitch, com o mesmo sorriso desdenhoso.

Desta vez, Porfíri Kapitónitch até franziu o sobrolho.

— Que tipo de filósofo eu sou, isto ainda não se sabe — pronunciou ele, com um taciturno cofiar de bigodes. — Mas ao senhor eu bem que aceitaria como aluno.

Todos nós fitamos Anton Stepánitch intencionalmente; cada um de nós esperava uma resposta altaneira ou pelo menos um olhar fulminante. Mas o senhor conselheiro civil mudou o

sorriso desdenhoso para indiferente, bocejou, balançou o pé —
e só!

"Pois foi em casa deste velhote que eu me instalei", continuou Porfíri Kapitónitch. "O quartinho que ele me destinou, por
amizade, não era dos melhores; ele próprio se aboletava ali mesmo, atrás de um tabique, e eu só precisava disto. Mas bem que
eu sofri bastante naquele tempo! O quartinho pequenino, aquele
calorão sufocante, e moscas, umas moscas grudentas; no canto,
os ícones, umas imagens enormes, antiquíssimas, com suas rou-
pagens foscas e estufadas, cheiro agressivo de óleo e de mais alguma coisa; sobre a cama, dois acolchoados de plumas. Se mexer
no travesseiro, saem baratas debaixo dele... Só de tédio eu me
enchi de chá até não poder mais — um horror!

Deitei na cama; impossível dormir — e atrás do tabique, o
dono da casa suspira, geme, recita orações. Bem, aquietou-se finalmente. Ouço-o ressonar, num ronco assim, leve, à moda antiga, educado. A vela eu já apaguei faz tempo, só a lamparina arde
na frente das imagens... Me incomodando! Então me levantei devagarzinho, descalço, me cheguei à lamparina e soprei... Escureceu, e nada. 'Ah', penso comigo, 'quer dizer que em casa alheia
não funciona...'

Mas nem bem eu me deitei na cama, recomeçou a agitação!
A coisa arranha, se coça, mexe as orelhas — tudo igual. Ouço
que o velho acordou.

— Patrão — diz ele —, ó patrão!

— Que foi?

— Foi você que apagou a lamparina?

E sem esperar minha resposta, ele começou de repente a reclamar:

— O que é isto? Um cachorro? Cachorro! Ah, seu sujeito
danado!

— Espere, meu velho — digo eu —, antes de brigar, é melhor que entre aqui e veja. Aqui acontecem coisas de causar espanto.

O velho agitou-se um pouco atrás do tabique e veio ter comigo com uma vela na mão, fininha, fininha, de cera amarela. E me admirei muito, olhando para ele! Todo eriçado, orelhas peludas, olhos maldosos como uma doninha, na cabeça um gorro branco de feltro, barba até a cintura, branca também, um colete com botões de metal por cima do camisolão e botas de pele nos pés — e todo ele cheirava a zimbro. Aproximou-se das imagens, persignou-se com dois dedos, acendeu a lamparina, persignou-se de novo — e voltando-se para mim, grunhiu: — Explique-se! — E então, sem demora, eu lhe comuniquei tudo, detalhadamente. O velho escutou minhas explicações todas e não disse uma palavrinha, só balançava a cabeça. Sentou-se então na beira da minha cama, sempre calado. Coça o peito, a nuca etc. — e se cala.

— Então — digo eu —, Fedul Ivanitch, o que você acha: será uma fantasmagoria, ou o quê?

O velho olhou para mim.

— O que foste inventar! Fantasmagoria! Ainda se fosse na sua própria casa, de tabagista... Mas aqui! Vê se entendes: aqui tem coisas santas! E tu falas em fantasmagoria!

— Mas se não é fantasmagoria, então o que é?

O velho calou-se de novo, coçou-se mais um pouco, e falou por fim, com voz meio abafada, por causa do bigode que lhe entrava na boca:

— Vai para a cidade de Beliov. Afora um certo homem, ninguém pode te ajudar. Este homem vive em Beliov. É um dos nossos. Se ele quiser te ajudar, sorte tua; se não quiser, que assim seja.

O cão

— E como é que vou encontrá-lo, este homem? — pergunto.

— As pessoas podem te encaminhar — diz ele. — Só que isto aqui não é fantasmagoria nenhuma. Isto é uma aparição, ou um sinal; mas tu não vais entender isto, não é da tua alçada. Deita para dormir agora, com o Cristo Senhor. Eu vou acender um incenso. E de manhã conversamos. A manhã é mais esperta que a noite, sabes.

Bem, conversamos um pouco pela manhã — só que este tal de incenso quase me sufocou. E o velho me deu instruções, como se segue: que, chegando em Beliov, eu fosse para a praça e, na segunda venda à direita, perguntasse por um tal de Prókhorotch; e tendo encontrado esse Prókhorotch, lhe entregasse uma carta. E essa carta toda constava de um pedaço de papel, no qual se lia o seguinte: 'Em nome do Pai e do Filho e do Espírito Santo, amém. Ao Serguêi Prókhorotch Pervunchin. Acredita nisto, Feduli Ivánovitch'. E embaixo: 'Manda uns repolhinhos, com a graça de Deus'.

Agradeci ao velho, e sem mais delongas mandei atrelar o carro e me dirigi para Beliov. Porque raciocinei assim: embora, digamos, o meu visitante noturno não me causasse muito problema, mas mesmo assim para um fidalgo oficial..." — não acham, cavalheiros?

— Então você foi mesmo para Beliov? — sussurrou o sr. Finoplêntov.

— Direto para Beliov. Fui para a praça, perguntei na segunda venda à direita pelo Prókhorotch.

"— Existe — perguntei — um homem assim?

— Existe — me dizem.

— E onde ele mora?

— Junto ao rio Oká, no subúrbio.

— Em casa de quem?

— Na sua própria.

Dirigi-me para o Oká, encontrei a casa, que na verdade nem era uma casa, mas uma simples tapera. E vejo: um homem de camisão azul remendado, boné rasgado, assim... pelo jeito, baixa classe média, de costas para mim, mexendo numa horta de repolhos. Aproximei-me.

— O senhor é aquele, tal-tal-tal?

Ele se voltou — e lhes declaro, cavalheiros, olhos penetrantes assim eu nunca vi antes em toda a minha vida. Mas de resto, o rosto todo do tamanho de um punho fechado, barbicha em cunha, lábios afundados: um homem velho.

— Eu sou o tal-tal-tal — diz ele. — De que precisa?

— Eis aqui o que preciso — e meti-lhe o bilhete na mão.

Ele me encarou fixamente, e falou:

— Entre por favor, sem óculos eu não posso ler.

Bem, entrei com ele no seu casebre e era um casebre mesmo: pobre, nu, torto, mal se mantinha em pé. Na parede, um ícone de pintura antiga, preto como carvão, só o branco dos olhos das imagens faiscando qual fogo. Ele tirou da mesinha uns óculos de ferro, redondos, colocou no nariz, leu o bilhete, e olhou para mim por cima dos óculos.

— O senhor precisa de algo mais?

— Preciso — digo —, preciso, sim.

— Bem — diz ele —, se precisa, então fale que nós escutamos.

E, imaginem só, o velho sentou-se, tirou do bolso um lenço todo furado, que estendeu sobre os joelhos, e me olhou de modo tão solene, como se eu fosse algum senador ou ministro, e não me convidou a sentar. E o que é mais estranho: eu sinto de repente que fico embaraçado, tão intimidado como se a alma en-

O cão

colhesse dentro de mim. Ele me atravessa com os olhos, me vara, e pronto! Entretanto, eu me aprumei e lhe contei toda a minha história.

Ele permaneceu calado, mexeu-se, moveu os lábios, e por fim pôs-se a me fazer perguntas, outra vez que nem um senador, assim majestoso, sem pressa.

— O seu nome, qual é? Idade? Quem era a sua família? Casado ou solteiro?

Depois ele mexeu os lábios de novo, franziu o sobrolho, apontou com o dedo e falou:

— Curve-se perante o santo ícone, saúde os reverendos Zósimo e Savsátio.

Eu me curvei quase até o chão, e permaneci sem me levantar, tamanho era o medo que eu senti diante daquele homem, e tamanha obediência que, parece, o que quer que ele ordenasse, eu faria no mesmo instante!... Vejo que vocês, cavalheiros, estão sorrindo, mas eu não tinha vontade de rir naquela hora, palavra.

— Levante-se — disse ele por fim. — É possível ajudá-lo. Isto lhe foi enviado não como castigo, mas como advertência; quer dizer que alguém se importa com o senhor... Alguém reza pelo senhor. Vá agora para a feira, compre um cachorro filhote e conserve-o junto de si, inseparavelmente — dia e noite. Suas visões cessarão e, além disso, aquele cachorro lhe será útil.

Eu senti como que um raio de luz me iluminando; como gostei dessas palavras! Fiz uma vênia ao Prókhorotch e já ia saindo, quando lembrei que não poderia deixar de agradecer-lhe, e tirei da carteira uma nota de três rublos. Mas ele afastou a minha mão e disse:

— Entregue isto na nossa capela, ou dê aos pobres, pois este serviço não é pagável.

Curvei-me de novo, em despedida, e imediatamente me mandei para a feira! E imaginem só, nem bem me aproximei das barracas, eis que me vem ao encontro um capote cinzento, carregando debaixo do braço um filhote de dois meses de idade, pelo castanho, beiços e patinhas da frente brancos.

— Para! — digo ao capote. — Por quanto me vendes este aí?

— Dois rublos.

— Toma três.

O homem espantou-se, pensou que 'o patrão tinha ficado maluco', mas eu lhe meti a nota na mão, agarrei o cãozinho e pulei no coche. O cocheiro atiçou os cavalos, e na mesma noite eu estava em casa. O filhote ficou no meu regaço o caminho inteiro, quietinho, e eu, o tempo todo para ele: 'Tresorzinho, Tresorzinho!'.[2]

Assim que cheguei, dei-lhe de comer, de beber, mandei trazer palha, acomodei-o ao lado da minha cama e me deitei, bem rápido.

Soprei a vela, ficou escuro. 'Pronto', digo, 'começa agora.' Silêncio. 'Anda, começa', digo, 'seu isto-e-aquilo.' Nem um pio, tudo quieto. Comecei a ficar valente: 'Como é? Começa, seu isto-e-aquilo e aquiloutro!'. E nada — silêncio, nem um som! Só se ouvia o ressonar do filhote. 'Filka', gritei, 'Filka; vem cá, seu bobalhão!'

Filka entrou.

— Estás ouvindo aquele cachorro?

— Não — respondeu ele —, não estou ouvindo nada. — E ri.

---

[2] Tresorzinho: do francês *trésor*, tesouro. (N. da T.)

O cão

— E não vais ouvir — digo eu —, nunca mais! Toma um rublo para a vodca!

A alegria, declaro-lhes, foi grande."

— E assim terminou tudo? — perguntou Anton Stepánovitch, já sem ironia.

— As visões terminaram, de fato, e já não houve mais incômodos de espécie alguma. Mas esperem, a coisa toda não acabou ainda.

"O meu Tresorzinho começou a crescer, e se transformou num cachorrão desajeitado. Rabo grosso, pesadão, orelhas caídas, grandalhão. E extremamente afeiçoado a mim. A caça nas nossas bandas é fraca, mas como eu arranjei um cachorro, bem, precisei arranjar também uma espingardinha. E comecei a me arrastar com o meu Tresor pelos arredores: de vez em quando, pegava uma lebre — e como ele corria atrás dessas lebres, santo Deus! —, outras vezes apanhava uma perdiz, ou um patinho. Mas o principal era que Tresor não se afastava de mim nem um passo. Aonde eu ia, lá vinha ele atrás de mim. Até no banho público, eu o levava comigo, verdade!

Pois bem, certa vez, era no verão e vou lhes contar, reinava a estiagem, uma seca tal que ninguém se lembra de outra semelhante: o ar parecia uma fumaça, uma neblina, havia cheiro de queimado, cerração, o sol era um obus incandescente, e uma poeira espessa cobria tudo — as pessoas andavam de boca aberta, feito uns corvos. Fiquei enjoado de permanecer dentro de casa, em completo *desabilé*,[3] atrás de venezianas fechadas. E então, como o calor começava a diminuir, resolvi visitar uma certa vizinha.

---

[3] Do francês *deshabillé*: à vontade, com pouca roupa. (N. da T.)

Essa vizinha morava a uma versta[4] de mim, e era realmente uma virtuosa senhora, ainda na flor da idade e de presença das mais agradáveis. Só que tinha um gênio instável. Mas isto, no gênero feminino, não faz mal, até proporciona algum prazer...

E, pois, meus senhores, fui para lá, e foi-me bem penosa e cansativa essa caminhada. Finalmente cheguei e, bem, penso, agora Ninfodora Semiriovna vai me compensar com suco de frutas e outros refrescos, e já pus a mão na maçaneta da porta de entrada, quando, de repente, detrás da casinha dos fundos, levantou-se um alarido, bater de pés, guinchos, gritaria de moleques... Olhei para trás — meu Deus do céu!

Direto para cima de mim precipita-se uma enorme fera ruiva, que à primeira vista nem me pareceu um cão: bocarra escancarada, olhos injetados, pelo arrepiado... Nem tive tempo de tomar fôlego, quando esse monstro pulou para o degrau, ergueu-se nas patas traseiras, e avançou direto para o meu peito — já viram que situação? Petrificado de terror, não consegui nem levantar as mãos, totalmente atarantado... Só vejo os terríveis dentes brancos bem diante do meu nariz, a língua vermelha toda coberta de espuma.

Mas, no mesmo instante, outro corpo escuro projetou-se para o alto na minha frente, como uma bola — era meu amiguinho Tresor, que acorreu em meu socorro e, tal qual uma ventosa, grudou-se no pescoço da fera! Esta rouquejou, rangeu os dentes, recuou... Eu dei um safanão na porta e me vi no vestíbulo da casa.

Parei apoiado na porta com todo o corpo e segurando-a

---

[4] Medida russa equivalente a 1,067 quilômetros. (N. da T.)

com todas as forças, apavorado. E ouço que lá fora, no degrau da entrada, tem lugar uma batalha desesperada. Comecei a gritar, a pedir socorro; todos na casa se alvoroçaram. Ninfodora Semiriovna acudiu correndo, de trança desfeita; lá fora ouviam-se vozes: 'Segura, segura! Tranca o portão!'.

Entreabro a porta, assim, só um pouquinho, e vejo: o monstro já não está no degrau, pessoas correm e se agitam de um lado para o outro no pátio, atabalhoadas, agitam os braços, apanham achas de lenha no chão, como enlouquecidas. 'Para a aldeia! Ele fugiu para aldeia!', guincha uma velha de touca enorme, a cabeça enfiada numa claraboia.

Saí da casa. 'Cadê meu Tresor?' — e logo vi o meu salvador. Ele vinha voltando do portão, mancando, todo mordido e ensanguentado... 'Mas que foi isto, afinal de contas?', pergunto às pessoas, mas elas se agitam pelo pátio, bestificadas. 'Um cão raivoso!', me respondem, 'é do conde. Desde ontem ele está correndo enlouquecido por aqui.'

Nós tínhamos um vizinho, um conde, que trouxe uns cães estrangeiros, medonhos. Comecei a tremer todo, corri para o espelho, para ver se não tinha sido mordido. Não, graças a Deus, não se vê nada; só a cara, é claro, está toda esverdeada. E até dá para entender: em primeiro lugar, os nervos, e em segundo, a sensibilidade.

Mas, por fim, Ninfodora Semiriovna volta a si e me pergunta, assim, languidamente, se estou vivo.

— Estou vivo, sim, e Tresor é meu salvador.

— Ah! — diz ela. — Quanta nobreza! Então quer dizer que o cachorro hidrófobo o estrangulou?

— Não — digo eu. — Não o matou, mas feriu muito.

— Neste caso, é preciso sacrificá-lo com um tiro, neste instante! — exclama ela.

— Isso, não — digo eu. — Não concordo. Vou tentar curá-lo...

Neste ínterim, Tresor começou a arranhar a porta por fora, e eu me encaminhei para abri-la.

— Ai! — diz ela. — O que vai fazer? Ele vai nos morder a todos!

— Por quem sois — digo —, o veneno não age tão depressa.

— Como pode!? O senhor ficou maluco!

— Ninfinha — digo-lhe —, acalme-se, ouça a razão...

Mas ela de repente dá um berro:

— Vá embora! Saia daqui imediatamente, com o seu cachorro nojento!

— E vou mesmo — digo.

— E é já — diz ela —, neste segundo! Suma daqui, seu bandido, e nunca mais apareça diante dos meus olhos! Você mesmo pode ficar hidrófobo!

— Muito bem, senhora — digo eu —, só me arranje uma condução, porque agora eu receio voltar para casa a pé.

Ela arregalou os olhos para mim.

— Deem-lhe, decm-lhe um coche, uma charrete, uma carroça, qualquer coisa, desde que ele suma daqui depressa! Ai, que olhos! Ai que olhos ele tem!

E com essas palavras, ela se precipitou para fora da sala, deu uma bofetada numa criada que lhe vinha ao encontro e — ouço — ela tem outro ataque de nervos. E acreditem ou não, cavalheiros, o fato é que desde aquele dia eu cessei toda e qualquer relação com Ninfodora Semiriovna. E após exame mais calmo de todas essas coisas, não posso deixar de acrescentar que também por esse resultado fiquei devendo ao meu amigo Tresor até a minha lápide mortuária.

O cão

Bem, mandei atrelar uma charrete, subi nela junto com Tresor e rodei para casa. Em casa, eu o examinei, lavei seus ferimentos, e pensei: amanhã logo cedinho, vou levá-lo ao curandeiro em Iefrêmovo. E este curandeiro é um velho mujique, extraordinário: ele sussurra algo sobre água — dizem que ele derrama saliva de cobra dentro dela —, dá de beber ao paciente, e pronto! Cura no ato. A propósito, pensei, vou aproveitar e fazer uma pequena sangria em Iefrêmovo: isto costuma fazer bem depois de um susto; mas claro, não no braço, mas no *falconete*."

— E onde fica este lugar, o falconete? — interrompeu o sr. Finoplêntov, com tímida curiosidade.

— E o senhor não sabe? É este lugarzinho aqui, no punho, na frente do polegar, onde se despeja o tabaco da tabaqueira: bem aqui! É o ponto principal para sangria. Os médicos não conhecem isto, não sabem, e como vão saber?, esses parasitas, essa alemãozada. Quem melhor sabe fazer isto são os ferreiros, e como são habilidosos! Encostam o entalhador, uma marteladinha, e pronto!...

"Bem, enquanto eu matutava assim, lá fora já escurecera de todo, era hora de se recolher. Deitei-me na cama, com o Tresor, é claro, junto. Mas fosse por causa do susto, do ar abafado, ou das pulgas, ou dos pensamentos, o fato é que eu não conseguia adormecer, de jeito nenhum! Me bateu uma aflição que não dá para descrever: bebi água, abri a janela, toquei na guitarra uma dança ucraniana com variações italianas... e nada! Vontade de sair do quarto, e só! Finalmente me decidi: peguei travesseiro, cobertor, lençol, e me dirigi através do jardim para o galpão de feno, e me aboletei ali. E como, senhores, me senti bem! Como era agradável! A noite tranquila, silenciosa, só de vez em quando uma brisa leve, como uma carícia de mão feminina no rosto, tão fresquinha; o feno exala aroma, feito um chá; nas macieiras ouve-se o cri-cri dos grilos; e de repente a voz de uma codorniz, e percebe-se que também ela se sente bem, no orvalho fresco... E no céu tamanha beleza, as estrelinhas piscam, uma nuvenzinha aparece, branca como algodão, mal se deslocando..."

Neste ponto da narrativa Skvorêvitch espirrou; espirrou também Kinarêvitch, que nunca ficava atrás do amigo, em nada. Anton Stepánitch olhou para ambos, com aprovação.

"Bem" — continuou Porfíri Kapitónitch —, "lá estou eu assim deitado, mas de novo não consigo adormecer. Invadem-me os pensamentos, eu pensava sobre o acontecido, como foi isso, e por que é logo comigo que acontecem essas coisas estranhas. Eu me espanto, justamente porque não entendo nada, e meu Tresorzinho gane baixinho no feno, sente a dor dos ferimentos.

E vou dizer-lhes mais, meus senhores. O que me impedia de dormir, vocês não vão acreditar: era a lua! Parada bem na minha frente, redonda, grande, amarela, achatada, e parece que ela estava me fitando fixamente, verdade! E assim atrevida, impertinente... Acabei até lhe mostrando a língua, palavra! Que curiosidade inoportuna é esta?, penso comigo. Viro-me para o outro lado, mas ela me entra pelo ouvido, me ilumina a nuca, me cobre feito uma chuva. Abro os olhos, e o que acontece? Ela ilumina cada palha, cada grãozinho de poeira, cada graveto seco no meio do feno, a menor das teias de aranha, ela ilumina tudo como se dissesse: 'olha!'. Fazer o quê? Abri os olhos, apoiei a cabeça na mão e me pus a olhar, os olhos arregalados feito um coelho. Parecia que ia comer tudo com esses olhos.

A porta do galpão está aberta, escancarada, e dá para envergar o prado até umas cinco verstas, bem nítido e também difuso, como acontece em noites de luar. Então eu olho, olho e nem pisco... E de repente me pareceu que algo se moveu, rápido, lá longe, longe... Como num sonho. Transcorreu um tempinho, e outra vez passou uma ligeira sombra — já um pouco mais perto. Depois outra vez, ainda mais perto. O que será aquilo, penso? Uma lebre, quem sabe? Não, penso, isto é maior que uma lebre, e a corrida é diferente. Olho. E lá surge a sombra de novo, e ela se move no prado esbranquiçado pelo luar, feito uma mancha graúda...

É claro, é um animal, uma raposa ou um lobo. Meu coração deu um pulo... e por que será que me assustei? Quantos bichos não correm pelo campo no meio da noite? Mas a curiosidade é maior que o medo; soergui-me, arregalei os olhos, e de repente fiquei todo arrepiado, petrificado, como se me tivessem mergulhado no gelo até as orelhas. Por quê? Só Deus sabe! Mas logo eu vejo, a sombra vai crescendo, crescendo, quer dizer, voa direto para o meu galpão... E agora eu percebo que de fato se trata de uma fera, um animal grande, cabeçudo... Voa como o vento, uma bala... Céus! O que é isto? O bicho parou de repente, como se farejasse algo... Mas isto... mas isto é o cão raivoso de hoje! É ele... ele! Deus do céu! E eu que não consigo me mover, nem dar um grito... Ele saltou até o portão, faiscou os olhos, uivou e... pelo feno... direto para cima de mim!

Mas do meio do feno, como um leão, salta o meu Tresor — ei-lo aqui! Os dois se chocam, se engalfinham, e rolam pelo chão embolados! O que aconteceu ali, não me lembro; só me lembro que eu, tal como estava, saltei como uma bola por cima deles, voei para o jardim, e de lá para casa, para o meu quarto!... Quase que me meti embaixo da cama, não vou negar! E que saltos, que pulos eu dei no jardim! Acho que a primeira bailarina, aquela que dança para o imperador Napoleão no dia do seu santo, nem ela poderia me alcançar!

Por fim, recuperei um pouco a calma, e imediatamente levantei a casa inteira; mandei que todos se armassem, eu mesmo peguei o revólver e o sabre (confesso que esse revólver eu comprei um pouco antes, assim, para qualquer emergência — só que me calhou um vendedor daqueles: de três tiros dois negavam fogo). Bem, assim preparados, dirigimo-nos em bando, com armas e lanternas, para o galpão. Aproximamo-nos, gritamos — não se ouve nada; finalmente, entramos no galpão. E o que vemos? Lá jaz meu pobre Tresorzinho, morto, de garganta rasgada — mas daquele ali, o amaldiçoado, nem rastro, nem sinal.

E aqui, meus senhores, eu uivei como um bezerro, e direi sem me envergonhar, lancei-me sobre o meu duas vezes salvador, e beijei longamente a sua cabeça. E nesta posição fiquei, até que me fez voltar a minha velha caseira Prascóvia. Ela também acorrera ao alarido.

— Que é isso, Porfíri Kapitónitch — disse ela —, afligir-se assim por causa de um cachorro? E ainda vai se resfriar, Deus não permita! (Eu estava mesmo pouco agasalhado.) Este cão, ao salvá-lo, perdeu a vida, então se pode contar isto como uma grande honra para ele!

Eu, embora não concordasse com Prascóvia, acabei indo para casa. Quanto ao cachorro louco, no dia seguinte um soldado da guarnição o matou com um tiro de espingarda. Parece que este fim lhe estava predestinado: foi a primeira vez na vida que aquele soldado deu um tiro com a sua espingarda, embora tivesse uma medalha por 1812.[1]

E foi assim que se deu comigo um acontecimento sobrenatural."

---

[1] Em 1812 o exército russo venceu os invasores franceses, que eram liderados por Napoleão Bonaparte. (N. da T.)

O narrador se calou e começou a encher o cachimbo, enquanto nós outros nos entreolhávamos na maior perplexidade.

— Mas o senhor, decerto, teve vida muito virtuosa — ia começando o sr. Finoplêntov —, de modo que em recompensa...

— Mas ele se interrompeu nesta palavra, pois notou que as bochechas de Porfíri Kapitónitch se inflamaram e ruborizaram, e os olhos se apertaram... E logo o homem poderia espirrar uma risada...

— Mas se admitirmos a possibilidade do sobrenatural, a possibilidade de ele se imiscuir na vida por assim dizer cotidiana — recomeçou Anton Stepánitch —, então que papel, depois disto, deve representar o senso comum?

Nenhum de nós encontrou o que responder — e nós continuamos, como dantes, tomados de perplexidade.

Tradução de Tatiana Belinky

Um barulho!

— Devo lhe informar — afirmou Iermolai, entrando na minha isbá; eu tinha acabado de comer e estava deitado na cama de campanha para descansar um pouco depois de uma exitosa porém cansativa caça a tetrazes; era por volta de dez de julho, e fazia um calor terrível —, devo lhe informar que o nosso chumbo acabou.

Pulei da cama.

— O chumbo acabou? Como assim? Se nós trouxemos umas trinta libras da aldeia! Um saco inteiro!

— Exatamente; e o saco era grande: dava para duas semanas. Vai saber! Talvez tenha aberto um buraco, mas o fato é que estamos sem chumbo... ou melhor, tem para dez cargas.

— O que vamos fazer agora? Os melhores lugares estão à nossa frente; prometeram-nos seis ninhadas para amanhã...

— Mande-me para Tula. Não é longe: no máximo quarenta e cinco verstas.[1] Saio voando e trago o chumbo — um *pud*[2] inteiro, se quiser.

— E quando você vai?

— Agora mesmo. Para que adiar? Só que vamos ter que alugar cavalos.

— Para que alugar cavalos? E os nossos?

---

[1] Versta: medida russa equivalente a 1,067 quilômetros. (N. do T.)

[2] Unidade de peso russa equivalente a 16,38 quilos. (N. do T.)

— Não dá para ir nos nossos. O cavalo de varas está manco... Dá pena!

— Desde quando?

— Foi outro dia, quando o cocheiro o levou para ferrar. Ele foi ferrado. O ferreiro devia ser desajeitado. Agora ele não consegue nem apoiar a pata no chão. A pata dianteira. Ele a arrasta... como um cachorro.

— E daí? Pelo menos foi desferrado?

— Não, não foi; mas tem que desferrar sem falta. Parece que o cravo entrou na carne dele.

Mandei chamar o cocheiro. Iermolai não estava mentindo: o cavalo de varas realmente não conseguia apoiar a pata. Imediatamente mandei que fosse desferrado e colocado no barro úmido.

— E então? O senhor quer que alugue cavalos para ir a Tula? — insistia Iermolai.

— E será que a gente acha cavalo nesse fim de mundo? — exclamei, com irritação involuntária...

A aldeia na qual nos encontrávamos era erma, deserta; todos os seus habitantes pareciam miseráveis; foi com dificuldades que achamos uma isbá sem chaminé, mas pelo menos espaçosa.

— É possível — respondeu Iermolai, impassível como sempre. — O que o senhor disse dessa aldeia é verdade; porém, nesse mesmo lugar vivia um camponês. Inteligentíssimo! Rico! Tinha vinte cavalos. Morreu, e hoje quem manda é o filho mais velho. É o mais estúpido dos estúpidos, mas ainda não conseguiu acabar com os bens do pai. Vamos arranjar cavalos com ele. Se o senhor mandar, eu o trago. Ouvi dizer que seus irmãos são espertos... mas ele é que manda.

— Por que isso?

— Porque é o mais velho! Ou seja, os mais novos têm que

obedecer! — E Iermolai se referiu aos irmãos mais novos em geral com uma opinião forte, imprópria para ser posta no papel. — Vou trazê-lo. É um simplório. Não há como não entrar em acordo com ele.

Enquanto Iermolai ia atrás do "simplório", veio-me à cabeça se não seria melhor ir a Tula eu mesmo. Em primeiro lugar, a experiência me ensinou a não confiar muito em Iermolai; mandei-o uma vez à cidade fazer compras, ele prometeu trazer minhas encomendas em um dia e ficou uma semana inteira, bebeu todo o dinheiro e voltou a pé, embora tivesse ido em uma *drójki*[3] ligeira. Em segundo lugar, em Tula eu conhecia um revendedor; podia comprar dele um substituto para o meu cavalo de varas manco.

"Está decidido!", pensei. "Vou eu mesmo; posso dormir na estrada; o tarantás[4] é tranquilo."

— Está aqui! — exclamou um quarto de hora depois Iermolai, irrompendo na isbá. Atrás dele vinha um mujique alto de camisa branca, calças azuis e alpargatas, cabelo loiro desbotado, míope, barbicha ruiva pontiaguda, nariz comprido e gordo e boca aberta. Parecia mesmo um "simplório".

— Tenha a bondade — afirmou Iermolai —, ele tem cavalos e está de acordo.

— Ou seja, quer dizer, eu... — pôs-se a falar o mujique de voz rouca, embaraçado, sacudindo os cabelos ralos e remexendo com os dedos a barra do gorro que tinha na mão. — Eu, quer dizer...

---

[3] Carruagem leve, aberta, de quatro rodas. (N. do T.)

[4] Carruagem rústica de quatro rodas. (N. do T.)

Um barulho!

— Como você se chama? — perguntei.

O mujique baixou a cabeça, como se pensasse.

— Como eu me chamo?

— Sim; qual o seu nome?

— O meu nome seria Filofiei.

— Bem, é o seguinte, meu caro Filofiei; ouvi dizer que você tem cavalos. Traga-me três, vamos atrelá-los ao meu tarantás — que é ligeiro — e você me leva até Tula. Hoje teremos noite de luar, está claro e fresco para viajar. Como é o caminho?

— O caminho? O caminho é tranquilo. Até a estrada principal devem ser umas vinte verstas ao todo. Só tem um lugarzinho... ruim; o resto é tranquilo.

— Que lugarzinho ruim é esse?

— Tem que passar um riacho a vau.

— Então o senhor vai para Tula em pessoa? — quis saber Iermolai.

— Sim, em pessoa.

— Certo! — afirmou meu fiel servidor, balançando a cabeça. — Ce-er-to! — repetiu, cuspiu e saiu.

Pelo visto, a viagem a Tula não tinha mais nenhum atrativo para ele, e se tornara uma coisa insignificante e desinteressante.

— Você conhece bem o caminho? — indaguei a Filofiei.

— Como não? Só que eu, quer dizer, perdoe-me, mas não posso... assim tão de repente...

É que Iermolai, quando trouxe Filofiei, declarou que ele não precisava ter dúvidas, que ele, o estúpido, seria pago... e só! Filofiei, embora — nas palavras de Iermolai — estúpido, não ficou feliz com essa declaração. Pediu-me cinquenta rublos em papel moeda, um preço altíssimo; propus dez rublos, um preço baixo. Começamos a negociar; Filofiei inicialmente teimou, depois começou a ceder, mas com dificuldades. Iermolai entrou por um

156 Ivan Turguêniev

instante e me assegurou que "esse estúpido — 'pelo jeito, gostou da palavra!', observou Filofiei, a meia-voz — não tem a menor noção do valor do dinheiro", e, a propósito, lembrou-me de como, vinte anos antes, uma hospedaria construída pela minha mãe em um lugar movimentado, no cruzamento de duas grandes estradas, entrara em total decadência porque o velho criado que colocaram para administrar o lugar não tinha noção do valor do dinheiro, e o avaliava de acordo com a quantidade; ou seja, dava, por exemplo, uma moeda de prata de vinte e cinco copeques em troca de seis de cobre de cinco, e ainda xingava.[5]

— Ei, Filofiei, você é mesmo um Filofiei! — exclamou, por fim, Iermolai, batendo a porta com raiva ao sair.

Filofiei não retrucou, como que reconhecendo que se chamar Filofiei realmente não era muito sagaz de sua parte, e que a pessoa merecia ser recriminada por esse nome, embora aqui o verdadeiro culpado fosse o pope[6] que, no batismo, não recebera a recompensa de praxe.

Finalmente chegamos a um acordo por vinte rublos. Ele foi atrás do cavalo e, em uma hora, trouxe cinco para serem escolhidos. Os cavalos se mostraram razoáveis, embora a crina e o rabo fossem emaranhados e a barriga, grande e esticada com um tambor. Filofiei veio com dois irmãos, nada parecidos com ele. Pequenos, de olhos negros e nariz pontiagudo, passavam realmente a impressão de serem "espertos", falavam muito e rápido — "uma algaravia", como dizia Iermolai —, mas se submetiam ao mais velho.

---

[5] Moedas de prata e de cobre tinham valores diferentes. A de prata de 25 copeques equivalia a um rublo em papel moeda. (N. do T.)

[6] Sacerdote da Igreja russa. (N. do T.)

Um barulho!

Tiraram o tarantás de debaixo do alpendre e dedicaram uma hora e meia a ele e aos cavalos; ora soltavam os tirantes de cordas, ora os atavam com muita força! Os irmãos mais novos queriam forçosamente atrelar no meio o "ruano", porque "descia a montanha melhor", mas Filofiei se decidiu pelo desgrenhado! Então alojaram o desgrenhado.

Encheram o tarantás de feno e meteram embaixo do assento a coleira do cavalo manco, para o caso de precisar colocá-la no novo cavalo que eventualmente seria comprado em Tula... Filofiei, que conseguira correr até em casa e voltar de lá com um sobretudo camponês branco e longo de seu pai, um chapéu alto em forma de cone e botas alcatroadas, subiu solenemente na boleia. Sentei-me e olhei para o relógio: dez e quinze. Iermolai nem se despediu de mim, ocupado em bater no seu Valetka; Filofiei puxou as rédeas e gritou, com voz fininha: "Vamos, pequeninos!"; seus irmãos saltaram de ambos os lados, chicotearam as barrigas dos cavalos, e o tarantás arrancou, contornando o portão e saindo à rua; o desgrenhado teve vontade de dar uma passada em seu pátio, mas Filofiei fê-lo criar juízo com golpes de cnute, e nós saímos da aldeia e rodamos por um caminho bastante liso, entre contínuos e espessos arbustos de aveleira.

A noite era silenciosa, agradável, a mais propícia para viagens. O vento ora farfalhava nos arbustos, balançando seus galhos, ora parava por completo; no céu, avistavam-se, em alguns lugares, imóveis nuvens de prata; a lua estava alta, iluminando os arredores com clareza. Estiquei-me no feno e já estava para cochilar... quando me lembrei do "lugar ruim" e estremeci.

— E aí, Filofiei? O vau está longe?

— O vau? Umas oito verstas.

"Oito verstas", pensei. "Não chegamos antes de uma hora. Posso dormir até lá."

— Filofiei, você conhece bem o caminho? — voltei a perguntar.

— Como eu não ia conhecer *esse* caminho? Não é a primeira vez...

Acrescentou algo mais, mas não ouvi... Dormia.

Fui acordado não devido à minha intenção de despertar uma hora depois, mas a um estranho e débil chapinhar e grugulejar bem embaixo dos meus ouvidos. Ergui a cabeça...

Que prodígio era aquele? Assim como antes, eu continuava deitado no tarantás, só que, em volta do tarantás — e a meia arquina de sua borda, não mais do que isso — o espelho d'água, iluminado pela lua, agitava-se e se ondulava em turbilhões pequenos e nítidos. Olhei para a frente: na boleia, de cabeça baixa e curvado, Filofiei estava firme como uma estátua e, mais adiante — acima da água a murmurar —, a linha curva do arco e as cabeças e dorsos dos cavalos. E era tudo tão imóvel, tão silencioso, como em um reino encantado, em um sonho, em um sonho de conto de fadas... O que queria dizer aquilo? Olhei para trás, por debaixo da cobertura do tarantás... Estávamos bem no meio do rio... A margem estava a uns trinta passos de nós!

— Filofiei! — gritei.

— O que é? — retrucou.

— Como assim? Pelo amor de Deus! Onde nós estamos?

— No rio.

— Já vi que estamos no rio. Mas assim nós vamos afundar. É assim que você cruza o vau? Hein? Filofiei, você está dormindo! Responda!

— Eu me enganei um bocadinho — afirmou o meu cocheiro. — Desviei para o lado, infelizmente, e agora tem que esperar.

— Como *tem* que esperar? Vamos esperar o quê?

— O desgrenhado dar mais uma olhada: para onde ele se virar é para onde teremos que ir.

Levantei-me no feno. A cabeça do cavalo de varas, acima da água, não se mexia. À luz clara da lua só dava para ver uma de suas orelhas a se mexer um pouco, ora para trás, ora para a frente.

— Mas ele também está dormindo, o seu desgrenhado!

— Não — respondeu Filofiei —, ele está cheirando a água.

E tudo voltou a ficar em silêncio, só se ouvia o débil chapinhar de antes. Também fiquei entorpecido.

O luar, a noite, o rio, nós dentro dele...

— Que silvo é esse? — perguntei a Filofiei.

— Esse? Uns patinhos nos juncos... ou então cobras.

De repente, o cavalo de varas sacudiu a cabeça, ficou de orelhas em pé, pôs-se a bufar, a se revirar.

— Oh-oh-oh-ooh! — pôs-se a berrar Filofiei, a plenos pulmões, erguendo-se e agitando o cnute. O tarantás deu um tranco súbito, arrancou para a frente cortando a água do rio e partiu, sacolejando e balançando... Primeiro tive a impressão de que estávamos submergindo, indo a pique, mas, depois de dois ou três abalos e mergulhos, a superfície da água começou a baixar... Ia baixando cada vez mais, o tarantás ia emergindo dela, até que se mostraram as rodas, os rabos dos cavalos, e, erguendo uns respingos grandes e fortes, como feixes de diamantes — diamantes não, safiras — a esvoaçar ao brilho opaco da lua, os cavalos nos puxaram, alegres e com ímpeto, até o areal e tomaram o caminho da colina, batendo de modo intermitente as reluzentes patas molhadas.

Veio-me à cabeça: "O que Filofiei vai dizer agora? Veja só como eu tinha razão, ou algo do gênero?". Mas ele não disse nada. Por isso, não considerei necessário repreendê-lo pela imprudência e, deitando-me no feno, tentei dormir de novo.

Só que não consegui dormir; não por estar cansado da caça, nem pela inquietação ter liquidado meu sono, mas devido à extrema beleza dos lugares que percorríamos. Tratava-se de prados alagadiços vastos, amplos, cheios de grama, com inúmeras pocinhas, laguinhos, regatos, enseadas com salgueirais e vimeiros em suas extremidades, lugares autenticamente russos, amados pelos russos, similares àqueles percorridos pelos heróis de nossas antigas canções de gesta quando iam atirar em cisnes brancos e patos cinza. O caminho estreito se enroscava como uma fita amarela, os cavalos corriam ligeiros, e eu não conseguia pregar os olhos de deleite! Tudo isso flutuava de modo suave e harmonioso à benévola luz da lua. Filofiei também ficou impressionado.

— Esses são os prados de São Gregório — disse. — Atrás deles são os do Grão-Príncipe; não tem prados como esses na Rússia inteira... Veja que beleza! — O cavalo de varas bufou e deu um solavanco... — Que o Senhor esteja com você! — disse Filofiei, sério e a meia-voz. — Que beleza! — repetiu e suspirou, para depois soltar um grasnido prolongado. — A sega logo vai começar, e vão amontoar todo esse feno — uma pena! E as enseadas também têm muito peixe. Cada brema! — acrescentou, arrastando as palavras. — Eu digo: para que morrer?

De repente, ergueu o braço.

— Eia! Olhe lá! Em cima do lago... É uma garça? Será que ela também pesca à noite? Ah, não! É um galho, não é uma garça. Errei feio! É que a lua confunde tudo.

E assim nós fomos, e fomos... Daí chegamos ao final do prado, apareceram uns bosquetes, campos arados; uma aldeola cintilava ao lado com duas ou três luzinhas, faltando umas cinco verstas até a estrada principal. Dormi.

De novo, não acordei sozinho. Dessa vez, fui despertado pela voz de Filofiei.

— Patrão... Ei, patrão!

Levantei-me. O tarantás estava em um lugar plano, no meio da estrada principal; voltando a cara da boleia para mim, e abrindo amplamente os olhos (cheguei até a ficar espantado, por não imaginar que eles fossem tão grandes), Filofiei cochichou de modo significativo e misterioso:

— Um barulho!... Um barulho!

— O que você está dizendo?

— Disse que tem um barulho! Incline-se e tente escutar. Está ouvindo?

Pus a cabeça para fora do tarantás, prendi a respiração e, efetivamente, ouvi bem ao longe um débil barulho intermitente, como uma roda em movimento.

— Está ouvindo? — repetiu Filofiei.

— Ah, sim — respondi. — É um veículo qualquer.

— Mas não está ouvindo... ah! Olhe... uns guizos... e também assobio... Está ouvindo? Tire o gorro... Vai ouvir melhor.

Não tirei o gorro, mas apurei o ouvido.

— Ah, sim... Pode ser. E daí?

Filofiei virou a cara para os cavalos.

— É uma telega... Sem bagagens, com as rodas ferradas — afirmou, apanhando as rédeas. — Patrão, é gente ruim; aqui na região de Tula tem assalto... Muito.

— Que bobagem! Por que você acha que tem que ser gente ruim?

— Estou falando a verdade. Guizos... Telega vazia... Quem mais seria?

— Mas então, ainda estamos longe de Tula?

— Faltam ainda umas quinze verstas, e não tem casa nenhuma por aqui.

— Então vamos rápido, sem perda de tempo.

Filofiei brandiu o cnute, e o tarantás voltou a se colocar em marcha.

Embora não pusesse fé em Filofiei, não consegui mais dormir. E se fosse aquilo mesmo? Uma sensação desagradável se agitou dentro de mim. Sentei-me no tarantás — até então, estava deitado — e me pus a olhar para os lados. Enquanto eu dormia, uma leve neblina aparecera, não na terra, mas no céu; pairava alto, e a lua se pendurava nela como uma mancha branca em meio à fumaça. Tudo estava fosco e confuso, embora perto do chão se visse melhor. Ao redor, lugares tristes e planos: campos, sempre campos, aqui e ali uma moita, uma ribanceira, e de novo os campos, na maioria sem cultivar, com ralas ervas daninhas. Vazios... Mortos! Se pelo menos se ouvisse o canto de alguma codorniz...

Rodamos por uma meia hora. Filofiei agitava o cnute de vez em quando e estalava os lábios, mas nem ele, nem eu proferíamos palavra. Subimos uma elevação... Filofiei parou os cavalos e disse na hora:

— O barulho... O barulho, patrão!

Voltei a sair do tarantás, mas podia ter ficado embaixo da cobertura, pois já chegava com clareza a meus ouvidos, embora ainda distante, o barulho das rodas da telega, assobio de gente, o tilintar dos guizos e até o tropel dos cavalos; achei até que estava ouvindo cantos e risos. Verdade que o vento estava soprando de lá, mas não restava dúvida de que os desconhecidos tinham se aproximado uma versta de nós, talvez duas.

Um barulho!   163

Eu e Filofiei nos entreolhamos. Ele só fez passar o gorro da nuca para a testa e, inclinando-se sobre as rédeas, imediatamente se pôs a fustigar os cavalos. Lançaram-se no galope, mas não conseguiram galopar muito tempo e voltaram a trotar. Filofiei continuou a fustigá-los. Tínhamos que escapar!

Dessa vez, sem me dar conta, eu, que não compartilhara das suspeitas de Filofiei, de repente tive a convicção de que vínhamos sendo perseguidos por gente ruim... Não ouvira nada de novo: os mesmos guizos, o mesmo barulho da telega sem carga, os mesmos assobios, o mesmo alarido vago... Só que agora não me restavam dúvidas. Filofiei não podia estar errado!

Passaram-se de novo vinte minutos... Ao longo desses últimos vinte minutos, entre o barulho e o estrondo do nosso veículo, ouvimos o barulho e o estrondo de outro...

— Filofiei, pare — eu disse. — Dá na mesma. O fim vai ser igual!

Filofiei soltou um "upa" medroso. Os cavalos pararam instantaneamente, como se estivessem alegres com a possibilidade de descansar.

— Meu pai! Os guizos simplesmente estão tilintando às nossas costas, a telega está retinindo, as pessoas estão assobiando, gritando e cantando, os cavalos vêm fungando e batendo com os cascos no chão...

Fomos alcançados!

— Que des-gra-ça! — disse Filofiei, a meia-voz, arrastando as palavras e, estalando os lábios com indecisão, pôs-se a apressar os cavalos. Contudo, naquele mesmo instante, era como se alguma coisa despencasse, rugisse, estourasse, e uma grande telega bamba, atrelada a três cavalos magros, ultrapassou-nos bruscamente, como um turbilhão, galopou à nossa frente e imediatamente desacelerou o passo, obstruindo o caminho.

— Truque de bandido — sussurrou Filofiei.

Admito que meu coração congelou... Pus-me a fitar com tensão a penumbra do luar, coberta pela bruma. Na telega, à nossa frente, nem sentados e nem deitados, havia seis homens de camisa e casaco desabotoado; dois estavam de cabeça descoberta; os pés grandes, calçados com botas, pendiam ao lado do veículo, os braços subiam e baixavam a esmo... os corpos tremiam... Uma coisa era clara: estavam bêbados. Alguns se esgoelavam contra quem estivesse na frente; um deles assobiava de modo muito penetrante e límpido, outro praguejava; um grandalhão de peliça curta estava sentado na boleia e dirigia. Iam a passo lento, como se não estivessem prestando atenção em nós.

Que fazer? Fomos até eles também a passo lento... A contragosto.

Percorremos um quarto de versta dessa forma. A espera era aflitiva... Salvar-se, defender-se... De que jeito? Eles eram seis, e eu não tinha nem um bastão! Voltar? Eles nos alcançariam na hora. Lembrei-me do verso de Jukóvski (nos quais fala do assassinato do marechal de campo Kamenski):

O machado do desprezível bandido...

Se não, ser estrangulado com uma corda imunda... em uma vala... agonizar lá e se debater como uma lebre na armadilha...

Ah, que horror!

Eles continuavam a andar tão lentamente quanto antes, sem prestar atenção em nós.

— Filofiei — sussurrei —, tente ir pela direita e passar por eles.

Filofiei tentou ir pela direita... mas eles imediatamente também foram pela direita... e a ultrapassagem ficou impossível.

Um barulho!

Filofiei fez mais uma tentativa: pegou a esquerda... Mas eles novamente não nos deixaram ultrapassar a telega. E até riram. Ou seja, não iam dar passagem.

— Bandidos mesmo — Filofiei cochichou para mim, por cima do ombro.

— Mas o que ainda estão esperando? — perguntei, também aos cochichos.

— É que lá na frente, na baixada, tem um pontilhão em cima do rio... Lá é que vai ser! É sempre assim... Perto de pontes. Patrão, nosso caso está claro! — acrescentou, com um suspiro. — É pouco provável que nos deixem vivos, pois para eles é importante apagar os vestígios. Só lamento a perda dos meus cavalos, que não vão ficar para meus irmãos.

Deveria ter me admirado que, numa hora daquelas, Filofiei ainda pudesse se preocupar com seus cavalos, mas confesso que nem pensei nele... "Vão mesmo matar?", repetia mentalmente. "Por quê? Se eu vou dar tudo o que tenho."

E o pontilhão ia se aproximando, ia ficando cada vez mais visível.

Subitamente ouviu-se um grito cortante, e diante de nós os três cavalos deles empinaram, dispararam e, chegando ao pontilhão a galope, pararam de chofre, desviando um pouco para um dos lados do caminho. Meu coração parou.

— Ah, Filofiei, meu irmão — disse —, vamos morrer juntos. Perdoe-me por tê-lo arruinado.

— Não é culpa sua, patrão! Não se pode evitar o destino! Ah, desgrenhado, meu cavalinho fiel — disse Filofiei ao cavalo de varas —, siga avante, meu irmão! Cumpra sua última tarefa! Dá tudo na mesma... Senhor! Tende piedade!

E fez os cavalos trotarem.

Aproximamo-nos do pontilhão, daquela terrível telega imóvel... Estava em completo silêncio, que parecia deliberado. Nem um pio! É o silêncio do lúcio, do açor, do animal de rapina quando a presa está se aproximando. Emparelhamos com a telega... De repente o grandalhão de peliça curta apeou e veio direto até nós!

Ele não disse nada a Filofiei, que, contudo, puxou as rédeas imediatamente... O tarantás parou.

O grandalhão colocou ambas as mãos na porta e, inclinando para frente a cabeça peluda, disse, a sorrir, com voz calma e uniforme, e sotaque de fábrica, o seguinte:

— Respeitável senhor, estamos saindo de uma festa honesta, de um casamento; quer dizer que casamos um amigo nosso; ou seja, o colocamos na cama; somos todos jovens, de mente ousada, bebemos demais e não temos nada para curar a ressaca; o senhor não poderia nos fazer a gentileza, não teria como nos conceder um dinheirinho bem mínero só para dar um trago aos seus irmãos? Vamos beber à sua saúde, louvaremos sua mercê, mas, se isso não for de seu agrado, pedimos que não se zangue!

"O que é isso?", pensei... "Uma brincadeira? Um escárnio?"

O grandalhão continuava de pé, com a cabeça inclinada. Nesse mesmo instante, a lua saiu e iluminou seu rosto. Aquele rosto sorria com os olhos e com os lábios. E não se via ameaça nele... Era como se ele estivesse alerta, nada mais... E os dentes eram tão brancos e grandes...

— Com prazer... tome... — disse eu apressadamente e, sacando o porta-moedas do bolso, tirei dois rublos; naquela época, moedas de prata ainda circulavam na Rússia. — Veja se é suficiente.

— Muito agradecido! — bradou o grandalhão, de forma marcial, e seus dedos grossos em um relance arrancaram de minhas mãos não todo o porta-moedas, mas apenas aqueles dois rublos. — Muito agradecido! — Sacudiu os cabelos e correu para a telega.

— Rapazes! — gritou. — Nosso senhor viajante nos agraciou com dois rublos! — De repente, todos caíram na gargalhada... O grandalhão se jogou na boleia...

— Fique bem!

E foi a última coisa que vimos deles! Os cavalos arrancaram, a telega ribombou pela colina, voltou a surgir momentaneamente no traço escuro que separava a terra do céu, desceu e desapareceu.

Não ouvíamos mais o barulho, os gritos e os guizos...

Fez-se um silêncio de morte.

Filofiei e eu demoramos a nos recompor.

— Ah, que brincalhão você é! — disse ele, por fim e, tirando o gorro, fez o sinal da cruz. — Brincalhão de verdade — acrescentou, virando-se para mim, todo alegre. — E ele deve ser uma pessoa boa de verdade. Ei, ei, ei, pequeninos! Mexam-se! Estão salvos! Estamos todos salvos! Ele é que não nos estava deixando passar; ele é que conduzia os cavalos. Que cara brincalhão! Ei, ei, ei, ei! Vamos com Deus!

Fiquei em silêncio, mas com paz de espírito. "Estamos salvos!", repetia para mim mesmo, voltando a me deitar no feno. "Saiu barato!"

Cheguei até a ficar com um pouco de vergonha por ter me lembrado dos versos de Jukóvski.

De repente uma ideia me veio à cabeça:

— Filofiei!

— O quê?

— Você é casado?

— Sou.

— E tem filhos?

— Tenho.

— Como é que você não se lembrou deles? Lamentou os cavalos, mas e a mulher, os filhos?

— E por que iria lamentá-los? Eles não iam cair nas mãos dos ladrões. Mas eu os tinha em mente o tempo todo, e ainda os tenho... é isso.

Filofiei se calou.

— Talvez... Deus tenha se apiedado de nós por causa deles.

— Como, se não eram bandidos?

— Como saber? E dá para entrar na alma dos outros? Como se sabe, a alma dos outros é a escuridão. E estar com Deus é sempre melhor. Não... penso sempre na família... Ei, ei, ei, pequeninos, vamos com Deus!

Já era quase de manhã quando começamos a nos aproximar de Tula. Eu estava deitado, entorpecido, meio dormido...

— Patrão — Filofiei me disse, de repente —, olhe lá; eles estão no botequim... É a telega deles.

Ergui a cabeça... eram mesmo eles: sua telega e seus cavalos. No limiar da casa de bebidas apareceu subitamente nosso conhecido grandalhão de peliça.

— Senhor! — exclamou, agitando o gorro. — Estamos bebendo o seu dinheiro! E então, cocheiro — acrescentou, balançando a cabeça para Filofiei —, olhe que você estava com medo, não?

— Que pessoa mais alegre — observou Filofiei, depois de se afastar do botequim umas vinte *sájens*.[7]

---

[7] *Sájen*: medida russa equivalente a 1,83 m. (N. da T.)

Um barulho!

Chegamos, por fim, a Tula; comprei chumbo, e ainda chá, bebida alcoólica e até um cavalo do revendedor. Regressamos ao meio-dia. Ao passar pelo lugar no qual pela primeira vez ouvimos o barulho da telega que vinha atrás de nós, Filofiei, que depois de beber em Tula revelou-se uma pessoa bem faladora — chegou até a me contar causos —, ao passar por aquele lugar, se pôs subitamente a rir.

— Patrão, lembra-se de que eu dizia o tempo todo: um barulho... um barulho, dizia, um barulho!

Dizia isso fazendo um gesto amplo com a mão... Parecia achar a palavra muito engraçada.

Na mesma noite, estávamos de volta à sua aldeia.

Informei o que nos aconteceu a Iermolai. Como estava sóbrio, não exprimiu qualquer simpatia, e apenas bufava — creio que nem ele mesmo sabia se em aprovação ou reprovação. Dois dias depois, porém, ele me informou com satisfação que na mesma noite em que eu estava indo para Tula com Filofiei — e naquela mesma estrada — um comerciante tinha sido roubado e morto. Primeiro não acreditei na notícia, mas depois passei a crer; a investigação do comissário de polícia rural assegurou-me de sua veracidade. Não seria aquele o "casamento" de que estavam voltando nossos valentões e aquele o tal "amigo" que, nas palavras do grandalhão piadista, eles tinham colocado na cama? Fiquei mais cinco dias na aldeia de Filofiei. Toda vez que o encontrava, dizia-lhe: "E então? Tem barulho?".

— Que pessoa animada — respondia-me toda vez, rindo.

Tradução de Irineu Franco Perpetuo

Fiódor Dostoiévski

Fiódor Mikháilovitch Dostoiévski nasceu em Moscou a 30 de outubro de 1821, num hospital para indigentes onde seu pai trabalhava como médico. Em 1838, um ano depois da morte da mãe por tuberculose, ingressa na Escola de Engenharia Militar de São Petersburgo. Ali aprofunda seu conhecimento das literaturas russa, francesa e outras. No ano seguinte, o pai é assassinado pelos servos de sua pequena propriedade rural.

Só e sem recursos, em 1844 Dostoiévski decide dar livre curso à sua vocação de escritor: abandona a carreira militar e escreve seu primeiro romance, *Gente pobre*, publicado dois anos mais tarde, com calorosa recepção da crítica. Passa a frequentar círculos revolucionários de Petersburgo e em 1849 é preso e condenado à morte. No derradeiro minuto, tem a pena comutada para quatro anos de trabalhos forçados, seguidos por prestação de serviços como soldado na Sibéria — experiência que será retratada em *Recordações da casa dos mortos*, livro publicado em 1861, mesmo ano de *Humilhados e ofendidos*.

Em 1857 casa-se com Maria Dmitrievna e, três anos depois, volta a Petersburgo, onde funda, com o irmão Mikhail, a revista literária *O Tempo*, fechada pela censura em 1863. Em 1864 lança outra revista, *A Época*, onde imprime a primeira parte de *Memórias do subsolo*. Nesse ano, perde a mulher e o irmão. Em 1866, publica *Crime e castigo* e conhece Anna Grigórievna, estenógrafa que o ajuda a terminar o livro *Um jogador*, e será sua companheira até o fim da vida. Em 1867, o casal, acossado por dívidas, embarca para a Europa, fugindo dos credores. Nesse período, ele escreve *O idiota* (1868) e *O eterno marido* (1870). De volta a Petersburgo, publica *Os demônios* (1871), *O adolescente* (1875) e inicia a edição do *Diário de um escritor* (1873-1881).

Em 1878, após a morte do filho Aleksiêi, de três anos, começa a escrever *Os irmãos Karamázov*, que será publicado em fins de 1880. Reconhecido pela crítica e por milhares de leitores como um dos maiores autores russos de todos os tempos, Dostoiévski morre em 28 de janeiro de 1881, deixando vários projetos inconclusos, entre eles a continuação de *Os irmãos Karamázov*, talvez sua obra mais ambiciosa.

O conto "Mujique Marei" foi publicado no *Diário de um escritor* em fevereiro de 1876, e narra uma história de infância relembrada a partir do período em que o escritor esteve preso na Sibéria, junto com criminosos comuns, na década de 1850. "O Grande Inquisidor" integra a segunda parte, livro V, capítulo V, de *Os irmãos Karamázov*, e constitui uma das passagens mais marcantes da história da literatura.

Mujique Marei[1]

No entanto, acho muito entediante ler sobre todas essas *professions de foi*,[2] e por isso contarei uma anedota, aliás, não é nem uma anedota, apenas uma lembrança distante que, por algum motivo, gostaria muito de contar justamente aqui e agora, na conclusão de nosso tratado sobre o povo. Naquela época, eu tinha apenas nove anos de idade... não, melhor começar com quando eu tinha 29 anos de idade.

Era o segundo dia do feriado santo. O ar estava tépido, o céu azul, o sol alto, "quente", brilhante, mas minha alma estava bastante soturna. Eu vagava atrás das casernas, olhava, contava as estacas da resistente cerca da prisão, mesmo sem vontade, embora esse fosse meu costume. Já era o segundo dia do "feriado" na prisão, os forçados não tinham sido levados para o trabalho, havia muitos bêbados, xingamentos, a cada minuto começavam brigas em todos os cantos. Canções horríveis, baixas, *maidanes*[3] com jogos de azar debaixo das tarimbas, uns presos, por algum

---

[1] Com base nas indicações do texto, o episódio data de 1831. Marei é a forma vulgar do nome Marii; no entanto, entre os servos que pertenciam à família Dostoiévski não havia ninguém com esse nome. O personagem provavelmente foi baseado no camponês Mark Efriémov. (N. da E.)

[2] "Profissão de fé", em francês no original. (N. da T.)

[3] Gíria que os criminosos usavam para se referir a jogos de azar, também mencionada em *Recordações da casa dos mortos*. (N. da E.)

excesso particular, espancados quase até a morte conforme sentença dos próprios camaradas e cobertos com casacos nas tarimbas até que voltassem à consciência e despertassem; algumas vezes chegavam a mostrar facas: tudo isso, nos dois dias de feriado, me atormentou até me deixar doente. De fato, nunca pude suportar sem repulsa uma farra popular regada a álcool, e especialmente aqui, neste lugar. Nesses dias, a chefia da prisão nem vinha dar uma olhada, não passava em revista, não procurava vinho, entendia que era preciso permitir que mesmo esses miseráveis se divertissem uma vez no ano, ou então poderia ser pior. Enfim, meu coração ardia de raiva. Encontrei o polonês M...cki,[4] um dos presos políticos; ele me olhou de modo soturno, seus olhos brilharam e os lábios começaram a tremer: *"Je hais ces brigands!"*,[5] rangeu ele a meia-voz e passou direto. Retornei à caserna, apesar de ter saído feito um louco de lá apenas quinze minutos antes, quando seis homens saudáveis se atiraram de uma vez no bêbado tártaro Gazin para acalmá-lo e começaram a bater nele; espancaram-no absurdamente, seria possível matar um camelo com aqueles golpes, mas sabiam que esse Hércules era difícil de matar e por isso batiam sem medo. Então, de volta, observei no final da caserna, na tarimba do canto, que Gazin já estava deitado inconsciente, quase sem sinal de vida, coberto por um casaco de pele, e todos desviavam dele em silêncio, embora esperassem que ele despertasse na manhã seguinte, "mas com golpes assim, nunca se sabe, é possível acabar com um homem". Fui até meu lugar, de frente para a janela com gradil de ferro e deitei

---

[4] Trata-se de Alexander Mirecki, preso em 1846 por "participação na conspiração pela criação de uma revolta no reino da Polônia". (N. da E.)

[5] "Odeio estes bandidos!", em francês no original. (N. da T.)

de costas com as mãos atrás da cabeça e os olhos fechados. Eu gostava de deitar dessa forma: não se importuna quem dorme, assim é possível sonhar e pensar. Mas não conseguia sonhar, o coração batia inquieto, nos ouvidos ressoavam as palavras de M...cki: "*Je hais ces brigands!*". Aliás, de que serve descrever impressões? Mesmo agora, por vezes ainda sonho à noite com essa época e não há sonhos mais torturantes que esses. Talvez tenham observado que até hoje quase não publiquei nada sobre minha vida nas galés, escrevi *Recordações da casa dos mortos* quinze anos atrás, usando um personagem ficcional, um criminoso que teria matado sua esposa. A propósito, acrescento como detalhe, desde então muitos ainda pensam e afirmam que fui preso pelo assassinato de minha esposa.[6]

Aos poucos, eu de fato comecei a divagar e, sem perceber, me afundei em lembranças. Durante os quatro anos que passei nas galés lembrava sempre de todo o meu passado e, parece, revivi assim toda a minha vida anterior. As lembranças surgiam por si mesmas, eu raramente as suscitava por vontade própria. Começava com algum ponto, um traço às vezes imperceptível, e então, pouco a pouco, tornava-se um quadro completo, uma impressão forte e integral. Eu analisava essas impressões, acrescentava novos traços àquilo que fora há muito vivido e, o principal, corrigia, corrigia sem parar: nisso consistia minha diversão. Desta vez, subitamente lembrei-me, por algum motivo, de um momento insignificante da minha primeira infância, quando tinha

---

[6] Segundo a observação de Anna Dostoiévskaia: "Até o casamento com Fiódor Mikháilovitch, eu também ouvia que 'Dostoiévski matou sua esposa', embora soubesse pelo meu pai que ele fora preso por crimes políticos. Esse boato absurdo ainda corria na colônia russa em Dresden na época em que moramos lá, entre 1869 e 1871". (N. da E.)

apenas nove anos de idade; parecia-me ter esquecido completamente desse instante, mas, naquela época, gostava especialmente das lembranças da primeira infância. Veio-me à memória um mês de agosto no campo: um dia seco e claro, mas um pouco frio e ventoso; o verão chegava ao fim, logo seria preciso voltar a Moscou para de novo entediar-se durante todo o inverno com aulas de francês e eu estava com pena de deixar o campo. Passei atrás das eiras e, descendo pelo barranco, subi no *Lustro* — assim chamávamos os densos arbustos do outro lado do barranco até o pequeno bosque. Então me encafurnei ainda mais nos arbustos e ouvi, não muito longe, a uns trinta passos, um mujique lavrando sozinho na clareira. Sei que ele lavrava firmemente no monte; o cavalo seguia com dificuldade e, de quando em quando, chegava até mim seu grito: "Eia, eia!". Conhecia quase todos os nossos mujiques, mas não esse que agora lavrava, e para mim dava no mesmo, eu estava imerso no meu assunto, também estava ocupado: arrancava uma vergasta de noz para fustigar sapos; vergastas de noz são tão bonitas e frágeis, muito diferentes das de bétula. Também me ocupava de bichos e besouros, eu os colecionava, alguns são muito elegantes; também gostava dos lagartos pequenos, ligeiros, vermelhos e amarelos com pintinhas pretas, mas das cobras tinha medo. Se bem que é muito mais raro encontrar cobras do que lagartos. Aqui há poucos cogumelos, para colhê-los é preciso ir ao bosque de bétulas, e era o que pretendia fazer. Não havia nada na vida que eu amasse tanto quanto o bosque com seus cogumelos e frutas silvestres, com seus bichinhos e passarinhos, ouriços e esquilos, com seu úmido aroma de folhas apodrecidas que eu tanto amava. E mesmo agora, quando escrevo isto, é como se sentisse o aroma de nossos bosques de bétulas: tais impressões permanecem por toda a vida. De repente, em meio a esse silêncio profundo, ouvi um grito clara e distintamente: "É um lobo!". Soltei um grito ruidoso, fora de mim pelo susto, e corri para a clareira na direção do mujique que lavrava.

Era nosso mujique Marei. Não sei se existe tal nome, mas todos o chamavam assim: um mujique de uns cinquenta anos, corpulento, bastante alto, com muitos fios grisalhos em sua vasta barba castanho-escura. Eu o conhecia, mas até então quase nunca acontecera de conversarmos. Ele até parou a eguazinha ao ouvir meu grito e, quando cheguei correndo e agarrei o arado com uma mão e seu braço com a outra, ele percebeu meu pavor.

— É um lobo! — gritei ofegante.

Ele ergueu a cabeça e involuntariamente olhou ao redor, por um instante quase acreditando em mim.

— Onde está o lobo?

— Gritaram... Alguém acabou de gritar: "É um lobo"... — balbuciei.

— Mas o que é isso, que lobo? Foi impressão sua, veja! Que lobo pode haver aqui? — murmurou, tentando me dar alento.

Mas eu tremia todo e agarrava ainda mais forte seu casaco, devia estar muito pálido. Ele me olhou com um sorriso intranquilo, parecia alarmado e preocupado comigo.

— Se assustou mesmo, hein! — balançou a cabeça. — Já chega, querido. Ei, rapazinho!

Ele estendeu a mão e, de repente, afagou minha bochecha.

— Bem, já chega, que Cristo esteja contigo, faça o sinal da cruz.

Mas eu não fiz, os cantos dos meus lábios tremiam e, parece, isso o impressionou muito. Devagar, estendeu seu dedo gordo, sujo de terra e com uma unha preta, e tocou suavemente meus lábios agitados.

— Ei, calma — ele sorriu para mim com um sorriso maternal e demorado. — Meu Deus, o que é isso, se acalme!

Mujique Marei

Enfim, entendi que não havia nenhum lobo e que apenas imaginara o grito "É um lobo". Não obstante, foi tão distinto e claro; já tivera a impressão, uma ou duas vezes, de ouvir gritos (não só sobre lobos) e sabia disso. (Depois, passada a infância, essas alucinações se foram.)

— Bem, eu já vou — disse, olhando para ele de forma interrogativa e acanhada.

— Então vá, vou ficar de olho. Não vou deixar nenhum lobo te atacar! — acrescentou, sorrindo da mesma forma maternal.

— Que Cristo esteja com você, pode ir — fez um sinal da cruz em mim e em si mesmo.

Segui, olhando para trás quase a cada dez passos. Enquanto eu caminhava, Marei ficou ali com sua eguazinha e me seguiu com o olhar, sempre acenando com a cabeça quando eu me virava. Devo confessar que tive um pouquinho de vergonha diante dele por ter me assustado tanto, mas caminhei ainda com certo medo do lobo até subir a encosta do barranco, até a primeira eira, só então o pavor passou por completo; de repente, não sei de onde, nosso cachorro Lobinho[7] atirou-se em minha direção. Com Lobinho eu já estava completamente seguro; virei-me uma última vez na direção de Marei, já não conseguia discernir direito seu rosto, mas sentia que ele sorria da mesma forma carinhosa e acenava com a cabeça. Acenei-lhe com a mão, ele fez o mesmo e seguiu com a eguazinha.

— Eia, eia! — soou novamente seu grito distante, e a eguinha outra vez puxou seu arado.

---

[7] No original, *Voltchók*, diminutivo de lobo. (N. da T.)

Tudo isso me veio à memória de uma vez, não sei por quê, mas com surpreendente exatidão de detalhes. De repente, despertei e sentei na tarimba, lembro que ainda era possível ver no meu rosto o sorriso calmo da lembrança. Continuei recordando por mais um minuto.

Então, ao chegar em casa depois do encontro com Marei, não contei a ninguém sobre minha "aventura". E que espécie de aventura foi aquela? Além disso, logo me esqueci do mujique. Depois, nas raras ocasiões em que o encontrei, nunca mais conversamos, nem sobre o lobo nem sobre qualquer outra coisa e, de repente, agora, 25 anos depois, na Sibéria, me recordo desse encontro com tamanha clareza, até o último detalhe. Isso quer dizer que o caso permaneceu sem se fazer notar em minha alma, por si mesmo, a despeito da minha vontade, e, de repente, me recordei dele quando foi necessário; recordei-me daquele sorriso maternal e carinhoso do pobre mujique camponês, de seu sinal da cruz, de seu aceno com a cabeça: "Se assustou mesmo, hein, rapazinho!". Mas em especial daquele seu dedo gordo, sujo de terra, com o qual ele suavemente e com tímida ternura tocou meus lábios trêmulos. É claro que qualquer um confortaria uma criança, mas naquele encontro solitário aconteceu algo inteiramente diverso, e ainda que eu fosse seu próprio filho, ele não poderia me dirigir um olhar que irradiasse amor mais puro; mas o que o levou a fazer isso? Ele era nosso servo, e eu o filho do seu senhor, ninguém ficaria sabendo como ele me afagou e nem o recompensaria por isso. Será que ele amava tanto assim as crianças pequenas? Existem pessoas desse tipo. O encontro foi solitário, no campo vazio e apenas Deus, quiçá, viu lá de cima que sentimento humano profundo e esclarecido e que ternura delicada, quase feminina, pode existir no coração de um mujique russo bruto, bestialmente ignorante, que ainda não esperava ou mesmo imaginava sua liberdade. Digam, não era isso que Konstantin Aksákov tinha em mente quando falava da elevada formação do nosso povo?

Então, quando saí da tarimba e olhei ao redor, lembro-me de sentir subitamente que podia olhar para aqueles infelizes de uma forma completamente diferente, e que, de repente, como que por um milagre, todo o ódio e a raiva tinham desaparecido do meu coração. Caminhei, olhando com atenção no rosto daqueles que encontrava. Esse mujique difamado e de cabeça raspada, com marcas no rosto, bêbado, bradando sua rouca e embriagada canção, pode ser aquele mesmo Marei: com efeito, eu não consigo perscrutar seu coração. Naquela mesma noite, encontrei-me outra vez com M...cki. Infeliz! Nele não poderia haver quaisquer reminiscências de nenhum Marei, ele não via nada nas pessoas, além de *"Je hais ces brigands!"*. Não, naquela época esses poloneses sofreram mais do que os nossos!

Tradução de Priscila Marques

O GRANDE INQUISIDOR

— Sabes, Aliócha, e não rias, numa ocasião escrevi um poema, foi no ano passado. Se ainda podes perder uns dez minutos comigo, eu falarei sobre ele.

— Escreveste um poema?

— Oh, não, não escrevi — sorriu Ivan —, nunca em minha vida eu compus sequer dois versos, mas inventei este poema e o gravei na memória. Eu o inventei com ardor. Serás meu primeiro leitor, isto é, ouvinte. De fato, por que o autor haveria de perder um ouvinte, nem que ele fosse o único? — riu Ivan. — Falo ou não?

— Sou todo ouvidos — pronunciou Aliócha.

— Meu poema se chama "O Grande Inquisidor". Uma coisa tola, mas quero que o conheças. Bem, aqui também não se pode passar sem um prefácio, ou seja, um prefácio literário, arre! — riu Ivan — mas eu lá sou escritor? Vê, a ação de meu poema se passa no século XVI, e naquela época — aliás, tu deves ter tomado conhecimento disto em teus cursos —, justo naquela época as obras poéticas costumavam fazer as potências celestes descerem sobre a terra. Já nem falo de Dante. Na França, os funcionários clericais, bem como os monges dos mosteiros, davam espetáculos inteiros em que punham em cena a Madona, anjos, santos, Cristo e o próprio Deus. Naqueles idos, isso se fazia com muita simplicidade. Em *Notre Dame de Paris*, de Victor Hugo, no salão da municipalidade da Paris de Luís XVI é oferecido gratuitamente ao povo o espetáculo *Le bon jugement de la très sainte et gracieuse Vierge Marie*[1] em homenagem ao nascimento do delfim francês,[2] no qual a Virgem Maria aparece pessoalmente e profere seu *bon jugement*. Entre nós, em Moscou, nos velhos tempos antes de Pedro, o Grande, de quando em quando também se davam espetáculos quase idênticos, especialmente os baseados no Antigo Testamento; contudo, além das representações dramáticas, naquela época corriam o mundo inteiro muitas narrativas e "poemas" em que atuavam santos, anjos e todas as potências celestes conforme a necessidade. Em nossos mosteiros também se faziam traduções, cópias e até se compunham poemas semelhantes, e isso desde os tempos do domínio tártaro. Existe, por exemplo, um poema composto em mosteiro (é claro que traduzido do grego): *A via-crúcis de Nossa Senhora*,[3] com episódios e uma ousadia à altura de Dante. Nossa Senhora visita o inferno, e é guiada "em seu calvário" pelo arcanjo Miguel. Ela vê os pecadores e os seus suplícios. A propósito, ali existe uma interessantíssima classe de pecadores num lago de fogo: os que submergem no lago de tal modo que não conseguem mais emergir, "estes Deus já esquece" — expressão dotada de uma excepcional profundidade

---

[1] "O bom julgamento da santíssima Virgem Maria cheia de graça", em francês no original. (N. do T.)

[2] Como já observou Leonid Grossman, um dos maiores estudiosos de Dostoiévski, Ivan Karamázov comete aqui um equívoco. No romance de Victor Hugo, não se trata do nascimento do delfim, mas da chegada dos emissários de Flandres para tratar do casamento do delfim com a princesa Margarida de Flandres. (N. da E.)

[3] Uma das mais populares lendas apócrifas de origem bizantina, que cedo penetrou na Rússia. Quando Dostoiévski escrevia *Os irmãos Karamázov*, circulavam pela Rússia várias edições dessa lenda. (N. da E.)

e força. E eis que a perplexa e chorosa mãe de Deus cai diante do trono divino e pede clemência para todos aqueles que estão no inferno, por todos que ela viu lá, sem distinção. Sua conversa com Deus é de um interesse colossal. Ela implora, ela não se afasta, e quando Deus lhe aponta os pés e as mãos pregadas de seu filho e pergunta: como vou perdoar seus supliciadores? — ela ordena a todos os santos, a todos os mártires, a todos os anjos e arcanjos que se prosternem com ela e rezem pela clemência a todos sem distinção. A cena termina com ela conseguindo de Deus a cessação dos tormentos, todos os anos, entre a Grande Sexta-Feira Santa e o Dia da Santíssima Trindade, e no mesmo instante os pecadores que estão no inferno agradecem ao Senhor e bradam para Ele: "Tens razão, Senhor, por teres julgado assim". Pois bem, meu poema seria desse gênero se transcorresse naquela época. Em meu poema Ele aparece; é verdade que Ele nem chega a falar, apenas aparece e sai. Já se passaram quinze séculos desde que Ele prometeu voltar a Seu reino, quinze séculos desde que o profeta escreveu: "Voltará brevemente". "Nem o filho sabe esse dia e essa hora, só o sabe meu pai celestial",[4] como disse Ele quando ainda estava na Terra. Mas a humanidade O espera com a antiga fé e o antigo enternecimento. Oh, com mais fé ainda, pois já se passaram quinze séculos desde que cessaram as garantias dos Céus para o homem:

> *Crê no que diz o coração,*
> *O céu não dá garantias.*[5]

---

[4] Ver Evangelho de Marcos, 3, 32. (N. da E.)

[5] Estrofe final do poema "Sehnsucht", de Schiller. (N. da E.)

O Grande Inquisidor

Fé só no que diz o coração! É verdade que naquela época havia muitos milagres. Havia santos que faziam curas milagrosas; a própria rainha dos céus descia sobre alguns justos, segundo a hagiografia destes. Mas o diabo não dorme, e a humanidade começou a duvidar da veracidade desses milagres. Foi nessa época que surgiu no Norte, na Alemanha, uma heresia nova e terrível.[6] Uma estrela imensa, "à semelhança de uma tocha" (ou seja, de uma igreja), "caiu sobre as fontes das águas e estas se tornaram amargas".[7] Essas heresias passam a uma negação blasfematória dos milagres. E mesmo assim os fiéis restantes creem com um fervor ainda maior. Como antes, as lágrimas humanas sobem até Ele, os homens O esperam, O amam, confiam n'Ele, anseiam sofrer e morrer por Ele como antes... E depois de tantos séculos rezando com fé e fervor: "Aparece para nós, Senhor", depois de tantos séculos chamando por Ele, Ele, em Sua infinita piedade, quis descer até os suplicantes. Ele desceu, e já antes visitara outros justos, mártires e santos anacoretas ainda em terra, como está escrito em suas "hagiografias". Entre nós russos, Tiúttchev,[8] que acreditava profundamente na verdade dessas palavras, proclamou:

---

[6] Trata-se da Reforma, que Dostoiévski assim analisa em seu *Diário de um escritor* de janeiro de 1877: "O protestantismo de Lutero já é um fato: é uma fé protestante e apenas *negativa*. Desaparecendo o catolicismo da face da Terra, o protestantismo o seguirá na certa e imediatamente, porque, não tendo contra o que protestar, há de converter-se em franco ateísmo, e com isso se extinguirá". (N. da E.)

[7] Citação imprecisa do Apocalipse de João, 8, 10-1. (N. da E.)

[8] Referência a F. I. Tiúttchev (1803-1873), um dos maiores poetas russos do século XIX. (N. do T.)

Com o fardo da cruz fatigado
Te percorreu o Rei dos Céus,
Terra natal, e, servo afeiçoado,
A ti inteira a bênção deu.

Eu te afirmo que foi forçosamente assim que aconteceu. E eis que Ele desejou aparecer, ainda que por um instante, ao povo — atormentado, sofredor, mergulhado em seu fétido pecado, mas amando-O como criancinhas. Em meu poema a ação se passa na Espanha, em Sevilha, no mais terrível tempo da Inquisição, quando, pela glória de Deus, as fogueiras ardiam diariamente no país e

Em magníficos autos de fé
Queimavam-se os perversos hereges.[9]

Oh, essa não era, é claro, aquela marcha triunfal em que Ele há de aparecer no final dos tempos, como prometeu, em toda a Sua glória celestial, e que será repentina "como um relâmpago que brilha do Oriente ao Ocidente".[10] Não, Ele quis ainda que por um instante visitar Seus filhos, e justamente ali onde crepitaram as fogueiras dos hereges. Por Sua infinita misericórdia Ele passa mais uma vez no meio das pessoas com aquela mesma feição humana com que caminhara por três anos entre os homens quinze séculos antes. Ele desce sobre "as largas ruas quentes" da cidade sulina, justamente onde ainda na véspera, em um "mag-

---

[9] Estrofes um pouco modificadas do poema "Coriolano", de A. I. Poliejáiev (1804-1838). (N. da E.)

[10] Ver Mateus, 24, 27. (N. da E.)

nífico auto de fé", na presença do rei, da corte, dos cavaleiros, dos cardeais e das mais encantadoras damas da corte, diante da numerosa população de toda a Sevilha, o cardeal grande inquisidor queimou de uma vez quase uma centena de hereges[11] *ad majorem gloriam Dei*.[12] Ele aparece em silêncio, sem se fazer notar, e eis que todos — coisa estranha — O reconhecem. Esta poderia ser uma das melhores passagens do poema justamente porque O reconhecem. Movido por uma força invencível, o povo se precipita para Ele, O assedia, avoluma-se a Seu redor, segue-O. Ele passa calado entre eles com o sorriso sereno da infinita compaixão. O sol do amor arde em Seu coração, os raios da Luz, da Ilustração e da Força emanam de Seus olhos e, derramando-se sobre as pessoas, fazem seus corações vibrarem de amor recíproco. Ele estende as mãos para elas,[13] as abençoa, e só de tocá-Lo, ainda que apenas em sua roupa, irradia-se a força que cura.[14] E eis que da multidão exclama um velho, cego desde menino: "Senhor, cura-me e eu Te verei", e, como se uma escama lhe caísse

---

[11] Preparando a resposta a uma carta de K. D. Kaviêlin (1818-1885) em 1881, Dostoiévski anota em seu diário: "Não posso considerar moral um homem que queima hereges, porque não aceito sua tese segundo a qual a moral é uma harmonia com convicções íntimas. Isso é apenas *honestidade*... e não moral. Ideal moral eu só tenho um: Cristo. Pergunto: ele queimaria hereges? Não. Portanto, a queima de hereges é um ato imoral. O inquisidor já é imoral pelo fato de acomodar em seu coração e em sua mente a ideia da necessidade de queimar seres humanos". (N. da E.)

[12] "Para maior glória de Deus", divisa da Ordem dos Jesuítas. (N. da E.)

[13] Para o crítico V. L. Komaróvitch, essa passagem do romance remonta ao poema "Frieden", de Heine. (N. da E.)

[14] Ver Mateus, 9, 20-2. (N. da E.)

dos olhos, o cego O vê. O povo chora e beija o chão por onde Ele passa. As crianças jogam flores diante d'Ele, cantam e bradam-Lhe: "Hosana!". "É Ele, Ele mesmo — repetem todos —, deve ser Ele, não é outro senão Ele." Ele para no adro da catedral de Sevilha no mesmo instante em que entram aos prantos na catedral com um caixãozinho branco de defunto: nele está uma menininha de sete anos, filha única de um cidadão notável. A criança morta está coberta de flores. "Ele ressuscitará tua filhinha" — gritam da multidão para a mãe em prantos. O padre, que saíra ao encontro do féretro, olha perplexo e de cenho franzido. Mas nesse instante ouve-se o pranto da mãe da criança morta. Ela cai de joelhos aos pés d'Ele: "Se és Tu, ressuscita minha filhinha!" — exclama, estendendo as mãos para Ele. A procissão para, o caixãozinho é depositado aos pés d'Ele no adro. Ele olha compadecido e Seus lábios tornam a pronunciar em voz baixa: "*Talita cumi*" — "Levanta-te, menina". A menininha se levanta no caixão, senta-se e olha ao redor, sorrindo com seus olhinhos abertos e surpresos. Tem nas mãos um buquê de rosas brancas que a acompanhavam no caixão. No meio do povo há agitação, gritos, prantos, e eis que nesse mesmo instante passa de repente na praça, ao lado da catedral, o próprio cardeal grande inquisidor. É um velho de quase noventa anos, alto e ereto, rosto ressequido e olhos fundos, mas nos quais um brilho ainda resplandece como uma centelha. Oh, ele não está com suas magníficas vestes de cardeal em que sobressaíra na véspera diante do povo quando se queimavam os inimigos da fé romana — não, nesse instante ele está apenas em seu velho e grosseiro hábito monacal. Seguem-no a certa distância seus tenebrosos auxiliares e escravos e a guarda "sagrada". Ele para diante da multidão e fica observando de longe. Viu tudo, viu o caixão sendo colocado aos pés dele, viu a menina ressuscitar, e seu rosto ficou sombrio. Franze

O Grande Inquisidor

as sobrancelhas grisalhas e bastas, seu olhar irradia um fogo funesto. Ele aponta o dedo aos guardas e ordena que O prendam. E eis que sua força é tamanha e o povo está tão habituado, submisso e lhe obedece com tanto tremor que a multidão se afasta imediatamente diante dos guardas e estes, em meio ao silêncio sepulcral que de repente se fez, põem as mãos n'Ele e o levam. Toda a multidão, como um só homem, prosterna-se momentaneamente, tocando o chão com a cabeça perante o velho inquisidor, este abençoa o povo em silêncio e passa ao lado. A guarda leva o Prisioneiro para uma prisão apertada, sombria e abobadada, que fica na antiga sede do Santo Tribunal, e O tranca ali. O dia passa, cai a noite quente, escura e "sem vida" de Sevilha. O ar "recende a louro e limão".[15] Em meio a trevas profundas abre-se de repente a porta de ferro da prisão e o próprio velho, o grande inquisidor, entra lentamente com um castiçal na mão. Está só; a porta se fecha imediatamente após sua entrada. Ele se detém por muito tempo à entrada, um ou dois minutos, examina o rosto do Prisioneiro. Por fim se aproxima devagar, põe o castiçal numa mesa e Lhe diz: "És tu? Tu?". Mas, sem receber resposta, acrescenta rapidamente: "Não respondas, cala-te. Ademais, que poderias dizer? Sei perfeitamente o que irás dizer. Aliás, não tens nem direito de acrescentar nada ao que já tinhas dito. Por que vieste nos atrapalhar? Pois vieste nos atrapalhar e tu mesmo o sabes. Mas sabes o que vai acontecer amanhã? Não sei quem és e nem quero saber: és Ele ou apenas a semelhança d'Ele, mas amanhã mesmo eu te julgo e te queimo na fogueira como o mais perverso dos hereges, e aquele mesmo povo que hoje te beijou os

---

[15] Citação modificada da tragédia O *visitante de pedra*, de Púchkin. (N. da E.)

pés, amanhã, ao meu primeiro sinal, se precipitará a trazer carvão para tua fogueira, sabias? É, é possível que o saibas" — acrescentou compenetrado em pensamentos, sem desviar um instante o olhar de seu prisioneiro.

— Ivan, não estou entendendo direito o que seja isso — sorriu Aliócha, que ouvira calado o tempo todo —, uma imensa fantasia ou algum equívoco do velho, algum quiproquó impossível?

— Aceita ao menos este último — sorriu Ivan —, se já estás tão estragado pelo realismo atual que não consegues suportar nada fantástico; queres um quiproquó, então que seja assim. Trata-se, é verdade — tornou a rir Ivan —, de um velho de noventa anos, e ele poderia ter enlouquecido há muito tempo com sua ideia. O prisioneiro poderia impressioná-lo com sua aparência. No fim das contas, isso poderia ser, é claro, um simples delírio, a visão de um velho de noventa anos diante da morte e ainda por cima exaltado com o auto de fé e a queima dos cem hereges na véspera. Contudo, para nós dois não daria no mesmo se fosse um quiproquó ou uma imensa fantasia? Aí se tratava apenas de que o velho precisava desembuchar, de que, durante os seus noventa anos, ele finalmente falava e dizia em voz alta aquilo que calara durante todos esses noventa anos.

— E o prisioneiro, também se cala? Olha para o outro e não diz uma palavra?

— Sim, é como deve acontecer mesmo, em todos os casos — tornou a sorrir Ivan. — O próprio velho lhe observa que ele não tem nem o direito de acrescentar nada ao que já dissera antes. Talvez esteja aí o traço essencial do catolicismo romano, ao menos em minha opinião: "tu, dizem, transferiste tudo ao papa, portanto, tudo hoje é da alçada do papa, e quanto a ti, ao menos agora não me apareças absolutamente por aqui, quando mais não seja não me atrapalhes antes do tempo". Eles não só falam como

O Grande Inquisidor   189 escrevem nesse sentido, os jesuítas pelo menos. Isso eu mesmo li nas obras de seus teólogos. "Terás o direito de nos anunciar ao menos um dos mistérios do mundo de onde vieste?" — pergunta-lhe meu velho, e ele mesmo responde: "Não, não tens, para que não acrescentes nada ao que já foi dito antes nem prives as pessoas da liberdade que tanto defendeste quando estiveste aqui na Terra. Tudo o que tornares a anunciar atentará contra a liberdade de crença dos homens, pois aparecerá como milagre, e a liberdade de crença deles já era para ti a coisa mais cara mil e quinhentos anos atrás. Não eras tu que dizias com frequência naquele tempo: 'Quero fazê-los livres'?[16] Pois bem, acabaste de ver esses homens 'livres' — acrescenta de súbito o velho com um risinho ponderado. — Sim, essa questão nos custou caro — continua ele, fitando-O severamente —, mas finalmente concluímos esse caso em teu nome. Durante quinze séculos nós nos torturamos com essa liberdade, mas agora isso está terminado, e solidamente terminado. Não acreditas que está solidamente terminado? Olhas com docilidade para mim e não me concedes sequer a indignação? Contudo, fica sabendo que hoje, e precisamente hoje, essas pessoas estão mais convictas do que nunca de que são plenamente livres, e entretanto elas mesmas nos trouxeram sua liberdade e a colocaram obedientemente a nossos pés. Mas isto fomos nós que fizemos; era isso, era esse tipo de liberdade que querias?"

— De novo não estou entendendo — interrompeu Alióchka —, ele está ironizando, está zombando?

— Nem um pouco. Ele está atribuindo justo a si e aos seus o mérito de finalmente terem vencido a liberdade e feito isto com

---

[16] Ver João, 8, 31-2. (N. da E.)

o fim de tornar as pessoas felizes. "Porque só agora (ou seja, ele está falando evidentemente da Inquisição) se tornou possível pensar pela primeira vez na liberdade dos homens. O homem foi feito rebelde; por acaso os rebeldes podem ser felizes? Tu foste prevenido — diz-lhe —, não te faltaram avisos e orientações, mas não deste ouvido às prevenções, rejeitaste o único caminho pelo qual era possível fazer os homens felizes, mas por sorte, ao te afastares, transferiste a causa para nós. Tu prometeste, tu o confirmaste com tua palavra, tu nos deste o direito de ligar e desligar[17] e, é claro, não podes sequer pensar em nos privar desse direito agora. Por que vieste nos atrapalhar?"

— O que quer dizer: não te faltavam prevenções e orientações? — perguntou Alióchа.

— Aí está o essencial do que o velho precisa dizer. "O espírito terrível e inteligente, o espírito da autodestruição e do nada — continuou o velho —, o grande espírito falou contigo no deserto, e nos foi transmitido nas escrituras que ele te haveria 'tentado'.[18] É verdade? E seria possível dizer algo de mais verdadeiro do que aquilo que ele te anunciou nas três questões, e que tu repeliste, e que nos livros é chamado de 'tentações'? Entretanto, se algum dia obrou-se na Terra o verdadeiro milagre fulminante, terá sido naquele mesmo dia, no dia das três tentações. Foi precisamente no aparecimento dessas três questões que consistiu o milagre. Se fosse possível pensar, apenas a título de teste ou exemplo, que aquelas três questões levantadas pelo espírito terrível tivessem sido eliminadas das escrituras e precisassem ser restauradas, repensadas e reescritas para serem reintroduzidas nos

---

[17] Ver Mateus, 16, 18-9. (N. da E.)

[18] Ver Mateus, 4, 1-11. (N. da E.)

O Grande Inquisidor

livros, e para isto tivéssemos de reunir todos os sábios da Terra — governantes, sacerdotes, cientistas, filósofos, poetas — e lhes dar a seguinte tarefa: pensem, inventem três questões que, além de corresponderem à dimensão do acontecimento, exprimam, ainda por cima, em três palavras, em apenas três frases humanas, toda a futura história do mundo e da humanidade — achas tu que toda a sapiência da Terra, tomada em conjunto, seria capaz de elaborar ao menos algo que, por força e profundidade, se assemelhasse àquelas três questões que naquele momento te foram realmente propostas por aquele espírito poderoso e inteligente no deserto? Ora, só por essas questões, só pelo milagre de seu aparecimento podemos compreender que não estamos diante da inteligência trivial do homem mas da inteligência eterna e absoluta. Porque nessas três questões está como que totalizada e vaticinada toda a futura história humana, e estão revelados os três modos em que confluirão todas as insolúveis contradições históricas da natureza humana em toda a Terra. Naquele tempo isso ainda não podia ser tão visível porque o futuro era desconhecido, mas hoje, quinze séculos depois, vemos que naquelas três questões tudo estava tão vaticinado e predito, e se justificou a tal ponto, que nada mais lhes podemos acrescentar ou diminuir.

"Resolve tu mesmo quem estava com a razão: tu ou aquele que naquele momento te interrogou? Lembra-te da primeira pergunta: mesmo não sendo literal, seu sentido é este: 'Queres ir para o mundo e estás indo de mãos vazias, levando aos homens alguma promessa de liberdade que eles, em sua simplicidade e em sua imoderação natural, sequer podem compreender, da qual têm medo e pavor, porquanto para o homem e para a sociedade humana nunca houve nada mais insuportável do que a liberdade! Estás vendo essas pedras neste deserto escalvado e escaldante? Transforma-as em pão e atrás de ti correrá como uma manada a humanidade agradecida e obediente, ainda que tremendo eternamente com medo de que retires tua mão e cesse a distribuição dos teus pães'. Entretanto, não quiseste privar o homem da liberdade e rejeitaste a proposta, pois pensaste: que liberdade é essa se a obediência foi comprada com o pão? Tu objetaste, dizendo que nem só de pão vive o homem, mas sabes tu que em nome desse mesmo pão terreno o espírito da Terra se levantará contra ti, combaterá contra ti e te vencerá, e todos o seguirão, exclamando: 'Quem se assemelha a essa fera, ela nos deu o fogo dos céus!'.[19] Sabes tu que passarão os séculos e a humanidade proclamará através da sua sabedoria e da sua ciência que o crime não existe, logo, também não existe pecado, existem apenas os famintos? 'Alimenta-os e então cobra virtudes deles!' — eis o que escreverão na bandeira que levantarão contra ti e com a qual teu templo será destruído. No lugar do teu templo será erigido um novo edifício, será erigida uma nova e terrível torre de Babel, e ainda que esta não se conclua, como a anterior, mesmo assim poderias evitar essa torre e reduzir em mil anos os sofrimentos dos homens, pois é a nós que eles virão depois de sofrerem mil anos com sua torre! Eles nos reencontrarão debaixo da terra, nas catacumbas em que nos esconderemos (porque novamente seremos objeto de perseguição e suplício), nos encontrarão e nos clamarão: 'Alimentai-nos, pois aqueles que nos prometeram o fogo dos céus não cumpriram a promessa'. E então nós concluiremos a construção de sua torre, pois a concluirá aquele que os alimentar, e só nós os alimentaremos em teu nome e mentiremos que é em teu nome que o fazemos. Oh, nunca, nunca se alimentarão sem nós! Nenhuma ciência lhes dará o pão enquanto eles permanece-

---

[19] Ver Apocalipse de João, 13, 4. (N. da E.)

O Grande Inquisidor

rem livres, mas ao cabo de tudo eles nos trarão sua liberdade e a porão a nossos pés, dizendo: 'É preferível que nos escravizeis, mas nos deem de comer'. Finalmente compreenderão que, juntos, a liberdade e o pão da terra em quantidade suficiente para toda e qualquer pessoa são inconcebíveis, pois eles nunca, nunca saberão dividi-los entre si! Também hão de persuadir-se de que nunca poderão ser livres porque são fracos, pervertidos, insignificantes e rebeldes. Tu lhes prometeste o pão dos céus, mas torno a repetir: poderá ele comparar-se com o pão da terra aos olhos da tribo humana, eternamente impura e eternamente ingrata? E se em nome do pão celestial te seguirem milhares e dezenas de milhares, o que acontecerá com os milhões e dezenas de milhares de milhões de seres que não estarão em condições de desprezar o pão da terra pelo pão do céu? Ou te são caras apenas as dezenas de milhares de grandes e fortes, enquanto os outros milhões de fracos, numerosos como a areia do mar, mas que te amam, devem apenas servir de material para os grandes e fortes? Não, os fracos também nos são caros. São pervertidos e rebeldes, mas no fim das contas se tornarão também obedientes. Ficarão maravilhados conosco e nos considerarão deuses porque, ao nos colocarmos à frente deles, aceitamos suportar a liberdade e dominá-los — tão terrível será para eles estarem livres ao cabo de tudo! Mas diremos que te obedecemos e em Teu nome exercemos o domínio. Nós os enganaremos mais uma vez, pois não deixaremos que tu venhas a nós. É nesse embuste que consistirá nosso sofrimento, porquanto deveremos mentir. Foi isso que significou aquela primeira pergunta no deserto, e eis o que rejeitaste em nome de uma liberdade que colocaste acima de tudo. Aceitando os 'pães', haverias de responder a este tédio humano universal e eterno, tanto de cada ser individual quanto de toda a humanidade em seu conjunto: 'a quem sujeitar-se?'. Não há preocupação mais constante e torturante para o homem do que, estando livre, encontrar depressa a quem sujeitar-se. Mas o homem procura sujeitar-se ao que já é irrefutável, e irrefutável a tal ponto que de uma hora para outra todos os homens aceitam uma sujeição universal a isso. Porque a preocupação dessas criaturas deploráveis não consiste apenas em encontrar aquilo a que eu ou outra pessoa deve sujeitar-se, mas em encontrar algo em que todos acreditem e a que se sujeitem, e que sejam forçosamente *todos juntos*. Pois essa necessidade da *convergência* na sujeição é que constitui o tormento principal de cada homem individualmente e de toda a humanidade desde o início dos tempos. Por se sujeitarem todos juntos eles se exterminaram uns aos outros a golpes de espada. Criavam os deuses e conclamavam uns aos outros: 'Deixai vossos deuses e vinde sujeitar-se aos nossos, senão será a morte para vós e os vossos deuses!'. E assim será até o fim do mundo, mesmo quando os deuses também desaparecerem na Terra: seja como for, hão de prosternar-se diante dos ídolos. Tu o conhecias, não podias deixar de conhecer esse segredo fundamental da natureza humana, mas rejeitaste a única bandeira absoluta que te propuseram com o fim de obrigar que todos se sujeitassem incondicionalmente a ti — a bandeira do pão da terra, e a rejeitaste em nome da liberdade e do pão dos céus. Olha só o que fizeste depois. E tudo mais uma vez em nome da liberdade! Eu te digo que o homem não tem uma preocupação mais angustiante do que encontrar a quem entregar depressa aquela dádiva da liberdade com que esse ser infeliz nasce. Mas só domina a liberdade dos homens aquele que tranquiliza a sua consciência. Com o pão conseguirias uma bandeira incontestável: darias o pão, e o homem se sujeitaria, porquanto não há nada mais indiscutível do que o pão, mas se, ao mesmo tempo e ignorando-te, alguém lhe dominasse a consciência — oh, então ele até jogaria fora teu pão e se-

O Grande Inquisidor

guiria aquele que seduzisse sua consciência. Nisto tinhas razão. Porque o segredo da existência humana não consiste apenas em viver, mas na finalidade de viver. Sem uma sólida noção da finalidade de viver o homem não aceitará viver e preferirá destruir-se a permanecer na Terra ainda que cercado só de pães. É verdade, mas vê em que deu isso: em vez de assenhorear-se da liberdade dos homens, tu a aumentaste ainda mais! Ou esqueceste que para o homem a tranquilidade e até a morte são mais caras que o livre-arbítrio no conhecimento do bem e do mal? Não existe nada mais sedutor para o homem que sua liberdade de consciência, mas tampouco existe nada mais angustiante. Pois em vez de fundamentos sólidos para tranquilizar para sempre a consciência humana, tu lançaste mão de tudo o que há de mais insólito, duvidoso e indefinido, lançaste mão de tudo o que estava acima das possibilidades dos homens, e por isso agiste como que sem nenhum amor por eles — e quem fez isto: justo aquele que veio dar a própria vida por eles! Em vez de assenhorear-se da liberdade dos homens, tu a multiplicaste e sobrecarregaste com seus tormentos o reino espiritual do homem para todo o sempre. Desejaste o amor livre do homem para que ele te seguisse livremente, seduzido e cativado por ti. Em vez da firme lei antiga,[20] doravante o próprio homem deveria resolver de coração livre o que é o bem e o que é o mal, tendo diante de si apenas a tua imagem como guia — mas será que não pensaste que ele acabaria questionando e renegando até tua imagem e tua verdade se o oprimissem com um fardo tão terrível como o livre-arbítrio? Por fim excla-

---

[20] Por "firme lei antiga" subentende-se nessa passagem o Antigo Testamento, que regulamentava de modo rigoroso, em cada detalhe, a vida dos antigos hebreus. Quanto à nova lei, a lei de Cristo, consiste predominantemente no mandamento do amor. Ver Mateus, 5, 43-4. (N. da E.)

marão que a verdade não está em ti, pois era impossível deixá-los mais ansiosos e torturados do que o fizeste quando lhes reservaste tantas preocupações e problemas insolúveis. Assim, tu mesmo lançaste as bases da destruição de teu próprio reino, e não culpes mais ninguém por isso. Entretanto, foi isso que te propuseram? Existem três forças, as únicas três forças na terra capazes de vencer e cativar para sempre a consciência desses rebeldes fracos para sua própria felicidade: essas forças são o milagre, o mistério e a autoridade. Tu rejeitaste a primeira, a segunda e a terceira e deste pessoalmente o exemplo para tal rejeição. Quando o terrível e sábio espírito te pôs no alto do templo e te disse: 'Se queres saber se és filho de Deus atira-te abaixo, porque está escrito que os anjos o susterão e o levarão, e que ele não tropeçará nem se ferirá, e então saberás se és filho de Deus e provarás qual é tua fé em teu pai',[21] tu, porém, após ouvi-lo rejeitaste a proposta e não cedeste nem te atiraste abaixo. Oh, é claro, aí foste altivo e esplêndido como um deus, mas os homens, essa fraca tribo rebelde — logo eles serão deuses? Oh, compreendeste então que com um único passo, com o simples gesto de te lançares abaixo, estarias incontinenti tentando o Senhor e perdendo toda a fé nele, e te arrebentarias contra a terra que vieste para salvar, e o espírito inteligente que te tentava se alegraria com isso. Mas, repito, existirão muitos como tu? E será que poderias mesmo admitir, ainda que por um minuto, que os homens também estariam em condição de enfrentar semelhante tentação? Terá a natureza humana sido criada para rejeitar o milagre, e em momentos tão terríveis de sua vida, momentos das perguntas mais terríveis, essenciais e torturantes de sua alma, ficar apenas com a livre decisão do seu

---

[21] Ver Mateus, 4, 5-6. (N. do T.)

O Grande Inquisidor

coração? Oh, sabias que tua façanha se conservaria nos livros sagrados, atingiria a profundeza dos tempos e os últimos limites da terra, e nutriste a esperança de que, seguindo-te, o homem também estaria com Deus, sem precisar do milagre. Não sabias, porém, que mal rejeitasse o milagre, o homem imediatamente também renegaria Deus, porquanto o homem procura não tanto Deus quanto os milagres.[22] E como o homem não tem condições de dispensar os milagres, criará para si novos milagres, já seus, e então se curvará ao milagre do curandeirismo, ao feitiço das bruxas, mesmo que cem vezes tenha sido rebelde, herege e ateu. Não desceste da cruz quando te gritaram, zombando de ti e te provocando: 'Desce da cruz e creremos que és tu'. Não desceste porque mais uma vez não quiseste escravizar o homem pelo milagre e ansiavas pela fé livre e não pela miraculosa. Ansiavas pelo amor livre e não pelo enlevo servil do escravo diante do poderio que o aterrorizara de uma vez por todas. Mas até nisto tu fizeste dos homens um juízo excessivamente elevado, pois, é claro, eles são escravos ainda que tenham sido criados rebeldes. Observa e julga, pois se passaram quinze séculos, vai e olha para eles: quem elevaste à tua altura? Juro, o homem é mais fraco e foi feito mais vil do que pensavas sobre ele! Pode, pode ele realizar o mesmo que realizas tu? Por estimá-lo tanto, agiste como se tivesses deixado de compadecer-se dele, porque exigiste demais dele — e quem fez isso foi o mesmo que o amou mais do que a si mesmo! Se o estimasses menos, menos terias exigido dele, e isto estaria

---

[22] Pascal escreve: "Os milagres são mais importantes do que julgais: serviram à fundação e servirão à continuidade da Igreja até o Anticristo, até o fim... Eu não seria um cristão se não houvesse milagres" — na tradução de Sérgio Milliet (Pascal, *Pensamentos*, Coleção Os Pensadores, São Paulo, Abril Cultural, 1973, pp. 267 ss.). (N. do T.)

mais próximo do amor, pois o fardo dele seria mais leve. Ele é fraco e torpe. Que importa se hoje ele se rebela em toda a parte contra nosso poder e se orgulha de rebelar-se? É o orgulho de uma criança e de um escolar. São crianças pequenas que se rebelaram na turma e expulsaram o mestre. Mas o êxtase das crianças também chegará ao fim, ele lhes custará caro. Elas destruirão os templos e cobrirão a terra de sangue. Mas essas tolas crianças finalmente perceberão que, mesmo sendo rebeldes, são rebeldes fracos que não aguentam a própria rebeldia. Banhadas em suas tolas lágrimas, elas finalmente se conscientizarão de que aquele que as criou rebeldes quis, sem dúvida, zombar delas. Isto elas dirão no desespero, e o que disserem será uma blasfêmia que as tornará ainda mais infelizes, porquanto a natureza humana não suporta a blasfêmia e ela mesma sempre acaba vingando-a. Pois bem, a intranquilidade, a desordem e a infelicidade — eis o que hoje constitui a sina dos homens depois que tu sofreste tanto por sua liberdade! Teu grande profeta diz, em suas visões e parábolas, que viu todos os participantes da primeira ressurreição e que eles eram doze mil por geração.[23] Mas se eram tantos, não eram propriamente gente, mas deuses. Eles suportaram tua cruz, suportaram dezenas de anos de deserto faminto e escalvado, alimentando-se de gafanhotos e raízes — e tu, é claro, podes apontar com orgulho esses filhos da liberdade, do amor livre, do sacrifício livre e magnífico em teu nome. Lembra-te, porém, de que eles eram apenas alguns milhares, e ainda por cima deuses; mas, e os restantes? E que culpa têm os outros, os restantes, os fracos, por não terem podido suportar aquilo que suportaram os fortes? Que culpa tem a alma fraca de não ter condições de reunir tão

---

[23] Ver Apocalipse de João, 7, 4-8. (N. da E.)

terríveis dons? Será que vieste mesmo destinado apenas aos eleitos e só para os eleitos? E se é assim, então aí existe um mistério e não conseguimos entendê-lo. Mas se é um mistério, então nós também estaríamos no direito de pregar o mistério e ensinar àquelas pessoas que o importante não é a livre decisão de seus corações nem o amor, mas o mistério, ao qual eles deveriam obedecer cegamente, inclusive contrariando suas consciências. Foi o que fizemos. Corrigimos tua façanha e lhe demos por fundamento o *milagre*, o *mistério* e a *autoridade*. E os homens se alegraram porque de novo foram conduzidos como rebanho e finalmente seus corações ficaram livres de tão terrível dom, que tanto suplício lhes causara. Podes dizer se estávamos certos ensinando e agindo assim? Por acaso não amávamos a humanidade, ao reconhecer tão humildemente a sua impotência, aliviar com amor o seu fardo e deixar que sua natureza fraca cometesse ao menos um pecado, mas com nossa permissão? Por que achaste de aparecer agora para nos atrapalhar? E por que me fitas calado com esse olhar dócil e penetrante? Zanga-te, não quero teu amor porque eu mesmo não te amo. O que eu iria esconder de ti? Ou não sei com quem estou falando? Tudo o que tenho a te dizer já é de teu conhecimento, leio isso em teus olhos. Sou eu que escondo de ti nosso mistério? É possível que tu queiras ouvi-lo precisamente de meus lábios, então escuta: não estamos contigo, mas com *ele*, eis o nosso mistério! Faz muito tempo que já não estamos contigo, mas com *ele*,[24] já se vão oito séculos. Já faz exatos oito séculos que recebemos dele aquilo que rejeitaste com indignação, aquele último dom que ele te ofereceu ao te mostrar todos os rei-

---

[24] Tem-se em vista a formação do Estado teocrático (que teve Roma como centro), do que resultou que o papa assumiu poder mundano. (N. da E.)

nos da Terra: recebemos dele Roma e a espada de César, e proclamamos apenas a nós mesmos como os reis da Terra, os únicos reis, embora até hoje ainda não tenhamos conseguido dar plena conclusão à nossa obra. Mas de quem é a culpa? Oh, até hoje isto não havia saído do esboço, mas já começou. Ainda resta esperar muito por sua conclusão, e a Terra ainda há de sofrer muito, mas nós o conseguiremos e seremos os Césares, e então pensaremos na felicidade universal dos homens. Entretanto, naquele momento ainda podias ter pegado a espada de César. Por que rejeitaste esse último dom? Aceitando esse terceiro conselho do poderoso espírito, tu terias concluído tudo que o homem procura na Terra, ou seja: a quem sujeitar-se, a quem entregar a consciência e como finalmente juntar todos no formigueiro comum, incontestável e solidário, porque a necessidade da união universal é o terceiro e o último tormento dos homens. A humanidade, em seu conjunto, sempre ansiou por uma organização forçosamente universal. Houve muitos grandes povos com uma grande história; no entanto, quanto mais elevados eram esses povos, mais infelizes, pois compreendiam mais intensamente que os outros a necessidade de união universal dos homens. Os grandes conquistadores, os Tamerlães e os Gengis Khan, passaram como um furacão pela Terra, procurando conquistar o universo, mas até eles traduziram, ainda que de forma inconsciente, a mesma grande necessidade de união geral e universal experimentada pela humanidade. Se aceitasses o mundo e a púrpura de César, terias fundado o reino universal e dado a paz universal. Pois, quem iria dominar os homens senão aqueles que dominam suas consciências e detêm o seu pão em suas mãos? Nós tomamos a espada de César e, ao tomá-la, te renegamos, é claro, e o seguimos. Oh, ainda se passarão séculos de desmandos da livre inteligência, da ciência e da antropofagia deles, porque, tendo começado a erigir sem

O Grande Inquisidor

nós sua torre de Babel, eles terminarão na antropofagia. Mas nessa ocasião a besta rastejará até nós, lamberá nossos pés e nos borrifará com as lágrimas sangrentas que sairão de seus olhos. E montaremos na besta,[25] e ergueremos a taça, na qual estará escrito: 'Mistério!'. É aí, e só aí que chegará para os homens o reino da paz e da felicidade. Tu te orgulhas de teus eleitos, mas só tens eleitos, ao passo que nós damos tranquilidade a todos. Quantos desses eleitos, dos poderosos que poderiam se tornar eleitos, acabaram cansando de te esperar, levaram e ainda levarão as forças do seu espírito e o calor do seu coração para outro campo e terminarão por erguer sobre ti mesmo sua bandeira *livre*. Mas tu mesmo ergueste essa bandeira. Já sob nosso domínio todos serão felizes e não mais se rebelarão nem exterminarão uns aos outros em toda a parte, como sob tua liberdade. Oh, nós os persuadiremos de que eles só se tornarão livres quando nos cederem sua liberdade e se colocarem sob nossa sujeição. E então, estaremos com a razão ou mentindo? Eles mesmos se convencerão de que estamos com a razão, porque se lembrarão a que horrores da escravidão e da desordem tua liberdade os levou. A liberdade, a inteligência livre e a ciência os porão em tais labirintos e os colocarão perante tamanhos milagres e mistérios insolúveis que alguns deles, insubmissos e furiosos, exterminarão a si mesmos; outros, insubmissos porém fracos, exterminarão uns aos outros, e os restantes, fracos e infelizes, rastejarão até nossos pés e nos

---

[25] Ver Apocalipse de João, 13, 3-5; 17, 3-17. Na explicação do Grande Inquisidor, essa meretriz fantástica, que João descreve, foi substituída por ele e seus correligionários, isto é, a Igreja Católica. No *Diário de um escritor*, de março de 1876, Dostoiévski escreve: "Até hoje, ele (o catolicismo) entregou-se à devassidão apenas com os fortes da Terra e até ultimamente depositou neles suas esperanças". (N. da E.)

bradarão: 'Sim, os senhores estavam com a razão, os senhores são os únicos, só os senhores detinham o mistério d'Ele, estamos de volta para os senhores, salvem-nos de nós mesmos'. Ao receberem os pães de nossas mãos, eles, evidentemente, verão com clareza que os pães, que são seus, que eles conseguiram com as próprias mãos, nós os tomamos para distribuí-los entre eles sem qualquer milagre, verão que não transformamos pedras em pães e, em verdade, estarão mais alegres com o fato de receberem o pão de nossas mãos do que com o próprio pão! Hão de lembrar-se demais de que antes, sem nós, os próprios pães que eles mesmos obtiveram transformaram-se em pedras em suas mãos, e quando voltaram para nós as mesmas pedras se transformaram em pães. Apreciarão demais, demais o que significa sujeitar-se de uma vez por todas! E enquanto os homens não entenderem isto serão infelizes. Quem mais contribuiu para essa incompreensão, podes responder? Quem desmembrou o rebanho e o espalhou por caminhos desconhecidos? Mas o rebanho tornará a reunir-se e tornará a sujeitar-se, e agora de uma vez por todas. Então lhe daremos uma felicidade serena, humilde, a felicidade dos seres fracos, tais como eles foram criados. Oh, nós finalmente os persuadiremos a não se orgulharem, pois tu os encheste de orgulho e assim os ensinaste a ser orgulhosos; nós lhes demonstraremos que eles são fracos e que não passam de míseras crianças, mas que a felicidade infantil é mais doce de que qualquer outra. Eles se tornarão tímidos, e passarão a olhar para nós e a grudar-se a nós por medo, como pintinhos à galinha choca. Hão de surpreender-se e horrorizar-se conosco, e orgulhar-se de que somos tão poderosos e tão inteligentes que somos capazes de apaziguar um rebanho tão violento de milhares de milhões. Hão de tremer sem forças diante de nossa ira, suas inteligências ficarão intimidadas e seus olhos se encherão de lágrimas como os das crianças e mulheres, mas, a um sinal nosso, passarão com a mesma facilidade à distração e ao sorriso, a uma alegria radiosa e ao cantar feliz da infância. Sim, nós os faremos trabalhar, mas nas horas livres do trabalho organizaremos sua vida como um jogo de crianças, com canções infantis, coro e danças inocentes. Oh, nós lhes permitiremos também o pecado, eles são fracos e impotentes e nos amarão como crianças pelo fato de lhes permitirmos pecar. Nós lhes diremos que todo pecado será expiado se for cometido com nossa permissão; permitiremos que pequem, porque os amamos, e assumiremos o castigo por tais pecados; que seja. Nós o assumiremos e eles nos adorarão como benfeitores que assumiram seus pecados diante de Deus. E não haverá para eles nenhum segredo de nossa parte. Permitiremos ou proibiremos que vivam com suas mulheres e suas amantes, que tenham ou não tenham filhos — tudo a julgar por sua obediência —, e eles nos obedecerão felizes e contentes. Os mais angustiantes mistérios de sua consciência — tudo, tudo, eles trarão a nós, e permitiremos tudo, e eles acreditarão em nossa decisão com alegria porque ela os livrará também da grande preocupação e dos terríveis tormentos atuais de uma decisão pessoal e livre. E todos serão felizes, todos os milhões de seres, exceto as centenas de milhares que os governam. Porque só nós, nós que guardamos o mistério, só nós seremos infelizes. Haverá milhares de milhões de crianças felizes e cem mil sofredores, que tomaram a si a maldição do conhecimento do bem e do mal. Morrerão serenamente, serenamente se extinguirão em teu nome, e no além-túmulo só encontrarão a morte.[26] Mas conservaremos o segredo e para felicidade deles os

---

[26] Segundo Leonid Grossman, essas palavras do Grande Inquisidor são um eco de um sonho fantástico que aparece no romance de Jean Paul, *Blumen- Frucht- und Dornenstücke oder Ehestand, Tod und Hochzeit des*

atrairemos com a recompensa celestial e eterna. Porquanto ainda que houvesse mesmo alguma coisa no outro mundo, isto, é claro, não seria para criaturas como eles. Dizem e profetizam que tu voltarás e tornarás a vencer,[27] voltarás com teus eleitos, com teus poderosos e orgulhosos, mas diremos que estes só salvaram a si mesmos, enquanto nós salvamos todos. Dizem que será infamada a meretriz[28] que está montada na besta e mantém em suas mãos o *mistério*, que os fracos voltarão a rebelar-se, que destroçarão o seu manto e lhe desnudarão o corpo 'nojento'. Mas eu me levantarei na ocasião e te apontarei os milhares de milhões de crianças felizes que não conheceram o pecado. E nós, que assumimos os seus pecados para a felicidade deles, nós nos postaremos à tua frente e te diremos: 'Julga-nos se podes e te atreves'. Sabes que não te temo. Sabes que também estive no deserto, que também me alimentei de gafanhotos e raízes, que também bendisse a liberdade com a qual tu abençoaste os homens, e me dispus a engrossar o número de teus eleitos, o número dos poderosos e fortes ansiando 'completar o número'. Mas despertei e não quis servir à loucura. Voltei e me juntei à plêiade daqueles que *corrigiram tua façanha*. Abandonei os orgulhosos e voltei para os humildes, para a felicidade desses humildes. O que eu estou te dizendo acontecerá e nosso reino se erguerá. Repito que amanhã

Armenadvokaten F. St. Siebenkäs, de 1796-97, no qual Cristo se dirige aos mortos que se levantaram de seus túmulos, afirmando que Deus não existe e que, sem ele, os homens estão condenados a se sentirem sós e tragicamente abandonados. (N. da E.)

[27] Ver Mateus, 24, 30; Apocalipse de João, 12, 7-11; 17, 14; 19, 19-21. (N. da E.)

[28] Ver Apocalipse de João, 17, 15-6; 19, 1-3. (N. da E.)

O Grande Inquisidor

verás esse rebanho obediente, que ao primeiro sinal que eu fizer passará a arrancar carvão quente para tua fogueira, na qual vou te queimar porque voltaste para nos atrapalhar. Porque se alguém mereceu nossa fogueira mais do que todos, esse alguém és tu. Amanhã te queimarei. *Dixi*."[29]

Ivan parou. Ficara acalorado ao falar, e falou com entusiasmo; quando terminou deu um súbito sorriso.

Aliócha, que o ouvira em silêncio e tentara muitas vezes interromper o irmão mas visivelmente se contivera, ao cabo de tudo e levado por uma emoção excepcional começou de repente a falar, como se se projetasse de seu lugar.

— Mas... isso é um absurdo! — bradou, corando. — Teu poema é um elogio a Jesus e não uma injúria... como o querias. E quem vai acreditar em teu argumento a respeito da liberdade? Será assim, será assim que devemos entendê-la? Será esse o conceito que vigora na ortodoxia?... Isso é coisa de Roma, e mesmo assim não de toda Roma, isso não é verdade — é o que há de pior no catolicismo, é coisa de inquisidores, de jesuítas!... Além disso, é absolutamente impossível haver um tipo fantástico como esse teu inquisidor. Que pecados dos homens são esses que eles assumiram? Que detentores do mistério são esses que assumiram uma maldição qualquer para salvar os homens? Onde já se viu tipos assim? Conhecemos os jesuítas, fala-se mal deles, mas serão assim como estão em teu poema? Não são nada disso, nada disso... São apenas o exército de Roma para o futuro reino universal na Terra, com o imperador — o pontífice de Roma à frente... Esse é o ideal deles, mas sem quaisquer mistérios e tristeza sublime... O mais simples desejo de poder, dos sórdidos bens terrenos,

---

[29] Em latim, no original: "Tenho dito". (N. do T.)

da escravização... uma espécie de futura servidão para que eles se tornem latifundiários... eis tudo o que eles têm em mente. Talvez eles nem acreditem em Deus. Teu inquisidor sofredor é mera fantasia...

— Bem, para, para — ria Ivan —, como ficaste exaltado. Uma fantasia, dizes, vá lá! É claro que é uma fantasia. Mas permite: será que tu achas mesmo que todo esse movimento católico dos últimos séculos é de fato mera vontade de poder que só visa a bens sórdidos? Não terá sido o padre Paissi quem te ensinou isso?

— Não, não, ao contrário, o padre Paissi disse uma vez algo até parecido com o teu argumento... mas é claro que não é a mesma coisa, não tem nada disso — apercebeu-se subitamente Aliócha.

— Contudo, essa é uma informação preciosa, apesar do teu "nada disso". Eu te pergunto precisamente por que teus jesuítas inquisidores teriam se unido visando unicamente a deploráveis bens materiais. Por que entre eles não poderia aparecer nenhum sofredor, atormentado pela grande tristeza, e que amasse a humanidade? Supõe que entre esses que só desejam bens materiais e sórdidos tenha aparecido ao menos um — ao menos um como meu velho inquisidor, que comeu pessoalmente raízes no deserto e desatinou tentando vencer a própria carne para se tornar livre e perfeito, mas, não obstante, depois de passar a vida inteira amando a humanidade, de repente lhe deu o estalo e ele percebeu que é bem reles o deleite moral de atingir a perfeição da vontade para certificar-se ao mesmo tempo de que para os milhões de outras criaturas de Deus sobrou apenas o escárnio, de que estas nunca terão condições de dar conta de sua liberdade, de que míseros rebeldes nunca virarão gigantes para concluir a torre, de que não foi para esses espertalhões que o grande idealista so-

O Grande Inquisidor

nhou a sua harmonia. Após compreender tudo isso, ele voltou e juntou-se... aos homens inteligentes. Será que isso não podia acontecer?

— A quem se juntou, a que homens inteligentes? — exclamou Aliócha quase entusiasmado. — Nenhum deles tem semelhante inteligência nem tais mistérios e segredos... Todo o segredo deles se resume unicamente ao ateísmo. Teu inquisidor não crê em Deus, eis todo o seu segredo!

— Vá lá que seja! Até que enfim adivinhaste. E de fato é assim, de fato é só nisso que está todo o segredo, mas por acaso isso não é sofrimento, ainda que seja para uma pessoa como ele, um homem que destruiu toda a sua vida numa façanha no deserto e não se curou do amor à humanidade? No crepúsculo de seus dias ele se convence claramente de que só os conselhos do grande e terrível espírito poderiam acomodar numa ordem suportável os rebeldes fracos, "as criaturas experimentais inacabadas, criadas por escárnio". Pois bem, convencido disto ele percebe que precisa seguir a orientação do espírito inteligente, do terrível espírito da morte e da destruição, e para tanto adotar a mentira e o embuste e conduzir os homens já conscientemente para a morte e a destruição, e ademais enganá-los durante toda a caminhada, dando um jeito de que não percebam aonde estão sendo conduzidos e ao menos nesse caminho esses míseros cegos se achem felizes. E repare, o embuste é em nome daquele em cujo ideal o velho acreditara apaixonadamente durante toda a sua vida! Acaso isso não é infelicidade? E se ao menos um homem assim aparecesse à frente de todo esse exército "com sede de poder voltado apenas para os bens sórdidos", será que isso só já não bastaria para provocar uma tragédia? E mais: basta um tipo assim à frente para que apareça finalmente a verdadeira ideia guia de toda a causa romana, com todos os seus exércitos e jesuítas, a ideia suprema dessa causa. Eu te digo francamente que tenho a firme convicção de que esse tipo singular de homem nunca rareou entre os que dirigiam o movimento. Vai ver que esses seres únicos existiram também entre os pontífices romanos. Quem sabe esse maldito velho, que ama a humanidade com tanta obstinação e de modo tão pessoal, talvez exista até hoje corporificado em toda uma plêiade de muitos velhos únicos como ele, e sua existência não seja nada fortuita mas algo consensual, uma organização secreta criada há muito tempo para conservar o mistério, protegê-lo dos homens infelizes e fracos com o fim de torná-los felizes. Isso existe forçosamente, e aliás deve existir. Tenho a impressão de que até nos fundamentos da maçonaria existe algo similar a esse mistério, e por isso os católicos odeiam tanto os maçons, vendo neles concorrentes e o fracionamento da unidade das ideias, quando deve existir um só rebanho e um só pastor... Aliás, ao defender meu pensamento pareço um autor que não suportou a tua crítica. Chega desse assunto.

— Talvez tu mesmo sejas um maçom! — deixou escapar Alióna. — Tu não crês em Deus — acrescentou ele, mas já com uma tristeza extraordinária. Além disso, pareceu-lhe que o irmão o fitava com ar de galhofa. — Como é que termina o teu poema? — perguntou de repente, olhando para o chão. — Ou ele não está concluído?

— Eu queria terminá-lo assim: quando o inquisidor calou-se, ficou algum tempo aguardando que o prisioneiro lhe respondesse. Para ele era pesado o silêncio do outro. Via como o prisioneiro o escutara o tempo todo com ar convicto e sereno, fitando-o nos olhos e, pelo visto, sem vontade de fazer nenhuma objeção. O velho queria que o outro lhe dissesse alguma coisa ainda que fosse amarga, terrível. Mas de repente ele se aproxima do velho em silêncio e calmamente lhe beija a exangue boca de noventa anos. Eis toda a resposta. O velho estremece. Algo estremece na comissura de seus lábios; ele vai à porta, abre-a e diz ao outro: "Vai e não voltes mais... Não voltes em hipótese nenhuma... nunca, nunca!". E o deixa sair para as "ruas largas e escuras da urbe". O prisioneiro vai embora.

— E o velho?

— O beijo lhe arde no coração, mas o velho se mantém na mesma ideia.

— E tu igualmente, tu? — exclamou Aliócha amargamente. Ivan deu uma risada.

— Ora, mas isso é um absurdo, Aliócha, isso é apenas um poema inepto de um estudante inepto que nunca compôs dois versos. Por que tomas isso tão a sério? Não estarás pensando que vou agora mesmo para lá, me juntar aos jesuítas, a fim de engrossar a plêiade dos homens que corrigem a façanha d'Ele? Oh, Deus, que tenho a ver com isso! Eu já te disse: quero apenas chegar aos trinta anos, e então quebro o cálice no chão!

— E as folhinhas pegajosas, e os cemitérios queridos, e o céu azul, e a mulher amada? Como hás de viver, de que irás viver? — exclamou Aliócha com amargura. — Acaso isso é possível com semelhante inferno no peito e na cabeça? Não, tu mesmo irás para te juntar a eles... e se não, tu te matarás, pois não suportarás!

— Existe uma força que suporta tudo! — proferiu Ivan com o sorriso já frio.

— Que força é essa?

— A dos Karamázov...

Tradução de Paulo Bezerra

Lev Tolstói

Lev Nikoláievitch Tolstói nasce em 1828 na Rússia, em Iásnaia Poliana, propriedade rural de seus pais, o conde Nikolai Tolstói e a princesa Mária Volkônskaia. Com a morte da mãe em 1830, e do pai, em 1837, Tolstói e seus irmãos são criados por uma tia, Tatiana Iergolskaia. Em 1845 Tolstói ingressa na Universidade de Kazan para estudar Línguas Orientais, mas abandona o curso e transfere-se para Moscou, onde se envolve com jogo e com mulheres. Em 1849 presta exames de Direito em São Petersburgo, mas, continuando sua vida de dissipação, acaba por se endividar gravemente e empenha a propriedade herdada de sua família.

Em 1851 alista-se no exército russo, servindo no Cáucaso, e começa a sua carreira de escritor. Publica os livros de ficção *Infância*, *Adolescência* e *Juventude* nos anos de 1852, 1854 e 1857, respectivamente. Como oficial, participa em 1855 da batalha de Sebastópol, na Crimeia, onde a Rússia é derrotada, experiência registrada nos *Contos de Sebastópol*, publicados entre 1855 e 1856. De volta à Iásnaia Poliana, procura libertar seus servos, sem sucesso. Em 1859 publica a novela *Felicidade conjugal*, mantêm um relacionamento com Aksínia Bazikina, casada com um camponês local, e funda uma escola para os filhos dos servos de sua propriedade rural.

Em 1862 casa-se com Sófia Andréievna Behrs, então com dezessete anos, com quem teria treze filhos. *Os cossacos* é publicado em 1863, *Guerra e paz*, entre 1865 e 1869, e *Anna Kariê-*

nina, entre 1875 e 1878, livros que trariam enorme reconhecimento ao autor. No auge do sucesso como escritor, Tolstói passa a ter recorrentes crises existenciais, processo que culmina na publicação de *Confissão*, em 1882, onde o autor renega sua obra literária e assume uma postura social-religiosa que se tornaria conhecida como "tolstoísmo". Mas, ao lado de panfletos como *Minha religião* (1884) e *O que é arte?* (1897), continua a produzir obras-primas literárias como *A morte de Ivan Ilitch* (1886), *A Sonata a Kreutzer* (1891) e *Khadji-Murát* (1905). Espírito inquieto, foge de casa aos 82 anos de idade para se retirar em um mosteiro, mas falece a caminho, vítima de pneumonia, na estação ferroviária de Astápovo, em 1910.

Os dois contos de Tolstói aqui reproduzidos colocam em relação o homem e a natureza. O primeiro, "De quanta terra precisa um homem?", publicado originalmente no jornal *Rússkoie Bogátstvo* [A Riqueza Russa], em 1886, traz uma das vertentes de sua ficção: uma fábula com um sentido moral. Já "Senhor e servo", que saiu no jornal *Siéverni Viéstnik* [O Mensageiro do Norte], em 1895, mostra o escritor no auge de seus poderes analíticos e narrativos, explorando a relação entre os dois personagens até o limite.

De quanta terra precisa um homem?

I

A irmã mais velha chegou da cidade para visitar a mais nova no campo. A mais velha era casada com um comerciante e vivia na cidade, já a mais nova era casada com um mujique e vivia no campo. As irmãs bebiam chá e conversavam. A mais velha começou a contar vantagem, gabar-se de sua vida na cidade: que vida confortável e asseada ela levava, como as crianças andavam bem-arrumadas, como ela comia e bebia bem, passeava, ia a festas e ao teatro.

A mais nova se ofendeu, passou a rebaixar a vida de comerciante e enaltecer sua vida camponesa.

— Eu não troco minha vida pela sua — disse. — Pode ser que a nossa seja sem-graça, mas pelo menos não conhecemos o medo. Sua vida pode até ser mais asseada, mas uma hora ganham muito dinheiro, outra hora perdem tudo. Já diz o ditado: o prejuízo é o irmão mais velho do lucro. Essas coisas acontecem: hoje rico, amanhã debaixo da ponte. A vida de mujique é mais segura: pode ser magra, mas é longa, não seremos ricos, mas teremos o suficiente.

A mais velha começou a falar:

— O suficiente? No meio dos porcos e bezerros?! Sem decoração, nem modos?! Por mais que seu marido trabalhe, vão viver e morrer no estrume, e seus filhos também.

— Mas veja — disse a mais nova —, pode até ser assim. Em compensação, vivemos com firmeza, não nos humilhamos diante de ninguém, não temos medo de ninguém. Já vocês na cidade vivem todos em tentação, hoje estão bem, amanhã aparece o diabo e logo tenta seu marido com cartas, vinho ou alguma bela dama. E tudo vira pó. Por acaso não é assim?

Pakhom, o dono da casa, ouvia a conversa das mulheres perto do fogão.

— É a mais pura verdade — disse. — Desde a infância reviramos a terra-mãezinha, não temos tempo para pensar em bobagens. O único problema é que há pouca terra! Se tivesse terra à vontade, eu não teria medo de ninguém, nem do próprio diabo!

As mulheres terminaram o chá, tagarelaram ainda sobre vestidos, arrumaram a louça e foram dormir.

Mas o diabo, que estava atrás do fogão, ouviu tudo. Ele se alegrou ao ver a mulher do camponês encher o marido de elogios: gabar-se de que, se ele tivesse terra, nem o diabo o pegaria.

"Está bem", pensou, "vamos ver quem leva a melhor; eu lhe darei muita terra. E é pela terra que vou lhe pegar."

II

Nas proximidades vivia uma pequena proprietária. Ela possuía 120 *dessiatinas* de terra.[1] Antes, vivia em paz com os mujiques, sem brigas. Até o dia em que empregou um soldado aposentado para trabalhar como administrador, e ele passou a im-

---

[1] *Dessiatina*: medida russa equivalente a 1,09 hectares. (N. da T.)

portunar os mujiques com multas. Não importava quanto Pakhom se prevenisse, uma hora era o cavalo que se enfiava na plantação de aveia, outra, uma vaca solta no jardim ou, ainda, os bezerros que saíam para os campos: tudo era motivo para multa.

Pakhom pagava tudo, mas depois xingava e batia nos de casa. Durante o verão, Pakhom aguentou ainda muita coisa desse administrador. Até se alegrou quando o gado passou a ficar no pátio: dava dó de gastar com ração, mas pelo menos não tinha medo.

No inverno, correu o boato de que a proprietária venderia a terra e que um zelador vigarista pretendia comprá-la. Os mujiques ouviram estupefatos: "Ah", pensaram, "se esse zelador conseguir comprar a terra, vai nos atormentar mais do que a proprietária com multas. Não podemos viver sem essa terra, ela é nosso ganha-pão". Os mujiques foram, em nome da comunidade, até a proprietária pedir para que ela não vendesse ao zelador, mas os deixasse comprar. Prometeram pagar mais. A proprietária concordou. A comunidade dos camponeses se preparou então para comprar a terra; reuniram-se em assembleia uma, duas vezes, mas não chegaram a um acordo. O diabo os dividia, não havia jeito de concordarem. Então, os mujiques decidiram comprar separadamente, cada um o quanto podia. A proprietária concordou. Pakhom soube que o vizinho havia comprado vinte *dessiatinas*, sendo que metade do valor fora parcelado em um ano. Pakhom teve inveja: "Estão comprando toda terra", pensou, "e eu vou ficar de mãos abanando". Resolveu aconselhar-se com a esposa.

— As pessoas estão comprando — disse —, nós também precisamos comprar umas dez *dessiatinas*. Senão, não vai dar para viver: o administrador não dá sossego com as multas.

Estudaram um jeito de comprar. Tinham cem rublos guardados, venderam um potro, metade do apiário, colocaram um dos filhos para trabalhar e ainda tomaram emprestado do cunhado, e assim juntaram metade do dinheiro.

Pakhom pegou a quantia, escolheu a terra, quinze *dessiatinas* com um pequeno bosque, e foi negociar com a proprietária. Conseguiu um bom preço pelas quinze *dessiatinas*, fechou o negócio e pagou o adiantamento. Foram à cidade, fecharam a compra, ele entregou a metade do dinheiro e comprometeu-se a pagar o restante em dois anos.

Assim, Pakhom passou a ter sua terra. Pegou sementes emprestadas, semeou e teve boa safra. Em um ano, conseguiu pagar a proprietária e o cunhado. Assim, Pakhom se tornou um senhor de terras: arava, semeava, cortava o feno, cortava as estacas e levava o gado para pastar em sua própria terra. Quando saía para arar, ou para olhar as searas e prados, não cabia em si de alegria. Parecia-lhe que ali a grama crescia e as flores floresciam de forma completamente diferente. Antes, quando viajava por ali, era apenas uma terra qualquer, mas agora ela se tornara absolutamente especial.

III

Pakhom vivia assim, contente. Tudo estaria bem, não fossem uns mujiques que começaram a atacar seus prados e cereais. Pediu respeitosamente para pararem, mas não cessaram: ora os pastores soltavam as vacas no prado, ora os cavalos saíam para pastar cereais à noite. Pakhom os enxotava e perdoava, não levava à justiça, depois se aborreceu e foi dar queixa no *volost*.[2]

---

[2] Subdivisão administrativa das províncias russas. Depois da abolição

Ele sabia que os mujiques faziam aquilo porque havia pouca terra, não por maldade, mas pensou: "Não posso deixar para lá, senão vão acabar com tudo. Preciso dar uma lição".

Deu lição uma vez, outra vez, multaram um, multaram outro. Os vizinhos começaram a ter raiva de Pakhom; voltaram a invadir, mas agora de propósito. Um deles se enfiou à noite no bosque e derrubou vários limoeiros para pegar a entrecasca. Pakhom passou pelo bosque e viu algo esbranquiçado. Se aproximou: os limoeiros estavam jogados, só se destacavam os toquinhos. Se ao menos tivesse cortado as pontas do arbusto, se tivesse deixado um que fosse, mas o malfeitor havia arrancado todos. Pakhom se enfureceu: "Ah", pensou, "se conseguir descobrir quem fez isso, vai me pagar". Pensou, pensou: "Só pode ter sido Siomka". Foi procurá-lo em casa, não achou nada, só briga. Pakhom teve ainda mais certeza de que fora Semion. Entregou uma petição. Levou o caso à justiça. Julgaram, julgaram e absolveram o mujique: não havia provas. Pakhom ficou ainda mais ultrajado, brigou com suboficial e com os juízes.

— Os senhores estão do lado dos ladrões — disse. — Se ao menos os senhores mesmos vivessem honestamente, não absolveriam ladrões.

Terminou brigando com os juízes e os vizinhos. Começaram a ameaçar com incêndios. Pakhom podia até ter mais espaço na sua terra, mas passou a ter menos espaço na comunidade.

Naquela época, corria o boato de que o povo estava partindo para outra região. Pakhom pensou: "Eu mesmo não tenho motivos para sair da minha terra, mas se alguns dos nossos fos-

---

da servidão em 1861, o *volost* passou a ser a unidade de autogoverno dos camponeses e consistia numa assembleia que reunia representantes de algumas comunas. (N. da T.)

sem embora, teríamos mais espaço. Eu ficaria com a terra deles, ajustaria as coisas, a vida ficaria melhor. Aqui é muito pequeno".

Certa vez, Pakhom estava sentado em sua casa quando apareceu um mujique que estava de passagem. Deixou que o mujique pernoitasse, deu-lhe de comer, conversaram: "De onde Deus o trouxe?". O mujique disse que vinha lá debaixo, depois do Volga, estava trabalhando lá. Conversa vai, conversa vem, o mujique contou que o povo estava se mudando para lá. Contou que gente daquela região se assentara por lá, registraram-se na comunidade e dividiram a terra em lotes de dez *dessiatinas*.

— A terra é tão boa — disse — que o centeio cresce como palha, até a altura de um cavalo, e é tão espesso que um punhado de cinco forma um feixe. Um mujique muito pobre — disse — chegou lá com uma mão na frente e outra atrás e hoje tem seis cavalos e duas vacas.

O coração de Pakhom se inflamou. Pensou: "Para que vou viver na miséria, aqui nesse aperto, se posso viver bem? Vou vender a terra e a casa; com o dinheiro construirei lá, começarei os negócios. Aqui nesse aperto só dá problema. Eu mesmo tenho que ir até lá pra conhecer".

Resolveu ir no verão, foi. Desceu de barco pelo Volga até Samara, depois caminhou umas quatrocentas verstas.[3] Chegou ao local. Era exatamente aquilo. Os mujiques tinham espaço, a terra era dividida em lotes de dez *dessiatinas* e eles participavam da comunidade de bom grado. E alguém com um dinheirinho poderia comprar, além do que foi dividido, com título definitivo, o quanto quisesse, terra de primeira a três rublos; poderia comprar o quanto quisesse!

---

[3] Medida russa equivalente a 1,067 quilômetros. (N. da T.)

Depois de descobrir tudo isso, Pakhom voltou para casa no outono e resolveu vender. Lucrou com a venda da terra, vendeu a casa, todo o gado, saiu da comunidade, esperou a primavera e foi com a família em busca de novos ares.

IV

Logo que chegou com a família nesses novos ares, Pakhom se inscreveu na comunidade de uma grande aldeia. Deu de beber aos anciãos, conseguiu todos os documentos. Aceitaram Pakhom, deram-lhe cinco lotes, cada um com dez *dessiatinas* de terra em diferentes campos, além do pasto. Pakhom construiu, conseguiu gado. Sua terra era três vezes maior do que antes. Sua vida, dez vezes melhor do que nos velhos tempos. A terra arada e o pasto eram abundantes. Podia ter quanto gado quisesse.

No começo, enquanto estava construindo e se estabelecendo, tudo parecia ótimo para Pakhom, mas depois ele foi se acostumando e aquela terra também começou a parecer-lhe pequena. No primeiro ano, semeou um lote com trigo e teve boa colheita. Tomou gosto pela plantação de trigo, mas o lote era pequeno. E do jeito que estava não servia. Lá o trigo era plantado em solo virgem ou não cultivado. Cultivam um ano, dois e esperam até que a estipa brote novamente. Havia muita gente atrás daquela terra, mas ela não era suficiente para todos. Por causa dela havia brigas; os mais ricos queriam-na para plantar, os mais pobres para vender e pagar seus tributos. Pakhom queria cultivar mais. No ano seguinte, arrendou terras de um negociante por mais um ano. Cultivou um pouco mais, teve boa safra; mas a terra ficava longe da aldeia, e era preciso transportar a produção por umas quinze verstas. Viu que os mujiques comerciantes da vizinhança viviam de pequenos sítios e estavam enriquecendo. "Seria um bom negócio", pensou Pakhom, "se eu comprasse uma terrinha com título definitivo e construísse um sítio. O círculo se fecharia." Então, Pakhom pôs-se a pensar em como faria para comprar terra com título definitivo.

Pakhom viveu assim por três anos. Arrendava a terra e plantava trigo. Foram bons anos, com ótimas safras, e conseguiu guardar dinheiro. Ele bem poderia continuar vivendo assim, mas começou a ficar cansado de ter que arrendar terra todo ano, perder tempo com isso: onde existe uma terrinha boa já aparecem mujiques e tomam tudo, se não conseguisse pegar a sua não teria onde plantar. Então, no terceiro ano, comprou juntamente com um comerciante o pasto de um mujique; trabalharam a terra, mas os mujiques brigaram na justiça e o trabalho se perdeu. "Se a terra fosse minha, não me rebaixaria a ninguém e não teria esses problemas."

Então, Pakhom tentou descobrir onde poderia comprar terras com título definitivo. Deparou-se com um mujique. Ele havia comprado quinhentas *dessiatinas* de terra, mas caiu em ruína e estava vendendo por uma ninharia. Pakhom tentou negociar com ele. Falaram, falaram e chegaram em 1.500 rublos, sendo que pagaria metade depois. Já tinham acertado tudo quando apareceu um comerciante no pátio de Pakhom para dar de comer aos cavalos. Beberam chá e conversaram. O comerciante contou que estava voltando da terra dos *bachkir*.[4] Contou que lá ele tinha comprado mil e cinco *dessiatinas* de terra. E custaram apenas mil rublos. Pakhom encheu o homem de perguntas. O comerciante contou:

---

[4] Povo que habita a Basquíria, ou Bascortostão, na região sul dos montes Urais. (N. da T.)

— Basta agradar os anciãos — ele disse. — Distribuí uns vestidos e tapetes que valiam uns cem rublos, uma caixa de chá, ofereci vinho aos que bebem. Então, cada *dessiatina* saiu por vinte copeques. — Mostrou o título da compra. — A terra — disse — fica à beira do rio e a estepe é toda virgem.

Pakhom continuou o interrogatório.

— A terra lá é tanta — disse o comerciante — que nem em um ano é possível percorrê-la: tudo dos *bachkir*. E as pessoas são tolas como carneiros. Pode-se conseguir terra quase de graça.

"Ora", pensou Pakhom, "para que vou gastar meus mil rublos em quinhentas *dessiatinas* e ainda carregar uma dívida nas costas? Imagine de quanto poderei me apossar lá com esse dinheiro!"

V

Pakhom perguntou como chegar lá e, logo que se despediu do comerciante, preparou-se ele mesmo para partir. Deixou a esposa em casa e partiu com um empregado. Passou na cidade para comprar uma caixa de chá, presentes, vinho, tudo como o comerciante falou. Viajaram, viajaram e percorreram umas quinhentas verstas. No sétimo dia chegaram ao acampamento dos *bachkir*. Era tudo como o comerciante dissera. Viviam todos na estepe, à beira do rio, em *kibitkas*.[5] Eles mesmos não lavravam nem comiam pão. Na estepe, o gado e os cavalos andavam livres em bandos. Os potros ficavam amarrados atrás das *kibitkas*, e as fêmeas eram levadas até eles duas vezes por dia; as éguas davam

---

[5] Tendas de feltro usadas pelos povos da Ásia Central. (N. da T.)

De quanta terra precisa um homem?

leite e dele era feito *kumis*.[6] As mulheres mexiam o *kumis* e produziam queijo, os homens só faziam tomar *kumis* e chá, comer carne de carneiro e tocar gaita. Todos eram tranquilos, alegres e festejavam o verão todo. O povo era completamente ignorante, não sabia russo, mas era afável.

Assim que viram Pakhom, os *bachkir* saíram de suas tendas e cercaram o visitante. Encontraram um tradutor. Pakhom disse-lhe ter vindo por causa da terra. Os *bachkir* se alegraram, pegaram Pakhom e o levaram para uma boa *kibitka*, fizeram-no sentar num tapete sobre uma almofada de penas, sentaram-se ao redor e ofereceram chá com *kumis*. Mandaram abater um carneiro e ofereceram-lhe a carne. Pakhom pegou os presentes do tarantás[7] e distribuiu entre os *bachkir*. Pakhom entregou os presentes e dividiu o chá entre eles. Os *bachkir* se alegraram. Cochicharam, cochicharam entre si, em seguida pediram que o tradutor dissesse:

— Pediram para falar — disse o tradutor — que eles gostaram muito de você e que entre nós existe o costume de fazer de tudo para agradar aos convidados e retribuir-lhe os presentes. Você nos presenteou, agora diga algo que queira de nós para que possamos presenteá-lo.

— O que eu mais quero de vocês — disse Pakhom — é a terra. De onde eu venho, a terra é pequena e o solo está desgastado — disse —, mas vocês têm muita terra e das boas. Nunca tinha visto algo assim.

O tradutor repassou a mensagem. Os *bachkir* falaram, falaram. Pakhom não entendia o que diziam, mas via que estavam

---

[6] Leite de égua fermentado. (N. da T.)

[7] Carruagem rústica de quatro rodas. (N. da T.)

alegres, gritavam algo, riam. Aquietaram-se em seguida, olharam para Pakhom, e o tradutor disse:

— Mandaram dizer que lhe darão de bom grado quanta terra quiser. É só mostrar qual e será sua.

Conversaram mais um pouco e começaram a discutir. Pakhom perguntou sobre o que estavam discutindo. O tradutor disse:

— Uns dizem que é preciso perguntar ao ancião sobre a terra, do contrário não será possível. Já outros dizem que não é necessário.

VI

Os *bachkir* discutiam, quando, de repente, apareceu um homem com chapéu de pele de raposa. Todos ficaram em silêncio e se levantaram. O tradutor disse:

— É o ancião em pessoa.

Naquele momento, Pakhom ofereceu ao ancião o melhor roupão e ainda cinco libras de chá. Ele aceitou e se sentou no lugar de honra. Em seguida, os *bachkir* começaram a dizer algo para ele. O ancião ouviu, ouviu, acenou com a cabeça para que se calassem e começou a falar com Pakhom em russo.

— Ora — disse —, tudo bem. Pegue o que quiser. Terra há muita.

"Como assim, pegar o quanto quiser?", pensou Pakhom. "É preciso garantir. Dizem que é sua, depois tiram."

— Agradeço por suas palavras bondosas — disse. — De fato, os senhores têm muita terra, e eu só preciso de um pouco. Mas precisaria saber qual será minha. Então, temos que, de alguma maneira, medir e garantir o que será meu. A vida e a morte estão

De quanta terra precisa um homem?

nas mãos de Deus. Os senhores são pessoas boas, dão, mas pode ser que seus filhos queiram tomar de volta.

— É verdade — disse o ancião —, é preciso garantir.

Pakhom começou a falar:

— Ouvi dizer que aqui esteve um comerciante. E que o senhor também lhe deu terra e um título de compra; gostaria que fizesse o mesmo por mim.

O ancião entendeu tudo.

— Podemos fazer isso — disse. — Temos um escrivão, vamos até a cidade e providenciaremos todos os papéis.

— E qual será o preço? — disse Pakhom.

— Nosso preço é único: mil rublos por dia.

Pakhom ficou sem entender.

— Que medida é essa, por dia? Quantas *dessiatinas* dá isso?

— Nós não sabemos contar assim — disse. — Vendemos por dia; o quanto conseguir percorrer a pé em um dia será seu, e o preço por dia é mil rublos.

Pakhom ficou surpreso.

— Mas se for contar o quanto se percorre em um dia será muita terra.

O ancião riu-se.

— Toda sua! — disse. — Há apenas uma condição: se no mesmo dia você não voltar ao ponto de onde começou, perderá seu dinheiro.

— Mas como eu faço para marcar por onde passei? — disse Pakhom.

— Ficaremos no local que você escolher, e você seguirá, fará um círculo, levará a pá consigo e, onde for preciso, marcará os cantos com uma sequência de buracos e colocará relva, depois passaremos de buraco em buraco com o arado. Pegue o quinhão que quiser, desde que até o pôr do sol esteja de volta ao lugar de onde começou. Tudo o que percorrer, será seu.

Pakhom se alegrou. Decidiram sair no dia seguinte cedo. Conversaram, beberam mais *kumis*, comeram carneiro, ainda beberam chá; a noite caiu. Os *bachkir* colocaram Pakhom para dormir num colchão de penas e cada um foi para sua tenda. Prometeram partir com o nascer do sol e retornar até o pôr do sol ao local marcado.

VII

Pakhom deitou no colchão de penas, mas não pregou os olhos, só pensava na terra. "Vou conseguir uma quantidade enorme de terra", pensou. "Em um dia percorrerei umas cinquenta verstas. Os dias dessa época do ano são longos, e cinquenta verstas é muita terra. As piores venderei ou deixarei para os mujiques, ficarei com as melhores, me estabelecerei nelas. Levarei dois bois para arar e contratarei dois funcionários; vou arar umas quinhentas *dessiatinas*, o restante será para o gado."

Pakhom passou a noite toda em claro. Só foi cochilar um pouco antes do amanhecer. Assim que pegou no sono, teve um sonho. Sonhou que estava deitado naquela mesma *kibitka* e ouviu que do lado de fora alguém gargalhava. Queria ver quem estava rindo, então se levantou, saiu da *kibitka* e viu o próprio ancião dos *bachkir* sentado segurando a barriga com as duas mãos, rolando e gargalhando de alguma coisa. Aproximou-se e perguntou: "Está rindo de quê?" Viu que já não era mais o ancião dos *bachkir*, mas o comerciante que outro dia passara na sua casa e contara sobre a terra. Então, perguntou ao comerciante: "Faz tempo que está aqui?" — e já não era o comerciante, mas o pró-

De quanta terra precisa um homem? 225

prio mujique que, bem antes, viera lá debaixo. Em seguida, Pakhom viu que aquele também não era o mujique, mas o próprio diabo com chifres e cascos, sentado, gargalhando, e diante dele havia um homem descalço deitado, de camisa e calça. Pakhom olhou fixamente, quem era aquele homem? Viu que ele estava morto e que era ele próprio. Pakhom despertou horrorizado. Despertou. "Veja só o que fui sonhar", pensou. Olhou para trás e viu pela porta aberta que estava ficando claro, o dia começava a raiar. "É preciso acordar o povo", pensou, "está na hora de partir." Pakhom levantou-se, acordou o empregado no tarantás, ordenou que atrelasse os cavalos e foi acordar os *bachkir*.

— Já está na hora de ir para a estepe medir a terra — disse.

Os *bachkir* levantaram, arrumaram tudo e o ancião chegou. Começaram novamente a tomar *kumis*, ofereceram chá para Pakhom, mas ele não quis esperar.

— Se é para ir, então vamos — disse —, já está na hora.

VIII

Os *bachkir* partiram, alguns a cavalo, outros em tarantás. Pakhom foi com o empregado em seu tarantás levando consigo a pá. Ao chegarem na estepe a aurora despontava. Subiram uma pequena colina, um *chikhan* na língua *bachkir*. Desceram dos cavalos e tarantás e se reuniram em grupo. O ancião se aproximou de Pakhom e apontou com a mão.

— Aí está — disse —, até onde os olhos conseguem alcançar é tudo nosso. Escolha o que quiser.

Os olhos de Pakhom arderam de desejo: a terra era toda virgem, plana como a palma da mão, preta como papoula, nos vales havia grama até a altura do peito.

226   Lev Tolstói

O ancião tirou o chapéu de pele de raposa e colocou no chão.

— Esta será a marca — disse. — Você sairá daqui e retornará para cá. Tudo o que percorrer será seu.

Pakhom tirou o dinheiro, colocou no chapéu, tirou o cafetã, ficou apenas com a *podiovka*,[8] apertou mais o cinto embaixo da barriga, colocou a bolsa com pão no peito, levou o cantil com água preso no cinto, puxou o cano da bota, pegou a pá com o empregado e estava pronto para ir. Pensou, pensou: qual direção tomar? Qualquer uma era boa. Pensou: "Dá na mesma: vou na direção do nascer do sol". Rosto na direção do sol, esticou as pernas e esperou até que o sol aparecesse no horizonte. Pensou: "Não vou perder tempo. É até mais fácil caminhar enquanto está fresco". Assim que o sol jorrou atrás do horizonte, Pakhom jogou a pá nos ombros e foi para a estepe.

Pakhom começou a andar nem devagar, nem rápido. Depois de uma versta, parou, cavou um buraco e colocou a relva para que ficasse mais visível. Seguiu adiante. Esticou as pernas e apertou o passo. Distanciou-se mais um pouco e cavou outro buraco.

Pakhom olhou para trás. Ainda era possível ver bem o *chikhan* sob o sol, o povo continuava lá, as rodas dos tarantás brilhavam. Pakhom estimava ter percorrido cinco verstas. Começou a sentir calor, tirou a *podiovka*, colocou sobre os ombros e seguiu adiante. Andou ainda cerca de cinco verstas. Começou a ficar quente. Olhou para o sol, já era hora de pensar no café da manhã.

"Já se foi uma parte", pensou Pakhom. "Serão quatro no

---

[8] Casaco longo pregueado na cintura, geralmente usado por baixo de um casaco mais grosso para aquecer. (N. da T.)

De quanta terra precisa um homem?

dia, ainda está cedo para virar. Vou só tirar as botas." Sentou-se, tirou as botas, prendeu-as no cinto e seguiu adiante. Ficou mais fácil caminhar. Pensou: "Vou andar só mais umas cinco verstas, então virarei à esquerda. Este local é ótimo, será uma pena desperdiçar. Quanto mais adiante, melhor". Continuou seguindo em frente. Olhou para trás, mal dava para ver o *chikhan*, as pessoas pintavam a colina de preto como se fossem formiguinhas e alguma coisa reluzia.

"Bem", pensou Pakhom, "já peguei o suficiente deste lado, hora de virar. Além disso, estou ensopado de suor e tenho sede." Parou, cavou um buraco um pouco maior, colocou a relva, pegou o cantil, bebeu e virou à esquerda. Caminhou, caminhou, a grama era alta e estava quente.

Pakhom começou a ficar cansado, olhou para o sol e viu que era hora do almoço. "Bem", pensou, "é preciso descansar." Pakhom parou e se sentou. Comeu um pedaço de pão com água, mas não deitou; pensou: se deitar, vou acabar pegando no sono. Sentou um pouco e seguiu adiante. No começo, caminhou com facilidade. A comida lhe dera energia. Então, começou a ficar muito quente e ele se sentiu sonolento; mesmo assim continuou caminhando; pensou, "sofro agora, mas viverei bem pela eternidade".

Ainda caminhou bastante desse lado, queria virar à esquerda novamente, mas viu que havia um vale úmido; seria uma pena perdê-lo. Pensou: "O linho vai crescer bem aqui". Novamente, seguiu em frente. Chegou até o vale, cavou um buraco depois dele e virou à esquerda. Pakhom olhou para o *chikhan*: o calor deixou a imagem nebulosa, parecia que alguma coisa balançava no ar e quase não se podia ver através da bruma as pessoas no *chikhan*; ele devia estar a aproximadamente cinquenta verstas de distância. "Bom", pensou Pakhom, "este lado ficou comprido demais, é preciso encurtá-lo." Começou a percorrer o terceiro lado, apertou o passo. Olhou o sol, já estava quase na hora de fazer um lanche, mas percorreu ainda duas verstas no terceiro lado. Até o ponto final faltavam ainda cerca de cinquenta verstas. "Não", pensou, "mesmo que a terra fique torta, tenho que continuar em linha reta. Não pegarei nada supérfluo. Já tenho bastante terra." Pakhom cavou rapidamente um buraco, virou e seguiu reto na direção do *chikhan*.

IX

Pakhom caminhava em frente na direção do *chikhan*, mas começou a ter dificuldades. Estava encharcado, os pés descalços com cortes e machucados, as pernas começavam a vacilar. Queria descansar, mas não podia, do contrário não chegaria até o pôr do sol. O sol não iria esperar, afundava cada vez mais. "Ah", pensou, "será que me enganei, será que peguei terra demais? E se eu não chegar a tempo?" Olhava para o *chikhan*, olhava para o sol: ainda estava longe, e o sol já se aproximava do horizonte.

Assim, Pakhom continuou, com dificuldade, apertando mais e mais o passo. Caminhou, caminhou, mas ainda estava longe; começou a correr a trote. Largou a *podiovka*, as botas, o cantil, o chapéu, ficou só com a pá, na qual se apoiava. "Ah", pensou, "cobicei demais e estraguei tudo, não conseguirei chegar antes do pôr do sol." Então, seu espírito foi tomado de pavor. Pakhom corria, a camisa e a calça grudavam no corpo pelo suor, a boca estava seca. Seu peito se inflava como fole, o coração batia feito um martelo, as pernas cediam, como se não fossem suas. Pakhom sentiu-se terrível, pensou: "É como se fosse morrer de tanto esforço".

De quanta terra precisa um homem?

Tinha medo de morrer, mas não podia parar: "Já percorri tanto", pensou, "se parar agora vão dizer que sou tolo". Correu, correu, estava quase chegando quando ouviu os *bachkir* ganindo e gritando na sua direção, e o grito deles fez seu coração se inflamar ainda mais. Pakhom corria com suas últimas forças, o sol já se aproximava do horizonte, perdia-se na névoa, tornou-se grande, vermelho, cor de sangue. Eis que começou a se pôr. O sol podia estar baixo, mas o ponto final não estava muito longe. Pakhom viu as pessoas no *chikhan* acenando-lhe com as mãos, apressando-o. Viu o chapéu de pele de raposa no chão e o dinheiro sobre ele; viu o ancião sentado no chão, com as mãos na cintura. Pakhom lembrou-se do sonho: "Tenho muita terra", pensou, "mas será que Deus permitirá que eu viva nela? Ah, estraguei tudo", pensou, "não vou conseguir".

Pakhom olhou para o sol, mas ele já tocava a terra, um pedacinho já tinha sumido, o restante seguia na direção do horizonte. Com suas últimas forças, apressou o passo, inclinando o corpo para a frente, as pernas mal conseguiam acompanhar e impedir que ele caísse. Pakhom estava se aproximando do *chikhan*, quando, de repente, escureceu. Olhou para trás, o sol já tinha se posto. Pakhom gemeu: "Meus esforços foram em vão", pensou. Quis parar, mas ouvindo os gritos dos *bachkir*, lembrou-se que dali debaixo o sol parecia ter se posto, mas do *chikhan* ainda não. Pakhom respirou fundo e subiu correndo. No *chikhan* ainda estava claro. Pakhom subiu correndo e viu o chapéu. Diante dele, o ancião estava sentado, rindo com as mãos na cintura. Pakhom lembrou-se do sonho, soltou uma exclamação, as pernas fraquejaram e ele caiu, ainda alcançando o chapéu com as mãos.

— Ah, muito bem! — gritou o ancião. — Conseguiu bastante terra!

O empregado de Pakhom se aproximou correndo, queria levantá-lo, mas sua boca soltava sangue: ele estava morto.

Os *bachkir* estalaram a língua em sinal de pesar.

O empregado levantou a pá, abriu para Pakhom uma cova de três *archins*,[1] o suficiente para que coubesse seu corpo, e o enterrou.

Tradução de Priscila Marques

---

[1] *Archin*: medida russa equivalente a 71 cm. (N. da T.)

Senhor e servo[1]

I

Foi na década de 1870, no dia seguinte à São Nicolau de inverno. Havia festa na paróquia da aldeia, e o negociante da segunda guilda, Vassíli Andrêitch Brekhunóv, não podia se ausentar: tinha de estar na igreja — da qual era curador — e, em casa, devia receber e recepcionar parentes e conhecidos. Mas eis que os últimos visitantes partiram, e Vassíli Andrêitch começou imediatamente a se preparar para viajar à propriedade vizinha, em visita ao dono, a fim de ultimar a compra de um bosque, há muito já conversada. Vassíli Andrêitch apressava-se para que os comerciantes da cidade não lhe arrebatassem esse vantajoso negócio. O jovem proprietário pedia dez mil rublos pelo bosque, só que Vassíli Andrêitch lhe oferecia sete mil. E sete mil representavam apenas um terço do valor real do bosque. Vassíli Andrêitch talvez até conseguisse arrancar-lhe ainda mais um abatimento, já que o bosque se encontrava na sua circunscrição, e entre ele e os comerciantes rurais da redondeza existia um trato antigo, segundo o qual um comerciante não aumentava o preço no distrito do outro. Mas, como Vassíli Andrêitch soubera que os comerciantes de madeira da cidade se dispunham a vir negociar o bosque de

---

[1] No original, "Khoziáin i rabótnik", que também pode ser traduzido como "Patrão e empregado". A palavra *rabótnik* designa em russo o trabalhador livre em geral. (N. da E.)

Goriátchkino, resolveu partir imediatamente, a fim de fechar o acordo com o proprietário. Por isso, assim que a festa terminou, ele tirou do cofre setecentos rublos do seu próprio dinheiro, acrescentou os 2.300 do caixa da igreja que estavam com ele, formando assim três mil rublos, e, após contá-los meticulosamente e guardá-los na carteira, preparou-se para partir.

O serviçal Nikita, naquele dia o único trabalhador não embriagado de Vassíli Andrêitch, correu para atrelar. Nikita, que era um beberrão, não estava intoxicado naquele dia porque, desde a vigília, quando perdeu na bebida seu casaco e suas botas de couro, fez promessa de não beber e já não o fazia há dois meses. Não bebera também agora, apesar da tentação do vinho consumido por toda parte nos primeiros dois dias do feriado.

Nikita era um mujique de cinquenta anos de idade, da aldeia vizinha, um "não dono", como diziam dele, que passara a maior parte da vida fora da sua própria casa, a serviço de terceiros. Era estimado por todos devido à sua operosidade, destreza e força no trabalho, mas principalmente pela índole bondosa e afável. Só que ele não parava em emprego algum, porque umas duas vezes por ano, às vezes até mais, caía na bebedeira, perdendo tudo o que tinha, até a roupa do corpo, e porque, ainda por cima, ficava turbulento e brigão. Vassíli Andrêitch também já o enxotara várias vezes, mas voltava a recebê-lo, em apreço por sua honestidade, seu amor aos animais e, principalmente, por ele ser tão barato. Vassíli Andrêitch pagava a Nikita não os oitenta rublos, que era o que valia um trabalhador como ele, mas apenas quarenta, que, sem fazer as contas, lhe entregava aos poucos e, mesmo assim, não em dinheiro, mas em mercadorias, aos preços altos do seu próprio armazém.

A mulher de Nikita, Marfa, que já fora uma campônia bonitona e esperta, labutava na aldeia, com o filho adolescente e duas rapariguinhas. Ela não chamava Nikita para voltar a morar em casa, em primeiro lugar porque vivia, já há uns vinte anos, com um toneleiro e, em segundo, porque, embora manejasse o marido como bem entendia quando ele se achava sóbrio, tinha-lhe medo quando embriagado. Certa vez, tendo se embebedado em casa, decerto para se vingar da mulher pela sua humildade quando sóbrio, Nikita arrombou a arca de Marfa, retirou as suas melhores roupas e, com um machado, reduziu a tiras, sobre um cepo, todos os vestidos e trajes festivos da mulher.

O ordenado ganho por Nikita ficava todo com ela, e Nikita não se opunha a isso. Também agora, dois dias antes da festa, Marfa procurou Vassíli Andrêitch e levou do seu armazém farinha branca, chá, açúcar e meio garrafão de vinho, no valor de uns três rublos. E ainda pegou cinco rublos em dinheiro, agradecendo como se isso fosse uma concessão especial, quando de fato Vassíli Andrêitch é quem lhe devia uns bons vinte rublos.

— Nós não fizemos trato nenhum, fizemos? — perguntava Vassíli Andrêitch a Nikita. — Se precisas de alguma coisa, leva, acertaremos depois. Eu não sou como os outros: longas esperas, e contas, e multas. Conosco é na base da honra. Tu me serves e eu não te abandono.

E, dizendo isso, Vassíli Andrêitch acreditava sinceramente que beneficiava Nikita: sabia falar de um modo tão convincente que as pessoas que dependiam do seu dinheiro, a começar por Nikita, concordavam e apoiavam-no na sua convicção de que ele não as enganava, mas lhes prestava benefícios.

— Mas eu compreendo, Vassíli Andrêitch. Acho que eu me esforço, que te sirvo como ao próprio pai. Compreendo muito bem — respondia Nikita, percebendo perfeitamente que Vassíli Andrêitch o enganava, mas sentindo ao mesmo tempo que não adiantava sequer tentar esclarecer as contas com o patrão, já que precisava viver e, enquanto não havia outro emprego, tinha de aceitar o que lhe davam.

Agora, ao receber do patrão a ordem de atrelar, Nikita, como sempre alegre e de boa vontade, saiu com o passo leve e animado dos seus pés pisando como patas de ganso e dirigiu-se ao galpão, onde tirou do prego um pesado bridão de couro com pingentes e, tilintando com as barbelas do freio, encaminhou-se para a estrebaria, onde estava o cavalo que Vassíli Andrêitch mandara atrelar.

— Como é, estás entediado, estás, bobinho? — dizia Nikita, respondendo ao fraco relincho de saudação com que o recebeu o guapo potro Baio, forte, de porte médio e ancas um tanto caídas, que se encontrava sozinho na cocheira. — Ei, ei, terás tempo, deixa-me dar-te de beber primeiro — falava ele com o animal, como se fala com um ser humano que entende as palavras. E, tendo espanado com a aba do casaco o dorso médio, de pelagem um tanto puída e empoeirada do animal, colocou a brida na bela cabeça jovem do potro, livrou-lhe a franja e as orelhas da crina, e conduziu-o ao bebedouro.

Saindo cautelosamente da estrebaria cheia de esterco, o Baio pôs-se a caracolar e a escoicear, fingindo querer atingir com a pata traseira a Nikita, que trotava ao seu lado em direção ao poço.

— Brinca, reina, maroto! — repetia Nikita, que já conhecia o cuidado com que o Baio jogava a pata traseira só para tocar de leve o seu casaco ensebado, sem atingi-lo, e achava muita graça nessa travessura.

Tendo-se fartado de água fresca, o cavalo suspirou, movendo os beiços molhados, fortes, dos quais pingavam no cocho grandes gotas transparentes, e aquietou-se, como que pensativo; depois, de repente, soltou um forte bufido.

— Pois se não queres, pior para ti, depois não me peças mais

Senhor e servo

— disse Nikita, explicando com toda a seriedade seu comportamento ao Baio. E correu de novo para o galpão, puxando pela brida o alegre potro, que, saltitante e turbulento, escoiceava por todo o pátio.

Dos outros empregados, não estava ninguém; havia um, de fora, o marido da cozinheira, que chegara para a festa.

— Vai e pergunta, meu querido — disse-lhe Nikita —, qual dos trenós o patrão quer que atrele: o grandão ou o pequenino?

O marido da cozinheira entrou na casa de telhado de ferro e fundações altas, e logo voltou com a informação de que a ordem era atrelar o trenó pequeno. Neste ínterim, Nikita já colocara a colhera e a sela guarnecida de tachinhas. Em seguida, carregando numa das mãos a leve dugá[2] pintada e guiando o cavalo com a outra, aproximou-se dos dois trenós estacionados ao lado do galpão.

— Se tem de ser o pequenino, será o pequenino — disse ele, e colocou entre as lanças o esperto cavalo, que fingia o tempo todo querer mordê-lo, e, com a ajuda do marido da cozinheira, começou a atrelá-lo.

Quando tudo estava pronto e só faltavam as rédeas, Nikita mandou o marido da cozinheira ao galpão, buscar palha e uma manta.

— Assim está bom. Vamos, vamos, quieto, sossega! — dizia Nikita, amassando no trenó a palha de aveia fresca. — E agora, vamos forrar tudo com estopa e cobrir com a manta, deste jeito, assim vai ficar bom para sentar — dizia ele, fazendo o que falava, enquanto ia ajeitando a manta em cima da palha, por todos os lados, em volta do assento.

---

[2] Arco de madeira que segura as lanças de um trenó ou de um carro. (N. da T.)

— Muito grato, meu querido — disse Nikita ao marido da cozinheira. — Em dois tudo vai mais ligeiro — e, separando as rédeas de couro, de argolas nas pontas unidas, Nikita subiu para a boleia e dirigiu o impaciente animal, pelo esterco congelado, do pátio até o portão.

— Tio Nikita, tiozinho, ó tiozinho! — gritou-lhe no encalço, com voz fininha, um menino de sete anos, de pelicinha preta, botas novas de feltro branco e gorro quente, correndo do vestíbulo para o pátio. — Me põe lá também! — pedia ele, abotoando o casaquinho enquanto corria.

Passava das duas horas. Fazia frio, uns dez graus negativos. O dia era nublado e ventava. Metade do céu estava encoberta por uma nuvem baixa e escura. Mas o pátio estava calmo, enquanto na rua o vento se fazia sentir mais forte; varria a neve do telhado do galpão vizinho e, na esquina, junto à casa de banhos, formava redemoinho.

Nem bem Nikita havia atravessado o portão e dirigido o cavalo para a estrada da casa, Vassíli Andrêitch, de cigarro na boca, peliça de carneiro, com a pelagem para dentro e cingida por um cinturão baixo e apertado, saiu do vestíbulo e, fazendo ranger a neve amassada sobre o degrau alto da entrada debaixo das suas botas de feltro forradas de couro, parou. Inalou o resto do cigarro, que atirou ao chão, pisou e, soltando fumaça por entre os bigodes e olhando de soslaio para o cavalo que saía, pôs-se a ajeitar as pontas da gola da peliça em volta do rosto corado e todo escanhoado, com exceção do bigode, para que a pelagem não umedecesse com a sua respiração.

— Vejam só que espertinho, chegou na frente! — disse ele, vendo o filhinho no trenó. Vassíli Andrêitch, estimulado pelo vinho que bebera com as visitas, estava ainda mais contente com tudo o que lhe pertencia e com tudo o que fazia. A visão do filho,

Senhor e servo

que em pensamento ele sempre chamava de herdeiro, dava-lhe grande prazer, e agora ele contemplava o menino, apertando os olhos e sorrindo com os dentes compridos à mostra.

Enrolada no xale até a cabeça, de modo que só seus olhos estavam visíveis, grávida, pálida e magra, a mulher de Vassíli Andrêitch despedia-se dele no vestíbulo.

— Realmente, seria bom que levasses Nikita contigo — dizia ela, adiantando-se timidamente por detrás da porta.

Vassíli Andrêitch, sem responder às suas palavras, que lhe eram visivelmente desagradáveis, franziu o cenho e cuspiu, irritado.

— Tu vais viajar com dinheiro — continuava a mulher no mesmo tom lamuriento. — E também o tempo pode piorar, verdade mesmo...

— Ora essa, será que eu não conheço o caminho, para sempre precisar de acompanhante? — retrucou Vassíli Andrêitch com um trejeito forçado dos lábios, como costumava falar com vendedores e compradores, escandindo cada sílaba com especial clareza.

— Por favor, leva-o contigo, eu te suplico, por Deus! — repetiu a mulher, enrolando-se no xale, friorenta.

— Mas como se agarra, parece um grude!... E para onde eu vou levá-lo?

— Pronto, Vassíli Andrêitch, estou pronto — disse Nikita, alegremente. — Tomara que, sem mim, não se esqueçam de dar de comer aos cavalos — acrescentou dirigindo-se à patroa.

— Vou cuidar disso, Nikítuchka, vou encarregar o Semion — disse a patroa.

— Então, como é, eu vou junto, Vassíli Andrêitch? — perguntou Nikita, esperando.

— Ora, acho que sim, precisamos agradar à velha. Mas, se

vens comigo, vai vestir alguma fatiota mais quente — falou Vassíli Andrêitch sorrindo de novo e piscando os olhos para a meia-peliça de Nikita, rasgada nas costas e nas axilas, de bainha esgarçada qual franja, ensebada e amarrotada, que já passara por umas e outras.

— Ei, meu querido, vem segurar o cavalo um instante — gritou Nikita para o marido da cozinheira, no pátio.

— Eu seguro, eu mesmo seguro — guinchou o menino, tirando dos bolsos as mãozinhas vermelhas e geladas, para agarrar o couro frio das rédeas.

— Mas não fiques alisando demais a tua fatiota, vai rápido! — gritou Vassíli Andrêitch, troçando de Nikita.

— Vou num fôlego, paizinho Vassíli Andrêitch — falou Nikita, e correu para o pátio, pisando ligeiro, com os bicos das suas velhas botas de feltro virados para dentro, para a isbá da criadagem.

— Vamos, Arinuchka, pega a minha bata de cima da estufa, vou viajar com o patrão! — falou Nikita, entrando na isbá e tirando seu cinto do prego.

A cozinheira, que já fizera a sesta depois do almoço e estava esquentando o samovar para o chá do marido, recebeu Nikita alegremente e, contagiada pela sua urgência, mexeu-se ligeira: alcançou de cima da estufa o caftã de lã ruinzinho e surrado que lá secava e pôs-se a sacudi-lo e alisá-lo apressadamente.

— Agora sim, vais ficar à vontade para te divertires com o teu marido — disse Nikita à cozinheira, como sempre dizendo alguma coisa, por bonachona cortesia, à pessoa com quem se encontrava a sós.

E, passando em volta do corpo o cintinho estreito e gasto, encolheu até não poder mais a barriga já por si afundada e apertou-o por cima da meia-peliça com toda a força.

Senhor e servo

— Agora sim — disse ele, já não se dirigindo mais à cozinheira, mas ao cinto, dando um nó em suas pontas. — Assim não escaparás mais — e, movendo os ombros para cima e para baixo, a fim de dar liberdade aos braços, vestiu o roupão por cima de tudo, forçou outra vez o dorso para soltar os braços, afrouxou-os nas axilas e apanhou as luvas de dedão na prateleira. — Agora está tudo bem.

— Devias trocar de calçado, Nikita Stepánitch — disse a cozinheira. — As tuas botas estão bem ruinzinhas.

Nikita parou, como quem se lembra.

— É, precisava... Mas vai passar assim mesmo, não vamos longe!

E saiu correndo para o pátio.

— Não ficarás com frio, Nikítuchka? — perguntou a patroa quando ele se aproximou do trenó.

— Qual frio, está até quente — respondeu Nikita, ajeitando a palha no trenó, para cobrir os pés com ela, e enfiando debaixo dela o chicote, desnecessário para o bom cavalo.

Vassíli Andrêitch já estava sentado na boleia, ocupando, com suas espáduas cobertas por duas peliças, quase toda a traseira curva do veículo, e, no mesmo instante, pegando as rédeas, fez o cavalo andar. Nikita subiu no trenó em movimento e acomodou-se na frente, do lado esquerdo, com uma perna para fora.

II

O bom potro puxou o trenó e, com um leve ranger dos patins, partiu a passo ligeiro pela estrada lisa e gelada da aldeia.

— Onde foi que te penduraste? Passa-me cá o chicote, Nikita! — gritou Vassíli Andrêitch, obviamente orgulhoso do herdeiro que se agarrara à traseira, sobre os patins do trenó. — Eu já te pego! Já, já para casa, para a mamãe, moleque!

O menino saltou do trenó. O Baio estugou a marcha e passou da andadura para o trote.

Na aldeia de Kresti, onde ficava a casa de Vassíli Andrêitch, havia só seis casas. Assim que ultrapassaram a última isbá, a do ferreiro, perceberam logo que o vento era bem mais forte do que lhes parecera. Já quase não se via a estrada. As marcas dos patins eram imediatamente cobertas pela neve varrida, e só era possível distinguir o caminho porque ficava mais alto que o resto do lugar. A neve girava por todo o campo e não se vislumbrava aquela linha onde a terra se junta com o céu. A floresta de Teliátino, sempre bem visível, só de raro em raro pretejava através da poeira da neve. O vento soprava do lado esquerdo, teimosamente, fazendo voar para o mesmo lado a crina do pescoço ereto do Baio e a sua farta cauda, amarrada num simples nó. A gola comprida de Nikita, sentado do lado do vento, aplastava-se contra o seu rosto e o seu nariz.

— Ele não consegue correr de verdade, está nevando — disse Vassíli Andrêitch, orgulhoso do seu bom cavalo. — Certa vez fui com ele para Pachútino, e conseguimos chegar lá em meia hora.

— O quê? — perguntou Nikita, que não o ouvira por causa da gola.

— Estou dizendo que cheguei a Pachútino em meia hora — gritou Vassíli Andrêitch.

— Nem se fala, é um cavalo e tanto! — disse Nikita.

Ficaram calados por um tempinho. Mas Vassíli Andrêitch tinha vontade de falar.

— Então, eu não mandei que tua mulher não desse bebida ao toneleiro? — falou Vassíli Andrêitch com a mesma voz alta, convencido de que para Nikita devia ser lisonjeiro conversar com um homem importante e inteligente como ele, e tão satisfeito ficou com a sua pilhéria que nem lhe passou pela cabeça que essa conversa podia ser desagradável a Nikita.

Mas, de novo, Nikita não ouviu as palavras do patrão, levadas pelo vento.

Vassíli Andrêitch repetiu, com a sua voz alta e clara, o chiste sobre o toneleiro.

— Deixa pra lá, Vassíli Andrêitch, eu não me intrometo nessas coisas. Só quero que ela não maltrate o garoto, o resto não me importa.

— É isso mesmo — disse Vassíli Andrêitch. E, puxando um novo assunto: — Mas, como é, vais comprar um cavalo na primavera?

— Não dá pra escapar disso — respondeu Nikita, afastando a gola do caftã e inclinando-se para o patrão.

Agora a conversa já interessava a Nikita, e ele queria ouvir tudo.

— O menino já está crescido, tem de arar sozinho, sem gente alugada — acrescentou.

— Pois, então, que fiquem com o desancado, não vou cobrar caro! — exclamou Vassíli Andrêitch, sentindo-se estimulado e retomando sua ocupação predileta — mercadejar —, a qual absorvia todas as suas forças.

— Quem sabe o senhor me dá uns quinze rublos, e eu vou comprar um na feira equina — disse Nikita, sabendo bem que o preço do cavalo que Vassíli Andrêitch queria lhe impingir era de uns sete rublos, mas que, entregando-lhe esse cavalo, Vassíli Andrêitch o avaliaria em uns 25 rublos, e então ele já não veria dinheiro algum por meio ano.

— O cavalo é bom, eu só quero o melhor para ti, é como se fosse para mim mesmo. Conscientemente. Brekhunóv não prejudica pessoa alguma. O que é meu que se perca, eu não sou como os outros. Pela minha honra! — gritou com aquela voz com que engabelava vendedores e compradores. — É um cavalo de verdade!

— Está certo — disse Nikita suspirando, e, convencido de que nada mais havia para ouvir, largou a gola, que imediatamente lhe tapou a orelha e o rosto.

Viajaram calados por cerca de meia hora. O vento soprava no flanco e no braço de Nikita, através do rasgão na peliça. Ele se encolhia e bafejava para dentro da gola que lhe fechava a boca e não sentia frio no resto do corpo.

— O que achas, vamos por Karamichevo ou direto? — perguntou Vassíli Andrêitch.

A viagem por Karamichevo era por uma estrada menos deserta, com bons marcos dos dois lados, porém mais longa. Direto era mais perto, mas a estrada, além de pouco usada, não possuía marcos, ou os que havia eram ruinzinhos, quase invisíveis sob a neve.

Nikita pensou um pouco.

— Por Karamichevo é mais longo, mas a estrada é melhor — respondeu.

— Mas direto é só passar o valezinho — disse Vassíli Andrêitch, que tinha vontade de ir pelo caminho mais curto.

— Como queira — disse Nikita e baixou de novo a gola.

Vassíli Andrêitch fez como disse e, depois de andar cerca de meia versta,[3] virou à esquerda, onde o vento agitava um ramo de carvalho com algumas folhas secas, aqui e ali, ainda presas nele.

---

[3] Versta: medida russa equivalente a 1,067 quilômetros. (N. da T.)

Senhor e servo

Nessa virada, o vento soprava-lhes quase ao encontro, e começou a cair uma neve miúda. Vassíli Andrêitch guiava, estufava as bochechas e bafejava de baixo para cima, dentro dos bigodes. Nikita cochilava.

Viajaram assim, calados, por uns dez minutos. De repente Vassíli Andrêitch começou a dizer algo.

— O que foi? — perguntou Nikita, abrindo os olhos.

Vassíli Andrêitch não respondia, mas se curvava, olhando para trás e para a frente, adiante do cavalo. O cavalo, com o pelo encrespado de suor no pescoço e nas virilhas, andava a passo.

— O quê, o que foi? — repetiu Nikita.

— O quê, o quê — arremedou Vassíli Andrêitch, enfezado. — Não dá para ver os marcos! Decerto perdemos o caminho!

— Então para, que eu vou olhar a estrada — disse Nikita e, saltando do trenó, alcançou o chicote debaixo da palha e foi andando pela esquerda, do lado onde estivera sentado.

A neve naquele ano não era funda, de modo que se via o caminho por toda a parte, mas, mesmo assim, aqui e ali chegava até os joelhos e penetrava nas botas de Nikita, que caminhava tateando o chão com os pés e com o chicote, mas não encontrava a estrada.

— Então, como é? — perguntou Vassíli Andrêitch, quando Nikita voltou para o trenó.

— Deste lado aqui, não há estrada. Preciso andar um pouco daquele outro.

— Ali na frente parece que há alguma coisa escura, vai para lá e olha — disse Vassíli Andrêitch.

Nikita foi também para lá, aproximou-se da mancha escura e viu que era terra, que deslizara de um barranco desmatado e tingira de negro a neve. Depois de andar um pouco também do lado direito, Nikita voltou e, sacudindo a neve da roupa e de dentro das botas, sentou-se no trenó.

— Precisas ir para a direita: o vento me soprava no lado esquerdo, mas agora bate direto na cara. Para a direita — repetiu Nikita, decidido.

Vassíli Andrêitch obedeceu e virou à direita. Mas ainda não havia estrada. Continuaram assim por algum tempo. O vento não amainava, e começou a nevar de leve.

— Mas nós, Vassíli Andrêitch, parece que nos perdemos mesmo — disse Nikita de repente, parecendo até animado. — E isto aqui, o que é? — acrescentou, mostrando umas folhas de batatas, enegrecidas, que despontavam sob a neve.

Vassíli Andrêitch deteve o cavalo já suado, que respirava penosamente, estufando os flancos redondos.

— O que foi? — perguntou.

— Viemos parar no campo de Zakhárov, é isto o que aconteceu!

— Estás mentindo? — reagiu Vassíli Andrêitch.

— Não estou mentindo, Vassíli Andrêitch, falo a verdade — disse Nikita —, até dá para sentir pelos solavancos do trenó que estamos passando sobre o batatal. E lá estão os montes de folhas: é o campo da plantação de Zakhárov.

— Essa agora, aonde nos metemos! — disse Vassíli Andrêitch. — Fazer o quê, agora?

— Precisamos ir em frente, é só isso. Vamos acabar saindo nalgum lugar — disse Nikita. — Se não for na aldeia Zakhárovka, então será na quinta do proprietário.

Vassíli Andrêitch concordou e guiou o cavalo seguindo a indicação de Nikita. Andaram assim bastante tempo. Às vezes saíam para terrenos desnudados, e o trenó sacolejava sobre os torrões de terra enregelada; outras vezes, sobre tocos de trigo furando a neve; ou então deslizavam sobre neve funda, plana e branca por igual, em cuja superfície já não se via mais nada.

A neve caía de cima e, às vezes, subia de baixo. O cavalo, visivelmente cansado, todo crespo de suor e coberto de geada, andava a passo. De repente perdeu o pé e afundou num rego ou numa vala. Vassíli Andrêitch quis freá-lo, mas Nikita não deixou:

— Não segure! Se entramos, precisamos sair. Upa, queridinho, upa, amigão! — gritou com voz alegre para o cavalo, saltando do trenó e atolando-se na vala.

O cavalo arrancou e logo saiu para o barranco gelado. Aparentemente, era uma valeta cavada.

— Mas onde é que estamos, afinal? — perguntou Vassíli Andrêitch.

— Logo vamos saber! — respondeu Nikita. — Toque em frente, sairemos em algum lugar.

— Mas aquilo, ao que parece, é a aldeia de Goriátchkino? — disse Vassíli Andrêitch, apontando para algo preto que emergia da neve, mais adiante.

— Quando chegarmos, veremos que espécie de floresta é aquela — disse Nikita.

Nikita estava vendo que, do lado daquele pretume, o vento trazia folhas secas de salgueiro e, por isso, sabia que não se tratava de floresta, e sim de vivenda, mas não queria falar. E, de fato, eles não andaram mais que uns dez *sájens*[4] depois da vala, quando surgiram na sua frente as negras silhuetas de árvores e ouviu-se um som novo e lamentoso. Nikita adivinhara certo: não era uma floresta, mas um renque de salgueiros altos, com algu-

---

[4] *Sájen*: medida russa equivalente a 1,83 m. (N. da T.)

mas folhas esparsas ainda tremulando aqui e ali. Aparentemente eram salgueiros plantados ao longo de um córrego da eira. Aproximando-se das árvores, que zuniam tristemente ao vento, o cavalo de repente fez um esforço e, com as patas dianteiras mais altas que o trenó, deu um arranco, saiu também com as patas traseiras para uma elevação, virou à esquerda e parou de se afundar na neve até os joelhos. Era a estrada.

— Pronto, chegamos — disse Nikita. — Só que não sabemos onde.

O cavalo seguiu sem titubear pela estrada nevada e, menos de quarenta *sájens* depois, apareceu na sua frente a cerca negra de um celeiro, de cujo telhado a neve espessa que o cobria deslizava sem cessar. Ao pararem ao largo do celeiro, a estrada colocou-os contra o vento, e eles afundaram direto num monte de neve fofa. Mas, pela frente, via-se uma passagem entre duas casas, de modo que, ao que parecia, a neve fora soprada para o caminho, e era preciso atravessá-la. E, de fato, passando por cima do monte, eles entraram numa rua. No quintal mais próximo, drapejavam desesperadamente ao vento algumas roupas congeladas, penduradas num varal; camisas, uma vermelha, outra branca, calças, faixas-perneiras e saias. A camisa branca debatia-se com fúria especial, agitando as mangas.

— Eis aí uma mulher preguiçosa: nem recolheu a roupa para a festa — observou Nikita, olhando para as irrequietas camisas.

III

No começo da rua ainda ventava, e o caminho estava coberto de neve, mas dentro da aldeia estava bem mais agradável, mais quente e sossegado. Um cachorro latia num quintal; no outro, uma camponesa, de cabeça coberta pela aba do casaco, parou na soleira da isbá para olhar os passantes. Do meio da aldeia ouvia-se a cantoria das moças.

Na aldeia, parecia que havia menos vento, e neve, e friagem.

— Mas isto aqui é Gríchkino — disse Vassíli Andrêitch.

— É isso mesmo — respondeu Nikita.

E, de fato, era a aldeia de Gríchkino. Acontece que eles se desviaram para a esquerda, fazendo umas oito verstas numa direção que não era bem a necessária, mas, mesmo assim, aproximando-se do local pretendido. De Gríchkino até Goriátchkino a distância era apenas de umas cinco verstas.

No centro da aldeia, eles deram com um homem alto, andando pelo meio da rua.

— Quem vem aí? — gritou o homem, detendo o cavalo, e, ao reconhecer Vassíli Andrêitch, foi tateando até o trenó e sentou-se na beirada. Era o mujique Issái, conhecido de Vassíli Andrêitch e famoso em toda a região como ladrão de cavalos.

— Ah! Vassíli Andrêitch! Para onde Deus o está levando? — disse Issái, envolvendo Nikita num bafo de vodca.

— Estávamos indo para Goriátchkino.

— E vieram parar aqui! Deviam ter ido por Malákhovo.

— Devíamos, mas não acertamos — disse Vassíli Andrêitch, contendo o cavalo.

— O cavalinho é dos bons — disse Issái, medindo o Baio com olhos de conhecedor. — E então, como é? Pernoitam aqui?

— Não, não podemos, temos de seguir viagem.

— Se tu dizes, decerto tens precisão. E este aqui, quem é? Ah, Nikita Stepánitch!

— E quem haveria de ser? — respondeu Nikita. — O perigo é a gente perder o caminho de novo.

— Não há como se perder! Volta, vai em frente, pela rua mesmo, e lá, saindo da aldeia, continua em frente. Nada de virar para a esquerda. E, quando saíres para a estrada grande, então vira à direita.

— E a virada para a direita, em que altura fica?

— Logo que chegares na estrada, verás uns arbustos, e, do outro lado, na frente dos arbustos, há um marco, uma grande estaca de carvalho: é ali mesmo.

Vassíli Andrêitch fez o cavalo dar meia-volta e partiu.

— Bem que podiam passar a noite aqui! — gritou Issái no encalço deles.

Mas Vassíli Andrêitch não respondeu e incitou o cavalo: algumas verstas de caminho plano, duas das quais pelo bosque, pareciam fáceis de cobrir, tanto mais que o vento parecia amainar, e a neve diminuía.

Voltando pela mesma rua, pelo caminho aplainado, meio enegrecido pelo esterco fresco, e passando pelo jardim com o varal, de onde a camisa branca já se soltara e pendia só por uma manga congelada, eles saíram novamente para o campo aberto. A nevasca não só não amainara como parecia ter aumentado. O caminho estava encoberto pela neve, e só pelos marcos dava para perceber que eles não tinham saído da estrada. Mas até mesmo os marcos eram difíceis de distinguir adiante, por causa do vento contrário.

Vassíli Andrêitch apertava os olhos, inclinava a cabeça, tentando distinguir os marcos, mas procurava confiar no cavalo, deixando-o livre. E o Baio de fato não se desviava e andava, pegando ora a direita, ora a esquerda, pelas curvas da estrada, que sentia debaixo dos cascos. Assim, apesar da neve cada vez mais pesada e do vento mais forte, as estacas dos marcos continuavam visíveis, ora à direita, ora à esquerda.

Senhor e servo

Após uns dez minutos de viagem, de repente surgiu, bem na frente do cavalo, algo negro a mover-se dentro da rede esconsa da neve tangida pelo vento. Eram companheiros de estrada. O Baio alcançou-os logo, até bater com as patas nas costas do assento do trenó na sua frente.

— Paaassem adiaaante... pela freeente! — gritavam do trenó.

Vassíli Andrêitch começou a ultrapassá-lo. No trenó estavam três mujiques e uma mulher. Aparentemente, eram visitantes voltando de uma festa. Um dos homens açoitava com uma vara o lombo coberto de neve do seu cavalinho. Os outros dois, na frente, gritavam alguma coisa, agitando os braços. A mulher, toda enrolada nos agasalhos e coberta de neve, não se movia, encorujada na parte traseira do trenó.

— De onde são vocês? — gritou Vassíli Andrêitch.

— De Aaaa... — era só o que se ouvia.

— De onde, eu pergunto!

— De Aaaa... — gritou um dos mujiques com toda a força, mas mesmo assim não deu para entender nada.

— Toca pra frente! Não deixa passar! — urrava o outro, sem parar de chicotear o pangaré.

— Chegando da festa, parece?

— Em frente, em frente! Toca, Siomka! Ultrapassa! Adiante!

Os trenós esbarraram um no outro com as lanças, quase se engancharam, soltaram-se, e o trenó dos mujiques começou a se atrasar.

O cavalinho felpudo, barrigudinho, todo coberto de neve, arfando e bufando sob a dugá baixa, lutava inutilmente, com as derradeiras forças, para fugir da vara que o castigava, arrastando as pernas curtas pela neve funda. Seu focinho, de ventas infladas e orelhas achatadas de medo, manteve-se por alguns segundos junto ao ombro de Nikita, mas logo começou a ficar para trás.

— O que faz o vinho! — disse Nikita. — Estão dando cabo do pangaré, esses brutos!

Durante alguns minutos, ouviram-se ainda o soprar das ventas extenuadas do cavalinho e os gritos ébrios dos mujiques, mas logo cessaram os sopros e os gritos, e não se ouviu mais nada além do silvar do vento e, vez por outra, do fraco ranger dos patins nos trechos da estrada livres de neve.

Esse encontro reanimou e alegrou Vassíli Andrêitch, que, encorajado, espicaçou mais o cavalo, contando com ele.

Nikita, não tendo nada para fazer, cochilava, como sempre em tais circunstâncias, recuperando muito tempo de sono perdido. Súbito, o cavalo estancou, e Nikita quase caiu para a frente com o tranco.

— Mas estamos outra vez no rumo errado — disse Vassíli Andrêitch.

— Por que diz isto?

— Porque não se veem mais estacas. Parece que perdemos o caminho de novo.

— Se perdemos o caminho, temos de procurá-lo — retrucou Nikita, lacônico. Desceu e começou a andar de novo pela neve, com as pisadas leves dos seus pés virados para dentro.

Andou bastante tempo, sumindo de vista, surgindo de novo e sumindo outra vez, e finalmente voltou.

— Aqui não há estrada, quem sabe mais adiante — disse ele, sentando-se no trenó.

Já começava a escurecer visivelmente. A nevasca não aumentava, mas também não amainava.

— Se ao menos escutássemos aqueles mujiques — disse Vassíli Andrêitch.

Senhor e servo

— É, eles não alcançaram a gente, decerto se atrasaram muito. E, quem sabe, também não perderam o caminho! — disse Nikita.

— Então, para onde iremos agora? — perguntou Vassíli Andrêitch.

— Se deixares o cavalo andar sozinho, ele leva a gente. Me dê as rédeas.

Vassíli Andrêitch entregou-lhe as rédeas de boa vontade, tanto mais que suas mãos, dentro das luvas quentes, começavam a ficar entanguidas.

Nikita pegou as rédeas, apenas segurando-as de leve, procurando não movê-las, orgulhoso da esperteza do seu predileto. E, de fato, o inteligente animal, movendo as orelhas ora para um lado, ora para outro, começou a fazer uma curva.

— É só não falar nada — dizia Nikita. — Veja só o que ele faz! Anda, vai andando! É assim, vai assim mesmo.

O vento começou a soprar por trás, e a friagem diminuiu.

— E como ele é sabido! — continuava Nikita, elogiando o cavalo. — O Kirguiz é um cavalão forte, mas é bobo. Já este, veja só o que ele faz com as orelhas. Não precisa de telégrafo, percebe tudo à distância.

E não havia passado nem meia hora quando na frente delineou-se novamente alguma coisa escura: um bosque, ou uma aldeia, e do lado direito reapareceram as estacas dos marcos. Aparentemente, haviam saído para a estrada de novo.

— Mas isto aqui é Gríchkino outra vez — disse Nikita, de repente.

E, de fato, lá estava, à sua esquerda, aquele mesmo varal com as roupas congeladas, camisas e calções, que continuavam a se agitar ao vento com o mesmo desespero de antes.

Eles entraram na rua e novamente ficou tudo tranquilo,

quente e agradável. E ficou visível o caminho de esterco, ouviram-se vozes, canções, latidos. Já escurecera tanto que em muitas janelas já havia luzes acesas.

Na metade da rua, Vassíli Andrêitch fez o cavalo parar na entrada de uma casa grande, de tijolos, diferente das isbás de madeira.

Nikita foi até uma janela iluminada, em cuja luz dançavam flocos cintilantes de neve, e bateu com o cabo do chicote.

— Quem é? — respondeu uma voz vinda de dentro.

— Os Brekhunóv, de Kresti, meu bom homem — respondeu Nikita. — Vem para fora, por um momento.

Afastaram-se da janela e, logo depois, ouviram o rangido da porta se abrindo no vestíbulo e, em seguida, estalou o trinco da porta da rua e, logo, segurando a porta por causa do vento, apareceu um velho mujique alto, de barba branca, de peliça sobre os ombros e camisa festiva, e atrás dele um rapazola de blusão vermelho e botas de couro.

— És tu mesmo, Andrêitch? — perguntou o velho.

— Pois é, perdemos o caminho, meu caro — disse Vassíli Andrêitch. — Íamos para Goriátchkino e viemos parar aqui. Saímos, nos afastamos e aí nos extraviamos de novo.

— Ora vejam, então se perderam! — disse o velho. — Petrúchka, vai lá, abre o portão! — voltou-se ele para o rapaz de blusão vermelho.

— É pra já — respondeu o moço com voz alegre e correu para o vestíbulo.

— Mas nós não vamos pernoitar aqui, meu caro — disse Vassíli Andrêitch.

— E vais para onde? Já é noite, fica aqui!

— Eu até gostaria, mas não posso, preciso prosseguir. Negócios, amigo; não posso mesmo.

— Então, vem ao menos se aquecer junto ao samovar — disse o velho.

— Isso sim, posso me aquecer — disse Vassíli Andrêitch. — E quando escurecer mais, e a lua aparecer, o caminho ficará mais visível e poderemos seguir viagem. Como é, vamos entrar e nos aquecer, Nikita?

— Como não, a gente pode se aquecer — apressou-se a concordar Nikita, que estava transido de frio e com muita vontade de esquentar, no calor, os seus membros enregelados.

Vassíli Andrêitch entrou na casa com o velho, enquanto Nikita conduzia o trenó pelo portão aberto por Petrúchka e, por indicação do rapaz, fazia o cavalo entrar debaixo do telheiro. A dugá alta roçou no poleiro, no qual as galinhas e o galo, já acomodados, se alvoroçaram e começaram a cacarejar, aborrecidos. As ovelhas perturbadas precipitaram-se para um lado, pisoteando com os cascos o esterco congelado do chão. E o cachorro, assustado e raivoso, gania e latia freneticamente para o intruso.

Nikita conversou com todos: desculpou-se perante as galinhas, tranquilizou-as, garantindo que não as perturbaria mais; censurou as ovelhas por serem tão assustadiças sem saberem por quê, e ficou acalmando o cachorro durante o tempo todo que levou amarrando o cavalo.

— Assim, agora vai ficar bom — disse ele, sacudindo a neve da roupa. — Mas como se esgoela, ora veja! — acrescentou, dirigindo-se ao cachorro. — Já chega! Basta, bobinho, já basta! Só te cansas à toa, nós não somos ladrões, somos amigos...

— Está escrito que estes são os três conselheiros domésticos — disse o rapaz, empurrando com o braço forte, para baixo do telheiro, o trenó que ficara do lado de fora.

— E que conselheiros são esses? — perguntou Nikita.

— Está escrito assim no meu almanaque Paulson: se um ladrão sorrateiro se aproxima da casa, e o cachorro late, isso significa atenção, não durmas no ponto. Se o galo canta, é sinal de hora de se levantar. Se o gato se lava, quer dizer que vai chegar uma visita bem-vinda: prepara-te para recebê-la — disse o moço, sorrindo.

Petrúchka era alfabetizado e sabia quase de cor o Paulson, único livro que possuía, e gostava, especialmente quando estava um pouco bebido, como naquele dia, de fazer citações que lhe pareciam adequadas ao momento.

— Lá isso está certo — disse Nikita.

— Eu acho que estás bem gelado, não estás, tiozinho? — acrescentou Petrúchka.

— Sim, é isso mesmo — disse Nikita, e ambos atravessaram o pátio e o vestíbulo, para dentro da isbá.

IV

A casa onde Vassíli Andrêitch entrara era uma das mais ricas da aldeia. A família mantinha cinco lotes de terra e ainda alugava mais alguns por fora. Tinha seis cavalos, três vacas, dois bezerros e umas vinte ovelhas. O grupo familiar compunha-se de 22 almas: quatro filhos casados, seis netos — dos quais só Petrúchka era casado —, dois bisnetos, três órfãos e quatro noras com os filhos. Era uma das raras casas que ainda permanecia indivisa, mas também nela já fermentava um surdo trabalho de discórdia, como sempre iniciado entre o mulherio, o que em breve a levaria, infalivelmente, a uma separação de bens. Dois filhos trabalhavam em Moscou como aguadeiros, um era soldado. Em casa agora estavam o velho, a velha, o segundo filho — o dono — e o filho mais velho, que viera de Moscou para a festa, e todas

Senhor e servo

as mulheres e crianças; além dos de casa, havia ainda um vizinho visitante e um compadre.

Na isbá, por sobre a mesa, pendia uma lâmpada com abajur, iluminando brilhantemente a louça de chá, uma garrafa de vodca, alguns petiscos e as paredes de tijolo, cobertas de ícones[5] no canto de honra, e ladeados por outros quadros.

Sentado à cabeceira da mesa, na sua peliça branca, Vassíli Andrêitch chupava o bigode e passeava em volta seus olhos saltados de ave de rapina, examinando pessoas e coisas. Além dele, sentavam-se à mesa o velho calvo de barbas grisalhas, o dono, de camisão branco de pano rústico tecido em casa, e, ao seu lado, de fina camisa de chita sobre os ombros e costas reforçadas, o filho chegado de Moscou para a festa, e ainda outro filho, o espadaúdo primogênito, que tomava conta da casa; e o vizinho, um mujique ruivo e magro, o visitante.

Os homens, tendo acabado de beber e comer, preparavam-se para tomar o chá, e o samovar já zumbia no chão, junto à estufa. Pelos cantos agrupavam-se as crianças. Uma mulher embalava um berço. A dona da casa, velhinha de rosto sulcado de rugas em todas as direções, ocupava-se de Vassíli Andrêitch.

Na hora em que Nikita entrou na isbá, ela acabava de encher um copinho de vodca, que oferecia ao visitante.

— Não nos ofendas, Vassíli Andrêitch, não podes, é preciso brindar a festa conosco — dizia ela. — Bebe, querido.

A visão e o cheiro da vodca, especialmente agora que estava gelado e cansado, perturbaram Nikita. Ele franziu o cenho e, após sacudir a neve do gorro e do caftã, postou-se diante dos ícones e, como se não visse ninguém, curvou-se e persignou-se três vezes

---

[5] Imagens de santos. (N. da T.)

Lev Tolstói

diante das imagens. Depois, voltando-se para o velho, curvou-se em saudação, primeiro para ele e, em seguida, para todos os outros sentados à mesa, e só depois para as mulheres, paradas de pé ao lado da estufa, e, dizendo "boas festas", começou a tirar os agasalhos, sem olhar para a mesa.

— Mas como estás enregelado, tio — disse o irmão mais velho, olhando para o rosto, o bigode e a barba de Nikita, arrepiados e eriçados de neve.

Nikita tirou o caftã, sacudiu-o mais, pendurou-o junto à estufa e se aproximou da mesa. Também a ele ofereceram vodca. Houve um momento de luta torturante: ele quase aceitou o copinho e derramou na boca o líquido claro e perfumoso. Mas, lançando um olhar para Vassíli Andrêitch, lembrou-se da promessa, das botas perdidas na bebedeira, lembrou-se do toneleiro e do filho a quem prometera comprar um cavalo na primavera — soltou um suspiro e recusou.

— Não bebo, muito agradecido — disse ele, carrancudo, e sentou-se no banco debaixo da segunda janela.

— Mas por que isso? — perguntou o irmão mais velho.

— Não bebo porque não bebo, é só isso — atalhou Nikita, sem levantar os olhos, espiando de soslaio sua barba e seu bigode ralos, que começavam a degelar-se.

— Não é bom para ele — disse Vassíli Andrêitch, mordiscando uma rosquinha depois de um gole de vodca.

— Então, um copinho de chá — disse a velhinha carinhosa. — Acho que estás entanguido de frio, meu queridinho. Por que demoram com o samovar, vocês aí, mulherada?

— Está pronto — respondeu uma das jovens mulheres, abanando com a cortina o fumegante samovar coberto, e, erguendo-o com esforço do chão, colocou-o pesadamente sobre a mesa.

Neste ínterim, Vassíli Andrêitch relatava como se desviaram

Senhor e servo

do caminho, voltaram duas vezes para a mesma aldeia, como vagaram na neve, como se encontraram com os bêbados. Os donos da casa se espantavam, explicavam onde e por que se perderam e quem eram aqueles bêbados. E ensinavam-lhes como achar o caminho certo.

— Aqui, qualquer criança chega até a aldeia Moltchánovka, é só fazer a curva no lugar certo da estrada, onde se vê um arbusto. Mas vocês não chegaram até ali — explicava o vizinho.

— Deviam passar a noite aqui; as mulheres lhes arrumam as camas — insistia a velhinha.

— Poderiam partir de manhãzinha, será o melhor a fazer — secundava o velho.

— Não dá, amigo, são os negócios! — disse Vassíli Andrêitch. — Se eu perder uma hora, não a recupero em um ano — acrescentou, lembrando-se do bosque e dos comerciantes que podiam arrebatar-lhe essa compra.

— Chegaremos lá, não é? — voltou-se ele para Nikita.

Nikita demorou para responder, parecia preocupado com o degelo da sua barba e do bigode.

— Se não nos perdermos de novo — disse por fim, sombriamente.

Nikita estava taciturno, porque sentia um desejo torturante pela vodca, e a única coisa que poderia mitigar tal desejo seria o chá, mas este ninguém lhe dera ainda.

— Só precisamos chegar até a curva. Ali já não nos perderemos mais, iremos pelo bosque até o próprio lugar — disse Vassíli Andrêitch.

— O senhor é quem sabe, Vassíli Andrêitch; se é para ir, então vamos — disse Nikita, recebendo o copo de chá agora oferecido.

— Acabemos de tomar o chá e sigamos em frente. Marche!

Nikita não disse nada, só assentiu com a cabeça e, derramando cuidadosamente o chá no pires, começou a aquecer no vapor suas mãos de dedos permanentemente inchados pelo trabalho. Depois, tendo mordido um minúsculo torrão de açúcar, curvou-se para os donos da casa e disse:

— À vossa saúde! — e sorveu devagar o líquido quente e reconfortante.

— Se alguém nos acompanhasse até a curva... — disse Vassíli Andrêitch.

— Pois não, isso se pode — disse o filho mais velho. — Petrúchka vai atrelar e vai levá-los até a curva.

— Então vai lá e atrela, amigo, que eu saberei agradecer.

— Mas o que é isso, querido! — falou a carinhosa velhinha. — A gente faz de todo o coração.

— Petrúchka, vai atrelar a égua — disse o mais velho ao irmão.

— Eu vou — disse Petrúchka, sorrindo. E, arrancando o gorro do prego, correu para atrelar.

Enquanto preparavam o cavalo, a conversa voltou ao ponto em que se interrompera quando Vassíli Andrêitch se aproximou da janela. O velho se queixava ao vizinho-alcaide do terceiro filho, que não lhe mandara presente algum para a festa, enquanto enviara à esposa um lenço francês.

— O pessoal jovem está se afastando da gente — dizia o velho.

— E como se afastam, nem me diga — respondeu o vizinho-compadre. — Ficaram inteligentes demais. Olha o Demótchkin: quebrou o braço do pai! Deve ser de tanta inteligência, eu acho.

Nikita olhava e escutava atento, e aparentemente tinha vontade de participar da conversa, mas, muito absorvido pelo chá,

Senhor e servo

só meneava a cabeça em sinal de aprovação. Bebia um copo após outro e se sentia cada vez mais e mais aquecido, mais e mais confortável e aconchegado. A conversa continuou por muito tempo, sempre girando em torno do mesmo tema: os males da divisão de bens. E essa conversa obviamente não se referia a um assunto abstrato, mas tratava da partilha dentro da própria casa, uma partilha exigida pelo segundo filho, sentado ali mesmo, taciturno e calado. Obviamente, este era um ponto doloroso, e o problema preocupava todos os familiares, os quais, por decoro, não discutiam seus assuntos privados diante dos estranhos. Mas por fim o velho não aguentou mais e, com lágrimas nos olhos, começou a dizer que não deixaria fazerem a partilha enquanto estivesse vivo, e que, graças a Deus, a casa estava com ele, e, se fossem dividi-la, acabariam todos pedindo esmola.

— Como aconteceu com os Matvêiev — disse o vizinho. — Era uma casa de verdade, mas quando a dividiram, ficaram todos sem nada.

— E é isso que tu também queres — voltou-se o velho para o filho.

O filho não respondeu nada, e instalou-se um silêncio incômodo, logo interrompido por Petrúchka, que já atrelara o cavalo e voltara, alguns minutos antes, para a isbá, sempre sorridente.

— No meu Paulson há uma fábula — disse ele — sobre um pai que deu aos filhos um feixe de varas para quebrar. Não conseguiram quebrá-lo todo de uma vez, mas de varinha em varinha foi fácil. Assim é também isso aqui — disse ele, sorrindo até as orelhas. — Pronto! — acrescentou.

— Pois se está pronto, vamos embora — disse Vassíli Andrêitch. — E quanto à partilha, não entregues os pontos, vovozinho. Foste tu que construíste tudo, és tu o dono. Entrega ao juiz de paz. Ele vai pôr ordem nisso.

— Ele cria tanto caso, pressiona tanto — insistia o velho com voz lamentosa — que não dá para acertar nada com ele. Parece até que está com o diabo no corpo!

Entrementes Nikita, que terminara de beber o quinto copo de chá, mesmo assim não o virou de fundo para cima, mas o colocou do lado, na esperança de que o enchessem mais uma vez. Mas não havia mais água no samovar, e a patroa não lhe encheu o copo pela sexta vez, e também Vassíli Andrêitch já começara a vestir os agasalhos. Não restava nada a fazer. Nikita levantou-se, colocou de volta no açucareiro o seu torrão de açúcar todo mordido, enxugou o rosto suado com a barra da camisa e enfiou o seu pobre casaco. Em seguida, com um suspiro profundo, agradeceu aos donos da casa, despediu-se e passou do recinto quente e iluminado para o vestíbulo escuro e frio, que o vento uivante invadia pelas frestas da porta, e de lá saiu para o pátio escuro.

Petrúchka, de peliça no meio do pátio, ao lado do seu cavalo, recitava sorridente uns versos do Paulson: "A tempestade encobre o céu/ rodopiando os flocos de neve/ ora uivando como uma fera/ ora chorando como uma criança".

Nikita balançava a cabeça, aprovador, enquanto desembaraçava as rédeas.

O velho, acompanhando Vassíli Andrêitch, trouxe uma lanterna para o vestíbulo, tencionando iluminá-lo, mas o vento logo a apagou. E lá fora a nevasca recrudescia cada vez mais.

"Mas que tempo!", pensou Vassíli Andrêitch. "Talvez nem dê para chegar lá! Mas não posso ficar, os negócios não esperam. E já que me abalei a sair, e o cavalo do velho já está atrelado... Chegaremos, se Deus quiser!"

O patrão velho também pensava que seria melhor não prosseguir viagem, mas ele já insistira para que ficassem e não fora atendido — agora já não podia pedir mais nada. "Quem sabe é por causa da velhice que eu tenho receio, mas eles chegarão lá", pensava ele, "e, pelo menos, nós iremos para a cama na hora de sempre, sem amolações."

Petrúchka, porém, nem pensava no perigo: conhecia muito bem o caminho e toda a região, e, além disso, o versinho "rodopiando os flocos de neve" o animava, por expressar perfeitamente o que se passava no pátio. Já Nikita não tinha a menor disposição para partir, mas se acostumara há muito tempo a não ter vontade própria e a servir aos outros, de modo que ninguém reteve os viajantes.

V

Vassíli Andrêitch aproximou-se do trenó, mal distinguindo onde ele estava naquela escuridão, subiu e pegou as rédeas.

— Vai na frente! — gritou ele.

Petrúchka, de joelhos no seu próprio trenó, tocou o seu cavalo. O Baio, que já estava à espera, sentindo uma égua na sua frente, arrancou no encalço da fêmea, e todos saíram para a rua. Novamente seguiram o mesmo caminho, ao largo do mesmo quintal com as roupas congeladas no varal, que já não era visível; ao longo do mesmo galpão, agora coberto até o telhado, do qual a neve escorregava sem parar; ao longo das mesmas árvores que se curvavam e gemiam lugubremente sob o vento, e mais uma vez entraram naquele mar nevado, a rugir por cima e por baixo. O vento era tão forte que, quando soprava pelo lado e os viajantes ficavam contra ele, fazia o trenó adernar e empurrava o cavalo para o outro lado. Petrúchka ia na frente, no trote balouçante da sua valente égua, estimulando-a com gritos animados. O Baio se esforçava para alcançá-la.

Após uns dez minutos, Petrúchka virou-se para trás e gritou alguma coisa. Nem Vassíli Andrêitch nem Nikita conseguiram ouvi-lo por causa do vento, mas adivinharam que haviam chegado à curva. Com efeito, Petrúchka virou para a direita, e o vento, que soprava de lado, tornou a soprar de frente; à direita, através da neve, viu-se algo escuro. Era o arbusto na curva.

— Agora vão com Deus!

— Obrigado, Petrúchka!

— A tempestade encobre os céus! — gritou Petrúchka, e sumiu.

— Ora vejam, que versejador — disse Vassíli Andrêitch e puxou as rédeas.

— É sim, é um rapagão dos bons, um mujique de verdade — disse Nikita.

E prosseguiram em frente.

Nikita, enrolado no capote, com a cabeça encolhida entre os ombros, de modo que sua pequena barba aderia ao seu pescoço, estava calado, procurando não perder o calor acumulado no corpo dentro da isbá graças ao chá. Na sua frente, ele via as linhas paralelas das lanças do trenó, que o enganavam constantemente, simulando uma estrada lisa; e as ancas balouçantes do cavalo, com a cauda amarrada em nó; e, mais à frente, o pescoço e a cabeça do Baio, sob o arco da dugá, com a crina esvoaçante. De raro em raro, vislumbrava um marco na estrada, de modo que sabia que estavam no rumo certo, e ele não tinha nada para fazer.

Vassíli Andrêitch dirigia, deixando que o cavalo seguisse a estrada sozinho. Mas o Baio, apesar de ter descansado na aldeia, corria de má vontade e parecia querer sair da estrada, de modo que Vassíli Andrêitch teve que corrigi-lo algumas vezes.

"Eis um marco à direita, aqui outro, aqui o terceiro", con-

Senhor e servo

tava Vassíli Andrêitch. "E agora, eis a floresta", pensou, forçando a vista para algo que pretejava na sua frente. Mas o que lhe parecera uma floresta não passava de um arbusto.

Ultrapassaram o arbusto, cobriram mais uns vinte *sájens* — mas não apareceu o quarto marco nem a floresta. "A floresta deve aparecer já" — pensava Vassíli Andrêitch, e, estimulado pelo vinho e pelo chá, mexia as rédeas o tempo todo, e o bom e submisso animal obedecia, andando ora a passo, ora a trote leve, para onde o mandavam, apesar de saber que o mandavam numa direção que não era, de todo, a correta. Passaram-se uns dez minutos, e a floresta não aparecia.

— Mas não é que nos perdemos outra vez! — disse Vassíli Andrêitch, detendo o cavalo.

Nikita desceu do trenó, calado, segurando o seu capote, que ora grudava nele por causa do vento, ora se abria descobrindo-o, e saiu a vadear pela neve. Andou para um lado, andou para outro. Umas três vezes ele sumiu da vista, de todo. Por fim voltou e tomou as rédeas das mãos de Vassíli Andrêitch.

— É para a direita que precisamos ir — disse Nikita, severo e decidido, fazendo o cavalo virar.

— Bem, se é para a direita, vai pra direita — disse Vassíli Andrêitch, entregando-lhe as rédeas e enfiando as mãos entanguidas dentro das mangas.

Nikita não respondeu.

— Vamos, amigão, faz uma força — gritou para o cavalo, mas o cavalo, apesar das sacudidelas das rédeas, andava só a passo.

Aqui e ali a neve chegava-lhe até o joelho, e o trenó avançava aos arrancos a cada movimento do cavalo.

Nikita alcançou o chicote, pendurado na frente do trenó, e deu uma lambada no cavalo. O bom animal, não acostumado ao chicote, deu um arranco e partiu a trote, mas logo relaxou e voltou ao passo. Andaram assim durante uns cinco minutos. Estava tão escuro e ventava tanto que, por vezes, não se enxergava o arco da dugá. Por momentos parecia que o trenó ficava parado no lugar, e depois corria para trás. Súbito o cavalo estancou, como se pressentisse algo ruim pela frente. Nikita desceu de novo, largando as rédeas, e foi caminhando na frente do Baio para ver por que ele parara de repente; mas nem bem ele deu um passo adiante do cavalo, seus pés escorregaram e ele caiu rolando por um barranco.

— Para, para, para! — dizia ele para si mesmo, caindo e tentando deter-se, mas já não conseguia se segurar e só parou quando afundou os pés numa grossa camada de gelo, acumulada no fundo do barranco. A massa de neve da beira do barranco despencou em cima dele, entrando-lhe atrás da gola...

— Então é assim! — disse Nikita em tom reprovador, dirigindo-se ao barranco e sacudindo a neve da gola.

— Nikita! Ei, Nikita! — gritava Vassíli Andrêitch, lá de cima.

Mas Nikita não respondia.

Ele não tinha tempo: sacudia-se, depois procurava o chicote que deixara cair quando rolava pela encosta. Encontrado o chicote, tentou subir por onde caíra, mas não era possível — ele escorregava de volta, de modo que teve de procurar uma saída por baixo. A uns três *sájens* do lugar onde rolara, ele conseguiu subir, de quatro, com dificuldade, para a lombada, e foi andando pela beira do barranco até o lugar onde devia estar o cavalo. Não via nem o cavalo nem o trenó; mas como caminhava contra o vento, ouviu os gritos de Vassíli Andrêitch e os relinchos do Baio que o chamavam, antes de poder enxergá-los.

— Já vou, já vou, que berreiro é este! — resmungou ele.

Senhor e servo

Foi só quando chegou bem perto do trenó que Nikita viu o cavalo e, ao lado dele, Vassíli Andrêitch, que parecia enorme.

— Onde diabos te foste meter? Temos de voltar. Voltar pelo menos até Gríchkino — rosnou o patrão, enfezado.

— Eu bem que gostaria de voltar, Vassíli Andrêitch, mas me dirigir para onde? Há um buraco aqui tão grande que, se cairmos lá dentro, não sairemos nunca mais. Despenquei ali de um jeito que mal e mal consegui me safar.

— E então? Não podemos ficar parados aqui! Temos de ir para algum lugar — disse Vassíli Andrêitch.

Nikita não respondeu nada. Sentou-se no trenó, de costas para o vento, tirou o capote, sacudiu a neve que lhe enchia as botas e, pegando um punhado de palha, forrou cuidadosamente um buraco na sola, por dentro.

Vassíli Andrêitch permanecia calado, como quem agora entregava tudo aos cuidados de Nikita. Calçadas as botas, Nikita enfiou as luvas, pegou as rédeas e colocou o cavalo para andar ao longo da beira do barranco. Mas não andaram nem cem passos, quando o cavalo estancou outra vez: diante dele abria-se novamente uma ravina.

Nikita tornou a descer do trenó e saiu de novo a vadear pela neve. Andou assim por um bom tempo e, por fim, apareceu do lado oposto daquele do qual saíra.

— Está vivo, Andrêitch? — gritou ele.

— Estou aqui — respondeu Vassíli Andrêitch. — E, então, como é?

— Não dá para entender de jeito nenhum. Está escuro. Há uns barrancos... Vamos ter de voltar a andar contra o vento.

Partiram de novo, e mais uma vez Nikita vadeou pela neve, subiu no trenó, tornou a apear, voltou a andar pela neve e, por fim, esbaforido, parou ao lado do trenó.

— E então? — perguntou Vassíli Andrêitch.

— Então é que eu estou pondo os bofes pra fora! E o cavalo também já não aguenta mais.

— E agora, fazer o quê?

— Bem, espere aqui, espere um pouco.

Nikita saiu de novo e voltou logo.

— Siga-me — disse ele, colocando-se na frente do cavalo.

Vassíli Andrêitch já não ordenava nada, mas fazia, obediente, o que Nikita lhe dizia.

— Aqui, atrás de mim! — gritou Nikita, desviando-se rápido para a direita e, agarrando o Baio pela rédea, dirigiu-o para algum lugar mais abaixo, num monte de neve.

O cavalo resistiu no começo, mas em seguida deu um arranco, na tentativa de saltar por cima do monte de neve, porém não conseguiu e afundou-se nele até a colhera.

— Sai daí! — gritou Nikita para Vassíli Andrêitch, que continuava sentado no trenó, e, segurando numa das lanças, começou a empurrar o trenó para cima do cavalo. — Está difícil, irmão — dirigiu-se ele ao Baio —, mas, que remédio, faz um esforço! Vamos, vamos, mais um pouco! — gritou ele.

O cavalo arrancou uma vez, e outra, mas não conseguiu safar-se e sentou de novo, como que ponderando alguma coisa.

— Mas como, irmão, assim não dá! — arengava Nikita para o Baio. — Vamos, só mais uma vez!

Novamente Nikita puxou o trenó pela lança, do seu lado. Vassíli Andrêitch fez o mesmo, do outro lado. O cavalo sacudiu a cabeça, depois arrancou de repente.

— Vamos, vamos! Força! Não vais te afogar! — gritava Nikita.

Um salto, outro, o terceiro, e finalmente o cavalo safou-se do monte de neve e parou, arfando e sacudindo-se todo. Nikita

Senhor e servo

quis continuar em frente, mas Vassíli Andrêitch ficara tão esbaforido dentro das suas duas peliças que não conseguia andar, e deixou-se cair no trenó.

— Deixa-me tomar fôlego — disse ele, desfazendo o nó do lenço com o qual amarrara a gola de peliça, na aldeia.

— Está tudo bem, fique deitado aí — disse Nikita —, eu vou levando sozinho. — E, com Vassíli Andrêitch no trenó, foi conduzindo o cavalo pelo bridão uns dez passos para baixo, e depois um pouco para cima, até parar.

O lugar onde Nikita parara não ficava no fundo da ravina — onde a neve, despencando da beira, poderia soterrá-los —, mas ainda era parcialmente protegido pela beira do barranco. Em alguns momentos o vento parecia amainar, mas isso durava pouco, e, em seguida, como para descontar esse descanso, o temporal atacava com força decuplicada, puxando e rodopiando com fúria maior ainda. Um desses golpes de vento caiu no momento exato em que Vassíli Andrêitch, recobrando o alento, desceu do trenó e aproximou-se de Nikita a fim de discutir o que fazer. Ambos se inclinaram involuntariamente e esperaram a rajada passar até poderem falar. O Baio também abaixava as orelhas, sem querer, e sacudia a cabeça. Assim que a fúria do vento amainou um pouco, Nikita, tirando as luvas, que enfiou no cinto, bafejou sobre as mãos e pôs-se a afrouxar a dugá.

— Mas o que é que estás fazendo? — perguntou Vassíli Andrêitch.

— Desatrelando, o que mais eu posso fazer? Não aguento mais — respondeu Nikita, como que se desculpando.

— Mas nós não vamos continuar, para sair em algum lugar?

— Não vamos, só daríamos cabo do cavalo. O coitado já está no fim das suas forças — disse Nikita, apontando o esgotado animal, submisso e pronto para tudo, parado, com os flancos encharcados de suor, agitados pela respiração ofegante. — Temos de pernoitar aqui — repetiu ele, como se planejasse passar a noite numa estalagem, e começou a soltar a colhera.

— Será que não vamos morrer congelados? — disse Vassíli Andrêitch.

— E daí? O que vier, não se pode recusar — disse Nikita.

VI

Vassíli Andrêitch, com suas duas peliças, sentia-se bem quente, em especial depois de se debater no monte de neve. Mas um calafrio correu-lhe pela espinha quando compreendeu que realmente teria de passar a noite ali. Para se acalmar, acomodou-se no trenó e procurou seus cigarros e fósforos.

Nesse ínterim, Nikita desatrelava o cavalo e, enquanto se atarefava nisso, conversava sem cessar com o Baio, animando-o.

— Vamos, vamos, sai agora — dizia, tirando-o de entre as lanças do trenó. — E vamos amarrar-te aqui, e vou dar-te um pouco de palha e desembaraçar-te — falava, enquanto fazia o que dizia. — Depois de comer um pouco, te sentirás mais alegre.

Mas o Baio, ao que parecia, não se deixava tranquilizar pelas conversas de Nikita: estava inquieto, pateava, apertava-se contra o trenó, virava as ancas para o vento e esfregava a cabeça na manga de Nikita.

Como se fosse apenas para não ofender Nikita, recusando a oferta da palha que ele lhe enfiava debaixo do focinho, uma vez o Baio só abocanhou, num repente, um feixe de palha do trenó, mas decidiu, imediatamente, que a situação não era para palha: soltou-a, e o vento a levou incontinenti, espalhando-a e cobrindo-a de neve.

— Agora vamos colocar um sinal — disse Nikita e, virando o trenó na direção do vento, colocou as lanças na vertical e amarrou-as com a correia da sela à frente do trenó. — Agora, se a neve nos cobrir, gente boa verá estas lanças, saberá que estamos aqui e virá nos desenterrar — disse Nikita, calçando as luvas. — Foi assim que os velhos nos ensinaram.

Nesse meio-tempo, Vassíli Andrêitch, abrindo a peliça e protegendo-se contra o vento, riscava um fósforo após outro contra a caixa de aço, mas suas mãos tremiam tanto que os fósforos, apenas acesos, eram logo apagados pelo vento, no mesmo momento em que se aproximavam do cigarro. Finalmente um fósforo conseguiu pegar fogo e iluminou por um instante a pelagem da sua peliça, sua mão com o anel de ouro no dedo indicador curvado para dentro, e a palha que escapava de sob o assento, coberta de neve, e o cigarro conseguiu ser aceso. Ele inalou avidamente por duas vezes, soltou a fumaça pelos bigodes, quis tragar mais uma vez, mas o vento arrebatou-lhe fumo e fogo e levou para onde já levara a palha.

Mas mesmo essas poucas tragadas de tabaco animaram Vassíli Andrêitch.

— Se temos de pernoitar, pernoitaremos! — disse ele, decidido. — Mas, espera, eu ainda vou fazer uma bandeira — acrescentou, apanhando o lenço que tirara do pescoço e jogara no fundo do trenó. E, tirando as luvas, ficou de pé no trenó e, alcançando com esforço a correia que amarrava as lanças, prendeu o lenço com um nó apertado em uma delas.

O lenço começou sem demora a agitar-se desesperadamente, ora colando-se à lança, ora esticando-se e estalando.

— Viu que jeitoso? — perguntou Vassíli Andrêitch, admirando sua obra, ao voltar a sentar-se no trenó. — Juntos seria mais quente, mas não vamos caber no assento os dois.

— Eu encontrarei lugar para mim — respondeu Nikita —, mas precisa cobrir o cavalo, ele está todo suado, o pobre querido. Dá licença — acrescentou, puxando o forro do assento debaixo de Vassíli Andrêitch, e, dobrando-o, cobriu o Baio, depois de retirar as correias do seu lombo. — Assim ficarás mais quente, bobinho — dizia ele, tornando a colocar as correias por cima do forro. — Não vais precisar deste pano de saco? E dê-me um pouco de palha também — disse Nikita, terminando esse serviço e aproximando-se do trenó.

E, tirando ambas as coisas de sob Vassíli Andrêitch, Nikita foi para trás do trenó, cavou uma cova na neve, forrou-a com a palha, e, afundando o gorro sobre as orelhas, enrolou-se no caftã, cobriu-se por cima com o saco e sentou-se sobre a palha, encostado à traseira externa do trenó, que o protegia do vento e da neve.

Vassíli Andrêitch balançou a cabeça, desaprovadoramente, para o que Nikita estava fazendo, criticando como sempre a ignorância e a estupidez dos mujiques, e começou a preparar-se para a noite.

Espalhou e alisou a palha restante no fundo do trenó, arrumou-a em baixo de si e, enfiando as mãos nas mangas, encostou a cabeça no canto do trenó, na parede da frente, ao abrigo do vento.

Vassíli Andrêitch não tinha vontade de dormir. Ficou deitado, pensando. Pensava sempre sobre a mesma coisa, sobre aquilo que constituía a única meta, o sentido, a alegria e o orgulho da sua vida: dinheiro. Quanto dinheiro já ganhara e quanto ainda poderia ganhar; quanto dinheiro ganharam e possuíram outras pessoas, suas conhecidas, e como ele, assim como elas, poderia ainda ganhar muito dinheiro. A compra do bosque de Goriátchkino era para ele assunto de enorme importância. Tinha esperança de ganhar, com esse bosque, de uma só vez, uns dez mil rublos. E ele se pôs a avaliar, em pensamento, um bosque que vira no outono, no qual contara todas as árvores numa área de mais de dois hectares.

"Os carvalhos darão madeira para patins de trenó. E tábuas, é claro. E lenha, uns trinta *sájens* por hectare", falava ele consigo mesmo. "Cada hectare dará, no mínimo, uns duzentos rublos de lucro, 36 hectares, 56 centenas, e mais 56 dezenas, e mais 56..." Ele via que o lucro passaria de doze mil, mas sem fazer as contas não conseguia calcular a quantia exata. "Em todo caso, dez mil eu não darei pelo bosque, mas uns oito mil eu pago, descontando as clareiras. Vou dar uma propina ao agrimensor — uns cem, ou até uns 150 rublos, e ele vai me medir uns bons cinco hectares de clareiras. E o dono vai entregá-lo por oito mil — três mil à vista, no ato, adiantado. Isso vai amolecê-lo na certa", pensava ele, apalpando com o dorso da mão a carteira no bolso. "Mas como é que fomos perder o caminho, só Deus sabe! Aqui devia existir uma floresta e uma guarita. Se ao menos a gente ouvisse os cachorros. Mas eles não latem, os malditos, quando é mais necessário..."

Ele afastou a gola da orelha para escutar melhor: mas só se ouviam os uivos do vento, os estalidos do lenço amarrado à lança e o ruído da neve açoitando as costas do trenó. Ele se cobriu de novo.

"Se pudesse prever isto, teria ficado para o pernoite na aldeia. Bem, não importa, chegaremos amanhã. É só um dia perdido. Com um tempo destes, os outros também não irão para lá." E ele se lembrou de que no dia nove tinha que cobrar do açougueiro. "O homem queria vir pagar sozinho; não vai me encontrar — e a mulher não vai saber receber o dinheiro. Ela é muito ignorante, não sabe lidar com as pessoas", continuava a pensar, lembrando-se de como ela não soubera tratar o chefe do distrito, que estivera em visita à sua casa, na véspera. "Já se sabe — mulheres! Onde é que ela já viu alguma coisa? No tempo dos meus pais, como era a nossa casa? Assim-assim, um camponês, um mujique rico: uma granja, uma estalagem, e só — era a propriedade inteira. E eu, o que foi que consegui em quinze anos? Uma venda, dois botequins, um moinho, um silo, duas propriedades arrendadas, uma casa com armazém de telhado de ferro", lembrou-se ele, com orgulho. "Bem diferente do tempo do meu pai. Hoje, de quem é a fama que ressoa na região? De Brekhunóv."

"E por que isso? Porque eu penso no trabalho, me esforço, não sou como alguns outros — uns preguiçosos, ou que se ocupam com bobagens. Mas eu passo noites em claro. Com nevasca ou sem nevasca, lá vou eu! Então o negócio vai em frente. Eles pensam que podem ganhar dinheiro assim, brincando. Nada disso, é preciso fazer força, quebrar a cabeça. Pernoitar em campo aberto, sem cerrar os olhos. A cabeça revirada de tanto parafusar", pensava ele, com orgulho. "Eles acham que se vence na vida por sorte. Veja só os Mironov, são milionários agora. E por quê? Trabalhe, e Deus te ajudará. Que Deus me dê saúde, é só isso!"

E a ideia de que poderia vir a ser milionário igual aos Mironov, que se fizeram do nada, emocionou tanto Vassíli Andrêitch que ele sentiu necessidade de conversar com alguém. Mas não havia com quem conversar... Se ao menos chegassem até Goriátchkino, ele poderia conversar com o proprietário, fazê-lo ver umas tantas coisas.

"Mas que ventania! Vamos ficar tão cobertos que nem poderemos sair de manhã!", pensou ele, escutando a rajada de vento que soprava pela frente do trenó, açoitando-o com a neve.

Senhor e servo

Vassíli Andrêitch soergueu-se e olhou para trás: na trêmula e branca escuridão só vislumbrava a cabeça escura do Baio, o seu lombo coberto pela manta, que se agitava, e a cauda amarrada em nó. Mas, em volta, por todos os lados, na frente, atrás, reinava balouçante a mesma escuridão monótona e branca, por vezes como que clareando um pouco, por outras ficando ainda mais espessa.

"Eu não devia ter ouvido Nikita", pensava ele. "Devíamos ter prosseguido, sempre chegaríamos a algum lugar. Se ao menos pudéssemos voltar para Gríchkino, pernoitar em casa do Tarás. E agora, vamos ficar encalhados aqui a noite inteira. Mas o que eu pensava de bom? Sim, que Deus recompensa quem trabalha, e não os indolentes, os preguiçosos e os tolos. Mas preciso fumar um pouco!"

Ele se sentou, tirou a cigarreira e deitou-se de bruços, protegendo o fogo contra o vento com a barra da peliça, mas o vento penetrava e apagava os fósforos, um por um. Finalmente, ele conseguiu acender um cigarro e inalou. Ficou muito contente por tê-lo conseguido. Embora o vento fumasse o cigarro mais que ele, mesmo assim chegou a dar umas três tragadas e se sentiu novamente mais animado. Recostou-se de novo, enrolou-se na peliça e recomeçou a pensar, a lembrar, a devanear; e, de repente, inopinadamente, perdeu a consciência e cochilou.

Mas, súbito, algo pareceu empurrá-lo, despertando-o. Se o Baio puxou a palha debaixo dele, ou alguma coisa o perturbou por dentro, o fato é que acordou com o coração palpitando tanto que lhe pareceu que o trenó tremia todo. Vassíli Andrêitch abriu os olhos. Em seu redor estava tudo igual, só que parecia haver mais claridade. "Está clareando", pensou ele, "decerto já falta pouco para amanhecer." Mas logo compreendeu que estava mais claro só porque a lua acabara de aparecer.

Soergueu-se e examinou primeiro o cavalo. O Baio continuava de traseiro voltado para o vento e tremia com o corpo inteiro. A manta escorregara para um lado, e a cabeça, coberta de neve, com a crina esvoaçando ao vento, estava mais visível. Vassíli Andrêitch voltou-se para trás: Nikita permanecia na mesma posição, com as pernas debaixo da manta, cobertas de neve espessa. "Tomara que o mujique não morra congelado; roupinha ruim, a dele. Ainda acabo sendo responsabilizado... Que gente desmiolada, ignorante mesmo...", pensou Vassíli Andrêitch, e fez menção de tirar a manta do cavalo para agasalhar Nikita, mas sentia frio demais para se levantar e mudar de posição, e também ficou com receio de resfriar o cavalo. "E para que fui levar o Nikita comigo? Tudo tolice, culpa dela!", pensou, lembrando-se da esposa mal-amada e voltando a recostar-se como antes, na frente do trenó. "Foi assim que um sujeito passou uma noite inteira dentro da neve", lembrou-se ele, "e não aconteceu nada. É, mas o Sevastian foi desenterrado", lembrou-se no mesmo momento. Tinha morrido enrijecido, como uma carcaça congelada. "Eu devia ter ficado em Gríchkino para pernoitar, e não haveria nada disto."

E, envolvendo-se cuidadosamente na peliça, para não perder nem um pouco do seu calor no pescoço, nos joelhos e nas plantas dos pés, Vassíli Andrêitch fechou os olhos, procurando adormecer de novo. Mas, por mais que tentasse, agora não conseguia relaxar o bastante: pelo contrário, sentia-se cada vez mais desperto e atento. Pôs-se a calcular de novo os seus lucros e a dívida dos seus devedores; de novo começou a vangloriar-se perante si mesmo e a rejubilar-se com a sua própria importância — mas agora tudo isso era interrompido a cada momento por um medo sorrateiro e o insistente arrependimento por não ter aceito o pernoite em Gríchkino: "Seria outra coisa, eu estaria deitado no banco, quentinho".

Virou-se várias vezes, procurando acomodar-se, encontrar uma posição mais jeitosa e protegida do vento, mas tudo lhe parecia desconfortável; soerguia-se de novo, enrolava as pernas, fechava os olhos e aquietava-se. Mas ora as pernas comprimidas nas botas justas e forradas começavam a doer, ora o vento penetrava por algum lugar, e ele, imediatamente, tornava a lembrar--se, aborrecido, de como poderia estar agora deitado na isbá aquecida em Gríchkino, e soerguia-se de novo, revirava-se, enrolava-se e deitava-se outra vez.

Em certo momento, pareceu-lhe ouvir o canto distante de galos. Ficou animado, afastou a gola e ficou atento, mas, por mais que forçasse os ouvidos, não escutava nada além do som do vento silvando entre as lanças e drapejando o lenço, e do ruído da neve açoitando as paredes do trenó.

Nikita permanecia sentado, na mesma posição que assumira na véspera, e continuava imóvel, sem ao menos responder a Vassíli Andrêitch, que se dirigira a ele por duas vezes. "Ele nem se incomoda, deve estar dormindo", pensava Vassíli Andrêitch, irritado, espiando por cima da traseira do trenó o vulto de Nikita encoberto pela neve.

Levantou-se e deitou-se umas vinte vezes. Parecia-lhe que aquela noite não teria mais fim. "Agora já deve estar quase amanhecendo", pensou ele, levantando-se e olhando em volta. "Vou olhar o relógio. Mas está frio demais para descobrir-me. Bem, se eu vir que está amanhecendo, ficarei mais animado. Vamos poder atrelar..." Mas, no fundo da sua alma, Vassíli Andrêitch sabia que ainda não estava amanhecendo e começava a ficar cada vez mais apreensivo, querendo, ao mesmo tempo, acreditar e enganar a si mesmo. Abriu cautelosamente os colchetes da peliça e, metendo a mão no regaço, ficou muito tempo remexendo ali, até encontrar o colete. A duras penas, conseguiu puxar para fora o seu relógio de prata com florzinhas de esmalte. Mas sem fogo não podia ver nada. Ele tornou a agachar-se sobre os joelhos e cotovelos, como quando acendia o cigarro; alcançou os fósforos e, tomando mais cuidado dessa vez, apalpando com os dedos o de cabeça maior, conseguiu acender um deles logo na primeira tentativa. Olhou para o mostrador debaixo da luz e não acreditou nos próprios olhos. Era apenas meia-noite e dez. A noite inteira ainda estava pela frente.

"Ah, que noite interminável!", pensou Vassíli Andrêitch, sentindo um arrepio gelado na espinha, e, abotoando-se e cobrindo-se de novo, apertou-se contra o canto do trenó, preparando-se para uma espera paciente.

Súbito, por trás do rumor monótono do vento, ouviu um som novo e vivo que ia ficando mais forte, e, após se tornar bem nítido, começou a enfraquecer com a mesma regularidade. Não havia qualquer dúvida de que se tratava de um lobo. E esse lobo uivava tão próximo que se podia perceber até como ele, movendo as mandíbulas, mudava os tons de sua voz. Vassíli Andrêitch afastou a gola e escutou atentamente. O Baio também escutava, tenso, mexendo as orelhas, e, quando o lobo terminou o seu uivo, moveu as patas e bufou em advertência. Depois disso, Vassíli Andrêitch não só não conseguia mais adormecer como sequer tranquilizar-se. Por mais que tentasse pensar nas suas contas, nos seus próprios negócios e na sua fama, importância e riqueza, não conseguia se concentrar, e suas ideias se misturavam, vencidas pelo medo que o dominava cada vez mais, e a todos os pensamentos sobrepunha-se e com eles se mesclava o pensamento sobre por que ele não passara a noite em Gríchkino.

"Deixa pra lá o tal bosque, tenho negócios suficientes sem ele, graças a Deus. Ai, eu deveria ter pernoitado em Gríchkino!", dizia para si mesmo. "Dizem que os ébrios é que morrem gelados", pensou ele. "E eu bebi." E, atento às suas sensações, percebeu que começava a tremer, não sabendo se tiritava de frio ou de medo. Tentava cobrir-se e continuar deitado como antes, mas já não podia fazê-lo. Impossível conservar-se no lugar, queria levantar-se, empreender alguma coisa para abafar o medo que crescia dentro dele e contra o qual se sentia impotente. Tornou a pegar os cigarros e os fósforos, mas sobravam apenas três, os piores. Todos falharam e não pegaram fogo.

— Ah, o diabo que te carregue, maldito, vai pro inferno! — invectivou ele, sem mesmo saber contra quem, e jogou fora o cigarro amarrotado. Quis livrar-se também da caixa de fósforos, mas, interrompendo o gesto, enfiou-a no bolso. Foi tomado por tamanha agitação que não conseguia mais parar quieto. Desceu do trenó, ficou de costas para o vento e pôs-se a apertar o cinto, baixo e firme.

"Não adianta ficar deitado aqui, esperando pela morte! É montar no cavalo e adeus!", passou-lhe de repente pela cabeça. "Montado, o cavalo não para". "Ele", pensando em Nikita, "vai morrer de qualquer jeito. E que vida é a dele? Ele nem liga para a sua vida, enquanto eu, graças a Deus, tenho razões para viver..."

E, desamarrando o cavalo, jogou as rédeas por cima da cabeça do animal e tentou montá-lo, mas as peliças e as botas eram tão pesadas que ele caiu. Então ficou de pé no trenó e tentou montar a partir dali, mas o trenó balançou sob o seu peso e ele despencou de novo. Finalmente, na terceira tentativa, aproximou o cavalo do trenó, e, colocando-se cautelosamente na beirada, conseguiu encarrapitar-se e ficar atravessado, de barriga para baixo, no lombo do Baio. Depois de ficar assim por alguns momentos, foi se arrastando para a frente, pouco a pouco, até que conseguiu jogar uma perna por cima do lombo do animal, para, por fim, poder aprumar-se e sentar com as plantas dos pés apoiadas na correia da retranca. Mas o safanão do trenó estremecido acordou Nikita, que se soergueu, e pareceu a Vassíli Andrêitch que ele dizia alguma coisa.

— Só me faltava escutá-lo, povinho ignorante! Só para perecer aqui, a troco de nada? — gritou Vassíli Andrêitch, e, enfiando debaixo dos joelhos as abas esvoaçantes da peliça, virou o cavalo e atiçou-o contra o trenó, na direção onde supunha que deveriam estar a floresta e a guarita.

VII

Desde que se sentara, coberto pela serapilheira, atrás da traseira do trenó, Nikita permanecera imóvel. Ele, como todos aqueles que convivem com a natureza, era paciente e capaz de esperar calmamente durante horas e até dias, sem sentir inquietação ou irritação. Ouvira o patrão chamá-lo, mas não respondera, porque não queria responder nem se mover. Embora ainda se sentisse aquecido pelo chá que bebera e por ter se agitado bastante andando pelos montes de neve, Nikita sabia que esse calor não duraria muito e que, para aquecer-se pelo movimento, não teria mais forças, pois já se sentia tão cansado como um cavalo quando para sem poder andar mais, apesar das chicotadas, e o dono percebe a necessidade de alimentá-lo para que possa trabalhar de novo. Com um dos seus pés enregelado dentro da bota furada, Nikita já não sentia o polegar, e, além disso, seu corpo esfriava cada vez mais. A ideia de que poderia e, provavelmente, até deveria morrer naquela noite já lhe ocorrera, mas não lhe pareceu nem tão desagradável nem especialmente assustadora. E essa ideia não lhe parecia tão desagradável porque a sua vida inteira não fora nenhuma festa permanente, mas, pelo contrário, fora um servir aos outros interminável, o que já começava a fatigá-lo. E também não lhe era especialmente assustadora tal ideia porque, além dos patrões como Vassíli Andrêitch, a quem servia ali, ele se sentiu sempre, nesta existência, dependente do Patrão maior, Aquele que o enviou para essa vida, e sabia que, mesmo morrendo, continuaria sob o poder desse mesmo Senhor, e que este Senhor não o abandonaria. "Se dá pena deixar o conhecido, o costumeiro? E daí? Também é preciso acostumar-se ao novo."

"Pecados?", pensou e se lembrou das bebedeiras, do dinheiro esbanjado com a bebida, das ofensas à mulher, dos insultos, da ausência da igreja, da inobservância dos jejuns e de tudo aquilo pelo que o padre o censurava durante a confissão. "Está certo, há os pecados. Mas como, será que fui eu mesmo que os atraí até mim? Vai ver que foi assim que Deus me fez. Pois é, pecados! E aonde eu vou me enfiar?"

Matutou assim, no começo, sobre o que poderia advir-lhe naquela noite, mas depois não voltou mais a esses pensamentos e se entregou às recordações que lhe vinham à cabeça por si mesmas. Ora se lembrava da chegada de Marfa, ora das bebedeiras dos trabalhadores, ora das suas próprias recusas ao vinho; e dessa viagem de agora, e da isbá de Tarás, e das conversas sobre partilhas, e do rapazola seu filho, e do Baio, que se aquecera agora debaixo da manta, e do patrão, que ora está fazendo ranger o trenó, revirando-se dentro dele. "Ele também, coitado, acho que se arrepende de ter saído com este tempo", pensava Nikita. "Com uma vida como a dele não dá vontade de morrer. Não é como nós outros." E todas essas lembranças começaram a embaralhar-se, a confundir-se na sua cabeça, e ele adormeceu.

Quando, porém, Vassíli Andrêitch, ao montar no Baio, balançou o trenó, e a traseira na qual Nikita estava encostado foi sacudida, dando-lhe um violento tranco, ele acordou e, querendo ou não, teve de mudar de posição. Esticando as pernas com dificuldade e sacudindo a neve, Nikita levantou-se e, no mesmo momento, um frio torturante invadiu-lhe o corpo inteiro. Compreendendo o que acontecia, desejou que Vassíli Andrêitch lhe deixasse a manta, agora inútil para o cavalo, a fim de cobrir-se com ela, e gritou para pedi-la.

Mas Vassíli Andrêitch não parou e desapareceu no meio da nuvem de neve.

Ficando só, Nikita pensou por um momento no que fazer. Sentia que não tinha forças para sair à procura de abrigo. E voltar para o lugar anterior já era impossível, porque estava todo coberto de neve. E, dentro do trenó, sabia que não iria aquecer-se, pois não tinha com o que se cobrir, e a sua própria roupa, precária, já não o esquentava de todo: sentia tanto frio como se estivesse em mangas de camisa. Nikita teve medo. "Paizinho do céu!", balbuciou, e a consciência de que não estava sozinho, de que Alguém o ouvia e não o abandonaria, tranquilizou-o. Deu um suspiro profundo e, sem tirar a serapilheira da cabeça, subiu no trenó e deitou-se no lugar do patrão.

Mas, mesmo dentro do trenó, não conseguiu aquecer-se. No começo, tiritava dos pés à cabeça e, depois, quando o tremor passou, começou, pouco a pouco, a perder a consciência.

Não sabia se estava morrendo ou adormecendo, mas se sentia igualmente preparado para qualquer dos casos.

VIII

Nesse ínterim, Vassíli Andrêitch, usando os pés e as pontas das rédeas, forçava o cavalo a correr na direção onde imaginava que deveriam ficar a floresta e a guarita. A neve cegava-lhe os olhos, e o vento parecia querer fazê-lo parar, mas ele, curvado para a frente e juntando incessantemente as abas da peliça entre as pernas, não parava de incitar o cavalo, o qual, com grande esforço, ia andando, submisso, para onde era mandado.

Durante uns cinco minutos ele prosseguiu, como lhe parecia, sempre em frente, sem enxergar nada além da cabeça do cavalo e do deserto branco, e também sem ouvir nada além do silvar do vento junto às orelhas do cavalo e à gola de sua peliça.

Súbito, algo pretejou na sua frente. Seu coração palpitou de alegria e ele dirigiu-se para lá, pensando ver as paredes das casas de uma aldeia. Mas a coisa preta não estava imóvel, mexia-se o tempo todo, e não era uma aldeia, mas uma fileira alta de artemísias secas, que, plantadas numa divisa, furavam a neve e agitavam-se desesperadamente sob a pressão do vento que assoviava e as curvava para o lado. E, por algum motivo, a visão desse artemisal torturado pela ventania inclemente fez Vassíli Andrêitch estremecer com um terror estranho, e ele começou a apressar o cavalo, sem perceber que, ao se aproximar daquele lugar, mudara completamente de rumo. Agora ele tocava o cavalo na direção oposta, imaginando ir para onde estaria a guarita. Mas o Baio sempre puxava para a direita e, por isso, ele o forçava a andar para a esquerda o tempo todo.

Novamente algo pretejou na sua frente. Ele se animou, certo de que agora era mesmo a aldeia. Mas era de novo a divisa coberta de artemísias. Mais uma vez sacudiam-se desesperadamente as ervas secas, enchendo Vassíli Andrêitch de estranho terror. Mas, pior que isso, ele viu no chão, já meio encobertas pela neve, marcas de cascos de cavalo, que só podiam ser as do Baio. Tudo indicava que ele andara em círculos, numa área reduzida. "Vou perecer assim!", pensou ele, mas, para não ceder ao medo, pôs-se a espicaçar o cavalo mais ainda, fixando os olhos na penumbra branca da neve, na qual lhe parecia vislumbrar pontos luminosos que logo sumiam assim que os fitava melhor. Uma vez pareceu-lhe ouvir latidos de cães ou uivos de lobos, mas eram sons tão fracos e vagos que não sabia se os ouvia mesmo ou se não passavam de ilusão. E ele parou, tenso, para escutar.

Súbito, um grito terrível e ensurdecedor soou nos seus ouvidos, e tudo vibrou e tremeu debaixo dele. Vassíli Andrêitch agarrou-se ao pescoço do cavalo, mas também o pescoço do cavalo sacudia-se todo, e o grito terrível se tornou ainda mais pavoroso. Por alguns segundos, Vassíli Andrêitch não conseguiu recuperar-se nem compreender o que acontecera. Mas o que ocorreu foi apenas que o Baio, tentando animar-se ou clamando por socorro, relinchara com a sua voz sonora e possante.

— Vai pro inferno! Que susto me deste, maldito! — exclamou Vassíli Andrêitch. Mas, mesmo compreendendo a verdadeira causa do seu medo, ele já não conseguia enxotá-lo.

"Preciso refletir, me acalmar", dizia para si mesmo. Mas, ao mesmo tempo, não conseguia conter-se e continuava a forçar o cavalo, sem perceber que agora andava a favor do vento, e não contra. Seu corpo, especialmente a parte em contato com o assento, doía de frio, os pés e as mãos tremiam, e a respiração ficava ofegante. E ele percebia que estava perecendo no meio daquele terrível deserto nevado, sem vislumbrar qualquer meio de se salvar.

De repente, o Baio cedeu debaixo dele e, afundando-se num barranco de neve, começou a debater-se e a cair para o lado. Vassíli Andrêitch pulou fora, arrastando o assento no qual se segurava, e, no mesmo momento, o cavalo, com um arranco, deu um salto, depois outro, e, relinchando e arrastando os arreios, sumiu de vista, deixando Vassíli Andrêitch sozinho no monte de neve. Vassíli Andrêitch tentou correr atrás dele, mas a neve era tão funda e as suas peliças tão pesadas que, afundando cada perna acima do joelho, ele, em menos de vinte passos, parou esbaforido.

"O bosque, os arrendamentos, o armazém, os botequins, a casa de telhado de ferro, o silo, o herdeiro", pensou ele, "como vai ficar tudo isso? Mas o que é isso? Não é possível!", passou-lhe pela cabeça. E lembrou-se de novo das artemísias balançando ao vento que tanto o assustaram, e ele foi tomado de tamanho terror que não conseguia acreditar na realidade do que lhe estava acontecendo. "Não será um pesadelo, tudo isto?" E ele queria acordar, mas não havia para onde acordar. Era uma neve real a que lhe açoitava o rosto, e o cobria, e gelava a sua mão direita, cuja luva se perdera; e era um deserto real este no qual ele agora se encontrava solitário; real como aquele artemisal, à espera da morte inevitável, iminente e sem sentido.

"Santa Mãe do Céu, meu Santo Pai Nicolau, mestre da abstinência", lembrou-se ele das rezas da véspera e da imagem de rosto negro, cercado de ouro, e das velas que ele vendia para essa imagem e que logo lhe eram devolvidas, apenas um pouco chamuscadas, as quais ele guardava numa caixa. E começou a implorar a esse mesmo Nicolau milagroso que o salvasse, prometendo-lhe missas e círios. Mas logo, ali mesmo, ele compreendeu, com toda a clareza e sem qualquer dúvida, que essa imagem, o ouro, as velas, o padre, as orações — tudo isso era muito importante e necessário lá na igreja; mas que, ali naquele lugar, essas coisas nada podiam fazer por ele; ele percebeu que entre as velas e rezas e sua mísera situação atual não havia nem poderia haver qualquer ligação.

"Não devo desanimar", pensou ele. "Preciso seguir as pegadas do cavalo antes que se apaguem", lembrou-se. "Ele vai me guiar, quem sabe até poderei alcançá-lo. O principal é não me afobar, senão fico exausto e, assim, estarei perdido mesmo." Mas, apesar da intenção de andar devagar, ele se precipitou para a frente e correu, tropeçando e caindo o tempo todo, levantando-se e caindo de novo. As pegadas do cavalo já estavam quase imperceptíveis nos lugares onde a neve era mais funda. "Estou perdido", pensou Vassíli Andrêitch, "vou perder as pegadas, não vou alcançar o cavalo." Mas, no mesmo instante, olhando para a frente, ele viu uma coisa escura. Era o Baio, e não só o Baio, mas também o trenó e o lenço amarrado à lança vertical. O Baio estava lá, parado, sacudindo a cabeça que os arreios puxavam para baixo; estes haviam caído de lado e não mais se encontravam no lugar anterior, mas mais perto das lanças. O que acontecera é que Vassíli Andrêitch caíra na mesma vala onde afundara antes com Nikita, que o cavalo o estava levando de volta para o trenó, e que ele saltara do seu lombo a não mais de cinquenta passos do lugar onde ficara o trenó.

IX

Arrastando-se até o trenó, Vassíli Andrêitch agarrou-se a ele e ficou parado por muito tempo, imóvel, procurando acalmar-se e recuperar o alento. Nikita não se encontrava no lugar onde o deixara, mas dentro do trenó jazia algo, já todo encoberto pela neve, e Vassíli Andrêitch adivinhou que era Nikita. O medo de Vassíli Andrêitch passara completamente, e, se agora ele temia alguma coisa, era somente aquele horrível estado de pânico que experimentara no cavalo, em especial quando ficara sozinho no monte de neve. Era imprescindível não permitir que esse medo se aproximasse e, para não deixá-lo voltar, era preciso fazer alguma coisa, ocupar-se de algum modo.

Senhor e servo

Assim, a primeira coisa que ele fez foi colocar-se de costas para o vento e abrir a peliça. Depois, logo que recobrou um pouco o fôlego, sacudiu a neve de dentro das botas e da luva direita — a esquerda estava irremediavelmente perdida, devia estar três palmos debaixo da neve —; a seguir, tornou a apertar o cinto, baixo e firme, como se cingia quando saía da venda para comprar das carroças o trigo trazido pelos mujiques, e preparou-se para a ação.

A primeira coisa a fazer era livrar a pata do cavalo. Foi o que Vassíli Andrêitch fez, e, soltando os arreios, tornou a amarrar o Baio na argola de ferro da frente do trenó, no lugar antigo, e passou para trás do cavalo, a fim de arrumar as correias e os arreios no seu lombo. Mas naquele momento ele viu que alguma coisa se movia no trenó, e, de sob a neve que o cobria, levantou-se a cabeça de Nikita. Aparentemente com grande esforço, o já quase enregelado Nikita soergueu-se e sentou-se de um modo estranho, agitando a mão diante do nariz, como se espantasse moscas. Ele abanava a mão e dizia algo que pareceu a Vassíli Andrêitch um chamado.

Vassíli Andrêitch largou os arreios sem terminar de arrumá-los e aproximou-se do trenó.

— O que é? — perguntou ele. — O que estás dizendo?

— Es-tou mor-morrendo, é isso — articulou Nikita com dificuldade, a voz entrecortada. — O que ganhei, entrega ao meu filho ou à minha velha, tanto faz.

— O que foi, será que estás gelado? — perguntou Vassíli Andrêitch.

— Estou sentindo... é a minha morte... perdoa, pelo amor de Cristo... — disse Nikita, com voz chorosa, continuando a abanar as mãos diante do rosto, como se enxotasse moscas.

Vassíli Andrêitch ficou meio minuto parado, imóvel e calado. Depois, com a mesma determinação de um aperto de mão à conclusão de um negócio vantajoso, ele recuou um passo, arregaçou as mangas da peliça e, com ambas as mãos, pôs-se a remover a neve de cima de Nikita e do trenó. Retirada a neve, Vassíli Andrêitch afrouxou apressadamente o cinto, abriu a peliça e, empurrando Nikita, deitou-se em cima dele, cobrindo-o não só com a sua peliça, mas com todo o seu corpo quente e afogueado. Enfiando as abas da peliça entre Nikita e as paredes do trenó, e apertando-o entre os joelhos, Vassíli Andrêitch ficou deitado assim, de bruços, com a cabeça apoiada na parede fronteira do trenó, e agora já não ouvia nem os movimentos do cavalo, nem os silvos da tempestade, mas só atentava na respiração de Nikita. Nikita permaneceu imóvel durante muito tempo, depois suspirou alto e se moveu.

— Agora sim! E tu dizias que estavas morrendo. Fica deitado, aquece-te, que nós aqui... — começou Vassíli Andrêitch.

Mas, para seu grande espanto, não conseguiu continuar, porque lágrimas lhe assomaram aos olhos e a mandíbula inferior começou a tremer miúdo. Ele parou de falar e só engolia o que lhe subia à garganta. "Fiquei apavorado demais, parece que estou bem fraco", pensou ele de si mesmo. Mas essa fraqueza não só não lhe era desagradável, como lhe proporcionava um deleite singular, nunca antes experimentado.

"Então conosco é assim", dizia ele consigo, sentindo uma estranha, enternecida e solene emoção. Durante um bom tempo, ficou deitado dessa maneira, silencioso, enxugando os olhos com a gola de pele e enfiando sob os joelhos a aba direita da peliça, que o vento insistia em abrir.

Mas ele sentia uma vontade enorme de falar com alguém sobre o seu estado de espírito tão jubiloso.

— Nikita! — disse ele.

Senhor e servo

— Que bom, estou quente! — foi a resposta que ouviu debaixo dele.

— Pois é, meu irmão, foi quase o meu fim. E tu ias morrer gelado, e eu também...

Mas, nesse momento, seu queixo recomeçou a tremer, os olhos tornaram a se encher de lágrimas, e ele não conseguiu falar mais.

"Ora, não faz mal", pensou ele, "eu mesmo sei de mim o que sei."

E Vassíli Andrêitch calou-se. Ficou deitado assim por muito tempo.

Sentia-se aquecido por baixo, por Nikita, e por cima, pela sua peliça; só as mãos, com as quais segurava as abas da peliça dos lados de Nikita, e os pés, dos quais o vento ininterruptamente arregaçava a peliça, começavam a esfriar, em especial a mão direita, sem a luva. Mas ele não pensava nos pés, nem nas mãos, só pensava em como reaquecer o mujique estendido embaixo dele.

Algumas vezes Vassíli Andrêitch relanceou os olhos para o cavalo e viu que o seu lombo estava descoberto, que as cobertas escorregaram para a neve e que seria preciso levantar-se e cobrir o cavalo, mas não conseguia decidir-se a abandonar Nikita nem por um minuto e quebrar o estado jubiloso em que se encontrava. Já não sentia medo algum, agora.

"Deixa estar, daqui ele não escapa", dizia para si mesmo, a respeito de reaquecer o mujique, com a mesma presunção com que falava das compras e vendas que realizava.

Vassíli Andrêitch permaneceu deitado assim por uma, duas, três horas, mas não percebia o tempo passar. No começo, por sua imaginação passavam impressões da nevasca, das lanças do trenó e da cabeça do cavalo sob a dugá, todas dançando diante dos seus olhos — como também de Nikita, deitado debaixo dele; a seguir, elas começaram a se mesclar com recordações da festa, da mulher, do policial, da caixa de velas, e novamente Nikita, deitado debaixo dessa caixa; depois, começaram a aparecer os mujiques, a comprar e a vender, e paredes brancas, e casas com telhados de ferro, sob os quais jazia Nikita; depois tudo isso se misturou, as coisas foram entrando umas pelas outras e, como as cores do arco-íris que se fundem numa única cor branca, todas essas diversas impressões se fundiram num só nada, e ele adormeceu.

Dormiu muito tempo sem sonhos, mas, antes do amanhecer, os sonhos voltaram. Vassíli Andrêitch viu-se parado diante da caixa de velas, e a mulher de Tikhón lhe pediu uma vela de cinco copeques para a festa, e ele queria pegar uma vela para lhe dar, mas suas mãos não lhe obedeciam, metidas nos bolsos. Queria contornar a caixa, mas os pés não se moviam: as galochas novas, reluzentes, grudaram-se no assoalho de pedra, e não era possível arrancá-las do chão, nem sair delas. E, de repente, a caixa de velas deixava de ser uma caixa de velas e se transformava numa cama, e Vassíli Andrêitch se via deitado de barriga na caixa de velas, isto é, na sua própria cama, em casa. Estava deitado sobre a cama e não podia se levantar, mas precisava, porque aguardava a chegada de Ivan Matvêitch, o oficial, que viria buscá-lo para irem juntos a acertar o preço do bosque ou arrumar os arreios do Baio. E ele perguntou à esposa, "Como é, Nikoláievna, ele ainda não chegou?". "Não", dizia ela, "não chegou." E ele ouvia um carro se aproximando da porta, decerto era ele. Mas não, passou ao largo. "Nikoláievna", ele perguntava, "como é, ele não veio ainda?" "Não veio", respondia ela. E Vassíli Andrêitch continuava deitado na cama e não conseguia levantar-se, esperando e esperando, e essa espera era ao mesmo tempo assustadora e jubilosa. E, de repente, o júbilo se cumpriu: chegava

Senhor e servo

quem ele esperava, mas já não era Ivan Matvêitch, da polícia, e, sim, um outro: Aquele mesmo, o Esperado. Ele chegou e chamou-o pelo nome, e era Aquele mesmo que o chamara e lhe ordenara deitar-se sobre Nikita. E Vassíli Andrêitch estava contente, porque Alguém veio buscá-lo. "Eu vou!", gritava ele feliz, e esse grito o acordou. E ele acordou, mas acordou um homem completamente diferente daquele que adormecera. Ele quis levantar-se — e não conseguiu; quis mover a mão, e não conseguiu; quis mover o pé, e também não conseguiu. E ele se espantou, mas não ficou nem um pouco aborrecido. Compreendeu que aquilo era a morte, mas não ficou nem um pouco aborrecido com isso. E ele se lembrou de que Nikita estava debaixo dele, que o mujique se aqueceu e estava vivo, e lhe pareceu que ele era Nikita e Nikita era ele, e que a sua própria vida não estava dentro de si, mas dentro de Nikita. Forçou o ouvido e ouviu a respiração e até o leve ressonar de Nikita. "Nikita está vivo, e isso quer dizer que eu também estou vivo", disse para si mesmo, triunfante.

E Vassíli Andrêitch se lembrava do dinheiro, do armazém, da casa, das compras e dos milhões dos Mironov; e era-lhe difícil compreender por que esse homem, a quem chamavam Vassíli Brekhunóv, se ocupava e se preocupava com todas essas coisas. "Ora, é que ele não sabia do que se tratava", pensou ele a respeito daquele Brekhunóv. "Ele não sabia o que eu sei agora. Agora não há erro. Agora eu sei." E novamente ele ouvia o chamado d'Aquele que já o chamara. "Eu vou, eu vou!", respondia todo o seu ser, jubiloso e comovido. E ele sentia que estava livre, e que nada mais o prendia.

E nada mais Vassíli Andrêitch ouviu ou sentiu neste mundo.

Em volta continuava a reinar a fúria da tempestade. Os mesmos turbilhões de neve rodopiavam, cobrindo a peliça sobre o corpo de Vassíli Andrêitch, e o Baio todo tremendo, e o trenó já quase invisível e, no fundo dele, deitado debaixo do patrão já morto, Nikita, aquecido e vivo.

X

Ao amanhecer, Nikita acordou. Foi despertado pelo frio que já começava a penetrar-lhe nas costas. Sonhava que voltava do moinho, com uma carga de farinha do patrão, e que, ao atravessar o ribeirão, errara o caminho e afundara a carroça na lama. Sonhava que havia se metido por baixo da carroça e tentava levantá-la, forçando as costas. Mas coisa estranha: a carroça havia se quedado nele, e ele não conseguia levantá-la nem sair debaixo dela. Sentia a cintura toda esmagada. E como estava frio! Era preciso sair de baixo. "Já basta!", dizia ele a alguém que lhe pressionava as costas com a carroça. "Retira os sacos!" Mas a carroça o esmagava, cada vez mais fria, e súbito ele ouviu um golpe estranho: acordou totalmente e se lembrou de tudo. A carroça fria era seu patrão morto, enrijecido, deitado sobre ele. E a pancada era o Baio, que dera dois coices no trenó.

— Andrêitch, Andrêitch! — Nikita chamava o patrão, cautelosamente, já pressentindo a verdade endurecendo suas costas. Mas Andrêitch não respondia, e sua barriga e suas pernas, duras e frias, pesavam como pesos de ferro.

"Finou-se, decerto. Deus o guarde!", pensou Nikita.

Virou a cabeça, afastou a neve com a mão e abriu os olhos. Já estava claro. O vento continuava silvando e a neve caindo, com a única diferença de que já não açoitava os lados do trenó, mas ia cobrindo silenciosamente o trenó e o cavalo, cada vez mais alto, e já não se sentia mais o movimento nem se ouvia a respiração do cavalo. "Também o Baio deve estar morto", pensava

Nikita. E, com efeito, aquelas pancadas com os cascos na parede do trenó, que acordaram Nikita, eram os últimos esforços, para conservar-se de pé, do Baio moribundo, já completamente enrijecido.

— Deus, meu Senhor, parece que já me chamas a mim também — disse Nikita. — Seja feita a Tua vontade. Mas dá medo. Ora, pois, duas mortes não acontecem, mas de uma não se escapa. Pois que seja rápido, é só o que peço... — e ele cobriu novamente a mão, fechou os olhos, e se deixou cochilar, totalmente seguro de que agora estava morrendo mesmo.

Foi só na hora do almoço do dia seguinte que uns mujiques desencavaram, com suas pás, Vassíli Andrêitch e Nikita, a trinta *sájens* da estrada e a meia versta da aldeia.

A neve cobrira o trenó por inteiro, mas as lanças verticais e o lenço amarrado nelas ainda estavam visíveis. O Baio, afundado na neve até a barriga, estava de pé, todo branco, a cabeça morta apertada contra o pescoço petrificado, as ventas cheias de gelo e os olhos embaçados com lágrimas congeladas. Definhara tanto numa única noite, que dele só restavam pele e ossos.

Vassíli Andrêitch, duro como uma carcaça congelada, foi arrancado de cima de Nikita, de pernas abertas, tal como se deitara sobre ele. Seus olhos de gavião, arregalados, estavam congelados, e a boca aberta, debaixo do bigode, estava cheia de neve. Nikita, porém, estava vivo, embora todo gelado. Quando o acordaram, acreditava já estar morto e que tudo o que lhe acontecia então se passava não mais neste mundo, mas no outro. Mas, quando ouviu os gritos dos mujiques que o desencavavam e arrancavam de cima dele o corpo endurecido de Vassíli Andrêitch, Nikita espantou-se no começo, porque no outro mundo os mujiques gritavam do mesmo jeito, e o corpo era o mesmo. Mas, ao compreender que ainda se encontrava aqui, neste mundo, ficou mais aborrecido do que contente, em especial quando sentiu que os dedos dos seus pés estavam congelados.

Nikita ficou no hospital durante dois meses. Três dedos dos seus pés tiveram de ser amputados, mas os outros sararam, de modo que ele pôde continuar a trabalhar. E continuou vivo por mais vinte anos, primeiro como trabalhador rural e, na velhice, como vigia noturno.

Nikita acabou morrendo em casa, como desejava, sob as imagens dos santos e com uma vela de cera acesa na mão. Antes de morrer, pediu perdão à sua velha e, por sua vez, a perdoou pelo toneleiro. Despediu-se também do filho e dos netinhos e morreu sinceramente feliz porque, com sua morte, livrava o filho e a nora do fardo de uma boca a mais e porque ele mesmo já passava desta vida da qual estava farto para aquela outra vida, que, a cada ano e hora, se lhe tornava mais compreensível e sedutora.

Estará ele melhor ou pior lá, onde acordou, depois da morte verdadeira? Terá ficado desapontado ou encontrou aquilo que esperava? Todos nós o saberemos, em breve.

Tradução de Tatiana Belinky

Senhor e servo

Nikolai Leskov

Nikolai Semiónovitch Leskov nasceu a 16 de fevereiro de 1831, na cidade de Gorókhovo, província de Oriol. Seu pai, Semion, é um ex-seminarista que ocupa um elevado posto no departamento criminal da região, tendo a fama de ser um brilhante investigador. Em 1839, porém, Semion desentende-se com seus superiores e abandona o cargo, partindo com sua esposa Maria — filha de um nobre moscovita empobrecido — e seus cinco filhos para o vilarejo de Pánino, próximo à cidade de Krómi. É nesse período que o jovem Nikolai entra em contato com a linguagem popular que, mais tarde, exercerá tamanha influência em sua obra.

Em 1847, após abandonar o ginásio, ingressa no mesmo órgão em que seu pai trabalhara. No ano seguinte, Semion falece, e Leskov solicita transferência para Kíev, o que ocorre em 1849. Nos oito anos que passa na região, frequenta como ouvinte a universidade, estuda o polonês e trava conhecimento com diversos círculos de estudantes, filósofos e teólogos. Em 1853, casa-se com Olga Smirnova, filha de um mercador local, de quem se separaria no início da década seguinte.

Entre 1857 e 1860, trabalha numa empresa comercial inglesa, o que lhe propicia a oportunidade de viajar pela Rússia. As experiências desse período — descrito pelo próprio Leskov como a época mais feliz de sua vida — servirão de inspiração para muitas de suas histórias. De volta a Kíev, assina pequenos artigos e comentários em periódicos locais.

É apenas em 1862, já em São Petersburgo, que Leskov inicia sua carreira literária, publicando, sob pseudônimo, o conto "A seca". Em 1864, surgem duas de suas obras mais conhecidas: o romance *Sem ter para onde ir* e a novela *Lady Macbeth do distrito de Mtzensk*. Já na década de 1870, após uma crise religiosa, rompe com a Igreja e publica *O anjo selado* (1872), além de uma série de artigos anticlericais. Entre 1874 e 1883, trabalha no Ministério da Educação, mas acaba dispensado por ser "demasiado liberal". Nesse período, surgem algumas de suas mais famosas narrativas, como as novelas *O peregrino encantado* (1873) e *Nos limites do mundo* (1875), e os contos "O canhoto vesgo de Tula e a pulga de aço" (1881), "Viagem com um niilista" (1882) e "A fera" (1883). Seu distanciamento em relação à Igreja Ortodoxa aumenta em 1887, quando conhece Tolstói e adere a muitos de seus preceitos.

Nos últimos anos de vida, Leskov segue produzindo contos e peças e até auxilia na edição de suas obras completas, mas torna-se cada vez mais debilitado por conta de uma doença cardíaca, falecendo a 5 de março de 1895. A despeito da relativa notoriedade de que gozou em vida, é apenas após a sua morte, na esteira de textos de Górki e de Walter Benjamin, que Leskov passa a ser reconhecido como um dos grandes nomes da literatura russa do século XIX.

"O espírito da senhora Genlis", publicado originalmente na revista *Oskólki* [Estilhaços] em dezembro de 1881, apresenta uma das facetas do talento de Leskov que, de maneira leve, irônica e inteligente, traça um retrato de certos padrões de comportamento da sociedade russa. Já em "Alexandrita", publicado em 1884 na revista *Nov* [Nova], conto com tintas autobiográficas e de forte caráter lírico, o autor exibe seu enorme poder de observação de tipos e personagens.

O ESPÍRITO DA SENHORA GENLIS
(Um caso espírita)

> *Às vezes, é mais fácil invocar um espírito do que livrar-se dele.*
>
> Antoine Augustin Calmet

I

O estranho incidente, que eu pretendo contar, aconteceu há alguns anos e pode hoje ser relatado sem problemas, ainda mais que eu me reservo o direito de não citar nomes.

No inverno de 186*, mudou-se para São Peterburgo uma família abastada e ilustre, composta de três pessoas: mãe, dama já entrada em anos e princesa, tida como mulher de requintada formação e agraciada com as melhores relações da alta roda na Rússia e no exterior; filho, moço que naquele ano ingressara no serviço do corpo diplomático, e filha, jovem princesinha, de dezesseis anos e pouco.

Até então, a recém-chegada família vivera no exterior, onde o finado marido da velha princesa ocupara o posto de representante da Rússia em um reino secundário da Europa. O jovem príncipe e a princesinha haviam nascido e crescido em terras estranhas e ali também recebido uma educação completamente estrangeira mas esmerada.

II

A princesa era mulher de princípios rígidos e gozava merecidamente da mais inatacável reputação na sociedade. Nos seus juízos e gostos, ela seguia as opiniões das mulheres francesas que se haviam celebrizado pela inteligência e talento na época de florescimento dos talentos e da inteligência femininos na França. A princesa era havida na conta de mulher muito lida, e dizia-se que ela lia com muito discernimento. A sua leitura preferida eram as cartas das senhoras Sévigné, de la Fayette e Maintenon, bem como Caylus, de Dangeau e de Coulanges, mas mais do que a todas ela respeitava a senhora Genlis,[1] por quem tinha um fraco que chegava à adoração. Os pequenos volumes da estupenda edição parisiense dessa inteligente escritora, de encadernação simples e elegante em marroquim azul, dispunham-se sempre em uma estante de parede, sobranceira a uma grande poltrona, que era o lugar preferido da princesa. Acima da incrustação de nácar, que rematava a estante, de uma almofadinha de veludo escuro pendia uma mão em miniatura, magnífico trabalho em terracota, que Voltaire beijara algumas vezes na sua Ferney,[2] sem sequer imaginar que ela deixaria cair sobre ele a primeira gota de uma crítica sutil, mas ácida. Com que frequência a princesa relia os pequenos tomos escritos por essa mãozinha, eu não o sei, mas eles estavam

---

[1] Madame de Genlis, nome por qual é conhecida Stéphanie Félicité du Crest de Saint-Aubin (1746-1830), escritora e educadora francesa. É citada em várias obras literárias, como *Os miseráveis*, de Victor Hugo (1862), e *Guerra e paz*, de Tolstói (1869). (N. do T.)

[2] Cidade da região administrativa de Ródano-Alpes (leste da França), onde Voltaire adquiriu uma propriedade em 1758 e, dois anos depois, passou a residir. (N. do T.)

sempre à sua mão, e a princesa dizia que tinham para ela um significado especial, por assim dizer, misterioso, de que não falaria a qualquer pessoa, porque não era qualquer pessoa que conseguiria acreditar numa coisa daquelas. Das suas palavras depreendia-se que ela não se separava daqueles volumes "desde que se conhecia por gente" e que eles a acompanhariam ao túmulo.

— O meu filho — dizia ela —, está já encarregado por mim de colocar estes livrinhos no meu caixão, sob a almofada, e eu estou convicta de que eles me servirão até depois da minha morte.

Eu expressei, com todo o tato, o desejo de receber nem que fosse a mais remota explicação para essas últimas palavras, e recebi-a.

— Estes livrinhos estão impregnados do *espírito* de Félicité (como a princesa se referia a madame Genlis, provavelmente pela intimidade com ela). Pois então, crendo piamente na imortalidade do espírito humano, eu creio também na sua capacidade de comunicar-se livremente, lá do outro mundo, com aqueles que precisem de tal contato e saibam dar-lhe valor. Eu estou convicta de que o delicado fluido de Félicité escolheu para si um lugarzinho aprazível sob o marroquim feliz, que abraça as folhas nas quais adormeceram os seus pensamentos, e, se o senhor não é totalmente descrente, então eu espero que consiga entender isso.

Eu fiz-lhe uma reverência silenciosa. Aparentemente, agradou à princesa que eu nada lhe objetasse, e ela, em recompensa disso, acrescentou que tudo o que me fora dito por ela, era não apenas uma crença, senão também uma verdadeira e cabal *convicção*, e de fundamento tão sólido, que força nenhuma conseguiria abalá-la.

— E isso precisamente porque — concluiu ela — eu tenho uma quantidade enorme de provas de que o espírito de Félicité continua vivo e mora precisamente aqui!

O espírito da senhora Genlis

À última palavra, a princesa levantou a mão acima da cabeça e apontou o dedo elegante para a estante onde estavam os livrinhos azuis.

III

Eu, por natureza, sou um tanto supersticioso e escuto sempre com muito prazer quaisquer histórias em que haja ainda que só uma nesguinha de espaço para o misterioso. Por tal motivo, a crítica sagaz, que já me inscrevera em várias categorias perniciosas, durante um tempo até me considerou espírita.

De mais a mais, a propósito, tudo o de que estamos a falar agora, aconteceu justamente em uma época em que do exterior nos chegavam carradas de notícias acerca de fenômenos espíritas. Elas despertavam curiosidade, e eu não via razão para não interessar-me por uma coisa em que as pessoas começavam a acreditar.

A "quantidade enorme de provas", citada pela princesa, podia ouvir-se dela uma mesma quantidade de vezes: tais provas consistiam em que a princesa, desde havia muito, pegara o costume de, em meio aos mais variados estados de espírito, consultar as obras de madame Genlis como a um oráculo, e os volumezinhos azuis haviam demonstrado invariável capacidade de responder de modo muito sensato às suas mudas perguntas.

Isso, pelas palavras da princesa, entrara nas suas "habitudes", às quais era sempre fidelíssima, e o "espírito" morador dos livros nunca lhe dissera o que quer que fosse de inoportuno.

Eu via que estava diante de uma seguidora muito convicta do espiritismo, pessoa, ademais, inteligente, vivida e culta, e por isso fiquei imensamente interessado pelo negócio.

Era já do meu conhecimento alguma coisa da natureza dos espíritos, e, naquilo que eu pudera testemunhar, sempre me impressionara um traço estranho de todos eles, que era o fato de eles, aqui chegados lá do outro mundo, comportarem-se com muito mais leviandade e, a falar com franqueza, com muito mais estupidez do que quando andavam por cá, na vida terrena.

Eu conhecia já a teoria de Kardec acerca dos "espíritos brincalhões" e aí fiquei interessado a mais não poder: como se dignaria aparecer diante de mim o espírito da espirituosa marquesa de Suléry, condessa de Brusliar?[3]

A ocasião não se fez esperar, mas em um relato breve, assim como também na condução de um pequeno negócio, não se deve infringir a ordem, então eu peço-vos mais um minuto de paciência, antes de levar a história até ao momento sobrenatural, que excederá com folga todas as vossas expectativas.

IV

As pessoas do pequeno mas seleto círculo de amizades da princesa deviam já conhecer as suas esquisitices, mas, como gente educada e cortês, sabiam respeitar as crenças alheias, até no caso em que tais crenças divergissem frontalmente das suas próprias e não resistissem nem à menor crítica. Assim, ninguém jamais discutia o assunto com a princesa. A propósito, pode ser também que os amigos da princesa não cressem que ela considerasse aqueles volumezinhos azuis como morada do "espírito" da sua autora no sentido próprio e direto da palavra, e tomassem as

---

[3] Outros títulos nobiliárquicos da senhora Genlis. (N. do T.)

suas palavras como figura retórica. Por fim, podia ser, também, ainda mais simples, isto é, que eles encarassem tudo aquilo como brincadeira.

O único que não conseguia ver a coisa desse jeito, infelizmente, era eu; e eu tinha para tal os meus motivos, que talvez tivessem como fundo a credulidade e impressionabilidade da minha natureza.

V

Eu devia a atenção daquela senhora da alta roda, que me abrira as portas da sua respeitável casa, a três razões: em primeiro lugar, não sei por quê, mas agradara-lhe o meu conto "O anjo selado", publicado pouco antes na revista *O Mensageiro Russo*; segundo, ela ficara interessada pela encarniçada perseguição, a que, durante uma série de anos, sem número nem medida, eu vinha sendo submetido pelos meus bons confrades da literatura, desejosos, é claro, de corrigir os meus equívocos e erros, e, terceiro, ainda em Paris, a princesa tivera boas referências a meu respeito de um jesuíta russo, o bom príncipe Gagárin,[4] com quem

---

[4] Ivan Serguêievitch Gagárin (1814-1882), príncipe e ex-diplomata, estabelecido em Paris e convertido ao catolicismo. Ao leitor russo da época, o seu nome suscitava à lembrança a morte de Aleksandr Púchkin (1799-1837). Leskov conheceu-o em 1875, quando da sua estada na França, e dedicou-lhe o artigo "O jesuíta Gagárin no caso Púchkin", em que refuta as suspeitas de haver sido Gagárin o autor das cartas anônimas, insinuadoras da infidelidade da esposa do poeta e motivadoras do duelo deste com o suposto amante dela. (N. do T.)

me fora prazeroso entabular longas palestras e que formara de mim a não pior das opiniões.

A última razão era especialmente importante, porque a princesa estava interessada no meu modo de pensar e nas minhas disposições de espírito; ela tinha ou, pelo menos, parecia-lhe que poderia ter, necessidade de alguns pequenos serviços da minha parte. Tal necessidade fora-lhe insinuada pelo seu desvelo maternal pela filha, que não sabia quase nada de russo... Ao trazer a encantadora moça para a pátria, a mãe quisera encontrar uma pessoa que desse a conhecer à princesinha um pouco que fosse da literatura russa, subentende-se, tão somente da *boa*, isto é, a verdadeira, a não contaminada pelos "temas da hora".

Destes últimos, a princesa tinha as ideias mais vagas, mais até, exageradas. Era muito difícil perceber o que precisamente ela temia da parte dos gigantes do pensamento russo: se as suas forças e arrojo ou se as suas fraquezas e lastimável presunção; mas, apanhando com dificuldade, aqui e ali, por meio de informes e conjecturas, as "pontinhas e caudinhas" dos próprios pensamentos da princesa, eu concluí, a meu ver acertadamente, que o que ela mais temia eram as "alusões não castas", que, no seu entendimento, estragavam toda a nossa indiscreta literatura.

Tentar tirar aquilo da cabeça da princesa era inútil, uma vez que ela estava na idade em que as opiniões já se solidificaram e mui raramente a pessoa é capaz de metê-las a nova prova e revisão. Ela, sem dúvida, não era uma dessas pessoas, e, para fazê-la abandonar algo de que se persuadira, eram insuficientes as palavras de uma pessoa comum, e aquilo era tarefa só mesmo para um espírito que achasse necessário vir lá do Inferno ou do Paraíso com tal propósito. Mas podiam lá coisas insignificantes desse género ter algum interesse para os espíritos incorpóreos de um mundo ignoto; não eram insignificantes para eles todas as nossas discussões e preocupações com a literatura, a qual a imensa maioria das pessoas vivas considerava uma ocupação fútil de cabeças fúteis?

As circunstâncias, no entanto, logo mostraram que, ao pensar assim, eu estava redondamente enganado. O vezo dos deslizes literários não abandona os espíritos dos literatos nem depois da morte, como logo veremos, e ao leitor caberá a tarefa de decidir quanto esses espíritos agem acertadamente e permanecem fiéis ao seu passado literário.

VI

Pelo fato de a princesa ter opiniões muito precisas acerca de tudo, a minha tarefa de ajudá-la a escolher obras literárias para a princesinha estava bem definida. Era preciso que, com essa leitura, a moça pudesse conhecer a vida russa, e de mais a mais, sem encontrar nada que pudesse ferir o seu ouvido virginal. A censura materna não admitia nenhum autor por inteiro, nem sequer Derjávin e Jukóvski. Ninguém lhe parecia inteiramente confiável. De Gógol, claro está, nem é preciso falar: estava banido, completamente. De Púchkin admitiam-se *A filha do capitão* e *Ievguêni Oniéguin*, mas este último só com cortes significativos, que a princesa assinalava de próprio punho. Assim como Gógol, Liérmontov também não se admitia. Dos modernos aprovava-se somente Turguêniev, e, ainda assim, sem aqueles lugares em que "se fala de amor", ao passo que Gontcharov estava excluído, e, embora eu intercedesse corajosamente por ele, a princesa respondia:

— Eu sei que ele é um grande artista, mas isso só piora as coisas; o senhor deve reconhecer que ele tem materiais incendiários.

VII

Eu quis a todo o custo saber o que é que a princesa entendia pelos tais *materiais incendiários*, encontrados por ela nas obras de Gontcharov. Com que poderia ele, tão delicado no tratamento das pessoas e das paixões que as dominavam, ofender os sentimentos de quem quer que fosse?

Aquilo era curioso a tal ponto, que eu me armei de coragem e perguntei diretamente quais eram os tais materiais incendiários de Gontcharov.

À minha pergunta franca eu recebi uma resposta também franca, pronunciada num murmúrio agudo, e lacônica: "os cotovelos".

Eu achei não ter ouvido direito ou não ter entendido.

— Os cotovelos, os cotovelos — repetiu a princesa e, ao ver a minha perplexidade, como que se zangou. — Será que não se lembra... de como um sujeito lá... não me lembro onde... fica embevecido a olhar para os cotovelos nus da sua... uma dama muito simples?

Aí então, eu, claro, lembrei-me do famoso episódio de *Oblómov* e não achei que responder. A mim, propriamente, era tanto mais conveniente ficar calado, já que eu não tinha necessidade nem vontade de discutir com uma pessoa não suscetível de dissuasão, a quem eu, a dizer a verdade, já havia algum tempo, pusera-me com muito mais aplicação a estudar do que a servir com as minhas indicações e sugestões. E que indicações poderia eu dar-lhe, depois de ela ter considerado um "cotovelo" uma indecência revoltante, quando toda a literatura contemporânea ia incomparavelmente mais longe nessas revelações?

Que coragem era preciso ter para, sabendo disso tudo, citar ainda que fosse só uma obra recente, em que os véus da beleza estivessem solevantados de modo muito mais decidido!

Eu senti que, já que o negócio era daquele jeito, o meu papel de conselheiro devia ser encerrado, e resolvi já não sugerir, mas contradizer.

— Princesa, eu acho que estais a ser injusta: há exagero nas vossas exigências à literatura.

E expus-lhe, então, tudo o que, a meu ver, tinha relação com o assunto.

VIII

Arrebatado, eu proferi não apenas uma crítica inteira ao falso purismo, como também citei a famosa anedota de uma dama francesa que fazia de tudo para não escrever nem dizer a palavra *"culotte"*;[5] certa vez, não tendo como escapar de dizer tal palavra em presença da rainha, aí então ela gaguejou, o que fez toda a gente rir às gargalhadas. Mas eu não consegui lembrar-me em qual escritor francês eu lera esse terrível escândalo da corte, que não teria acontecido se a dama tivesse proferido a palavra *"culotte"* com a mesma simplicidade com que a própria rainha a pronunciava com os seus augustíssimos lábios.[6]

O meu objetivo era mostrar que escrupulosidade em dema-

---

[5] Em francês, no original: "calças". (N. do T.)

[6] O referido caso é contado em livro de memórias da própria Madame de Genlis. (N. da E.).

sia podia prejudicar a discrição e que, por isso, a escolha das leituras não devia ser excessivamente rigorosa.

Para o meu grande espanto, a princesa escutou-me sem manifestar nem a menor contrariedade, e, sem deixar o seu lugar, levantou a mão acima da cabeça e pegou um dos volumes azuis.

— O senhor tem os seus argumentos, já eu tenho um oráculo.

— Pois estou interessado em ouvi-lo.

— Isso não demorará; eu invoco o espírito de Genlis, e ele lhe responderá. Abra o livro e leia.

— Sede servida de indicar onde devo ler — pedi, recebendo o livrinho da sua mão.

— Indicar? Isso não é para mim: o próprio espirito o fará. Abra ao acaso.

Aquilo deu-me um pouco de vontade de rir e até senti vergonha pela minha interlocutora, mas eu fiz o que ela mandara e, tendo mal acabado de passar os olhos pelo primeiro período da página aberta, senti um misto de espanto e despeito.

— Está confuso?

— Sim.

— Sim; isso aconteceu a muitos. Peço que leia.

IX

"*A leitura, pelas suas consequências, é uma ocupação demasiadamente séria e demasiadamente importante para, na sua escolha, não orientarmos os gostos dos jovens. Há a leitura que agrada à juventude, mas ela a torna descuidada e a predispõe à futilidade, depois do que é difícil emendar o caráter. Tudo isso eu sei por experiência própria*" — li eu, e parei.

A princesa abriu os braços com um leve sorriso e, celebrando delicadamente a sua vitória sobre mim, disse:

— Em latim, isso, parece, chama-se *dixi*,[7] não?

— Exatamente assim.

Daí para a frente, nós não voltamos a discutir, mas a princesa não conseguia renunciar ao prazer de, vez e outra, falar da incivilidade dos escritores russos em minha presença; na sua opinião, eles *"não podiam ler-se em voz alta, sem prévio exame"*.

No "espírito" de Genlis eu, claro, não pensava seriamente. Dizem-se tantas coisas desse gênero!

Mas o "espírito" estava realmente vivo e na ativa e, além do quê, imaginai, estava do nosso lado, isto é, do lado da Literatura. A natureza literária prevaleceu sobre a árida filosofação, e o "espírito" da senhora Genlis, inatacável sob o aspecto da decência, tendo começado a falar *du fond du coeur*,[8] pregou-nos uma partida lascada (assim mesmo: lascada!) no austero salão da princesa, e as consequências disso tiveram todos os tons de uma profunda tragicomédia.

X

Na casa da princesa, uma vez por semana, reuniam-se para o chá da tarde "os três amigos". Estes eram pessoas dignas, de excelente posição. Dois deles eram senadores, e o terceiro — diplomata. Não se jogavam cartas, evidentemente, apenas conversava-se.

---

[7] Em latim, no original: "tenho dito". (N. do T.)

[8] Em francês, no original: "do fundo do coração". (N. do T.)

Normalmente, eram os mais velhos que falavam, isto é, a princesa e os "três amigos"; eu, o jovem príncipe e a princesinha mui raramente metíamos uma palavrinha na conversa. Nós mais aprendíamos, e, em louvor dos quatro, necessário é dizer que havia que aprender com eles, principalmente o diplomata, que nos assombrava com sutis observações.

Eu desfrutava da sua benevolência, embora não soubesse por quê. Propriamente falando, sou obrigado a achar que ele me considerava não melhor do que os outros; aos seus olhos, os "literatos" eram todos "da mesma raiz". Ele dizia, a brincar: "Até a melhor das cobras continua, apesar de tudo, a ser uma cobra".[9]

Pois foi exatamente essa opinião que levou ao terrível caso que se segue.

XI

Sendo estoicamente fiel aos seus amigos, a princesa não queria que uma formulação genérica dessas se estendesse também à senhora Genlis e à "plêiade feminina" que a escritora guardava sob a sua proteção. E eis que, quando nós nos reunimos na casa dessa honorável pessoa para festejar o Ano Novo, um pouco antes da meia-noite começou a nossa conversa de sempre e nela novamente foi citado o nome da senhora Genlis, e o diplomata re-

---

[9] Aparentemente, citação inexata do trecho final da fábula "O camponês e a serpente", de Ivan Krilov: "*I potomu s toboi mnie nie ujíttsa/ Chto lútchaia zmieiá/ Po mnie, ni k tchórtu nie godittsa*" ("E não há como eu dar-me bem contigo/ Porque a melhor serpente/ A mim não serve pra diabo nenhum". (N. da E.).

petiu a sua observação de que "até a melhor das cobras continua, apesar de tudo, a ser uma cobra".

— Não há regra sem exceção — disse a princesa.

O diplomata adivinhou *quem* devia ser a tal exceção e permaneceu calado.

A princesa não se conteve e, depois de uma olhadela na direção do retrato de Genlis, disse:

— Mas que cobra pode ela ser?!

Mas o diplomata, experimentado na vida, insistiu no seu ponto: ele discordou levemente com um dedo, sorrindo também levemente: ele não acreditava no corpo nem no espírito.

Para a solução da divergência, claro estava, eram necessárias provas, e aqui o método de recorrer ao espírito veio a propósito.

O pequeno grupo estava maravilhosamente preparado para semelhantes experiências, e a anfitriã primeiramente lembrou-nos de que conhecíamos as suas crenças e em seguida propôs fazermos uma experiência.

— À afirmação do meu amigo eu respondo — disse ela —, que nem a pessoa mais implicante encontrará em Genlis o que quer que for que a donzela mais inocente não possa ler em voz alta, e nós veremos isso agora.

Como da primeira vez, ela atirou de novo a mão para trás, para a estantinha que ficava acima da sua cabeça, pegou, ao acaso, um volume e dirigiu-se à filha:

— Minha criança! Abre o livro e lê-nos uma página.

A princesinha obedeceu.

Todos nós éramos uma só expectativa séria.

XII

Se o escritor se põe a descrever a aparência das suas personagens no fim do relato, ele merece ser repreendido; mas eu escrevi esta historinha ociosa de um modo em que nela ninguém
pudesse ser reconhecido. Por essa razão, não citei nomes nenhuns, nem fiz retratos nenhuns. O retrato da princesinha até estaria acima das minhas capacidades, já que ela era do modo mais
cabal "um anjo em carne e osso". Quanto à sua inteira pureza e
inocência, esta era tal, que a ela se poderia confiar a tarefa de resolver a questão teológica, de insuperável complexidade, discu-
tida em "Bernardiner und Rabbiner", de Heine.[10] Por essa alma
isenta de todo e qualquer pecado deveria falar algo situado muito acima do mundo e das paixões. E a princesinha, com precisamente essa inocência, guturalizando o "r" de modo encantador,
leu as interessantes memórias de Genlis acerca da velhice de madame Dudeffand, quando esta *fraca dos olhos ficara*". O apon-
tamento falava do gordo Gibbon,[11] que à escritora francesa fora
recomendado como afamado autor. Genlis, como se sabe, logo o
avaliou direitinho e passou a zombar acidamente dos franceses
cativados pela inflada reputação daquele estrangeiro.

Eu cito a conhecida tradução do original francês, lido pela

---

[10] No poema "Disputation", de Heinrich Heine (1797-1856), um
monge franciscano (*Kapuziner* — capuchinho, e não *Bernardiner* como escreve Leskov) e um rabino discutem para saber qual deus é melhor — se o
católico ou o judaico — e encarregam da decisão uma jovem mulher, princesa espanhola. (N. do T.)

[11] Edward Gibbon (1737-1794), famoso historiador inglês, autor de
Declínio e queda do Império Romano. (N. do T.)

O espírito da senhora Genlis

princesinha, pessoa capaz de resolver a disputa entre "Bernardiner und Rabbiner":

"Gibbon é de pequena estatura, extraordinariamente gordo e tem um rosto admirabilíssimo. Neste, não era possível distinguir nenhum traço. Não se via nariz, não se viam olhos nem boca; duas bochechas gordurentas, gordas, parecidas sabe lá o Diabo com quê, engoliam tudo... Elas eram tão inchadas, que se haviam afastado de qualquer senso de proporcionalidade minimamente digna para as maiores bochechas do mundo; qualquer pessoa que as visse deveria perguntar-se: por que não foi esse lugar colocado no seu lugar de direito? Eu caracterizaria o rosto de Gibbon com uma única palavra, se apenas me fosse possível dizer tal palavra. Ele foi, certa vez, levado à casa de Mme Dudeffand. Ela estava já cega, então, e tinha o costume de tatear com as mãos o rosto das pessoas notáveis que lhe eram apresentadas. Desse modo, ela adquiria uma ideia bastante fiel dos traços do novo conhecido. Pois ela aplicou o mesmo método tátil a Gibbon, e isso foi uma desgraça. O inglês aproximou-se da poltrona e com toda a bonacheirice ofereceu o seu admirável rosto ao toque da anfitriã. Mme Dudeffand estendeu para ele as suas mãos e passou os dedos por aquele rosto esférico. Ela procurava esforçadamente alguma coisa em que parar, mas isso não foi possível. Então, o rosto da senhora cega primeiramente expressou espanto, depois fúria e, por fim, ela, retirando bruscamente as mãos com nojo, deu um berro: '*Que brincadeira mais infame!*'."

XIII

Aqui foi o fim tanto da leitura, quanto da conversa dos amigos, bem como do festejo do Ano Novo, porque, quando a princesinha, fechado o livro, perguntou: "Mas que é que Mme Dudeffand pensou que fosse?", a princesa fez uma cara tão medonha, que a moça até deu um grito, cobriu o rosto com as mãos e saiu correndo para outra sala, de onde se ouviu imediatamente o seu choro, parecido a um ataque histérico.

O irmão precipitou-se para junto da irmã, e no mesmo momento para lá também foi apressadamente a princesa.

A presença de pessoas de fora era inconveniente, e por isso os "três amigos" e eu, na hora, saímos discretamente, e a garrafa de Veuve Clicquot,[12] que fora preparada para a chegada do Ano Novo, permaneceu envolta em guardanapo e não aberta.

XIV

Os sentimentos, com os quais nos dispersamos, eram penosos, mas não faziam honra aos nossos corações, já que, mantendo no rosto uma seriedade forçada, nós mal conseguíamos conter o riso que nos queria rebentar, e agachamo-nos com desmesurada aplicação, à procura das nossas galochas, o que fora necessário, já que os criados também haviam corrido cada um para um lado, por ocasião do toque de alarme pela repentina doença da senhorita.

Os senadores tomaram as suas carruagens, e o diplomata seguiu comigo a pé. Ele queria respirar ar fresco e, parece, estava interessado em saber a minha insignificante opinião acerca

---

[12] Champanhe produzido pela Veuve Clicquot Ponsardin, uma das mais famosas casas vinícolas da França, fundada em 1772 e localizada na região de Reims (norte do país). (N. do T.)

O espírito da senhora Genlis

do que se apresentara em pensamento aos olhos da jovem princesinha após a leitura do citado trecho das obras de madame Genlis.

Eu, no entanto, não ousei fazer nenhuma suposição quanto a isso.

XV

Depois do infeliz dia do tal acontecimento, não tornei a ver nem a princesa, nem a sua filha. Eu não conseguira decidir-me a apresentar-lhe os meus cumprimentos pelo Ano Novo; apenas mandara uma pessoa saber da saúde da jovem princesinha, e isso ainda assim com muita hesitação, temendo que me pudessem entender errado. A situação era a mais tola possível: deixar de repente de visitar uma casa conhecida seria grosseria, e ir lá também parecia de todo inconveniente.

Eu talvez estivesse errado nas minhas conclusões, mas elas pareciam-me certas; e eu não me enganei: o golpe, sofrido pela princesa da parte do "espírito" da senhora Genlis às entradas do Ano Novo, fora muito duro e tivera sérias consequências.

XVI

Cerca de um mês depois do ocorrido, encontrei o diplomata na Niévski;[13] ele foi muito afável, e nós conversamos.

— Fazia tempo que não o via — disse ele.

---

[13] Prospiekt Niévski: principal avenida de São Peterburgo. (N. do T.)

— Não havia onde pudéssemos encontrar-nos — respondi-lhe.

— Pois é, nós perdemos a adorável casa da honorável princesa: a coitada partiu.

— Como assim partiu?... — perguntei. — Partiu para onde?

— Então não sabe?

— Eu não sei de nada.

— Todos eles foram para o exterior, e eu estou muito feliz por ter conseguido uma colocação para o seu filho lá. Era impossível não fazer isso, depois do que acontecera... Foi um horror! A infeliz, o senhor nem imagina, naquela mesma noite queimou todos aqueles volumezinhos e fez em pedaços aquela mãozinha de terracota, da qual, a propósito, parece, de lembrança ficou só um dedinho ou, a dizer melhor, uma figa. De modo geral, foi um negócio mais do que desagradável, mas, em compensação, ele serve de bela confirmação de uma grande verdade.

— Na minha opinião, até de duas ou três.

O diplomata sorriu e, olhando-me fixamente, perguntou:

— Quais?

— Em primeiro lugar, isso demonstra que, para falarmos de um livro, temos, primeiro, de lê-lo.

— Em segundo?

— Em segundo lugar, que é insensato manter uma moça na ignorância de uma criança, na qual estivera a jovem princesinha até então; senão, ela decerto teria interrompido bem antes a leitura do trecho acerca do tal Gibbon.

— E em terceiro?

— Em terceiro, que, tal como nas pessoas vivas, nós não devemos confiar nos espíritos.

— Pois está muito certo, mas eu quis dizer outra coisa: o espírito confirma *a minha opinião* de que "até a melhor das co-

O espírito da senhora Genlis

bras continua, apesar de tudo, a ser uma cobra"; e digo mais, quanto melhor é a cobra, tanto mais perigosa ela é, porque *a cobra guarda a peçonha no rabo.*

Se entre nós houvesse uma sátira, eis aqui um magnífico tema para ela.

Infelizmente, não possuindo nenhum dom satírico, eu só pude transmitir isso na forma simples de um relato.[14]

Tradução de Noé Oliveira Policarpo Polli

---

[14] Este conto foi publicado originalmente na revista *Oskólki* (Estilhaços), nº 49 e 50, de 5 e 12 de dezembro de 1881. O título foi tirado do livro *Esprit de Madame de Genlis*, de M. Demonceaux, coletânea de textos e máximas de Stéphanie Félicité de Genlis saído, em tradução russa, em Moscou, no ano de 1808. (N. do T.)

ALEXANDRITA
(Um fato natural à luz do misticismo)

> *Em cada um de nós, cercado pelos mistérios do mundo, há uma inclinação ao misticismo, e alguns, em certo estado de espírito, acham mistérios ocultos lá onde outros, girando no turbilhão da vida, acham tudo claro. Cada folhinha, cada cristal lembra-nos da existência, em nós próprios, de um laboratório misterioso.*

> N. Pirogov[1]

I

Eu me permitirei fazer uma pequena comunicação sobre um cristal requintado, cujo descobrimento, nas profundezas das montanhas russas, está relacionado com a memória do finado soberano Aleksandr Nikoláievitch.[2] O assunto aqui é a bela e valiosa

---

[1] Nikolai Ivánovitch Pirogov (1810-1881), cirurgião e anatomista russo. (N. da T.)

[2] Aleksandr Nikoláievitch Románov (1818-1881), tsar Alexandre II ou Alexandre, o Libertador. Foi coroado em 1855. Enfrentou várias crises políticas e socioeconômicas. Promoveu reformas, entre elas a camponesa, em 1861, que aboliu a servidão. Morreu em março de 1881, em um atentado a bomba. (N. da T.)

pedra de verde intenso que recebeu o nome "alexandrita" em homenagem ao falecido imperador.

Serviu de motivo para darem esse nome ao mineral mencionado o fato de a pedra ter sido encontrada pela primeira vez em 17 de abril de 1834, dia em que Alexandre II atingiu a maioridade. Descobriram a alexandrita nas minas de esmeralda dos Montes Urais, situadas a 85 verstas[3] de Ekaterinburgo, ao longo do ribeirão Tokovaia, que desemboca no rio Bolchoi Rieft. O nome "alexandrita" foi dado a essa pedra pelo famoso cientista e mineralogista finlandês Nordenskiöld,[4] precisamente porque a pedra fora encontrada por ele, senhor Nordenskiöld, no dia da maioridade do falecido soberano. O motivo dado, creio eu, é suficiente para que não se busque nenhum outro.

Nordenskiöld renomeou o cristal encontrado de "pedra de Alexandre", e assim ele se chama até hoje. No que se refere às características da sua natureza, sabe-se o seguinte:

A alexandrita (*Alexandrit, Chrisoberil Cymophone*), mineral valioso, é uma variedade de crisoberilo[5] dos Urais. Tem cor verde-escura, muito parecida com a cor da esmeralda escura. Sob iluminação artificial, perde esse colorido verde e adquire um tom framboesa.

"Os melhores cristais de alexandrita foram encontrados à

---

[3] Versta: medida russa equivalente a 1,067 quilômetros. (N. do T.)

[4] Adolf Erik Nordenskiöld (1832-1901), doutor em mineralogia e geologia, pesquisador do Ártico, membro da Academia de Ciências da Suécia, professor da Universidade de Estocolmo, membro efetivo da Sociedade de Mineralogia de São Petersburgo a partir de 1866. (N. da E.)

[5] Terceiro mineral em grau de dureza. É encontrado muito raramente; descoberto nos Montes Urais, na Rússia. (N. da E.)

profundidade de três braças, na lavra de Krasnobolótski.[6] Engastes de alexandrita são muito raros; cristais completamente bons são a maior das raridades e não excedem o peso de um quilate.[7] Em consequência disso, é muitíssimo raro encontrar-se uma alexandrita à venda, e, inclusive, alguns joalheiros a conhecem apenas de ouvir falar. Ela é considerada a pedra de Alexandre II."

Essas informações retirei do livro de Mikhail Ivánovitch Piliáiev publicado pela Sociedade de Mineralogia de São Petersburgo, em 1877, com o título: *Pedras preciosas: características, locais de ocorrência e uso.*

Ao que consta no artigo de Piliáiev sobre a localização da alexandrita, é preciso acrescentar que a raridade dessa pedra aumentou ainda mais por dois motivos:

1) a arraigada crença, entre os garimpeiros, de que onde se encontrou alexandrita já não adianta procurar esmeraldas; e

2) as minas de onde se retiraram os melhores exemplares da pedra de Alexandre II foram inundadas pelas águas de um rio transbordado.

Dessa forma, peço observarem que muito raramente é possível encontrar a alexandrita entre joalheiros russos, e os joalheiros e lapidadores estrangeiros, como diz M. I. Piliáiev, "a conhecem apenas de ouvir falar".

---

[6] M. I. Piliáiev comenta que os mais puros cristais de alexandrita foram encontrados em 1839, justamente nestas lavras. (N. da E.)

[7] Considera-se um quilate precisamente o peso médio de um grão da alfarrobeira (0,0648 g.). (N. do A.)

II

Após o passamento trágico e profundamente triste do soberano,[8] cujo reinado trouxe cálidos dias primaveris para as pessoas de nosso tempo, muitos de nós, por um hábito bastante disseminado na sociedade humana, queriam ter do caro finado todas as "lembrancinhas" materiais que pudessem conseguir. Para isso, diversos veneradores do falecido soberano elegeram as coisas mais variadas; de preferência, por sinal, aquelas que podiam manter sempre consigo.

Alguns adquiriram retratos em miniatura do falecido soberano e os encaixaram na carteira ou no medalhão do relógio; outros entalharam em objetos de estimação os dias do seu nascimento e morte; terceiros fizeram ainda alguma outra coisa nesse gênero; e uns poucos, a quem os meios permitiam e aos quais se apresentava a oportunidade, adquiriram uma pedra de Alexandre II e com ela fizeram um engaste em um anel, para levar sempre essa lembrancinha e nunca tirá-la da mão.

Os anéis com alexandrita eram uma das lembrancinhas preferidas, além de uma das mais raras e, talvez, das mais características, e quem conseguia para si uma dessas, já não se separava dela jamais.

Anéis com alexandrita, no entanto, nunca houve em grande quantidade, uma vez que, como tão bem disse o senhor Piliáiev, bons engastes de alexandrita são raros e caros. E por isso, nos primeiros tempos, havia quem empregasse esforços extremamente grandes para encontrar uma alexandrita, mas, com frequência, não a achava por dinheiro nenhum. Contavam que essa deman-

---

[8] Referência ao assassinato de Alexandre II. (N. da T.)

da intensa teria até provocado tentativas de falsificação da alexandrita, porém imitar essa pedra original revelou-se impossível. Toda imitação acaba por se revelar, sem falta, uma vez que a "pedra de Alexandre II" apresenta um dicroísmo ou mudança de cor. De novo peço que se lembrem que a alexandrita à luz do dia fica verde e à luz artificial, vermelha.

É impossível conseguir isso com uma liga artificial.

III

Chegou a mim um anel com alexandrita, saído das mãos de uma das pessoas memoráveis do reinado de Alexandre II. Eu o adquiri da maneira mais simples: comprei-o após a morte daquele que usava o artigo. O anel passou pelas mãos de um comerciante e chegou a mim. Serviu-me e, depois que o coloquei no dedo, com ele fiquei.

O anel tinha sido feito com muita criatividade e engenho, com um simbolismo: a pedra do falecido soberano Alexandre II não estava sozinha, mas sim cercada de dois brilhantes puríssimos. Eles deviam representar aqui os dois feitos brilhantes do reinado passado: a libertação dos servos e o estabelecimento de um sistema judicial melhorado, que substituiu a antiga "injustiça negra".

A boa alexandrita, de colorido forte, tinha pouco menos de um quilate, enquanto cada brilhante tinha apenas meio quilate. De novo, evidentemente, a intenção disso era fazer com que os brilhantes, representantes dos feitos, não ocultassem a modesta pedra principal, que devia lembrar a própria pessoa do nobre autor dos feitos. Tudo isso fora incrustado em ouro puro e liso, como fazem os ingleses, sem nenhum tipo de colorido ou adorno, para que o anel fosse uma recordação cara, mas não "cheirasse a dinheiro".

IV

No verão de 1884, tive ocasião de visitar as terras tchecas.[9] Tendo uma inquieta inclinação a me entusiasmar por diversos ramos da arte, lá me interessei um tanto por ourives locais e trabalhos de lapidaria.

Não são poucas as pedras preciosas em terras tchecas, mas todas elas têm pouco valor e, em geral, perdem em muito para as do Ceilão e para as nossas siberianas. É exceção apenas o piropo tcheco ou "granada de fogo", extraído dos "campos secos" de Merunice. Granada melhor não há em lugar nenhum.

Entre nós, certa época, o piropo gozava de consideração, e antigamente era muito valorizado, mas hoje é quase impossível encontrar um piropo tcheco grande e bom em algum ourives da Rússia. Muitos nem têm ideia de como ele seja. Atualmente, entre nós, encontra-se em artigos baratos de ourivesaria ou a granada tirolesa opaca e escura ou a "granada aquífera", mas já não há o piropo grande, de fogo, oriundo dos "campos secos" de Merunice. Todos os melhores exemplares antigos dessa maravilhosa pedra de cor intensa, a maioria deles lapidada em rosa com facetas miúdas, foram açambarcados por estrangeiros a preços insignificantes e levados para fora do país, e os bons piropos recentemente encontrados em terras tchecas vão direto para a In-

---

[9] Em 31 de julho, Nikolai Leskov partiu de Dresden para Praga. Em 2 de agosto, encontrava-se em Praga e no mesmo dia viajou para Viena. (N. da E.)

glaterra ou América. Lá os gostos são mais estáveis, e os ingleses admiram muito essa bela pedra, com o fogo misterioso nela encerrado ("fogo no sangue": *Feuer im Blut* em alemão), e a valorizam. Ingleses e americanos, a propósito, em geral gostam muito de pedras peculiares, como por exemplo o piropo ou a "pedra da lua", que, sob qualquer iluminação, irradia apenas uma única cor enluarada. Na brochura pequena, mas muito útil, *Regras da polidez e do bom-tom*, há inclusive a indicação dessas pedras como as mais merecedoras do gosto de um verdadeiro *gentleman*. Dos brilhantes lá se diz que "podem ser usados por qualquer um que tenha dinheiro". Na Rússia, quanto a isso, há outra opinião: entre nós, hoje, não prezam nem o simbolismo, nem a beleza, nem o enigma das cores surpreendentes da pedra e não desejam ocultar o "cheiro do dinheiro". Entre nós, ao contrário, valorizam exatamente aquilo "que aceitam na casa de penhores". Por causa disso, as assim chamadas pedras de apreciadores não têm saída e são desconhecidas de nossos atuais caçadores de preciosidades. Talvez até lhes parecesse surpreendente e inverossímil o fato de um belíssimo exemplar da granada de fogo ser considerado um dos melhores adornos da coroa austríaca e custar horrores.

V

Antes de uma viagem ao exterior, a propósito, recebi de um amigo de São Petersburgo a incumbência de trazer-lhe da Boêmia as duas melhores granadas que fosse possível encontrar entre os tchecos.

Procurei duas pedras de grandeza considerável e boa cor; mas uma delas, mais agradável pelo matiz, para minha indignação, tinha sido estragada por uma lapidação muito imperfeita e grosseira. Tinha a forma de um brilhante, mas a faceta superior era um tanto canhestra, cortada em linha reta, e por isso a pedra não tinha nem profundidade, nem brilho. O tcheco que me orientava no negócio, entretanto, aconselhara-me a levar essa granada e depois submetê-la a uma segunda lapidação por um famoso lapidador local, de nome Wenzel, que o meu guia dizia ser um excelente mestre na sua arte e, ainda por cima, muito original.

— É um artista, e não um artesão — disse o tcheco e contou-me que o velho Wenzel era cabalista e místico, e também, em parte, poeta inspirado e grande supersticioso, porém homem originalíssimo e, por vezes, até muitíssimo interessante.

— O senhor não o conhecerá em vão — disse o meu companheiro. — Para o vovô Wenzel, a pedra não é um ser sem alma, mas animado. Ele sente nela o reflexo da vida misteriosa dos espíritos das montanhas e, peço-lhe que não ria, estabelece relações misteriosas com eles através da pedra. Às vezes, ele conta sobre revelações recebidas, e as suas palavras fazem muitos pensarem que o pobre velho já não tem tudo em ordem debaixo do crânio. Já é muito velho e cheio de caprichos. Ele próprio agora raramente se põe a trabalhar; com ele trabalham seus dois filhos, mas se lhe pedem, e se a pedra o agrada, então faz tudo sozinho. E se ele próprio fizer, será magnífico, pois, repito, Wenzel é um grande artista em seu ofício, e ainda por cima inspirado. Há muito nos conhecemos e juntos tomamos cerveja no Jedliczka. Pedirei e espero que ele conserte a pedra para o senhor. Então essa será uma excelente aquisição, com a qual o senhor poderá melhor satisfazer àquele que fez o pedido.

Obedeci e comprei a granada; logo em seguida a levamos ao velho Wenzel.

VI

O velho vivia em uma das ruas sombrias, estreitas e espremidas do arrabalde judeu, perto de uma sinagoga histórica famosa.[10]

O lapidador era um velho alto, magro, um pouco arqueado, de cabelos longos completamente brancos e vivos olhos castanhos, cuja expressão indicava grande concentração, com um matiz de algo que se observa em pessoas doentes, tomadas de uma demência altiva. De coluna curvada, mantinha a cabeça erguida e olhava como um rei. Um ator que observasse Wenzel poderia usá-lo para se caracterizar magnificamente de rei Lear.

Wenzel examinou o piropo comprado por mim e balançou a cabeça. Por esse movimento e pela expressão do rosto do velho, podia-se entender que ele considerava a pedra boa, mas, além disso, o velho Wenzel levou as coisas de um jeito que, já desde o primeiro minuto, embora todo o assunto fosse o piropo, o meu interesse concentrou-se, particularmente, no próprio lapidador.

Ele olhou a pedra por muito, muito tempo, mascando com os maxilares desdentados e balançando a cabeça em sinal de aprovação; depois segurou o piropo entre dois dedos, olhou-me fixamente, apertou e reapertou os olhos, como se tivesse comido a casca verde de uma noz e, de repente, declarou:

— Sim, é ele.

— É um bom piropo?

---

[10] Refere-se à sinagoga Staronová, de estilo gótico, construída aproximadamente em 1270 e que se localiza no gueto judeu da Cidade Velha de Praga. (N. da E.)

Em lugar de uma resposta direta, Wenzel disse que aquela pedra "ele havia muito conhecia". Eu conseguia me imaginar perfeitamente diante do rei Lear e respondi:

— Com isso fico desmedidamente feliz, senhor Wenzel.

A minha deferência agradou o velho; ele me indicou um banco, depois se aproximou tanto de mim que espremeu os meus joelhos com os seus e pôs-se a falar:

— Já nos conhecemos há muito tempo... Eu o vi ainda em sua terra natal, nos campos secos de Merunice. Naquela época, ele se encontrava em sua prisca simplicidade, mas eu o percebi... E quem poderia dizer que o seu destino seria tão terrível? Oh, o senhor pode ver nele como os espíritos das montanhas são cautelosos e perspicazes! Ele foi comprado por um ladrão suábio,[11] e a um suábio coube lapidá-lo. O suábio consegue vender bem uma pedra, porque tem um coração de pedra; mas, lapidar, o suábio não consegue. O suábio é um opressor, quer tudo à sua maneira. Não se aconselha com a pedra sobre aquilo em que ela pode se transformar, e o piropo tcheco é orgulhoso demais para responder a um suábio. Não, ele não conversaria com um suábio. Não, nele e no tcheco há um mesmo espírito. O suábio não vai conseguir fazer dele o que lhe der na telha. Quiseram fazê-lo em rosa; pois o senhor pode ver (eu não vi nada), ele não se entregou. Oh, não! Ele é um piropo! Usou de subterfúgios, antes permitiu que os suábios lhe cortassem a cabeça fora, e eles cortaram.

— Pois é — interrompi eu. — Quer dizer, está morto.

— Morto?! Por quê?

— O senhor mesmo disse que lhe cortaram a cabeça fora.

---

[11] Falante do suábio ou originário da Suábia, atual região no sudoeste da Alemanha. (N. da T.)

O vovô Wenzel sorriu, penalizado:

— Cabeça! Sim, a cabeça é uma coisa importante, meu senhor, mas o espírito... O espírito é ainda mais importante que a cabeça. Acaso foram poucas as cabeças tchecas cortadas? Pois eles continuam vivos. Ele fez tudo o que podia fazer quando caiu nas mãos do bárbaro. Tivesse o suábio agido dessa forma vil com algum animal, uma pérola ou um "olho de gato", que hoje está na moda, deles não teria sobrado nada. Deles teria saído um reles botão, que restaria apenas jogar fora. Mas o tcheco não é desses, ele não se deixa triturar logo no pilão do suábio! Os piropos têm sangue de guerreiro... Ele sabia o que precisava fazer. Fingiu, como o tcheco sob os suábios, entregou a própria cabeça, mas escondeu o seu fogo no coração... Sim, senhor, foi isso! O senhor não está vendo o fogo? Não?! Pois eu o vejo: eis aqui o fogo denso e inextinguível da montanha tcheca... Ele está vivo e... por favor, desculpe-o: está rindo do senhor.

O próprio Wenzel pôs-se a rir, balançando a cabeça.

VII

Eu estava de pé, diante do velho que segurava na mão a minha pedrinha, e decididamente não sabia o que responder ao seu discurso fantasioso e pouco compreensível. E ele, ao que parece, compreendeu a minha dificuldade: pegou-me por uma mão, com a outra agarrou o piropo com as pontinhas de uma pinça, ergueu-o com dois dedos diante do próprio rosto e continuou, num tom de voz mais alto:

— Ele próprio é um rei tcheco, um prisco príncipe de Merunice! Ele sabia como fugir de ignorantes: diante dos olhos deles, transvestiu-se de limpa-chaminés. Sim, sim, eu o vi; eu vi o

Alexandrita

mascate judeu levando-o no bolso, e era por ele que o mascate escolhia outras pedras.[12] Mas não foi para isso que ele ardeu no prisco fogo, para se perder como uma monstruosidade na bolsa de couro de um mascate. Ele se cansou de andar como limpa-chaminés, e veio até mim em busca de uma roupa radiante. Oh! Nós compreendemos um ao outro, e o príncipe das montanhas de Merunice mostra-se como príncipe. Deixe-o comigo, meu senhor. Passaremos um tempo juntos, trocaremos conselhos, e o príncipe se fará príncipe.

Com isso, bastante desrespeitosamente, Wenzel balançou a cabeça e, ainda menos respeitosamente, largou o prisco príncipe num prato imundo, sujo de moscas, onde havia algumas granadas de aparência de todo desagradável.

Não gostei disso e até cheguei a temer que o meu piropo se confundisse no meio de outros piores.

Wenzel notou isso e franziu a testa.

— Espere! — disse ele e, misturando com a mão todas as granadas do prato, inesperadamente jogou todas em meu chapéu, depois virou o chapéu, e, enfiando a mão lá dentro, sem olhar, da primeira vez já retirou o "limpa-chaminés".

— Quer repetir isso cem vezes ou está satisfeito? Está satisfeito com uma vez só?

Ele sentia e distinguia a pedra pela densidade.

— Estou satisfeito — respondi.

---

[12] Quando examinamos longamente pedras de uma única cor, o olho "emburrece" e perde a capacidade de distinguir as melhores cores das piores. Para restabelecer essa capacidade, os compradores de pedras levam consigo um regulador, ou seja, uma pedra cuja cor já lhes é conhecida pela qualidade. Ao compará-la com outra, ele logo vê a diferença de brilho e pode avaliar com correção o seu valor. (N. do A.)

Wenzel de novo lançou a pedra no prato e ainda mais orgulhosamente balançou a cabeça.

Com isso nos despedimos.

VIII

Em tudo o que dizia e em toda a sua figura, o velho lapidador tinha tanto de caprichoso e de particular, que era difícil considerá-lo uma pessoa normal, e, de qualquer modo, dele sentia-se um sopro de saga.

— Já pensou — veio-me à cabeça — se um grande amante de pedrarias como Ivan, o Terrível,[13] em sua época, tivesse se encontrado com um conhecedor de pedras tão original como esse?! Eis com quem o tsar conversaria à vontade, e depois, quem sabe, mandaria soltar seu melhor urso em cima dele. Em nossa época, Wenzel é uma ave perdida no tempo, uma carta fora do baralho. Em qualquer casa de penhor, provavelmente há conhecedores que lhe dedicariam pelo menos o mesmo desprezo que ele lhes devota. Quanto ele não me disse sobre uma pedra de vinte rublos! Prisco príncipe, cavaleiro tcheco, e depois ele próprio a lançou num prato sujo...

---

[13] A coleção de pedras preciosas do tsar russo Ivan, o Terrível (1530-1584) era uma das melhores da Europa. Ele sabia avaliar pedras e as adquiria pelo mundo todo. Não apenas a grandeza e o brilho, mas também as análises místicas e nebulosas feitas pelo tsar impressionavam aqueles que visitavam o tesouro real. Nas pedras, Ivan, o Terrível, via um dom de Deus e um segredo da natureza, colocados à disposição dos homens para uso e contemplação (R. G. Skrinnikov, *Ivan Grózni* [Ivan, o Terrível], Moscou, pp. 181-2). (N. da E.)

— Está claro, é louco.

Mas Wenzel, para contrariar, não saía da minha cabeça e pronto. Começou a me aparecer até em sonhos. Nós dois galgávamos as montanhas de Merunice e, sei lá por que motivo, nos escondíamos dos suábios. Os campos eram não apenas secos, mas também quentíssimos, e então Wenzel, ora aqui, ora acolá, agachava-se até o chão, punha as palmas das mãos no cascalho poeirento e murmurava-me: "Veja! Veja como está quente! Como elas ardem aqui! Em nenhum outro lugar há pedras assim!".

E sob a inspiração de tudo isso, a granada comprada por mim começou de fato a me parecer animada por "priscos fogos". Era só eu ficar sozinho, de imediato começava a vir à minha lembrança a viagem de Marco Polo lida na infância e ditos pátrios dos moradores de Nóvgorod "sobre pedras preciosas, úteis em várias situações". Vinha-me à lembrança como lia e me surpreendia com as pedras: "a granada que alegra o coração humano; de quem a porta consigo, ela endireita o fraseado e o pensamento e atrai o amor das pessoas". Mais tarde, tudo isso perde o significado, começamos a ver todos esses ditos como mera superstição, começamos a duvidar de que o "diamante amolece se deixado de molho em sangue de cabras", que o diamante "afasta sonhos maus", e que quem o porta consigo, caso "se aproxime de uma comida envenenada, começa logo a suar"; que a safira fortalece o coração, o rubi multiplica a felicidade, a lazulita abate a doença, a esmeralda cura os olhos, a turquesa protege contra quedas de cavalo, a granada incinera maus pensamentos, o topázio interrompe a ebulição da água, a ágata protege a castidade das donzelas, o bezoar debela qualquer tipo de veneno. Pois eis que me aparecia esse velho em desvairado delírio, e eu já estava pronto a delirar de novo com ele.

IX

Ia dormir e sonhava com tudo isso... E como tudo era maravilhoso, denso, vivo, embora eu soubesse ser tudo absurdo. Não, não é absurdo, é o que qualquer avaliador de pedras de uma casa de penhor já sabe. Ah, sim, então não é absurdo. É uma avaliação... um fato...

Pois também isso, certa época, foi fato... O patriarca Nikon[14] realmente escreveu sobre isso ao tsar Aleksei,[15] queixando-se de seus desafetos. Queriam dar cabo dele e serviram-lhe uma comida com veneno mortal; o patriarca, porém, era precavido: levava consigo uma "pedra bezoar" e "o bezoar chupou fora o veneno". Longamente ele lambeu a pedra bezoar que ficava enfiada no seu anel; isso o ajudou bastante, e foram os seus desafetos que sofreram. Está certo que tudo isso aconteceu em priscas eras, quando tanto as pedras nas entranhas da terra quanto os planetas nas alturas celestes, todos eles se preocupavam com o destino do homem, e não atualmente, quando até nos céus há desgosto e sob a terra restou a indiferença fria pelo destino dos filhos dos homens e de lá não chegam vozes nem obediência. Todos os planetas, de novo descobertos, já não recebiam mais nenhuma atribuição nos horóscopos; há também muitas pedras novas, e todas são medidas, pesadas, comparadas em termos de peso específico e densidade, mas depois nada profetizam, não são

---

[14] Nikita Minov (1605-1681) foi escolhido patriarca da ortodoxia russa em 1652 e realizou reformas na Igreja. Terminou a vida no degredo. (N. da E.)

[15] Aleksei Mikháilovitch Románov (1629-1676), coroado tsar em 1645. (N. da T.)

úteis em nada. O seu tempo de falar ao homem já virou passado, agora são como "loquazes tribunos" que se transformaram em "peixes mudos".[16] Com certeza o velho Wenzel desatinava, repetindo histórias antigas que se embaralhavam no seu cérebro debilitado.

Mas como me martirizou esse velho estrambótico! Quantas vezes não fui procurá-lo, e o meu piropo não só não estava pronto, como Wenzel nem mesmo se ocupara dele. O meu "prisco príncipe" ficava jogado no prato como um "limpa-chaminés", na companhia mais baixa e mais indigna dele. Se houvesse ainda só um pingo de superstição, porém sincera, de que naquela pedra vivia um orgulhoso espírito da montanha, que pensa e sente, então tratá-lo de modo tão desrespeitoso também seria uma barbaridade.

X

Wenzel já não me interessava, e sim irritava. Não respondia a nada direito, e às vezes até parecia um pouco atrevido. Às minhas observações mais corteses de que havia tempo demais esperava um pequeno giro em sua roda de esmeril, ele, melancólico, limpava os dentes podres e começava a divagar sobre o que é uma roda e quantas rodas diferentes há no mundo. A roda do moinho do mujique, a roda da telega do mujique, a roda do vagão, a roda da carruagem vienense, a roda do relógio antes de Breguet e a roda do relógio depois de Breguet, a roda nos relógios de Denis

---

[16] Ambas as expressões entre aspas são trechos de um hino acatisto, cantado de pé no serviço religioso ortodoxo. (N. da T.)

Blondel e a roda do relógio de Louis Audemars...[17] Em resumo, só o diabo é que sabia aonde ia levar aquela falação, e, no final, ele acabava por dizer que era mais fácil forjar um eixo de carreta do que lapidar uma pedra, e por isso dizia: "espere, eslavo".

Perdi a paciência e pedi a Wenzel que me devolvesse a pedra como estava; em resposta a isso, o velho começou, amigavelmente:

— Mas como é possível? Para que esses caprichos?

Confessei que aquilo tinha me cansado.

— Ah-ah — respondeu Wenzel. — E eu que pensei que o senhor já tinha se transformado em suábio e queria deixar o príncipe tcheco como limpa-chaminés intencionalmente...

E Wenzel começou a gargalhar, de boca bem aberta, de modo que dela, por todo o cômodo, espalhou-se um cheiro de lúpulo e malte. Pareceu-me que o velho, naquele dia, bebera uma caneca a mais de cerveja *pilsen*.

Wenzel até começou a me contar uma bobagem qualquer: ele o teria levado para passear em Vinohrady, além da escadaria de Nusle. Ali teriam sentado juntos em uma colina árida, em frente da muralha de Carlos,[18] e ele teria revelado a Wenzel, afinal, toda a sua história, desde os "priscos dias", quando não havia nascido nem Sócrates, nem Platão, nem Aristóteles, e também não tinha acontecido nem o pecado de Sodoma nem o incêndio

---

[17] O personagem cita nomes que aperfeiçoaram o mecanismo dos relógios. (N. da E.)

[18] Esta e as duas referências anteriores tratam das cercanias de Praga, da escadaria que leva ao castelo de Carlos IV (1316-1378). No interior desse castelo, há uma capela famosa, ornamentada com pedras semipreciosas. (N. da E.)

Alexandrita

de Sodoma, até aquela primeira hora, quando ele se arrastara para fora da parede como um percevejo e rira de uma moça...

Wenzel parecia ter-se lembrado de algo muito engraçado, começou a gargalhar de novo e de novo encheu o cômodo com o cheiro de malte e lúpulo.

— Pare, vovô Wenzel, não estou entendendo nada.

— Isso é muito estranho! — comentou ele, incrédulo, e contou que aconteciam casos de piropos magníficos encontrados simplesmente no reboco de paredes de isbás. A riqueza das pedras era tão enorme, que elas se lançavam à superfície da terra e iam parar na argila do estuque.

Provavelmente Wenzel tinha tudo isso na cabeça quando estava sentado no jardinzinho da cervejaria, junto às escadas de Nusle, e levou-o consigo a uma colina árida, onde pegou em um sono tranquilo e profundo e teve um sonho curiosíssimo: viu uma isbá tcheca, pobrezinha, nas montanhas de Merunice; nessa isbazinha, estava uma jovem camponesa, fiando lã de cabra com as próprias mãos, enquanto balançava com o pé um berço que, a cada movimento, tocava de mansinho a parede. O estuque descascava aos poucos e caía em forma de pó... foi então que "ele despertou". Ou seja, despertou não Wenzel, nem o bebê que estava no berço, mas ele, o prisco príncipe rebocado no estuque... Despertou e deu uma espiadinha lá fora para se deleitar com o melhor espetáculo da terra: uma jovem mãe, que fia e embala o filho...

A mãe tcheca percebeu a granada à luz e pensou: "eis um percevejo", e para que o inseto nojento não picasse o seu filhinho, bateu nele com o seu sapato velho com toda a força. Ele se soltou da argila e rolou pelo chão; então ela percebeu que era uma pedra e vendeu-a a um suábio por um punhado de grãos de ervilha. Tudo isso foi naquela época em que um grão de piropo custava um punhado de ervilha. Foi antes de acontecer o que está descrito nos milagres de São Nicolau, quando um piropo foi engolido por um peixe e apanhado por uma mulher pobre, e esta enriqueceu com o achado...

— Vovô Wenzel! — disse eu. — Desculpe-me, o senhor está contando coisas muito curiosas, mas não tenho tempo de ouvi-las. Partirei depois de amanhã bem cedo, e por isso amanhã venho pela última vez pegar de volta a minha pedra.

— Excelente, excelente! — respondeu Wenzel. — Venha amanhã ao anoitecer, quando começarem a acender as luzes: o limpa-chaminés o receberá como príncipe.

XI

Cheguei bem na hora combinada, quando já tinham acendido as velas, e dessa vez o meu piropo estava realmente pronto. Nele o "limpa-chaminés" tinha desaparecido, e a pedra absorvia e expelia de si feixes de fogo denso, escuro. Wenzel, seguindo certa linha invisível, havia tirado as extremidades da faceta superior do piropo, e o seu meio erguera-se como um capucho. A granada adquirira cor e cintilava: num fogo inextinguível, nela de fato ardia uma gota encantada de sangue.

— E então? Que tal o nosso valente guerreiro?! — exclamou Wenzel.

Eu, na verdade, não me cansava de contemplar o piropo e queria expressar isso a Wenzel, mas, antes que eu conseguisse dizer uma palavra sequer, o velho sábio aprontou uma das suas, inesperada e estranhíssima: de repente, agarrou-me pelo anel com a alexandrita, que agora, sob a luz, estava vermelha, e pôs-se a gritar:

— Meus filhos! Tchecos! Depressa! Vejam só, eis aqui aquela pedra russa profética da qual lhes falei! Siberiana astuta! O tempo todo estava verde como a esperança, mas agora, com a aproximação do anoitecer, banhou-se de sangue. Desde priscas eras ela é assim, mas escondeu-se o tempo todo, no seio da terra, e permitiu que a encontrassem apenas no dia da maioridade do tsar Alexandre, quando um grande feiticeiro, mago, bruxo, foi à Sibéria procurar por ela.

— O senhor está falando asneiras — interrompi. — Essa pedra não foi encontrada por um feiticeiro, mas por um cientista: Nordenskiöld!

— Feiticeiro! Estou dizendo: feiticeiro! — pôs-se a gritar Wenzel bem alto. — Veja só que pedra! Nela a manhã é verde e a noite sangrenta... É o destino, é o destino do nobre tsar Alexandre!

E o velho Wenzel voltou-se para a parede, apoiou a cabeça no braço e... pôs-se a chorar.

Os seus filhos ficaram ali, imóveis, calados. Não só para eles, mas até para mim, que por tanto tempo via constantemente, em minha própria mão, a "pedra de Alexandre II", era como se ela, de repente, estivesse cheia do profundo sentido das coisas, e o meu coração apertou-se de tristeza.

Quer queiram, quer não, o velho viu e leu na pedra algo que parecia já existir nela, mas que, antes dele, nunca se manifestara aos olhos de ninguém.

Eis o que às vezes significa olhar uma coisa com o espírito extraordinário da fantasia!

Tradução de Denise Sales

ANTON TCHEKHOV

Anton Pávlovitch Tchekhov nasce na cidade portuária de Taganrog, sul da Rússia, a 29 de janeiro de 1860. O pai, Pável Iegórovitch, é um comerciante local, um filho de servos cuja violência e severidade causariam grande impacto na personalidade e na obra de Tchekhov. Em 1876, em função de pesadas dívidas, Pável muda-se para Moscou com seus dois filhos mais velhos. O jovem Anton permanece em Taganrog para completar os estudos. Nesse período, lê com afinco clássicos da literatura e escreve sua primeira peça, *Os sem-pai (Platónov)* (1881).

Em 1879, ingressa na Faculdade de Medicina da Universidade de Moscou e passa a publicar pequenos textos em periódicos moscovitas, geralmente sob pseudônimo. Com o dinheiro arrecadado, sustenta a família e cobre as despesas estudantis. Em 1884, obtém seu diploma, e publica a coletânea *Contos de Melpômene*. Passa então a trabalhar como médico, ocupação que lhe proporciona apenas um escasso retorno financeiro. Sua fama como contista, porém, cresce continuamente. Em 1887, em função de uma recém-descoberta tuberculose, faz uma viagem à Ucrânia e ao Cáucaso que o motiva a tentar escrever, pela primeira vez, uma narrativa mais longa, a novela *A estepe* (1888). No mesmo ano, escreve a peça *Ivánov*, que obtém grande sucesso.

A morte do irmão Nikolai, em 1889, abala Tchekhov profundamente e o faz empreender, no ano seguinte, uma longa viagem até Sacalina para participar de um censo entre prisioneiros de colônias penais. A experiência é registrada no livro *A ilha de*

Sacalina (1895). Em 1892, muda-se para a vila de Miélikhovo, ao sul de Moscou, onde vive por sete anos, contribuindo para a construção de hospitais e escolas e atuando como médico voluntário. A miséria em que viviam os camponeses locais influenciariam vários de seus escritos, como a novela *Minha vida* (1896).

Em 1894, começa a escrever a peça *A gaivota*, cuja estreia, em 1896, seria um imenso fracasso. Montada novamente em 1898 por Stanislávski, a peça obtém um grande êxito, o que levaria o Teatro de Arte de Moscou a encomendar mais peças para Tchekhov. Dessa nova safra, surgem *Tio Vânia* (1897), *Três irmãs* (1901) e *O jardim das cerejeiras* (1904).

Após a morte do pai, em 1898, adquire uma vila na cidade de Ialta, na Crimeia, para onde se muda no ano seguinte por conta de seu quadro de saúde. Lá, Tchekhov escreve um de seus mais famosos contos, "A dama do cachorrinho" (1899), e recebe as constantes visitas de Górki e Tolstói. Manifesta, porém, com frequência, seu desejo de retornar a Moscou. Em maio de 1901, casa-se com a atriz Olga Knipper. Em 1904, Tchekhov parte com a esposa, em junho, para Badenweiler, na Alemanha, numa tentativa de curar a tuberculose crônica, mas sucumbe à doença e falece em 15 de julho de 1904.

De uma simplicidade desconcertante, o conto "Brincadeira", publicado em 12 de março de 1886, na revista *Svertchok* [O Grilo], é um exemplo da capacidade tchekhoviana de causar no leitor as impressões mais fundas e duradouras a partir de um acontecimento aparentemente menor, quase banal. Já "Um caso clínico", publicado em 1898 em *Rússkaia Misl* [O Pensamento Russo], relato sutil e contundente dos efeitos de um capitalismo nascente na Rússia, é bastante característico das preocupações do escritor na década de 1890.

BRINCADEIRA

Um claro dia de inverno... O frio é forte e seco de estalar, e Nádenka, que eu levo pelo braço, fica com os cachos das fontes e o buço no lábio superior orvalhados de prata cintilante. Estamos no cume de um morro alto. Diante dos nossos pés, até a planície, lá embaixo, estende-se um declive escorregadio e brilhante na qual o sol se mira como um espelho. Ao nosso lado está um trenó pequenino, forrado de pano vermelho-vivo.

— Deslizemos até embaixo, Nadêjda Petrovna! — imploro eu. — Só uma vez! Garanto-lhe, ficaremos sãos e salvos!

Mas Nádenka tem medo. Toda essa extensão, desde as suas pequeninas galochas até o fim da montanha de gelo, se lhe afigura como um terrível abismo de profundidade imensurável. Ela fica tonta e perde o fôlego. Só de olhar lá para baixo, quando eu apenas lhe proponho sentar-se no trenó — que terá então se ela arriscar despenhar-se no precipício? Ela morrerá, enlouquecerá!

— Eu lhe suplico! — digo eu. — Não tenha medo! Compreenda, isso é fraqueza, é covardia!

Nádenka cede, finalmente, e eu vejo pelo seu rosto que ela cede com perigo da própria vida. Acomodo-a, pálida e trêmula, no trenó, sento-me, enlaço-a com o braço e junto com ela precipito-me no abismo.

O trenó voa como uma bala. O ar cortado chicoteia o rosto, silva nos ouvidos, bate, belisca raivoso, até doer, quer arrancar a cabeça dos ombros. A pressão do vento tolhe a respiração.

É como se o próprio diabo nos tivesse agarrado com as suas patas, e, urrando, nos arrastasse para o inferno. Os objetos que nos cercam fundem-se num só longo risco, que corre vertiginoso. Parece, um instante mais, e estaremos perdidos!

— Eu te amo, Nádia! — digo eu a meia-voz.

O trenó começa a deslizar mais devagar, mais devagar, os uivos do vento e os zumbidos das lâminas do trenó já não são tão terríveis, a respiração já não é tão ofegante, e, finalmente, chegamos ao fim. Nádenka está mais morta do que viva. Está pálida, mal consegue respirar... Eu a ajudo a levantar-se.

— Nunca mais farei isto — diz ela, encarando-me com os olhos dilatados, cheios de terror. — Por coisa alguma do mundo! Por pouco não morri!

Logo depois, ela volta a si e já me fita com um olhar interrogador: terei sido eu quem disse aquelas quatro palavras, ou foi apenas uma alucinação dentro do zunido da ventania? Mas eu estou calado diante dela, fumando e examinando com atenção a minha luva.

Ela toma o meu braço e passeamos longos minutos diante do morro. O problema, visivelmente, não a deixa em paz. Foram pronunciadas aquelas palavras, ou não? Sim ou não? Sim ou não? É uma questão de amor-próprio, de honra, de vida, de felicidade, uma questão muito importante, a mais importante do mundo. Nádenka perscruta o meu rosto com olhares impacientes, tristes, penetrantes, responde atabalhoadamente, espera que eu fale. Oh, que jogo de emoções neste rosto encantador, que jogo! Vejo que ela luta consigo mesma, que precisa dizer alguma coisa, perguntar, mas não encontra palavras, está encabulada, amedrontada, embargada pela alegria...

— Sabe duma coisa? — diz ela, sem olhar para mim.

— O quê? — pergunto eu.

— Vamos mais uma vez... deslizar pelo morro.

Subimos para o cume, pela escada. De novo faço Nádenka, pálida e trêmula, sentar no trenó, de novo nos despencamos no precipício medonho, de novo uiva o vento e zunem as lâminas, e de novo, quando o voo do trenó está no auge do ímpeto e da zoeira, eu digo a meia-voz:

— Eu te amo, Nádenka!

Quando o trenó se detém, Nádenka lança um olhar para o morro que acabamos de descer voando, depois perscruta longamente o meu rosto, escuta, atenta, a minha voz indiferente e calma, e toda ela, toda, até mesmo o regalo de peles e o capuz, toda a sua figurinha, exprime extrema perplexidade. E no seu rosto está escrito:

"Mas o que é que está acontecendo? Quem pronunciou aquelas palavras? Foi ele, ou foi engano dos meus ouvidos?"

Esta incerteza a perturba, a impacienta. A pobre menina não responde às minhas perguntas, franze a testa, está prestes a romper em choro.

— Não preferes ir para casa? — pergunto eu.

— Mas eu... eu gosto destas... descidas — diz ela, enrubescendo. — Não quer deslizar mais uma vez?

Ela "gosta" destas descidas, e no entanto, sentando-se no trenó, ela, como das outras vezes, fica pálida, ofegante de medo, trêmula.

Descemos pela terceira vez, e eu vejo como ela fita o meu rosto, como observa os meus lábios. Mas eu aperto o lenço contra a boca, tusso, e quando chegamos ao meio do declive, deixo escapar:

— Eu te amo, Nádia!

E a charada continua charada! Nádenka se cala, está pensando... Acompanho-a para casa, ela procura andar mais deva-

Brincadeira

gar, atrasa o passo, espera sempre que eu lhe diga aquelas palavras. E eu vejo como sofre sua alma, como ela tem que se esforçar para não dizer:

"Não pode ser que tenha sido o vento! E eu não quero que tenha sido o vento quem falou aquilo!"

No dia seguinte de manhã, recebo um bilhetinho: "Se o senhor vai ao morro hoje, venha me buscar. N." E desde essa manhã, comecei a ir com Nádenka ao morro, todos os dias e, voando encosta abaixo, no trenó, eu pronuncio, cada vez, a meia-voz, as mesmas palavras:

— Eu te amo, Nádia!

Logo Nádenka acostuma-se a esta frase, como ao vinho e à morfina. Não pode viver sem ela. É verdade que voar montanha abaixo lhe dá medo, como antes, mas já agora o medo e o perigo adicionam um encanto especial às palavras sobre o amor, as palavras que, como dantes, constituem uma charada e oprimem a alma. São sempre os mesmos dois suspeitos: eu e o vento... Qual dos dois lhe declara o seu amor, ela não sabe, mas, ao que parece, isto já não lhe importa mais; não importa o copo em que se bebe, importa ficar embriagada!

Um dia, fui até o morro sozinho; misturei-me à multidão e vejo como Nádenka chega até o sopé, como me procura com os olhos... E depois, timidamente, ela sobe os degraus... Ela tem medo de ir sozinha, oh, quanto medo! Está pálida como a neve, treme e vai, como se fosse para o cadafalso, mas vai, vai sem olhar para trás, com decisão. Pelo visto, ela resolveu, finalmente, tirar a prova: será que se farão ouvir aquelas palavras estranhas, quando eu não estiver junto? E vejo como ela, lívida, com a boca entreaberta de horror, toma assento no trenó, fecha os olhos, e, despedindo-se para sempre do mundo, o põe em movimento... "zzzzzz..." zunem as lâminas. Ouvira Nádenka aquelas palavras? Não sei... Vejo apenas como ela se levanta do trenó, exausta, fraca. E vê-se pelo seu rosto que nem ela mesma sabe se ouviu alguma coisa ou não. O pavor, enquanto ela voava morro abaixo, roubou-lhe a capacidade de ouvir, de distinguir os sons, de entender...

Mas eis que chega o mês de março, primaveril... O sol torna-se mais carinhoso. O nosso morro de gelo escurece, perde o seu brilho e se derrete, afinal. Acabaram os passeios de trenó. A pobre Nádenka já não tem mais onde ouvir aquelas palavras, e nem há quem as pronuncie, pois o vento não se ouve mais, e eu me preparo para voltar a Petersburgo — por muito tempo, quiçá para sempre.

Uma vez, pouco antes de partir, uns dois dias, estava eu sentado, ao crepúsculo, no jardinzinho, separado do pátio onde mora Nádenka por uma cerca alta de madeira. Ainda faz bastante frio, debaixo do lixo, ainda há neve, as árvores ainda estão mortas, mas já cheira à primavera, e, preparando-se para a noitada, as gralhas fazem grande algazarra. Aproximo-me da cerca e espio pela fresta. E vejo como Nádenka sai para os degraus e fixa o olhar tristonho e saudoso no firmamento... O vento da tarde sopra-lhe no rosto pálido e desanimado... Ele lembra-lhe aquele outro vento, que uivava lá no morro, quando ela ouvia aquelas quatro palavras, e seu rosto fica triste, triste, e pela face desliza uma lágrima... E a pobre menina estende os braços, como se implorando ao vento que lhe traga aquelas palavras mais uma vez. E eu, esperando o vento favorável, sopro a meia-voz:

— Eu te amo, Nádia!

Deus meu, o que se passa com Nádenka! Ela solta um grito, sorri com o rosto inteiro e estende os braços ao encontro do vento, risonha, feliz, tão bonita.

E eu vou arrumar as malas...

Isto foi há muito tempo. Agora, Nádenka já é casada; casaram-na, ou foi ela mesma que quis — isto não importa — com um secretário da Curadoria, e hoje ela já tem três filhos. Mas os nossos passeios no morro e a voz do vento trazendo-lhe as palavras "eu te amo, Nádenka", não foram esquecidos. Para ela, isto é hoje a mais feliz, a mais comovedora e a mais bela recordação da sua vida...

Mas eu, hoje, que estou mais velho, já não compreendo mais, para que dizia aquelas palavras, porque brincava...

Tradução de Tatiana Belinky

Um caso clínico

O professor recebeu um telegrama da fábrica dos Liálikov, com um pedido de que viajasse para lá o quanto antes. Estava doente a filha de certa senhora Liálikova, proprietária da fábrica, segundo parecia, e nada mais se podia compreender naquele telegrama longo e mal redigido. O professor não foi pessoalmente, mas enviou seu assistente, Korolióv.

Saindo de Moscou, era preciso passar duas estações e, depois, percorrer de carro umas quatro verstas.[1] Uma troica foi enviada ao encontro de Korolióv. O cocheiro usava chapéu com pena de pavão e respondia a todas as perguntas, em voz bem alta, à moda militar: "De modo nenhum! — Certo!". Era um entardecer de sábado, o sol estava no ocaso. Os operários encaminhavam-se em grandes grupos da fábrica para a estação e faziam uma saudação aos cavalos. Korolióv estava maravilhado com o entardecer, as propriedades rurais, as casas de campo, as bétulas, e com aquela placidez que se sentia ao redor, pois tinha-se a impressão de que o campo, o bosque, o sol, preparavam-se para descansar, como os operários, descansar e, talvez, rezar...

Ele nascera e fora criado em Moscou, não conhecia o campo e jamais se interessara por fábricas, nem visitara uma delas. No entanto, tivera ocasião de ler sobre tais estabelecimentos, bem como visitar casas de industriais e conversar com eles. Por isso,

---

[1] Versta: medida russa equivalente a 1,067 quilômetros. (N. do T.)

quando via, de longe ou de perto, alguma fábrica, pensava que, se por fora tudo parecia paz e tranquilidade, dentro, com certeza, haveria apenas uma ignorância atroz, o egoísmo embotado dos patrões, o trabalho monótono, insalubre, dos operários, brigas, vodca, insetos. E naquele momento, quando os operários afastavam-se do carro, com ar respeitoso e assustado, adivinhava, em seus rostos, nos bonés, no modo de andar, uma falta de asseio físico, embriaguez, excitação nervosa, confusão mental.

Atravessaram o portão da fábrica. De ambos os lados, apareciam casinhas de operários, rostos de mulher, roupas e cobertores na entrada. "Cuidado!", gritava o cocheiro, sem conter os cavalos. Avistaram um pátio amplo, sem vegetação, com cinco enormes pavilhões, rematados por chaminés e afastados entre si, depósitos de mercadoria, barracões, tudo coberto de uma espécie de poeira cinzenta. Aqui e ali, como oásis num deserto, jardinzinhos minúsculos e telhados verdes ou vermelhos de casas, habitadas por membros da administração. O cocheiro deteve de repente os cavalos e o carro parou diante de uma casa recém-pintada de cinzento. Havia ali uma cerca de lilases, coberta de poeira, e sentia-se sobre o patamar amarelo um cheiro forte de tinta.

— Queira entrar, doutor — disseram vozes femininas no saguão e na antessala, ouvindo-se, ao mesmo tempo, suspiros e um murmúrio. — Queira entrar, já estávamos impacientes... é realmente uma desgraça. Por aqui, tenha a bondade.

A senhora Liálikova, corpulenta, algo idosa, de vestido preto de seda, com mangas segundo a última moda, mas, a julgar pelo rosto, pessoa simples e pouco instruída, olhava com expressão alarmada para o médico, sem se atrever a estender-lhe a mão. Ao lado, estava uma senhora de cabelos curtos, de *pince-nez*, com um casaquinho de cores vivas, muito magra e nada jovem. Os criados chamavam-na de Khristina Dmitrievna e Korolitov adivinhou que era a governanta. Ao que parece, fora encarregada, na qualidade de pessoa mais instruída da casa, de receber o médico, pois, no mesmo instante, começou a expor apressadamente as causas da doença, entrando em pormenores miúdos e cacetes, sem dizer, todavia, quem estava doente e do que se tratava.

O médico e a governanta ficaram sentados, conversando, enquanto a dona de casa permanecia imóvel, à porta, em atitude de espera. Korolióv pôde concluir da conversa que a enferma era Liza,[2] moça de vinte anos, filha única e herdeira da senhora Liálikova. Estava doente havia muito tempo, tratara-se com diferentes médicos e, na última noite, tivera, até o amanhecer, palpitações tão fortes que ninguém em casa conseguira dormir, com medo de que morresse.

— Ela é doentinha desde a primeira infância, pode-se dizer — contou Khristina Dmitrievna, com voz cantante, enxugando a cada momento os lábios com a mão. — Os médicos dizem que são os nervos, mas, quando era pequena, os médicos lhe empurraram para dentro umas escrófulas, e eu penso que talvez seja por isso.

Foram ver a doente. Completamente adulta, grande, de boa estatura, mas feia, parecida com a mãe, com os mesmos olhos pequenos e tendo muito larga e desmesuradamente desenvolvida a parte inferior do rosto, despenteada e coberta até o queixo, causou a Korolióv, no primeiro instante, a impressão de uma criatura infeliz, indigente, agasalhada por piedade naquela casa, e custava-lhe crer que fosse herdeira de cinco enormes edifícios.

— Viemos vê-la — começou Korolióv —, vamos curá-la. Bom dia.

---

[2] Diminutivo de Ielisavieta. (N. do T.)

Um caso clínico

Apresentou-se e apertou-lhe a mão, que era grande, fria e feia. A jovem sentou-se e, sem dúvida, acostumada desde cedo a médicos, deixou-se auscultar, indiferente ao fato de ter desnudos os ombros e o peito.

— Tenho palpitações — disse. — Durante a noite, foi um horror... quase morri! Queira dar-me algum remédio.

— Vou dar, vou dar! Acalme-se.

Korolióv examinou-a e encolheu os ombros.

— O coração está em ordem, tudo vai bem. Os nervos, com certeza, desembestaram um pouco, mas é coisa sem importância. Suponho que a crise já passou. Deite-se para dormir.

Entrementes, haviam trazido para o quarto uma lâmpada de mesa. A doente franziu os olhos para a luz e, de repente, envolveu a cabeça com as mãos e começou a chorar. No mesmo instante, Korolióv sentiu desaparecer aquela imagem de criatura feia e indigente, não lhe notava mais os olhos pequenos, nem os traços grosseiros da parte inferior do rosto. Via agora uma expressão suave e dolorida, tão inteligente, tão comovedora, e toda ela pareceu-lhe esbelta, feminina, singela, inspirando já uma vontade de acalmá-la não com remédios, nem com conselhos, mas com uma simples palavra de carinho. A mãe abraçou-lhe a cabeça e apertou-a contra si. Quanta angústia, quanto desespero, no rosto da velha! Sem regatear esforços, dedicara toda a vida a fazer com que a filha aprendesse francês, música, dança, contratara para ela uma dezena de professores, os melhores médicos, mantivera em casa uma governanta, e agora não compreendia o porquê daquelas lágrimas, de tanto sofrimento. Perplexa, tinha uma expressão de culpa, uma expressão de alarma, desesperada, como se ela tivesse omitido algo muito importante, houvesse deixado de fazer alguma coisa ou de convidar alguém, sem saber quem fosse.

— Lísanka,[3] outra vez... outra vez — dizia ela, apertando a filha contra si. — Minha querida, meu benzinho, minha filhinha, conte-me, o que você tem? Tenha pena de mim e me conte.

Ambas choraram amargamente. Korolióv sentou-se na beirada na cama e segurou a mão de Liza.

— Vamos, vamos, para que chorar? — disse carinhosamente. — Não há nada no mundo que mereça essas lágrimas. Vamos, não chore, não precisa...

Entretanto, pensou:

"É tempo de casá-la..."

— O médico daqui da fábrica deu-lhe brometo de cálcio — disse a governanta —, mas eu notei que ela só piorou com o remédio. Na minha opinião, se a gente quer dar alguma coisa para o coração, devem ser gotas... esqueci o nome... de junquilho, se não me engano.

Recomeçaram os pormenores. Interrompia o médico, impedia-o de falar e, em seu rosto, estava patente uma expressão de esforço, como se supusesse que, sendo a mulher mais instruída da casa, estivesse obrigada a manter com o médico uma conversa ininterrupta que não podia deixar de ser sobre Medicina.

Korolióv ficou aborrecido.

— Não estou vendo nada de especial — disse, saindo do quarto e dirigindo-se à mãe. — Se a sua filha foi tratada pelo médico da fábrica, é bom que ele continue a fazê-lo. O tratamento, até agora, estava certo e não vejo necessidade de mudar de médico. Para quê? É uma doença absolutamente comum, nada de sério...

---

[3] Outro diminutivo de Ielisavieta. (N. do T.)

Um caso clínico

Falava lentamente, calçando as luvas, enquanto a senhora Liálikova permanecia imóvel, dirigindo para ele os olhos congestionados de pranto.

— Falta meia hora para o trem das dez — disse ele. — Espero não perdê-lo.

— O senhor não poderia ficar aqui em casa? — perguntou ela, e lágrimas tornaram a deslizar-lhe pela face. — Tenho vergonha de incomodá-lo, mas seja bondoso... pelo amor de Deus — prosseguiu a meia-voz, espiando para a porta. — Passe a noite aqui. Ela é minha... única filha... me pregou um susto a noite passada, não consigo vir a mim... Não vá embora, pelo amor de Deus...

Ele queria retrucar que tinha muito serviço em Moscou e que a família estava à sua espera. Era-lhe penoso passar a noite numa casa estranha, sem necessidade, mas, depois de olhar para o rosto dela, suspirou e pôs-se a tirar as luvas, em silêncio.

Acenderam para ele todas as lâmpadas e velas, no salão e na sala de visitas. Ficou sentado junto ao piano de cauda, folheando os cadernos de música, depois examinou os quadros nas paredes, os retratos. Nos quadros a óleo, com molduras douradas, havia paisagens da Crimeia, o mar tempestuoso com um naviozinho, um padre católico segurando um cálice de bebida, e tudo aquilo aparecia seco, delambido, sem talento... Nos retratos, não havia um semblante bonito, interessante, mas apenas rostos de zigomas largos e olhos espantados. Liálikov, pai de Liza, tinha uma fronte pequena e um rosto de quem estivesse satisfeito consigo mesmo, um uniforme que se acomodava como um saco sobre seu corpanzil sem raça e, no peito, uma medalha e uma insígnia da Cruz Vermelha. A cultura ali era pobre, o luxo, casual, sem sentido e sem conforto, como aquele uniforme. O assoalho causava irritação, com seu brilho, era irritante também o lustre, e lembrava-se sem querer a história do comerciante que fora aos banhos com a medalha ao pescoço...

Vinha um murmúrio da sala de visitas, alguém ressonava baixinho. De repente, chegaram do pátio sons cortantes, interrompidos, metálicos, que o médico jamais ouvira antes e que não compreendia agora. Ressoaram-lhe no coração, de modo estranho e desagradável.

"Creio que não moraria aqui, por nada deste mundo...", pensou e ocupou-se novamente com os cadernos de música.

— Doutor, venha comer alguma coisa! — chamou-o a governanta, a meia-voz.

Foi cear. A mesa era grande, havia profusão de frios e de vinhos, mas cearam apenas ele e Khristina Dmitrievna, que tomou madeira, comeu depressa e ficou falando, enquanto espiava para ele através do *pince-nez*:

— Os operários estão muito contentes conosco. Na fábrica, temos espetáculos teatrais cada inverno, os próprios operários trabalham como artistas. Bem, há também leituras, acompanhadas de projeções com lanterna mágica, uma sala de chá magnífica e tudo o que se pode precisar. São-nos muito afeiçoados e encomendaram missa, ao saber que Lísanka piorou. Não têm instrução, mas também sabem sentir as coisas.

— Parece que vocês não têm um homem em casa — disse Korolióv.

— Nenhum. Piotr Nikanóritch morreu há um ano e meio e ficamos sozinhas. Assim vivemos as três. Passamos os verões aqui e os invernos em Moscou, na Polianka. Faz onze anos que vivo com elas. É como se eu fosse da família.

Serviram esturjão, bolinhos de galinha e compota. Os vinhos eram caros, franceses.

— Por favor, não faça cerimônia, doutor — dizia Khristina

Um caso clínico
351

Dmitrievna, comendo e enxugando a boca no punho pequeno, e via-se que ela tirava o máximo prazer de sua vida ali. — Sirva-se, faça o favor.

Depois da ceia, o médico foi acompanhado ao quarto, onde lhe haviam preparado a cama. Mas não tinha sono, era sufocante o ar, e havia no quarto um cheiro de tinta. Pôs o sobretudo e saiu de casa.

Fora, estava um tempo fresco. Apontava já a aurora[4] e, no ar úmido, delineavam-se nitidamente os cinco pavilhões, com suas compridas chaminés, os barracões e os depósitos. O trabalho estava suspenso, por causa de feriado, as janelas, escuras, e somente num dos edifícios havia um forno aceso; duas janelas pareciam carmesins e da chaminé saía fumaça, acompanhada, de vez em quando, de um resplendor de chama. Ouviam-se, ao longe, o coaxar das rãs e o canto de um rouxinol.

Olhando para aqueles edifícios e para os barracões em que dormiam os operários, ocorreram-lhe os pensamentos que tinha sempre ao ver fábricas. Que houvesse ali espetáculos teatrais para os operários, lanternas mágicas, assistência médica, toda espécie de melhoramentos, apesar de tudo, os operários que ele encontrara aquele dia, no caminho da estação, não se diferençavam em nada, pelo aspecto, daqueles outros que ele vira havia muito, na infância, quando ainda não existiam espetáculos teatrais nas fábricas, nem demais melhoramentos. Na qualidade de médico, aprendera a fazer juízo acertado sobre os males crônicos, de causa essencial desconhecida, o que os tornava incuráveis, e olhava para as fábricas como um mal-entendido, cuja causa era igualmente obscura e impossível de afastar. Quanto aos melhoramen-

---

[4] Na região em que se passa a ação, as noites de maio são bem curtas. (N. do T.)

tos na vida dos operários, não os considerava supérfluos, mas comparava-os ao tratamento das doenças incuráveis.

"Aqui, há um mal-entendido, naturalmente...", pensava, olhando para o carmesim das janelas. "Mil e quinhentos a dois mil operários trabalham sem descanso, num ambiente insalubre, fabricando chita ordinária, vivem semifamintos e só de vez em quando despertam deste pesadelo, no botequim. Uma centena de pessoas vigia o trabalho que os demais realizam, e toda a vida dessa gente passa-se em registro de multas, em discussões, injustiças, e somente dois ou três dos chamados patrões aproveitam as vantagens de tudo aqui, embora absolutamente não trabalhem e desprezem aquela chita inferior. Mas, quais são essas vantagens e como são aproveitadas? Liálikova e a filha são infelizes, inspiram compaixão, e somente Khristina Dmitrievna, solteirona um tanto idosa e estúpida, de *pince-nez*, tira todo o prazer de sua vida ali. Conclui-se, portanto, que se trabalha naqueles cinco pavilhões e vende-se chita ordinária nos mercados do Oriente, unicamente para que Khristina Dmitrievna possa comer esturjão e tomar madeira."

De repente, ressoaram sons estranhos, os mesmos que ele ouvira antes da ceia. Junto a um dos edifícios, alguém batia numa placa de metal e, logo em seguida, procurava conter o ruído, de modo que resultavam sons breves, agudos, impuros, algo como "der... der... der...". Depois de um pouquinho de silêncio, ressoaram junto a outro pavilhão sons igualmente interrompidos e desagradáveis, mas que eram mais baixos, cavernosos: "drun... drun... drun...". Onze vezes. Eram certamente os guardas, anunciando a hora.

Ressoou junto ao terceiro pavilhão: "jak... jak... jak...". E assim junto a todos os pavilhões e, depois, atrás dos barracões e além do portão. Tinha-se a impressão de que aqueles sons eram

Um caso clínico

353

emitidos, em pleno silêncio noturno, pelo próprio monstro de olhos carmesins, pelo demônio em pessoa, que possuía ali tanto os patrões como os operários e enganava a uns e outros.

Korolióv saiu do pátio e caminhou para o campo.

— Quem está aí? — gritou do portão, em sua direção, uma voz rude.

"Parece uma prisão..." — pensou ele e não respondeu ao grito.

No campo, ouviam-se melhor os sapos e rouxinóis, sentia-se a noite de maio. Vinha da estação o ruído de um trem. Em alguma parte, galos sonolentos emitiam seu grito, mas, apesar de tudo, a noite era plácida, o mundo estava dormindo tranquilo. Não longe da fábrica, havia troncos de árvores cortadas, acumulava-se material para uma construção. Korolióv sentou-se sobre as tábuas e continuou pensando:

"Somente a governanta sente-se bem aqui e toda a fábrica funciona unicamente para satisfazer seus prazeres. Mas ela parece ser apenas uma espécie de testa de ferro. O mais importante de todos, aquele para quem se faz tudo aqui, é o demônio."

E ele pensou no diabo, em quem não acreditava, e ficou olhando para as duas janelas iluminadas pelo fogo. Tinha a impressão de que olhava para ele, com aqueles olhos carmesins, o próprio demônio, aquela força desconhecida que estabelecera as relações entre os fortes e os fracos, este erro grosseiro, que já não havia meio de corrigir. É preciso que o forte impeça o fraco de viver, tal é a lei da natureza; isto parece compreensível e facilmente aceitável, mas somente num artigo de jornal ou num livro de estudo; no entanto, na mixórdia da vida cotidiana, na confusão de toda a miuçalha de que são tecidas as relações humanas, aquilo já não era uma lei, mas uma contradição, uma incompatibilidade lógica, pois tanto o forte como o fraco tombavam vítimas de suas relações mútuas, submetendo-se involuntariamente a alguma força diretriz, desconhecida, situada fora da vida, estranha ao homem. Assim pensava Korolióv, sentado sobre tábuas e, aos poucos, foi invadido por um sentimento de que aquela força desconhecida e misteriosa estava realmente perto dali e olhava para ele. Entretanto, o oriente tornava-se cada vez mais esmaecido, passava depressa o tempo. Os cinco pavilhões e as chaminés, aparecendo sobre o fundo cinzento do alvorecer, quando não havia pessoa alguma ao redor, como se tudo estivesse morto, tinham um aspecto peculiar, diferente do diurno. Sumira da memória a ideia de que ali dentro havia máquinas a vapor, eletricidade, telefones, mas, apesar de tudo, pensava-se nos edifícios com pilastras, na Idade da Pedra, sentia-se a presença de uma força rude, inconsciente...

Ouviu-se de novo:

— Der... der... der... der...

Doze vezes. De novo um silêncio curto, e ressoou, na outra extremidade do pátio:

— Drun... drun... drun... — "Terrivelmente desagradável!", pensou Korolióv.

— Jak... jak... — ouviu-se, num terceiro ponto, o som interrompido, agudo, que parecia despeitado. — Jak... jak...

Foram precisos uns quatro minutos para anunciar meia-noite. Depois, tudo ficou em silêncio e teve-se novamente a impressão de que o mundo morrera ao redor.

Korolióv passou mais algum tempo sentado e voltou para casa, mas tardou a deitar-se. Nos quartos vizinhos, havia um murmúrio, ouvia-se o lepte-lepte de chinelos de pés descalços.

"Será uma nova crise?", pensou Korolióv.

Saiu do quarto, para ir ver a doente. Já estava completamente claro dentro de casa. Na sala, estremecia no chão e sobre

Um caso clínico

355

a parede um raio débil de sol, que penetrara ali, através da névoa matinal. Estava aberta a porta do quarto de Liza, que permanecia na poltrona ao lado da cama, de chambre, enrolada num xale, despenteada. Estavam descidas as persianas.

— Como se sente? — perguntou Korolióv.

— Muito bem, obrigada.

Segurou-lhe um pouco o pulso, depois ajeitou-lhe os cabelos, que haviam caído sobre a testa.

— A senhora não está dormindo — disse ele. — Lá fora, faz um tempo maravilhoso, gorjeiam os rouxinóis, e a senhora está aí, sentada no escuro, cismando.

Ela ficou a escutá-lo e olhou-o no rosto. Seus olhos eram tristes, inteligentes, e via-se que ela queria dizer-lhe algo.

— Isto lhe acontece com frequência? — perguntou ele.

A jovem moveu ligeiramente os lábios e respondeu:

— Sim. Sinto-me mal quase toda noite.

Naquele momento, os guardas começaram a bater duas horas. Ouviu-se: "der... der...", e ela estremeceu.

— Incomoda-a este barulho? — perguntou ele.

— Não sei. Aqui, tudo me incomoda — respondeu, ficando pensativa. — Tudo incomoda. Em sua voz, eu percebo simpatia; não sei por que, desde que o vi, tive a impressão de que se pode falar de tudo com o senhor.

— Fale, eu lhe peço.

— Quero dar-lhe a minha opinião. Penso que não tenho doença alguma e que se fico inquieta e sinto temores é porque não pode ser de outro modo. Mesmo a pessoa mais sadia não pode deixar de se inquietar, se, por exemplo, há um salteador embaixo da janela. Estou sendo tratada com muita frequência — prosseguiu, olhando para os joelhos, e sorriu com timidez —, naturalmente, fico muito agradecida e não nego a utilidade do tratamento, mas eu gostaria de conversar não com um médico, e sim com uma pessoa próxima, um amigo, que me compreendesse e me convencesse de que tenho razão ou de que estou errada.

— Não tem amigos?

— Vivo solitária. Tenho minha mãe, que eu amo, mas, apesar de tudo, sou solitária. Assim se ajeitou minha vida... Os solitários leem muito, mas falam e ouvem pouco, a vida é um mistério para eles: são místicos e enxergam, muitas vezes, o diabo onde ele não está. A Tamara[5] de Liérmontov era solitária e via o diabo.

— Lê muito?

— Sim. Não tenho nada a fazer, da manhã à noite. De dia, fico lendo e, à noite, tenho a cabeça vazia, em vez de pensamentos aparecem-me não sei que sombras.

— Vê alguma coisa de noite?

— Não, mas sinto...

Sorriu mais uma vez e ergueu os olhos na direção do médico, com um olhar muito triste, muito inteligente. Korolióv teve a impressão de que a moça acreditava nele, queria conversar sinceramente e que pensava do mesmo modo que ele. Mas Liza permaneceu em silêncio, esperando talvez que o médico falasse.

E ele sabia o que lhe dizer. Via claramente que ela deveria deixar o quanto antes aqueles cinco pavilhões e o milhão, se o possuía; e deixar aquele demônio que ficava olhando de noite. Via ainda, com a mesma clareza, que assim pensava ela própria e estava apenas esperando que alguém, em quem confiava, lhe confirmasse aquilo.

---

[5] Personagem do poema "O demônio", de Mikhail Liérmontov (1814-1841). (N. do T.)

Um caso clínico

Mas ele não sabia como dizê-lo. Que fazer? Fica-se constrangido de perguntar a um condenado o porquê de sua condenação; sente-se a mesma perturbação, ao pretender-se perguntar a gente muito rica para que precisa de tanto dinheiro, por que aproveita assim mal a riqueza e por que não a joga fora, mesmo quando vê nela sua infelicidade. E mesmo que se chegue a iniciar uma conversa sobre esse tema, semelhante conversa torna-se acabrunhante, desajeitada, demasiadamente longa.

"Como dizê-lo?", pensou Korolióv. "E será mesmo preciso?"

Acabou por dizê-lo, mas de modo indireto:

— A senhora, que se encontra na situação de proprietária de uma indústria e herdeira rica, não está satisfeita, não acredita em seu direito e, agora, não consegue dormir. Isto, naturalmente, é melhor que se estivesse satisfeita, dormisse bem e pensasse que tudo corre satisfatoriamente. A senhora tem uma insônia digna, é um bom sinal, apesar de tudo. Na realidade, seria inconcebível entre nossos pais uma conversa como essa que estamos tendo agora. Eles não ficavam conversando à noite, mas dormiam profundamente. Nossa geração dorme mal, ficamos angustiados, conversamos muito e estamos sempre procurando descobrir se temos ou não razão. No entanto, para nossos filhos ou netos, estará resolvida essa questão de se ter ou não razão. Isto lhes aparecerá mais claro. A vida será boa daqui a uns cinquenta anos, pena que não a alcancemos. Seria interessante ver um pouco.

— Mas, o que farão nossos filhos e netos? — perguntou Liza.

— Não sei... Talvez abandonem tudo, para ir embora.

— Para onde?

— Para onde quiserem — disse Korolióv e pôs-se a rir. —

São tantos os lugares para onde pode ir uma pessoa boa e inteligente.

Olhou para o relógio.

— Mas, o sol já se ergueu. A senhora deve dormir. Tire a roupa e durma tranquila. Fiquei muito contente de conhecê-la — prosseguiu, apertando a mão dela. — A senhora é uma pessoa simpática e interessante. Boa noite!

Retirou-se para o quarto e deitou-se para dormir.

Na manhã seguinte, quando a carruagem estava à porta, todos saíram para a escada, a fim de se despedir dele. Liza estava pálida e lânguida, com um vestido branco de festa e uma florzinha no cabelo. Olhava para ele do mesmo modo que na véspera, sorrindo com expressão triste e inteligente, falava, e tudo aquilo como se quisesse dizer-lhe algo especial e importante, e dizê-lo unicamente para ele. Cantavam as calhandras e repicavam os sinos da igreja. Brilhavam alegremente as janelas dos pavilhões fabris e, atravessando o pátio e dirigindo-se, depois, para a estação, Korolióv não se lembrava mais dos operários, nem dos edifícios com pilastras, nem do diabo, mas pensava unicamente no tempo, talvez próximo, em que a vida será tão luminosa e plena de alegria como aquela plácida manhã de domingo. Pensava também em como era agradável, em semelhante manhã de primavera, viajar numa boa carruagem, atrelada a três cavalos, e esquentar-se ao sol.

Tradução de Boris Schnaiderman

Um caso clínico

Maksim Górki

Aleksei Maksímovitch Piechkóv, que se consagraria na literatura como Maksim Górki, isto é, Máximo, o Amargo, nasceu em Níjni-Nóvgorod, em 1868. Filho de um estofador, viveu até os dez anos com o avô materno. Sofreu profunda influência da avó, cuja imagem fixaria com carinho nos livros *Infância* e *Ganhando meu pão*. Estudou apenas dois anos, enquanto executava pequenos serviços para ganhar a vida. Após a morte da mãe em 1878, passou a trabalhar numa sapataria e, mais tarde, no escritório de um arquiteto.

Em 1884, transferiu-se para Kazan, na esperança de ingressar na universidade, mas não teve sucesso. Foi estivador, jardineiro, cantor de coro, padeiro — experiências que narraria em *Minhas universidades*. Nessa época, sem encontrar um sentido para a existência, tentou suicidar-se com um tiro. Grande andarilho, passou os anos seguintes em andanças pelo sul da Rússia. Regressou a Níjni-Nóvgorod em 1890, logo sendo preso por suspeitas de atividade revolucionária. Solto, passou a se interessar pelo nascente movimento marxista russo e reiniciou suas andanças, das quais extraía material para sua literatura. Em 1892, um jornal da Geórgia publicou o seu primeiro conto.

Em 1898 saiu sua primeira coletânea de textos, *Ótcherki i rasskázi* [Ensaios e contos]. Conheceu um êxito sem precedentes e tornou-se do dia para a noite uma das figuras literárias mais famosas do país. Em 1901, foi preso pela terceira vez, acusado de atividades subversivas, mas libertado pouco depois graças à intercessão de Tolstói. Em 1905 seria preso mais uma vez, porém protestos no mundo todo forçaram o governo a soltá-lo. Participou das manifestações de outubro em Moscou e fundou em Petersburgo o jornal bolchevique *Nóvaia Jizn* [Vida Nova], mas com o fracasso da rebelião de dezembro desse ano, deixou o país, viajando para os Estados Unidos e pela Europa. Após o início da Primeira Guerra Mundial, voltou à Rússia e apoiou a luta com a Alemanha, enquanto os bolcheviques moviam campanha contra a guerra.

Durante o regime de Kérenski chefiou o ressuscitado diário *Nóvaia Jizn*, no qual fez críticas violentas a Lênin e seus companheiros. Deflagrada a Revolução de Outubro, dedicou-se particularmente à preservação dos valores culturais em meio ao caos, e dirigiu-se frequentemente ao governo, pedindo medidas para a proteção de obras de arte, auxílio material a intelectuais, comutação de penas de morte etc. Por insistência de Lênin, viajou para o estrangeiro em 1921, fixando-se na Itália a fim de tratar da saúde. Voltou à Rússia em 1928, sendo recebido com grandes festividades. Nessa fase, mostrou-se um defensor extremado das instituições soviéticas. Faleceu em Moscou, em 1936.

Os dois contos aqui reunidos têm como base experiências pessoais de Górki e cobrem um largo período de sua vida de escritor. O primeiro, "Vinte e seis e uma", publicado em 1899 e considerado por muitos uma de suas obras mais representativas, se passa no período em que Górki trabalhava numa padaria e faz um sensível retrato da condição da mulher na Rússia. Já "Sobre o primeiro amor", publicado em 1923, no jornal *Krásnaia Nov* [Terra Vermelha], aborda o início da carreira de Górki como escritor e sua primeira relação amorosa.

Vinte e seis e uma

Éramos vinte e seis. Vinte e seis máquinas vivas, encerradas num porão úmido, onde, de manhã à noite, amassávamos farinha, preparando broas e roscas. As janelas do nosso porão davam para uma fossa, escavada diante dele e revestida de tijolos, verdes de umidade. Prendia-se aos caixilhos da janela, por fora, uma densa rede de arame, e a luz do sol não podia penetrar até nós através dos vidros, cobertos de pó de farinha. O patrão vedara as janelas com metal, para que não pudéssemos dar um pedaço de seu pão aos mendigos e àqueles dos nossos camaradas que passavam fome, por falta de trabalho. O patrão chamava-nos de gatunos e, ao jantar, em vez de carne dava-nos tripas podres...

Era abafada e acanhada a vida naquele caixote de pedra, sob um teto baixo e pesado, coberto de fuligem e teias de aranha. Tudo era difícil para nós, e tínhamos náuseas, entre aquelas grossas paredes pintadas de manchas de sujeira e mofo... Erguíamo-nos às cinco da manhã, faltos de sono, e, embotados, indiferentes, já nos sentávamos à mesa às seis, para transformar em broas a massa que fora preparada por companheiros, enquanto dormíamos. E durante todo o dia, da manhã às dez da noite, uns de nós permaneciam à mesa, espalhando com as mãos a massa enrijecida e balançando o corpo para não enrijecer, enquanto outros misturavam água à farinha. E o dia inteiro fervia e ronronava, de modo pensativo e dolente, a água no caldeirão, em que se coziam as broas, e a pá do forneiro esbarrava rápida e raivosamente contra a parte inferior do forno, atirando pedaços escorregadios de massa sobre os tijolos abrasados. De manhã à noite, ardia lenha num dos lados do forno, e o reflexo rubro da chama tremia sobre a parede da oficina, como se risse de nós em silêncio. O enorme fogão parecia a cabeça repelente de um monstro fantástico. Dava a impressão de se ter erguido do chão, escancarando a larga fauce, repleta de chama deslumbrante, soprava sobre nós seu hálito quente e contemplava nosso trabalho infindável com as duas negras aberturas dos ventiladores, que tinha na frente. Aquelas duas profundas reentrâncias pareciam olhos, os olhos impassíveis e impiedosos de um monstro: tinham sempre o mesmo olhar escuro, como se, cansados de contemplar os escravos e nada esperando deles de humano, desprezassem-nos com o frio desdém da sabedoria.

Dia a dia, em meio à poeira de farinha, à lama que trazíamos do pátio com os pés, em meio ao calor sufocante e fétido, espalhávamos a massa e fazíamos broas, molhando-as com o nosso suor, e tínhamos um ódio implacável ao nosso trabalho, jamais comíamos o que saía de nossas mãos e preferíamos pão preto às broas. Sentados à mesa comprida, frente a frente, nove de frente para nove, movíamos por longas horas, mecanicamente, nossas mãos e dedos, e já estávamos tão habituados ao nosso trabalho, que às vezes nem prestávamos mais atenção aos nossos próprios movimentos. Encaramo-nos tanto que cada qual já conhecia todas as rugas no rosto dos companheiros. Não tínhamos de que falar, estávamos habituados a isso e permanecíamos calados o tempo todo, quando não nos insultávamos, pois sempre há motivo para se insultar um homem, sobretudo se é um companheiro. Mas era também de raro em raro que nos insultávamos. De que pode ser culpado um homem, se está meio morto, quase petrificado, se todos os seus sentimentos foram esmagados sob o peso do trabalho? Mas o silêncio é terrível e torturante somente para aqueles que já disseram tudo e nada mais têm a dizer. Para os que ainda não começaram a falar, o silêncio é simples e fácil... Cantávamos às vezes, começando assim: de repente, enquanto trabalhávamos, alguém emitia um pesado suspiro de cavalo cansado e entoava baixinho uma dessas canções monótonas, cuja melodia doce e melancólica sempre alivia a tristeza que embarga a alma do cantador. Canta um de nós, e a princípio ouvimos em silêncio aquela canção solitária, que enlanguesce e se extingue sob o pesado teto do porão, como a débil chama de uma fogueira acesa na estepe numa noite úmida de outono, quando o céu cinzento pende sobre a terra qual teto de chumbo. Depois, outro cantor junta sua voz à do primeiro, e já são duas as vozes que pairam, suaves e dolentes, em meio ao calor de nossa acanhada fossa. E de súbito outras vozes erguem-se em coro, e a canção lança-se para o alto que nem uma onda, torna-se mais forte, mais estrondosa, e como que afasta os muros úmidos e pesados de nossa prisão de pedra...

Cantam todos os vinte e seis. Vozes sonoras, há muito afinadas entre si, enchem a padaria, que parece estrangular a canção. Esta bate contra a pedra das paredes, geme, chora e vivifica o coração, com uma dor suave, uma comichão, revolve nele velhas feridas e desperta a angústia... Os cantores suspiram profunda e pesadamente. Ora um deles interrompe de chofre a canção, fica ouvindo por muito tempo o canto dos companheiros e novamente une sua voz à onda geral; ora outro emite um grito dolente: "Eh!" — e canta, os olhos cerrados, e talvez a onda dos sons, larga e densa, lhe pareça uma estrada para alguma parte, na distância, uma estrada larga, iluminada por um fúlgido sol, e sobre a qual ele se veja caminhando...

Vinte e seis e uma

A chama do forno oscila sem cessar, a pá do forneiro não para de roçar o tijolo, ronrona a água no caldeirão, e o refluxo do fogo sobre a parede vacila de modo sempre igual, com um rir silente... E nós cantamos, com palavras alheias, nossa embotada aflição, a pesada angústia de homens vivos privados de sol, a nossa angústia de escravos. E assim vivemos, os vinte e seis, no porão daquela grande casa de pedra, e era uma vida a tal ponto difícil, como se todos os três andares do edifício tivessem sido erguidos diretamente sobre nossos ombros...

Mas, além das canções, tínhamos ainda algo bom, amado por nós, e que talvez nos substituísse o sol. No segundo andar, havia uma oficina de bordados, e ali vivia, entre muitas moças bordadeiras, a criada Tânia,[1] de dezesseis anos. Cada manhã, encostava-se à vidraça do postigo, aberto na porta que comunicava o quartinho de entrada com a nossa padaria, um rostinho miúdo, rosado, com olhos alegres, azul-claros, e uma voz sonora, carinhosa, gritava-nos:

— Prisioneirinhos! Quero broinhas!

Todos nos voltávamos ao ouvir aqueles sons claros e olhávamos com alegria e ar bonachão para aquele rosto de moça, que nos sorria de modo tão simpático. Sentíamo-nos felizes de ver aquele nariz apertado contra o vidro e os dentes alvos e miúdos, que brilhavam entre os lábios grossos, abertos num sorriso. Apressávamo-nos em abrir-lhe a porta, empurrando-nos, e ela entrava, tão alegre e afável, em nossa oficina. Apresentava-nos o avental e, com a cabeça ligeiramente inclinada para o lado, parava diante de nós, sempre sorridente. Caía-lhe, do ombro sobre

---

[1] Diminutivo de Tatiana. (N. do T.)

o peito, uma trança comprida e grossa de cabelos castanhos. Nós, gente suja, escura e feia, olhamos para ela de baixo para cima, pois a soleira da porta fica quatro degraus acima do chão, olhamos para ela, as cabeças voltadas para cima, damos-lhe bom-dia e dizemos-lhe certas palavras especiais, que somente para ela encontramos. Quando lhe dirigimos a palavra, torna-se mais meiga a nossa voz e mais comedidos os gracejos. Em relação a ela, tudo em nós é peculiar. O forneiro retira do forno uma pazada de broas, as mais douradas e apetitosas, e empurra-as com agilidade para o avental de Tânia.

— Cuidado, não se deixe apanhar pelo patrão! — dizemos. Ri com ar maroto e grita-nos alegre:

— Até a vista, prisioneirinhos! — e desaparece depressa, qual um pequeno camundongo.

Apenas isso... Mas, por muito tempo após sua partida, conversamos agradavelmente a seu respeito, dizemos sempre o mesmo que ontem e que antes, porque ela, nós e tudo em volta somos o mesmo que já éramos ontem e antes também... É muito difícil e torturante viver quando nada muda em volta, e se isso não mata para sempre a alma de um homem, quanto mais ele vive, mais torturante se torna a imobilidade do que o rodeia... Falávamos sempre de mulheres de tal modo que, frequentemente, sentíamos repugnância de ouvir nossa própria fala grosseira e desavergonhada, mas era compreensível, pois as mulheres que conhecíamos talvez nem merecessem outras palavras. Mas jamais falávamos mal de Tânia. Nunca alguém se permitiu tocá-la, e ela não ouviu de nós sequer um gracejo mais atrevido. Talvez isso ocorresse pelo fato de jamais ter ficado mais tempo conosco (passava aos nossos olhos, como uma estrela caída do céu, e desaparecia), ou talvez por ser pequena e muito bonita, e tudo o que é belo desperta o respeito, mesmo em gente rude. E ainda: embora nosso trabalho forçado nos transformasse em bois estúpidos, permanecíamos homens e, como todos os homens, não podíamos viver sem venerar algo. Perto de nós, ninguém havia melhor que ela, e ninguém, a não ser ela, prestava atenção em nós, que vivíamos no porão, ninguém, embora a casa fosse habitada por dezenas de pessoas. E, finalmente — e isso devia ser o mais importante —, todos a considerávamos algo nosso, algo que existia graças unicamente às nossas broas: havíamos estabelecido como uma obrigação dar-lhe broas quentes, e isso tornara-se para nós um sacrifício diário ao ídolo, quase um ofício divino, e cada dia nos unia mais à moça. Além das broas, dávamos a Tânia muitos conselhos: agasalhar-se melhor, não correr depressa pela escada, não carregar feixes pesados de lenha. Ouvia nossos conselhos com um sorriso, respondia com uma risada e nunca nos obedecia, mas não nos ofendíamos: era-nos apenas necessário demonstrar-lhe que nos preocupávamos com ela.

Frequentemente, dirigia-se a nós com algum pedido: que abríssemos, por exemplo, a pesada porta da adega, que rachássemos lenha. Executávamos com alegria, e mesmo com orgulho, aquilo e tudo o mais que ela quisesse.

Mas, quando um de nós pediu-lhe que consertasse a sua camisa única, ela fungou com desprezo e disse:

— Só faltava isso, imagine!...

Rimos muito daquele original e nunca mais pedimos algo à moça. Nós a amávamos, e isso é dizer tudo. O homem sempre quer dedicar seu amor a alguém, embora, às vezes, oprima e macule por meio dele, e possa envenenar a vida do próximo com aquele amor, porque, amando, não respeita a quem ama. Nós devíamos amar Tânia pois não tínhamos outra pessoa a quem amar.

Sucedia, às vezes, um de nós comentar:

— Por que mimamos tanto essa garota? Que tem ela de especial? Hem? Estamos muito ocupados com ela!

Interrompíamos abrupta e grosseiramente aquele que ousava falar assim. Precisávamos amar algo e o havíamos encontrado. E aquilo que amávamos, os vinte e seis, devia permanecer imaculado para cada um, como nosso sacrário, e quem nos contrariasse nisso seria nosso inimigo. Talvez não amemos exatamente aquilo que é bom, mas somos vinte e seis, e por isso sempre queremos ver sagrado para os demais aquilo que nos é caro.

Nosso amor não é menos difícil que o ódio... e talvez exatamente por essa razão alguns orgulhosos afirmem que nosso ódio honra mais o objeto que o amor... Mas, se assim é, por que eles não fogem de nós?

Além do compartimento destinado ao preparo das broas, nosso patrão tinha uma padaria, instalada na mesma casa e separada de nossa fossa por uma parede. Os padeiros eram quatro e mantinham-se afastados de nós, considerando seu trabalho mais limpo que o nosso. Julgando-se por isso melhores que nós, não iam à nossa oficina e riam de nós com desdém quando nos encontravam no pátio. Também não íamos àquela parte da casa, pois o patrão nos proibira fazê-lo, com medo de que roubássemos pãezinhos de leite. Não gostávamos dos padeiros, porque os invejávamos: faziam um trabalho mais leve que o nosso, ganhavam mais, recebiam melhor alimentação, tinham uma padaria ampla e clara, e eram todos limpos, sadios — detestáveis para nós. Éramos todos amarelos e cinzentos: três sofriam de sífilis, diversos de sarna, um estava completamente torcido de reumatismo. Nos feriados e nas horas vagas em geral, eles vestiam paletó e calçavam botas rangentes, dois tinham sanfona, e iam todos passear no jardim municipal, enquanto nós usávamos uns

Vinte e seis e uma

trapos sujos e perneiras de pano ou calçado de tília, e a polícia não nos deixava entrar no jardim municipal. Podíamos, acaso, gostar dos padeiros?

E eis que uma vez soubemos que o forneiro deles dera para beber e fora despedido pelo patrão. Este já contratara outro, um soldado que usava colete de cetim e relógio com correntinha de ouro. Tínhamos curiosidade de ver um tipo tão elegante e, na esperança de encontrá-lo, corríamos a cada momento para o pátio.

Mas ele mesmo apareceu em nossa oficina. Abrindo a porta com um tranco, deixou-a escancarada, parou sorridente no umbral e disse-nos:

— Deus os ajude! Bom dia, rapazes!

O ar frio penetrava pela porta em turbilhão, qual densa nuvem, e rodopiava-lhe aos pés, enquanto ele permanecia no umbral, olhando-nos de cima, e sob seus bigodes muito claros e habilmente torcidos luziam dentes graúdos e amarelos. Seu colete era realmente algo especial: azul, bordado com flores, todo brilhante e com botões de pedrinhas vermelhas. E havia a correntinha...

Era bonito aquele soldado, alto, sadio, de faces coradas, e seus olhos grandes e claros tinham uma boa expressão, carinhosa e suave. Usava um gorro branco, fortemente engomado, e sob seu avental limpo, sem qualquer manchinha, apareciam os bicos finos das botas da moda, cuidadosamente lustradas.

Nosso forneiro pediu-lhe respeitosamente que fechasse a porta. Fez isso sem se apressar e começou a interrogar-nos sobre o patrão. Interrompendo um ao outro, dissemos-lhe que nosso patrão era um explorador, um gatuno, um malvado sem coração, dissemos tudo o que se podia e devia dizer sobre o patrão, mas que não se pode escrever aqui. O soldado ouvia, movia os bigodes e examinava-nos com seu olhar macio e claro.

— E vocês têm muitas garotas por aqui... — disse de repente.

Alguns de nós riram respeitosamente, outros fizeram carinha doce, alguém explicou que havia nove garotas ao todo.

— Vocês aproveitam? — perguntou o soldado, piscando o olho.

Rimos novamente, mas não muito alto, encabulados... Muitos de nós gostariam de parecer ao soldado uns valentes rapagões, como ele próprio, mas nenhum sabia fazê-lo. Alguém confessou-o, em voz baixa:

— Não é para nós...

— Sim, é difícil para vocês! — exclamou o soldado, com um tom de convicção, examinando-nos fixamente. — Vocês... não sei... falta qualquer coisa... Não têm postura... boa apresentação... uma aparência conveniente! E a mulher gosta da aparência no homem! Quer que o corpo tenha aprumo... e tudo bem arrumado! E além disso ela respeita a força... Que o braço seja assim!

O soldado retirou do bolso a mão direita e mostrou-nos o braço desnudo até o cotovelo... Era branco, vigoroso, coberto de uma lanugem dourada e brilhante.

— A perna, o peito, tudo deve ter firmeza... E, além disso, que o homem se vista de acordo... como exige a beleza... As mulheres gostam de mim. Eu não as chamo, não procuro atraí-las, elas mesmas me saltam no pescoço, cinco de uma vez...

Sentou-se sobre um saco de farinha e ficou contando por muito tempo como as mulheres gostavam dele e quão valentemente se portava com elas. Depois ele partiu, e quando a porta se fechou atrás dele com um gemido, passamos muito tempo em silêncio, pensando nele e no que nos contara. Em seguida, pusemo-nos de repente a falar, todos ao mesmo tempo, e imediatamente ficou claro que todos gostamos dele. Era tão simples e simpático: viera, ficara sentado um pouco, conversara conosco. Ninguém nos visitava, ninguém nos falava daquele modo amigável... E ficamos conversando a respeito dele e dos seus futuros êxitos junto às bordadeiras, que, encontrando-nos no pátio, ora evitavam cruzar-nos de frente e comprimiam os lábios de modo ofensivo, ora caminhavam bem na nossa direção, sem se desviar, como se não existíssemos em seu caminho. E nós sempre ficávamos apenas admirando-as, quer no pátio, quer quando passavam junto a nossas janelas, no inverno, com uns chapeuzinhos e peliças de tipo especial e, no verão, igualmente de chapéu e segurando sombrinhas multicores. Em compensação, conversávamos sobre essas moças de modo tal que, se nos ouvissem, certamente se enfureceriam de vergonha e mágoa.

— Eu receio que ele... estrague também a Tâniuchka[2] — disse de repente o forneiro, preocupado.

Calamo-nos todos, surpresos com aquelas palavras. Havíamos esquecido Tânia: o soldado parecia tê-la oculto de nós, com seu vulto avantajado e bonito. Iniciou-se, em seguida, ruidosa discussão: uns diziam que Tânia nunca chegaria àquilo, outros afirmavam que não poderia resistir ao soldado, e, finalmente, outros ainda ofereciam-se para quebrar as costelas dele, caso começasse a importunar Tânia. Por fim, todos resolveram vigiar o soldado e Tânia, prevenir a moça de que tivesse cuidado com ele... E assim terminou a discussão.

Decorreu cerca de um mês. O soldado assava pão, saía a passeio com as bordadeiras, entrava frequentemente em nossa oficina, mas não falava de conquistas femininas, limitando-se a torcer os bigodes e a lamber com gosto os lábios.

---

[2] Diminutivo de Tatiana. (N. do T.)

Tânia vinha todas as manhãs buscar as broinhas e, como de costume, era simpática, alegre, carinhosa conosco. Tentávamos falar-lhe do soldado, e ela chamava-o de "bezerro de olhos grandes" e outros apelidos engraçados, o que nos acalmou. Tínhamos orgulho de nossa menina, ao ver como as bordadeiras procuravam o soldado. O modo pelo qual Tânia o tratava pareceu elevar--nos também, e, como se nos orientássemos por aquela atitude, começamos igualmente a tratá-lo com desdém. E passamos a amá-la mais ainda, recebendo-a de manhã com redobrada alegria e complacência.

Certa vez, porém, o soldado veio ver-nos um pouco embriagado, sentou-se e começou a rir e, quando lhe perguntamos de que estava rindo, explicou:

— Duas se pegaram por minha causa... Lidka e Gruchka...[3] E como se amarfanharam, hem? Ha-ha! Puxaram-se pelos cabelos, caíram no chão, uma ficou a cavalo... Ha-ha-ha! Foi um tal de arranhar-se... de rasgar vestidos... muito engraçado! E por que as mulheres não sabem brigar honestamente? Por que se arranham, hem?

Estava sentado no banco, sadio, limpo, alegre, e não cessava de dar gargalhadas. Permanecíamos calados. Sem sabermos por quê, ele desagradava-nos daquela vez.

— Vejam só que sorte eu tenho com o mulherio, hem?! Muito engraçado. É só piscar e... está perdida mais uma! Dia-a-bo!

Suas mãos brancas, cobertas de pelo brilhante, ergueram-se e tornaram a cair sobre os joelhos, com um estalo sonoro. Dirigia-nos um olhar agradavelmente surpreendido, como se ele próprio estivesse sinceramente admirado de sua sorte com as mulhe-

---

[3] Diminutivos de Lídia e Agrafiena, respectivamente. (N. do T.)

Vinte e seis e uma

res. Sua carantonha gorda e corada reluzia com ar autossuficiente e feliz, e ele continuava lambendo com gosto os lábios.

Nosso forneiro fez esbarrar com força e raiva a pá contra a beirada do fogão e, de repente, disse com ar de mofa:

— Não precisa aplicar grande força para derrubar uns pinheirinhos, quero ver você pôr abaixo uma árvore grande...

— Isso é comigo, não? — perguntou o soldado.

— Com você...

— Mas por quê?

— Não é nada... já foi!

— Não, espere! Do que se trata? Que árvore grande?

Nosso forneiro não respondeu, trabalhando rapidamente com a pá dentro do forno: jogava dentro dele broas cozidas, apanhava as prontas e atirava-as com estrépito ao chão, para serem apanhadas por moleques, que as penduravam sobre esfregões. Parecia ter esquecido o soldado e o assunto da conversa. Mas o outro ficou, de repente, inquieto. Pôs-se de pé e caminhou para o fogão, arriscando-se a chocar-se com o peito contra a lâmina da pá, que se movia convulsivamente no ar.

— Não, diga-me de quem se trata. Você me ofendeu... Eu? Não me escapa nenhuma, nã-ão! E você me diz coisas que me ofendem tanto...

Com efeito, parecia sinceramente ofendido. Provavelmente, não tinha um motivo para se respeitar, além da sua capacidade de seduzir mulheres. Talvez não houvesse nele algo mais de animado e somente aquela capacidade lhe desse a consciência de ser um homem vivo.

Realmente, há pessoas para as quais o mais precioso e melhor na vida é constituído por alguma doença do corpo ou do espírito. Carregam-na sempre e têm nela a razão da existência, sofrem por ela e dela retiram o alimento, tornam-na motivo de queixa aos demais e, com isso, despertam a atenção do próximo. Com ela, orientam para si a compaixão dos homens e, além dela, nada possuem. Tirai-lhes essa doença, curai-os, e serão infelizes, privados do único meio de manter-se em vida: estarão completamente vazios. A vida de um homem é, por vezes, tão pobre que, involuntariamente, se vê forçado a apreciar seu vício, a viver dele. Pode-se dizer que, frequentemente, é por conta do fastio que os homens são viciados.

O soldado ofendeu-se, foi avançando sobre o nosso forneiro, uivando:

— Não, você tem que me dizer: quem é?

— Dizer? — o forneiro voltou-se bruscamente em sua direção.

— E então?!

— Conhece a Tânia?

— E então?

— Aí está! Experimente...

— Eu?

— Você!

— Ela? Seria muito fácil!

— Veremos!

— Vai ver! Ha-ha!

— Ela te...

— Um mês de prazo!

— Você é muito vaidoso, soldado!

— Duas semanas! Vou mostrar a vocês! Quem? A Tanka![4]

Puf!...

---

[4] Tanka: outro diminutivo de Tatiana, geralmente mais depreciativo. (N. do T.)

Vinte e seis e uma

— Ora, vá embora... está me estorvando!

— Duas semanas e pronto! Ah, você...

— Vá embora, estou dizendo!

Nosso forneiro ficou, de repente, furioso e fez uma ameaça com a pá. O soldado recuou surpreendido, olhou-nos, disse em voz baixa e com maldade: "Pois está bem!" — e saiu da padaria.

Durante a discussão, permanecemos calados, acompanhando-a com interesse. Mas, depois que o soldado partiu, pusemo-nos a conversar alto e a fazer barulho.

Alguém gritou para o forneiro:

— Não foi boa coisa que você arranjou, Pável!

— Cuide do seu trabalho! — respondeu, enfurecido.

Sentíamos que o soldado fora atingido em seu ponto mais sensível e que Tânia estava em perigo. Nós o sentíamos e, ao mesmo tempo, fomos todos possuídos de uma curiosidade ardente, que nos era agradável: o que ia suceder? Tânia conseguiria resistir ao soldado? E quase todos gritavam com convicção:

— Tanka? Vai resistir! Não se deixa levar facilmente!

Tínhamos uma vontade terrível de provar a resistência de nosso deusinho e nos esforçávamos em demonstrar um ao outro que era um deusinho forte, que sairia vitorioso daquele embate. Por fim, pareceu-nos que havíamos incitado pouco o soldado, que ele esqueceria a discussão, sendo necessário excitar melhor seu amor-próprio. A partir daquele dia, nossa vida tornou-se diferente, uma vida nervosa e tensa, que jamais conhecêramos. Passávamos dias inteiros a discutir, todos se tornaram mais inteligentes, de fala mais abundante e fluente. Tínhamos a impressão de que havíamos iniciado um jogo com o diabo, e que nossa aposta era Tânia. E quando soubemos, por intermédio de um dos padeiros do outro compartimento, que o soldado começara a "atacar a nossa Tanka", passamos a sentir um medo agradável e uma tal curiosidade de viver que nem percebemos quando o patrão, aproveitando-se do nosso excitamento, aumentara-nos de catorze *puds*[5] de massa a tarefa cotidiana. O trabalho parecia não nos cansar sequer. O nome de Tânia não nos saía da língua o dia todo. E cada manhã nós a esperávamos com impaciência especial. Às vezes, tínhamos a impressão de que ela entraria em nosso compartimento e não seria já aquela mesma Tânia, mas outra pessoa.

Todavia, nada lhe dissemos sobre a discussão. Nada lhe perguntamos e continuamos a tratá-la com amor e bondade. Mas, naquelas nossas relações com ela, havia penetrado furtivamente algo novo e estranho aos nossos sentimentos anteriores, e esse novo era uma aguda curiosidade, aguda e fria como uma lâmina de aço...

— Meus irmãos! Hoje termina o prazo! — disse certa manhã o forneiro, iniciando o trabalho.

Nós sabíamos isto bem, mesmo sem sua lembrança, mas, apesar de tudo, nos agitamos.

— Olhem para ela... vai chegar logo! — propôs o forneiro. Alguém exclamou, com lástima:

— Mas como se vai perceber alguma coisa?

E isso deu lugar, novamente, a uma acalorada e barulhenta discussão. Íamos saber, por fim, a que ponto era puro e inacessível à lama o objeto em que havíamos depositado o que tínhamos de melhor. Naquela manhã, sentimos, de súbito e pela primeira vez, que realmente havíamos iniciado um grande jogo e que aquela prova da pureza de nosso deusinho poderia destruí-lo para nós. Durante todos aqueles dias, havíamos sabido que o sol-

---

[5] *Pud*: unidade de peso russa equivalente a 16,38 quilos. (N. do T.)

Vinte e seis e uma

dado perseguia Tânia obstinada e incessantemente, mas, sem saber por quê, ninguém de nós perguntara a ela de que modo tratava o soldado. E Tânia continuava a aparecer pontualmente cada manhã em nossa padaria, para apanhar broinhas, e tinha o ar de costume.

Naquele dia, não tardamos também a ouvir sua voz:

— Prisioneirinhos! Cheguei...

Apressamo-nos em abrir-lhe a porta e, quando entrou, recebemo-la calados, ao contrário do que costumávamos fazer. Olhando-a fixamente, não sabíamos de que falar com ela, o que perguntar. Formamos diante dela uma escura e silenciosa multidão. Pareceu surpreender-se com aquela recepção que lhe era estranha, e, de repente, vimos que empalidecia, ficava inquieta, agitava-se. Perguntou com voz abafada:

— O que têm hoje?

— E você? — retrucou-lhe sombrio o forneiro, não tirando dela os olhos.

— O que há comigo?

— Na-ada...

— Ora, deem-me depressa as broinhas...

Jamais ela nos apressara antes...

— Tem tempo! — disse o forneiro, sem se mover e sem tirar os olhos do seu rosto.

Então ela virou-se bruscamente e desapareceu atrás da porta.

O forneiro apanhou a pá e disse calmamente, voltando-se para o forno:

— Quer dizer que está feito! Que soldado!... Canalha!...

Caminhamos para a mesa como um rebanho de carneiros, empurrando-nos, sentamo-nos em silêncio e pusemo-nos a trabalhar desanimados. Pouco depois, alguém disse:

— Mas, pode ser que...

— Ora, ora! Vá conversando! — gritou o forneiro.

Sabíamos todos que ele era pessoa inteligente, mais inteligente que nós. Compreendemos seu grito, como certeza da vitória do soldado... Sentíamos inquietude e tristeza...

O soldado chegou ao meio-dia, quando almoçávamos. Como de costume, vinha limpo e garridamente trajado e, como sempre, fitava-nos bem nos olhos. E nós tínhamos vergonha de olhá-lo.

— Bem, meus senhores, se quiserem, posso mostrar-lhes o que é a bravura de um militar — disse com um sorriso de orgulho. — Vocês vão sair para o quarto da frente e espiar pelas frestas... compreenderam?

Saímos e, tombados uns sobre os outros, encostamo-nos às fendas da parede de tábua que dava para o pátio. Não esperamos muito. Pouco depois, Tânia atravessou o pátio, com passo precipitado e rosto inquieto, saltando sobre as poças de neve derretida e lama. Desapareceu atrás da porta da adega. Depois, o soldado caminhou também para lá, assobiando e sem se apressar. Tinha as mãos nos bolsos e seus bigodes mexiam-se...

Chovia e nós víamos as gotas caindo nas poças, que se franziam. Era um dia úmido, cinzento, dia de muito tédio. A neve jazia ainda sobre os telhados, mas já haviam aparecido sobre a terra manchas escuras de lama. E a neve sobre os telhados estava também coberta de faixas pardas, sujas. Chovia devagar, e era dolente o ressoar da chuva. Esperando, tínhamos frio e uma sensação desagradável...

O primeiro a sair da adega foi o soldado: caminhou vagaroso pelo pátio, movendo os bigodes, as mãos enfiadas nos bolsos — era o mesmo de sempre.

Vinte e seis e uma

Em seguida, Tânia saiu também de lá. Seus olhos... seus olhos luziam de alegria e felicidade e seus lábios sorriam. Caminhava como num sonho, balançando o corpo, com passos inseguros...

Não podíamos suportá-lo tranquilamente. Atiramo-nos ao mesmo tempo para a porta, pulamos para o pátio e assobiamos, gritamos para ela com raiva, muito alto, com selvageria.

Vendo-nos, ela estremeceu e estacou, petrificada, como se estivesse enterrada na lama sob seus pés. Rodeamo-la e pusemo-nos a insultá-la, com maldade, sem nos conter, com palavras indecentes, dissemos-lhe obscenidades.

Fizemo-lo sem barulho, sem pressa, vendo que não tinha para onde ir, que estava rodeada por nós e que podíamos zombar dela à vontade. Não sei por que não batemos nela. Ficou parada no meio de nós, voltando a cabeça ora para um, ora para outro lado, ouvindo nossas ofensas. E nós lhe lançávamos em profusão crescente, com força a cada momento redobrada, a lama e o veneno de nossas palavras.

As cores fugiram-lhe do rosto. Seus olhos azul-claros, felizes instantes atrás, abriram-se desmesuradamente, seu peito respirava pesado e estremeciam-lhe os lábios.

Cercando-a, nós nos vingávamos nela, pois nos havia roubado. Pertencia-nos, havíamos gasto com ela o que tínhamos de melhor e, embora aquele melhor fossem migalhas de mendigos, éramos vinte e seis e ela uma só, e, por isso, qualquer sofrimento que lhe causássemos, por maior que fosse, não corresponderia à sua culpa! Como a ofendemos!... Permanecia calada, dirigindo-nos olhares selvagens, e tremia com todo o corpo.

Ríamos, gritávamos, rugíamos... Outras pessoas juntaram-se ao grupo... Um de nós puxou Tânia pela manga do casaquinho...

De repente, seus olhos cintilaram. Sem se apressar, ergueu as mãos à cabeça e, arrumando o cabelo, disse alto, mas tranquilamente, olhando-nos bem de frente:

— Eh, vocês, infelizes prisioneiros!...

E caminhou diretamente sobre nós, como se não existíssemos na sua frente, como se não lhe impedíssemos o passo. Por isso, realmente, nenhum de nós embargou-lhe o caminho.

E saindo de nosso círculo, disse ainda sem se voltar em nossa direção, igualmente alto, com altivez e desdém:

— Ah, canalhada infame...

E se foi, aprumada, bela, orgulhosa.

Ficamos no meio do pátio, na lama, sob a chuva e sob o céu cinzento e sem sol...

Depois, fomos também, em silêncio, para a nossa úmida fossa de pedra. Tal como antes, o sol jamais espiava pelas nossas janelas e Tânia nunca mais voltou!...

Tradução de Boris Schnaiderman

Vinte e seis e uma

Sobre o primeiro amor

... E então o destino obrigou-me, com o propósito de me educar, a sofrer as emoções tragicômicas do primeiro amor.

Um grupo de conhecidos organizou um passeio de barco no Oká, e eu fui encarregado de convidar o casal K.; tinham chegado recentemente de França, mas eu ainda não os conhecia. Fui visitá-los à noitinha.

Moravam no porão de um velho prédio; na frente, uma poça suja, que não secava durante a primavera e quase todo o verão, estendera-se por toda a largura da rua; corvos e cachorros utilizavam-na como espelho, porcos banhavam-se nela.

Encontrando-me um tanto pensativo, despenquei-me na residência de gente que me era desconhecida, como uma pedra que rola da montanha, e suscitei estranha confusão entre os seus inquilinos. Fechando diante de mim a porta do quarto contíguo, ergueu-se ali sombrio um homem gorducho, de estatura média, barba castanha clara em leque e olhar bondoso nos olhos azuis claros.

Ajeitando a roupa, ele perguntou pouco afável:

— O que deseja?

E acrescentou, sentencioso:

— Deve-se bater na porta, antes de entrar!

Atrás dele, na penumbra do quarto, agitava-se e palpitava algo semelhante a uma grande ave branca, e ressoou uma voz sonora e alegre!

— Principalmente quando se entra numa residência de gente casada...

Perguntei zangado: eram as pessoas que eu procurava? E, quando o homem que lembrava um vendeiro bem-sucedido respondeu afirmativamente, expliquei-lhe a finalidade da minha visita.

— O senhor diz que vem da parte de Clark? — quis ele saber, afagando grave e pensativo a barba, e no mesmo instante estremeceu, virou-se como um pião, exclamando morbidamente:

— Oi, Olga!

Pelo movimento convulsivo do seu braço, tive a impressão de que alguém o beliscara naquela parte do corpo da qual é inconveniente falar — segundo parece, porque ela fica um tanto abaixo da cintura.

Segurando-se na ombreira da porta, ergueu-se e ficou parada certa moça esbelta, que me examinou sorridente, com olhos azulados.

— Quem é o senhor? Da polícia?

— Não, apenas a minha calça é que é assim — respondi com delicadeza, e ela riu.

Não era ofensivo, pois nos seus olhos brilhava justamente aquele sorriso que eu esperava havia muito. Fora o meu traje que despertara provavelmente o seu riso; eu usava calça azul da polícia municipal, e, em lugar de camisa, uma jaqueta branca de cozinheiro; é uma peça muito prática: desempenha muito bem o papel de paletó e, sendo abotoada com colchetes até o pescoço, dispensa a camisa. O meu traje completava-se magnificamente com botas de caçador emprestadas e um chapéu largo de bandido italiano.

Puxando-me pelo braço para dentro da sala, empurrou-me para uma cadeira e perguntou, parada diante de mim:

Sobre o primeiro amor

— Por que está vestido de maneira tão ridícula?

— Como: ridícula?

— Não se zangue — aconselhou-me amistosa.

Era uma jovem muito estranha — quem poderia zangar-se com ela?

Sentado na cama, o homem barbudo enrolava um cigarro. Perguntei, indicando-o com os olhos:

— É seu pai, ou seu irmão?

— Sou o marido! — respondeu ele, convincente.

— Por quê? — perguntou ela rindo.

Depois de pensar um pouco, examinando-a, eu disse:

— Desculpe!

Nossa conversa prosseguiu uns cinco minutos nesse tom lacônico, mas eu me sentia capaz de ficar sentado imóvel, nesse porão, cinco horas, dias, anos, olhando o rostinho estreito e oval da senhora e fitando os seus olhos carinhosos. Tinha o lábio inferior da pequena boca mais grosso que o superior, como que inchado; os densos cabelos castanhos estavam cortados curto e depositavam-se sobre a cabeça como um chapéu magnífico, espalhando cachos sobre as orelhas róseas e as faces coradas de moça. Os braços eram muito bonitos: enquanto ela ficou parada à porta, segurando as ombreiras, vi-os desnudos até o ombro. Estava trajada de certa maneira particularmente singela, com um casaquinho branco de mangas largas, rendadas, e com uma saia igualmente branca, acusando habilidade na costura. Mas o que havia nela de mais admirável eram os olhos azulados: luziam tão alegre e carinhosamente, com uma curiosidade tão amistosa! E — sem dúvida alguma! — ela sorria com aquele mesmo sorriso que é de todo indispensável ao coração de uma pessoa de vinte anos — um coração ofendido pela brutalidade da existência.

— Logo vai desabar uma chuva — comunicou o marido, envolvendo a barba com a fumaça do cigarro.

Espiei pela janela: estrelas incendiavam-se no céu sem nuvens. Compreendi então que eu estava atrapalhando aquele homem, e saí dali, numa disposição de suave alegria, como depois de um encontro com aquilo que eu tivesse procurado desde muito tempo, às ocultas de mim mesmo.

Passei a noite inteira caminhando pelo campo, extasiando-me cauteloso com o fulgir carinhoso dos olhos azulados, e ao amanhecer estava inabalavelmente convencido de que aquela senhora miúda era uma esposa de todo inconveniente para o gorducho barbudo com olhos bondosos de gato saciado. Tive até pena dela, coitada! Viver com um homem em cuja barba se escondem migalhas de pão...

No dia seguinte, passeamos de barco no turvo Oká, sob a margem escarpada, constituída de largas camadas de marga multicor. Era o dia mais belo desde a criação do mundo, o sol brilhava admirável num céu festivamente vivo, pairava sobre o rio um cheiro de morango-do-mato amadurecido, todas as pessoas lembraram-se de que eram realmente umas pessoas magníficas, e isto me imbuiu de um amor alegre por elas. Até o marido da senhora do meu coração revelou-se uma pessoa formidável: acomodou-se em outro barco, isto é, não naquele em que estava a sua mulher e onde eu remava, e comportou-se o dia todo de modo ideal e inteligente — contou a todos uma quantidade desmesurada de fatos interessantes sobre o velho Gladstone,[1] bebeu depois um pote de leite excelente, deitou-se embaixo de um arbusto e dormiu até a noite, tranquilo como uma criança.

---

[1] O estadista inglês William E. Gladstone (1809-1898). (N. do T.)

Está claro que o nosso barco foi o primeiro a chegar ao lugar do piquenique, e, quando transportei nos braços a minha dama para a margem, ela disse:

— Como você é forçudo!

Eu sentia-me em condições de derrubar qualquer campanário e comuniquei à dama que podia carregá-la nos braços até a cidade, a sete verstas dali.[2] Ela riu baixinho, acarinhando-me com o olhar, os seus olhos fulgiram diante de mim o dia todo, e, é claro, convenci-me de que era unicamente para mim que eles fulgiam.

A seguir, tudo se passou com a rapidez completamente natural, no caso de mulher que encontra pela primeira vez um bicho desconhecido, interessante, e de um jovem sadio, a quem o carinho feminino é indispensável.

Inteirei-me pouco depois de que ela, apesar do seu físico de moça, era dez anos mais velha que eu, que estudara num instituto para "jovens nobres" em Bielostók, fora noiva do comandante do Palácio de Inverno,[3] morara em Paris, estudara pintura e formara-se parteira. Soube ainda que sua mãe era parteira também, e que me atendera por ocasião do meu nascimento — interpretei este fato como certa predestinação, e ele me alegrou ao extremo.

O conhecimento da vida boêmia e dos emigrados,[4] uma ligação com um deles, seguida de uma vida meio nômade, meio faminta, nos porões e mansardas de Paris, Petersburgo e Viena

---

[2] Provavelmente, não o conseguiria. (N. do A.) [Versta: medida russa equivalente a 1,067 quilômetros. (N. do T.)]

[3] O palácio dos tsares em São Petersburgo. (N. do T.)

[4] No caso, emigrados políticos russos. (N. do T.)

— tudo isso transformara a estudante de um instituto para "jovens nobres" numa pessoa divertidamente confusa e muito interessante. Leve e desembaraçada como um melharuco, olhava para a vida e as pessoas com a curiosidade aguçada de um jovem inteligente, entoava com arrebatamento cançõezinhas francesas, fumava bonito, desenhava com jeito, representava razoavelmente no palco, sabia costurar habilmente vestidos e fazer chapéus. Não exercia a sua profissão de parteira.

— Tive quatro casos clínicos, mas eles deram setenta e cinco por cento de mortalidade — dizia.

Isto afastara-a para sempre da contribuição indireta à obra da multiplicação humana; quanto à sua participação direta nessa obra respeitável, era testemunhada pela filha, criança bonita e simpática de uns quatro anos. Falava de si mesma com aquele tom que se usa em relação a uma pessoa que se conhece bem e que já enjoou bastante. Mas, às vezes, ela como que se espantava, falando de si mesma, os seus olhos escureciam bonito, e passava a luzir neles, furtivamente, um sorriso ligeiro e encabulado; as crianças envergonhadas sorriem assim.

Eu sentia bem a sua inteligência aguçada, penetrante, compreendia que ela me era superior culturalmente, via a bondade e simpatia com que tratava as pessoas; ela era incomparavelmente mais interessante que todas as moças e senhoras minhas conhecidas, o tom descuidado dos seus relatos deixava-me surpreendido, e eu tinha a seguinte impressão: sabendo tudo o que sabiam os meus conhecidos de espírito revolucionário, ela conhecia ainda algo além disso, algo mais precioso, mas olhava tudo de longe, de lado, com o sorriso de um adulto que observa jogos infantis conhecidos, uns jogos simpáticos, embora às vezes perigosos.

O porão em que ela morava dividia-se em dois compartimentos: uma cozinha pequena, que servia também de vestíbulo, e uma sala grande com três janelas que davam para a rua e duas, para um pátio sujo, coberto de detritos. Era um cômodo conveniente para uma oficina de sapateiro, mas não para uma mulher elegante, que vivera em Paris, na cidade da Grande Revolução, a cidade de Molière, Beaumarchais, Victor Hugo e outros homens brilhantes. Havia ainda muitas outras incongruências entre o quadro e a moldura, e todas elas irritavam-me cruelmente, suscitando, a par de outros sentimentos, comiseração por aquela mulher. Mas ela mesma parecia não notar nada daquilo que, a meu ver, devia ofendê-la.

Trabalhava de manhã à noite: primeiro como cozinheira e arrumadeira, depois sentava-se junto à grande mesa sob as janelas, passava o dia todo copiando a lápis retratos de pequenos-burgueses, desenhava mapas, coloria cartogramas e ajudava o marido a compor coletâneas rurais de estatística. Através da janela, a poeira da rua caía-lhe sobre a cabeça, e, por cima da mesa, as sombras gordas das pernas dos transeuntes deslizavam sobre os papéis. Enquanto trabalhava, ela ia cantando, e, quando se cansava de ficar sentada, valsava com a cadeira ou brincava com a menina, e, não obstante a abundância de trabalho sujo, era sempre asseada como uma gata.

Seu marido era bonachão e preguiçoso. Gostava de ler na cama romances traduzidos, sobretudo de Dumas Pai. "Isto refresca as células do cérebro" — dizia. Gostava de examinar a vida "de um ponto de vista estritamente científico". Chamava o jantar de "ingestão de alimento", e, terminada a refeição, dizia:

— A passagem do bolo alimentar do intestino para as células do organismo requer sossego absoluto.

E esquecendo de sacudir da barba as migalhas de pão, deitava-se na cama, absorvia-se por alguns minutos na leitura de Dumas ou Xavier de Montépin, e depois, durante umas duas horas, assobiava liricamente com o nariz, e os seus bigodes claros e macios moviam-se com suavidade, como se algo invisível se esgueirasse neles. Despertando, passava muito tempo a olhar pensativo as fendas do teto e, de repente, lembrava:

— Mas bem que ontem o Kuzmá interpretou mal o pensamento de Parnell![5]

E saía para ir acusar Kuzmá, dizendo à mulher:

— Faça-me o favor de acabar por mim a contagem dos camponeses sem cavalos do distrito de Maidan. Eu não demoro!

Voltava cerca da meia-noite, às vezes mais tarde, muito satisfeito.

— Ora, sabe, hoje eu arrasei o Kuzmá! Aquele malandro tem memória muito boa para citações, mas até nisso ele não me leva nenhuma vantagem. Aliás, esse original não compreende absolutamente nada da política oriental de Gladstone!

Falava continuamente de Binet, Richet,[6] de higiene do cérebro, e, quando fazia mau tempo, ficava em casa, ocupando-se da educação da filha de sua mulher, criança que nascera casualmente, entre dois romances.

— Quando você come, Liólia,[7] deve mastigar cuidadosamente, isto facilita a digestão, ajudando o intestino a transformar mais depressa o bolo alimentar num conglomerado assimilável de substâncias químicas.

E depois do jantar, tendo-se reduzido já ao "estado de sossego absoluto", fazia a menina deitar-se na cama e contava-lhe:

---

[5] O político irlandês Charles S. Parnell (1846-1891). (N. do T.)

[6] Os fisiologistas franceses Alfred Binet (1857-1911) e Charles Richet (1850-1935). (N. do T.)

[7] Diminutivo de vários nomes, entre os quais Lídia. (N. do T.)

Sobre o primeiro amor

— Pois bem, quando o sanguinário e ambicioso Bonaparte usurpou o poder...

Ouvindo essas conferências, a sua mulher dava gargalhadas convulsivamente, até as lágrimas, mas ele não se zangava por falta de tempo, pois logo adormecia. Depois de brincar com a sua barba de seda, a menina adormecia também, encolhida numa pelota. Tornei-me muito amigo dela, que ouvia os meus relatos com mais interesse que as conferências de Boleslav sobre o sanguinário usurpador e o triste amor que lhe dedicara Josefina de Beauharnais; isto suscitou em Boleslav um divertido ciúme.

— Eu protesto, Piechkóv![8] Em primeiro lugar, é indispensável incutir na criança os princípios básicos da relação com a realidade, e só depois familiarizá-la com esta. Se você soubesse inglês e pudesse ler "A higiene da alma infantil"...

Mas ele parecia conhecer apenas duas palavras em inglês: "good bye".

Tinha duas vezes a minha idade, mas, curioso como um cão-de-água jovem, gostava de mexericar um pouco e de se mostrar um conhecedor de todos os segredos dos círculos revolucionários tanto russos como estrangeiros. Aliás, é possível que estivesse de fato informado, vinham visitá-lo não raro uns homens misteriosos, e eles sempre se comportavam como atores trágicos que precisaram casualmente representar papéis de simplórios. Vi em sua casa o clandestino Sabunáiev, de peruca ruiva, desajeitadamente pregada, e num terno colorido, que era comicamente estreito e curto para ele.

E de uma feita, chegando à casa de Boleslav, encontrei ali um homem vivo, de cabecinha miúda, que lembrava muito um

---

[8] O nome verdadeiro de Górki era Aleksei Maksímovitch Piechkóv. (N. do T.)

barbeiro, e que usava calça curta xadrez, paletozinho cinza e sapatos que rangiam. Depois de me empurrar para a cozinha, Bolesláv disse num murmúrio:

— Este homem veio de Paris com um encargo importante: ele precisa sem falta encontrar-se com Korolienko;[9] vá, portanto, providenciar este encontro...

Fui, mas soube que, ao mostrarem na rua o recém-chegado a V. G. Korolienko, este declarou sagazmente:

— Não, por favor, não me apresentem este fantoche!

Bolesláv ofendeu-se pelo parisiense e pela "causa da revolução", passou dois dias redigindo uma carta a Korolienko, experimentou todos os estilos, desde o irado e severo até a censura carinhosa, e depois queimou no fogão os exemplares da sua literatura epistolar. A seguir, começaram prisões em Moscou, Níjni-Nóvgorod, Vladímir, e soube-se que o homem da calça xadrez era o depois famoso Landesen-Harting, o primeiro, em ordem cronológica, agente provocador que eu conheci.

E com tudo isto o marido da minha amada era boa praça, um tanto sentimental, e comicamente sobrecarregado de "bagagem científica". Dizia ele:

— O sentido da vida de um intelectual consiste no acúmulo ininterrupto de bagagem científica, com a finalidade da sua disseminação desinteressada na espessura da massa popular...

O meu amor aprofundava-se, transformando-se em sofrimento. Eu ficava sentado no porão, vendo a dama do meu coração trabalhar curvada sobre a mesa, e embriagava-me sombrio com o desejo de tomá-la nos braços e levá-la para alguma parte,

---

[9] O escritor russo, nascido na Ucrânia, Vladímir Galaktiónovitch Korolienko (1853-1921). (N. do T.)

longe desse maldito porão, atravancado por uma larga cama de casal, um pesado divã antigo, em que dormia a menina, e por mesas com pilhas de livros e papéis empoeirados. Junto às janelas, perpassam absurdamente os pés de alguém, às vezes espia pela janela a cara de um cachorro sem dono; está abafado, flui da rua um cheiro de lama aquecida pelo sol. Uma figurinha miúda de moça faz ranger o lápis ou a pena, cantarolando baixinho, sorriem carinhosamente para mim uns simpáticos olhos de centáurea azul. Amo esta mulher até o delírio, até a insânia, e desejo-a até a angústia irritada.

— Conte mais alguma coisa a seu respeito — propõe ela.

Conto, mas, passados alguns minutos, ela diz:

— Não é de si que está falando!

Também eu compreendo que tudo o que eu dizia ainda não era eu, mas algo em que me extraviava cegamente. Eu precisava encontrar-me na confusão colorida das impressões e aventuras que vivera, mas não sabia e temia fazê-lo. Quem sou eu, o que sou eu? Esta pergunta deixava-me muito confuso. Tinha raiva da vida: ela já me sugerira a estupidez humilhante de uma tentativa de suicídio. Eu não compreendia os homens, a sua existência parecia-me injustificada, estúpida, suja. Fermentava em mim a curiosidade sutil de um homem a quem é por algum motivo indispensável espiar para todos os cantinhos escuros do ser, para a profundez de todos os mistérios da vida, e às vezes eu me sentia capaz de um crime por curiosidade: estava pronto a matar unicamente para saber o que seria de mim depois.

Eu tinha a impressão de que, se me encontrasse, erguer-se-ia ante a dona do meu coração um homem repulsivo, emaranhado numa rede forte e densa de pensamentos e sentimentos estranhos; e esta criatura de delírio, de pesadelo, assustá-la e repeli-la-ia. Eu precisava fazer algo comigo. Estava certo de que justamente essa mulher era capaz de me ajudar não só a sentir o meu eu verdadeiro, mas também podia fazer algo miraculoso, depois do que eu imediatamente me libertaria da prisão das impressões escuras do ser, atiraria algo, para sempre, fora de minha alma, e esta incendiar-se-ia com o fogo da grande força, da grande alegria.

Tanto o tom displicente com que ela falava de si mesma como a sua condescendência com as pessoas incutiram-me a certeza de que ela sabia algo extraordinário. Possuía uma chave para todos os enigmas da vida, e por isto era sempre alegre, sempre segura de si. É possível que eu a amasse sobretudo por aquilo que não compreendia nela, mas eu a amava com todo o vigor e paixão da juventude. Era torturante e difícil conter essa paixão: ela já me queimava fisicamente e me debilitava. Seria melhor para mim se eu fosse mais singelo e mais rude, mas eu acreditava que a relação com a mulher não se limitasse àquele ato de união física, que eu conhecia na sua forma indigente e grosseira, animalesca e simples — este ato inspirava-me quase repugnância, embora eu fosse um jovem vigoroso, bastante sensual e possuísse uma imaginação facilmente excitável.

Não compreendo como podia ter-se formado e existir em mim este sonho romântico, mas eu estava inabalavelmente certo de que, além daquilo que eu conhecia, existia ainda algo ignoto, e que nisso estava oculto o sentido elevado, secreto, da relação com a mulher, algo grandioso, alegre, terrível até, que se escondia atrás do primeiro abraço — experimentando essa alegria, a pessoa transformava-se por completo.

Tenho a impressão de que não trouxera essas fantasias dos romances que lera, mas que as formara e desenvolvera a partir do sentimento da contradição da realidade, porquanto:

"Eu vim ao mundo pra não concordar."

Sobre o primeiro amor

Ademais, eu tinha uma recordação estranha e confusa: alhures, além dos limites do real, não sei quando exatamente, mas na primeira infância, eu experimentara certa explosão vigorosa do espírito, o doce frêmito de uma sensação, ou melhor, de um pressentimento da harmonia, vivi uma alegria mais clara que o sol matinal quando se ergue. Talvez isto tivesse ocorrido ainda nos dias em que eu vivia no ventre materno, e consistisse na explosão feliz da sua energia nervosa, que se teria transmitido a mim com um caloroso impulso, criando a minha alma e, pela primeira vez, incendiando-a para a vida, talvez tenha sido o momento abalador da felicidade de minha mãe que se refletiu em mim para toda a vida na forma de uma espera fremente de algo extraordinário a vir da mulher.

Quando não se sabe, inventa-se. E o mais inteligente que o homem alcançou foi a capacidade de amar a mulher, de venerar sua beleza; foi do amor à mulher que nasceu tudo o que é belo sobre a terra.

De uma feita, banhando-me, saltei da popa de uma barcaça para a água, bati com o peito contra o anete da âncora, prendi o pé na corda, fiquei pendurado de cabeça para baixo, e bebi água. Um carroceiro puxou-me para fora, fizeram-me voltar a mim, mas arranharam-me todo, o sangue jorrou-me pela boca, e eu tive que ir para a cama e engolir gelo.

A minha dama veio visitar-me, sentou-se na cama e, perguntando como tudo isto me acontecera, pôs-se a afagar-me a cabeça com a leve mão querida, e os seus olhos, escurecidos, tinham expressão alarmada.

Perguntei-lhe se via que eu a amava.

— Sim — respondeu, com um sorriso cauteloso —, eu vejo, e é muito ruim, embora eu também o ame.

Está claro que, depois dessas palavras, toda a terra estremeceu, e as árvores do jardim passaram a rodar numa alegre ciranda. Emudeci com o inesperado, com a perplexidade e o êxtase, apertei a cabeça contra os seus joelhos e, se não a tivesse abraçado com força, certamente voaria pela janela, como uma bolha de sabão.

— Não se mexa, isto lhe faz mal! — observou ela com severidade, tentando colocar a minha cabeça no travesseiro. — E não se exalte, senão eu vou embora! E, em geral, você é um cavalheiro muito louco, eu nunca pensei que existisse gente assim. Falaremos dos nossos sentimentos e relações quando você se puser de pé.

Dizia tudo isto com muita tranquilidade, e sorria de modo inexpressivelmente carinhoso com os olhos escurecidos. Retirou-se pouco depois, deixando-me em meio ao fogo irisado das esperanças, na certeza feliz de que, a partir de então, com a sua boa ajuda, eu me ergueria, alado, à esfera de outros pensamentos e sentimentos.

Passados alguns dias, eu estava sentado no campo, à beira de uma ravina; embaixo, o vento farfalhava nos arbustos. O céu cinzento ameaçava chuva. Prática, com palavras cinzentas, a mulher falava da diferença entre as nossas idades, de que eu precisava estudar e de que era prematuro para mim pendurar no pescoço mulher com criança. Tudo isto era esmagadoramente exato, dizia-se num tom maternal e provocava ainda mais o amor, o respeito pela mulher querida. Era triste e doce ouvir-lhe a voz, as palavras carinhosas — era a primeira vez que falavam assim comigo.

Eu olhava para a goela da ravina, onde os arbustos, balançados pelo vento, fluíam qual um rio verde, e jurei a mim mesmo pagar a esta pessoa, pelo seu carinho, com todas as forças da minha alma.

Sobre o primeiro amor

— Antes de decidir seja o que fôr, temos que refletir bem — ouvi a sua voz suave. Ela se fustigava o joelho com um galho de nogueira que arrancara, e olhava em direção à cidade, oculta nas colinas verdes dos jardins.

— E, naturalmente, preciso conversar com Bolesláv, ele já está sentindo alguma coisa, e comporta-se com muito nervosismo. E eu não gosto de dramas.

Era tudo muito triste e muito bom, mas tornou-se também indispensável algo vulgar e ridículo.

Os meus *charovári*[10] eram largos na cintura, e por isso eu pregava no cinto um grande alfinete de cobre, de umas três polegadas; esses alfinetes não existem mais, para felicidade dos apaixonados pobres. A ponta aguçada do maldito alfinete arranhava-me o tempo todo, delicadamente, a pele; mas, em consequência de um movimento descuidado, ele enterrou-se todo na minha ilharga. Consegui extraí-lo imperceptivelmente, e percebi horrorizado que o sangue jorrara-me em abundância do arranhão fundo, molhando os *charovári*. Eu não usava roupa de baixo, e o meu paletó de cozinheiro era curtinho, pela cintura. Como ia levantar-me e caminhar, com aqueles *charovári* molhados, grudados ao corpo?

Compreendendo o cômico do incidente, indignado ao extremo com a sua forma lamentável, comecei a falar, com uma excitação estranha, a voz pouco natural de um ator que esqueceu o seu papel.

Depois de me ouvir por alguns minutos, a princípio com atenção, a seguir com evidente perplexidade, ela disse:

---

[10] Calça larga de tipo oriental. (N. do T.)

— Que palavras pomposas! Você passou de repente a não se parecer consigo mesmo.

Isto me abateu de vez, e eu me calei como que sufocado.

— Temos que ir, vai chover!

— Você ficará aqui.

— Por quê?

O que podia eu responder-lhe?

— Ficou zangado comigo? — perguntou ela, depois de me espiar carinhosamente o rosto.

— Oh, não! Foi comigo mesmo que me zanguei.

— Não deve zangar-se nem com você — aconselhou a mulher, pondo-se de pé.

Quanto a mim, não conseguia levantar-me, sentado numa poça tépida, e tinha a impressão de que o meu sangue, saindo da ilharga, borbotava como um regato, que no segundo imediato a mulher ouviria aquele som e perguntaria:

"O que é isto?"

"Vá embora" — implorava-lhe eu mentalmente.

Ela presenteou-me carinhosamente com mais algumas palavras de ternura e caminhou ao longo da ravina, na beirada, balançando-se de modo simpático sobre as pernas esbeltas. Acompanhei com os olhos a sua figurinha flexível que diminuía, afastando-se, e depois me deitei ao solo, derrubado por um golpe da consciência de que o meu primeiro amor seria infeliz.

Está claro, foi o que sucedeu: o seu consorte derramou uma vasta torrente de lágrimas, de baba sentimental, de palavras lastimosas, e ela não se decidiu a nadar para a minha margem, sobre essa corrente pegajosa.

— Ele é tão desamparado, e você é forte! — disse ela com lágrimas nos olhos. — Ele diz: "Se me deixares, vou perder-me como uma flor privada de sol...".

Sobre o primeiro amor

Soltei uma gargalhada, lembrando-me das perninhas curtas, das ancas de mulher e da barriga redondinha, feito uma pequena melancia em flor. Moscas habitavam-lhe a barba, onde sempre encontravam comida.

Ela observou, com um sorriso:

— Sim, isto foi dito de maneira engraçada; mas, assim mesmo, é muito doloroso para ele!

— Para mim também.

— Oh, você é forte...

Foi então, parece, que me senti pela primeira vez como um inimigo das pessoas fracas. Posteriormente, em circunstâncias mais graves, observei com bastante frequência como são tragicamente impotentes os fortes rodeados de fracos, e quanta energia preciosíssima do coração e do espírito se dispende para apoiar a existência infrutífera dos condenados ao aniquilamento.

Pouco depois, meio doente, num estado próximo à demência, saí da cidade e passei quase dois anos vagando pelas estradas da Rússia, feito um cardo-corredor. Cruzei a região do Volga, o Don, a Ucrânia, a Crimeia, o Cáucaso, vivi inumeráveis impressões e aventuras, adquiri maior rudeza, fiquei ainda mais enraivecido, e mesmo assim conservei imperecível na alma a imagem dessa mulher, embora tivesse visto outras, melhores e mais inteligentes que ela.

E quando, passados mais de dois anos, disseram-me em Tiflis[11] (era outono) que ela chegara de Paris e, sabendo que eu morava na mesma cidade, alegrara-se, eu, um moço vigoroso de vinte e três anos, desmaiei pela primeira vez na vida.

---

[11] Forma russa de Tbilisi, atual capital da Geórgia. (N. do T.)

Não me decidi a ir a sua casa, mas pouco depois ela mesma convidou-me, por meio de uns conhecidos.

Achei-a ainda mais bonita e simpática, tinha o mesmo corpo de moça, o mesmo rubor terno das faces, o mesmo fulgor carinhoso nos olhos de centáurea azul. O marido ficara na França, vivia somente com a filha, desembaraçada e graciosa como um cabrito.

Quando cheguei a sua casa, uma tempestade caíra com trovões e relâmpagos sobre a cidade, a chuva torrencial rugia nas ruas, e do monte de São Davi um rio poderoso despencava-se impetuosamente, arrancando as pedras do calçamento. O uivar do vento, o espadanar zangado da água, o estrondo de não sei que destruições abalavam a casa, tremiam os vidros das janelas, o quarto estava repleto de uma luz azul, e tudo em volta parecia despencar-se num abismo molhado e sem fundo.

A menina, assustada, escondeu-se na cama, e nós ficamos à janela, olhando as explosões celestes, que nos cegavam, e falávamos, não sei por quê, num murmúrio.

— É a primeira vez que vejo uma tempestade dessas — farfalhavam ao meu lado as palavras da mulher amada.

E, de repente, ela perguntou:

— Bem, e então? Já está curado do seu amor por mim?

— Não.

Pareceu surpreendida e disse, ainda em murmúrio:

— Meu Deus, como está mudado! Um homem diferente de vez.

Deixou-se cair devagar na poltrona junto à janela, estremeceu, semicerrou os olhos, cega pelo brilho assustado do relâmpago, e murmurou:

— Aqui se fala muito a seu respeito. Para que veio até aqui? Conte-me como viveu esse tempo todo.

Sobre o primeiro amor

Meu Deus, como ela era toda pequena, como era bonita!

Fiquei contando coisas até meia-noite, como numa confissão. Os fenômenos ameaçadores da natureza sempre atuam sobre mim de maneira excitante, infundindo-me uma alegria tumultuosa. Provavelmente, eu contava bem — convenceu-me disso a sua atenção e a expressão concentrada de seus olhos desmesuradamente abertos. Somente às vezes, ela murmurava:

— Isto é terrível.

Ao sair, notei que ela se despedia de mim sem aquele sorriso protetor de pessoa mais velha, que no passado sempre me ofendia um pouco. Caminhei pelas ruas molhadas, vendo a foice aguçada da lua cortar as nuvens rasgadas, e a cabeça rodava-me de alegria. No dia seguinte, enviei-lhe versos pelo correio; depois, ela declamou-os com frequência, e eles firmaram-se na minha memória:

Senhora!
Por um carinho, por um terno olhar
Torna-se escravo hábil prestidigitador,
Que sabe, com sutileza,
A divertida arte
De criar pequenas alegrias
De uma insignificância, um nada!
Aceitai o alegre escravo!
Talvez dessas pequenas alegrias
Possa ele criar grande felicidade —
Um dia, alguém não criou o mundo inteiro
Com desprezíveis grãos de matéria?

Oh, sim! Sem alegria criou-se o mundo:
Tão lastimáveis, tão avaras as venturas!

Mas assim mesmo nele há muito de alegre,
Por exemplo: este vosso criado fiel,
E — nele existe algo belo —
Falo de Vós, senhora minha!

Vós!
Mas, silêncio!
Que são os pregos embotados das palavras,
Comparados ao vosso coração,
A flor mais bela
Da terra tão pobre de flores?

Está claro que isto não são bem versos, mas fora composto com uma alegre sinceridade.

E eis-me de novo sentado frente à pessoa que me parece a melhor do mundo e, por isso, indispensável para mim. Está com um vestido azul-claro; sem ocultar as linhas elegantes do seu corpo, ele envolveu-a de uma nuvem suave, aromática. Brincando com os pompons do cinto, ela me diz palavras extraordinárias, eu sigo o movimento dos seus dedos pequenos de unhas róseas e sinto-me um violino, afinado amorosamente por um músico hábil. Tenho vontade de morrer, de aspirar de alguma forma para dentro da minha alma esta mulher, a fim de que ela fique ali para sempre. O meu corpo canta numa tensão penosa, forte até a dor, e tenho a impressão de que, mais um instante, e o meu coração vai explodir.

Li para ela o meu primeiro conto, que acabava de ser impresso, mas não me lembro de como ela o apreciou; parece que apenas se surpreendeu:

— Que coisa! Então, começou a escrever prosa!

Sobre o primeiro amor

Como num sonho, ouço estas palavras vindas de alhures, de longe:

— Pensei muito em você nesses anos. Será possível que foi por minha causa que precisou ter tantas experiências dolorosas?

Digo-lhe qualquer coisa, no sentido de que, no mundo em que ela vive, não existe nada que seja doloroso ou terrível.

— Como você é querido...

Quero até a demência abraçá-la, mas tenho braços idiotamente compridos, absurdamente pesados, não me atrevo a tocar-lhe o corpo, tenho medo de lhe causar dor, fico parado na sua frente e, balançando-me sob os golpes tumultuosos do meu coração, balbucio:

— Viva comigo! Faça o favor de viver comigo!

Ela ri baixinho e... envergonhada? Os seus olhos queridos desprendem uma luz de cegar. Vai para um canto do quarto e diz dali:

— Façamos assim: vá para Níjni-Nóvgorod, e eu vou pensar um pouco e depois escrever-lhe...

Faço-lhe uma saudação respeitosa, como fizera o herói de não sei que romance lido por mim, e vou embora. Pelos ares.

No inverno, ela veio com a filha para minha casa, em Níjni. "Quando o pobre casa, até a noite é curta" — diz com zombaria e tristeza a sabedoria popular. Constatei pela própria experiência a profunda justeza deste provérbio.

Alugamos por dois rublos por mês um bangalô — velha casa de banhos no jardim de um pope.[12] Instalei-me na saleta de entrada, e minha consorte na própria sala dos banhos, que nos servia também de sala de visitas. O bangalozinho não era total-

---

[12] Sacerdote da Igreja russa. (N. do T.)

mente adequado à vida familiar, ele ficava enregelado nos cantos e nas juntas. Trabalhando de noite, eu me enrolava em todas as roupas que possuía, por cima punha ainda um tapete, e assim mesmo adquiri um reumatismo dos mais graves. Isto era quase antinatural, com a minha saúde e resistência, de que dispunha e me vangloriava então.

No quarto dos banhos, era mais quente, mas, quando eu acendia a estufa, toda a nossa morada enchia-se de um cheiro sufocante de podridão, de sabão e de vassouras impregnadas de vapor.[13] A menina, uma elegante bonequinha de porcelana, de olhos maravilhosos, ficava nervosa e tinha dor de cabeça.

Na primavera, a casa de banhos começou a ser visitada por inúmeras aranhas e lesmas; mãe e filha temiam-nas até as convulsões, e eu tinha que matar os insetos com uma galocha de borracha. As pequenas janelas cobriram-se densamente com moitas de sabugueiro e de framboesa devolvida à condição selvagem, o quarto ficava quase às escuras, e o pope beberrão e manhoso não me permitia arrancar ou, pelo menos, podar as moitas.

Naturalmente, seria possível encontrar morada mais cômoda, mas nós devíamos dinheiro ao pope, ele gostava muito de mim e não nos soltava.

— Vão acostumar-se! — dizia. — Ou então, paguem as dividazinhas, e podem ir, nem que seja para a Inglaterra.

Não gostava dos ingleses e dizia:

— É uma nação preguiçosa, que não inventou nada, com exceção do jogo de paciência, e que não sabe guerrear.

Era um homem enorme, de rosto redondo e rubicundo e uma larga barba ruiva, entregava-se a tal ponto à bebida que não

---

[13] É tradicional nos banhos russos o uso de pequenas vassouras, com que se bate no corpo. (N. do T.)

Sobre o primeiro amor

podia mais oficiar na igreja, e sofria até as lágrimas por causa do seu amor a uma costureira miúda, morena de nariz pontudo, que lembrava uma gralha.

Contando-me as perfídias dela, o pope tirava lágrimas da barba com a palma da mão, e dizia:

— Eu compreendo: ela é uma canalha, mas lembra-me a protomártir Têmis, e por isto eu a amo!

Examinei atentamente o calendário da Igreja: dele não constava esse nome de santa.

Indignado com a minha incredulidade, ele abalava-me a alma com os seguintes argumentos a favor da fé:

— Você, meu filho, deve encarar isto do ponto de vista prático: os incréus são dezenas, os crentes milhões! E por quê? Porque assim como este peixe não pode viver sem água, assim também a alma não vive fora da Igreja. Não ficou provado? E, por isso, vamos tomar um trago!

— Eu não bebo, tenho reumatismo.

Espetando o garfo num pedaço de arenque, erguia-o ameaçador e dizia:

— Também isto vem da falta de fé!

Eu me envergonhava e torturava, até a insônia, perante a mulher, por causa dessa casa de banhos, da constante impossibilidade de comprar carne para o jantar ou um brinquedo para a menina, por toda esta maldita e irônica indigência. A indigência era um vício que não me atormentava nem me envergonhava por mim, mas para a pequena e elegante moça de instituto da nobreza e, sobretudo, para sua filha, esta vida era humilhante, arrasadora.

De noite, sentado à mesa em meu canto, copiando petições, requerimentos de apelação e de cassação, inventando contos, eu rangia os dentes e maldizia a mim mesmo, os homens, o destino, o amor.

A mulher comportava-se com generosidade, como a mãe que não quer que o filho veja as suas dificuldades. Não saiu dos seus lábios uma queixa sequer contra essa vida ignóbil; quanto mais difíceis se tornavam as condições, mais animada soava-lhe a voz, mais alegre o riso. De manhã à noite, ela desenhava retratos de *popes* e das suas falecidas esposas, traçava mapas distritais; o *ziemstvo*[14] recebeu por estes mapas medalha de ouro em não sei que exposição. E, depois que se esgotaram as encomendas de retratos, ela confeccionava, com farrapos de diferentes fazendas, palha e arame, chapéus da moda parisiense mais recente, para as senhoras e moças da nossa rua. Eu não compreendia nada de chapéus de mulher, mas, provavelmente, eles escondiam algo extremamente cômico: experimentando diante do espelho um chapéu fantástico, feito por ela, a artesã perdia o fôlego, num riso convulsivo. Mas eu percebi que esses chapéus atuavam estranhamente sobre as freguesas: depois de enfeitar a cabeça com ninhos coloridos de galinha, elas caminhavam pela rua empurrando a barriga para frente, com certa maneira particularmente altiva.

Eu trabalhava com um advogado e escrevia contos para o jornal local, a dois copeques a linha. À noitinha, ao chá, se não tínhamos convidados, minha esposa contava histórias interessantes sobre o tsar Alexandre, que visitava o instituto de Bielostók e presenteava as nobres moças com bombons, em consequência dos quais algumas engravidavam milagrosamente, e não raro esta ou aquela moça bonita desaparecia, ia com o tsar a uma caçada na floresta de Bieloviéj, e depois se casava em Petersburgo.

A minha dama fazia-me relatos fascinantes sobre Paris; eu já a conhecia dos livros, sobretudo pela obra séria de Maxime

---

[14] Organização rural na Rússia, antes da Revolução. (N. do T.)

Du Camp, mas ela estudara Paris nos cabarezinhos de Montmartre e na vida turbulenta do Quartier Latin. Esses relatos excitavam-me mais que o vinho, e eu compunha não sei que hinos à mulher, sentindo que toda a beleza da existência fora criada justamente pela força do amor a ela.

O que mais me agradava e fascinava eram as histórias de romances que ela mesma vivera: falava disso de modo interessante, surpreendente, com uma franqueza que às vezes me deixava muito encabulado. Rindo, soltando palavras ligeiras, como tracinhos de um lápis muito fino, ela esboçava o vulto cômico do general, seu noivo, que, tendo atirado num auroque antes do tsar, gritou, vendo o animal ferido:

— Perdão, Vossa Majestade Imperial!

Contava episódios da vida dos emigrados russos, e sempre em suas palavras eu percebia um sorriso oculto de condescendência para com as pessoas. Por vezes, a sua sinceridade descambava num cinismo ingênuo, lambia saborosamente os lábios com a língua aguçada e rósea de gata, e os olhos brilhavam-lhe de certa maneira peculiar. Às vezes eu tinha a impressão de que neles brilhava uma chamazinha de asco, mas com maior frequência eu via nela uma menina que brincava com bonecas, esquecida de tudo.

De uma feita, ela disse:

— Um russo apaixonado é sempre um tanto pesado e verboso, e às vezes torna-se até repugnante à força de eloquência. Só os franceses sabem amar bonito, o amor é para eles quase uma religião.

Depois disso, eu comecei sem querer a tratá-la de maneira mais contida e cuidadosa.

Dizia das mulheres de França:

— Nem sempre se encontra nelas uma ternura apaixonada, do coração, mas elas substituem-na admiravelmente por uma sensualidade alegre, finamente elaborada; o amor é para elas uma arte.

Dizia tudo isto com muita seriedade, num tom sentencioso. Não eram exatamente os conhecimentos de que eu necessitava, mas apesar de tudo eram conhecimentos, e eu ouvia-a sequioso.

— Entre as russas e as francesas existe provavelmente a mesma diferença que entre as frutas e as balas de fruta — disse ela numa noite de lua, sentada no caramanchão do jardim.

Ela mesma era uma balinha. Ficou profundamente surpreendida quando, nos primeiros dias da nossa vida marital, eu, naturalmente inspirado, expus-lhe as minhas concepções de romântico sobre as relações entre os sexos.

— Fala sério? Realmente, pensa assim? — perguntou ela, deitada em meus braços, à luz azulada da lua.

O seu corpo róseo parecia transparente e desprendia um cheiro inebriante e um tanto amargo de amêndoa. Os dedos fininhos brincavam pensativamente com a minha gaforina, ela me fitava o rosto com os olhos alarmados, desmesuradamente abertos, e sorria desconfiada.

— Ah, meu Deus! — exclamou pulando para o chão, e pôs-se a caminhar pensativa pelo quarto, da luz para a sombra, fazendo fulgir ao luar o cetim da pele, tocando sem ruído o chão com os pés descalços. E, acercando-se novamente de mim, afagando-me as faces com as palmas das mãos, disse-me num tom maternal:

— Você devia começar a vida com uma moça. Sim, sim! E não comigo...

Quando a tomei nos braços, pôs-se a chorar, dizendo baixinho:

— Você sente como eu o amo, sim? Nunca pude sentir tanta alegria como sinto agora com você: é pura verdade, creia-me!

Sobre o primeiro amor

Nunca amei com tamanha ternura, tão carinhosamente, de coração tão leve. Sinto-me estranhamente bem com você, mas, apesar de tudo, eu digo: nós nos enganamos, eu não sou aquilo de que você precisa, não sou não! Fui eu que me enganei.

Não a compreendendo, assustei-me com as suas palavras, e apaguei apressado esta sua disposição de ânimo com a alegria dos carinhos. Mesmo assim, essas palavras estranhas ficaram-me na memória. E decorridos alguns dias, ela repetiu angustiada as mesmas palavras, entre lágrimas de êxtase:

— Ah, se eu fosse uma moça!...

Nessa noite, lembro-me, uma tempestade de neve varria o jardim, ramos de sabugueiro batiam nas vidraças, o vento uivava na chaminé como lobo, em nosso quarto estava frio e escuro e farfalhava o papel de parede que se despregara.

Se ganhávamos alguns rublos, convidávamos os conhecidos e realizávamos ceias magníficas: comíamos carne e doces, tomávamos vodca e cerveja, e, de modo geral, nos deliciávamos. A minha parisiense possuía excelente apetite e gostava da cozinha russa: dos *sitchúgui*, isto é, tripa recheada de trigo-sarraceno e gordura de ganso, bem como de pastelões com bagre e gordura de peixe, de sopa de batata com carne de carneiro.

Ela fundou a ordem das "barriguinhas gulosas": umas dez pessoas que, apreciando comer e beber bem, sabiam falar com eloquência e sutilezas estéticas, e faziam-no incansavelmente, sobre os mistérios saborosos da cozinha; mas eu interessava-me por mistérios de outra natureza, comia pouco, e o processo da satisfação do apetite não me apaixonava, permanecendo fora das minhas exigências estéticas.

— É uma gente vazia! — dizia eu sobre as "barriguinhas gulosas".

— Como qualquer um que a gente sacuda bem — respondia ela. — Heine disse: "Todos nós estamos nus debaixo da roupa!".

Ela conhecia muitas citações céticas, mas, segundo me parecia, nem sempre as empregava com êxito e em ocasião conveniente.

Gostava muito de "sacudir" os próximos de sexo masculino, e fazia-o com muita facilidade. Inexaurivelmente alegre, espirituosa, flexível como uma cobra, acendia rapidamente ao seu redor uma animação barulhenta, despertando emoções de natureza não muito elevada. Bastava a um homem conversar com ela alguns instantes, e as suas orelhas ficavam vermelhas, depois lilases, e os olhos umedeciam-se com langor, dirigindo-se para ela como um bode olha um repolho.

— Mulher magnética! — extasiava-se com ela certo tabelião-substituto, um fidalgo fracassado, com verrugas de Falso Dmitri[15] e barriga do tamanho de um zimbório de igreja.

Um ginasiano[16] muito louro de Iaroslavl compunha para ela versos, sempre em dáctilo. Pareciam-me detestáveis, e ela ria deles até chorar.

— Para que você os excita? — perguntava eu.

— É tão interessante como pescar percas. Isto se chama coquetismo. Não existe mulher que se preze e que não goste de coquetismo.

Às vezes, perguntava com um sorriso, espiando-me nos olhos:

---

[15] Impostor que ocupou o trono russo no início do século XVII. (N. do T.)

[16] No original, *litseíst*, estudante ou egresso do liceu russo. (N. do T.)

Sobre o primeiro amor

— Está com ciúme?

Não, eu não estava enciumado, mas tudo isto estorvava-me um pouco a vida, eu não gostava de gente vulgar. Era alegre e sabia que o riso constituía uma das mais belas capacidades humanas. Eu considerava os palhaços de circo, os humoristas de feira e os cômicos de teatro como gente sem talento, sentindo convictamente que eu mesmo poderia suscitar o riso melhor que eles. E, não raro, conseguia forçar as nossas visitas a rir até sentir dor nos rins.

— Meu Deus! — extasiava-se ela. — Que admirável cômico você podia ser; vá trabalhar no teatro, ande!

Ela mesma representava com êxito em espetáculos de amadores, empresários sérios convidavam-na para o palco.

— Eu gosto do palco, mas tenho medo dos bastidores — dizia ela.

Era autêntica nos desejos, nos pensamentos e nas palavras.

— Você filosofa demais — doutrinava-me. — A vida, em essência, é simples e rude; não se deve complicá-la com buscas de um sentido especial, é preciso apenas aprender a suavizar a sua rudeza. Não se consegue mais que isto.

Eu sentia na sua filosofia um excesso de ginecologia, e tinha a impressão de que o seu evangelho era o *Curso de Obstetrícia*. Ela mesma contava-me como ficara abismada com certo livro científico, o primeiro que lera depois de sair do colégio.

— Garota ingênua que eu era, senti um tijolo bater-me na cabeça; pareceu-me que me jogaram das nuvens para a lama, e chorei de pena por aquilo em que não podia mais acreditar, mas logo senti debaixo de mim um chão firme, ainda que cruel. Eu tinha pena sobretudo de Deus, eu sentia-o tão bem, tão chegado a mim, e de repente ele se desvanecia como a fumaça de um cigarro, e com ele desaparecia o sonho de uma bem-aventurança celestial no amor. E todas nós, no instituto, pensávamos tanto e falávamos tão bem do amor!

O seu niilismo de colegial e de parisiense exercia sobre mim uma ação perniciosa. Às vezes, de noite, eu me erguia da mesa e ia olhá-la: na cama, parecia ainda menor, mais elegante e bela; olhava-a e pensava, com profunda amargura, em sua alma quebrantada, em sua vida confusa. E a comiseração por ela reforçava o meu amor.

Os nossos gostos literários eram inconciliáveis: eu lia entusiasmado Balzac, Flaubert, ela gostava mais de Paul Féval, Octave Feuillet, Paul de Kock e sobretudo de *A jovem Giraud, minha esposa*;[17] ela considerava este livro como o mais espirituoso, mas ele me parecia cacete como o *Código Penal*. Não obstante tudo isto, as nossas relações acomodaram-se muito bem, não perdíamos o interesse recíproco, e a paixão não se apagava. Mas, no terceiro ano da vida em comum, comecei a notar que em meu íntimo algo rangia sinistro, com um som cada vez mais intenso, mais perceptível. Eu estudava incessante e avidamente, lia e começara a entusiasmar-me seriamente pelo trabalho literário; as visitas estorvavam-me cada vez mais, era uma gente pouco interessante, eles cresceram numericamente, pois minha mulher e eu estávamos ganhando mais e podíamos organizar com maior frequência jantares e ceias.

A vida parecia-lhe algo semelhante a um panóptico, e, visto que os homens não traziam um dístico de admoestação: "Pede-se não tocar com as mãos", ela se acercava deles às vezes com demasiado descuido, e eles avaliavam esta curiosidade de manei-

---

[17] Romance de Paul de Kock publicado em 1831, cujo título em francês é *Le Cocu*. (N. do T.)

ra demasiado vantajosa para si mesmos, e nesta base surgiam mal-entendidos, que eu era forçado a resolver. Eu fazia-o às vezes com insuficiente contenção e, provavelmente, sempre com muita falta de jeito. Um homem a quem eu puxara as orelhas, queixava-se de mim:

— Ora, está bem, confesso, não procedi bem! Mas, puxar-me as orelhas! Sou algum moleque? Tenho quase o dobro da idade deste selvagem, e ele me puxa as orelhas! Ora, que me desse um soco, vá lá, sempre seria mais decente!

Provavelmente, eu não possuía a arte de castigar o próximo na medida do seu respeito por si mesmo.

Minha mulher tratava os meus contos com bastante indiferença, mas isto não me irritou nem um pouco, até certa época: eu mesmo ainda não acreditava então que podia tornar-me um literato sério, e encarava o meu trabalho no jornal unicamente como um meio de vida, embora não raro já experimentasse o influxo de uma onda cálida de certo esquecimento estranho. Mas, lendo eu para ela certa manhã o conto "A velha Izerguil", escrito aquela noite, ela adormeceu profundamente.[18] No primeiro instante, isto não me ofendeu, apenas parei de ler e fiquei pensativo, olhando-a.

Inclinando para as costas de um divã decrépito a cabeça pequena e querida, a boca meio aberta, ela respirava regular e tranquilamente, como uma criança. Por entre os galhos de sabugueiro, o sol matinal espiava pela janela, manchas de ouro, qual flores aéreas, deitavam-se no peito e nos joelhos da mulher.

---

[18] "A velha Izerguil", escrito em 1895, pode ser encontrado na coletânea *Meu companheiro de estrada e outros contos* (São Paulo, Editora 34, 2014, pp. 99-125, tradução de Boris Schnaiderman). (N. do T.)

Levantei-me e saí quieto para o jardim, experimentando a dor de uma profunda espetadela de ofensa, subjugado pela desconfiança sobre as minhas forças.

Em todos os dias vividos por mim, eu vira as mulheres unicamente num trabalho penoso, de escravas, na lama, na devassidão, na miséria, ou numa saciedade meio morta, autossuficiente, vulgar. Eu possuía apenas uma impressão magnífica da infância: a Rainha Margot,[19] mas estava separado dela por toda uma cordilheira de impressões diferentes. Eu pensava que a história de Izerguil devia agradar às mulheres, que era capaz de suscitar nelas uma ânsia de liberdade, de beleza. E eis que a mais chegada a mim não se comovera com o meu conto e dormia!

Por quê? Não era suficientemente sonoro o sino que a vida fundira em meu peito?

Essa mulher fora recebida pelo meu coração em lugar de mãe. Eu esperava e acreditava que ela fosse capaz de me dar de beber um mel embriagador, que despertaria as forças criadoras, esperava que a sua influência atenuasse a rudeza que me fora inoculada nos caminhos da existência.

Isto aconteceu há trinta anos, e eu lembro-o com um sorriso interior. Mas, naquele tempo, o direito indiscutível de uma pessoa dormir quando está com sono deixou-me profundamente ofendido.

---

[19] Nome pela qual se consagrou Margarida de Valois (1553-1615), irmã dos reis de França e autora do livro de contos eróticos *L'Heptaméron*. Górki chamou assim, mentalmente, uma senhora vizinha que lhe emprestava livros e os comentava, quando ele vivia em casa de um arquiteto, seu parente, onde efetuava os trabalhos domésticos. O episódio foi narrado por ele no livro de memórias *Ganhando meu pão* (São Paulo, Cosac Naify, 2007, pp. 209-34, tradução de Boris Schnaiderman). (N. do T.)

Eu acreditava no seguinte: se se falasse alegremente de coisas tristes, o dolente desapareceria.

Suspeitava que no mundo atuava ladinamente alguém que achava agradável extasiar-se com os sofrimentos humanos; tinha a impressão de que existia certo espírito, criador das tragédias cotidianas, e que estragava habilmente a vida, considerava o dramaturgo invisível meu inimigo pessoal e procurava não ceder às suas artimanhas.

Lembro-me de que, ao ler no livro de Oldenburg, *Buda, sua vida, sua doutrina e sua comunidade*: "Toda existência é, em essência, sofrimento" — isto me deixou profundamente indignado; eu não experimentara muitas alegrias na vida, mas os seus amargos sofrimentos pareciam-me um acaso e não uma lei. Depois de ler atentamente o grave trabalho do arcebispo Crisanto, *A religião do Oriente*, senti com indignação ainda maior que as doutrinas sobre o mundo baseadas no medo, na tristeza, no sofrimento, eram completamente inassimiláveis para mim. E, tendo sofrido penosamente uma disposição de êxtase religioso, eu estava ofendido com o infrutífero dessa disposição. A repugnância pelo sofrimento despertava em mim um ódio orgânico por toda espécie de dramas, e eu aprendi bastante bem a transformá-los em *vaudevilles* engraçados.

Está claro que se poderia deixar de dizer tudo isto, apenas para concluir: entre mim e a mulher amadurecia um "drama familiar", mas ambos nos opúnhamos, em boa harmonia, ao seu desenvolvimento. Eu filosofei um pouco, porque me deu na veneta lembrar as engraçadas sinuosidades do caminho que percorri, em busca de mim mesmo.

Minha mulher, devido a sua alegre natureza, era também incapaz do jogo dramático da vida conjugal, este jogo com que apreciam se entusiasmar, fora de qualquer medida, as pessoas "psicológicas" russas de ambos os sexos.

Mas os dáctilos melancólicos do ginasiano muito louro atuavam sobre ela, apesar de tudo, como uma chuva de primavera.

Ele cobria acuradamente pequenas folhas de papel de carta com uma letra redonda, bonita, e enfiava-as sorrateiro em todas as partes: nos livros, num chapéu, no açucareiro. Encontrando essas pequenas folhas, cuidadosamente dobradas, eu as passava a minha mulher, dizendo:

— Aceite mais esta tentativa de atingir o seu coração!

A princípio, as flechas de papel de Cupido não atuaram sobre ela, que me lia os versos compridos, e nós ríamos em uníssono, encontrando as linhas memoráveis:

> *Dias e noites convosco eu estou,*
> *Tudo reflete este meu coração:*
> *A mão que se move, a cabeça que acena.*
> *Qual rola arrulhais, carinhosa senhora,*
> *E eu sou um abutre a pairar sobre vós.*

De uma feita, porém, depois de ler uma exposição dessas do ginasiano, disse pensativa:

— Mas eu tenho pena dele!

Lembro-me que não foi do ginasiano que eu tive pena então, e, a partir desse momento, ela deixou de me ler alto os seus dáctilos.

O poeta, um rapaz atarracado, uns quatro anos mais velho do que eu, era silencioso, grande apreciador de bebidas alcoólicas e paciente ao extremo. Chegando num dia feriado antes do jantar, às duas da tarde, era capaz de permanecer sentado, imóvel e mudo, até as duas da madrugada. Tal como eu, ele era escrevente no escritório de um advogado, deixava o patrão muito admirado com a sua distração, tratava o trabalho com displicência e muitas vezes dizia, com o seu baixo rouquenho:

— Em geral, tudo isto é bobagem!

— Mas, o que não é bobagem?

— Como dizer isto a você? — perguntava pensativo, erguendo para o teto os olhos cinzentos, entediados, e não dizia mais nada.

Ele era cacete de maneira particularmente pesada, como que para se exibir, e isto me irritava mais do que tudo. Embriagava-se devagar; depois de bêbado, fungava ironicamente, além disso eu não notava nele nada de peculiar, porquanto existe uma lei, por força da qual, do ponto de vista de um marido, o homem que faz a corte à sua mulher invariavelmente não presta.

Um parente rico enviava de alguma parte da Ucrânia ao ginasiano cinquenta rublos por mês, o que era então muito dinheiro. Nos feriados, ele trazia à minha mulher balas, e no dia do seu aniversário presenteou-a com um despertador: um toco de árvore de bronze, tendo em cima uma coruja maltratando uma cobra.

Essa máquina detestável sempre me acordava uma hora e sete minutos antes do necessário.

Minha esposa deixou de coquetismo com o ginasiano, e começou a tratá-lo com a ternura da mulher que se sente culpada de ter rompido o equilíbrio interior de um homem. Perguntei-lhe como devia acabar, na sua opinião, aquela triste história.

— Não sei — respondeu ela. — Eu não tenho por ele um sentimento determinado, mas dá vontade de sacudi-lo. Nele adormeceu alguma coisa, e, segundo parece, eu poderia despertá-lo.

Eu sabia que ela dizia verdade: sempre queria despertar alguém, e conseguia com muita facilidade alcançar êxito nisso —

despertava o próximo, e nele se manifestava o animal. Eu lembrava-lhe o que acontecera a Circe,[20] mas isto não atenuou a sua ânsia de "sacudir" os homens, e eu via crescer pouco a pouco ao meu redor um rebanho de porcos, carneiros e touros.

Os conhecidos contavam-me lendas generosas, assustadoramente sombrias, sobre a minha vida familiar, mas eu era franco, grosseiro, e avisava os criadores de lendas:

— Vou dar em vocês!

Alguns defendiam-se mentindo; os que se ofendiam eram poucos, e não se ofendiam muito. E a mulher dizia-me:

— Creia-me: não conseguirá nada com a grosseria, apenas vão falar ainda pior! Você não está com ciúme?

Sim, eu era demasiado jovem e confiante em mim mesmo para me enciumar. Mas existem sentimentos, pensamentos e suposições que se dizem à mulher amada e a mais ninguém. Existe uma hora de comunhão com a mulher, quando ficamos estranhos a nós mesmos e abrimo-nos diante dela, como um crente diante do seu deus. Quando eu imaginava que ela seria capaz em relação a tudo isto — que era tão meu, unicamente meu — de contá-lo a outro, num momento de intimidade, tive um sentimento penoso e percebi a possibilidade de algo muito semelhante a uma traição. Mas, não será esse temor a origem do ciúme?

Eu sentia que semelhante vida podia arrancar-me do caminho pelo qual avançava. Já começava a pensar que não existia para mim outro lugar, além da literatura. E era impossível trabalhar em semelhantes condições.

---

[20] Na *Odisseia* de Homero, Circe é uma feiticeira. Ulisses chegou à ilha em que ela residia, e esta então transformou os companheiros do herói em porcos, mas, graças a uma poção mágica, ele os devolveu à condição natural. (N. do T.)

Sobre o primeiro amor

O que me impedia de suscitar grandes escândalos era o fato de que, no decorrer da existência, eu aprendera a tratar as pessoas com tolerância, não perdendo, no entanto, quer o interesse íntimo, quer o respeito por elas. Eu já via então que todas as pessoas são mais ou menos pecadoras perante o deus ignoto da verdade absoluta, e que pecam perante o homem especialmente os que são reconhecidos como justos. Os justos são abortos da união da bondade e do vício, e esta união não constitui uma violência do vício sobre a bondade, ou vice-versa, mas o resultado natural do seu matrimônio legítimo, em que a necessidade irônica desempenha o papel de pope. E o casamento em si é um mistério, por força do qual dois contrários vivos, unindo-se, dão nascimento quase sempre à mediocridade melancólica. Naquele tempo, eu gostava de paradoxos, como um menino gosta de sorvete, a sua agudez excitava-me como um bom vinho, e o paradoxal das palavras sempre aplainava os parodoxos rudes, ofensivos, dos fatos reais.

— Parece-me que será melhor eu ir embora — disse eu a minha mulher.

Depois de pensar um pouco, ela concordou:

— Sim, tem razão! Esta vida não é para você, eu compreendo!

Abraçamo-nos com força, e passamos algum tempo entristecidos, calados. Eu deixei a cidade, ela também o fez algum tempo depois, tendo ingressado numa companhia teatral. E assim acabou a história do meu primeiro amor — uma boa história, não obstante o final ruim.

Recentemente, morreu a minha primeira mulher.

Direi em seu louvor: era mulher de verdade! Ela sabia viver com o que existia, mas cada dia era para ela a véspera de uma festa, ela sempre esperava que no dia seguinte desabrochassem flores novas, extraordinárias, que viesse de alguma parte gente muito interessante e se desenrolassem acontecimentos surpreendentes.

Tratando as adversidades da existência com zombaria e certo desdém, ela enxotava-as como se enxotam mosquitos, e em seu íntimo sempre palpitava a capacidade de surpreender-se alegremente. Mas isto não era mais o entusiasmo ingênuo de uma escolar, e sim a alegria sadia de uma pessoa a quem aprazem a agitação colorida da existência, as relações tragicômicas e confusas entre os homens, a torrente dos acontecimentos miúdos, que surgem e desaparecem qual grãozinhos de poeira entre os raios do sol.

Não direi que ela amasse os próximos, não, mas ela gostava de examiná-los. Às vezes, acelerava ou complicava o desenrolar de dramas cotidianos entre esposos ou namorados, excitando habilmente o ciúme de uns, contribuindo para a aproximação entre outros; este jogo não isento de perigo divertia-a muito.

— "O amor e a fome governam o mundo", e a filosofia é a sua infelicidade — dizia ela. — Vive-se para o amor, é a ocupação mais importante da vida.

Entre os nossos conhecidos, havia um funcionário do banco do Estado: comprido, esquálido, tinha o passo miúdo e grave da cegonha, vestia-se com apuro e, examinando-se preocupado, enxotava de seu terno, por meio de piparotes com os dedos secos, amarelos, grãozinhos de poeira que ninguém além dele via. Um pensamento original, uma palavra colorida eram-lhe hostis, como que repugnavam à sua língua pesada e exata. Falava gravemente, num tom convincente, e, antes de dizer algo, e que era sempre indiscutível, espalhava com os dedos frios os cabelos raros e arruivados dos bigodes.

— Com o tempo, a ciência química adquire cada vez maior

Sobre o primeiro amor

importância nas indústrias que trabalham com matérias-primas. Diz-se com toda justeza das mulheres que elas são manhosas. Entre a mulher e a amante não há diferença fisiológica, mas apenas jurídica.

Eu perguntava seriamente a minha mulher:

— Você é capaz de afirmar que todos os tabeliães possuem asas?

Ela respondia com ar culpado e triste:

— Oh, não, as minhas forças não dão para tanto, mas eu afirmo: é ridículo alimentar elefantes com ovos cozidos!

Depois de ouvir por uns dois minutos semelhante diálogo, o nosso amigo declarava sagaz:

— Tenho a impressão de que vocês dizem isto sem nenhuma seriedade.

Um dia, tendo machucado bastante o joelho contra a perna da mesa, fez uma careta e disse, plenamente convicto:

— A impenetrabilidade é uma característica indiscutível da matéria...

Às vezes, depois de acompanhá-lo até a porta, agradavelmente agitada, quente e leve, minha mulher dizia, meio deitada no meu colo:

— Veja você de que maneira absoluta e acabada ele é estúpido. É estúpido em tudo, até a sua maneira de andar, os gestos, é tudo estúpido. Ele me agrada como uma coisa exemplar. Faz carinho nas minhas faces!

Ela gostava de que eu, mal tocando com os dedos a pele do seu rosto, desfizesse as rugas quase imperceptíveis sob os seus olhos queridos. Entrecerrando-os, encolhendo-se como uma gata, ela ronronava:

— Como as pessoas são espantosamente interessantes! Mesmo quando uma pessoa não é interessante para ninguém, ela me excita. Tenho vontade de espiar dentro dela, como numa caixinha: vai ver que ali se esconde alguma coisa que ninguém notou, que nunca foi mostrado, e serei a única, a primeira, a vê-la.

Nas suas buscas daquilo que "ninguém notou" não havia nada de forçado, ela procurava-o com o prazer e a curiosidade de uma criança, que chegou pela primeira vez a um quarto desconhecido. E, às vezes, ela acendia realmente nos olhos baços de uma pessoa inapelavelmente cacete o brilho agudo de um pensamento concentrado, mas, com maior frequência, suscitava um desejo insistente de possuí-la.

Ela amava o seu corpo e, parando nua diante do espelho, extasiava-se:

— Como a mulher foi feita bonito! Como nela tudo é harmonioso!

Dizia:

— Quando estou bem vestida, sinto-me com mais saúde, mais forte e inteligente!

Era justamente o que acontecia: vestida com elegância, tornava-se mais alegre e espirituosa, e os olhos faiscavam-lhe triunfantes. Ela sabia costurar bonito para si vestidos de chita, usava-os como se fossem de seda ou de veludo, e, vestida sempre com muita simplicidade, parecia-me magnificamente ataviada. As mulheres extasiavam-se com os seus modelos; naturalmente, nem sempre com sinceridade, mas sempre em voz bem alta; elas invejavam-na e, lembro-me, uma delas disse com tristeza:

— O meu vestido é três vezes mais caro que o seu e dez vezes pior; fico até sofrendo de mágoa, quando a vejo!

As mulheres não gostavam dela e, está claro, inventavam mexericos a nosso respeito. Uma enfermeira nossa conhecida, muito bonita, mas que tinha muito menos inteligência que beleza, avisou-me generosa:

— Esta mulher vai sugar-lhe todo o sangue!

Aprendi muito junto à minha primeira dama. Mas assim mesmo queimava-me dolorosamente o desespero da diferença inconciliável entre nós.

A vida era para mim um problema sério, eu vira e pensara demais, e vivia num alarma incessante. Em minha alma gritavam, num coro desigual, problemas estranhos ao espírito daquela excelente mulher.

Certa vez, na feira, um policial espancou um judeu zarolho, velho de aspecto venerável, alegando que ele teria roubado a um vendedor um maço de raiz-forte. Encontrei o velho na rua: tendo rolado na poeira, caminhava devagar, com certa solenidade de pintura, o seu grande olho preto dirigia-se severamente para o céu vazio e abrasado, e da sua boca machucada o sangue fluía em filetes finos sobre a barba branca e comprida, tingindo a prata dos cabelos de púrpura viva.

Isto se passou há trinta anos, e eu vejo ainda diante de mim aquele olhar dirigido para o céu numa censura muda, vejo tremerem no rosto do velho as agulhas de prata das sobrancelhas. Não se esquecem as ofensas feitas ao homem, e que não se esqueçam jamais!

Cheguei em casa completamente arrasado, deformado pela angústia e pela raiva. Tais impressões atiravam-me para fora da existência, eu me tornava homem estranho nela, um homem a quem mostravam intencionalmente, para torturá-lo, tudo o que havia de sujo, estúpido e terrível sobre a terra, tudo o que podia ofender a alma. Pois bem, era justamente nessas horas, nesses dias, que eu via com particular nitidez como estava distante de mim a pessoa que me era mais chegada.

Quando lhe contei o espancamento do judeu, ela ficou muito surpreendida.

— E você está ficando louco por causa disso? Oh, que nervos fracos você tem!

Em seguida, perguntou:

— Você disse que era um velho bonito? Mas como podia ser bonito, se era zarolho?

Todo sofrimento lhe era hostil, ela não gostava de ouvir relatos de infortúnios, os versos líricos quase não a comoviam, a comiseração raramente se acendia em seu coração pequeno e alegre. Os seus poetas prediletos eram Béranger e Heine, o homem que sofrendo ria.

Na sua relação com a vida, havia algo aparentado com a fé que uma criança tem na agilidade ilimitada de um prestidigitador: os truques exibidos são interessantes, mas o mais interessante de todos ainda será exibido. Isto será daqui a uma hora, talvez amanhã, mas não deixarão de exibi-lo!

Eu penso que também no momento da sua morte ela ainda esperava ver esse truque derradeiro, de todo incompreensível, realizado com espantosa habilidade.

Tradução de Boris Schnaiderman

Ivan Búnin

Ivan Aleksêievitch Búnin nasceu em 1870, em Vorônej, na Rússia, numa família nobre. Começou a escrever muito cedo: seus primeiros poemas datam de 1887. Apesar de uma infância confortável, durante sua adolescência os problemas financeiros da família levaram-no a interromper o ensino médio e a continuar sua educação em casa. Aos 19 anos de idade, depois de exercer diversos ofícios, começou a trabalhar na redação do jornal *Orlóvski Viéstnik* (O Mensageiro de Oriol), e em 1891 publicou sua primeira coletânea de poemas. Quatro anos depois, iniciou uma longa amizade com Tchekhov e Tolstói; mais tarde, em suas memórias, Búnin apontaria os dois escritores como seus mentores literários e filosóficos.

Na virada do século, Búnin começou a adquirir fama literária na Rússia, e consagrou-se com dois prêmios Púchkin: em 1896, pela tradução do poema "O canto de Hiawatha", de Henry Longfellow; e em 1901, pelo livro de poemas *Listopad* (Desfolha). Foi um grande expoente do verso clássico, passando ao largo das correntes modernistas de sua época e formando um estilo que se aproximava da tradição de Púchkin e Tiúttchev. Além disso, traduziu diversos poetas, como Petrarca, Byron e Heine. Em 1920, depois de uma série de viagens, Búnin e sua mulher decidiram fixar residência em Paris. Ao longo de 1925-26, publicou *Okaiánnie dni* (Dias malditos), seus diários de 1918-20, em que relata a guerra civil.

Tornou-se, nesse período, uma das principais vozes da comunidade de russos emigrados. Em 1933, recebeu o Prêmio Nobel de Literatura, o primeiro a ser entregue a um escritor russo. Considerado um mestre da narrativa curta, sua extensa obra é composta principalmente por poemas, contos e novelas, que conquistaram a admiração de diversos escritores, como *Antónovskie iábloki* (As maçãs de Antónov, 1900), *O amor de Mítia* (1924), *O processo do tenente Ieláguin* (1925), *A vida de Arsêniev* (1930) e *Tiômnie allei* (Aleias escuras, 1943). Ivan Búnin morreu em 8 de novembro de 1953, em Paris.

Os dois contos aqui reunidos datam do período anterior à Revolução. "Um senhor de São Francisco", considerado a obra-prima do autor — e do qual se comemora o centenário de lançamento em 2015 —, traz a faceta cosmopolita de Búnin, constituindo, talvez, o maior exemplo de seu impressionante refinamento estilístico. "Respiração suave", de 1916, mereceu uma alentada análise de Vigótski em seu livro *Psicologia da arte*, e era um dos contos de que Búnin mais se orgulhava.

Um senhor de São Francisco

Um senhor de São Francisco — ninguém lembrou o nome dele, nem em Nápoles, nem em Capri — foi para o Velho Mundo, por dois anos seguidos, com esposa e filha, unicamente para se distrair.

Ele estava firmemente convicto de ter pleno direito ao descanso, aos prazeres, a uma viagem, em todos os aspectos, excelente. Para essa convicção, ele tinha o argumento de que, em primeiro lugar, era rico e, em segundo, apenas lançava-se à vida, apesar de seus 58 anos. Até esse momento ele não vivera, tão só existira, é verdade que nada mal, mas, ainda assim, depositando todas as esperanças no futuro. Ele trabalhara sem descanso — os chineses que encomendava aos milhares para trabalharem para ele bem sabiam o que isso significa! — e, afinal, viu que já tinha sido feito muito, que ele praticamente se igualara àqueles que outrora tomara para si por modelo, e decidiu tirar um descanso. O meio a que pertencia tinha o costume de iniciar os prazeres da vida com uma viagem à Europa, à Índia, ao Egito. E estabeleceu também ele proceder assim. Claro que queria recompensar pelos anos de trabalho antes de tudo a si mesmo, mas ele estava feliz também pela esposa e pela filha. Sua esposa não era especialmente impressionável, mas é que todas as senhoras americanas são viajadeiras. E quanto à filha, já não mocinha e ligeiramente adoentada, a viagem era mesmo indispensável — já sem falar no benefício à saúde, não há os felizes encontros de viagem? Vai que se está à mesa ou a examinar afrescos ao lado de um milionário.

O itinerário elaborado pelo senhor de São Francisco era vasto. Em dezembro e janeiro, ele esperava deliciar-se com o sol do sul da Itália, com os monumentos da antiguidade, com a tarantela, com as serenatas dos cantores errantes e com o que a gente de sua idade sente de forma especialmente aguda: o amor das napolitanas jovenzinhas, mesmo que não seja totalmente desinteresseiro; o carnaval ele pensava passar em Nice, em Monte Carlo, para onde conflui nessa época a mais seleta das sociedades, onde uns se entregam com entusiasmo às corridas de carro e de barco, outros à roleta, terceiros àquilo que se costuma chamar de flerte, outros ainda ao tiro ao pombo, que, com muita beleza, levantam voo dos jardinzinhos de gramado verde-esmeralda, tendo ao fundo o miosótis do mar, e, em seguida, batem na terra como bolinhas brancas; o começo de março ele queria dedicar a Florença e, na Paixão de Cristo, chegar a Roma para lá escutar o *Miserere*. Entravam em seus planos ainda Veneza, e Paris, e as touradas em Sevilha, e os banhos nas ilhas inglesas, e Atenas, e Constantinopla, e a Palestina, e o Egito, e até o Japão — decerto que já no caminho de volta... E, de início, tudo foi magnífico.

Era fim de novembro quando se impôs navegar até Gibraltar, ora sob um nevoeiro gelado, ora em meio a tempestades de neve úmida; mas navegaram com plena tranquilidade. Havia muitos passageiros, o vapor — assinalado *Atlântida* — era parecido a um hotel imenso com todas as conveniências — bar noturno, banhos orientais, jornal próprio — e a vida nele fluía de modo bem compassado: levantavam cedo, ao som das trombetas que ressoavam abruptamente pelos corredores ainda naquela hora soturna, quando lenta e friamente clareava sobre o deserto de água cinza-esverdeada, que ondulava denso no nevoeiro; portando pi-

Ivan Búnin

jamas de flanela, bebiam café, chocolate, cacau; seguiam para as banheiras, faziam ginástica para estimular o apetite e a disposição, faziam a toalete diurna e se dirigiam para o primeiro desjejum da manhã; até as onze horas, convinha passear resolutamente pelo convés, respirando a brisa fria do oceano, ou jogar *shuffleboard* e outros jogos para estimular novo apetite, e, já às onze, revigorar-se com sanduíches e um caldo; tendo-se revigorado, liam o jornal com prazer e esperavam calmamente o segundo desjejum, ainda mais nutritivo e diversificado do que o primeiro; as duas horas seguintes eram dedicadas ao descanso: todos os conveses eram então atravancados com as espreguiçadeiras em que os viajantes, tendo-se resguardado com mantas, ficavam deitados, olhando para o céu nublado e para a proeminência das espumas, que se sucediam ao longo do bordo, ou dormitando docemente; depois das quatros horas, refeitos e alegrados, serviam-lhes um chá forte e aromático com biscoitos; às sete, anunciavam com sinais de trombeta a realização da meta mais importante de toda essa existência, o seu coroamento... E aqui o senhor de São Francisco precipitava-se para seu luxuoso camarote: vestir-se.

À noite os andares do *Atlântida* estendiam-se na escuridão em inumeráveis olhos acesos, e uma quantidade incalculável de empregados trabalhava nos porões das cozinhas, das copas e das adegas. O oceano, que se movimentava do outro lado das paredes, era amedrontador, mas não pensavam nele, acreditando fielmente no poder do comandante, um homem ruivo, de tamanho e peso descomunais, sempre como que sonolento, semelhando uma estátua enorme em seu uniforme com divisas largas e douradas e que, muito raramente, surgia de seus aposentos misteriosos; no castelo de proa, a cada instante, a sirene de nevoeiro irrompia em uivos infernalmente sombria e gania com uma maldade furiosa, mas poucos dos comensais escutavam-na, abafada pelos sons da primorosa orquestra de cordas que tocava elegante e incansável no salão com dupla fileira de janelas, festivamente inundado por luzes, repleto de damas decotadas e de homens em fraques e *smokings*, de serviçais bem talhados e *maîtres d'hôtel* respeitosos, entre os quais, um — que recebia apenas os pedidos de vinho — até caminhava com uma corrente no pescoço, como um *Lord Mayor*.[1] O *smoking* e a camisa de linho engomada rejuvenesciam bastante o senhor de São Francisco. Seco, baixo, malfeito, porém firme, ele se instalou no brilho dourado e perolado do ambiente em torno de uma garrafa de vinho, de taças e tacinhas de vidro delicadíssimo e de um buquê cacheado de jacintos. Havia algo de mongol em seu rosto amarelado, com o bigode prateado aparado, dentes grandes que cintilavam no ouro de suas obturações, e, como em marfim antigo, uma cabeça calva e dura. Vestida ricamente, mas de acordo com a idade, estava a esposa, uma mulher grandalhona, larga e calma; com uma roupa complicada, porém leve e transparente, de uma insinuância inocente, estava a filha, alta e esguia, com o cabelo deslumbrante, encantadoramente arranjado, com o hálito perfumado por pastilhas de violeta e com delicadíssimas espinhas diminutas e rosadas perto dos lábios e entre as espáduas levemente empoadas... O jantar prolongou-se por mais de uma hora, e depois do jantar iniciaram-se as danças no salão de baile, enquanto os homens — entre os quais é claro que também o senhor de São Francisco —, de pernas para o ar, fartavam-se de fumar charutos de Havana até brotar um rubor framboesa nas faces e saciavam-se com os licores no bar, em que atendiam negros em camisões vermelhos, de globos oculares semelhantes a ovos cozidos descascados. O

---

[1] *Lord Mayor*, em inglês, no original, é o título dado na Inglaterra ao prefeito da cidade de Londres e de outras grandes cidades. (N. da T.)

oceano erguia-se em montanhas negras num ronco surdo atrás das paredes, a nevasca sibilava intensamente nos cabos inertes, e todo o vapor vibrava superando a ela e às montanhas negras, como um arado, desmanchando para os lados seus gigantes movediços, que a cada momento ebuliam e volteavam alto como caudas espumosas; numa melancolia mortal gemia a sirene asfixiada pela neblina, os vigias na torre enregelavam-se com o frio e enlouqueciam com o esforço extenuante da atenção; como o subterrâneo escuro e abafado do inferno, assemelhava-se a seu último e nono círculo o ventre tubulado do vapor, em que gargalhavam surdamente as fornalhas gigantescas, que devoravam pelas suas fauces incandescentes montes de carvão de pedra, lançados nelas com estrépito por homens banhados em suor com fuligem e sujeira, nus da cintura para cima, além de rubros pela chama. E ali no bar, de pernas jogadas despreocupadamente sobre o braço das poltronas, apreciavam conhaque e licores, flutuavam nas ondas da fumaça picante; no salão de danças, tudo resplandecia e emitia luz, calor e alegria, os pares ora giravam em valsas, ora se arqueavam no tango, e a música, com uma tristeza docemente despudorada, recorria insistente sempre aos mesmos apelos... Havia em meio àquela multidão brilhante um grande ricaço, barbeado e comprido, num fraque antiquado; um conhecido escritor espanhol; uma beldade mundial; um elegante casal apaixonado a que todos seguiam com curiosidade e que não escondia sua felicidade: ele dançava apenas com ela, e tudo lhes saía tão refinado e encantador que o comandante era o único a saber que esse casal era contratado pelo *Lloyd* para bancar os amantes por uma boa soma e viajava ora num, ora noutro navio já há tempos.

Em Gibraltar o sol alegrou a todos, parecia a chegada da primavera; a bordo do *Atlântida* apareceu um novo passageiro, que chamou para si a atenção geral — um príncipe herdeiro de um Estado asiático viajando incognitamente, um homem pequeno, inteiramente inexpressivo, rosto largo, olhos puxados, de óculos dourados, ligeiramente desagradável por causa do longo bigode que nele transparecia como num morto, mas, no geral, era gentil, simples e discreto. No mar Mediterrâneo, a tramontana alegre e freneticamente veloz bateu de encontro à onda imensa e colorida como uma cauda de pavão, que corria ao brilho intenso e sob o céu perfeitamente limpo... Depois, no segundo dia, o céu começou a empalidecer, o horizonte enevoou-se: a terra se aproximava, Ísquia e Capri insinuavam-se, com o binóculo já se podia ver Nápoles espalhada como torrões de açúcar ao sopé de um monte acinzentado... Muitas *ladies* e *gentlemen* já usavam peliças leves com a pele para cima; os obedientes *boys* chineses, adolescentes de perna torta, com suas tranças cor de azeviche até o calcanhar e com pestanas espessas de mocinha, que falam somente aos cochichos, pouco a pouco arrastavam para as escadas mantas, bengalas, malas, *nécessaires*... A filha do senhor de São Francisco estava no convés ao lado do príncipe, que, na noite anterior, por um feliz acaso, fora apresentado a ela, e fazia pose de quem olhava fixamente ao longe, para onde ele lhe apontava explicando algo e algo lhe dizia rapidamente em voz baixa; ele parecia um menino em meio aos outros devido à estatura, não era exatamente bonito, mas estranho: óculos, chapéu-coco, sobretudo inglês, e os fios do bigode esparsos como de cavalo, a fina pele bronzeada, perfeitamente esticada no rosto chato como que envernizada — mas a moça o escutava e, de emoção, não compreendia o que ele lhe dizia; seu coração palpitava num arroubo incompreensível diante dele: tudo, tudo nele não era como nos outros — suas mãos secas, sua pele limpa, sob a qual corria sangue imperial antigo, até a sua roupa europeia, totalmente simples, mas asseada de maneira especial, guardavam em si um encanto indescritível. Enquanto o próprio senhor de São Francisco, de polainas cinzas com botas, lançava olhares o tempo todo para a notável beldade que estava a seu lado, uma loira alta de talhe admirável com os olhos pintados conforme a última moda em Paris, que mantinha numa correntinha prateada um cachorrinho minúsculo, curvo, de pelo ralo e que conversava com ela o tempo todo. A filha, num vago desconcerto, esforçava-se para não reparar nele.

Ele estava bastante generoso na viagem e por isso acreditava inteiramente na solicitude de todos aqueles que lhe davam de comer e beber, serviam-lhe de manhã à noite antecipando o seu menor desejo, garantiam-lhe a limpeza e o sossego, arrastavam sua bagagem, chamavam-lhe o carregador, entregavam os seus baús nos hotéis. Assim fora em todos os lugares, assim fora no percurso, assim devia ser também em Nápoles. Nápoles crescia e se aproximava; os músicos, ao brilho do cobre dos instrumentos de sopro, já haviam se apinhado no convés e, de repente, ensurdeceram a todos com o som solene da marcha; o gigante-comandante, em uniforme de gala, surgiu em seu passadiço e, como um deus pagão benevolente, acenou em saudação aos passageiros. E quando o *Atlântida* finalmente entrou no porto, encostou à margem com a sua massa enorme de vários andares, forrado de gente, e começaram a estrepitar as pranchas de desembarque, quantos porteiros e seus ajudantes em quepes e com galões dourados, quantos intermediários, agenciadores de moleques e maltrapilhos corpulentos com maços de cartões coloridos nas mãos atiraram-se ao seu encontro oferecendo serviços! E ele esboçava uma risota a esses maltrapilhos, indo para o automóvel daquele mesmo hotel em que poderia se hospedar também o príncipe, e calmamente falava pelos dentes ora em inglês, ora em italiano:

Um senhor de São Francisco

— *Go away! Via!*

A vida em Nápoles transcorreu de pronto na ordem conhecida: de manhã cedo, o desjejum no refeitório em penumbra, o céu nublado pouco promissor e a multidão de guias junto às portas do vestíbulo; depois, os primeiros sorrisos do sol quente e rosado, a sacada suspensa e alta com vista para o Vesúvio encoberto até o sopé pelos vapores matinais brilhantes, para a ondulação prata-pérola do golfo e o esboço tênue de Capri no horizonte, para os minúsculos burrinhos que passavam lá embaixo com carrocinhas pela beira-mar e para os destacamentos de soldados miúdos que marchavam para algum lugar com uma música animada e desafiadora; depois, a ida para o automóvel e o trânsito lento pelos movimentados corredores de ruas, úmidos e estreitos, em meio a casas altas e com muitas janelas, a visita a museus de uma limpeza morrediça e iluminados de forma igual e agradável, mas monótona como neve, ou a igrejas frias cheirando a cera, em que se tem sempre a mesma coisa por toda a parte: uma entrada imponente cerrada por uma sóbria cortina de couro, e dentro — um imenso vazio, um silêncio, as chamas tranquilas do castiçal de sete velas sobre o altar adornado por rendas avermelhando o fundo, uma velhinha solitária em meio aos bancos de madeira escuros, as placas sepulcrais escorregadias sob os pés e a imprescindivelmente famosa *Descida da Cruz* de um anônimo qualquer; à uma hora, o segundo desjejum na montanha San Martino, onde, ao meio-dia, não são poucas as pessoas de primeira que se reúnem e onde certa vez a filha do senhor de São Francisco por pouco não passou mal: pareceu-lhe que o príncipe estava sentado no salão, embora ela tivesse sabido pelo jornal que ele estava em Roma; às cinco, o chá no hotel, no elegante salão bem aquecido por tapetes e lareiras ardentes; em seguida, de novo os preparativos para o jantar — de novo o ribombo poderoso e potente do gongo por todos os andares, de novo as fileiras de damas decotadas que farfalham em seda pelas escadas e se refletem nos espelhos, de novo o aposento do refeitório ampla e hospitaleiramente aberto, as japonas vermelhas dos músicos no tablado, a multidão negra de serviçais ao redor do *maître d'hôtel*, que despejava pelos pratos com maestria incomum uma sopa densa e rosa... Os jantares foram de novo tão fartos em pratos, e vinhos, e águas minerais, e guloseimas, e frutas, que às onze horas da noite as arrumadeiras distribuíam por todos os quartos bolsas de água quente para aquecer os estômagos.

Dezembro, entretanto, não "se apresentou" totalmente oportuno naquele ano: os porteiros, quando falavam com eles sobre o tempo, erguiam os ombros com ar de culpa, tartamudeando não se recordarem de um ano como aquele — ainda que já não fosse o primeiro ano que se impusesse tartamudear aquilo e alegar que em toda parte ocorre algo terrível: na Riviera, tormentas e tempestades inauditas; em Atenas, neve; o Etna também está todo coberto e reluz à noite; os turistas debandam de Palermo para se salvarem do frio... Toda manhã o sol matinal enganava: a partir do meio-dia invariavelmente acinzentava e começava a cair uma chuva cada vez mais espessa e gelada; então as palmeiras, junto à entrada do hotel, brilhavam como folha-de-flandres, a cidade parecia especialmente suja e apertada, os museus, excessivamente iguais, as pontas de charuto dos cocheiros gorduchos em capas de plástico, que se debatiam ao vento como asas, eram insuportavelmente fedorentas, o estalo enérgico de seus açoites nos rocins magricelas, evidentemente fajuto, o calçado dos *signores* que varriam os trilhos dos bondes, detestável, e as mulheres, que chapinhavam pela sujeira, com as cabeças negras descobertas sob a chuva, tinham as pernas deformadamente curtas; quanto à umidade e ao fedor de peixe podre do mar espumoso na orla, sem comentários. O senhor e a senhora de São Francisco passaram a discutir pelas manhãs; a filha deles ora andava pálida, com dor de cabeça, ora se animava, encantando-se com tudo e tornava-se então meiga e bonita: bonitos eram aqueles sentimentos complexos, delicados que nela despertara o encontro com aquele homem feio, em quem corria um sangue incomum — de fato, afinal de contas, não tem importância o que exatamente desperta a alma de uma mocinha, seja dinheiro, fama, nobreza de linhagem... Todos asseguravam que nada disso se passava em Sorrento, em Capri, pois lá é mais quente, mais ensolarado, os limoeiros florescem, os costumes são mais dignos, o vinho mais natural. E eis que a família de São Francisco decidiu seguir com toda a sua equipagem para Capri para, em seguida, tendo-a visitado, tendo caminhado pelas pedras no lugar dos palácios de Tibério, tendo visitado as lendárias cavernas da Gruta Azul e tendo escutado os gaiteiros *abruzzos*,[2] que perambulam o mês inteiro pela ilha antes do Natal e cantam louvores à Virgem Maria, ir instalar-se em Sorrento.

No dia da partida — muito memorável para a família de São Francisco! — já desde manhã não havia sol. Uma neblina pesada encobria o Vesúvio até a base, e se acinzentava rente ao marulho plúmbeo do mar. A ilha de Capri não era visível de modo algum, como se nunca tivesse existido no mundo. E o pequeno vapor que se dirigia para ela jogava tanto, de um lado para outro, que a família de São Francisco ficou deitada, inerte, nos sofás do deplorável *restaurant* do vapor, tendo agasalhado as pernas com as mantas e fechado os olhos de ânsia. A *Mrs.* sofria, como ela acreditava, mais que todo mundo; algumas vezes era

---

[2] Entenda-se, nativo dos Abruzzo ou Abruzzi, região montanhosa da Itália central, ligada histórica e culturalmente ao sul do país. (N. da E.)

vencida, parecendo-lhe que morria, enquanto a arrumadeira —
acudindo-lhe com uma tigela e, já há muitos anos, sendo balan-
çada nessas ondas dia a dia, na canícula e no frio, e fosse como
fosse, infatigável — apenas se ria. A *Miss* estava terrivelmente lívida e segurava entre os dentes uma fatia de limão. O *Mister*, deitado de costas, em um sobretudo amplo e com um grande boné,
não destravou os maxilares a viagem toda; seu rosto estava escuro, os bigodes, brancos, a cabeça doía-lhe penosamente: graças ao mau tempo dos últimos dias, ele havia bebido em excesso
pelas noites e em excesso havia se deliciado em alguns antros com
as "pinturas vivas".[3] A chuva fustigava os vidros tinintes e deles
respingava nos sofás, o vento golpeava os mastros e, por vezes,
junto com uma onda que avançava, punha o barco totalmente de
banda, e então um estrépito e algo rolava lá embaixo. Nas paradas, em Castellamare e em Sorrento, estava um pouco mais bran-
do; mas então se agitava terrivelmente e a orla, com todas as suas
escarpas, jardins, pinheiros, hotéis brancos e rosa, com as esfu-
maçadas montanhas verde-encrespadas, pairava atrás da janela
em cima e embaixo, como num balanço; nas paredes batiam os
botes, o vento úmido soprava nas portas, e, sem cessar nem por
um minuto, um rapazinho, que ludibriava os viajantes, velarizan-
do, berrava estridentemente de uma barca que balançava embaixo da bandeira do hotel "Royal". E o senhor de São Francisco,
sentindo-se, como lhe cabia, completamente velho, pensava, já
aborrecido e com raiva, em toda aquela gentinha ávida, fedendo
a alho, chamada italianos — uma vez, por ocasião de uma parada, tendo aberto os olhos e levantado-se do divã, ele viu, sob a

---

[3] Do francês *tableaux vivants*; trata-se de uma diversão corrente na
Europa ilustrada dos séculos XVIII e XIX, que consistia em dispor as pessoas de modo a reproduzir ou evocar um quadro célebre. (N. da E.)

escarpa rochosa, um monte dessas casinhas de pedra lamentáveis, varadas de bolor, grudadas umas nas outras junto à água, perto de umas canoas, perto de uns trapos, de uns pedaços de ferro carcomido e de umas redes marrons — ao se recordar de que isso era a Itália autêntica, onde ele chegara para se comprazer, sentiu desespero... Por fim, ao crepúsculo, a ilha avançava em sua escuridão, como brocada de ponta a ponta por lumes vermelhos ao longo do sopé; o vento ficou mais suave, cálido, mais perfumado; e, pelas ondas que se aplacavam, rutilando como óleo preto, percorriam as serpentes douradas do farol do cais... Depois, de repente, irrompeu um estrondo e a âncora baqueou na água, de todos os lados propagaram-se gritos furiosos e entrecortados dos barqueiros — e logo a alma ficou mais leve, o *restaurant* iluminou-se mais intensamente; queriam comer, beber, fumar, movimentar-se... Em dez minutos a família de São Francisco desceu numa barca grande, em quinze minutos pisou nas pedras do cais, e, em seguida, sentou-se num bondinho claro que zumbia e foi arrastada escarpa acima em meio aos colares de muretas de pedra meio desmoronadas nos vinhedos e os pés de laranja úmidos, retorcidos e protegidos aqui e ali por coberturas de palha, com o brilho alaranjado dos frutos e com a folhagem gorda lustrosa a pender abaixo, ao pé da montanha, diante das janelas abertas do vagão... É doce o cheiro da terra na Itália depois da chuva, e cada uma de suas ilhas tem seu próprio cheiro peculiar!

A ilha de Capri estava úmida e escura naquela tarde. Mas, de repente, num minuto, ela se avivou, iluminando-se aqui e ali. No alto da montanha, na praça do funicular, já estava de novo a multidão daqueles cuja obrigação consistia em receber à altura o senhor de São Francisco. Havia também outros recém-chegados, mas que não mereciam atenção — alguns russos que haviam se instalado em Capri, desmazelados e distraídos, de óculos, barbudos, com as golas dos sobretudos velhos levantadas, e um grupo de jovens alemães pernaltos de cabeça redonda, em trajes tiroleses e com um saco de linhão nas costas —, não necessitavam dos serviços de ninguém e não eram nada generosos no trato. O senhor de São Francisco, que se esquivava calmamente daqueles e dos demais, logo foi notado. Com afobação ajudavam a ele e a suas damas a desembarcar, diante dele corriam à frente para indicar o caminho, de novo rodearam-no os meninos e aquelas mulheres capreenses parrudas, que carregam na cabeça as malas e os baús dos honrados turistas. Passaram a patear com seus solados de madeira ao atravessarem pela praça pequena como de ópera, sobre a qual o globo de luz balançava com o vento úmido, e uma chusma de moleques começou a assobiar como passarinho e a dar cambalhotas — e, como se estivesse num palco, o senhor de São Francisco passou no meio deles em direção a um tipo de arco medieval, encimado por umas casas que se fundiam numa só; para além desse arco, uma ruazinha barulhenta que levava em declive à entrada luminosa do hotel, havendo um topete de palmeira por cima dos telhados planos à esquerda e estrelas azuis no céu escuro, no alto adiante. E mais uma vez parecia que era em homenagem aos visitantes de São Francisco que se animara a cidadezinha úmida e de pedra na ilha escarpada do mar Mediterrâneo, que eles haviam deixado o dono do hotel bem feliz e afável, que o gongo chinês esperava apenas por eles para ulular o toque do jantar por todos os andares, mal eles surgiram no vestíbulo.

O proprietário, um homem moço de extraordinária elegância, inclinando-se com cortesia e refinamento ao recebê-los, impactou o senhor de São Francisco instantaneamente: ele se lembrou de repente de que, naquela noite, em meio a umas passagens confusas que o rondaram durante um sonho, ele vira exatamente um *gentleman* tal e qual aquele, naquela mesma sobrecasaca e com aquela mesma cabeça espelhadamente penteada. Pasmo, ele quase se deteve. Mas como em sua alma há muito não sobrara nem um grãozinho sequer dos assim chamados sentimentos místicos, seu espanto logo se desfez: brincando, ele falou sobre a estranha coincidência do sonho com a realidade para a esposa e a filha ao atravessarem o corredor do hotel. Mas a filha, nesse instante, olhou alarmada para ele: uma angústia comprimiu-lhe o coração, tal o sentimento de solidão terrível nessa ilha estranha e sombria...

Acabara de partir uma grande personalidade que visitava Capri, Reuss XVII. E aos visitantes de São Francisco foram destinados aqueles mesmos aposentos que ele ocupara. Designaram-lhes a arrumadeira mais bonita e capaz, uma belga, de talhe delgado e firmado pelo espartilho e com uma touquinha engomada em forma de uma pequena coroa dentada; o mais vistoso dos serviçais, um siciliano de ígneos olhos preto-carvão, e o atendente mais expedito, o pequeno e gorducho Luigi, que, em sua vida, muito passou por lugares desse tipo. E dentro de um minuto, o *maître d'hôtel* francês bateu levemente na porta do quarto do senhor de São Francisco para saber se os senhores recém-chegados iriam almoçar, e em caso de resposta afirmativa, sobre o que, aliás, não haveria a menor dúvida, informar que para hoje se tem lagosta, rosbife, aspargo, faisão e assim por diante. O chão ainda se mexia embaixo do senhor de São Francisco — de tanto que o havia balançado aquele barquinho italiano imprestável —, mas ele, sem pressa e com as próprias mãos, ainda que sem hábito e meio desajeitado, fechou a janela que se escancarara à entrada do *maître d'hôtel* e pela qual entrou o cheiro da cozinha distante e das flores molhadas no jardim, e, sem afobação, respondeu com clareza que eles iriam almoçar, que devia ser posta uma mesa para eles longe da porta, no mais fundo do salão, que eles iam beber o vinho local, e a cada palavra sua o *maître d'hôtel* anuía nas mais variadas entonações, que tinham, no entanto, apenas o sentido de que não havia e não podia haver dúvida na razão das vontades do senhor de São Francisco e que tudo seria executado com precisão. Para finalizar, ele inclinou a cabeça e perguntou delicadamente:

— É tudo, *sir*?

E, recebendo em resposta um arrastado "yes", acrescentou que hoje haverá uma tarantela na entrada do hotel em que dançarão Carmela e Giuseppe, conhecidos por toda a Itália e "por todo o mundo dos turistas".

— Eu a vi nos cartões-postais — disse o senhor de São Francisco com uma voz que nada expressava. — Esse Giuseppe, é o marido dela?

— Seu primo, *sir* — respondeu o *maître d'hôtel*.

E retardando-se para pensar em algo, mas sem dizer nada, o senhor de São Francisco dispensou-o com um aceno de cabeça.

Em seguida, ele voltou a se preparar, como se fosse para um casamento: acendeu as luzes por toda parte, inundou todos os espelhos com o reflexo da luz e do brilho da mobília e dos baús abertos, começou a se barbear, a se banhar e a fazer chamadas incessantes, ao mesmo tempo em que, por todo o corredor, ressoavam e se sobrepunham às dele outras chamadas impacientes, as dos quartos da esposa e da filha. E Luigi, em seu avental vermelho, com a agilidade peculiar a muitos gordinhos e com caretas de horror que faziam chorar de rir as arrumadeiras que passavam correndo com bules de café nas mãos, acorria às chamadas aos tropeços e, batendo na porta com os nós dos dedos, com um acanhamento dissimulado, com uma deferência levada ao idiotismo, perguntava:

— *Ha sonato, signore?*

E por trás da porta podia-se ouvir, roufenha e sossegada, uma voz insultantemente polida:

— *Yes, come in...*

O que sentia, o que pensava o senhor de São Francisco nessa noite tão significativa para ele? Como qualquer um que experimente o balanço de um navio, ele apenas queria muito comer, com deleite sonhava com a primeira colher de sopa, com o primeiro gole de vinho e fazia a tarefa rotineira da *toilette* até com alguma excitação, sem que sobrasse tempo para sentimentos e reflexões.

Barbeado, asseado, com alguns dentes devidamente insertados, estando diante dos espelhos, umedeceu e arrumou com escovas engastadas em prata os restos dos cabelos perolados em volta do crânio moreno-amarelado, esticou sobre o firme corpo velho de talhe rechonchudo, devido à alimentação reforçada, a roupa de baixo de seda creme e, sobre as pernas descarnadas com pés chatos, as meias de seda preta e os sapatos de baile, deu uma ligeira agachadinha, pôs em ordem as calças pretas sungadas pelos suspensórios de seda e a camisa nívea com o peito estufado, enfiou as abotoaduras nos punhos reluzentes e começou a se torturar com a captura do botão sob o colarinho duro. O chão ainda oscilava embaixo dele, as pontas dos dedos estavam muito doloridas, o botão do colarinho por vezes mordia-lhe com tudo a pelinha flácida da reentrância sob o pomo-de-adão, mas ele era insistente e, por fim, com os olhos vidrados pelo esforço, todo azulado por causa do colarinho apertado fora de medida que lhe comprimia a garganta, ainda assim, cumpriu a tarefa — e, esgotado, sentou-se diante do tremó, sendo todo refletido nele e reproduzido nos outros espelhos.

— Ah, é terrível! — balbuciou, abaixando a cabeça calva e dura, sem tentar entender, sem pensar o que exatamente é terrível; depois deu uma examinada habitual e atenta em seus dedos curtos e endurecidos nas juntas pela gota, em suas unhas graúdas e salientes cor de amêndoa e repetiu com convicção: — É terrível!

Mas então, como num templo pagão, ressoou estentoriamente por todo o prédio o segundo gongo. E, levantando-se de seu lugar às pressas, o senhor de São Francisco apertou ainda mais o colarinho com a gravata e a barriga para fechar o colete, vestiu o *smoking*, acertou os punhos, examinou-se mais uma vez no espelho... Essa Carmela morena, de olhares afetados, parecida com uma mulata, naquele vestido florido de um laranja intenso, deve dançar de forma extraordinária — pensou ele. E saindo com animação de seu quarto, encaminhando-se pelo tapete ao vizinho, o da esposa, perguntou em voz alta se demorariam.

— Dentro de cinco minutos! — sonora e já alegre respondeu uma voz de moça atrás da porta.

— Excelente — disse o senhor de São Francisco.

E, sem pressa pelo corredor e pelas escadas cobertas de tapetes vermelhos, desceu em busca da sala de leitura. Os criados encontrados espremiam-se na parede por sua causa, e ele prosseguia, como sem percebê-los. Estando atrasada para o jantar, uma velhinha, já encurvada e de cabelos leitosos, porém decotada num vestido de seda cinza claro, apressava-se adiante dele com todas as suas forças, mas de um modo engraçado, qual uma galinha, e ainda assim, ele a ultrapassou facilmente. Perto das portas de vidro do refeitório, onde todos já estavam presentes e começavam a comer, ele se deteve diante de uma mesinha, atravancada de caixas de charuto e de *papiróssas*[4] egípcias, pegou

---

[4] Cigarro com boquilha de cartão. (N. da T.)

um grande manilha[5] e jogou três liras na mesinha; no jardim de inverno, olhou de passagem pela janela aberta: da escuridão soprou-lhe uma aragem delicada, afigurou-se-lhe a copa de uma velha palmeira abrindo para as estrelas seus ramos que pareciam gigantescos, chegava-lhe o distante barulho cadenciado do mar... Na sala de leitura, aconchegante, silenciosa e iluminada apenas sobre as mesinhas, mexia nos jornais um alemão grisalho que estava em pé, parecido com Ibsen, com óculos redondos e prateados e de olhos espantados e alucinados. Examinando-o friamente, o senhor de São Francisco sentou-se na poltrona de couro no canto, ao lado de uma lâmpada com quebra-luz verde, pôs o pincenê e, tendo espichado a cabeça para fora do colarinho que o asfixiava, encobriu-se todo com a folha do jornal. Ele rapidamente correu as manchetes de alguns artigos, leu algumas linhas sobre a para sempre incessante guerra dos Balcãs, com o gesto habitual folheou o jornal, quando, de repente, as linhas refulgiram diante dele feito um brilho vítreo, seu pescoço retesou, os olhos esbugalharam-se, o pincenê saltou do nariz... Ele se atirou para a frente, quis tragar o ar, mas rouquejou selvagemente; seu maxilar inferior desprendeu-se iluminando toda a boca em ouro das obturações, a cabeça pendeu sobre o ombro e começou a sacudir-se, o peito da camisa estufou como um balão, e todo o corpo contorcendo-se, escorchando o tapete com os saltos, arrastou-se pelo chão a lutar desesperadamente com alguém.

Não fosse o alemão na sala de leitura, saberiam abafar aquela ocorrência terrível no hotel com rapidez e habilidade: imediatamente carregariam o senhor de São Francisco pelas pernas e cabeça para um lugar afastado, de fininho, sem que uma única

---

[5] Manilha é uma variedade de tabaco proveniente de Manila, nas Filipinas; aqui designa um charuto com esse fumo. (N. da E.)

alma entre os hóspedes viesse a saber o que ele aprontara. Mas o alemão arrancou-se da sala de leitura num grito, alarmando todo o prédio, todo o refeitório. E muitos pularam por detrás de sua comida, muitos corriam, empalidecidos, para a sala de leitura, e em todas as línguas ouvia-se: "O que aconteceu?" — e ninguém esclarecia, ninguém entendia nada, pois que as pessoas, no momento, mais do que tudo se admiravam, e de jeito nenhum queriam acreditar na morte. O proprietário se alvoroçava com um e com outro hóspede, tentando deter os que corriam e acalmá-los com asseverações apressadas de que isso é assim mesmo, besteira, um pequeno desmaio de um senhor de São Francisco... Mas ninguém o escutava, muitos ficavam vendo como os criados e os atendentes arrancavam do senhor a gravata, o colete, o *smoking* amarfanhado e, ainda na sequência, os sapatos de festa dos pés chatos em seda preta. E ele ainda se debatia. Ele lutava tenazmente com a morte, não queria de jeito nenhum se render a ela, que arremeteu contra ele tão inesperada e rudemente. Ele sacudia a cabeça, estertorava como um degolado, revirara os olhos como um bêbado... Quando o carregaram para dentro às pressas e colocaram-no na cama do quarto 43 — o menor, o pior, o mais úmido e frio, no final do corredor inferior —, a filha dele chegou correndo com os cabelos desgrenhados, o peito descoberto, levantado pelo espartilho; em seguida, a grande esposa já completamente vestida para o jantar, com a boca aberta de terror... Mas então ele já havia parado de sacudir a cabeça.

Dentro de um quarto de hora, restabeleceu-se alguma ordem no hotel. Mas a noite havia sido irreparavelmente estragada. Alguns, depois de retornarem ao refeitório, terminaram de comer, porém calados, com a fisionomia carregada, enquanto o proprietário se achegava a esse ou àquele, encolhendo os ombros numa irritação impotente e decorosa, sentindo-se um culpado

Um senhor de São Francisco

sem culpa, assegurando a todos compreender perfeitamente "como isso é desagradável", e garantindo tomar "todas as medidas ao seu alcance" para acabar com o aborrecimento; impôs-se abolir a tarantela, apagaram as luzes supérfluas, a maioria dos hóspedes partiu para a cidade, para a cervejaria, e ficou tão silencioso que se escutava nitidamente o tique-taque do relógio no vestíbulo, onde apenas um papagaio tartareava inexpressivo qualquer coisa, fazendo a algazarra antes do sono em sua gaiola, tentando um jeito de dormir com um pé absurdamente agarrado ao poleiro de cima... O senhor de São Francisco jazia numa cama de ferro ordinária, sob uns acolchoados toscos de lã, acima deles luzia um candeeiro do teto. Uma bolsa de gelo estava posta sobre sua testa molhada e fria. O rosto cinzento, já morto, aos poucos esfriava, a espuma dos estertores que assomava à boca aberta, iluminada pela cintilação do ouro, arrefecia. Este que estertorava já não era mais o senhor de São Francisco — este já não havia mais, mas um outro. Esposa, filha, médico, criadagem estavam parados e olhando para ele. De repente, aquilo que eles esperavam e temiam, cumpriu-se — o estertor cessou. E lenta, bem lentamente, à vista de todos, a palidez percorreu o rosto do morto, e seus traços começaram a afinar, a clarear...

Entrou o dono. "*Già è morto!*", disse-lhe num sussurro o médico. O dono, com uma expressão impassível, encolheu os ombros. A *Mrs.*, por cujas faces rolavam lágrimas silenciosas, aproximou-se dele e disse, acanhadamente, ser necessário agora transferir o defunto para o quarto dele.

— Oh, não, madame — apressada e corretamente, mas já sem qualquer afabilidade, e não em inglês, mas em francês, objetou o dono, a quem não interessavam as bagatelas que os que haviam chegado de São Francisco poderiam deixar em seu caixa agora. — Isso é totalmente impossível, madame — disse ele e acrescentou a título de esclarecimento que aqueles apartamentos lhe valiam muito e, se ele lhe fizesse a vontade, toda a Capri ficaria sabendo e os turistas começariam a evitá-los.

A *Miss*, que olhava para ele de forma estranha o tempo todo, sentou-se na cadeira e, tapando a boca com o lenço, começou a soluçar. As lágrimas da *Mrs*. logo se estancaram, o rosto inflamou-se. Ela levantou o tom e começou a reclamar falando em sua língua, ainda sem acreditar que se lhes tivesse perdido o respeito cabalmente. O dono assediou-a com uma altivez civilizada: se não agrada à madame o funcionamento do hotel, ele não ousa segurá-la; e declara peremptoriamente que o corpo deve ser removido hoje mesmo ao amanhecer, que já é do conhecimento da polícia há muito tempo, que o representante dela se apresentará por agora e cumprirá as formalidades necessárias... Se seria possível arranjar em Capri um caixão pronto, ainda que simples, pergunta a madame? Infelizmente não, de jeito nenhum, e fazê-lo a tempo ninguém conseguiria. Será necessário proceder do jeito que der... Por exemplo, ele recebe as garrafas de soda inglesa numas caixas grandes e compridas... pode-se tirar as divisórias da caixa...

À noite, todo o hotel dormia. Tinham aberto uma janela do quarto 43 — ela dava para um canto do jardim, onde, sob um muro alto de pedra fincado de cacos de vidro ao longo da quina, crescia uma bananeira mirrada — apagaram a luz, fecharam a porta à chave e se foram. O morto ficou no escuro, as estrelas azuis olhavam para ele do céu, um grilo começou a cantar no muro num triste abandono... No corredor fracamente iluminado, estavam sentadas num peitoril duas arrumadeiras, remendavam alguma coisa. Luigi entrou de chinelas com uma pilha de roupas na mão.

— *Pronto?* — preocupado, ele perguntou num sussurro audível, indicando com os olhos a amedrontadora porta no final do corredor. E abanou ligeiramente a mão livre naquela direção: — *Partenza!* — gritou num sussurro, como que acompanhando um trem, o mesmo que gritam comumente nas estações da Itália na partida dos trens — e as arrumadeiras, sufocando-se com um riso inaudível, tombaram as cabeças uma no ombro da outra.

Depois ele, saltitando macio, aproximou-se da mesma porta, deu uma leve batidinha nela e, inclinando a cabeça para o lado, perguntou a meia-voz reverenciosíssimo:

— *Ha sonato, signore?*

E, apertando a garganta, avançando o maxilar inferior, em tom roufenho, respondeu lenta e tristemente para ele mesmo, como que por trás da porta:

— *Yes, come in.*

Ao amanhecer, quando, para além da janela do quarto 43, clareava e o vento úmido agitava a folhagem rasgada da bananeira; quando se ergueu e se abriu sobre a ilha de Capri o céu azul matinal e o cume nítido de Monte Soliaro foi brindado com o sol nascente por trás das distantes montanhas azuis da Itália; quando seguiam para o trabalho os pedreiros que arrumavam as sendas para os turistas na ilha; trouxeram para o quarto 43 a caixa comprida das garrafas de soda inglesa. Em pouco tempo, ela estava muito pesada — e esmagava tenazmente os joelhos do mensageiro que a levou na carroça prestamente pela estrada branca, que coleava para lá e para cá pelas encostas de Capri, em meio às muretas de pedra e aos vinhedos, sempre descendo até o mar. O carroceiro, um sujeito enfermiço de olhos vermelhos, num casaco velho de mangas curtas e sapatos gastos, estava de ressaca — ficara jogando dados a noite inteira na *trattoria* — e fustigava o seu firme cavalinho o tempo todo, que, ataviado à siciliana, acelerado fazia retinir os diferentes guizos do freio com pompons coloridos de lã e, nas pontas do alto cilhão de cobre, tinha, sobressaída do topete aparado, uma enorme pena de ave que trepidava com a corrida. O carroceiro ia calado, estava abatido por seu desregramento e seus vícios, pois ele jogara à noite até o último vintém. Mas a manhã estava mais fresca, e naquele ar, em meio ao mar, sob o céu matinal, a embriaguez logo se dissipa e logo retorna o alívio ao sujeito; além disso, havia aquele bico inesperado que consolava o carroceiro e lhe fora propiciado por um senhor de São Francisco que sacolejava a cabeça morta na caixa atrás de suas costas... O vapor, feito um besouro pousado lá em baixo, longe, sobre o anil delicado e vibrante que preenchia intensamente e por completo o golfo de Nápoles, já dava os últimos apitos que reverberavam com ânimo por toda a ilha, cujas reentrâncias, dentilhados e pedras eram tão claramente visíveis por toda parte, que nem sequer ar parecia haver. Perto do cais, o porteiro, que ia acelerado no automóvel com a *Miss* e a *Mrs.*, pálidas, com os olhos arruinados pelas lágrimas e pela noite sem dormir, alcançou o mensageiro. E dentro de dez minutos, o vapor de novo começou a agitar a água e de novo foi para Sorrento, para Castellamare, levando para sempre de Capri a família de São Francisco... E na ilha instauraram-se novamente a paz e o sossego.

Nessa ilha, há dois mil anos, vivia um homem indescritivelmente abjeto na satisfação de sua luxúria e que, por alguma razão, tinha tido poder sobre milhões de pessoas e havia perpetrado crueldades acima de qualquer medida — mas a humanidade recordou-se dele para sempre, e muitos, e muitos reúnem-se, vindos de todos os continentes, para olhar as ruínas daquela casa de pedra, onde ele vivia em uma das subidas mais íngremes da ilha. Nessa manhã maravilhosa, todos que haviam chegado a Capri precisamente com esse objetivo ainda dormiam pelos hotéis, embora já viessem sendo conduzidos para as entradas dos hotéis os pequenos burrinhos cor de rato sob selas vermelhas, aos quais, depois de acordados e empanturrados, deviam ser içados de novo os jovens e velhos americanos e americanas, alemães e alemãs, para mais uma vez correrem atrás deles as velhas miseráveis de Capri, fustigando-os com suas varas nas mãos nodosas por toda a montanha, das sendas pedregosas até o pico do Monte Tibério. Tranquilizados com o fato de que já tinham enviado para Nápoles o velho morto de São Francisco, que também se preparara para viajar com eles, mas que, ao invés disso, apenas os assustara com a lembrança da morte, os viajantes dormiam um sono profundo; na ilha ainda havia silêncio, e ainda estavam fechadas as lojas na cidade. Comerciava apenas o mercado na pequena praça: peixe e verdura — e havia nela uma gente simples, entre a qual, como sempre, sem nada para fazer, estava Lorenzo, um barqueiro velho e alto, um farrista despreocupado e bonitão, conhecido em toda a Itália, que serviu mais de vez de modelo para muitos pintores: ele havia trazido, e já vendido por uma pechincha, dois lagostins apanhados à noite, os quais roçavam dentro do avental do cozinheiro daquele mesmo hotel em que pernoitara a família de São Francisco; e agora podia ficar tranquilamente, pelo menos até a noite, com um jeito majestoso, olhando ao redor, exibindo-se com os seus andrajos, seu cachimbo de barro e sua boina vermelha de lã caída sobre uma orelha. E pelo despenhadeiro do Monte Soliaro, pelo antigo caminho fenício, talhado no rochedo, por seus degraus de pedra, desciam dois montanheses *abruzzos* de Anacapri. Sob a capa de couro de um, havia uma gaita de foles: uma pele grande de cabra com dois tubos; com o outro, algo semelhante a um pífaro de madeira. Caminhavam, e toda a região alegre, bela, ensolarada estendia-se abaixo deles: e as corcovas pedregosas da ilha que repousava quase toda aos seus pés, e aquele anil fabuloso em que ela flutuava, e os vapores matinais brilhantes sobre o mar a leste, sob o sol ofuscante que já aquecia com seu calor levantando-se cada vez mais alto, e, ainda indefinidos pela manhã, os maciços da Itália de um azul celestial enevoado, suas montanhas próximas e distantes cuja beleza a palavra humana não tem força para expressar... A meio caminho, eles retardaram o passo: acima da estrada, numa lapa no paredão de rocha do Monte Soliaro, todo iluminado pelo sol, inteiramente no calor e brilho dele, estava em níveas vestimentas de gesso e em coroa régia de um dourado ferruginoso, dadas as intempéries, a Mãe de Deus, dócil e benevolente, com os olhos levantados para o céu, para a morada eterna e bem-aventurada de seu filho três vezes abençoado. Eles descobriram a cabeça e derramaram elogios ingênuos e de uma alegria humilde ao seu sol, à manhã, a ela, a protetora imaculada de todos os sofredores neste mundo mau e belo, e ao nascido de seu ventre numa gruta em Belém, num pobre abrigo de pastores, na longínqua terra da Judeia...

Quanto ao corpo do velho morto de São Francisco, voltava para casa, para o túmulo, para a costa do Novo Mundo. Tendo experimentado muitas humilhações, muito descaso humano, com uma semana de intervalo de um barracão de porto para outro, por fim, ele foi parar de novo naquele mesmo navio assinalado, em que há pouco, com grande honra, levavam-no para o Velho Mundo. Mas agora já o escondiam dos vivos, desceram-no num caixão alcatroado para o fundo do porão negro. E ainda mais uma vez, o navio tomou seu longo caminho no mar. À noite, ele passou em frente à ilha de Capri, e tristes eram suas luzes, encobrindo-se vagarosamente no mar escuro para quem as olhasse da ilha. Mas lá, no navio, nos salões claros e iluminados pelos candelabros, havia nessa noite, como de costume, um baile concorrido.

Um senhor de São Francisco

E ele acontecia também na noite seguinte, e na terceira — de novo em meio a uma tempestade furiosa alastrando-se sobre o oceano que bramia como uma missa fúnebre e se erguia da espuma prateada em montanhas lúgubres. Os inumeráveis olhos acesos do navio estavam por trás da neve, mal visíveis ao Diabo que observava do rochedo de Gibraltar, a partir dos portões de pedra dos dois mundos, o navio que partia na noite e na tempestade. O Diabo era imenso como um penedo, mas imenso mesmo era o navio, de muitos andares, muitas chaminés, criado pela soberba do Homem Novo de coração velho. A tempestade se chocava contra o cordame e as chaminés de garganta larga, já brancos com a neve; mas ele era firme, resistente, imponente e medonho. No patamar mais alto dele, erguiam-se solitários, em meio aos turbilhões de neve, aqueles aposentos fracamente iluminados e aconchegantes, em que, absorto numa modorra alerta e apreensiva, necessário a todo navio, estava encastelado seu condutor corpulento, semelhante a um ídolo pagão. Ele escutava os uivos lancinantes e os guinchos furiosos da sirene sufocada pela tempestade, mas acalmava-o a proximidade daquele que, no fim das contas, incompreensível para ele mesmo, estava por trás da sua parede: de seu camarote como que blindado, que volta e meia era percorrido por um ruído misterioso, por uma trepidação e por um estalo seco das luminescências azuis que faiscavam e estouravam ao redor do telegrafista de rosto pálido com uma pala metálica na cabeça. No mais baixo, no ventre submerso do *Atlântida*, luziam baçamente em aço, sibilavam em vapores, ressumavam em água fervente e óleo os corpos massudos das caldeiras e das diversas outras máquinas daquela cozinha, incandescida por debaixo por fornalhas infernais, em que se cozinhava o movimento do navio: borbulhavam forças contidas aterradoras que eram transmitidas para a própria quilha do navio, para o subterrâneo infindavelmente extenso, para um túnel redondo fracamente iluminado pela luz, onde lentamente, com uma incondicionalidade esmagadora para a alma humana, girava um eixo gigantesco estendido em sua câmara lubrificada, qual um monstro vivo no túnel parecido com uma gorja. No meio do *Atlântida*, porém, seus salões de baile e de refeição derramavam luz e alegria, alardeavam o vozerio da multidão elegante, recendiam a flores frescas, cantavam com a orquestra de cordas. E de novo retorcia-se de maneira torturante, às vezes esbarrando freneticamente na multidão, em meio ao brilho das luzes, das sedas, dos brilhantes e dos ombros femininos desnudos, o casal esbelto e maleável dos amantes contratados: a moça era de uma discrição pecaminosa, com as pestanas abaixadas e um penteado inocente; o homem, alto, de cabelos negros, como aplicados, pálido do pó facial, em sapatos elegantissimamente laqueados, num fraque justo com abas compridas — um bonitão semelhante a uma enorme sanguessuga. E ninguém desconfiava nem que há tempos aborrecia àquele casal torturar-se de maneira fingida naquele tormento néscio, ao som de uma música desavergonhadamente triste, nem do que jazia profundo, profundamente abaixo deles, no fundo do porão escuro, junto às entranhas sombrias e tórridas do navio que vencia arduamente a treva, o oceano, a tempestade... [6]

Tradução de Renata Esteves

---

[6] Em versão anterior, o conto trazia a epígrafe "Ai de ti, Babilônia, cidade forte!", extraída do Apocalipse; ela foi eliminada pelo autor na última revisão, em que efetuou ainda outras alterações. (N. da T.)

Respiração Suave

No cemitério, sobre um monte fresco de terra, se encontra uma nova cruz de carvalho, forte, pesada, lisa, agradável de se olhar.

É abril, mas os dias são cinzentos; os monumentos do cemitério vasto, provinciano, podem ser vistos ao longe através das árvores nuas, e o vento gelado retine e retine na coroa de flores de porcelana junto ao pé da cruz.

Na mesma cruz está engastado um medalhão de bronze bem grande, e no medalhão a fotografia de uma ginasiana elegante e encantadora, de olhos surpreendentemente vivos e radiantes.

É Ólia Meschérskaia.

Ainda menina, ela não se destacava entre aquela multidão ruidosa de vestidinhos marrons das ginasianas que tão desordenada e jovialmente zumbe nos corredores e nas classes; o que se poderia falar sobre ela, além de que era uma das meninas mais bonitas, mais ricas e mais felizes, que era inteligente, mas travessa e inteiramente desatenta aos sermões que lhe fazia a preceptora? Depois ela começou a desabrochar, a desenvolver-se de uma hora para outra. Aos catorze anos, além de uma cintura fina e pernas bem feitas, também os seios se evidenciavam bem e todas aquelas formas, cujos encantos a palavra humana ainda não conseguiu expressar: aos quinze anos ela era tida como uma bela mulher. Como se penteavam com esmero algumas de suas amigas, como eram asseadas, como cuidavam de seus movimentos medidos! Mas ela não temia nada — nem manchas de tinta nos dedos, nem o rosto vermelho de rubor, nem os cabelos despenteados, nem um joelho descoberto numa corrida, num tombo. Sem qualquer esforço e cuidado da sua parte, e como que imperceptivelmente, veio-lhe tudo aquilo que, nos últimos dois anos, a distinguia de todas as ginasianas: graça, elegância, astúcia e o brilho límpido dos olhos. Ninguém dançava como Ólia Meschérskaia, ninguém patinava como ela; nos bailes, ninguém era tão cortejado quanto ela e por alguma razão os alunos mais novos não gostavam de ninguém tanto quanto dela. Imperceptivelmente tornou-se uma moça, imperceptivelmente se consolidou sua fama no ginásio, e já corriam boatos de que ela era leviana, que não podia viver sem admiradores, que o ginasiano Chênchin estava loucamente apaixonado por ela e que talvez ela o amasse, mas era tão instável nas atitudes para com ele, que o levou a tentar suicídio.

Em seu último inverno, Ólia Meschérskaia estava fora de si de alegria, como diziam no ginásio. O inverno foi nevoso, ensolarado, frio; o sol se escondia cedo atrás do alto pinheiral do jardim da escola coberto de neve, mas era um sol sempre agradável, radioso, prometendo um dia seguinte de frio e sol, passeio na rua da catedral, pista de gelo no jardim da cidade, tarde cor-de-rosa, música, e essa multidão que se movimenta para todos os lados, na qual Ólia Meschérskaia parecia a mais elegante, a mais despreocupada, a mais feliz. E eis que certa vez durante o recreio maior, quando ela voava como um pé de vento pela sala de reunião — fugindo das alunas do primeiro ano que a perseguiam com gritos de entusiasmo, chamaram-na inesperadamente à presença da diretora. Ela parou bruscamente, soltou um suspiro pro-

Respiração suave   455

fundo, e com um rápido gesto feminino, já corriqueiro, arrumou os cabelos, puxou as pontas do avental para os ombros e, com os olhos brilhando, subiu correndo. A diretora, miúda e jovial, mas já grisalha, estava sentada calmamente com o tricô nas mãos, atrás de uma escrivaninha, embaixo de um retrato do tsar.

— Bom dia, *mademoiselle* Meschérskaia — disse em francês, sem levantar os olhos do tricô. — Infelizmente, já não é a primeira vez que sou obrigada a chamar você aqui para discutir o seu comportamento.

— Estou ouvindo, madame — respondeu Meschérskaia, aproximando-se da mesa com os olhos claros e vivos, mas sem nenhuma expressão no rosto, ao mesmo tempo em que fazia uma mesura com aquela facilidade e graça de que somente ela era capaz.

— Você não vai me ouvir, eu, infelizmente, estou convencida quanto a isso — disse a diretora e ergueu os olhos depois de puxar a linha e começar a girar o novelo no chão de madeira envernizada, para o qual Meschérskaia olhava com curiosidade. — Eu não voltarei a repetir, não vou discutir muito — disse ela.

Meschérskaia gostava muito daquele gabinete amplo e extraordinariamente limpo, que nos dias frios cheirava tão bem, com o calor da lareira brilhante e o frescor dos lírios do campo na escrivaninha. Ela olhou para o jovem tsar, retratado de pé no meio de uma sala suntuosa, olhou a risca bem feita dos cabelos brancos e ondulados da diretora e, com expectativa, calou-se.

— Você já não é uma menina — disse a diretora com um ar significativo, começando a irritar-se em seu íntimo.

— Sim, madame — respondeu Meschérskaia, com simplicidade, quase com alegria.

— Mas também não é uma mulher — disse a diretora com um ar ainda mais significativo, e o seu rosto pálido ruborizou-se ligeiramente. — Antes de mais nada, o que é esse penteado? É um penteado de mulher!

— Eu não tenho culpa, madame, se eu tenho cabelos bonitos — respondeu Meschérskaia e tocou um pouco, com ambas as mãos, sua cabeça bem arrumada.

— Ah, veja só, a senhora não é culpada! — disse a diretora. — A senhora não tem culpa do penteado, desses pentes tão caros, não é culpada de estar arruinando seus pais por causa de uns sapatinhos de vinte rublos! Mas, eu torno a repetir, a senhora não está de forma alguma levando em consideração que por enquanto é apenas uma ginasiana...

E nesse momento, Meschérskaia, sem perder a simplicidade e nem a tranquilidade, com polidez interrompeu repentinamente.

— Desculpe, madame, a senhora está enganada: eu sou mulher. E sabe quem é o culpado disso? Um amigo e vizinho de papai, o irmão da senhora, Aleksei Mikháilovitch Maliútin. Aconteceu no verão passado, no campo...

Um mês depois dessa conversa, um oficial cossaco, feio, de aspecto plebeu, que não tinha absolutamente nada a ver com o meio ao qual pertencia Ólia Meschérskaia, matou-a com um tiro na plataforma da estação em meio a uma grande multidão, no instante em que desembarcava. E a incrível confissão de Ólia Meschérskaia que surpreendeu a diretora se confirmou inteiramente: o oficial declarou ao juiz que Meschérskaia seduziu-o, teve relações com ele, jurou tornar-se sua esposa, mas na estação, no dia do assassinato, enquanto esperava sua partida para Novotcherskask, disse subitamente que ela nunca sequer pensara amá-lo e que todas as conversas sobre casamento eram unicamente zombaria, e deu para ele ler a página do diário onde ela falava de Maliútin.

Respiração suave 457

— Eu corri os olhos por essas linhas, e ali mesmo, na plataforma onde ela passeava esperando que eu terminasse de ler, atirei nela — disse o oficial. — O diário se encontra no bolso do meu capote, veja o que se escreveu nele no dia 10 de julho do ano passado.

E o juiz leu mais ou menos o seguinte:

"Agora são duas da manhã. Peguei no sono profundamente, mas acordei logo... Agora eu me tornei mulher! Papai, mamãe e Tólia, todos foram para a cidade e eu fiquei sozinha. Eu estava tão feliz por estar só, que nem posso dizer! De manhã passeei sozinha no jardim, no campo, estive na floresta, parecia que eu estava sozinha em todo o mundo, e pensei que isto era tão bom como nunca na vida. Também almocei sozinha, depois toquei durante uma hora; com a música eu tinha a sensação de que viveria eternamente e seria feliz como ninguém! Depois adormeci no gabinete de papai e às quatro horas Kátia me acordou dizendo que Aleksei Mikháilovitch tinha chegado. Eu fiquei muito contente, e me era muito agradável recebê-lo e distraí-lo. Chegou com dois cavalos muito bonitos e eles ficaram o tempo todo na porta; mas ele ficou porque estava chovendo e desejava que até a noite o caminho secasse. Ele lamentou muito que papai não estivesse, estava muito animado e comportou-se como um cavalheiro, brincou bastante dizendo que há muito tempo estava apaixonado por mim. Quando passeamos no jardim antes do chá, o tempo estava outra vez deslumbrante, o sol brilhava sobre todo o jardim úmido, embora estivesse muito frio, e ele me levou pelo braço e disse que ele era Fausto e eu, Margarida. Tem 56 anos, mas é ainda muito bonito e está sempre bem-vestido — eu só não gostei que ele tenha vindo de pelerine — todo ele cheira a água de colônia inglesa, tem os olhos muito jovens, pretos, e a barba elegantemente dividida em duas partes compridas e toda prateada. Durante o chá, ficamos na varanda envidraçada; me sentia como que indisposta e me deitei no divã, ele ficou fumando, depois se sentou junto de mim, voltou a dizer algumas amabilidades, depois examinou e beijou minha mão. Eu cobri o rosto com um lenço de seda e ele me beijou algumas vezes nos lábios através do lenço... Eu não entendo como isso pôde acontecer, fiquei fora de mim, nunca pensei que eu era assim! Agora eu só tenho uma saída... Sinto por ele tal repugnância, que não posso suportar!..."

Nestes dias de abril, a cidade fica seca, limpa, suas pedras mais claras e é fácil e agradável andar por elas. Todo domingo depois da missa pela rua da catedral, a principal junto à saída da cidade passa uma pequena mulher de luto, usando luvas pretas de pelica e uma sombrinha de ébano. Ela cruza o pátio de bombeiros pela estrada, atravessa a praça suja onde há muitas ferrarias cobertas de fuligem e sopra um vento mais fresco; mais adiante, entre um mosteiro e um presídio, o horizonte coberto de nuvens brancas fica mais claro e se descobre o acinzentado campo primaveril; depois, passando no meio das poças junto ao muro do mosteiro e virando à esquerda, avista-se um jardim grande e baixo, cercado por um muro branco em cujos portões está escrito "Assunção de Nossa Senhora". A pequena mulher faz o sinal da cruz rapidamente e caminha como de costume pela alameda principal. Chega até o banco em frente à cruz de carvalho e fica sentada ao vento no frio da primavera, uma, duas horas, enquanto suas pernas com botinas leves e as mãos com a pelica apertada não congelam completamente. Escutando os pássaros da primavera que gorjeiam docemente até no frio, escutando o barulho do vento na coroa de flores de porcelana, ela pensa às vezes que daria a vida para que não tivesse diante de seus olhos aquela coroa

Respiração suave

de morte. A ideia de que quem enterraram ali, naquela mesma argila, foi Ólia Meschérskaia, deixa-a perplexa e quase estúpida: como relacionar esse monte de terra e essa cruz de carvalho com aquela ginasiana de dezesseis anos, que dois, três meses atrás era tão cheia de vida, de encanto, de alegria? Seria possível que sob isso tudo estaria aquela mesma menina, cujos olhos brilham imortais nesse medalhão de bronze, e como relacionar com este olhar puro aquele fato horrível que está ligado agora ao nome de Ólia Meschérskaia? — Mas no fundo da alma a pequena mulher estava feliz como acontece com todas as pessoas apaixonadas ou com aquelas fiéis a um sonho ardente qualquer.

Esta mulher era a preceptora de classe de Ólia Meschérskaia, solteirona de trinta anos que há muito tempo vivia de alguma mentira que lhe substituísse a vida real. Primeiramente essa mentira era seu irmão, um alferes pobre e nada notável — ela ligara toda sua alma a ele, ao seu futuro, o qual não se sabe por que lhe parecia brilhante, e vivia numa estranha esperança que seu destino, não se sabe como, se modificaria fantasticamente graças a ele. Depois quando o mataram em Mukden,[1] ela se convenceu de que para sua grande sorte ela não seria assim como as demais; que a razão e os interesses superiores lhe substituiriam a beleza e a feminilidade, que ela era uma intelectual. A morte de Ólia Meschérskaia fascinou-a com uma nova ilusão. Agora Ólia Meschérskaia era objeto de constantes reflexões, admiração, alegria. Ia ao túmulo dela todo feriado — o hábito de ir ao cemitério e usar luto surgiu desde a morte do irmão —, e por horas não despregava os olhos da cruz de carvalho, lembrava a carinha pálida de Ólia Meschérskaia no caixão, no meio das

---

[1] Referência à Batalha de Mukden, que aconteceu no começo de 1905 na Lapônia, durante a guerra russo-japonesa. (N. da T.)

flores, e aquilo que uma vez surpreendera numa conversa: uma vez, no recreio grande, passeando pelo jardim do ginásio, Ólia Meschérskaia falava apressadamente com sua querida amiga, a alta e robusta Subótina:

— Em um livro de papai, ele tem muitos livros velhos e divertidos, eu li como deve ser a beleza da mulher. Lá, você compreende, se diz tanta coisa que você não pode lembrar tudo: pois, é claro, olhos pretos da cor do alcatrão que fulminam, juro por Deus que estava escrito assim mesmo: que fervem como o alcatrão! — cílios pretos como a noite, o corado suave e brilhante, estatura delgada, os braços mais longos do que o normal — compreende, mais longos do que o normal?! — um pezinho pequeno, os seios grandes bem na medida, o contorno da perna bem feito, o joelho da cor de madrepérola, o colo esguio e deslizante — eu decorei isto muito bem, pois é tudo tão verdadeiro — mas, o principal sabe o que é?, a respiração suave! E veja como eu a tenho — ouça como eu respiro, não é assim?

Agora essa respiração suave se espalhou de novo pelo mundo, neste céu nublado, neste vento frio de primavera...

Tradução de Arlete Cavaliere

Leonid Andrêiev

Leonid Nikoláievitch Andrêiev é considerado um dos maiores nomes da chamada Era de Prata da literatura russa. Nasceu em 1871, na província de Oriol, numa família de classe média. Estudou direito em Moscou e São Petersburgo, mas exerceu a profissão de advogado por apenas cinco anos; ao longo da década de 1890, atuou também como jornalista. Nesse período, escreveu seus primeiros poemas, que, no entanto, não foram publicados. Somente em 1898 vem à luz, num periódico moscovita, seu primeiro conto, intitulado "Bargamot e Garaska". O texto chamou a atenção de Maksim Górki, que incentivou Andrêiev a perseguir a carreira literária e com quem o escritor manteria uma duradoura amizade.

O ano de 1901 marcou a ascensão de Andrêiev à condição de celebridade na Rússia, com a publicação de alguns de seus mais famosos contos, entre eles "Era uma vez", "O abismo" e "O muro". No período que antecedeu a malograda revolução russa de 1905, tomou parte nos debates acerca do futuro do país, defendendo a democratização e protegendo membros do Partido Social-Democrata Russo.

Em 1906 passou alguns meses na Alemanha, onde nasceu seu filho Daniil. Com a morte de sua esposa, partiu para a Itália, onde se reencontrou com Górki. Nesse mesmo ano, passou a envolver-se com o teatro, e diversas de suas peças foram montadas no Teatro de Arte de Moscou, como *A vida do homem* (1907) e

Anátema (1909). Em 1908, casou-se pela segunda vez e fixou residência no Norte da Rússia; de lá, seguiu publicando com êxito contos e novelas, como *Judas Iscariotes* (1907) e *Os sete enforcados* (1908).

A década de 1910 testemunhou algumas transformações em Andrêiev, que adotou um estilo cada vez mais sombrio e pessimista. Em meio ao surgimento de diversas novas correntes literárias, sua popularidade começou a desvanecer, e, nos últimos anos de vida, o escritor passou por grandes dificuldades financeiras. Em 1917, apoiou a revolução de fevereiro, mas opôs-se ferozmente à tomada do poder pelos bolcheviques, contra os quais escreveu diversos manifestos.

Seu último trabalho, o romance *O diário de Satã*, permaneceu incompleto. Com a saúde debilitada por uma doença cardíaca, Leonid Andrêiev faleceu em setembro de 1919.

"O repouso", de 1911, é o relato surpreendente, repleto de humor negro, da entrevista que um alto funcionário, recém-falecido, tem com o diabo em pessoa, durante sua cerimônia fúnebre, e na qual deve decidir o seu destino. "O retorno", de 1916, descreve com extrema habilidade uma atmosfera de sonho, alucinação e pesadelo, que seria recorrente na história da Rússia nas primeiras décadas do século XX.

O repouso

Estava morrendo um velho e importante funcionário, grande senhor, amante da vida. Morrer, para ele, era uma coisa difícil: não acreditava em Deus, não entendia para que estava morrendo e ficava tomado por um medo louco. Era terrível vê-lo sofrer.

Atrás do alto funcionário que morria estava uma vida grandiosa, rica e interessante, na qual seu coração e sua mente não ficaram ociosos e haviam alcançado a satisfação. E então cansaram-se o coração e a mente, cansou-se o vivente inteiro, o corpo que esfriava em silêncio. Os olhos se cansaram de olhar até o que era belo, a vista saturou-se. O ouvido parou de ouvir e a própria alegria ficou pesada para o coração fatigado. Mas quando ainda estava de pé, o alto funcionário pensava na morte até com certo prazer: "Descansarei, pelo menos" — pensava. "Vão parar de me beijar, reverenciar e trazer relatórios" — pensava com prazer. Sim, pensava... mas quando caiu no leito de morte, a coisa toda ficou insuportavelmente dolorosa e terrível ao extremo.

Queria ter vivido mais, mesmo que fosse só mais um pouco, mesmo que fosse até a próxima segunda-feira ou, melhor ainda, até a próxima quarta, ou até quinta. Contudo, ele não sabia em qual dia tinha morrido, apesar de serem, ao todo, apenas sete na semana: segunda, terça, quarta, quinta, sexta, sábado e domingo.

E assim, nesse mesmo dia desconhecido, veio até o alto funcionário um diabo, um diabo comum, como tantos. Ele entrou na casa em forma de padre, incenso e velas, mas ao falecido apresentou-se em toda sua sagrada verdade. O alto funcionário adivinhou de imediato que o diabo não viera sem propósito e ficou feliz: uma vez que o diabo existe, então a morte verdadeira não existe, e sim uma imortalidade qualquer. Na pior das hipóteses, se não houver imortalidade, seria possível prorrogar esta vida vendendo a alma em condições vantajosas. Isso era evidente, mas de uma clareza que dava medo.

Porém, o diabo tinha uma aparência cansada e descontente, demorava para começar a conversa e olhava ao redor com nojo e azedume, como se tivesse vindo ao lugar errado. Isso incomodou o funcionário, que logo o convidou para sentar. Mas, depois de sentar-se, o diabo continuava calado, olhando tudo com o mesmo azedume.

"Vejam só como eles são", pensava o funcionário, examinando disfarçadamente o rosto mais alheio do que estrangeiro do visitante. "E que careta mais asquerosa, meu Deus! Eu acho que, lá no mundo dele, ele não é considerado bonito."

E disse em voz alta:

— Eu não o imaginava assim!

— O quê? — perguntou o diabo descontente e franziu o cenho, com cara azeda.

— Não o imaginava assim.

— Que besteira.

Sempre lhe diziam aquilo no primeiro contato, então ele ficou aborrecido por ouvir de novo a mesma coisa. E o funcionário pensava:

"Devo ou não lhe oferecer chá ou vinho? Ele tem a goela de um jeito que talvez nem possa beber."

— Bem, o senhor morreu... — começou o diabo indolente e entediado.

— Ora essa! — disse o funcionário indignado e assustado. — Eu ainda não morri, não.

— Diga isso a outro — rosnou com indiferença o diabo e continuou. — Bem, o senhor morreu... O que devemos fazer agora? O negócio é sério e é preciso resolver de uma vez a questão.

— Mas será que é verdade: eu já morri? — horrorizou-se o funcionário. — Mas nós estamos... conversando.

— Bem, quando o senhor viaja para uma inspeção, o senhor entra de imediato no vagão? O senhor fica um pouco na estação.

— Quer dizer que isto é uma estação?

— Bem, sim. E daí?

— Entendo, entendo. Quer dizer que este aqui já não sou eu. E onde é que estou eu, isto é, o meu corpo?

O diabo sacudiu a cabeça vagamente:

— Perto. Agora estão banhando o senhor com água quente.

O funcionário ficou envergonhado, e mais ainda quando lembrou-se das dobras feias e gordurentas na região lombar. Ele sabia que eram mulheres que davam banho nos defuntos.

— Costume idiota — disse o funcionário, irritado.

— Bem, isso é problema de vocês, eu não tenho nada com isso. No entanto, eu pediria ao senhor que passássemos àquela questão, pois o tempo urge. Vocês apodrecem muito rápido.

— Em que sentido? — o funcionário ficou gelado. — No... no comum?

— Sim. E em qual seria? — emendou o diabo com amarga ironia. — Desculpe, mas suas perguntas me aborrecem. Tenha a bondade de ouvir atentamente o que vou lhe expor, pois não vou repetir.

E com expressões muito aborrecidas, repetindo com voz monótona aquilo que, era visível, entediava a ele mesmo até o último grau, o diabo expôs o seguinte. Para o velho, um importan-

O repouso

te e já finado funcionário, havia duas possibilidades: ou ir para a morte definitiva, ou para uma vida singular, um pouco estranha e até suspeita. Seria como ele quisesse, como escolhesse. Se escolhesse a primeira — a morte — então para ele começaria o nada eterno, o silêncio, o vazio...

"Meus Deus, isto é o mais terrível, o que eu mais temia" — pensava o funcionário.

— Um repouso inviolável... — continuava o diabo, olhando com certa curiosidade para o teto desconhecido. — O senhor desaparecerá sem deixar rastros e sua existência cessará por completo. O senhor nunca mais vai falar, pensar, desejar, sentir dor ou alegria; nunca mais pronunciará "eu". O senhor desaparecerá, se apagará, se acabará, entende, se converterá em nada...

— Não, não, não quero! — gritou o funcionário.

— Mas em compensação, o repouso — disse o diabo, em tom sentencioso. — Isso também vale alguma coisa, sabe? Um repouso tal que melhor não se pode imaginar, nem pense quanto.

— Não quero repouso — disse o funcionário de modo decidido, e o cansaço respondeu no coração do falecido com uma súplica mortal: "Dê repouso, repouso, repouso".

O diabo encolheu os ombros peludos e continuou, de um modo cansado, como o empregado de uma loja de moda ao final de um dia animado de vendas:

— Mas, por outro lado, eu tenho para oferecer-lhe a vida eterna...

— Eterna?

— Sim. No inferno. Bem, é claro, isto não é exatamente aquilo que o senhor queria, mas também é vida. O senhor terá alguns divertimentos, contatos interessantes, conversas... e o principal: o senhor preservará para sempre o seu "eu". O senhor vai viver eternamente.

— E sofrer? — perguntou o homem, temeroso.

— Mas o que é o sofrimento? — o diabo franziu o cenho com nojo. — É terrível enquanto você não se acostuma. E eu devo adverti-lo de que, se há algo de que se queixam por lá é exatamente de já estarem acostumados.

— E há muita gente lá?

O diabo olhou de soslaio:

— Muita! Sim, e acostumada. Naquela terra, sabe, há muito tempo tivemos grandes tumultos: exigiam novos tormentos. Mas onde arranjá-los? Gritavam: o padrão, a rotina...

— Que idiotice! — disse o funcionário.

— Sim, mostre a eles. Felizmente, nosso... — o diabo soergueu-se respeitosamente e fez uma cara vil; a mesma cara, para todo efeito, fez o funcionário. — Nosso mestre sugeriu aos pecadores: "Por favor, atormentem-se a si mesmos. Por favor!".

— Autonomia, por assim dizer — respondeu o funcionário com ironia.

O diabo sentou-se e começou a rir:

— Agora eles é que inventam. Mas, e então, meu caro? É preciso decidir.

O funcionário refletiu e, já acreditando no diabo como em um verdadeiro irmão apesar da sua cara abjeta, perguntou indeciso:

— O que o senhor sugeriria?

O diabo contraiu as sobrancelhas.

— Não, o senhor deixe disso. Eu não tenho nada com isso.

— Pois então, para o inferno eu não quero!

— E nem precisa. Assine.

O diabo pôs diante do funcionário um papel bastante sujo, mais parecido com um lenço de nariz do que com um documento tão importante.

O repouso

— Aqui está — mostrou ele com a garra. — Não, não, não é aí. Aqui, se quer o inferno. E a morte, aqui.

O funcionário segurou a pena um instante e largou-a com um suspiro.

— Para o senhor é fácil — disse ele com ar de reproche. — E quanto a mim? Diga, por favor, com o que é que vocês atormentam mais? Com fogo?

— Sim, com fogo também — respondeu com indiferença o diabo. — Temos feriados.

— Ora essa! — alegrou-se o funcionário.

— Sim. Aos domingos e feriados é descanso total. No sábado — o diabo deu um longo bocejo —, atividades somente das dez às doze.

— Ora, ora. Mas, e quanto ao Natal e festas em geral?

— No Natal e na Páscoa são três dias livres, e ainda férias de um mês no verão.

— Ufa! — alegrou-se o funcionário. — Isso é até humano. Por essa eu não esperava! Bem, e se... num caso extremo, é claro... e quanto às doenças?

O diabo olhou fixamente para o funcionário e disse:

— Que besteira.

O funcionário ficou envergonhado. O diabo também se envergonhou um pouco; depois suspirou e cobriu os olhos. De um modo geral, era evidente que, ou ele não dormira o bastante hoje, ou tudo aquilo o aborrecia mortalmente: funcionários que morriam, o nada, a vida eterna. Na perna direita um pedacinho de barro seco estava grudado nos pelos.

"De onde será isso?", pensou o funcionário. "É preguiça de limpar-se."

— Bem. Quer dizer que é o nada — disse o homem com ar pensativo.

— O nada — como um eco, sem abrir os olhos, respondeu o diabo.

— Ou a vida eterna.

— Ou a vida eterna.

O falecido pensou muito. Na casa já celebravam até um réquiem, e ele pensando. E aqueles que viam seu rosto, tão rígido e sério no travesseiro, de nenhum modo imaginavam os sonhos estranhos que flutuavam sob o crânio gelado. E também não viam o diabo. O último incenso fumegava dissolvendo-se, e havia um cheiro de velas de cera apagadas e de alguma coisa mais.

— A vida eterna — repetiu o diabo pensativo, e sem abrir os olhos. — Explique-lhe melhor o que significa a vida eterna. Você, pelo jeito, explica mal. E talvez ele, um idiota, algum dia entenda...

— Isso é comigo? — perguntou o funcionário esperançoso.

— É assim em geral. Meu negócio é pequeno, mas verá que serve para tudo isso...

O diabo sacudiu a cabeça tristemente. O funcionário, em sinal de simpatia, também moveu a cabeça e disse:

— O senhor, pelo visto, não está satisfeito; e se eu, por meu lado...

— Peço-lhe que não se meta em minha vida pessoal! — irritou-se o diabo. — Afinal, diga por favor, qual de nós é o diabo: o senhor ou eu? Estão lhe perguntando, então responda: a vida ou a morte?

E de novo o funcionário ficou pensando. Não sabia de jeito nenhum o que decidir. Talvez porque seu cérebro apodrecesse a cada segundo, ou por causa de sua fragilidade natural, mas o fato é que ele começou a inclinar-se para o lado da vida eterna. "O que é o sofrimento?", pensava ele. "Acaso não foi um sofrimento toda a minha vida, e apesar disso era bom viver. Não é

O repouso

que os sofrimentos sejam terríveis; o terrível é que, talvez, o coração não possa suportá-los. O coração não os suporta e daí pede repouso, repouso, repouso..."

Nessa hora já o levavam para o cemitério. E, uma vez perto do Departamento que ele dirigira, celebraram um réquiem. Chovia, e todos se abrigavam debaixo de guarda-chuvas. A água escorria dos guarda-chuvas e regava o pavimento. O pavimento reluzia, e pelas poças uma ondulação se eriçava em silêncio — era o vento na chuva.

"Mas o coração não suporta nem a alegria", pensava o funcionário, já se inclinando para o lado do nada. "Ele se cansa da alegria e pede repouso, repouso, repouso. Sou o único a ter um coração assim tão acanhado? Ou isso está destinado a todos e só eu me cansei? Ah, como estou cansado." E lembrou-se de um fato recente. Isso foi um pouco antes da doença. Reuniram-se em sua casa algumas visitas. Era tudo decoroso, alegre e amigável. Riram muito, sobretudo ele, que uma vez riu até às lágrimas. Mas ele não teve tempo para pensar consigo mesmo: "Como sou feliz!", pois de repente foi arrastado para a solidão. Não para o gabinete, nem para o dormitório, mas para o lugar mais solitário — escondeu-se num lugar para o qual as pessoas só vão por necessidade. Escondeu-se como um menino que foge do castigo. E permaneceu no lugar solitário por alguns minutos, quase sem respirar de cansaço, entregando-se de corpo e alma à morte, tratando com ela num silêncio tão sombrio como só é possível na sepultura.

— Mas é preciso apressar-se! — disse o diabo com ar sombrio. — É rápido o fim.

Melhor seria se ele não tivesse dito essa palavra: fim. O funcionário havia se entregado totalmente à morte, mas diante dessa palavra a vida despertou e começou a gritar, exigindo uma prorrogação. E então tudo ficou incompreensível, tão difícil de resolver, que o funcionário confiou no destino.

— Posso assinar com os olhos fechados? — perguntou, temeroso, ao diabo.

O diabo olhou de soslaio para ele, balançou a cabeça e disse:

— Que besteira.

Mas isso devia ser porque perder tempo o aborrecia. O diabo pensou, deu um breve suspiro e novamente estendeu diante do funcionário o papel enrugado, mais parecido com um lenço de nariz do que com um documento tão importante. O funcionário pegou a pena, sacudiu a tinta uma vez e outra, fechou os olhos, encontrou com o dedo o lugar e... Mas no último momento, quando já fazia uma rubrica, não suportou e deu uma espiada com um só olho. E gritou largando a pena:

— Ah, o que foi que eu fiz!?

O diabo respondeu-lhe como um eco:

— Ah!

As paredes e o teto gargalharam e começaram a se aproximar gemendo. O diabo saiu gargalhando. E quanto mais distante ele ia, mais ampla tornava-se a sua gargalhada, que perdia a clareza e retumbava assustadoramente.

E nessa hora já enterravam o funcionário. Torrões de terra molhados e grudentos desabavam sobre a tampa. E parecia que o caixão estava absolutamente vazio e que nele não havia ninguém, nem mesmo o defunto, tão amplos e ruidosos eram os sons.

Tradução de Nivaldo dos Santos

O RETORNO

... Depois falamos sobre os sonhos, nos quais há tantos prodígios; e eis o que me contou Serguei Serguéitch quando todos saíram e nós ficamos sozinhos na sala grande e sombria.

Até agora não sei o que foi aquilo. Claro, foi um sonho. É isso que diz o senso prático da vida. Porém, foi e não foi, pois era parecido tanto com a realidade quanto com um delírio e suas visões enganosas. Mas de uma coisa eu sei: na cama eu não estava, andava pela cela quando aquilo me apareceu, e meus olhos, ao que parece, estavam abertos. Em todo caso, nas minhas recordações do passado este sonho... ou acontecimento?... ocupa um lugar tão sólido quanto tudo o que ocorria na realidade. Talvez, até mais concreto.

Isso aconteceu ao crepúsculo. Eu já estava há três anos na Casa de Detenção Provisória de Petersburgo,[1] na solitária, por razões políticas. Não sabia nada sobre os camaradas e seus destinos, e pouco a pouco ia mergulhando naquela tristeza fria e torpe em que a vida para e perde-se a conta dos dias. Lia pouco, ficava a maior parte do tempo andando pela cela de cinco *archins*,[2] caminhando lentamente para que a cabeça não começasse a ro-

---

[1] Famosa casa de detenção russa construída em 1875. Lênin ficou detido na cela nº 93 entre 1895 e 1897. (N. do T.)

[2] *Archin*: medida russa equivalente a 71 cm. (N. do T.)

dar e pensando de um modo vago — tudo girava por conta própria num mesmo rolo de imagens que desapareciam, acontecimentos há muito passados, rostos distantes já meio esquecidos. Mas de um rosto eu me lembrava com clareza, apesar de parecer o mais distante e inacessível de todos: o de minha noiva lá fora, Maria Nikoláievna, uma jovem muito bonita; por sorte, ela conseguira safar-se da prisão, mas sobre seu destino posterior eu nada sabia; supunha que estava viva, mas era só isso.

E nesses crepúsculos precoces do outono petersburguense eu pensava em Maria Nikoláievna. Caminhava devagar pelo chão de asfalto, para a frente e para trás, pensando nela. Havia um silêncio de cárcere, escurecia; as paredes cinzentas davam voltas de forma lenta e regular, até que começou a parecer que eu estava perfeitamente imóvel. Era isso: a cela girando sem ruído ao meu redor, e de repente — eu me encontrava em Moscou. Continuei a andar com aqueles mesmos passos pela Tverskaia, para cima, para os bulevares. Era de tarde, no inverno; a rua estava clara, cheia de gente e muito agitada por causa do movimento dos trenós dos cocheiros. Olhei para o relógio e já passava das três horas — mas "em São Petersburgo escurece mais cedo", pensei, e de repente comecei a inquietar-me. Tinha ido a Moscou com Maria Nikoláievna para tratar de negócios do Partido, estávamos hospedados sob o disfarce de marido e mulher no velho Hotel Loskútnaia,[3] e agora ela estava sozinha no quarto. É verdade que eu dissera a ela que ficasse trancada e não deixasse ninguém entrar... mas quem sabe? Alguém podia vir, alguém podia chamá-la, alguém podia atraí-la para uma armadilha; era preciso voltar já!

Aluguei uma carruagem até o Loskútnaia. Passei correndo

---

[3] Adjetivo derivado de *loskútnia*, "farrapos". (N. do T.)

O retorno

pela escada e pelos dois corredores e com alívio parei junto ao nosso quarto: a chave não estava no gancho, e isso queria dizer que Maria Nikoláievna estava no quarto. Bati na porta como combinado e aguardei... silêncio; bati mais forte, puxei a maçaneta, no entanto... nada; ou ela saiu, ou algo lhe aconteceu. Por sorte, vinha Vassíli, o empregado do hotel. Fui até ele:

— Vassíli, você não sabe se minha mulher saiu ou está no quarto? Alguém esteve com ela?

Vassíli não compreendeu de imediato, havia muita gente nos quartos. Afinal, lembrou-se:

— Ora, claro, claro, Serguei Serguéitch, sua senhora saiu, eu mesmo vi quando saiu do quarto, e colocaram a chave no bolso.

— Sozinha?

— Não, com um conhecido dos senhores, um tipo bem alto, de gorro preto de pele de carneiro.

Vassíli não podia descrever de forma mais detalhada o senhor desconhecido, pois não o havia examinado direito.

— E ela não deixou algum recado?

— Não, Serguei Serguéitch, nada.

— Não pode ser, você esqueceu, Vassíli!

— Claro que não, Serguei Serguéitch, não deixaram nada. Mas é preciso perguntar ao porteiro, talvez tenham dito a ele.

Fui até o porteiro e Vassíli foi comigo. Ele percebeu que eu estava aflito: não podia ser nenhum conhecido nosso em Moscou, e um senhor alto, de gorro preto de pele de carneiro, inspirou-me um medo terrível. Mas Maria Nikoláievna não transmitira nada ao porteiro. Tudo me pareceu muito mal.

— E para que lado eles foram? — tentei averiguar junto ao porteiro, definitivamente sem saber o que fazer e onde procurar.

— Espere um pouco, Serguei Serguéitch, ora essa, esqueci! E eu mesmo aluguei uma carruagem para eles, ora essa!

476   Leonid Andrêiev

— Para onde?

— Para onde não sei, eu apenas chamei um cocheiro; veja, lá está ele, quer dizer que já voltou. É ele mesmo, eu me lembro. Nesse momento nós já tínhamos saído para a rua e estávamos perto da entrada principal. O porteiro chamou o cocheiro e este contou que realmente transportara apenas duas pessoas, uma dama e um cavalheiro, e tivera de ir longe. O cocheiro não conhecia a rua em que deixara os passageiros, pois raramente ia para aqueles lados, e tinha ido seguindo instruções. Como podia ser?

— Mas talvez você a encontre, essa tal rua, de memória? — perguntou o porteiro, que desejava me ajudar. — Você não está indo pela primeira vez!

O cocheiro pensou e concordou:

— Encontrar eu encontro, mas o cavalo está cansado. Não sei se devo ir.

Mas consegui convencer o cocheiro, prometi pagar-lhe bem e nós partimos; lembro-me ainda que o porteiro me empurrou uma manta, oferecendo um assento, e que gritou lá de trás:

— Boa sorte, Serguei Serguéitch!...

E o primeiro momento da viagem foi bem feliz: a pista foi encontrada — isso era o principal, o resto era questão de tempo, meia hora ou, na pior das hipóteses, uma hora. Nas ruas tudo estava alegre. Os lampiões ainda não tinham começado a brilhar, mas nas lojas e mercearias, por toda parte, o fogo já estava aceso; havia barulho e muita gente; era preciso esperar nos cruzamentos, e o cavalo de trás, com a respiração ofegante, quase deitava o focinho no próprio ombro. Por causa da alegre agitação, lembrava o crepúsculo da Véspera de Natal; e então pareceu-me que — como eu podia esquecer? — na praça Teatrálnaia, no meio da neve, delineava-se uma floresta inteira de pinheiros jovens, de um verde denso, cheirosos, em nada parecidos com pinheiros cor-

O retorno

tados. Ali perto passeavam algumas figuras sombrias em peliças curtas e cafetãs, e delas também emanava um aroma de lonjuras campestres, não urbanas.

Assim nós passamos ainda por duas ou três ruas alegres e barulhentas; os lampiões acenderam-se por fim e tudo começou a tomar um aspecto festivo, delicado e feliz como na infância; mas as ruas iam se esticando, algumas atingiam um comprimento inacreditável — e eis que nos achamos em uma parte de Moscou que eu absolutamente não conhecia. Ainda no início o cocheiro nomeou alguma coisa, algumas ruas, com palavras que soavam de um modo insólito e estranho, porém mais adiante, nas vielas, calou-se: principiava alguma coisa misteriosa também para ele. De um modo geral, é desagradável andar por uma cidade que você não conhece: então, essas passagens intrincadas e estranhas entre as casas perdem o planejamento e o significado das ruas. Vem um sentimento de insegurança quanto ao rumo que se toma e, junto com ele, o vago indício de um certo desespero — e quando Moscou, que eu pensava conhecer bem, revelou-se uma cidade tão misteriosa, tudo ficou muito desagradável e até mesmo sinistro. Dos buracos escuros das vielas sem nome nas quais mergulháramos soprava um ar de perigo, de traição, de emboscada.

Lembrei-me com toda força de Maria Nikoláievna e daquele desconhecido num gorro de pele de carneiro. Quis correr, disparar a galope, mas o cocheiro se arrastava com a mesma lentidão cansada, virava, dava voltas, calado e inseguro, sacudindo as rédeas. Suas costas imóveis atraíram meu olhar, e já começava a parecer-me que durante toda a vida eu tinha visto apenas aquelas costas, reconhecendo-as com um saber prévio e definitivo, como algo eterno, predestinado e sempre o mesmo. Todos os lampiões ficaram mais claros, tudo parecia menor do que as mercearias e as janelas iluminadas das casas: era como se já fosse noite e todos dormissem. O cocheiro parou em uma curva.

— Que há? O cavalo não anda, por que você parou? — perguntei, inquieto.

O cocheiro permanecia calado. E de repente, de um modo brusco, quase me lançado para fora, deu a volta com o trenó.

— Está perdido?

Ele ficou calado um instante e respondeu de má vontade:

— Nós já estivemos aqui. Não está reconhecendo?

Olhei ao redor. E, de fato, reconheci: precisamente essa combinação de um lampião, uma calçada com um monte de neve num canto e uma casa escura de alvenaria de dois andares: sim, nós já estivemos aqui! E então começou o mais insuportável: tínhamos ficado um tempo infinitamente longo dando voltas por ruas e vielas onde já tínhamos estado, e para onde quer que nos virássemos, não conseguíamos sair do lugar em que estávamos — possivelmente nem uma vez sequer. Cruzamos uma rua larga, com lojas iluminadas e gente — eu também a reconheci; um pouco mais tarde nós a atravessamos de novo, e o mesmo guarda estava no cruzamento.

— Pergunte a alguém!... — eu disse, hesitante.

— Mas perguntar o quê? — tornou o cocheiro com ar sombrio, depois de um silêncio. — Estamos indo, mas para onde nós mesmos não sabemos.

— Você mesmo disse...

— Pois é, eu disse.

— Faça um esforço, meu caro!... Para mim, isto é muito, muito importante.

O cocheiro ficou calado. E quando já tínhamos percorrido metade da travessa, retrucou de má vontade:

— Estou me esforçando. Que é que eu posso fazer?

O retorno

Finalmente, de algum modo, saímos do círculo, pois essa viela com uma cerca comprida eu ainda não tinha visto; e o cocheiro, mais confiante, puxou as rédeas e até disse de forma sucinta, sem olhar ao redor:

— É por aqui mesmo.

— Está perto?

— Não sei. Não, ainda não está perto.

E aqui começou para mim um novo pavor: o pavor da escuridão quase total e das cercas infinitas, de alguns velhos jardins, dos ramos pendentes das árvores enormes no meio do caminho, de alguns terrenos baldios, de algumas casas sinistras e sombrias, sem uma única luzinha, parecendo inabitadas. Como Maria Nikoláievna podia ter vindo parar aqui? E o que podiam fazer com ela nesse lugar? Sem dúvida, uma armadilha; sem dúvida, qualquer traição terrível e brutal. Quem é o tal sujeito alto que a levou?... Em Moscou nós não temos e nem devemos ter conhecidos.

Mas as cercas todas se prolongavam e não tinham fim; e eu já não entendia nada: essas cercas eram novas ou aqui estávamos entrando de novo num círculo sem saída e não nos aproximávamos de lugar nenhum? Talvez estivéssemos retornando. Tudo parecia conhecido e desconhecido, e meu coração começava a bater mais forte, surda e espaçadamente, quando o cocheiro disse de repente:

— Agora...

— Onde?

— Veja, aquela cerca. Ali tem um portão.

Sim. Ali estava a cerca. E ali o portão da cerca: estava escuro, mas via-se o portão. Paramos. Enrolado na manta, saltei rapidamente, escalei o monte de neve e me aproximei do portão. Estava trancado, não havia nenhum vestígio de campainha, nem mesmo uma maçaneta que se pudesse agarrar e puxar. Por cima da cerca inclinavam-se árvores antigas e espessas, cobertas de neve, silenciosamente. Surgia um enigma terrível e definitivo: que necessidade funesta teria trazido Maria Nikoláievna para cá? Por causa dos pressentimentos dolorosos de aflição e desgraça, minha respiração estava presa, as pernas debilitadas e trêmulas, ceifadas na altura dos joelhos.

Bati no portão com cuidado: nenhuma resposta. Bati mais forte: nenhuma resposta. Só o mesmo silêncio e os ramos surdos que serpeavam, pintados rigorosamente de branco de um só lado. Na cerca havia uma fenda; espiei: parecia um caminho desentulhado, e lá atrás, no fundo, uma casa escondida, sombria e assustadora, sem uma única luzinha. Mas dentro havia pessoas, alguma coisa estava acontecendo — eu sentia isso, eu sabia; era por demais evidente o aspecto de traição daquela casa escondida e assustadora, com janelas pretensamente escuras!

E já nada receando, comecei a esmurrar o portão com toda força. Gritei: "Abram!". Os murros separados fundiam-se num ruído seco e denso; a rua inteira, com todas as suas cercas desertas, respondia a esse ruído; eu mesmo me afogava nele e já nem ouvia meu próprio grito. Minhas mãos doíam, mas eu batia ainda mais furioso; o portão, a cerca e a rua inteira ressoavam como uma ponte de madeira, pela qual passasse a galope um comboio de bombeiros — e aí cruzou rapidamente uma luz amarelada, atravessou a fenda, deslizou pelos ramos, agitou-se de forma irregular. Vinham com um lampião!

Parei de bater. A luz estava bem mais perto. Já se ouviam passos e vozes baixas: estavam se aproximando! O coração palpitava de pavor e ansiedade: havia algo assustador naquelas vozes baixas, na luz trêmula e irregular. Pararam atrás do portão, demorando inexplicavelmente; mas então repicaram chaves, um molho inteiro, e um ferrolho ressoou: uma luz brilhante feriu-me os olhos, e o portão se abriu.

O portão se abriu e atrás da soleira estava... meu, meu carcereiro com uma lamparina na mão e, atrás dele, seu ajudante. Meu carcereiro! Como veio parar aqui?... De imediato não consegui analisar nem entender nada. Para onde eu tinha ido? Onde eu batia tanto agora há pouco? Minha cela estava escura; mas eles, meu carcereiro e seu ajudante, estavam vivamente iluminados; e atrás deles, um corredor também iluminado, mas ainda me parecia que eu não estava na cela, e sim naquela mesma rua, e que não era a porta da minha cela que se abrira, mas aquele portão assustador e misterioso. Parece que gritei:

— Quem são vocês?

E eles, iluminados, permaneciam do outro lado da porta, olhando admirados para mim. Então o carcereiro disse:

— Que há com o senhor, Serguei Serguéitch, por que está batendo assim? Estava lhe trazendo uma lamparina e de repente ouvi... mas que barulheira! Pegue a lamparina, logo terá água quente. Não precisa bater assim, não é bom!

Aqui está a lamparina em minha mão, e a porta que se tranca com a batida habitual: sim, é a minha cela! Sim, eu estou em minha cela e em nenhum outro lugar.

... Este foi o meu sonho ou aquilo que chamam de "sonho". Foi assim que, saindo, eu retornei; foi assim que, depois de um longo e doloroso vagar em círculos, completei o último deles e bati na porta de minha própria prisão.

Tradução de Nivaldo dos Santos

Mikhail Bulgákov

Mikhail Afanássievitch Bulgákov nasceu em Kíev, na Ucrânia, em 1891. Era o filho mais velho de uma família numerosa, profundamente religiosa e ligada à Igreja Ortodoxa Russa. Aos dezoito anos, ingressou na Faculdade de Medicina da Universidade de Kíev, onde se formaria em 1916. Ao longo da Primeira Guerra Mundial — e da subsequente Guerra Civil —, atuou como médico no *front* de batalha, tanto pela Cruz Vermelha, quanto nas fileiras do Exército Branco.

Depois de passar alguns anos no Cáucaso e de sobreviver ao tifo, Bulgákov descobriu que sua família emigrara para Paris. Mudou-se então para Moscou, onde iniciaria uma conturbada carreira como escritor. Escreveu folhetins em alguns jornais da capital e, em 1923, entrou para o Sindicato dos Escritores Russos. A despeito de uma crescente notoriedade, seus primeiros romances — entre eles *A guarda branca* (1922-24) e *Um coração de cachorro* (1925) — não foram bem recebidos pela crítica, que viam em Bulgákov um crítico da nova Rússia. No entanto, sua peça *Os dias dos Turbin*, de 1926, teve grande sucesso de público, e agradou especialmente a Stálin, que teria assistido inúmeras vezes à montagem.

No início da década seguinte, angustiado com os constantes boicotes da censura a suas peças e com as buscas por parte da polícia política, escreveu uma carta ao governo soviético pedindo liberação para emigrar. A resposta foi um famoso telefonema dado pelo próprio Stálin, que indicou Bulgákov para o cargo de diretor assistente no Teatro de Arte de Moscou. Mais tarde, trabalhou também no Teatro Bolchói, como libretista e tradutor.

Em seus últimos anos, viveu cada vez mais no ostracismo, dedicando-se quase exclusivamente à escrita daquele que seria a sua obra-prima, o romance *O mestre e Margarida*, que só seria publicado parcialmente na União Soviética em 1966, e que hoje é considerado uns dos mais importantes livros do século XX. Faleceu em Moscou, em 1940.

Os dois contos aqui presentes foram escritos na década de 1920, no início da atividade literária de Bulgákov, e publicados na revista *Nakanúnie* [Às Vésperas], de Berlim. "A coroa vermelha" (1922) possui um fundo autobiográfico, e relaciona-se com o período em que o autor, tendo perdido contato com a família, imaginava que seu irmão morrera durante a Guerra Civil. O conto "Cenas de Moscou" (1923) apresenta uma narrativa característica do estilo satírico de Bulgákov, ao retratar a Rússia dos anos pós-revolução.

A COROA VERMELHA
(*Historia morbi*)

Mais do que tudo, odeio o sol, as vozes barulhentas das pessoas e as batidas. Batidas frequentes, frequentes. Tenho tanto medo das pessoas que, se à noite ouvir passos estranhos e murmúrios no corredor, começo a gritar. Por isso tenho um quarto especial, tranquilo e melhor que o dos outros, bem no final do corredor, n° 27. Ninguém tem permissão para vir até mim. Mas, a fim de me proteger melhor, supliquei a Ivan Vassílievitch (chorei diante dele) para que me desse um certificado datilografado. Ele concordou e escreveu que eu me encontrava sob sua proteção e que ninguém tinha o direito de me prender. Mas, para dizer a verdade, eu não acreditava muito na força da sua assinatura. Então ele obrigou também um professor a assinar e anexou ao papel um selo azul redondo. Aí era outra coisa. Sei de muitos casos em que pessoas permaneceram vivas graças tão somente ao fato de ter sido encontrado em seu bolso um papel com selo redondo. É verdade que em Berdiansk aquele operário com a face suja de fuligem foi enforcado num poste de luz justamente depois que encontraram em sua bota um papel amarrotado com um selo. Mas aquilo era bem diferente. Ele era um criminoso bolchevique, e o selo azul era um selo incriminador. Isto o levou ao poste de luz, e o poste de luz foi a causa da minha doença (não tenha medo, sei perfeitamente que estou doente).

Na realidade, aconteceu algo comigo antes mesmo do sucedido com Kólia. Eu saí para não ver como se enforcava um homem, mas o medo saiu junto comigo nas pernas trêmulas. Na ocasião eu não pude fazer nada, é claro, mas agora diria com facilidade:

— Senhor General, o senhor é uma besta! Não ouse enforcar pessoas!

Por aí o senhor já pode ver que não sou covarde, e que comecei a falar sobre o selo não por medo da morte. Oh, não, não tenho medo dela. Eu mesmo me matarei, e isto será logo, porque Kólia me levará ao desespero. Mas eu mesmo me matarei para não ver nem ouvir Kólia. A ideia de que virão outras pessoas... É abominável.

Por dias inteiros, sem interrupção, fico deitado no canapé, olhando pela janela. Acima do nosso jardim verde há um grande vazio, e mais além um trambolhão amarelo de sete andares voltado para mim com uma parede inteiriça sem janelas, e bem debaixo do telhado um imenso quadrado enferrujado. Uma placa. "Laboratório Odontotécnico". Em letras brancas. No início eu a odiava. Depois me acostumei, e se a tirassem talvez eu me aborrecesse. Ela fica à vista o dia inteiro, concentro nela minha atenção e reflito sobre muitas coisas importantes. Mas aí chega a noite. O topo do prédio escurece, escapam dos olhos as letras brancas. Fico taciturno, dissolvo-me num poço lúgubre, tal como se dissolvem meus pensamentos. O crepúsculo é a hora mais importante e terrível do dia. Tudo se apaga, tudo se mistura. Um gato arruivado começa a vagar com passinhos suaves pelos corredores e, às vezes, eu grito. Mas não me permito acender a luz, porque se a lâmpada for acesa eu vou soluçar a noite toda, torcendo os braços. É melhor esperar humildemente por aquele minuto em que, na escuridão jorrante, se acenderá o último e mais importante quadro.

A velha mãe me disse:

— Não viverei por muito tempo. Eu estou vendo, é uma loucura. Você é o mais velho e sei que o ama. Traga Kólia de volta. Traga-o. Você é o mais velho.

Fiquei calado.

Então ela colocou em suas palavras toda a dor e sofreguidão.

— Encontre-o! Você está fingindo que isso é absolutamente necessário. Mas eu conheço você. Você é inteligente e há muito já entendeu que tudo isso é loucura. Traga-o para mim por um dia. Um. Eu o deixarei partir novamente.

Ela mentia. Será que o deixaria partir outra vez?

Fiquei calado.

— Eu só quero beijar seus olhos. Pois o matarão de qualquer maneira. Não é uma desgraça? Ele é meu menino. A quem mais posso pedir? Você é o mais velho. Traga-o.

Eu não resisti e disse, escondendo os olhos:

— Está bem.

Mas ela me agarrou pela manga e virou-me para olhar no meu rosto.

— Não, você vai jurar que o trará vivo.

Como é possível fazer tal juramento?

Mas eu, um homem louco, jurei:

— Juro.

A mãe é medrosa. Com esse pensamento eu saí. Mas vi em Berdiansk um poste de luz inclinado. Senhor General, concordo que não sou menos culpado que o senhor, sou terrivelmente responsável pelo homem sujo de fuligem, mas meu irmão não tem nada com isso. Ele tem dezenove anos.

A coroa vermelha

Depois de Berdiansk eu cumpri firmemente o juramento e encontrei-o a vinte verstas,[1] perto de um riacho. O dia estava extraordinariamente brilhante. No caminho para a aldeia, de onde se propagava um cheiro de queimado, em remoinhos turbulentos de poeira branca, um regimento de cavalaria marchava. Ele ia na primeira fileira, se contada a partir da última, com a viseira enterrada até os olhos. Lembro-me de tudo: a espora direita estava abaixada até o salto. A correia do quepe estava esticada pela face e sob o queixo.

— Kólia! Kólia! — gritei e corri até uma vala à beira do caminho. Ele estremeceu. Na fileira os soldados carrancudos e suados voltaram as cabeças.

— Ah, irmão! — gritou ele em resposta. Ele, não sei por que razão, nunca me chamava pelo nome, mas sempre de irmão. Eu era dez anos mais velho. E ele sempre ouvia atentamente minhas palavras. — Pare. Pare aí — continuou ele —, perto do bosquezinho. Já nos aproximaremos. Não posso deixar o esquadrão.

Junto à borda do bosque, à margem do esquadrão que apeara, nós fumamos com avidez. Eu estava tranquilo e firme. É tudo loucura. A mãe estava absolutamente certa.

E murmurei-lhe:

— Assim que vocês voltarem da aldeia, você vem comigo para a cidade. E daqui sem demora e para sempre.

— O que é isso, irmão?

— Cale-se — disse eu. — Cale-se. Eu sei.

O esquadrão montou. Agitaram-se e foram a trote para os remoinhos negros. E ao longe começaram a ressoar batidas. Batidas frequentes, frequentes.

---

[1] Versta: medida russa equivalente a 1,067 metros. (N. do T.)

O que pode acontecer em uma hora? Vão retornar logo. E pus-me a esperar perto de uma barraca com uma cruz vermelha.

Depois de uma hora eu o vi. Ele voltava do mesmo modo, a trote. Mas o esquadrão não. Apenas dois cavaleiros com lanças galopavam de ambos os lados, e um deles — o da direita — inclinava-se a cada instante para o meu irmão, como se lhe cochichasse algo. De olhos meio cerrados por causa do sol, olhei para uma estranha máscara. Tinha ido de quepe acinzentado e voltou com um vermelho. E o dia terminou. Surgiu um escudo preto, e nele um adorno de cabeça colorido. Não tinha cabelos, não tinha testa. Em lugar disso, só uma coroinha vermelha com tufinhos serrilhados e amarelos.

O cavaleiro — meu irmão, de coroa vermelha desgrenhada — estava sentado imóvel num cavalo suado, e não fosse o homem à sua direita apoiando-o com cuidado, podia ser que eu pensasse: ele está indo a um desfile.

O cavaleiro estava altivo na sela, mas cego e mudo. Duas manchas vermelhas escorriam no lugar onde uma hora atrás brilhavam olhos claros...

O homem à sua esquerda apeou, agarrou as rédeas com a mão esquerda e com a direita puxou Kólia pelo braço, que cambaleou.

E uma voz disse:

— Ah, o nosso voluntário... por um estilhaço. Enfermeiro, chame o médico...

O outro exclamou e disse:

— Tsc... Como assim, irmão, um médico? Aqui é melhor um pope.[2]

---

[2] Sacerdote da Igreja russa. (N. do T.)

A coroa vermelha

Então o véu preto ficou mais espesso e cobriu tudo, até o adorno da cabeça...

Estou acostumado a tudo. Ao nosso edifício branco, ao crepúsculo, ao gato arruivado que se esfrega na porta, mas às vindas dele não posso me acostumar. Na primeira vez, mais embaixo, no nº 63, ele saiu da parede. De coroa vermelha. Nisso não havia nada de terrível. Eu o vejo assim em sonhos. Mas sei muito bem: uma vez de coroa, significa que está morto. E daí ele falava, movia os lábios com sangue que coagulava. Ele descolou-os, juntou as pernas, levou a mão à coroa e disse:

— Irmão, não posso deixar o esquadrão.

E desde então é sempre, sempre a mesma coisa. Vem de camisa militar, com correias cruzando o ombro, com um sabre curvo e esporas silenciosas, e diz a mesma coisa. Uma continência. Depois:

— Irmão, não posso deixar o esquadrão.

O que ele fez comigo na primeira vez! Ele assustou toda a clínica. O negócio até fechou. Eu reflito sensatamente: uma vez de coroinha, está morto; e se o morto vem e fala, quer dizer que fiquei louco.

Sim. Eis aí o crepúsculo. A hora mais importante da expiação. Mas houve uma vez em que adormeci e vi uma sala com mobília antiga de veludo vermelho. Uma poltrona confortável com uma perna rachada. Numa moldura preta empoeirada, um retrato na parede. Flores nos suportes. Um piano fechado e nele a partitura de *Fausto*. Ele estava na porta, e uma alegria violenta inflamou meu coração. Ele não estava de cavaleiro. Ele estava como antes daqueles dias malditos. Numa jaqueta preta, com o cotovelo sujo de giz. Os olhos vivos riam com malícia, e um tufo de cabelo pendia na testa. Ele saudou com a cabeça:

— Irmão, venha até meu quarto. Vou lhe mostrar uma coisa!...

Na sala estava claro por causa do raio que se estendia dos olhos, e o peso do remorso abrandava-se em mim. Nunca houve um dia funesto em que eu o mandasse embora dizendo: "Vá". Não houve batida na madeira nem defumação. Ele nunca ia embora e nem estava de cavaleiro. Ele tocava piano, ressoavam as teclas brancas, um feixe dourado salpicava tudo, a voz era viva, e ria.

Depois despertei. E não havia nada daquilo. Nem luz, nem olhos. Nunca mais tive um sonho assim. Em compensação, naquela mesma noite, para reforçar meu suplício infernal, o cavaleiro veio mesmo assim, pisando silenciosamente, com apetrechos de batalha e tudo, e falou do jeito que decidira falar-me eternamente.

Eu decidi pôr um fim. Disse-lhe com força:

— O que há, meu eterno verdugo? Para que é que vem? Eu confesso tudo. Tomo para mim a culpa por tê-lo mandado para um negócio mortal. O fardo daquele que foi enforcado também coloco sobre mim. Dessa vez eu digo, me perdoe e me deixe.

Senhor General, ele ficou calado e não saiu.

Então me enfureci por causa do suplício e com toda minha vontade desejei que, ao menos uma vez, ele viesse ao senhor e levasse a mão à coroa. Asseguro-lhe que o senhor estaria arruinado como eu. Num piscar de olhos. Aliás, pode ser que o senhor não esteja sozinho nas horas da noite, não é? Quem sabe não vem ao senhor aquele sujo de fuligem, do poste de luz em Berdiansk?

A coroa vermelha

Se assim for, nosso sofrimento é justo. Para ajudar o senhor a enforcar enviei Kólia, e o senhor enforcou mesmo. De acordo com uma ordem verbal sem número.

E assim, ele não saiu. Então eu o espantei aos gritos. Todos levantaram. Veio a enfermeira, acordaram Ivan Vassílievitch. Não queria começar mais um dia, mas não deixaram que eu me matasse. Amarraram minhas mãos com uma correia, arrancaram delas o vidro, enfaixaram. Desde então estou no nº 27. Depois da medicação, comecei a adormecer e ouvi a enfermeira dizer no corredor:

— Desenganado.

Isto é verdade. Não tenho esperança. Ao crepúsculo, numa tristeza ardente, espero em vão um sonho — o velho quarto conhecido e a luz tranquila dos olhos radiantes. Não há nada disso, e nunca haverá.

O peso não se abranda. E à noite espero humildemente que venha o cavaleiro conhecido de olhos cegos e me diga com voz rouca:

— Não posso deixar o esquadrão.

Sim, estou desenganado. Ele me levará à morte.

Tradução de Nivaldo dos Santos

Cenas de Moscou
(nas posições de vanguarda)

— Bem, senhores, por favor — disse amavelmente o anfitrião e com um gesto majestoso indicou a mesa.

Sem nos fazermos de rogados, sentamos e desdobramos os guardanapos engomados que estavam colocados de pé.

Éramos quatro: o anfitrião, ex-advogado; seu primo, também ex-advogado; uma prima, ex-viúva de um conselheiro efetivo de Estado, mais tarde funcionária do Sovnarkhoz[1] e hoje simplesmente Zinaída Ivánovna; e um visitante, eu, ex-... bom, tanto faz... hoje um homem com ocupações, por assim dizer, indefinidas.

O sol de primeiro de abril bateu na janela e cintilou nos cálices.

— Aí está a primavera, graças a Deus, estávamos fartos desse inverno — disse o anfitrião e pegou ternamente uma garrafinha pelo gargalo.

— Nem me fale! — exclamei e, depois de tirar de uma caixinha uma anchova, num instante despelei-a. Em seguida passei manteiga num pedaço de pão, cobri-o com a carne de anchova desfiada e, depois de sorrir gentilmente para o lado de Zinaída Ivánovna, acrescentei: — À sua saúde!

Em seguida tomamos um gole.

---

[1] Abreviação de Soviet Naródnogo Khoziáistva (Conselho de Economia Popular). (N. do T.)

— Será que... ahan... diluí demais? — perguntou de modo solícito o anfitrião.

— Na medida — respondi, tomando fôlego.

— Parece um pouquinho diluído demais, sim — opinou Zinaída Ivánovna.

Os homens começaram a protestar em coro, e nós bebemos pela segunda vez. A copeira trouxe uma tigela com sopa.

Depois do segundo cálice um calor divino derramou-se dentro de mim, e a quietude tomou-me em seus braços. Logo tomei afeição pelo anfitrião e por seu primo e achei que Zinaída Ivánovna, apesar de seus 38 anos, ainda era muito, muito bem-apessoada, e a barba de Karl Marx, que estava colocada bem diante de mim e ao lado de um mapa das estradas de ferro na parede, de modo algum era assim tão colossal como se costuma pensar. A história do aparecimento de Karl Marx no apartamento do advogado, que o odiava com toda a alma, foi assim. Meu anfitrião é uma das pessoas mais perspicazes de Moscou, se não a mais perspicaz. Ele foi talvez um dos primeiros a sentir que o que estava ocorrendo era uma coisa séria e duradoura, e por isso entrincheirou-se em seu apartamento não de qualquer jeito, de um modo rústico, mas sim bem aprumado. Em primeiro lugar ele chamou Terênti, e Terênti emporcalhou seu apartamento, depois de erguer na sala de jantar algo assim como um caixão de barro. Esse mesmo Terênti fez em todas as paredes buracos enormes, através dos quais introduziu grossos tubos negros. Depois disso o anfitrião, admirado com o trabalho de Terênti, disse:

— Podem não ligar a calefação, os bandidos — e foi para a Pliuschikha.[2] Da Pliuschikha ele trouxe Zinaída Ivánovna e ins-

---

[2] Rua de Moscou localizada no distrito de Khamóvniki. (N. do T.)

talou-a num antigo quarto, um cômodo ensolarado. O primo veio de Minsk três dias depois. De bom grado e rapidamente ele abrigou o primo na antiga antessala (à direita do vestíbulo) e colocou-lhe um fogãozinho preto. Em seguida meteu quinze *pudes*[3] de farinha na biblioteca (diretamente pelo corredor), trancou a porta à chave, pendurou na porta um tapete, apoiou contra o tapete uma estante e nela pôs garrafas vazias e alguns jornais velhos; então a biblioteca como que desapareceu — nem o próprio diabo encontraria a entrada dela. Desse modo, dos seis cômodos restaram três. Ele se instalou em um deles, com um atestado de que tinha um problema no coração, e tirou as portas entre os dois cômodos restantes (a sala de visitas e o gabinete) transformando-os num estranho alojamento duplo.

Não era um cômodo, porque eram dois, mas viver neles como se fossem dois era impossível, tanto mais que no primeiro (na sala de visitas), bem abaixo da estátua de uma mulher nua e ao lado do piano, ele colocou uma cama e, chamando Sacha da cozinha, disse:

— Vão aparecer por aqui aqueles tais. Daí você diz que dorme aqui.

Sacha sorriu com ar conspiratório e respondeu:

— Está bem, patrão.

A porta do gabinete foi coberta com mandatos, pelos quais ficava claro que a ele, um jurisconsulto da instituição tal, correspondia uma "área complementar". Na área complementar, com duas prateleiras de livros, uma velha bicicleta sem pneus, umas cadeiras com pregos e três cornijas ele armou umas barricadas tais que até eu, perfeitamente familiarizado com seu apartamen-

---

[3] *Pud*: unidade de peso russa equivalente a 16,38 quilos. (N. do T.)

to, logo na primeira visita depois de sua adaptação para uma aparência de guerra, quebrei ambos os joelhos, a cara e os braços e rasguei meu paletó inteiro, atrás e na frente.

No piano ele pregou um atestado de que Zinaída Ivánovna era professora de música, na porta do quarto dela um atestado de que ela trabalhava no Sovnarkhoz, na porta do primo de que este era secretário. E ele mesmo começou a abrir as portas depois do terceiro toque da campainha, enquanto Sacha, nessa hora, ficava deitada na cama ao lado do piano.

Por três anos, pessoas de capotes cinzentos e casacos pretos roídos de traça e mocinhas com pastas e capas de chuva impermeáveis irromperam no apartamento, como uma infantaria sobre cercas de arame farpado, mas não conseguiram coisa nenhuma. Depois de três anos, ao retornar a Moscou, de onde eu saíra de forma imprudente, encontrei tudo no mesmo lugar. O anfitrião apenas emagrecera um pouco e lamentava que o haviam exaurido completamente.

Foi nessa época que ele comprou quatro retratos. Ele colocou Lunatchárski[4] na sala de visitas, no lugar mais visível, de modo que o Comissário do Povo podia ser visto definitivamente de todos os pontos do cômodo. Na sala de jantar ele pendurou o retrato de Marx, e no quarto da prima, acima de um magnífico armário amarelo espelhado, fixou L. Trótski com tachinhas. Trótski estava retratado de frente, de pincenê, como de costume, e com um sorriso bastante bondoso nos lábios. Mas tão logo o anfitrião pregou as quatro tachinhas na fotografia, pareceu-me que o pre-

---

[4] Anatóli Vassílievitch Lunatchárski (1875-1933), dramaturgo, crítico literário e político. Foi o Comissário do Povo para a Educação de 1919 a 1929. (N. do T.)

sidente do Revvoiensoviet[5] franzira o cenho. E assim sisudo ele permaneceu. Em seguida o anfitrião tirou Karl Liebknecht[6] de uma pasta e dirigiu-se ao quarto da prima. Esta o encontrou na soleira e, batendo nas coxas, que estavam cobertas por uma saia listrada, exclamou:

— E-era só o que faltava! Enquanto eu estiver viva, Aleksandr Pálitch, no meu quarto não vai ter nenhum Marat e nenhum Danton!

— Zin... o que é que tem a ver Marat... — começou o anfitrião, mas a enérgica mulher virou-o pelos ombros e o expulsou. O anfitrião virou pensativo a fotografia colorida nas mãos e a devolveu ao arquivo.

Em exatamente meia hora sucedeu o ataque habitual. Depois do terceiro toque e da batida nos vidros coloridos e ondulados da porta principal, o anfitrião, vestindo em vez do paletó uma túnica militar surrada, deixou entrar um trio. Dois estavam de cinza, um de preto com uma pasta parda.

— O senhor tem quartos aqui... — começou o primeiro de cinza e relanceou aturdido a antessala. O anfitrião, precavidamente, não acendeu a luz elétrica, e os espelhos, os cabides, as cadeiras caras de couro e os chifres de cervos estendiam-se na escuridão.

— Que é isso, camaradas?! — queixou-se o anfitrião e juntou as mãos com assombro. — Que quartos há aqui?! Creiam, vieram seis comissões antes dos senhores nesta semana. Não pre-

---

[5] Abreviação de Rievoliutsiónni Voiénni Soviet (Conselho Militar Revolucionário), do qual Trótski foi presidente. (N. do T.)

[6] Karl Liebknecht (1871-1919), um dos fundadores do Partido Comunista Alemão juntamente com Rosa Luxemburgo. (N. do T.)

Cenas de Moscou

cisam nem olhar! Não há nenhum quarto a mais, na verdade está faltando. Tenham a bondade de ver — o proprietário tirou do bolso um papelzinho —, a mim correspondem 16 *archins*[7] complementares, e eu tenho 13,5. Certo. Pergunto: onde é que vou arranjar mais 2,5 *archins*?

— Bem, vamos ver — disse de modo sombrio o segundo de cinza.

— P-por favor, camaradas!...

E nessa hora, diante de todos apareceu A. V. Lunatchárski. Os três olharam boquiabertos para o Comissário do Povo para a Educação.

— Quem está ali? — perguntou o primeiro de cinza, apontando para a cama.

— A camarada Aleksandra Ivánovna Iepíchina.

— Quem é ela?

— Uma operária especializada — respondeu o anfitrião, sorrindo docilmente —, trabalha de lavadeira.

— Ela não é sua criada? — perguntou o de preto, desconfiado.

Em resposta o anfitrião começou a rir convulsivamente:

— Ora, que é isso, camarada! Então eu sou algum burguês para ter uma criada?! Aqui falta comida, e o senhor: "uma criada"! Hi, hi!

— E ali? — laconicamente perguntou o de preto, apontando para um buraco no gabinete.

— É complementar, 13,5, uma espécie de escritório da minha instituição — respondeu o proprietário de modo atropelado.

O de preto avançou imediatamente para o gabinete meio es-

---

[7] *Archin*: medida russa equivalente a 71 cm. (N. do T.)

curo. Num instante, uma bacia veio abaixo com grande estrondo no gabinete, e eu ouvi o de preto cair e bater a cabeça contra a corrente da bicicleta.

— Estão vendo, camaradas — disse o anfitrião de modo lúgubre —, eu avisei. É um aperto dos diabos.

O de preto saiu da cova de lobo com o rosto desfigurado. Ambos os seus joelhos estavam cortados.

— O senhor não se machucou? — perguntou assustado o anfitrião.

— A... si... si... a... a... ma... — balbuciou algo sem nexo o de preto.

— Aqui a camarada Nastúrtsina — guiava e mostrava o anfitrião —, aqui fico eu — e o anfitrião mostrou Karl Marx de forma ostensiva. O espanto cresceu no rosto dos três. — E aqui o camarada Scherbóvski — e solenemente acenou para L. D. Trótski.

Os três assombrados olharam assombrados para o retrato.

— E ele é o quê, um membro do Partido? — perguntou o segundo de cinza.

— Ele não é do Partido — sorriu dócil e maliciosamente o anfitrião —, mas é simpatizante. Comunista de coração. Como eu mesmo. Aqui moram somente trabalhadores responsáveis, camaradas.

— Responsáveis, simpatizantes — começou a resmungar carrancudo o de preto, esfregando o joelho — e armários espelhados. Objetos de luxo.

— De lu-xo?! — queixou-se o anfitrião com ar de reproche. — Que é isso, camarada?! A roupa de baixo que está aí é a última, rasgada. Roupa de baixo, camarada, é um objeto de necessidade. — Nesse momento, o anfitrião procurou a chave no bolso, mas deteve-se imediatamente, pálido, porque lembrou que

Cenas de Moscou

499

no dia anterior metera seis porta-copos de prata entre as fronhas rasgadas.

— Roupa de baixo, camaradas, é um objeto de higiene. E nossos prezados guias — o anfitrião indicou os retratos com ambas as mãos — o tempo todo mostram ao proletariado a necessidade de manter a higiene. As moléstias epidêmicas... tifo, peste e cólera, tudo isso é porque nós, camaradas, ainda não tomamos a consciência de que a única salvação, camaradas, é manter a higiene. Nosso guia...

Então tive a nítida impressão de que uma convulsão passara pelo rosto de Trótski no retrato e que seus lábios descolaram-se, como se ele quisesse dizer algo. É provável que o anfitrião tenha achado o mesmo, porque ele se calou de repente e rapidamente mudou o assunto:

— Aqui, camaradas, fica a privada, e aqui a banheira, mas é claro, deteriorada; estão vendo, nela há uma caixa com trapos, nem chega a ser uma banheira agora; e aqui fica a cozinha, fria. Nem chega a ser cozinha agora. Cozinhamos no fogareiro. Aleksandra Ivánovna, que faz aqui na cozinha? Há uma carta para a senhora lá no seu quarto. Aí está, camaradas, é tudo! Penso em pedir mais um cômodo adicional para mim, senão, sabem, todo dia vou quebrar os joelhos — is-isto não é vantagem, sabem? A quem devo me dirigir para conseguir mais um cômodo nesta casa? Para servir de escritório.

— Vamos, Stepan — disse o primeiro de cinza, desanimado, depois de acenar com a mão, e todos os três se encaminharam para a antessala batendo as botinas.

Quando os passos silenciaram na escada, o anfitrião desabou numa cadeira.

— Aí está, aprecie — gritou ele —, é isso todo santo dia! Dou-lhe minha palavra de honra que eles vão acabar comigo!

— Bem, sabe — respondi —, não dá para saber quem vai acabar com quem.

— Hi, hi! — o anfitrião deu uma risadinha e bradou alegremente: — Sacha! Traga o samovar!...

Tal foi a história dos retratos e, em particular, de Marx. Mas volto ao conto.

... Depois da sopa nós comemos estrogonofe e bebemos copinhos de um Ai-Danil branco da Vindelpravlienie.[8] Sacha trouxe café.

E daí, no gabinete soou uma chamada telefônica entrecortada.

— É Margarita Mikhálna, decerto — sorriu prazerosamente o anfitrião e voou para o gabinete.

— Sim... sim... — ouviu-se do gabinete, mas daí a instantes um clamor: — Como?

O fone começou a coaxar surdamente, e outra vez um clamor:

— Vladímir Ivánovitch! Eu já pedi! São todos funcionários! Como assim?

— Ai, ai! — queixou-se a prima. — Será que não o encurralaram?

O fone retumbou com força e o anfitrião apareceu na porta.

— Encurralaram? — gritou a prima.

— Parabéns — respondeu o anfitrião com raiva —, encurralaram a senhora, minha cara!

---

[8] Sigla de Tsentrálnoie Pravliénie Gossudárstvienogo Vinográdarstva i Vinodiélia (Administração Central de Viticultura e Vinicultura do Estado). (N. do T.)

— Como?! — a prima levantou-se, toda salpicada de manchas. — Eles não têm o direito! Já disse que naquela época eu estava trabalhando!

— "Disse", "disse"! — arremedou o anfitrião. — Não precisava dizer, mas olhar por si mesma o que aquele *domovói*[9] miserável escrevia na lista! E a você — voltou-se para o primo — eu pedi tanto: saia, saia! Agora é tarde: ele nos anotou todos os três!

— Seu idi-ota — respondeu o primo, corando —, o que é que tenho a ver com isso? Eu disse duas vezes àquele canalha para que nos anotasse como empregados! Você mesmo é o culpado! Ele é seu conhecido. Você que pedisse!

— Ele é um porco, e não um conhecido — retumbou o proprietário —, e se diz companheiro! Covarde desgraçado. Ele só pensa em tirar de si a responsabilidade.

— Para quantos? — gritou a prima.

— Para cinco!

— E por que só eu? — perguntou a prima.

— Não se preocupe! — sarcasticamente respondeu o proprietário. — Chegará a minha vez e a dele. Pelo visto, não chegou na letra. Mas se você colocaram num de cinco, então num de quantos vão me enfiar? Bem, é isso: é inútil permanecer aqui. Vista-se, vá até o inspetor do distrito, explique que é um engano. Eu também irei... Vamos, vamos!

A prima voou do quarto.

---

[9] Figura mitológica dos povos eslavos, espírito doméstico que pode tanto proteger quanto atormentar os moradores da casa. De acordo com uma das versões desse mito, o *domovoi* poderia ser um parente falecido dos proprietários da residência. (N. do T.)

— Mas o que é isso? — alarmou-se o anfitrião, angustiado.
— Não dão descanso nem trégua. Se não é na porta, é por telefone. Dispensaram as requisições, agora é imposto. Até quando isso vai continuar? Que mais eles vão inventar?!

Ele levantou os olhos para Karl Marx, mas este permanecia imóvel e em silêncio. A expressão de seu rosto era tal como se ele quisesse dizer:

— Não tenho nada a ver com isso!

O sol de abril dourou a ponta de sua barba.

Tradução de Nivaldo dos Santos

ISAAC BÁBEL

Isaac Emanuílovitch Bábel nasceu em uma família judaica de Odessa, na Ucrânia, a 13 de julho de 1894. Frequentou a Escola Comercial de Odessa, onde estudou francês, língua em que escreveria alguns contos na adolescência (e que lhe permitiu o contato com as obras de Balzac, Victor Hugo e Maupassant). Ao mesmo tempo, obrigado pelo pai, estudava o hebraico em casa. Terminada a escola, ingressou no Instituto Comercial e Financeiro de Kíev, onde se dá sua estreia literária, com a publicação do conto "O velho Shloime" (1913). Em 1915, transfere-se para Petrogrado, mesmo sem ter visto de residente. Lá, conhece Górki, que dirigia a revista *Liétopis* [A Crônica]; nesta revista, vêm a luz os contos "Mama, Rimma e Alla" e "Eliá Isaákovitch e Margarita Prokófievna"; considerados "pornográficos", eles valeram ao autor um processo da censura tsarista.

Em 1918, Bábel colabora no jornal *Nóvaia Jizn* [Vida Nova], recém-fundado por Górki. Por sua posição crítica em relação aos bolcheviques, o periódico é encerrado poucos meses depois. Inicia-se então um período de experiências diversificadas para Bábel: trabalha como tradutor na polícia secreta, a Tcheká, e depois no Comissariado do Povo para a Educação; e toma parte em expedições do governo para requisição de alimentos no campo. Em 1920, cobre como correspondente de guerra o conflito entre a Rússia e a Polônia, acompanhando o I Exército de Cavalaria. Essa experiência está na base de *O exército de cavalaria* (1926), livro que o tornou mundialmente famoso.

A esse período de reconhecimento, seguiu-se outro de relativo silêncio, quebrado pela aparição de umas poucas obras inéditas. Sua vida pessoal passa por mudanças significativas: sua primeira esposa, Ievguenia Gronfein, e sua mãe mudam-se para a Bélgica. Posteriormente, Ievguenia radica-se em Paris, onde nasce a filha do casal, Nathalie, em 1929.

Entre 1931 e 1932 escreve vários contos inéditos, mas acaba publicando apenas alguns artigos e contos, além da peça *Maria*. Trabalha como roteirista, e em 1936 elabora o roteiro de um filme (baseado no conto "O prado de Biejin", de Turguêniev) a ser dirigido por Eisenstein, que não chega a ser concluído por causa da censura. Em 1934 casa-se uma segunda vez, com Antonina Pirojkova, e três anos depois nasce sua segunda filha, Lydia. Nessa época leva uma vida de certo conforto, frequentando alguns dos homens mais temidos do país, como os chefes da polícia secreta Iejov e Iagoda. Porém, em maio de 1939, Bábel foi preso sob a acusação de terrorismo e atividades antissoviéticas; foi interrogado, torturado e enviado a um campo de prisioneiros. Lá, é fuzilado, possivelmente no dia 27 de janeiro de 1940.

Em 1954, já no governo de Khruschóv, o escritor foi reabilitado e suas obras, proibidas na União Soviética desde sua prisão, voltaram a ser publicadas no final dessa década.

"Como se fazia em Odessa", que saiu de forma avulsa em 1923 e foi publicado no ano seguinte no livro *Contos de Odessa*, narra, com a vivacidade característica do estilo de Bábel, a trajetória de um famoso gângster local. Tendo como cenário a mesma cidade, "O despertar", publicado em 1931 na revista *Molodáia Gvárdia* [Jovem Guarda], faz parte do conjunto de histórias autobiográficas que o escritor planejava reunir em um volume intitulado *A história do meu pombal*, mas que não teve tempo de concluir.

Como se fazia em Odessa

Comecei eu.

— Reb Árie-Leib — eu disse ao velho —, vamos falar de Bénia Krik. Vamos falar de seu começo fulminante e de seu final terrível. Três sombras bloqueiam os caminhos da minha imaginação. Eis aí Fróim Gratch. Será que o aço de seus atos não resiste a uma comparação com a força do Rei? Eis aí Kólka Pakóvski. A fúria desse homem continha em si tudo que é preciso para exercer o domínio. E será que Khaím Drong não sabia distinguir o brilho de uma nova estrela? Mas por que só Bénia Krik chegou ao topo da escada de corda, enquanto todos os demais ficaram pendurados embaixo, nos degraus mais frágeis?

Reb Árie-Leib permanecia calado, sentado no muro do cemitério. Diante de nós estendia-se a tranquilidade verdejante dos túmulos. O homem sedento de resposta deve armar-se de paciência. Já ao homem dotado de conhecimento convém a altivez. Por isso Árie-Leib permanecia calado, sentado no muro do cemitério. Por fim, disse:

— Por que ele? Por que não os outros? O senhor quer saber? Pois sim. Esqueça por um momento que o senhor tem óculos no nariz e outono na alma. Pare de armar escândalos atrás de sua escrivaninha e gaguejar com as pessoas. Imagine por um instante que o senhor arma escândalos nas praças e gagueja com o papel. O senhor é um tigre, um leão, um gato. O senhor pode passar a noite com uma mulher russa e deixá-la satisfeita. O senhor tem 25 anos. Se fossem fixadas argolas no céu e na Terra, o senhor agarraria essas argolas e atrairia o céu para a Terra. E imagine que seu paizinho é o carreteiro Mendel Krik. No que pensa um paizinho assim? Em beber um bom copinho de vodca, em dar na cara de alguém, em seus cavalos e em mais nada. O senhor quer viver e ele o obriga a morrer vinte vezes por dia. O que o senhor faria no lugar de Bénia Krik? O senhor não faria nada. Mas ele fez. Por isso ele é o Rei, e o senhor fica aí xingando pelas costas.

Ele, Béntchik,[1] foi até Fróim Gratch, que então já olhava para o mundo com apenas um olho e já era o que é hoje. Ele disse a Fróim:

— Leve-me. Quero ficar do seu lado. O lado em que eu ficar será o vencedor.

Gratch perguntou-lhe:

— Quem é você, de onde vem e qual é a sua?

— Pode me testar, Fróim — respondeu Bénia —, e vamos deixar de conversa fiada.

— Vamos deixar de conversa — respondeu Gratch. — Vou testar você.

Os assaltantes reuniram o conselho para refletir sobre Bénia Krik. Eu não estava nesse conselho. Mas dizem que eles o reuniram. O mais velho era então o finado Lióvka Byk.

— O que se passa debaixo do gorro dele, desse Béntchik? — perguntou o finado Byk.

E o caolho Gratch deu sua opinião:

— Bénia fala pouco, mas fala de um jeito agradável. Ele fala pouco, mas queremos que ele diga mais alguma coisa.

---

[1] Diminutivo de Bentsión. (N. do T.)

Isaac Bábel

— Se é assim — exclamou o finado Lióvka —, então vamos testá-lo com Tartakóvski.

— Vamos testá-lo com Tartakóvski — decidiu o conselho, e todos aqueles nos quais ainda habitava a consciência ficaram corados ao ouvir essa decisão. Por que ficaram corados? O senhor vai saber, se for para onde o levarei.

Entre nós, Tartakóvski era chamado de "judeu-e-meio" ou "nove assaltos". Era chamado de "judeu-e-meio" porque nenhum outro judeu podia guardar consigo tanta insolência e dinheiro quanto Tartakóvski. Em estatura ele era maior do que o mais alto policial de Odessa e tinha mais peso do que a judia mais gorda. E foi apelidado de "nove assaltos" porque a firma "Lióvka Byk e Cia." tinha feito ao seu escritório nem oito e nem dez, mas precisamente nove assaltos. A Bénia, que então não era ainda o Rei, coube a honra de realizar o décimo assalto ao "judeu--e-meio". Quando Fróim lhe transmitiu isso, ele disse "sim" e saiu batendo a porta. Por que ele bateu a porta? O senhor vai saber, se for para onde o levarei.

Tartakóvski tinha alma de assassino, mas era dos nossos. Ele saíra de nós. Era nosso sangue. Era nossa carne, como se uma única mãe nos tivesse parido. Meia Odessa trabalhava em suas lojas. E ele tinha sofrido nas mãos de seus próprios moldavankianos. Eles o sequestraram duas vezes para obter resgate, e uma vez, durante um *pogrom*, fizeram seu enterro com um cortejo de cantores. Naquela ocasião, os *gromilas*[2] de Slobódka[3] tinham es-

---

[2] *Gromila* é a designação russa para aquelas pessoas que participam de um *pogrom*. (N. do T.)

[3] Bairro da cidade de Odessa. (N. do T.)

pancado os judeus na Bolcháia Arnaútskaia.[4] Tartakóvski fugiu deles e encontrou um cortejo fúnebre com cantores na rua Sofíiskaia. Ele perguntou:

— Quem vão enterrar com esses cantores?

Os passantes responderam que iam enterrar Tartakóvski. O cortejo foi até o cemitério de Slobódka. Então, os nossos sacaram uma metralhadora do caixão e começaram a disparar nos *gromilas* de Slobódka. Mas o "judeu-e-meio" não previra isso. O "judeu-e-meio" ficou apavorado até a morte. E qual senhor não ficaria apavorado em seu lugar?

Um décimo assalto a um homem já enterrado uma vez era um ato grosseiro. Bénia, que então ainda não era o Rei, entendia isso melhor do que qualquer outro. Mas disse "sim" a Gratch, e naquele mesmo dia escreveu a Tartakóvski uma carta, semelhante a todas as cartas desse gênero:

> "Mui prezado, Ruvím Óssipovitch! Tenha a enorme gentileza de colocar antes do sábado, sob o tonel de água da chuva... etc. Em caso de recusa, como o senhor tomou a liberdade de fazer na última vez, uma grande desilusão em sua vida familiar o aguarda.
>
> Com respeito, o seu conhecido
>
> Bentsión Krik"

---

[4] Famosa rua de Odessa. O adjetivo *arnaútskaia* originou-se de uma palavra empregada pelos turcos para designar os albaneses. No local onde surgiu essa rua ficavam as casas de albaneses (os *arnaúti*) que serviram na Marinha Imperial Russa em fins do século XVIII e início do século XIX. De acordo com a lenda, eram homens de grande estatura; daí o nome da rua: Grande Arnaútskaia. (N. do T.)

Tartakóvski não molengou e respondeu sem demora.

"Bénia! Se você fosse um idiota, então eu lhe escreveria como a um idiota. Mas eu não o tomo por isso, e Deus me livre de tomá-lo como tal. Você, pelo visto, revela-se um menino. Acaso você não sabe que neste ano, na Argentina, a colheita foi farta à beça, e que nós ficamos com nosso trigo sem nenhuma venda? E direi a você, com a mão no coração, que estou farto de comer na velhice um pedaço de pão tão amargo e sofrer esses dissabores, depois de ter trabalhado a vida toda como o último dos carroceiros. E o que é que eu tenho depois desse eterno trabalho forçado? Úlceras, feridas, preocupações e insônia. Deixe dessas tolices, Bénia.

Seu amigo, muito mais do que você supõe,

Ruvím Tartakóvski"

O "judeu-e-meio" fez sua parte. Ele escreveu a carta. Mas o correio não a entregou no endereço. Sem receber resposta, Bénia ficou furioso. No dia seguinte, ele apareceu com quatro amigos no escritório de Tartakóvski. Quatro jovens mascarados e com revólveres irromperam na sala.

— Mãos ao alto! — disseram eles, e começaram a agitar as pistolas.

— Trabalhe com mais calma, Solomón — advertiu Bénia a um deles, que gritava mais alto do que os outros —, pare com essa mania de ficar nervoso no trabalho. — E voltando-se para o balconista, que estava branco como a morte e amarelo como a argila, perguntou:

Como se fazia em Odessa

— O "judeu-e-meio" está na empresa?

— Ele não está na empresa — respondeu o balconista, cujo sobrenome era Muguinchtein e tinha o nome de Ióssif; era o filho solteiro de tia Péssia, uma comerciante de galinhas da praça Seredínskaia.

— E quem, afinal, está no lugar do dono? — começaram a interrogar o infeliz Muguinchtein.

— Eu estou no lugar do dono — disse ele, verde como grama verde.

— Então, com a graça de Deus, abra o caixa! — ordenou--lhe Bénia, e iniciou-se uma ópera em três atos.

O nervoso Solomón colocou dinheiro, papéis, relógios e joias com monogramas numa mala; o defunto Ióssif estava de pé diante dele com as mãos erguidas, e nesse momento Bénia contava histórias da vida do povo judeu.

— Já que ele está brincando de Rothschild — dizia Bénia a respeito de Tartakóvski —, que vá queimar no inferno! Explique--me, Muguinchtein, como a um amigo: ele recebeu de mim uma carta comercial; por que ele não poderia tomar um bonde de cinco copeques, vir ao meu apartamento, beber um copinho de vodca com minha família e comer o que Deus nos enviou? O que o impediria de abrir sua alma para mim? "Bénia", diria ele, "tal e coisa, aqui está o meu balanço para você; espere um par de dias, deixe-me respirar, deixe-me ficar ao léu." O que eu lhe responderia? Dois porcos não topam um com outro, mas dois homens, sim. Muguinchtein, você me entendeu?

— Eu entendi — disse Muguinchtein, e mentiu, pois não entendia de jeito nenhum por que o "judeu-e-meio", respeitável ricaço e homem de primeira classe, deveria ir de bonde comer algo com a família do carreteiro Méndel Krik.

Enquanto isso, a desgraça vagava sob as janelas, como um

mendigo ao amanhecer. A desgraça irrompeu com estrondo no escritório. E embora dessa vez tivesse adotado a forma do judeu Sávka Bútsis, estava bêbada como um gambá.

— Ho, ho, ha — gritou o judeu Sávka —, desculpe-me, Béntchik, estou atrasado — e daí começou a bater os pés e agitar as mãos. Depois ele atirou, e a bala atingiu Muguinchtein na barriga.

As palavras são necessárias aqui? Existia um homem, e esse homem não existe mais. Um solteiro ingênuo vivia feliz como uma ave num galho, e foi morto por uma tolice. Chegou um judeu, parecido com um marinheiro, e disparou não em uma garrafinha de tiro ao alvo, mas em um homem vivo. As palavras são necessárias aqui?

— Vamos cair fora! — gritou Bénia e correu por último.

Porém, ao sair, ele teve tempo de dizer a Bútsis:

— Juro pelo caixão de minha mãe, Sávka, você vai se deitar ao lado dele...

Agora diga-me, jovem senhor, colecionador de recortes de ações alheias: como o senhor agiria no lugar de Bénia Krik? O senhor não saberia como agir. Mas ele sabia. Por isso ele é o Rei, e o senhor e eu estamos sentados no muro do Segundo Cemitério Judaico nos protegendo do sol com as mãos.

O desgraçado filho de tia Péssia não morreu de imediato. Uma hora depois de o terem levado ao hospital, Bénia apareceu ali. Ele mandou chamar o médico mais antigo e uma auxiliar de enfermagem e, sem tirar as mãos das calças cor de creme, disse a eles:

— É de meu interesse que o paciente Ióssif Muguinchtein se recupere. Apresento-me para todo caso: sou Bentsión Krik. Que lhe deem cânfora, almofadas de ar e quarto separado, e o façam de todo coração. Caso contrário, qualquer doutor, pode ser até

Como se fazia em Odessa

doutor em Filosofia, vai receber não mais do que sete palmos de terra.

No entanto, Muguinchtein morreu naquela mesma noite. E só então o "judeu-e-meio" começou a gritar por toda Odessa.

— Onde começa a polícia — vociferava ele — e onde termina Bénia?

— A polícia termina onde Bénia começa — respondiam as pessoas sensatas, porém Tartakóvski não se acalmava. Ele esperou que um automóvel vermelho, com uma caixa de música, tocasse na praça Seredínskaia sua primeira marcha da ópera *Ria, palhaço.*[5] À luz do dia, o carro voou para a casinha em que morava tia Péssia.

O automóvel fazia suas rodas rugirem, cuspia fumaça, reluzia cobre, expelia gasolina e tocava árias em sua buzina. Um fulano saltou do automóvel e passou para a cozinha, onde a pequena tia Péssia debatia-se no chão de terra. O "judeu-e-meio" estava sentado numa cadeira balançando os braços.

— Monstrengo desordeiro — gritou ele ao ver o visitante —, bandido, que a Terra o exclua! Bela moda você arranjou: matar gente viva...

— *Monsieur* Tartakóvski — respondeu-lhe Bénia Krik com voz baixa —, já é o segundo dia que estou chorando pelo querido defunto, como se fosse um irmão legítimo. Mas sei que o senhor gostaria de cuspir em minhas lágrimas de jovem. E a vergonha, *monsieur* Tartakóvski, em que caixa-forte o senhor escon-

---

[5] Pode haver aqui um equívoco intencional ou não do autor. Na realidade, a ópera em questão é *Pagliacci* (Palhaços), do compositor italiano Ruggero Leoncavallo (1857-1919), na qual "Ria, palhaço" é um verso de uma das árias mais célebres. (N. do T.)

deu a vergonha? O senhor teve a coragem de enviar cem míseros rublos à mãe de nosso falecido Ióssif! Fiquei de cabelos e miolos em pé quando ouvi essa notícia.

Aqui Bénia fez uma pausa. Ele estava de paletó chocolate, calças creme e sapatos carmim.

— Dez mil de uma vez — berrou ele —, dez mil de uma vez e uma pensão até a morte dela; e que ela viva cento e vinte anos. Caso contrário, *monsieur* Tartakóvski, nós sairemos deste local e entraremos no meu automóvel...

Depois um xingou o outro. O "judeu-e-meio" xingou Bénia. Eu não estava na hora dessa briga. Mas os que estavam lá se lembram dela. Acertaram a quantia de cinco mil à vista e mais cinquenta rublos mensais.

— Tia Péssia — disse então Bénia à descabelada velhinha que rolava no chão —, se a senhora precisar da minha vida, pode tomá-la; mas todos erram, até Deus. Aconteceu um erro colossal, tia Péssia. Mas será que não foi um erro da parte de Deus colocar judeus na Rússia para que eles sofressem como no inferno? Seria ruim se os judeus vivessem na Suíça, onde estariam cercados por lagos de primeira classe, ar de montanha e franceses à beça? Todos erram, até Deus. Ouça-me com os ouvidos, tia Péssia. A senhora tem cinco mil na mão e cinquenta rublos por mês até sua morte. Viva cento e vinte anos. Os funerais de Ióssif serão de primeira classe: seis cavalos, parecendo seis leões, duas carruagens com coroas de flores e o coral da sinagoga de Brodi; o próprio Minkóvski virá cantar para o seu falecido filho...

E os funerais ocorreram na manhã seguinte. Pergunte sobre esses funerais aos mendigos do cemitério. Pergunte sobre eles aos *shammases* da sinagoga, aos comerciantes de aves *kosher* ou às velhas do Segundo Asilo. Funerais assim Odessa ainda não tinha visto, e o mundo não vai ver. Nesse dia os policiais vestiram luvas de linha. Nas sinagogas cobertas de verdor e completamente abertas, as luzes estavam acesas. Sobre os cavalos brancos atrelados à carruagem oscilavam plumas negras. Sessenta cantores iam à frente do cortejo. O coral era de meninos, mas cantavam com vozes femininas. Os anciãos da sinagoga de comerciantes de aves *kosher* conduziam tia Péssia pelo braço. Atrás dos anciãos iam os membros da Sociedade dos Comerciários Judeus, e atrás deles estavam advogados, doutores em medicina e enfermeiras-obstetras. De um lado de tia Péssia estavam as vendedoras de galinhas do Mercado Velho; do outro, as honoráveis vendedoras de leite de Bugaióvka,[6] envoltas em xales cor de laranja. Elas batiam o pé como gendarmes no desfile de uma data cívica. De seus quadris largos vinha um cheiro de mar e de leite. E atrás de todos arrastavam-se os empregados de Ruvím Tartakóvski. Havia cem deles, ou duzentos, ou dois mil. Vestiam sobrecasacas pretas com lapelas de seda e botas novas, que rangiam parecendo bacorinhos num saco.

E agora vou falar como falou o Senhor no Monte Sinai, da sarça ardente. Meta minhas palavras nos ouvidos. Tudo o que vi, eu vi com meus olhos, sentado aqui, no muro do Segundo Cemitério, ao lado de Moisséika, o ceceoso, e de Chimchón, do serviço funerário. Quem viu fui eu, Árie-Leib, um judeu orgulhoso que vive entre os defuntos.

A carruagem aproximou-se da sinagoga do cemitério. O caixão foi colocado na escadaria. Tia Péssia tremia como um passarinho. O chantre[7] desceu de uma carruagem e iniciou um réquiem. Os sessenta cantores faziam a segunda voz. Nesse mo-

---

[6] Bairro histórico de Odessa. (N. do T.)

[7] Chantre é o cantor nas cerimônias religiosas judaicas. (N. do T.)

mento, o automóvel vermelho saiu rapidamente de uma curva. Ele tocou "Ria, palhaço" e parou. As pessoas ficaram caladas como mortas. Ficaram caladas as árvores, os meninos do coro e os mendigos. Quatro homens saíram de baixo da capota vermelha e, com passos lentos, levaram até à carruagem uma coroa de rosas nunca vistas. E quando o réquiem terminou, os quatro homens puseram sob o caixão seus ombros de aço; e com os olhos ardentes e o peito estufado, começaram a andar a passos largos, juntamente com os membros da Sociedade dos Comerciários Judeus.

À frente ia Bénia Krik, a quem então ninguém ainda chamava de Rei. Sendo o primeiro a se aproximar do túmulo, ele subiu no morrinho e esticou o braço.

— O que deseja fazer, jovem? — acudiu-lhe Kófman, da Irmandade Funerária.

— Quero fazer um discurso — respondeu Bénia Krik.

E ele fez o discurso. Ouviram-no todos os que quiseram ouvir. Ouviram-no eu, Árie-Leib, e o ceceoso Moisséika, que estava sentado no muro, ao meu lado.

— Senhoras e senhores — disse Bénia Krik. — Senhoras e senhores — disse ele, e o sol ergueu-se sobre sua cabeça como uma sentinela armada —, vocês vieram render honras fúnebres a um digno operário, que foi morto por causa de um vintém de cobre. Em meu nome e em nome de todos os que não se encontram aqui, eu lhes agradeço. Senhoras e senhores! O que viu em sua vida o nosso caro Ióssif? Viu um par de bagatelas. O que fazia ele? Contava dinheiro alheio. E morreu pelo quê? Morreu por toda a classe operária. Existem pessoas já condenadas à morte e existem pessoas que ainda nem começaram a viver. E daí uma bala, voando até um peito condenado, perfura Ióssif, que nada tinha visto em sua vida além de um par de bagatelas. Existem pes-

Como se fazia em Odessa

517

soas que sabem beber vodca, e existem pessoas que não sabem beber vodca e mesmo assim são chegados a ela. E então os primeiros tiram prazer da amargura e da alegria; já os segundos padecem por todos aqueles que bebem vodca sem saber bebê-la. Por isso, senhoras e senhores, depois de rezarmos por nosso pobre Ióssif, peço-lhes para conduzirem ao túmulo o desconhecido de vocês, mas já finado, Saviéli Bútsis...

E após o discurso, Bénia Krik desceu do morrinho. Ficaram caladas as pessoas, as árvores e os mendigos do cemitério. Dois coveiros levaram um caixão sem pintura para a cova vizinha. Gaguejando, o chantre terminou a oração. Bénia lançou a primeira pá e caminhou até Sávka. Atrás dele, feito ovelhas, foram todos os advogados e as damas usando broche. O chantre foi obrigado por ele a cantar um réquiem completo para Sávka, sendo acompanhado pelo coral de sessenta vozes. Sávka não sonhava com um réquiem assim — acredite na palavra de Árie-Leib, o velho ancião.

Dizem que naquele dia o "judeu-e-meio" decidiu encerrar seu negócio. Eu não estava nessa ocasião. Mas isso de nem o chantre, nem o coral e nem a Irmandade Funerária pedirem dinheiro pelo enterro eu vi com os olhos de Árie-Leib. Árie-Leib: assim me chamo. E não pude ver mais nada, porque as pessoas, depois de se afastarem de mansinho do túmulo de Sávka, começaram a correr como se fosse de um incêndio. Voaram nas carruagens, nas telegas e a pé. E apenas aqueles quatro que haviam chegado no automóvel vermelho, nele mesmo foram embora. A caixa de música tocou sua marcha, o carro estremeceu e partiu a toda.

— Um Rei — disse, seguindo o carro com os olhos, o ceceoso Moisséika, aquele mesmo que toma junto de mim os melhores lugares no murinho.

518 Isaac Bábel

Agora o senhor sabe de tudo. Sabe quem primeiro pronunciou a palavra "rei". Foi Moisséika. O senhor sabe porque ele não chamou assim nem o caolho Gratch, nem o raivoso Kólka. O senhor sabe de tudo. Mas com que proveito, se o senhor, como antes, tem óculos no nariz e outono na alma?

Tradução de Nivaldo dos Santos

O DESPERTAR

Todas as pessoas do nosso círculo — corretores, lojistas, funcionários de banco e cantores de funeral — ensinavam música a seus filhos. Sem ter perspectivas para si mesmos, nossos pais inventaram essa loteria. Eles a ergueram sobre os ossos dos pequenos. Odessa foi envolvida por essa loucura mais do que as outras cidades. E, na verdade, ao longo de décadas a nossa cidade forneceu crianças-prodígio para os palcos de todo o mundo. De Odessa saíram Mischa Elman, Zimbalist e Gabrílovitch, e ali começou Jascha Heifetz.[1]

Quando um menino completava quatro ou cinco anos, a mãe levava aquela criaturinha miúda e franzina ao senhor Zagúrski. Zagúrski mantinha uma fábrica de crianças-prodígio, uma fábrica de anões judeus de colarinhos rendados e sapatinhos envernizados. Ele os descobria nos cortiços de Moldavanka e nos pátios fedorentos do Velho Bazar.[2] Zagúrski dava o primeiro impulso, depois as crianças eram enviadas ao professor Auer, em

---

[1] O autor se refere aos violinistas Mischa Elman (1891-1967), Jascha Heifetz, nome artístico de Ióssif Kheifets (1901-1987), e Efrem Zimbalist (1889-1985), que também era compositor e pedagogo; e ao pianista e maestro Óssip Gabrílovitch (1878-1936).

[2] Famoso mercado de Odessa construído no início do século XIX e derrubado em meados do século XX. (N. do T.)

Petersburgo.[3] Na alma daquelas famelguitas de cabeças azuis e inchadas habitava uma harmonia poderosa. Elas se tornavam virtuoses famosos. E daí meu pai decidiu alcançá-los. Embora eu já tivesse passado da idade das crianças-prodígio, pois tinha quase catorze anos, pela altura e fraqueza poderia ser tomado por um menino de oito. Nisso residia toda a nossa esperança.

Fui enviado a Zagúrski. Por respeito ao meu avô, ele concordou em cobrar um rublo por aula: um preço baixo. Meu avô Leivi-Itskhok era o palhaço da cidade e também seu enfeite. Ele perambulava pelas ruas de cartola e sapatos esfarrapados, tirando dúvidas sobre as questões mais obscuras. Perguntavam-lhe o que era gobelim, por que os jacobinos traíram Robespierre, como era feita a seda sintética, o que era uma operação cesariana. Meu avô podia responder a todas essas perguntas. Por respeito à sua erudição e loucura, Zagúrski cobrava de nós um rublo por aula. E ele se empenhou comigo por medo do vovô, pois na verdade não havia no que se empenhar. Os sons saíam arrastados do meu violino como limalhas de ferro. Aqueles sons cortavam meu próprio coração, mas meu pai não desistia. Em casa só se falava de Mischa Elman, a quem o próprio tsar dispensara do serviço militar. Zimbalist, segundo informações de meu pai, fora apresentado ao rei da Inglaterra e tocara no Palácio de Buckingham; os pais de Gabrílovitch haviam comprado duas casas em Petersburgo. As crianças-prodígio tinham trazido riqueza para seus pais. Meu pai podia se acostumar com a pobreza, mas precisava da glória.

---

[3] Leopold Auer (1845-1930), violinista, pedagogo, maestro e compositor. Lecionou no Conservatório de São Petersburgo de 1868 a 1918. (N. do T.)

— Não é possível — cochichavam as pessoas que comiam às custas dele —, não é possível que o neto de um avô assim...

Eu já tinha outra coisa em mente. Quando ia executar os exercícios de violino, colocava livros de Turguêniev ou Dumas no atril e, enquanto arranhava o instrumento, devorava-os página por página. De dia eu inventava histórias para os meninos da vizinhança, e à noite eu as passava para o papel. A criação de obras era uma ocupação hereditária em nosso clã. Leivi-Itskhok, que enlouqueceu na velhice, escreveu durante toda a vida uma narrativa intitulada *O homem sem cabeça*. Eu puxei a ele.

Carregando o estojo do violino e as partituras, eu me arrastava três vezes por semana à casa de Zagúrski, na rua Vitte, antiga Dvoriánskaia. Ali, ao longo das paredes, judias histericamente inflamadas ficavam sentadas, aguardando sua vez. Elas apertavam contra seus joelhos fracos os violinos que, em grandeza, superavam os daqueles que deviam tocar no Palácio de Buckingham.

A porta para o santuário se abria. Do gabinete de Zagúrski saíam cambaleando crianças cabeçudas e sardentas, de pescoços finos como talos de flores e com um rubor epilético nas faces. A porta batia depois de engolir o anão seguinte. Por trás da parede, o professor, de gravata borboleta, madeixas ruivas e pernas finas, cantava esganiçado e regia. Como administrador daquela monstruosa loteria, ele povoava Moldavanka e os becos escuros do Mercado Velho com espectros de pizzicatos e cantilenas. Esse canto era depois levado a um esplendor diabólico pelo velho professor Auer.

Eu não tinha o que fazer naquela seita. Era um anão como eles, mas percebia na voz dos antepassados uma outra sugestão.

Foi difícil dar o primeiro passo. Certa vez saí de casa carregado com estojo, violino, partituras e vinte rublos em dinheiro, o pagamento por um mês de aula. Eu seguia pela rua Nejínskaia; devia virar na Dvoriánskaia para chegar à casa de Zagúrski; em vez disso, subi pela Tiraspólskaia e fui parar no porto. Meu período de três horas passou voando no ancoradouro Praktítcheskaia. Assim começou minha libertação. A sala de espera de Zagúrski nunca mais me viu. Coisas um pouco mais importantes ocuparam todos os meus pensamentos. Com Nemánov, meu colega de estudos, peguei o hábito de ir ao vapor *Kensington* visitar um velho marinheiro chamado *mister* Trottyburn. Nemánov era um ano mais novo do que eu; desde os oito anos ele se ocupava do comércio mais complicado do mundo. Era um gênio nos assuntos comerciais e cumpria tudo o que prometia. Hoje ele é um milionário em Nova York, diretor da General Motors, uma companhia tão poderosa quanto a Ford. Nemánov me arrastava consigo porque eu o obedecia calado. Ele comprava cachimbos contrabandeados de *mister* Trottyburn. Esses cachimbos eram trabalhados em Lincoln, pelo irmão do velho marinheiro.

— Cavalheiros — dizia-nos *mister* Trottyburn —, lembrem-se de minhas palavras: é preciso fazer os filhos com as próprias mãos... Fumar um cachimbo de fábrica é o mesmo que enfiar um clister na boca... Vocês sabem quem foi Benvenuto Cellini? Foi um mestre. Meu irmão de Lincoln poderia lhes falar sobre ele. Meu irmão não atrapalha a vida de ninguém. Ele apenas está convencido de que é preciso fazer os filhos com as próprias mãos, e não com as de outrem... Não podemos deixar de concordar com ele, cavalheiros...

Nemánov vendia os cachimbos de Trottyburn a diretores de banco, cônsules estrangeiros e a gregos ricos. Ele lucrava cem por cento.

Os cachimbos do mestre de Lincoln respiravam poesia. Em cada um deles era colocada uma ideia, uma gota de eternidade.

O despertar

Em suas boquilhas brilhava um olhinho amarelo; os estojos eram revestidos com cetim. Eu tentava imaginar como Matthew Trottyburn, o último mestre de cachimbos que resistia ao curso das coisas, vivia na velha Inglaterra.

— Não podemos deixar de concordar com ele, cavalheiros, de que é preciso fazer os filhos com as próprias mãos...

As ondas pesadas perto da murada do porto me afastavam mais e mais de nossa casa, que fedia a cebola e destino judaico. Do ancoradouro Praktítcheskaia eu passei para o quebra-mar. Os meninos da rua Promórskaia viviam por ali, num trecho de baixio arenoso. De manhã até a noite eles nem vestiam as calças; mergulhavam por baixo das chalanas, roubavam cocos para o almoço e esperavam a hora em que barcos de melancias vinham se arrastando de Kherson e Kámenki; eles podiam partir essas melancias contra os amarradouros do porto.

Meu sonho era aprender a nadar. Tinha vergonha de confessar àqueles meninos bronzeados que, embora nascido em Odessa, até os dez anos eu não tinha visto o mar, e aos catorze não sabia nadar.

Como demorei para aprender as coisas essenciais! Na infância, grudado no *Guemará*,[4] eu levei uma vida de sábio; quando cresci, comecei a subir em árvores.

Aprender a nadar parecia algo inatingível. A hidrofobia dos antepassados, dos rabinos espanhóis e cambistas de Frankfurt, puxava-me para o fundo. A água não me sustentava. Fustigado e repleto de água salgada, eu voltava para a margem, para o vio-

---

[4] Parte do Talmud que contém os comentários rabínicos do Mishná. (N. do T.)

Isaac Bábel

lino e as partituras. Eu estava apegado aos instrumentos de minha tortura e os arrastava comigo. A luta dos rabinos com o mar prosseguiu até que o deus das águas daquelas paragens, Iefim Nikítitch Smólitch, revisor do *Notícias de Odessa*, apiedou-se de mim. No peito de atleta daquele homem morava uma compaixão pelos meninos judeus. Ele chefiava bandos de crianças raquíticas. Nikítitch as recolhia nos pulgueiros de Moldavanka e as levava ao mar; ali ele as cobria de areia, fazia ginástica com elas, ensinava-lhes canções e, queimando-se com os raios diretos do sol, contava histórias de pescadores e de animais. Para os adultos, Nikítitch explicava que ele era um filósofo da natureza. As crianças judias morriam de rir das histórias de Nikítitch, ganindo e acarinhando como cachorrinhos. O sol as salpicava de sardas rastejantes, sardas da cor de um lagarto.

O velho observava de lado, em silêncio, o meu combate solitário com as ondas. Ao ver que já não havia esperanças e que eu não conseguia aprender a nadar, ele me incluiu na lista de hóspedes do seu coração. Era todo para nós o seu coração alegre, que não se afastava para lugar nenhum, não se amesquinhava e não se inquietava... Com os ombros acobreados, a cabeça de um gladiador envelhecido e as pernas bronzeadas e meio tortas, ele ficava deitado entre nós no quebra-mar, como o soberano daquelas águas de melancias e querosene. Comecei a gostar daquele homem como somente um menino achacado de histerias e dores de cabeça poderia gostar de um atleta. Não me afastava dele e tentava agradá-lo.

Ele me disse:

— Não fique agitado... Fortaleça seus nervos. O nado virá por si mesmo... Como assim a água não o sustenta? Por que ela não o sustentaria?

Percebendo como eu ansiava, Nikítitch fez uma exceção apenas para mim, dentre todos os seus discípulos, e me chamou para uma visita ao seu sótão limpo, espaçoso e esteirado; mostrou-me seus cães, um ouriço, uma tartaruga e uns pombos. Em retribuição a essas riquezas, levei-lhe uma tragédia escrita por mim na véspera.

— Eu bem sabia que você escrevia — disse Nikítitch —, você tem um olhar meio... Você já não olha para lugar nenhum...

Ele leu meus escritos, sacudiu os ombros, passou a mão pelas madeixas grisalhas e crespas e deu umas voltas pelo sótão.

— Podemos crer — exclamou ele de forma arrastada, pausando a cada palavra — que em você há uma centelha divina...

Saímos para a rua. O velho parou, bateu seu bastão com força na calçada e cravou os olhos em mim.

— O que está faltando a você?... A juventude não é uma desgraça, passará com os anos... Está faltando a você o sentimento da natureza.

Ele me mostrou com o bastão uma árvore de tronco avermelhado e copa baixa.

— Que árvore é essa?

Eu não sabia.

— O que está crescendo nessa moita?

Não sabia isso também. Fui com ele pelo jardinzinho da avenida Aleksándrovski. O velho cutucava todas as árvores com o bastão, segurava-me pelo ombro quando um pássaro voava e obrigava-me a escutar vozes isoladas.

— Que pássaro está cantando?

Eu não conseguia responder nada. Os nomes de árvores e pássaros, a divisão deles em espécies, para onde as aves voavam, onde o sol nascia, quando o orvalho ficava mais forte: eu desconhecia tudo isso.

— E você se atreve a escrever?... Um homem que não vive na natureza, como nela vive uma pedra ou um animal, não escreverá em toda a sua vida duas linhas de valor... As suas paisagens parecem uma descrição de cenários. Que diabo! No que seus pais pensaram durante esses catorze anos?...

No que eles pensaram?... Nas notas protestadas, nos palacetes de Mischa Elman... Eu não disse isso a Nikítitch; fiquei calado.

Em casa, durante o jantar, não toquei na comida. Ela não descia.

"O sentimento da natureza", pensava eu, "meu Deus, por que nunca pensei nisso?... Onde encontrar um homem que me ensinasse tão bem as vozes dos pássaros e os nomes das árvores?... O que eu sei sobre eles? Eu poderia identificar um lilás, e isso quando ele floresce. Um lilás e uma acácia. As ruas Deribassóvskaia e Grétcheskaia são ladeadas de acácias..."

Durante o jantar meu pai contou uma nova história sobre Jascha Heifetz. Antes de chegar à casa de Robin, ele encontrou Mendelson, um tio de Jascha. O caso era que o menino recebia oitocentos rublos por apresentação. Calcule quanto dá isso com quinze concertos por mês.

Calculei: deu doze mil por mês. Fazendo a multiplicação e deixando quatro em mente, dei uma olhada pela janela. No pátio cimentado, vestindo uma capa levemente esvoaçante, com cachos ruivos escapando de seu chapéu macio e apoiado em uma bengala, vinha passando o senhor Zagúrski, meu professor de música. Não se pode dizer que ele percebeu cedo demais. Já haviam se passado três meses desde que o meu violino caíra na areia perto do quebra-mar...

Zagúrski aproximava-se da entrada principal. Eu me precipitei para a porta dos fundos; esta fora pregada na véspera por causa de ladrões. Então me tranquei no banheiro. Meia hora depois, toda a família estava reunida junto a minha porta. As mulheres choravam. Bobka esfregava seu ombro gordo na porta e se desmanchava em soluços. Meu pai permanecia calado. Ele começou a falar baixinho, devagar, como jamais falara na vida.

— Sou um oficial — disse meu pai —, e tenho uma propriedade. Vou a caçadas. Os mujiques me pagam aluguel. Mandei meu filho para o Corpo de Cadetes. Não tenho por que me preocupar com meu filho...

Ele se calou. As mulheres fungavam. Depois um golpe terrível desabou sobre a porta do banheiro; meu pai investia contra ela de corpo inteiro; avançava tomando impulso.

— Sou um oficial — berrava ele —, vou a caçadas... Eu vou matá-lo... É o fim...

O ganchinho saltou da porta; ainda restava o ferrolho, sustentado por um único prego. As mulheres rolavam pelo chão; elas agarravam meu pai pelas pernas; enlouquecido, ele escapava. Uma velha acorreu àquele barulho: era a mãe do meu pai.

— Meu filho — disse-lhe ela em hebraico —, nossa dor é imensa. Ela não tem limites. Mas não falta sangue em nossa casa. Eu não quero ver sangue em nossa casa...

Meu pai gemeu. Ouvi seus passos se afastando. O ferrolho estava pendurado no último prego.

Fiquei sentado em minha fortaleza até a noite. Quando todos se deitaram, tia Bobka me levou para a casa de minha avó. Nosso caminho era longo. A luz do luar entorpecia nas moitas misteriosas, nas árvores sem nome... Um pássaro invisível deu um assobio e calou-se, talvez adormecido... Que pássaro era esse? Como ele se chamava? Havia orvalho de noite?... Onde ficava a constelação da Ursa Maior? De que lado o sol nascia?...

Nós íamos pela rua Potchtóvaia. Bobka me segurava com força pela mão para que eu não fugisse. Ela estava certa. Eu pensava em fugir.

Tradução de Nivaldo dos Santos

Sobre os tradutores

Boris Schnaiderman (1917-2016) foi o principal comentador e tradutor da literatura russa em nosso país. Nasceu em Úman, na Ucrânia, e veio ao Brasil em 1925. Verteu para o português cerca de quarenta obras literárias de autores russos. Desde o começo dos anos 1960 dedica-se à carreira universitária no curso de russo da Universidade de São Paulo. Obteve, na década de 1970, os graus de doutor e livre-docente e realizou extensa atividade na pós-graduação. Apresentou e comentou autores importantes nas áreas de teoria literária e semiótica, como Leonid Grossman, Mikhail Bakhtin, Roman Jakobson, Iúri Lotman, Viktor Chklóvski e Viatcheslav Ivánov. Dentre outras distinções, recebeu duas vezes o Prêmio Jabuti, nas categorias Ensaio (1983) e Tradução (2000). Obteve a Láurea de *O Estado de S. Paulo* (2002), o Prêmio de Tradução da Academia Brasileira de Letras (2003), o título de professor emérito da USP (2002) e a Medalha Púchkin, concedida pelo governo russo (2007). É autor de oito livros de crítica e teoria: *A poética de Maiakóvski através de sua prosa*; *Projeções: Rússia/Brasil/Itália*; *Semiótica russa* (org.); *Dostoiévski prosa poesia*; *Tolstói: antiarte e rebeldia*; *Turbilhão e semente: ensaios sobre Dostoiévski e Bakhtin*; *Os escombros e o mito: a cultura e o fim da União Soviética*; *Tradução, ato desmedido*; além do ficcional-memorialístico *Guerra em surdina* e do livro de memórias *Caderno Italiano*. Esta antologia traz suas traduções para os contos "O chefe da estação" e "O tiro", de Púchkin; "Um caso clínico", de Tchekhov; e "Vinte e seis e uma" e "Sobre o primeiro amor", de Górki.

Paulo Bezerra nasceu em Pedra Lavrada, PB, em 1940. Estudou Língua e Literatura Russa na Universidade Lomonóssov, em Moscou, especializando-se em tradução de obras técnico-científicas e literárias. Após retornar ao Brasil em 1971, fez graduação em Letras na Universidade Gama Filho, no Rio de Janeiro; mestrado e doutorado na PUC-RJ; e defendeu tese de livre-docência na FFLCH-USP. Foi professor de teoria da literatura na

UERJ, de língua e literatura russa na USP e, posteriormente, de literatura brasileira na Universidade Federal Fluminense, pela qual se aposentou. Recontratado pela UFF, é hoje professor de teoria literária nessa instituição. Exerce também atividade de crítica, tendo publicado artigos em coletâneas, jornais e revistas, sobre literatura e cultura russas, literatura brasileira e ciências sociais. Na atividade de tradutor, já verteu do russo mais de quarenta obras nos campos da filosofia, da psicologia, da teoria literária e da ficção, destacando-se suas traduções dos cinco grandes romances de Dostoiévski: *Crime e castigo*, *O idiota*, *Os demônios*, *O adolescente* e *Os irmãos Karamázov*. Em 2012 recebeu do governo da Rússia a Medalha Púchkin, por sua contribuição à divulgação da cultura russa no exterior. Esta antologia traz suas traduções para os contos "Diário de um louco" e "O nariz", de Gógol, além de "O Grande Inquisidor", de Dostoiévski (excerto de *Os irmãos Karamázov*).

Tatiana Belinky nasceu na cidade de São Petersburgo, na Rússia, em 1919 e mudou-se com os pais para Riga, capital da Letônia, aos dois anos de idade. Em 1929, a família transferiu-se para o Brasil, instalando-se em São Paulo, onde, após cursar o ginásio no colégio Mackenzie, estudou Línguas e Filosofia. Em 1940, casou-se com o médico psiquiatra e educador Júlio Gouveia. Juntos os dois seriam responsáveis por várias iniciativas culturais pioneiras na cidade e no país — como a fundação do Teatro-Escola de São Paulo em 1948, as experiências de teleteatro na década de 1950 e 60 (quando chegou a fazer roteiros de mais de mil obras clássicas da literatura e da dramaturgia) ou, ainda, a criação da primeira adaptação televisiva da obra de Monteiro Lobato, *O Sítio do Pica-Pau Amarelo*. Paralelamente a sua carreira como autora infantil, com mais de 130 livros publicados e alguns dos mais importantes prêmios literários do país, Tatiana Belinky desenvolveu uma sólida trajetória como tradutora, vertendo com extrema qualidade obras clássicas e contemporâneas de língua inglesa, alemã, mas sobretudo de sua amada literatura russa, como *Almas mortas*, de Gógol, *Primeiro amor*, de Turguêniev, e *A morte de Ivan Ilitch*, de Tolstói, além de inúmeros poemas, contos e novelas de autores como Púchkin, Leskov, Tchekhov, Górki e outros. Faleceu em São Paulo, em 2013, aos 94 anos. Esta antologia traz suas traduções para os contos "O cão", de Turguêniev, "Senhor e servo", de Tolstói, e "Brincadeira", de Tchekhov.

Irineu Franco Perpetuo é jornalista e tradutor, colaborador da revista *Concerto* e jurado do concurso de música *Prelúdio*, da TV Cultura. É coautor, com Alexandre Pavan, de *Populares & eruditos* (Editora Invenção, 2001), e autor de *Cyro Pereira — Maestro* (DBA Editora, 2005) e dos audiolivros *História da música clássica* (Livro Falante, 2008), *Alma brasileira: a trajetória de Villa-Lobos* (Livro Falante, 2011) e *Chopin: o poeta do piano* (Livro Falante, 2012). Publicou as seguintes traduções, todas elas diretamente do russo: *Pequenas tragédias* (Globo, 2006) e *Boris Godunov* (Globo, 2007), de Púchkin; *Memórias de um caçador* (Editora 34, 2013), de Turguêniev; *A morte de Ivan Ilitch* (Coleção Folha Grandes Nomes da Literatura, 2016), de Tolstói; *Memórias do subsolo* (Coleção Folha Grandes Nomes da Literatura, 2016), de Dostoiévski; e *Vida e destino* (Alfaguara, 2014, Prêmio Jabuti de Tradução em 2015 — 2º lugar) e *A estrada* (Alfaguara, 2015), de Vassili Grossman. Esta antologia traz sua tradução para o conto "Um barulho!", de Turguêniev.

Priscila Marques nasceu em São Paulo em 1982. É formada em Psicologia pela Universidade Presbiteriana Mackenzie. Mestre e doutora em Literatura e Cultura Russa pela Faculdade de Filosofia, Letras e Ciências Humanas da Universidade de São Paulo, é autora da dissertação de mestrado "Polifonia e emoções: um estudo sobre a subjetividade em *Crime e castigo*" e da tese de doutorado "O Vygótski incógnito: escritos sobre arte (1915-1926)". Traduziu, para a Editora 34, a novela *Uma história desagradável* (2016) e a maioria das narrativas curtas do volume *Contos reunidos* (2017), de Dostoiévski. Realizou especialmente para esta antologia as traduções de "Mujique Marei", de Dostoiévski, e "De quanta terra precisa um homem?", de Tolstói.

Noé Oliveira Policarpo Polli possui graduação em Matemática pela Universidade de São Paulo e doutorado em Literatura Russa pela Universidade Estatal de Moscou. Atualmente é professor de Língua e Literatura Russa na FFLCH-USP. Publicou diversos artigos em revistas acadêmicas, além de traduções, como a coletânea *O bracelete de granadas*, de Aleksandr Kuprin (2006), os contos "Neve", de Konstantin Paustóvski, e "Viagem com um niilista", de Nikolai Leskov, que integram a *Nova antologia do conto russo* (2011), e a coletânea de contos de Leskov, *Homens interessantes e ou-*

tras histórias (2012). A presente antologia traz sua tradução para "O espírito da senhora Genlis", de Leskov.

Denise Regina de Sales é doutora em Literatura e Cultura Russa pela Universidade de São Paulo. Nasceu em Belo Horizonte, em 1965, e graduou-se em Comunicação Social (Jornalismo) pela Universidade Federal de Minas Gerais. De 1996 a 1998, trabalhou na Rádio Estatal de Moscou como repórter, locutora e tradutora. Publicou diversas traduções, entre elas o romance *Propaganda monumental*, de Vladímir Voinóvitch (2007), a peça *O urso*, de Tchekhov (no volume *Os males do tabaco e outras peças em um ato*, 2001), o conto "Vii", de Gógol (em *Caninos: antologia do vampiro literário*, 2010), as novelas *Minha vida* (2011) e *Três anos* (2013), de Tchekhov, a coletânea de contos de Leskov, *A fraude e outras histórias* (2012), e o primeiro volume dos *Contos de Kolimá*, de Varlam Chalámov (2015, com a colaboração de Elena Vasilevich). Esta antologia traz sua tradução para o conto "Alexandrita", de Leskov.

Renata Esteves é doutoranda em Literatura e Cultura Russa na Faculdade de Filosofia, Letras e Ciências Humanas da Universidade de São Paulo. Na mesma instituição, graduou-se em russo e português, em 1993, e concluiu o mestrado em Teoria Literária e Literatura Comparada, em 2011, com a dissertação *Vissarion G. Bielínski: uma apresentação*, que traz um ensaio sobre o crítico russo e a tradução de dois textos representativos de sua trajetória. Em 1997, morou em Moscou, onde trabalhou na Rádio Estatal de Moscou e estudou no Instituto de Língua Russa A. S. Púchkin. Foi professora de português e literatura no ensino formal, trabalhou no mercado editorial e foi professora de português para estrangeiros, russo e inglês. Atualmente trabalha como professora de literatura no ensino superior e tradutora, tendo participado da *Antologia do pensamento crítico russo* (2013) vertendo para o português dois textos de Bielínski: "Pensamentos e observações sobre a literatura russa" e "Carta a Nikolai Vassílievitch Gógol". A presente antologia traz sua tradução para o conto "Um senhor de São Francisco", de Ivan Búnin.

Arlete Cavaliere nasceu em São Paulo, SP, e formou-se em Língua e Literatura Russa pela Faculdade de Filosofia, Letras e Ciências Humanas da Universidade de São Paulo, em 1975. É mestre e doutora em Teoria Literária e Literatura Comparada pela mesma instituição, com pesquisas sobre a prosa de Gógol e a estética teatral do encenador russo de vanguarda Meyerhold. É hoje professora titular de Teatro, Arte e Cultura Russa no curso de Graduação e Pós-Graduação do Departamento de Letras Orientais da FFLCH-USP, e coordenadora da área de Língua e Literatura Russa no mesmo departamento. Organizou com colegas docentes da universidade publicações coletivas como a revista *Caderno de Literatura e Cultura Russa* (2004 e 2008) e os livros *Tipologia do simbolismo nas culturas russa e ocidental* (2005) e *Teatro russo: literatura e espetáculo* (2011). Dentre seus livros, destacam-se: *O nariz & A terrível vingança (de N. V. Gógol)* — *A magia das máscaras* (1990, tradução e ensaio); *O inspetor geral de Gógol/ Meyerhold: um espetáculo síntese* (1996); *Os arquétipos literários*, de Meletínski (1998); *Ivánov*, de Tchekhov (1998, cotradutora, com indicação ao Prêmio Jabuti na categoria tradução); *Teatro russo: percurso para um estudo da paródia e do grotesco* (2009); *Nikolai Gógol: teatro completo* (2009, organização e tradução); e as peças *Mistério-bufo*, de Maiakóvski (2012, tradução e ensaio), e *Dostoiévski-trip*, de Vladímir Sorókin (2014, tradução e ensaio). Além de assinar a apresentação desta antologia, é a tradutora do conto "Respiração suave", de Búnin.

Nivaldo dos Santos é professor de russo do Centro de Ensino de Línguas da Universidade Estadual de Campinas. Obteve a graduação e o mestrado na área de russo da Faculdade de Filosofia, Letras e Ciências Humanas da Universidade de São Paulo, onde defendeu dissertação sobre os *Contos de Odessa*, de Isaac Bábel. Trabalhou como locutor e tradutor na Rádio Estatal de Moscou no final dos anos 1990. Traduziu as novelas *Noites brancas*, de Dostoiévski (2005) e *Tarás Bulba*, de Gógol (2007), a coletânea de Isaac Bábel, *No campo da honra e outros contos* (2014), além do romance policial *A morte de um estranho*, de Andrei Kurkov (2006). Para a *Nova antologia do conto russo*, organizada por Bruno Barretto Gomide (2011), traduziu os contos "Quatro dias", de Gárchin; "O abismo", de Andrêiev; "Guy de Maupassant", de Bábel; e "Xerez", de Chalámov. A presente antologia traz suas traduções para "O repouso" e "O retorno", de Andrêiev; "A coroa vermelha" e "Cenas de Moscou", de Bulgákov; e "Como se fazia em Odessa" e "O despertar", de Bábel.

535

ESTE LIVRO FOI COMPOSTO EM SABON,
PELA BRACHER & MALTA, COM CTP E IM-
PRESSÃO DA BARTIRA GRÁFICA E EDITO-
RA EM PAPEL PAPERFECT 70 G/M² DA CIA.
SUZANO DE PAPEL E CELULOSE PARA A
EDITORA 34, EM FEVEREIRO DE 2023.